Hendrik Falkenberg
Tag der Erlösung

EDITION M

Das Buch

Der Nordwind ist eisig und vom Himmel fällt Schneeregen, als zwei Spitzenpolitiker während einer Parteiveranstaltung vor den versammelten Journalisten plötzlich zusammenbrechen. Die Polizei findet den Pfeil einer Armbrust im Körper eines Opfers und es beginnt ein Rätselraten über die ungewöhnliche Waffe und den Täter.

Aufgrund der politischen Brisanz müssen die BKA-Ermittler Laura Westermann und Steven Haberland mit viel Fingerspitzengefühl vorgehen. Dennoch erkennen sie schnell, dass die Attentate ihren Ursprung nicht nur in der Gegenwart haben können. Während sich die Ermittler durch ein Dickicht aus Lügen und wirren Ideologien kämpfen, geraten weitere Menschen ins Fadenkreuz.

Der Autor

Hendrik Falkenberg wurde 1978 geboren und hat Sportmanagement studiert, um sein Hobby zum Beruf zu machen. Dies ist ihm einige Jahre später auch als Schriftsteller gelungen. Nach zehn erfolgreichen Hannes Niehaus-Krimis schreibt er jetzt an seiner neuen Serie um die BKA-Ermittler Laura Westermann und Steven Haberland.

HENDRIK
FALKENBERG

TAG DER ERLÖSUNG

Ein Westermann-Haberland-Krimi

EDITION M

Deutsche Erstveröffentlichung bei
Edition M, Amazon Media EU S.à r.l.
38, avenue John F. Kennedy, L-1855 Luxembourg
April 2021

Umschlaggestaltung: bürosüd° München, www.buerosued.de
Umschlagmotiv: © Ensuper / Shutterstock; © Andreas Marcus Lehnert / Shutterstock; © blackboard1965 / Shutterstock
1. Lektorat: Joern Rauser
2. Lektorat: Diana Schaumlöffel
Korrektorat: Angelika Wiedmaier/DRSVS
Gedruckt durch:
Amazon Distribution GmbH, Amazonstraße 1, 04347 Leipzig /
Canon Deutschland Business Services GmbH, Ferdinand-Jühlke-Str. 7, 99095 Erfurt /
CPI books GmbH, Birkstraße 10, 25917 Leck

ISBN 978-2-49670-429-7

www.edition-m-verlag.de

Prolog

Seit Tagen fegte der Sturm vom Norden über das Land, selbst das Feuer duckte sich unter seinem eisigen Hauch. Zaghaft züngelten die Flammen in die Dunkelheit, und die Sippe rückte noch dichter an die brennenden Holzscheite heran. Schweigend und mit gesenkten Köpfen verspeisten die Menschen das gegrillte Fleisch. Ihre Haare waren lang, die Gebisse voller Lücken, ihre Körper hatten sie in Felle gehüllt. Der Frühling ließ weiter auf sich warten, Hunger hatte sich in die Gesichter gegraben. Einige Babys sowie Alte hatten dem andauernden Frost schon nichts mehr entgegensetzen können – und alle wussten, dass der Tod auch in dieser Nacht Beute machen würde.

Nachdem sie die letzten Fleischfetzen von den Knochen genagt hatten, führten sie einen jungen Mann zum Rande des Moores. Sein Kopf war stolz erhoben, obwohl seine Hände gefesselt waren und ihm ein Seil um den Hals gelegt wurde. Er war sich seiner wichtigen Mission bewusst, schließlich war er als ältester Sohn des Anführers eines der wertvollsten Opfer, das die Gemeinschaft darbringen konnte. Sollte selbst sein Tod die Götter nicht gnädig stimmen, waren alle verloren.

Der Strick wurde zugezogen, ohne dass sich der junge Mann zur Wehr setzte. Sein Gesicht verfärbte sich, er sackte auf die Knie. Unnachgiebig hielten die Hände seines Vaters das Seil gespannt, nur das Heulen des Sturms war zu hören. Niemand rührte sich, nicht einmal die Mutter. Alle standen stumm beisammen, bis der Leichnam ins Moor gelegt und von diesem verschlungen wurde. Wahrhaftig vom Erdboden verschluckt. Es sollte Jahrhunderte dauern, bis die von der Sippe so sehr herbeigesehnte Frühlingssonne wieder auf seinen Körper scheinen würde, während sie einen inzwischen völlig veränderten Planeten mit Licht und Wärme versorgte.

Kapitel 1

An diesem Sonntag war von der Sonne nichts zu spüren, sodass Jan Seidls Fantasie die dramatische Opferszene aus der Zeit der Germanen wohl nicht ohne Grund mitten in den Winter gelegt hatte. Das Moor hatte sich im Lauf der Jahrhunderte in einen See verwandelt, heute kräuselte sich seine Wasseroberfläche im Wind, der von Norden in Richtung Thüringer Wald pfiff. Große Schneeflocken wirbelten vom Himmel herab und schmolzen auf dem Boden. Es war Mitte April, die Ostertage standen kurz bevor. Doch ohne die Blüten und zartgrünen Blätter hätte es sich genauso gut um einen tristen Novembertag handeln können. Schwere Wolken schienen die Landschaft erdrücken zu wollen, und das Gewässer wirkte nicht weniger bedrohlich. Es erinnerte an ein schwarzes Loch, das auf direktem Weg in die Unterwelt führte. Schilf raschelte, es roch modrig, nirgendwo waren Tiere zu sehen.

Fröstelnd zog Jan Seidl die Schultern hoch und beobachtete, wie die Rauchschwaden vom Wind davongetragen wurden. Die Zigarette war bis zum Filter abgebrannt, er spürte die Hitze der Glut an den Lippen, dann warf er die Kippe auf den matschigen Boden. Sie erlosch, ohne dass er mit dem Schuh nachhelfen musste. Unwillkürlich überlegte der Siebenundfünfzigjährige, ob er soeben einen Frevel begangen hatte, vielleicht befanden sich irgendwelche menschlichen Gebeine hier tief unter dem Matsch. Mit klammen Fingern nestelte er ein Taschentuch hervor, bückte sich und wickelte den Zigarettenstummel ein.

Die Hände tief in den Manteltaschen, ließ er die Szenerie auf sich wirken. Er besaß eine starke Vorstellungskraft, sodass es ihm nicht schwerfiel, sich ins vorchristliche Zeitalter zurückzuversetzen. Das sogenannte Opfermoor war über Jahrhunderte als Kultstätte genutzt worden. Anfangs hatten Speisen, Tiere und Gegenstände wertvolle Gaben dargestellt, um Götter oder Naturgewalten gnädig zu stimmen. Später hatten sich die kultischen Handlungen auf Menschenopfer ausgeweitet, wie Ausgrabungen nahelegten.

Am Vortag hatte Seidl das Opfermoor-Museum besucht, aber da hatte die Sonne geschienen, und in ihrem Licht hatten die rekonstruierten Altäre, Behausungen und Opferplätze harmlos gewirkt. Heute meinte er dagegen, das Echo uralter Schreie aus dem Morast zu vernehmen. Wie viele Gerippe hier wohl herumlagen, und welche Geschichten sich hinter ihnen verbargen? Waren es Feinde oder auch Freunde gewesen? Hatte es für sie als Ehre gegolten, zum Wohle des Stammes hingemetzelt oder lebendig im Moor versenkt zu werden? Kinder hatten als besonders wirksame Opfergaben gegolten – als dreifacher Vater war diese Vorstellung für Seidl besonders beklemmend. An diesem Ort hatte der heidnische Götterdienst im zwölften Jahrhundert geendet, woanders aber wurden Menschenleben noch heute vergeudet, egal von welchem religiösen oder nichtreligiösen Wahn die Täter angetrieben wurden.

Seidl seufzte. Die Menschheit war klüger, fortschrittlicher und langlebiger geworden – aber auch weiser? Als Journalist musste er zwar neutral berichten, doch die persönliche Weltanschauung ließ sich manchmal schwer ausblenden. Er war eben auch nur ein Mensch, allerdings weit davon entfernt, für eine *Lügenpresse* zu schreiben, wie es von gewissen Seiten behauptet wurde. Er fand es absurd, dass mit der Wahrheitsfindung beschäftigte Menschen ausgerechnet von denjenigen als Lügner abgestempelt wurden, die selbst eine so durchschaubare Scheinwelt errichteten, dass dies eigentlich für jeden halbwegs Gebildeten erkennbar sein musste.

Natürlich war Seidl klar, dass es durchaus schwarze Schafe in seinem Berufsstand gab. Seit bald vierzig Jahren war er in dieser Branche unterwegs, die neben Exekutive, Legislative und Judikative als die Vierte Gewalt bezeichnet wurde. Geschichten wurden frei erfunden, aufgebauscht oder skandalisiert, Interviewpartner in Fallen gelockt, Zitate aus dem Zusammenhang gerissen und Fragen tendenziös gestellt. Mit der derzeit aufziehenden Gefahr ging seine Zunft nach Seidls Meinung aber noch viel zu zurückhaltend um.

Er löste sich von dem Opfermoor, und da der Niederschlag in Schneeregen überging, beschleunigte er seine Schritte. Auf dem Weg zurück zum Dorf passierte er einen Stein mit einer Inschrift, die besagte, dass man sich hier am Mittelpunkt Deutschlands befand. Diese Behauptung wurde auch woanders aufgestellt, da es mehrere mögliche Methoden zur Berechnung gab. Niederdorla, ein Ortsteil der Landgemeinde Vogtei in Thüringen, übernahm verständlicherweise den Ansatz, der dem knapp über tausend Einwohner zählenden Nest bundesweite Bedeutung zubilligte. Fairerweise war der Gemeinde zuzugestehen, dass gleich zwei Methoden zu diesem Ergebnis führten, insofern hatte sie von allen angeblichen Mittelpunkten die stärksten Argumente.

Schon die Wahl der Veranstaltungsstätte wäre eine Schlagzeile wert gewesen, schließlich fanden Bundesparteitage üblicherweise in Städten und nicht in der Prärie statt. Ein Bauer hatte seine Wiesen zur Verfügung gestellt, auf ihnen war die nötige Infrastruktur temporär errichtet worden: Ein Veranstaltungszelt, das von den Maßen her an das Oktoberfest erinnerte – hier wurde der eigentliche Parteitag abgehalten. Dazu ein Cateringzelt, ein Toilettenzelt und – das kleinste von allen – eines für die Pressevertreter.

Die Parkplätze waren überfüllt, die Zufahrtsstraßen mit Autos, Übertragungswagen und Bussen zugestellt. Dazu kamen Unmengen an Polizeifahrzeugen. Niederdorla befand sich in einem Belagerungszustand. Dass die Veranstaltung hier stattfinden konnte, verdankte die Partei *Die Weißen* einem Gerichtsbeschluss, der die Bedenken der Sicherheitskräfte nur dahingehend berücksichtigt hatte, dass Gegendemonstrationen außerhalb eines Radius von zweitausend Metern stattzufinden hatten. Erwartungsgemäß hielt sich fast niemand daran. Rund um die nahe gelegene Talsperre Seebach war ein Protestcamp errichtet worden, dessen Teilnehmer die Polizeiabriegelungen zu umgehen wussten.

Es war ein symbolträchtiger Veranstaltungsort, und *Die Weißen* hatten sich nicht ohne Grund zu dieser Inszenierung entschieden. *Wir sind die Mitte Deutschlands!* war ihr Motto, und ab sofort sollte der Siegeszug in sämtliche Himmelsrichtungen eine neue Dynamik entfalten. Seit Monaten rangen in der Partei moderate mit radikalen Kräften, jetzt stand der Showdown mit der Wahl eines neuen Vorstands an. Keine nennenswerte Redaktion des Landes hatte sich von einem Besuch abhalten lassen, trotz der Schwierigkeiten, überhaupt Zugang zu erhalten. Zum einen war die Anzahl der Akkreditierungen aufgrund der Örtlichkeit begrenzt, zum anderen wurden die verfügbaren Plätze nach Gutdünken vergeben.

Jan Seidl gehörte zu denen, die im Pressezelt die Debatten und Abstimmungen nur per Livestream verfolgen konnten. Obwohl er in seinem Berufsleben auch Korruptionsskandale sozialdemokratischer Mandatsträger aufgedeckt hatte, war er in gewissen Kreisen als linker Schreiberling verschrien und daher von der eingeschränkten Akkreditierung nicht überrascht. *Die*

Weißen beobachtete er seit ihrer Gründung vor drei Jahren. Anfangs war es eine belächelte Chaostruppe gewesen, deren erster Einzug in ein Landesparlament als Unfall eingestuft worden war. Doch sukzessive waren sie in den Meinungsumfragen nach oben geklettert, aktuell kamen sie bundesweit auf stabile vierzehn Prozent.

Als er sich den Zelten näherte, wehte eine lautsprecherverstärkte Stimme an Seidls Ohr. Tosender Applaus folgte, aber er wusste, dass er noch nichts verpasst hatte. Der Inhalt der Reden war vorhersehbar, offen war nur, wie stark dabei die sprachlichen Grenzen ausgereizt und verschoben wurden. Bis zum interessantesten Tagesordnungspunkt war noch eine halbe Stunde Zeit: die Wahl des neuen Parteivorsitzenden.

An einer Absperrung präsentierte Seidl seine Akkreditierung, kurz darauf betrat er das Pressezelt. Die Belüftung war mangelhaft, die Luft entsprechend stickig. Auf einer Leinwand war zu sehen, was sich im Hauptzelt abspielte. Passend zum Parteinamen waren Bühne und Bestuhlung in Weiß gehalten, die beiden Deutschlandfahnen links und rechts des Rednerpultes kamen dadurch umso stärker zur Geltung. Hinter den jeweiligen Rednern saßen nebeneinander die amtierenden Vorstandsmitglieder, und an dem Gesichtsausdruck des aktuellen Parteivorsitzenden ließ sich ablesen, dass er sich des Risikos einer Abwahl bewusst war.

»Er hat noch mal alles gegeben«, meinte ein Kollege zu Seidl. »Die Liste seiner grenzwertigen Aussagen ist um ein paar Highlights länger geworden.«

»Was war das Heftigste?«

»Deutschland drohe eine Vermischung mit parasitären Eindringlingen und ein Verlust der völkischen Identität.«

Fast wäre Seidl beeindruckt gewesen. »So unverblümt hat er noch nie auf Nazi-Vokabular zurückgegriffen. Zeigt, wie angespannt er ist. Könnte strafrechtliche Konsequenzen haben.«

»Würde ihm nur in die Karten spielen, um sich als Opfer präsentieren zu können. Aber vielleicht endet heute seine Ära, sodass er uns künftig erspart bleibt.«

Er zeigte zur Leinwand. Mit Martin Eckstein trat soeben der Herausforderer ans Pult, um die wohl wichtigste Rede seiner politischen Laufbahn zu halten. Er war der verkörperte Schwiegermutter-Traum. Fünfunddreißig Jahre alt, die dunkelblonden Haare mittellang geschnitten und zur Seite gekämmt, glatt rasiert, ausgewogene und noch etwas jugendliche Gesichtszüge. Wie gewohnt steckte er in einem hellblauen Slim-Fit-Anzug, unter dem Sakko trug er eine Weste gleicher Farbe. Das Hemd war blendend weiß, dazu hatte er sich eine passende graue Krawatte mit weißen Lilien umgebunden. Der Blick aus seinen hellblauen Augen glitt durch die Reihen, er wirkte ernst und entschlossen.

Dicht hinter ihm thronte der amtierende Vorsitzende, sodass die Kamera während der Rede jede seiner Regungen einfing. Momentan war die Miene verkniffen, das Gesicht wies rote Flecken auf, und die Stirn glänzte vor Schweiß. Der Gründungsvater war beleibt, trug ein Cordsakko und eine breite Krawatte. Aber nicht nur äußerlich war der ältere Mann ein Gegenpol. Während er als Choleriker und emotionaler Bauchentscheider galt, präsentierte sich Eckstein als smarter Redner. Konsequent mied er den Grenzbereich dessen, was sprachlich noch als zulässig oder verwerflich angesehen wurde. Dessen ungeachtet war sich Jan Seidl sicher: Der eigentliche Radikale saß nicht mit griesgrämiger Mimik auf dem Platz des Vorsitzenden, sondern stand soeben hinter dem Rednerpult.

Während die alte Garde zwar stammtischmäßig derb zulangte, war sie dennoch der erzkonservativen Randzone des politischen Spektrums zuzuordnen. Eckstein hingegen war nach Seidls Einschätzung ein Rechtsradikaler, der *Die Weißen* endgültig dort zu positionieren gedachte, wo sich ein Großteil ihrer Sympathisanten bereits befand. Dass er gleichzeitig bürgerliche Stimmen einsammeln wollte, stellte eigentlich einen Widerspruch dar, der sich in der Realität aber dank seines spießigen Auftretens und des gemäßigten Tonfalls auflöste – zumindest nach den Ergebnissen der Meinungsforscher. Ein derart kultivierter Mann *konnte* doch gar nichts Böses im Schilde führen!

Diese Naivität setzte Seidl zu, und insofern wäre es ihm lieber, wenn der bisherige Parteivorstand aus der Kampfabstimmung als Sieger hervorginge. Danach sah es nicht aus, wie allein schon die Reaktion der stimmberechtigten Mitglieder zeigte. Immer wieder erhielt der neue Kandidat für das höchste Parteiamt Standing Ovations, obwohl er wenig Konkretes von sich gab. Aber er wusste natürlich, was das Publikum hören wollte: die Vision einer schillernden Zukunft, in der *Die Weißen* das Land wieder in eine selbstbewusste, sichere und anständige Nation verwandelten. Eine Herrschaft des Volkes ohne abgehobene Eliten strebe er an, rief Eckstein – und ließ unerwähnt, dass die Möglichkeiten direkter Bürgerbeteiligungen laut Parteiprogramm eingeschränkt werden sollten.

»Lasst uns den seit Jahren verwaisten Platz einnehmen!«, legte er nach. »Lasst uns all jenen, die uns verunglimpfen und an den Rand drängen, zeigen, dass wir als Einzige die Interessen der Deutschen vertreten! Wir müssen die Menschen in diesem Land wieder ernst nehmen! Ihre Ängste sind nachvollziehbar, ihre Wünsche gerechtfertigt, und ihre Enttäuschung über die herrschenden Verhältnisse ist verständlich. Daher wollen wir die Menschen dieses Landes wieder in den Mittelpunkt stellen!« Er deutete auf das Banner hinter ihm. »*Wir sind die Mitte Deutschlands!* Das werden wir den Menschen in diesem Land beweisen, aber auch all jenen, die diesen Platz in der Mitte für sich beanspruchen, obwohl sie ihn längst aufgegeben haben. All jenen, die uns bekämpfen, indem sie Artikel gegen uns veröffentlichen. All jenen, die gerade gegen uns demonstrieren, weil sie mit tendenziöser Berichterstattung aufgewiegelt wurden. All jenen …!« Der Rest seiner Aufzählung ging im Jubel unter.

»Das Ding ist durch«, teilte Seidls Kollege seine Einschätzung mit. »Die Frage ist nur, wie hoch sein Sieg ausfällt.«

»Völlig egal«, erwiderte Seidl. »Relevanter ist für ihn, dass er auch seine Vertrauten in den Vorstand bringt.«

Er holte sich einen Becher Kaffee und lauschte der restlichen Rede. Selbst heute mied Eckstein gewisse Ausdrücke, die der aktuelle Parteivorsitzende landauf landab von sich gab. *Lügenpresse* oder *Volksverräter* kamen ihm nicht über die Lippen, stattdessen nutzte er die nebulöse Umschreibung *all jene*. Auch *Gesindel*, *Abschaum* und ähnliche Titulierungen fehlten in seinem Vokabular, genauso sprach er nicht vom *deutschen Volk*, sondern von *den Deutschen* oder *den Menschen in unserem Land*. Sprache war eine Waffe, und Nuancen entschieden über ihre Wirkung. Ecksteins Botschaften unterschieden sich nicht von denen seines Vorredners – sie klangen aber freundlicher.

Dieser Strategie trauten die Mitglieder mehr Durchschlagskraft zu als der bisherigen Hau-drauf-Taktik. Mit fünfzig Stimmen Vorsprung entschied Martin Eckstein das Duell für sich, und die entzündete Euphorie spülte kurz darauf auch seine wichtigsten Vertrauten in den Vorstand. Die alte Garde hatte abgedankt, und Seidl dachte, dass soeben mal wieder Goethes Ballade vom Zauberlehrling modern interpretiert worden war. Die rechten Geister, die mit einer Verrohung der Sprache herbeigerufen worden waren, hatten sich nicht nur nicht vertreiben lassen. Sie hatten zunächst zu angenehmen Wahlergebnissen geführt – nun aber die vollständige Kontrolle übernommen.

Mit dem Kaffeebecher in der Hand ließ sich Jan Seidl auf einen Stuhl sinken. Im Pressezelt war ebenfalls ein Podium errichtet worden, eigentlich sollte sich dort längst der neue Parteivorsitzende präsentieren. Der Livestream zeigte aber, dass er sich durch seine Anhängerschaft regelrecht ins Freie wühlen musste. Ständig wurde er aufgehalten, erhielt Schulterklopfer oder wurde um Selfies gebeten. Als er den Ausgang des großen Zeltes verließ, fing das Kamerabild das quer gespannte Banner ein. *Wir sind die Mitte Deutschlands!* – erneut las Seidl den Claim und bekam eine Gänsehaut.

Zahlreiche Fotografen hatten sich draußen versammelt, und ohne übertriebenes oder für manche vielleicht abstoßendes Siegergehabe ließ sich Martin Eckstein mit seinen Mitstreitern ablichten, während sich der alte Parteivorsitzende im Hintergrund verdrückte. Dann setzte sich der Tross in Bewegung, hin zum Pressezelt, das fast hundert Meter entfernt dicht am Ortsrand stand – nicht weit entfernt von den Absperrungen, die alle Gegendemonstrationen auf Abstand halten sollten. Wütende Schreie gellten von ihnen herüber, aber davon unbeeindruckt – oder vielleicht auch aus Trotz – versammelte Eckstein sein Gefolge erneut um sich, um den Journalisten weitere Fotos zu ermöglichen.

Seidl verfolgte das Geschehen beiläufig und wartete darauf, dass der Parteivorsitzende mit seinen engsten Mitstreitern hereinkam. Gerade wollte er den Blick von der Leinwand abwenden und sich einen weiteren Kaffee holen, als plötzlich etwas durch das Kamerabild sauste. Schockiert presste Seidl den leeren Kaffeebecher zusammen, als der rote Pfeil in die Schulter von Martin Ecksteins Nebenmann eindrang und diesen nach hinten zu Boden schleuderte.

Im Pressezelt ertönten aufgeregte Rufe, während draußen für einen Augenblick alles wie eingefroren wirkte. Die Hände des getroffenen Mannes – der erst vor wenigen Minuten zu einem der Beisitzer gewählt worden war – griffen nach dem Pfeil. Er bäumte sich auf, zuckte mit den Beinen, dann erschlaffte er.

Von der Seite stürzten Securitymänner herbei. Plötzlich war ein Knall zu hören. Ein Schuss? Seidl meinte, einen weiteren Mann zusammenbrechen zu sehen, dann brach die Übertragung auf der Leinwand ab.

Tränen rollten über die Wangen, die Lippen bebten. Sanft drückte Dennis Burkart seine achtjährige Tochter an sich und strich ihr über die Haare. Mit einem Schluchzen presste sie sich an seinen muskulösen Körper, und der Achtunddreißigjährige dachte daran, wie er sie als Baby auf den Armen durch die Wohnung getragen hatte. Lena war ein Frühchen gewesen, kaum überlebensfähig – und hatte es dennoch geschafft. Heute erinnerte nichts mehr an die dramatischen ersten Lebenswochen, höchstens Burkarts Schädel, auf dem die verbliebenen blonden Haare radikal kurz geschoren waren. Zumindest behauptete er selbst, dass die kahlen Stellen aus jener Zeit stammten.

Der Auslöser für die Tränen wurde gerade in einen Anhänger, der vor ihnen auf dem Kopfsteinpflaster stand, verladen: eine braune Stute, auf der Lena das Reiten erlernt und die sie an jedem Wochenende besucht hatte. Längst hatte ihr Vater eingesehen, dass früher oder später ein eigenes Pferd unumgänglich war. Vielleicht sogar schon zum neunten Geburtstag, denn dass *ihr Pferd*, wie sie das Tier von Anfang an genannt hatte, von dem Reiterhof vor den Toren Hamburgs verkauft worden war, brach ihr das Herz – und damit auch das von Dennis Burkart.

Er schob sie zum Stall, wo ihr neues Leihpferd auf sie wartete. Er ahnte, dass der Verlust in Kürze vergessen sein würde – jedenfalls vorübergehend. Der Reitkurs war für seine Tochter die beste Therapie gegen schlechte Noten, kindlichen Liebeskummer oder sonstige Sorgen. Burkart drückte ihr einen Kuss auf den Kopf, dann trabte er zu seinem Wagen und ließ den Geruch nach Pferdemist hinter sich.

Über die A 23 fuhr er zurück in Richtung Hamburg. Bei Pinneberg verließ er die Autobahn wieder und steuerte die Elbe bei Wedel an. Auf dem Parkplatz des Willkomm-Höft stellte er den Motor ab und stieg aus. Seit 1952 wurden Schiffe, die den Hamburger Hafen anfuhren oder verließen, an dieser Stelle begrüßt oder verabschiedet – die großen Pötte inklusive der Nationalhymne ihres Heimatlandes. Bei den Touristen war das Willkomm-Höft beliebt, zumal sie im angeschlossenen *Schulauer Fährhaus* mit Blick auf das Wasser speisen konnten. Heute war wenig los, der Sturm in Verbindung mit dem Dauerregen war wenig einladend. Unten am Wasser erkannte Burkart die Silhouette des Mannes, der ihm nur als Frank bekannt war. Ein älterer Herr mit rauchiger Stimme, hängenden Schultern und fahler Hautfarbe – Burkarts Kontaktmann beim Verfassungsschutz. Fast vier Jahre war es her, dass die beiden eine Übereinkunft getroffen hatten, die für keinen einen Nachteil darstellen sollte.

Burkart zog den Reißverschluss der Regenjacke hoch, setzte die Kapuze auf und stapfte los. Ihm war es recht, dass sie sich stets hier draußen begegneten, so war die Gefahr, dabei von Bekannten gesehen zu werden, verschwindend gering. Allerdings war die Frequenz der Treffen rückläufig. Verlor der Verfassungsschutz das Interesse an ihm? Burkart musste wieder etwas liefern, und das hatte er vor.

»Gemütliches Wetter, was?« Er trat neben Frank und verschränkte die Arme. Sie begrüßten sich nie per Handschlag, tauschten nur das Nötigste aus und gingen dann wieder ihrer Wege.

Der Mann antwortete nicht, sondern sah weiter aufs Wasser. Er war kleiner als Burkart und erheblich schmaler gebaut. Ein Containerschiff kam mit hoher Bugwelle von der Nordsee angefahren, von der Schiffbegrüßungsanlage klang die liberianische Hymne herüber.

»Wird am häufigsten gespielt«, kommentierte Burkart. »*Einigkeit und Recht und Freiheit* nur selten. Alles längst ausgeflaggt.«

Mit keiner Regung verriet Frank, was er davon hielt. So war es immer, aus dem Mann war nicht schlau zu werden.

»Gehen wir ein Stück«, sagte der Beamte und setzte sich in Bewegung.

Burkart blieb nichts anderes übrig, als ihm zu folgen. Der nahe gelegene Schulauer Strand war fast menschenleer, an der Wasserlinie liefen ein paar Möwen auf und ab. Abrupt blieb Frank stehen, zog einen Umschlag aus dem Mantel und streckte ihn Burkart entgegen.

»Fühlt sich dünn an«, witzelte der, bevor er ihn faltete und in die Außentasche seiner Regenjacke steckte. Nachzählen war überflüssig, der Betrag stimmte immer.

»Nützlichere Informationen führen auch wieder zu dickeren Umschlägen.«

»War eben ruhig in letzter Zeit«, erwiderte Burkart.

»Ruhig? In diesem Land brennt es an allen Ecken und Enden. Mehr oder weniger offen. Von Ihnen kommt aber immer nur Kleinkram. Doch schlechter vernetzt, als behauptet?«

Burkart ließ sich nicht provozieren. Zuletzt hatte es tatsächlich wenig gegeben, was er dem Verfassungsschutz mitteilen konnte. Heute war das aber anders – genau zum richtigen Zeitpunkt. Er zog einen Zettel hervor und hielt ihn Frank hin.

»Behaltet diese Namen in den nächsten Tagen im Auge. Einer davon ist Polizist bei der Bremer Polizei.«

»Um was geht es?«

»Das sind alles Reichsbürger. Haben mehrere Kisten Waffen gekauft.«

»Zu welchem Zweck?«

Burkart spuckte auf den Sand. »Bestimmt nicht zur Kaninchenjagd. Vollautomatische Sturmgewehre.

Maschinenpistolen. Handgranaten. Dazu noch Sprengstoff. Kommt morgen mit einem russischen Frachter.«

»Woher wissen Sie davon?«

Burkart grinste. »Gut vernetzt.«

Der Zettel verschwand in Franks Mantel. »Sonst noch was?«

»Allerdings!« Genugtuung breitete sich in Burkart aus. »Die Rockertruppe, von der ich ein paar Mal erzählt habe …«

»… und bei der jeder Hinweis ins Leere lief …«

»Weil ihr den Hinweisen nicht ordentlich nachgegangen seid! Der Anführer wird die *Wolfsschanze* übernehmen.«

Jetzt zeigte der Vertreter des Verfassungsschutzes Interesse. Die offizielle Bezeichnung des Kulturzentrums lautete *Adlernest*, doch es war ein offenes Geheimnis, dass darin Rechtsextreme ein- und ausgingen, sich vernetzten, Demonstrationen planten und sich im Nahkampf ausbildeten. Gerade bei Letzterem war die Rockergruppe dazu prädestiniert, ihr Know-how weiterzugeben.

»Haben dort nicht Ihre Jungs das Sagen?«, fragte Frank.

Burkart bemühte sich um einen neutralen Gesichtsausdruck. »Deshalb weiß ich es ja vor allen anderen.«

»Wie kam es dazu?«

»Es gab genügend Fürsprecher, und am Ende … zwei meiner *Jungs*, wie du sie nennst, liegen mit gebrochenem Kiefer im Krankenhaus. Einigen war die *Wolfsschanze* nicht radikal genug. Das soll sich jetzt ändern.«

Frank beobachtete, wie die Wellen der Elbe an den Strand schwappten. »Sie sind also rausgedrängt worden?«

»Nein, wir sollen uns nur hinten einreihen. Dazu haben aber weder ich noch meine …«

»Sie und Ihre Männer bleiben dabei!« Auf einmal klang Franks Stimme laut und bestimmt. »Wenn Sie weiter für uns arbeiten wollen, sind Sie dort am besten aufgehoben. Ordnen Sie sich unter, und gewinnen Sie das Vertrauen. Kein interner

Machtkampf!« Beschwörend sah er Burkart an. »Begraben Sie sämtliche derartigen Gedankengänge!«

»Fällt mir schwer. Aber … mit etwas Schmerzensgeld … Meine Tochter braucht ein eigenes Pferd, das ist mir vorhin …«

»Darüber reden wir, wenn ich Ihre Berichte sehe. Regelmäßig, unaufgefordert und umfassend. Nächstes Treffen wieder hier zur gewohnten Zeit.«

Ohne ein Abschiedswort drehte er sich um und stiefelte über den Strand zurück zum Willkomm-Höft. Die Schultern hingen nun noch stärker nach unten, als er sich gegen den Wind stemmte. Burkart schüttelte den Regen von der Kapuze und wischte sich über das Gesicht. Er hatte sowieso nicht vorgehabt, sich den Rockern zu widersetzen, das Geschäft mit dem Verfassungsschutz war viel zu attraktiv. Zumal es ihm Spielraum auf anderen Feldern gab, die ihm bedeutend wichtiger waren als dieses Rekrutierungszentrum für rechten Nachwuchs.

Ohne den Davoneilenden aus den Augen zu lassen, zog er ein Handy aus der Tasche – die Nummer kannte weder Frank noch irgendjemand sonst vom Verfassungsschutz. Im Inneren steckte eine tschechische SIM-Karte, jeder aus seiner Gefolgschaft verfügte über eine.

»Seid ihr vor Ort?«, fragte er, als sich eine Männerstimme meldete.

»Ja. Die Hexe sitzt drinnen. Kaum was los hier.«

»Ich bin in ’ner halben Stunde bei euch.«

Grund zur Eile gab es nicht, schließlich stand genügend Zeit zur Verfügung. Burkarts Ziel war das Naturschutzgebiet Haseldorfer Binnenelbe mit Elbvorland, das stromabwärts von Hamburg lag und ein wichtiges Rastgebiet für den internationalen Vogelzug darstellte. Für Dennis Burkart gab es wenig Uninteressanteres als die Vogelwelt. Zur Tarnung setzte er sich dennoch einen Rucksack auf und hängte sich ein Fernglas um, als er bei einem Café an der Hetlinger Schanze aus dem Wagen stieg.

Während er an den geparkten Fahrzeugen vorbeiging, fiel ihm sofort der rote Polo auf. Das Auto gehörte einer Politikerin aus dem Landkreis Pinneberg, die sich seit ihrem Einzug in den Kreistag zu einem Problem entwickelte. Nachdem zahlreiche Diskussionen nicht zum Durchbruch geführt hatten, würde heute in einen anderen Gang gewechselt werden. An jedem Sonntag holte die Frau ihren Vater in einer Seniorenresidenz ab. In dem Café tranken sie zunächst Tee und schlenderten anschließend zu einem Vogelbeobachtungsturm. Danach ging es wieder zurück zu Kaffee und Kuchen. Da der alte Herr nicht mehr gut zu Fuß war, zog sich der Aufenthalt über drei bis vier Stunden hin. Nicht mal bei dem allergrößten Schietwetter wurde von dieser Routine abgewichen, und auf genau so einen kalten Regentag, an dem nicht viel los sein würde, hatten Burkart und seine Männer gewartet.

Er zog das Smartphone hervor. »Wo seid ihr?«

»Kurz vorm Turm.« Die Worte waren kaum zu hören, da der Wind in das Mikrofon des Handys pfiff.

»Andere Leute?« Burkart verfiel in einen Laufschritt und spürte, dass seine Sneakers durchweichten.

»Eben kamen drei Jogger vorbei, die sind aber kaum noch zu sehen.«

Burkart erhöhte das Tempo und lief am Deich entlang, der das Hinterland vor Elbhochwasser schützte. Auf der Wasserfläche rechter Hand schwammen Vögel, dann nahm der Beobachtungsturm klarere Konturen an. Von dem Asphaltsträßchen führte ein Wiesenweg zu einer Treppe, über die man zu der überdachten Aussichtsplattform gelangte. An der Rückwand verfügte der Aufbau über keine Fenster, sodass Burkart vor Entdeckung sicher war. Genauso wie die drei Männer, die neben einem Busch auf ihn warteten.

»Ihr zwei kommt mit.« Burkart deutete auf die kräftigsten, während er auf den dritten zuging, der daneben wie ein Zwerg wirkte. Er streckte ihm Franks Umschlag entgegen. »Liefere die Anzahlung nachher ab. Und mach Druck, damit wir die Waffen bis Ende des Monats haben!«

»Wo kommt die Kohle auf einmal her?«

Ohne seine Frage zu beantworten, wandte sich Burkart an die beiden anderen. »Wie lange sind sie schon oben?«

»Seit zehn Minuten.«

»Dann los!«

Burkart setzte den Rucksack ab und zog seine Jacke aus. Die beiden anderen folgten seinem Beispiel und verwandelten sich in anonyme Wesen. Die Kleidung verschwand unter schwarzen Overalls, die Gesichtszüge und Haare unter Sturmhauben. Leise stiegen sie die Metalltreppe nach oben – die Pistolen gut sichtbar. Oben angekommen, lenkte Burkart die Aufmerksamkeit auf sich, indem er mit der Waffe gegen das Geländer tippte. Ein glockenähnlicher Ton erklang, und die Politikerin drehte sich um. Sie zuckte zusammen, während ihr Vater die Männer nicht zu bemerken schien. Weiter in seiner Leidenschaft versunken, blickte er durch das Fernglas über die Wasserflächen, während sich ihm Burkart von hinten näherte.

Ungeschützt traf der Schlagstock auf die Nase eines Randalierers, sodass Blut herausspritzte. Tränengas waberte durch die Straßen, Schreie gellten. Die Bewohner von Niederdorla wähnten sich in einem Albtraum und verfluchten erneut den Richter, der den *Weißen* hier die Durchführung ihres Parteitages gestattet hatte. Allerdings ging das Chaos nur indirekt auf das Konto der Partei oder der Gegendemonstranten, da nach den Schüssen auf zwei Politiker vor dem Veranstaltungszelt Panik ausgebrochen war. Parteimitglieder, Medienvertreter, Cateringangestellte – und sogar das Sicherheitspersonal – waren in Richtung der

Gegendemonstranten geflohen, die Sprechchöre angestimmt und Banner in die Luft gehalten hatten.

Dort hatte kaum jemand etwas von dem Attentat mitbekommen, sodass hinter den Heranstürmenden ein Angriff vermutet worden war. Dass die Protestierenden von Sicherheitskräften eingekesselt worden waren, hatte zusätzlich zur Eskalation beigetragen. In Unkenntnis der Situation hatten Hunderte aufgebrachte Demonstranten die Absperrung zu durchbrechen versucht. Verstärkung war von außerhalb gekommen, als die Teilnehmer eines Protestzuges von den Schwierigkeiten ihrer Gesinnungsgenossen erfahren hatten. Innerhalb weniger Minuten war der Polizeikessel gesprengt worden, woraufhin sich in den Dorfstraßen Jagdszenen abgespielt hatten.

Stirnrunzelnd beobachtete Laura Westermann die Straßenschlacht, während sie sich mit ihrem Partner Steven Haberland zu den Großraumzelten vorkämpfte. Ihren BKA-Ausweis hielt die Zweiundvierzigjährige wie einen Schutzschild vor sich, um nicht selbst von den Einsatzkräften eins auf ihre nasse Wollmütze zu bekommen. Sie und Steven Haberland arbeiteten für die Abteilung *Polizeilicher Staatsschutz*, kurz *ST*, und dort in der Untergruppe *ST 12*. Ihre zentrale Aufgabe war die Ermittlung und Fahndung im linksextremistischen Milieu, sodass sie nicht wegen der *Weißen* »in die Pampa« gefahren waren – wie Steven es formuliert hatte –, sondern aufgrund ihrer Gegner. Ganz konkret wegen einer Gruppierung, die als schwarzer Block schon erfolgreich ganze Straßenzüge diverser Städte verwüstet hatte und sich gerade in den Gassen Niederdorlas austobte.

»Dieser Richter sollte selbst vor Gericht gestellt werden«, schrie Steven in Lauras Ohr. In seinem Vollbart verfingen sich Schneeflocken. »War doch absehbar, dass dieses Kaff ein völlig ungeeigneter Austragungsort ist.«

»Wär's dir lieber, wenn in Köln die Autos in Flammen stehen würden?« Laura umrundete einen brennenden Transporter.

Ihr sieben Jahre älterer Kollege zog seinen kantigen Schädel ein, als neben ihm eine Glasflasche auf dem Boden aufschlug. »Dann hätte ich meine Karre absichtlich draußen geparkt. Das Geld von der Versicherung …« Die restlichen Worte wurden vom Heulen einer Feuerwehrsirene verschluckt.

»Hier lang!« Laura zog ihn in eine schmale Straße. Niemand hielt sich dort auf, aber der Lärm der Auseinandersetzungen drang bis in den letzten Winkel des Dorfes. Aus allen Richtungen waren Martinshörner und Megafondurchsagen zu hören, aus der Luft ertönte das Knattern von Hubschrauberrotoren. Sie fühlte sich erschöpft. In den letzten Nächten hatte sie schlecht geschlafen, mal wieder hatte sich ihre Vergangenheit in den Träumen ausgetobt. Wie hilfreich es doch wäre, wenigstens einen Hauch von Stevens meist unerschütterlichem Gemüt zu besitzen!

»Und du wolltest erst nicht herfahren«, brachte er in Erinnerung, als er neben Laura über den Asphalt lief. »Da hätten wir uns jetzt vom *Knopf* was anhören können!«

Irene Knopf war erst seit wenigen Monaten ihre Chefin und besetzte damit eine Position, auf die sich auch Steven beworben hatte. Nach einer zermürbenden Jagd auf eine Guerillabewegung, die mehrere hochrangige Wirtschaftsvertreter in ihre Gewalt gebracht und Anschläge verübt hatte, war seine Meinung über die Vorgesetzte zwar nicht mehr ganz so harsch, Freunde würden sie aber ganz bestimmt nicht werden. Und er ließ sich nicht mal von Laura davon abbringen, sie weiterhin *der Knopf* zu nennen.

»Sie teilte meine Meinung, dass keine unmittelbare Gefahr besteht«, rechtfertigte sich Laura. Dankbar spürte sie, dass das Migränemedikament endlich seine Wirkung entfaltete. »Drohungen stößt *Revolt* schon seit längerer Zeit aus.«

Steven spuckte ein Nikotinkaugummi auf den Boden. »Erst seit Kurzem konkret gegen *Die Weißen*. Allerdings bin auch ich nicht davon ausgegangen, dass sie ausgerechnet bei einer derart abgesicherten Veranstaltung zu den Waffen greifen.«

Dass die militante Gruppierung *Revolt* hinter dem Attentat steckte, war ein naheliegender Verdacht. Laura und Steven hatten sich gerade im Protestcamp umgesehen, als sie von den Schüssen erfahren hatten. Ein Pfeil und eine Pistolenkugel seien aus dem Lager der Gegendemonstranten abgefeuert worden, so viel ließe sich schon sagen. Sofort hatten sie sich auf den Weg zum Ort des Geschehens gemacht – und waren dabei nicht allein gewesen. Unter Aktivisten verbreiteten sich Neuigkeiten in Windeseile, insbesondere, wenn eine Straßenschlacht ausgebrochen war.

Auf der Wiese mit dem großen Veranstaltungszelt war die Lage mittlerweile wieder unter Kontrolle. Als die BKA-Ermittler eintrafen, war der Bereich weiträumig mit Absperrgittern und dichten Reihen von Spezialkräften in Kampfmontur abgeriegelt. Die Besucher des Parteitags sowie die Pressevertreter waren zudem in eine extra gesicherte Zone gebracht worden.

Laura und Steven traten zum Einsatzleiter, der mit rotem Kopf hektisch in sein Telefon sprach. Auch Sanitäter waren anwesend, während sich die Spurensicherung noch zum Tatort durchkämpfte. Laura sah auf den matschigen Boden. Zwei Männer lagen dort auf dem Rücken, ihr Blick war erstarrt. Beide trugen Anzughosen und ehemals weiße, nun blutgetränkte Hemden. Bei dem jüngeren steckte ein Pfeil kurz unter dem rechten Schulterblatt. Er war mit so starker Wucht in den Körper eingedrungen, dass die drei roten Federn am Pfeilende fast die Haut berührten. Das andere Opfer hatte dagegen ein Loch in der linken Brust, exakt auf der Höhe des Herzens.

Der Einsatzleiter beendete sein Telefonat, und Laura deutete auf den älteren Mann. »Der Schatzmeister der *Weißen*?«

»Der alte und neue, so ist es.«

»Pistolenschuss?«

»Ziemlich sicher.«

»Weshalb ist auch der andere Mann tot? Er wurde doch nur an der rechten Schulter getroffen.«

Anstelle des Einsatzleiters meldete sich der neben dem Leichnam kniende Sanitäter zu Wort. »Ist mir auch ein Rätsel.« Er wies auf den Pfeil, der in den Körper nicht nur eingedrungen, sondern zum Teil am Rücken wieder ausgetreten war. »Das Herz wurde deutlich verfehlt. Könnte natürlich eine Schlagader erwischt haben, aber dann hätte er mehr Blut verloren. Vielleicht hatte er eine Herzschwäche und erlitt einen tödlichen Schock.«

»Wer ist das überhaupt?«, wandte sich Laura wieder an den Einsatzleiter.

»Tino Ullmann. Einer aus Ecksteins Gefolgschaft. Er wurde vorhin als Beisitzer gewählt.«

»Worüber er nur kurz jubeln konnte.« Steven ging vor dem Toten in die Hocke. Dieser war genauso beleibt wie der erschossene Schatzmeister, aber mit Anfang dreißig erheblich jünger. Zudem hatte er kein Doppelkinn und keine nikotinverfärbten Finger, dafür aber noch mehr Haare auf dem Kopf. Die Frisur war genauso langweilig wie die Gesichtszüge, auffällig war die bläuliche Färbung der Haut. »Gezielte Schüsse oder Zufallstreffer?« Steven sah zu Laura auf. »Ullmann hatte doch keine wirklich relevante Position bei den *Weißen* inne.«

»Er stand direkt neben Eckstein«, antwortete der Einsatzleiter. »Wäre also denkbar, dass der Pfeil eigentlich für den Vorsitzenden bestimmt war.«

»Und er hier?« Steven nickte zu dem anderen Toten. »Als Schatzmeister war er in der Öffentlichkeit kaum präsent. Wieso traf es zwei vergleichsweise unbedeutende Figuren?«

»Innerhalb einer Partei ist der Schatzmeister ein wichtiger Posten«, erwiderte Laura. »Außerdem soll er die Finanzen geschickt verwaltet und vermehrt haben. Ihn aus dem Spiel zu nehmen, ist durchaus ein Schlag gegen *Die Weißen.*«

»Nach meiner Meinung wurden die Schüsse wahllos abgefeuert«, teilte der Einsatzleiter seine Einschätzung mit. »Die Politiker standen eng beisammen, da musste man nur draufhalten und konnte sicher sein, einen von ihnen zu erwischen.«

»Verschiedene Waffen wurden benutzt.« Laura sah sich weiter um. »Vermutlich gab es zwei Schützen. Beide schossen nur einmal. Warum nicht häufiger, um noch mehr zu erwischen?«

»Weil sofort Panik ausbrach, sich die anderen Politiker zu Boden warfen und die Täter unerkannt entkommen wollten«, vermutete Steven. »Von wo kamen die Schüsse?«

»Die genaue Analyse müssen Experten vornehmen.« Der Einsatzleiter wischte sich Regentropfen von der Stirn, vielleicht war es auch Schweiß. »Fest steht, dass sie aus der Richtung der Gegendemonstranten kamen.« Er zeigte zu den Absperrungen.

»Es gab genügend Kameras«, merkte Laura an. »Auf irgendeiner Aufnahme *muss* einfach etwas zu sehen sein, genauso dürfte es Zeugen geben. Zumindest was Ullmanns Ermordung betrifft. Sie beugte sich neben Steven nach unten. »Der Pfeil stammt von einer Armbrust, da bin ich mir sicher. Und die ist nicht gerade unauffällig.«

Steven nickte. »Du hast recht, anders als eine Pistole kannst du sie nicht mal eben unter der Jacke verbergen. Warum wurde ausgerechnet so eine Waffe benutzt? Wir müssen das Protestcamp durchsuchen. Alle Demonstranten festhalten und erkennungsdienstlich behandeln.«

Der Einsatzleiter schnaubte. »Guter Plan – in der Theorie. Wissen Sie, was drüben im Dorf gerade los ist?«

»Klar, wir sind mittendurch gelaufen.«

»Es ist ausgeschlossen, alle einzusammeln. Mehrere Hundert Menschen haben hier demonstriert, noch mehr hatten sich auf dem Dorfplatz versammelt.«

»Die spielen keine Rolle, von dort können die Schüsse nicht …« Laura stockte.

»Was ist?«, fragte Steven.

Laura streckte den Arm aus. Das Veranstaltungsgelände lag am östlichen Dorfrand, nicht weit von einer Kirche entfernt. Sie war aus unverputzten Steinen errichtet und offenbar ein historisches Gebäude. Das Dach des Kirchturms war mit schwarzen Schindeln verkleidet. Sowohl im mittleren als auch im oberen Bereich des Turms gab es Fenster und Luken.

»Freie Schussbahn.« Abschätzend kniff Steven die Augen zusammen. »Aber mit einer Armbrust aus der Entfernung …?«

»Ich hab mal auf dem Schießstand eine Armbrust ausprobiert«, erwiderte Laura. »Ein paar Treffer über sechzig Meter sind mir gelungen.«

»Ja, *dir*!« Nicht nur Steven, auch andere Kollegen wurden von Laura beim Schießtraining regelmäßig in den Schatten gestellt.

»Ich bin nur mit der Dienstwaffe geübt«, wiegelte sie ab. »Ein Sportschütze könnte sicher auch über eine größere Entfernung treffen. Was denkst du? Sind das hundert Meter?«

»Kann ich nicht beurteilen. Bin schließlich kurzsichtig.«

»Trägst du etwa Placebo-Kontaktlinsen?«

»Schön wär's, das würde mir einiges an Geld sparen. Nur …« Er brach ab, als Laura loslief. »Wo willst du hin?«

»Zur Kirche.« Laura klappte den Kragen ihrer Wildlederjacke hoch. »Selbst wenn meine Vermutung falsch ist, vom Turm haben wir eine gute Übersicht.«

»Ist eigentlich nicht unsere Aufgabe.« Steven beeilte sich, sie einzuholen.

»Die Spurensicherung ist aber noch nicht da.«

Steven schwieg, er wusste, wann Diskussionen mit Laura sinnlos waren. Sie ließen die Absperrung hinter sich und erreichten wenig später einen Friedhof. Die Tür der Kirche war offen, mehrere Menschen standen in Gruppen beisammen und unterhielten sich. Polizisten waren keine zu sehen. Laura steuerte die erstbeste Gruppe an und zeigte ihren Ausweis.

»Können Sie uns sagen, wo wir den Pfarrer finden?«

Eine Frau mit kurz geschnittenen grauen Haaren schmunzelte. »Die Suche würde länger dauern. Ich bin hier die Pfarrerin.«

»Ach so …«

»Wir sind eine evangelische Kirchengemeinde«, schob die Frau nach. »Womit kann ich Ihnen helfen?«

»Lässt sich der Turm besteigen?«

»Natürlich, er ist nur nicht öffentlich zugänglich. Es gibt keine Aussichtsplattform oder …«

»Führen Sie uns bitte hinauf!«

»Kein Problem.« Die Pfarrerin tauschte verwunderte Blicke mit den anderen Anwesenden aus und zog einen Schlüssel aus der Jackentasche.

»Sie haben mitbekommen, was passiert ist?«, fragte Steven, als sie der Frau zum Eingangsportal der Kirche folgten.

»Klar, dieser Parteitag findet ja in direkter Nachbarschaft statt. Wir hätten nie gedacht, dass Niederdorla mal einen Auflauf von Rechten erlebt.«

»Und von Linken.« Laura stampfte mit ihren Boots auf, um den Schlamm zu entfernen. Erst dann betrat sie das Gebäude.

»Ist man automatisch links, wenn man gegen die Rechten ist?«, entgegnete die Frau. »Wir zum Beispiel haben einen Protestgottesdienst abgehalten. Da waren die unterschiedlichsten Leute dabei. So voll war die Kirche schon lange nicht mehr.«

»Waren ausschließlich Einheimische anwesend?«, hakte Laura nach.

»Nein. Plakate für den Gottesdienst haben wir nicht nur im Dorf, sondern auch im Protestcamp aufgehängt. Die Mehrheit dort ist nämlich friedlich.«

»Wir interessieren uns für die, die nicht friedlich sind«, stellte Steven klar. »Und von denen gibt's genügend.«

»Sollten Sie sich nicht eher für *Die Weißen* interessieren?«

»Andere Abteilung«, war seine knappe Erwiderung.

»Oder vielmehr der Zuständigkeitsbereich des Verfassungsschutzes«, ergänzte Laura. »Hier geht es aber gerade um einen Doppelmord.«

»Ist ja völlig richtig, dass Sie …« Mitten im Satz brach die Geistliche ab und blieb stehen, sodass Steven in sie hineinlief.

»T'schuldigung«, grunzte er.

»Komisch.« Die Frau sah auf ihren Schlüssel, als könne der ihre Verwirrung auflösen.

»Was?«, fragte Laura.

»Hier ist immer abgesperrt.« Sie zeigte auf eine angelehnte Tür.

»Der Zugang zum Turm?

»Ja.«

Laura trat näher. »Das Schloss wurde aufgebrochen.«

»Gut, dass wir uns abgesichert haben.« Steven zog seine Dienstwaffe hervor.

Laura tat es ihm nach und stieß die Tür auf. »Sie bleiben hier unten«, wies sie die Pfarrerin an.

Steven informierte die Einsatzleitung über die Entdeckung, dann folgte er Laura, die schon mehrere Stufen erklommen hatte. Aus dem Inneren des Turms war nichts zu hören, und die Geräusche der Straßenschlacht drangen nur gedämpft herein. Die Waffen stets im Anschlag bemühten sie sich, möglichst lautlos nach oben zu laufen. Immer wieder blieben sie stehen und lauschten. Als sie das erste Fenster erreichten, blickte Laura zum Feld mit den großen Zelten. Aber von hier aus versperrten noch Bäume eine mögliche Schussbahn.

Dies änderte sich, als sie im Glockenturm angekommen waren. Dort gab es keine Fenster, aber Öffnungen, die lediglich mit engen Holzstreben verkleidet waren, um das Glockengeläut nach außen zu lassen. Jetzt pfiff der Wind hindurch, und an einer Stelle waren mehrere Streben herausgebrochen und auf den Boden geworfen worden. Laura stellte sich vor die Öffnung. Sie war groß genug für eine moderne Armbrust, die darüber hinaus auf einer intakten Holzleiste abgestützt werden konnte. Das erleichterte das Zielen, und wie Laura feststellte, lag der Eingang des Pressezeltes frei vor ihr. Dort parkten mittlerweile mehrere Vans, vermutlich Spurensicherung und Rechtsmedizin. Der Schneeregen ließ jetzt nach, war zum Zeitpunkt der Schüsse aber dichter gewesen.

Erneut versuchte Laura, die Entfernung abzuschätzen. Es konnten auch etwas mehr oder weniger als hundert Meter sein, aber es blieb dabei: Sollte der Pfeil von hier abgeschossen worden sein, dann musste es sich um einen Meisterschützen handeln. Auch mit einer Pistole war es äußerst schwierig, auf diese Entfernung zu treffen. Ob die Spurensicherung Schmauchspuren an der Holzverkleidung finden würde?

»Komm mal rüber!« Stevens kratzige Stimme, das Ergebnis eines fast dreißigjährigen Raucherlebens, klang aufgeregt. Längst war klar, dass sie allein waren, sodass er sich nicht um Zurückhaltung bemühte. »Deine Intuition hat nicht versagt!«

Laura lief um die Glocke zur anderen Seite, wo Steven vor einem Gegenstand kniete. Sie spähte an seiner am Hinterkopf beginnenden Glatze vorbei und entdeckte eine Armbrust. Es war eine Hightech-Waffe, die mit mittelalterlichen Modellen kaum noch Ähnlichkeit besaß. Sofern sie sich an die Erklärungen des Schießtrainers richtig erinnerte, konnte damit ein abgeschossener Pfeil um die fünfhundert Stundenkilometer erreichen und äußerst präzise platziert werden. Fast schon ehrfürchtig ging sie neben ihrem Ermittlungspartner in die Hocke.

»Das müssen sich Spezialisten ansehen.« Sie machte ein Foto mit ihrem Handy. »Dürfte absolute Premiumklasse sein und einen entsprechenden Preis haben.«

»Also keine Massenware«, antwortete Steven. »Sofern man bei Armbrüsten überhaupt davon sprechen kann. Für die Suche nach dem Schützen ist das hilfreich.«

»An der Waffe selbst wird sich nichts finden.« Laura erhob sich. »Sonst wäre sie hier nicht zurückgelassen worden. Dem Schützen war klar, dass er damit besser nicht erwischt wird. Das Ding ist ja fast einen Meter lang und einen halben Meter breit, da brauchst du eine auffällige Tasche.«

Steven stand ebenfalls auf. »Von einer Pistole keine Spur, aber die ist natürlich leichter zu verstecken.«

»Alle Festgenommenen müssen auf etwaige Schmauchspuren untersucht werden.«

»Traust du *Revolt* das zu?«, fragte Steven.

»Einen Mord an Rechtsextremen? Definitiv!« Laura zuckte zusammen, als draußen eine Explosion erklang und stürzte zurück zur Öffnung. Dichter Rauch lag auf einmal über dem Veranstaltungsort, Flammen loderten. Erneut brach Panik aus, und Menschen rannten in unterschiedliche Richtungen davon. Mehr und mehr kam sich Laura wie in einem Kriegsgebiet vor. Die *Weißen* hatten an diesem Tag die Schlagzeilen bestimmen wollen, doch in welchem Ausmaß ihnen dies tatsächlich gelungen war, hätten sie im Vorfeld selbst wohl kaum für möglich gehalten.

Kapitel 2

Die Taue waren straff gespannt, und erfahrene Schlepperkapitäne halfen dabei, das Containerschiff sicher bis zu seinem Liegeplatz am Burchardkai im Hamburger Hafen zu bugsieren. Mit einer Länge von vierhundert Metern war der Mega-Carrier gut doppelt so groß wie die *American Lancer*, die vor über fünfzig Jahren als erstes Containerschiff die Hansestadt angesteuert hatte. Die Ladekapazität war sogar neunzehn Mal größer, zwanzigtausend Standardcontainer fanden auf dem Giganten Platz. Es war ein beeindruckendes Schauspiel, das Jan Seidl am Fenster verfolgte.

Zwei Tage nach den dramatischen Vorfällen in der Mitte Deutschlands hatten sich die Wogen noch längst nicht geglättet. Für den mit dem Leben davongekommenen Martin Eckstein galt dies insbesondere, dem fünfunddreißigjährigen Politiker saß der Schreck noch erkennbar tief in den Knochen. Dass zu allem Überfluss auch noch ein Gaskocher des Caterers explodiert war, dessen Versorgungszelt in Brand gesetzt hatte, wobei mehrere Menschen verletzt wurden, war angesichts des Doppelmordes und der Straßenschlachten fast untergegangen. Immerhin hatte sich schnell herausgestellt, dass hier kein Fremdverschulden, sondern eine unsachgemäße Bedienung der Auslöser gewesen war.

Das Interview mit Jan Seidl war für Eckstein ein Heimspiel, denn er war in Hamburg geboren und aufgewachsen. Sein Elternhaus war nicht nur wohlhabend, sondern die Ecksteins gehörten seit Generationen zu den sogenannten Pfeffersäcken – was nicht hatte verhindern können, dass er schon mit neunzehn Jahren Vollwaise geworden war. Dass er nun Berlin anvisierte, war kein Geheimnis. Die nächste Bundestagswahl fand in sechs Monaten statt, und er wollte mit einer möglichst großen Anzahl an Abgeordneten in den Reichstag einziehen. Zuvor waren noch diverse Kommunal- und zwei Landtagswahlen zu absolvieren, die erste schon am kommenden Wochenende in Nordrhein-Westfalen.

Dass Jan Seidl eine persönliche Audienz bekommen hatte, überraschte den Journalisten. Die alte Parteiführung hatte einen großen Bogen um ihn gemacht, doch nicht nur diesbezüglich versprach der neue Vorsitzende einen Kurswechsel. Das Gespräch fand in einem noblen Besprechungszimmer eines Hotels an der Elbchaussee statt. Vom Fenster aus bot sich ein großartiger Ausblick auf den in der Sonne glitzernden Fluss, sodass Seidl die Wartezeit überbrücken konnte, indem er bei der Hafeneinfahrt des Containerschiffes zusah. Ecksteins Handy hatte kurz zuvor geklingelt, woraufhin er das Interview unterbrochen und den Raum verlassen hatte, um zu telefonieren.

In der Viertelstunde zuvor hatte er sich so präsentiert, wie Seidl ihn schon aus der Distanz kennengelernt hatte: smart. Keine Aggression, keine grenzwertige oder gar grenzüberschreitende Wortwahl, keine schwachen Nerven. Mehrfach hatte Seidl ihn mit Äußerungen von Parteimitgliedern oder mit der Nähe zur Neonazi-Szene konfrontiert. Das sei alles Schnee von gestern, erklärte Eckstein, die Partei sei neu aufgestellt und werde in den nächsten Wochen ihr Programm überarbeiten. Begriffe wie rechts, erzkonservativ oder andere Etiketten lehne er ab, seine Partei spiegele die Mitte der Gesellschaft wider, mit ihren Sorgen, Nöten und Wünschen. Alle seien ihm willkommen, egal ob sie sich vorher links oder rechts verortet hätten.

Etwas hatte Seidl aber noch in der Hinterhand, und aufgrund der Unterbrechung hatte er Zeit, sich noch einmal gedanklich darauf vorzubereiten. Als Eckstein wenig später zurückkehrte, ließ der Ausdruck seines glatt rasierten Gesichts keine Rückschlüsse auf das soeben geführte Telefonat zu. Er war einer der kontrolliertesten Männer, denen Seidl je begegnet war – und in Kombination mit seiner Gesinnung auch einer der gefährlichsten. Wieder trug er einen hellblauen Slim-Fit-Anzug und ein weißes Hemd. Eigentlich sah er an jedem Tag so aus wie am vorherigen. Seidl sprach diese Auffälligkeit direkt an.

Eckstein reagierte weder verlegen noch empört. »Langweilig, nicht wahr? Aber das weiße Hemd ist Pflicht, gehört zur Partei. Und der blaue Anzug?« Er zeigte ein entwaffnendes Lächeln. »Eine frühere Partnerin von mir war Farbtherapeutin und riet mir zu blauer Kleidung. Das korrespondiere mit meinen Augen und transportiere zudem unterschwellig meine Charaktermerkmale. Eigentlich neige ich nicht zu esoterischen Ansätzen, aber seit ich auf ihren Rat gehört habe, bekam mein Leben einen Lauf. Also setze ich vorsichtshalber weiter darauf.«

»Auf welche Charaktermerkmale spielte Ihre Freundin an?«, fragte Seidl.

Ecksteins Lachen präsentierte blendend weiße Zähne. »Blaue Persönlichkeitstypen sind analytisch und gehen mit Bedacht ans Werk. Faktenbasiert und sachlich.«

»Zu welcher Farbgruppe gehört denn Ihr Vorgänger?«

»Derartige Analysen überlasse ich lieber den Experten«, wehrte Eckstein diplomatisch und mit einem Augenzwinkern ab.

»Ein wenig kenne auch ich mich mit dem Vier-Farben-Modell aus. Es geht auf den Unternehmensberater Frank

Scheelen zurück. Blau steht unter anderem für Detailverliebtheit. Und insofern irritiert mich die Auswahl Ihrer Mitstreiter.«

»Wie meinen Sie das?«

»Zum Beispiel Oliver Bär, Ihr Generalsekretär. Er arbeitete eine Weile als Anwalt.«

»Richtig.«

»Dabei hatte er sich auf die Verteidigung Rechtsextremer und lupenreiner Nazis spezialisiert. Wie passt das zu der von Ihnen proklamierten Neuausrichtung?«

Eckstein rückte seinen Krawattenknoten zurecht. »Wir sind ein Rechtsstaat. Jedem Angeklagten stehen anwaltlicher Beistand und ein fairer Prozess zu. Oder stellen Sie das in Abrede?«

»Selbstverständlich nicht. Aber wer ausschließlich derartige Personen vertritt, dürfte Sympathien für ihre Ideologie hegen.«

»Das ist Ihre Schlussfolgerung. Ich kenne Oliver seit meinem Studium und vertraue ihm vollständig.«

»Zu Ihrer Studentenzeit komme ich gleich.« Bei dieser Ankündigung meinte Seidl alarmierte Aufmerksamkeit aus Ecksteins Miene herauszulesen. »Die jüngere Vergangenheit ist aber aufschlussreich genug. Es gibt einige Zitate von Herrn Bär, die …«

»Ein Generalsekretär hat die Aufgabe, Dinge auch mal überspitzt zu formulieren. Das ist in anderen Parteien ganz genauso. Zudem musste er bislang die Meinung des abgewählten Vorstandes vertreten.«

»Neben Herrn Bär fällt mir noch Ihre Bundesgeschäftsführerin ein.«

»Und was hat sie ausgefressen?« Eckstein schmunzelte, als sei ihm ein guter Witz gelungen.

Seidl blieb todernst. »Sie wurde auf Ihr Betreiben eingestellt. Der alte Vorstand hoffte, Sie damit zunächst zufriedenzustellen. Korrekt?«

»Ersteres stimmt, das andere entspringt Ihrer Fantasie. Unsere Geschäftsführerin überzeugte den gesamten Vorstand. Den *alten* Vorstand wohlgemerkt.«

»War sie deshalb so überzeugend, weil sie Managerin einer der erfolgreichsten rechten Bands war? Mehrere Songs dieser Gruppe landeten wegen Gewaltverherrlichung und antisemitischen Anspielungen auf dem Index. Außerdem organisierte sie eine Demonstration, bei der offen faschistische Symbole gezeigt wurden.«

»Jetzt hören Sie aber auf!« Eckstein blieb ruhig, seine Mimik amüsiert. »Auf der linken Seite passiert Ähnliches. Wenn Autonome Straßenzüge zerstören – wie zum Beispiel in Niederdorla –, dann weisen die Veranstalter der Demonstration auch jede Verantwortung von sich. Man hat es eben nicht im Griff, wer sich dem Protest anschließt.«

»Aber *man* könnte sich zumindest öffentlich und deutlich davon distanzieren.«

»Tun das denn die Linken?«

»Also denken Sie ja doch in den Kategorien *links* und *rechts*.« Jetzt war es Seidl, der schmunzelte.

Eckstein hob abwehrend die Hände mit den makellos manikürten Fingernägeln. »Ich habe damit nicht ausgedrückt, dass ich unsere Partei rechts einordne. Das ist Ihre Interpretation. Aber das Chaos vom letzten Wochenende geht nun mal glasklar auf das Konto derer, die sich als links bezeichnen. Inklusive der beiden Hinrichtungen.«

»Erschießungen aus der Distanz«, korrigierte Seidl.

Sobald die Sprache auf das Attentat kam, bekam Ecksteins glatte Fassade Risse. Bislang vor allem in Form fahriger Bewegungen, diesmal mit einer ungewohnt heftigen und lauten Erwiderung. »Tot ist tot! Wollen Sie das verharmlosen? Noch dazu mit einer Armbrust erschossen!«

»Was spielt die Waffe für eine Rolle?«

»Wie …?« Kurz wirkte Eckstein irritiert, dann klang seine Stimme wieder gewohnt beherrscht. »Natürlich spielt es keine Rolle. Es ist aber bizarr, oder etwa nicht? Haben Sie noch weitere Fragen?« Er lächelte wieder. »Mein nächster Termin wartet. Ich habe Ihnen bereits zehn Minuten mehr geschenkt als vereinbart.«

»In diesen zehn Minuten befanden Sie sich außerhalb des Raumes«, erwiderte Seidl.

»Touché.« Das Lächeln wurde breiter.

Seidl schob sein Gefühl, dass Eckstein nicht ohne Grund über die Armbrust als Mordwaffe gestolpert war, zunächst zur Seite. »Sie haben eben Ihre Studentenzeit erwähnt. Ich habe mich dazu schlaugemacht.«

»Ach ja?« Jetzt war der Politiker eindeutig auf der Hut.

»Sie und Oliver Bär haben in Leipzig studiert«, fuhr der Journalist fort. »Genauso Anton Gerber, der seit Sonntag Stellvertretender Parteivorsitzender ist. Sie belegten unterschiedliche Studienfächer, aber eines hatten Sie gemeinsam: Sie lernten sich in einer Burschenschaft kennen, die inzwischen vom Verfassungsschutz beobachtet wird. Wegen faschistischer Tendenzen und Umsturzfantasien. Drei der damaligen Mitglieder werden heute den Reichsbürgern zugeordnet.«

Eckstein schwieg für mehrere Sekunden. »Oliver habe ich tatsächlich dort kennengelernt«, sagte er dann. »Anton war aber kein Mitglied, ihn traf ich beim Sport. Damals war die Burschenschaft übrigens noch nicht unter Beobachtung. Davon abgesehen bin ich nicht dafür verantwortlich, wie sich die Lebenswege früherer Kommilitonen entwickeln.«

»Nein, aber für Ihre eigenen Entscheidungen. Sie bestreiten also nicht, Mitglied in dieser Burschenschaft gewesen zu sein?«

»Wieso sollte ich das tun?«

»Weil es bislang unbekannt war. Sie haben nie darüber gesprochen.«

»Niemand hat mich danach gefragt. Es spielt sowieso keine Rolle. Ich war Anfang zwanzig.«

»Sie haben Ihr Studium mit fünfundzwanzig abgebrochen. Also waren Sie bis *Mitte* zwanzig Mitglied.«

Eckstein winkte ab. »Ich war nie besonders aktiv.« Erstaunlicherweise wirkte er jetzt nicht mehr beunruhigt. Hatte er eine andere Enthüllung befürchtet?

»Es stört Sie also nicht, wenn meine Zeitung morgen darüber berichtet?«, hakte Seidl nach.

Der Politiker schlug die Beine übereinander und lehnte sich zurück. »Überhaupt nicht.«

»Würden Sie auch heute noch eine Mitgliedschaft in Erwägung ziehen?«

»Wie gesagt, ich war jung und …«

»Das beantwortet meine Frage nicht.«

»Gut, dann eine klare Antwort: Nein, das würde ich nicht tun.«

»Sie distanzieren sich also rückblickend von dieser Burschenschaft?«

»Ich bin nach dem Studium nicht in die Riege der *Alten Herren* gewechselt, sondern ausgetreten. Das dürfte Ihre Frage beantworten. Jetzt müssen wir das Gespräch aber wirklich beenden. Ihre Konkurrenz wartet, und ich möchte nicht unhöflich sein.«

»Verstehe.« Seidl schaltete das Aufnahmegerät ab. »Wie Sie sich denken können, werde ich weitere Nachforschungen anstellen. Sollten Sie also noch etwas hinzufügen wollen … ich habe Zeit.«

Eckstein zeigte sein bekanntes Reklamelächeln. »Das ist sehr freundlich, aber es gibt nichts hinzuzufügen. Von Ihren Recherchen kann ich Sie nicht abhalten, aber Sie werden zu keinem anderen Ergebnis kommen.« Er stand auf und streckte die Hand aus. »Bis zum nächsten Mal, Herr Seidl. Sie haben hoffentlich bemerkt, dass ich kein Problem mit kritischen Fragen habe. Die Freiheit der Presse ist ein hohes Gut und mir überaus wichtig.«

»Freut mich zu hören. Ihr Vorgänger hatte eine andere Ausdrucksweise. Genauso wie Ihr Generalsekretär.« Seidl drückte ihm die Hand und packte dann seine Sachen ein.

Nach dem Verlassen des Zimmers stieß er im Flur mit einem Journalisten zusammen, der für eine andere Zeitung arbeitete. Diesen Kollegen wurmte es sichtlich, dass er nach Seidl an der Reihe war. Ohne ein Wort des Grußes ging er an Seidl vorbei. Dieser zuckte mit den Schultern und trabte dann – noch in Gedanken beim Interview – die Treppe herunter. Irgendetwas war in Ecksteins Leipziger Vergangenheit zu finden, da erlaubte seine langjährige Berufserfahrung keine andere Schlussfolgerung. Er mochte Leipzig – nicht zuletzt, weil dort eine Frau wohnte, deren Nähe immer eine Anreise wert war. So wie es aussah, konnte er sie demnächst öfter auf Verlagskosten besuchen.

Seidls Laune wurde noch besser, als er das Hotel verließ und Transparente erblickte. Dass Eckstein hier gerade mehrere Pressevertreter empfing, war auch zu den politischen Gegnern durchgedrungen. Dank eines Tipps von Seidl höchstpersönlich. Etwa fünfzig linke Aktivisten hatten sich versammelt, um vor der neuen faschistischen Gefahr zu warnen. Seidl steckte sich eine Zigarette an, dann drehte er sich um und sah zu dem Zimmer hinauf, in dem er seit Monaten mal wieder ein persönliches Gespräch mit einem der *Weißen* hatte führen dürfen. Der Parteivorsitzende stand mit durchgedrücktem Kreuz am Fenster und schaute auf den Vorplatz hinunter. Sein Blick war auf die Demonstranten gerichtet – und plötzlich stutzte er sichtlich. Dann zog er mit einem Ruck den Vorhang zu. Seidl musterte die mehrheitlich jungen Leute und ging die Gesichter durch. Es schien so, als habe Eckstein jemanden darunter erkannt, dessen Anblick ihn erschreckt hatte. Aber vielleicht täuschte dieser Eindruck auch, zumindest konnte Seidl nichts Auffälliges entdecken.

Das Geschöpf war nur fünf Zentimeter lang, knallgelb und hatte große dunkle Augen. Es sah putzig aus und gehörte doch zu den giftigsten Lebewesen der Welt. Innerhalb seiner Gattung stand es sogar an der Spitze, sodass es seinen Namen völlig zu Recht trug: Schrecklicher Pfeilgiftfrosch. Das Gift eines einzigen Exemplars reichte aus, um zehn Menschen zu töten. Dass Laura und Steven ein Foto des Tieres betrachteten, beruhte auf einer überraschenden Entdeckung: Mit dem Gift des Frosches – in Kolumbien beheimatet – hatten nicht nur die Chocó-Indianer ihre Blasrohrpfeile präpariert, Gleiches hatte auch der Todesschütze von Niederdorla getan. Das Gift Batrachotoxin war in hoher Konzentration an der Pfeilspitze und dem Pfeilschaft aufgetragen worden, was erklärte, weshalb Tino Ullmann an dem Treffer in seiner Schulter hatte sterben können. Die verwendete Menge hätte sogar mehrere Menschen umbringen können, bei Tino Ullmann hatte sie innerhalb kürzester Zeit zu einer Atemlähmung geführt.

Neben Laura und Steven saß auch ihre Vorgesetzte Irene Knopf an dem Konferenztisch. Sie betrachtete gerade äußerst interessiert eine Luftbildaufnahme des Veranstaltungsgeländes. Darauf waren zwei Dreiecke eingezeichnet, die von der Position der Ermordeten in Richtung Westen führten. Sie veranschaulichten, aus welchem Korridor die tödlichen Schüsse abgegeben worden sein mussten. Der Kirchturm, in dem Laura und Steven die Armbrust gefunden hatten, befand sich genau in der Mitte. Passend dazu deutete der Eintrittswinkel des Pfeils auf eine erhöhte Abschussposition hin. Er war tief ins Schulterblatt eingedrungen und am Rücken zu zwei Dritteln wieder ausgetreten, was auf eine beeindruckende Schussgeschwindigkeit schließen ließ.

»Es handelt sich um eine Jagdarmbrust im Camouflage-Look«, erklärte Laura. »In Deutschland ist die Jagd mit so einer Waffe verboten, woanders aber nicht. Zum Beispiel in Nordamerika. Und auch in Australien.« Sie warf einen Blick zu Steven, der seine gesamte Kindheit in Down Under verbracht hatte.

»Hätte mir gegen das ganze giftige Getier dort wenig genützt«, erwiderte er. »Obwohl wir ein echtes Hightech-Gerät gefunden haben. Das Ding ist sehr leicht, und auch der verwendete Pfeil ist auf dem neuesten Stand der Technik. Vierzig Zentimeter lang und aus Aluminium. Dazu rot gefärbte Naturfedern und eine Jagdspitze aus Carbonstahl. Ihre beiden Klingen sind extrem scharf, extra stabil und wurden hitzebehandelt, damit sie Knochen durchschlagen können, ohne dabei zu verbiegen.«

Bei dieser Schilderung verzog Irene Knopf keine Miene. Die Siebenundvierzigjährige trug wie gewohnt ein Businesskostüm und hatte die blonden Haare messerscharf auf Höhe der Augenbrauen und seitlich am Kinn abschneiden lassen. Nicht zum ersten Mal fragte sich Steven, wie oft sie wohl einen Friseur besuchte, denn nach seinem Empfinden war die Haarlänge Woche für Woche exakt gleich.

»Was ist das Ergebnis der Spurensicherung?«, fragte die Referatsleiterin.

»An dem Pfeil wurde nur Batrachotoxin gefunden«, teilte Laura mit. »An der Armbrust gab es gar nichts, die wurde gesäubert. Auf dem staubigen Boden fielen frische Abdrücke von einer großen Tasche und Schuhen auf. Die Sohlenprofile konnten nicht herausgearbeitet werden, wohl aber die Größen. Circa 40 und 45.«

»Sonst noch was?«

»Drei Haare, zwei davon dunkelblond. Sie gehören Steven, der damit weiter in Richtung Vollglatze marschiert.«

»He, he, Vorsicht!«, murmelte Steven. Seine Augenbrauen zogen sich zusammen, wie der restliche Körper wiesen sie keinen spärlichen Haarwuchs auf. Zu seinem Ärger nagte der Zahn der Zeit ausschließlich und ausgerechnet an seinem Kopfhaar. Um davon abzulenken, hatte er sich einen Vollbart wachsen lassen, aber das half nur bedingt. Mehr überrascht als verärgert, sah er Laura an. Üblicherweise neigte sie nicht zur Flapsigkeit, bei mehreren Mordopfern schon gar nicht.

»Das andere Haar«, fuhr Laura ungerührt fort, »ist zwar ebenfalls blond, aber heller und länger.«

»Von einer Frau?«, fragte ihre Chefin.

»Das Ergebnis der DNA-Analyse steht noch aus. Anders als die Befragungen der Kirchengemeinde. Dort wurde weder vor, während oder nach dem Gottesdienst etwas Ungewöhnliches bemerkt. Allerdings entstand Unruhe, als die Nachricht von den Morden durchsickerte und die Straßenschlacht ausbrach.«

»Sind den Einheimischen in den Kirchenbänken Fremde aufgefallen?«

»Ein paar Leute aus dem Protestcamp waren anwesend. Leider gibt es weder Fotos noch Videoaufnahmen. Aber eine Beschreibung hat mich stutzig gemacht.« Sie zog einen Ausdruck hervor. »Neben einer älteren Dame saß eine junge Frau, die dieser hier ähnlich sah. Gegen Ende des Gottesdienstes stand sie auf und kam nicht wieder. Also kurz bevor der Pfeil abgeschossen wurde.«

Irene Knopf beugte sich zu ihr. »Wer ist das?«

»Sanna Wischnewski«, antwortete Steven an Lauras Stelle. »Unter anderem wegen ihr sind wir überhaupt dorthin gefahren. Sie ist achtundzwanzig Jahre alt, arbeitet als Tierpflegerin auf einem Gnadenhof und ist eine – wenn nicht sogar *die* – treibende Kraft bei *Revolt*.«

Revolt stand seit Jahren unter Beobachtung. Es war ein loser Zusammenschluss linksreaktionärer Kreise in ganz Europa. Das Ziel war die endgültige Zerschlagung faschistoiden Gedankengutes, das fast überall auf dem Kontinent wieder auf dem Vormarsch sei. Dabei wollte *Revolt* dem Gegner auf Augenhöhe begegnen, was Anschläge auf Gegenstände und Personen einschloss. Einen Todesfall hatte es bislang nicht gegeben, wohl aber Schwerverletzte.

»Sanna Wischnewski hat allerdings rötliche Haare.« Irene Knopf deutete auf das Foto der Frau, die in der Tat eine lockige, kupferfarbene Mähne trug.

»Deshalb erinnerte sich die Zeugin auch an sie«, erwiderte Steven. »Dazu die auffälligen grünen Augen und die große Nase mit dem Piercing-Ring. Ihre Haarfarbe passt zwar nicht zu dem Fund, dafür aber ihre Schuhgröße.«

»Wurde sie vernommen?«

»Ist leider nicht möglich. Bei der Straßenschlacht ist sie unter ein Polizeifahrzeug geraten und erlitt Kopfverletzungen. Inzwischen wurde sie in ein Hamburger Krankenhaus verlegt, darf aber erst morgen befragt werden. Ihr Telefon wird überwacht, sollte es Auffälligkeiten geben, werden wir sofort informiert.«

»Hilft uns die gefundene Jagdarmbrust weiter?«

Laura nickte. »Wir haben den Hersteller kontaktiert sowie mögliche Verkäufer im In- und Ausland. Vier Kollegen gehen sämtlichen Käufern nach, aber ob wir das vollständige Bild erhalten, ist fraglich.«

»Betrachten wir den zweiten Mord.« Irene Knopf zog das Luftbild zu sich. »Offenbar wurde der Pistolenschuss auf den Schatzmeister von woanders abgegeben.«

»Die Richtung weicht gar nicht mal so groß ab, dafür aber Entfernung und Winkel«, präzisierte Steven. »Der Schuss fiel definitiv nicht im Kirchturm, sondern …«, er startete auf seinem Laptop ein Video, »… kam von hier.«

Auf dem Bildschirm wurde die Aufnahme einer Polizeikamera abgespielt, die auf die Gegendemonstranten in unmittelbarer Nähe des Pressezeltes gerichtet gewesen war. Knapp vierhundert Menschen waren bis dorthin vorgedrungen, aufgrund des dichten Schneeregens aber nicht klar zu erkennen.

Steven stoppte das Video und deutete auf das Standbild. »Wir befinden uns zehn Sekunden vor dem Pfeilschuss. Behalten Sie diese Person im Auge!«

Er aktivierte das Video mit verminderter Geschwindigkeit. Eine schwarz gekleidete Gestalt stand regungslos zwischen anderen Demonstranten, die dunkle Schirmmütze tief ins Gesicht gezogen. Mund und Nase waren von einem Schal verdeckt, die Körperumrisse massig. Plötzlich erstarrten einige Menschen, und Steven hielt das Video an.

»Da landete gerade der Giftpfeil in Ullmanns Schulter. Und jetzt wird's interessant.«

Er setzte das Video wieder in Gang. Die schwarz gekleidete Person bückte sich. Es sah so aus, als wolle sie sich die Schuhe zubinden. Hinter den Absperrgittern war der Körper kaum zu erkennen, dann blitzte es auf.

»Das war der Pistolenschuss.« Steven stoppte das Video erneut. »Unmittelbar danach brach Panik aus, in deren Folge es zu den heftigen Ausschreitungen kam. Inzwischen wurde ein Großteil der Demonstranten befragt. Darunter auch die Frau, die direkt neben dem Schützen gestanden hatte. Laut ihrer Aussage war es definitiv ein Mann. Er habe ein herbes Parfum ausgedünstet, das Gesicht sei wegen Schal und Basecap kaum zu sehen gewesen. Als es knallte, habe sie gar nicht realisiert, dass dicht neben ihr ein Schuss abgefeuert worden war.«

»Wurde die ausgeworfene Patronenhülse gefunden?«, fragte Frau Knopf.

»Nein. Vielleicht gehörte die Waffe zu den Modellen, deren Auswurffenster die Hülse nach unten ausgibt. Leichter wiederzufinden, sodass der Schütze sie mitgenommen hat.«

»Erstaunlich, dass er keinen Schalldämpfer benutzte«, meinte seine Chefin.

»Ihm war sicher klar, dass er ohnehin gefilmt wird. Er setzte auf den Schutz der Masse.«

»Trotzdem war es riskant, aus der Menge heraus den Schuss abzugeben. Die anderen Demonstranten mögen zwar Gleichgesinnte sein, dürften Mord aber überwiegend ablehnen.«

Stevens Mimik drückte Zweifel aus. Für die Gruppierung um Sanna Wischnewski traf dies schon mal nicht zu. In Blogs, auf Demonstrationen oder in Diskussionsrunden vertrat sie immer wieder die Haltung, dass Todesfälle zwar nicht schön, aber im Notfall unvermeidbar seien. Stellte der drohende Aufstieg der *Weißen* in ihren Augen einen derartigen Notfall dar? Zumindest hatte *Revolt* die Partei in Deutschland zu ihrem Hauptfeind erkoren und angekündigt, »alle notwendigen Schritte einzuleiten«.

Gemeinsam mit Laura hatte Steven herausgefunden, dass sich fünfundzwanzig *Revolt*-Anhänger in Niederdorla aufgehalten hatten. Für den Zeitpunkt der Schüsse besaßen jedoch schon einundzwanzig ein überprüftes Alibi – bei den meisten deswegen, weil sie sich zu diesem Zeitpunkt bereits in Polizeigewahrsam befunden hatten. Dass sich unter den verbleibenden vier ein Experte an der Armbrust befand, wäre zumindest unbekannt. Im Umgang mit einer Pistole waren hingegen zwei geübt, einer davon war ein kräftiger Mittdreißiger, der von der Statur zu der Person auf dem Video passte.

»Damian Böning. Er ist untergetaucht«, berichtete Steven. »Vorstrafen wegen unerlaubtem Waffen- und Drogenbesitz, Körperverletzung und Sachbeschädigung. Aktuell arbeitslos, ohne gemeldeten Wohnsitz und höchst radikal. Die Fahndung nach ihm läuft.«

»Er und Sanna Wischnewski sind die Einzigen von *Revolt*, die wir nicht verhören konnten«, ergänzte Laura. »Alle anderen bestreiten eine Mordabsicht. Schmauchspuren wurden an keinem entdeckt, auch nicht bei anderen Demonstranten.«

Irene Knopf stand auf. Obwohl sie groß gewachsen war, trug sie meist hohe Absätze, sodass sich der etwas zu klein geratene Steven neben ihr wie ein Zwerg vorkam. Sie ging zum Fenster und sah schweigend hinaus. Der Frühling war wieder zurückgekehrt und tauchte die Felder und Wiesen rund um das BKA-Gebäude in Bonn-Meckenheim in helles Licht. Im Kontrast zu ihrem oft dominanten Auftreten und der strengen Frisur hatte Irene Knopf weiche Gesichtszüge, momentan wirkte ihre Miene aber versteinert. Es lag erst wenige Wochen zurück, dass ihr Team von einer militanten Bewegung herausgefordert worden war. Jetzt sorgte schon wieder eine Attacke für weltweites Aufsehen, und es war klar, dass auch diesmal schnelle Ermittlungsergebnisse nötig waren.

»Oberste Priorität hat der Schutz der anderen *Weißen*-Politiker«, erklärte sie.

»Wird gerade organisiert«, sagte Laura. »Schließt die Überwachung von Parteibüros mit ein. Bis runter auf die letzte Kreisverbandsebene ist das aber nicht möglich.«

»Außerdem werden alle uns bekannten *Revolt*-Anhänger observiert«, fügte Steven hinzu, während er ein Nikotinkaugummi aus dem Blister drückte. Je nachdem, wie sich die Ermittlung gestalten würde, bestand die Gefahr eines erneuten Rückfalls in das jahrzehntealte Suchtschema. »Und sobald Damian Böning wieder gesichtet wird, klicken sofort die Handschellen.«

»Es darf keine weiteren Opfer geben, und wir müssen die Mörder besser gestern als heute finden.« Irene Knopf schien ihm gar nicht zuzuhören. »Jeden weiteren Vorfall werden *Die Weißen* für ihre Zwecke ausschlachten.«

»Tun sie längst«, erwiderte Steven. »Könnte bei der anstehenden Landtagswahl ein paar Prozentpunkte bringen.«

Laura schob ein paar Strähnen ihrer gelockten braunen Haare zurück, erhob sich ebenfalls und trat neben ihre Vorgesetzte. »*Revolt* liegt als Drahtzieher zwar nahe. *Die Weißen* haben aber die gesamte linke Szene als Gegner. Es kann sich genauso gut um Einzeltäter ohne Anschluss an irgendeine Gruppierung handeln. Zudem frage ich mich, ob auch dann geschossen worden wäre, wenn die Vorstandswahlen anders ausgegangen wären.«

»Ein gezielter Angriff auf die neue Führung?«

»Denkbar. Nach meiner Meinung ist die neue Führung radikaler als die alte. Sie *wirkt* lediglich harmloser. Dadurch sind noch mal ganz andere Wählerschichten erreichbar. Je erfolgreicher *Die Weißen* werden, umso aggressiver wird auch der Protest. Wir müssen das gut im Blick behalten.«

Irene Knopf nickte. »Es darf keine Vorwürfe geben, dass wir nicht gründlich ermittelt hätten. Aus diesem Grund wurde entschieden, Sie beide nach Hamburg zu schicken.«

Lauras schmale Augenbrauen wanderten nach oben. »Aus welchem Grund?«

»Dort ist die Parteizentrale der *Weißen*. Erst kurz vor der Bundestagswahl soll sie nach Berlin verlegt werden. Außerdem wohnen mit Eckstein, Bär und Gerber drei relevante Politiker aus der Führungsriege dort. Passenderweise befindet sich auch noch die Keimzelle von *Revolt* in der Stadt.«

»Ist trotzdem nur Symbolik, wenn wir hinfahren«, setzte Steven an. »Von hier aus könnten wir viel effektiver …«

»Hier gibt es genügend Kollegen, die sich der Wühlarbeit widmen können«, würgte ihn Irene Knopf ab. »Es mag Symbolik sein, zugleich nimmt es der Propaganda aber Wind aus den

Segeln, wenn das BKA zwei Beamte abstellt, die seit Jahren im linksextremistischen Spektrum fahnden. Nehmen Sie Kontakt zur Parteiführung auf, besprechen Sie die Schutzmaßnahmen, forschen Sie nach aktuellen und zurückliegenden Drohungen. Zeigen Sie, wie ernst es uns mit der Aufklärung ist!«

Laura und Steven sahen sich resigniert an. Steven würde ein vielversprechendes Date abblasen müssen, während er von Laura wusste, dass sie generell nicht scharf auf Dienstreisen war. Auch wenn sie es abstritt und ihr Sohn bereits neunzehn Jahre alt war, so vermutete er den Beschützerinstinkt der alleinerziehenden Kollegin als Hauptgrund. Schließlich scheute Laura im Privatleben keine noch so aufwendigen Trips in die entlegensten Flecken der Erde – bis vor Kurzem aber stets in Begleitung ihres Sohnes. Vielleicht lag es aber auch daran, dass sich auf Dienstreisen persönliche Routinen nur schwer aufrechterhalten ließen. Bei Laura betraf dies insbesondere den Drang nach sportlicher Betätigung, den Steven schon als Sucht einstufte. Er selbst sah Bewegung eher als notwendiges Übel an. Immerhin verdankte Laura diesem Antrieb eine mehr als vorzeigbare Figur, wie der bald Fünfzigjährige – aufgrund seines kontinuierlichen und nur mäßig erfolgreichen Kampfes um das Idealgewicht durchaus etwas neidisch – anerkannte.

Plötzlich wurde die Tür aufgerissen, und ein Kollege stürzte herein. »Damian Böning wurde gefasst! Stieg vor 'ner Viertelstunde am Hamburger Hauptbahnhof aus einem ICE.«

»Na, also«, sagte Irene Knopf trocken. »Ein Grund mehr für eine Reise in den Norden.«

Das Blut lief nicht nur aus der Nase, auch die Lippe war aufgeplatzt, und ebenso eine Augenbraue. Schlaff hing der junge Mann auf seinem Stuhl, Speichel tropfte aus dem Mund. Seine Schmerzensschreie waren zunächst in ein leises Wimmern übergegangen, nun war er vollkommen verstummt. Für einen

Moment schien die Zeit stillzustehen. Staub tanzte in dem matten Licht, das durch die fleckigen Scheiben ins Innere der Lagerhalle fiel. Dann hob Dennis Burkart einen seiner tätowierten Arme, und sein Experte für die harte Handarbeit ließ die Faust wieder sinken. Stattdessen spuckte er vor dem Bewusstlosen aus, dann trat er zurück.

Burkart griff sich den bereitstehenden Wassereimer und schüttete den kalten Inhalt über das malträtierte Gesicht. Die Reaktion bestand lediglich aus einem leichten Zusammenzucken, was Burkart dann doch etwas beunruhigte. Der Achtunddreißigjährige rieb sich über den Dreitagebart und musterte den Jugendlichen. Dann winkte er einen anderen Gefolgsmann zu sich, der zwar kein Arzt war, aber als Pflegekraft zumindest über etwas medizinischen Sachverstand verfügte. Für ernsthafte Verletzungen hatten sie einen älteren Doktor an der Hand, der eine in die Jahre gekommene Allgemeinpraxis betrieb. Dieser Gesinnungsgenosse wurde hinzugezogen, wenn der Besuch eines Krankenhauses aus verschiedenen Gründen nicht möglich war.

Heute würde sein Eingreifen nicht nötig sein, wie der Altenpfleger mit wegwerfender Handbewegung signalisierte. Er schlug dem an den Stuhl Gefesselten ein paar Mal links und rechts auf die Wangen, dann öffnete dieser das rechte Auge. Vielleicht auch noch das linke, aufgrund der Schwellung war es nicht genau zu erkennen.

Burkart baute seinen muskulösen Körper vor ihm auf. »Du wolltest also in einer Stunde diese Polizistin aus Harburg treffen, die sich für ein Aussteigerprogramm engagiert. Wie lange habt ihr schon Kontakt?«

»Seit … seit … sie hat mich auf der Gedenkfeier zur Bombardierung Hamburgs angesprochen.«

»Also im letzten Juli! Seit fast einem Jahr!« Burkart hatte Mühe, sich zu beherrschen. Vorsichtshalber verschränkte er die tätowierten Arme.

»Aber … seitdem hat sie mich nur drei Mal angequatscht«, nuschelte der Teenager. »Hab sie immer abblitzen lassen.«

»Was hast du ihr erzählt?«

»Gar nichts, ich schwör's!« Tränen liefen über sein Gesicht.

Angewidert verpasste Burkart ihm einen Hieb in den Magen. »Um das heutige Treffen hast aber *du* gebeten. Zum Glück hat jemand deinen Anruf mitgehört. Fühlst du dich nicht mehr wohl bei uns?«

»Nein … meine Eltern haben mich dazu gezwungen. Wenn ich nicht aussteige, werfen sie mich raus.«

»Und warum …«, Burkart ging in die Hocke und brachte sein Gesicht nah an das des Siebzehnjährigen heran, »… kommst du mit so einem Problem nicht zu mir?«

»Weil … keine Ahnung.« Er sah zu Boden. »Ich will nicht, dass … meinen Eltern was passiert.«

»Diesen linken Müslifressern? Aber es hätte sowieso andere Möglichkeiten gegeben. Oder glaubst du, dass ich es zulassen würde, dass einer meiner Leute auf der Straße landet? Wir sorgen füreinander, ich dachte, dass dir das klar ist.«

»Ja … ist es.«

Burkart überlegte. Er hatte gehofft, dass der Teenager weiter wäre. Schon beim ersten Aufeinandertreffen war er ihm vielversprechend vorgekommen: ein gewaltbereiter Einzelgänger auf der Suche nach Anschluss an eine Gemeinschaft. Politisch uninteressiert, die Ideologie war ihm aber nach und nach in Fleisch und Blut übergegangen. Der Rückfall frustrierte Burkart, doch ihm kam eine Idee, wie er ihn für seine Zwecke nutzen konnte.

»Es gibt zwei Möglichkeiten. Erstens: Du verlässt uns. Allerdings ohne zu der Polizistin zu gehen und ihr oder jemand anderem etwas über uns zu erzählen. Tust du es doch, treibst du einen Tag später neben deinen Eltern in der Elbe. Zweitens: Wir vergessen das alles und besorgen dir eine Unterkunft. Dann stellst du dich voll und ganz auf unsere Seite. Du weißt, wie wir mit Spitzeln umgehen.«

Der Jugendliche nickte, die Angst schwand aus seinen Augen. »Ich will dabeibleiben! Tut mir leid, dass …«

Burkart öffnete sein Springmesser und trennte die Fesseln durch. »Es gibt eine Spezialaufgabe für dich, um unser Vertrauen zurückzugewinnen. Da reden wir nachher drüber, sobald du wieder klar denken kannst. Rainer kümmert sich um ein Bett für dich. Die Sachen bei deinen Eltern holst du erst, wenn du wieder vorzeigbar bist.«

Gedankenverloren sah er dem Teenager nach, als dieser das zu Burkarts Securityfirma gehörende Lagergebäude verließ. Einer seiner Männer trat neben ihn.

»Du lässt ihn einfach laufen?«

»Natürlich nicht. Behaltet ihn im Auge, und präpariert sein Handy.«

»Warum lässt du …?«

»Weil er nützlich sein kann.«

Der Mann grinste und zeigte dabei gelb verfärbte Zähne. »Haifischfutter?«

Burkart nickte, ließ ihn stehen und ging zu seinem Büro. Ihm schwebte ein konkreter und eiliger Auftrag vor, davon brauchte aber niemand zu wissen. Er schloss die Tür, ließ sich auf den Bürostuhl sinken und griff nach dem Handy. Ein Lächeln glitt über sein Gesicht, als sein Blick den Bildschirm auf dem Schreibtisch streifte. Darauf war die Webseite einer Hamburger Zeitung geöffnet. Am Morgen hatte eine bekannte Politikerin aus Pinneberg mitgeteilt, dass ihre Bedenken wegen eines Immobilienverkaufs durch den Landkreis ausgeräumt worden seien. Sie unterstütze den Verkauf des früheren Gutshofes an einen tschechischen Investor jetzt ebenfalls – damit waren die Chancen auf einen Schlag gestiegen, dass Burkart seinem Auftraggeber bald Vollzug melden konnte. Zumal er dessen Hauptkonkurrenten mit einem Tipp an den Verfassungsschutz aus dem Spiel genommen haben dürfte. Eigentlich hatte Burkart nichts gegen die Reichsbürger, aber in diesem Fall überwogen die persönlichen Interessen. Er hatte dem Verfassungsschutz etwas Fundiertes liefern müssen und zugleich ein anderes Problem gelöst.

An einer anderen Front dürfte es dagegen schwieriger werden. Nach dem dritten Klingeln nahm Martin Eckstein seinen Anruf an.

»Was rausgefunden?«, fragte er. Am Telefon klang seine Stimme noch eine Spur energiegeladener als in natura.

Burkart verdrehte die Augen. »Ganz so schnell geht's nicht.«

»Vielleicht sehe ich bloß Gespenster«, antwortete Eckstein. »Aber vorhin am Hotel … und die Armbrust! Es würde passen.«

»Wenn es so ist, finden wir …«

»Aber vor der Polizei! Das BKA schickt zwei Ermittler hoch. Experten fürs linksextreme Spektrum. Denen kann ich einige passende Drohungen präsentieren, sodass wir Zeit gewinnen.«

»Vielleicht täuschst du dich ja auch.« Burkart blieb ruhig. »Trotzdem macht es Sinn, gründlich aufzuräumen.«

»Allerdings, schließlich klebt dieser Schmierfink Seidl an meinen Fersen.«

»Dafür hab ich einen Notfallplan und den passenden Mann. Du solltest aber noch mal durchgehen, wer alles Bescheid wissen kann.«

»Die Liste ist vollständig.« Eckstein klang verärgert, der Tonfall veränderte sich. »Wenn du diese Namen abarbeitest, ist alles im Lot.« Dann wechselte er das Thema. »Steht dein Sicherheitsplan?«

»Ich kann genug Leute für die Parteizentrale abstellen. Passende Bodyguards kriege ich ebenfalls, oder willst du dein Leben lieber der Polizei anvertrauen?«

»Nein. Gilt genauso für Oliver und Anton. Sieh zu, dass du weitere Männer rekrutierst! Ich will die nächsten Veranstaltungen in deinen Händen wissen.«

Burkart lehnte sich zurück. »Hättet ihr besser von Anfang an getan und nicht nur in ausgewählten Fällen. Aber ich war euch ja zu teuer.«

»Das lag nicht an mir, sondern an dem alten Vorstand, das weißt du genau. Erstell ein neues Angebot, dann regle ich das.«

Burkart drückte auf die Maus. »Landet in wenigen Sekunden in deinem Postfach.«

Einen Augenblick herrschte Schweigen, dann lachte Eckstein. »Du hast dich nicht verändert. Es ist gut, dich an meiner Seite zu haben.«

Das fand Dennis Burkart auch, denn er ging davon aus, dass in Zukunft weitere Probleme auftreten würden, deren Lösung ihm für alle Ewigkeiten *Die Weißen* als zahlungskräftigen Kunden sichern würde. Die finanzielle Zukunft präsentierte sich auf einmal wieder rosig, nachdem er zuletzt einige Aufträge verloren hatte. Vor sich hin summend öffnete er eine andere Webseite, um sich nach einem geeigneten Pferd für seine Tochter umzusehen.

Der Frühling war übergangslos von einer Eiszeit abgelöst worden, dies galt allerdings nur für das Verhältnis zwischen Laura und ihrem neunzehnjährigen Sohn Filip. Durch das gekippte Fenster drangen Sonnenlicht und Vogelgezwitscher ins Innere ihres Hauses am Rand von Königswinter. Dennoch sank sie fröstelnd auf das Sofa – den ausgedruckten Müllabfuhrkalender noch in der Hand. Filip hatte ihn prominent auf den Couchtisch gelegt und einen Montag vor drei Wochen eingekringelt. Laura ahnte sofort, welche Botschaft er seiner alleinerziehenden Mutter damit übermitteln wollte.

Mithilfe seiner vier Jahre älteren Freundin Inga war er dahintergekommen, dass Laura ihm sein Leben lang eine Lügengeschichte über seinen Vater aufgetischt hatte. Entgegen ihrer Behauptungen war er noch am Leben, forschte für einen Pharmakonzern an Medikamenten und hatte eine neue Familie mit zwei Kindern. Sogar seinen Namen hatte Filip herausgefunden und Laura gegen Ende ihrer letzten Ermittlung damit überrumpelt. Im erschöpften Zustand war ihr dabei ein Fehler unterlaufen, der einer BKA-Beamtin eigentlich nicht passieren durfte.

Wären Filip und Inga nicht daran gescheitert, eine verschlossene Kiste auf dem Dachboden zu öffnen, hätten sie die volle und nicht bloß die halbe Wahrheit ans Licht gezerrt. Den Inhalt hatte Laura kurzerhand weggeschafft und in ihrem BKA-Büro in einen Schrank gesperrt. Filip gegenüber hatte sie dagegen behauptet, dass sich in der Kiste Plunder aus ihrer Kindheit befunden habe, den sie endlich in der Mülltonne entsorgt hätte. Dummerweise wurde die Tonne am Montagvormittag geleert, sie hatte aber angegeben, alles am Montagabend weggeworfen zu haben. Hatte er ihre Aussage überprüft und in die Tonne geschaut? Aber wieso konfrontierte er sie erst heute damit? In den letzten Wochen war ihr Umgang freundschaftlich gewesen. Laura hatte ihm Fotos von seinem Vater gezeigt und ihm manche Hintergründe erklärt. Einiges hatte sie dabei verschwiegen, aber das konnte er nicht wissen.

Als sie vor einer halben Stunde das Haus betreten hatte, war sie von ihm keines Blickes gewürdigt worden. Stattdessen war er in seinem Zimmer verschwunden und hatte die Tür abgeschlossen. Laura hatte eine Beziehungskrise vermutet und zunächst ihren Koffer für die Reise nach Hamburg gepackt. Jetzt, mit dem Zettel in der Hand, gab es für sein Verhalten eine andere

Erklärung. Sie schloss die Augen, erste Anzeichen einer Migräne meldeten sich. Seufzend erhob sie sich, ging zu seinem Zimmer und klopfte an. Nichts war zu hören. Sie drückte die Klinke – immer noch verschlossen.

Sie klopfte erneut, diesmal energischer, als ihr zumute war. Filip neigte dazu, sich bei Problemen zurückzuziehen, auch diesmal dauerte es, bis die Tür langsam aufging. Mit verschränkten Armen stand er ihr gegenüber.

Laura entschied, nicht lange drum herumzureden. »Du hast mir den Müllabfuhrkalender hingelegt?«

»Wer sonst?«

»Was willst du mir damit sagen?«

»Dass du mich schon wieder belogen hast. Von wegen verschimmelte Puppen, alte Schneckenhäuser und peinliche Liebesbriefe! Du hast überhaupt nichts aus der Kiste weggeworfen, weil da ganz andere Dinge drin waren. Erst heute hat's bei mir Klick gemacht.«

Es zu leugnen, hätte alles nur noch verschlimmert. »Du hast recht«, sagte Laura. Dann verließ sie den Pfad der Wahrheit wieder. »Aber es waren Sachen, die nichts mit deinem Vater zu tun haben.« Sie versuchte sich an einem Lächeln. »Sogar eine Mutter hat ein Recht auf Privatsphäre, meinst du nicht?«

Er machte ein verächtliches Geräusch. »Lag da etwa altes Sexspielzeug drin? Das wäre das Einzige, was deine Heimlichtuerei erklären könnte.«

»Es gibt bedeutend intimere Dinge als Sexspielzeug.« Sie sah auf die Uhr. »Ich hab dich nicht wirklich belogen. Wir haben ausgiebig über deinen Vater gesprochen, und das können wir jederzeit wieder tun. Jetzt muss ich aber los.«

Filips dunkle Augen, die sie immer an seinen Vater erinnerten, blickten zu dem Koffer im Flur. »Wohin?«

»Nach Hamburg. Wegen dem, was auf dem Parteitag der *Weißen* passiert ist.«

Er verzog das Gesicht. »Du beschützt jetzt also Nazis?«

»Ich verteidige den Rechtsstaat.«

»Kommt in diesem Fall aufs Gleiche raus.«

»Es ist ein gewaltiger Unterschied zu deiner Wortwahl. Oder bist du der Meinung, dass man Nazis abknallen darf? Wo ziehst du denn die Grenze? Was ist mit Rechtspopulisten?«

»Hitler hätte erschossen werden sollen.«

»Ich beschütze nicht Hitler.«

»Er fing auch nicht als Massenmörder an. *Wehret den Anfängen* ist einer deiner Lieblingssprüche.«

Laura atmete durch. Ingas Einfluss war immer deutlicher zu spüren. Filips Freundin war als militante Tierschützerin bereits vorbestraft und vertrat generell Meinungen, die zwar legitim sein mochten, aber nicht automatisch auch legal waren. Sogar Filips äußeres Erscheinungsbild hatte sich radikal verändert. War er im vergangenen Herbst zu Beginn seines Informatikstudiums noch als typischer Nerd durchgegangen, trug er die dunklen Haare nun modisch, und auch der Inhalt seines Kleiderschrankes hatte sich hin zu sportlicher Lässigkeit verändert. An sich missfiel Laura keine dieser Veränderungen, an manchen hatte sie sich zuvor schon selbst erfolglos versucht. Es störte sie jedoch, wie leicht er sich von der selbstbewussten Studentin der Politikwissenschaften lenken ließ. Aber Filip bespielte dieses Feld natürlich auch als Greenhorn, Inga war seine erste Freundin.

»Lass uns nicht streiten«, sagte Laura. »Ich weiß nicht, wie lange ich weg sein werde. Ein paar Tage bestimmt, ich melde mich zwischendurch.«

Er nickte wortlos.

»Filip, bitte!«

»Ist okay!«

»Gut. Wir reden in Ruhe, wenn ich wieder zurück bin.«

Sie stieg in die Boots, zog ihre Wildlederjacke an und überlegte, ob sich noch irgendwelche verdächtige Spuren im Haus befinden könnten. Sie war aber überzeugt, gründlich Vorsorge getroffen zu haben. Ihre Eltern, die nach dem Umzug von Ilmenau an den Rhein nur ein paar Straßen weiter wohnten, waren noch eine potenzielle Informationsquelle, würden aber schon aus Eigeninteresse die Klappe halten. Sie griff nach ihrem Koffer und verließ das einstöckige Haus mit dem steilen Satteldach, dessen Kredit noch immer nicht abgestottert war. Sie wohnten darin, seit Filip fünf Jahre alt war, und am Gartentor angekommen, dachte sie wehmütig daran, wie sie zuletzt zusammen den Garten wieder in einen vorzeigbaren Zustand versetzt hatten. Dabei hatten sie viel gelacht und sich einmal sogar mit Erde beworfen. Die gemeinsame Gartenarbeit und das Herumalbern dabei hatten beiden geholfen, zueinander zurückzufinden, auch wenn sich die alte Vertrautheit nicht ganz eingestellt hatte. Nun war alles wieder komplizierter geworden.

Kapitel 3

Das Wasser der Elbe funkelte im Sonnenlicht, allerdings wand sich der Fluss hier nicht durch Hamburg, sondern vorbei an der Lutherstadt Wittenberg in Sachsen-Anhalt. Das Ziel des ICE war München, Jan Seidl würde aber schon beim nächsten Halt in Leipzig aussteigen. Sein Arbeitgeber hatte erwartungsgemäß keine Einwände gegen die Recherchereise erhoben, denn der Siebenundfünfzigjährige war ein Journalist mit großer Reputation – sowohl innerhalb als auch außerhalb des traditionsreichen Verlages mit Sitz in der bayrischen Landeshauptstadt. Entsprechend große Freiräume wurden ihm eingeräumt, und wenn er eine Schweinerei hinter Ecksteins Fassade vermutete, dann ließ man ihn von der Leine.

Seidl nahm gerade einen Schluck Kaffee aus dem Pappbecher und sah auf die breiten Elbwiesen, als sein Handy brummte. Eine Kollegin machte ihn per Kurznachricht darauf aufmerksam, dass ein Konkurrent gerade etwas über Martin Eckstein veröffentlicht hatte, *an dem doch eigentlich du dran gewesen bist?* Stirnrunzelnd öffnete Seidl den Webbrowser und gab die Adresse des Boulevardblattes ein, dessen Vertreter am Vormittag unmittelbar nach ihm ein Interview mit dem Parteivorsitzenden geführt hatte.

Schon die Schlagzeile war ein Schlag in seine Magengrube: *Martin Eckstein – ein rechter Burschenschaftler!* Woher zum Teufel hatte der Konkurrent diese Information? Seidl war doch selbst nur durch Zufall darauf gestoßen! Hastig überflog er den Text, und ihm wurde klar, wie es gelaufen war. Eckstein hatte die Offensive gesucht – mithilfe eines Nachrichtenportals, das ihm wesentlich gewogener war. Entsprechend deeskalierend präsentierte sich der Artikel, sodass jeder, der durch die reißerische Überschrift angezogen wurde, am Ende zu dem Schluss kommen konnte: Na ja, so schlimm ist's ja gar nicht. Das dazugehörige Foto tat sein Übriges, es zeigte den Parteivorsitzenden in staatsmännischer Manier, der Blick aus seinen blauen Augen verlor sich in der Ferne.

Eckstein gab sich in einem Zitat zudem zerknirschter als Seidl gegenüber: *Damals dachte ich mir nicht viel dabei und sah nicht genau hin. Eine aktive Rolle hatte ich ohnehin nicht, aber als mir der Hintergrund klarer wurde, bin ich sofort ausgetreten. Ich war eben jung und unbedarft und wurde von der Kameradschaft angelockt. Es hätte jede andere Burschenschaft sein können – diese war einfach die erste, die mich auf einer Studentenfete angesprochen hatte.*

Seine Darstellung wurde in dem Artikel nicht hinterfragt. Eigentlich war es eine heiße Geschichte, aus der die Luft nun lauwarm zu entweichen drohte. Seidl war bewusst, dass er schnell nachlegen musste, denn Eckstein war das Musterexemplar eines Teflon-Politikers: Alles perlte an ihm ab. Nötig war ein richtig schmutziger Skandal, der hieb- und stichfest zu belegen war. Keine leichte Aufgabe, aber Seidl war bereit, sich ihr zu widmen. Nach seiner Einschätzung entwickelten sich *Die Weißen* zu einer ernsthaften Gefahr – mit der neuen, vermeintlich bürgerlichen Führung erst recht.

Insgeheim zollte er Eckstein Respekt. Derart offen über seine angebliche Jugendsünde zu sprechen, war ein geschickter

Schachzug und das Schlauste, was er hatte tun können. Nun wirkte es so, als habe er die Öffentlichkeit von sich aus auf einen dunklen Fleck in seiner Biografie hingewiesen – und zugleich hatte er bei Seidls Konkurrenten etwas gut. Sofern das überhaupt nötig war, denn das reichweitenstarke Boulevardblatt neigte von jeher nicht dazu, sich als linksliberales Sprachrohr zu positionieren.

Der ICE überquerte die sächsische Grenze und näherte sich Leipzig, während Seidl über die weitere Vorgehensweise nachdachte. Schließlich erhob er sich, um sein Gepäck von der Ablage zu heben. Dann stutzte er. An einer Seite seiner ledernen Umhängetasche bemerkte er eine leichte Erhebung. Er begutachtete die Stelle aus der Nähe. Um die Ausbuchtung herum waren feine Linien zu erkennen, mit den Fingern betastete er sie. Anschließend hob er seinen Koffer herunter und holte sein Taschenmesser heraus. Vorsichtig führte er die Klinge über die Linien und arbeitete sich dann unter das Leder der Umhängetasche vor.

»Gibt's ja nicht«, murmelte er fassungslos und zog einen winzigen metallenen Gegenstand heraus – zweifellos ein Peilsender. Im Hotel hatten sein Koffer und die Tasche für einige Zeit unbeaufsichtigt herumgestanden, aus Sicherheitsgründen hatte er sie nicht zu Eckstein mit hineinnehmen dürfen. Diese Gelegenheit war genutzt worden, um das Leder vorsichtig aufzutrennen, den Sender hineinzuschieben und alles wieder zuzukleben. *Die Weißen* stuften ihn also als Gegner ein und griffen zu geheimdienstlichen Maßnahmen. Das hätte Seidl dann doch nicht erwartet, sodass er sich fragte, was wohl sonst noch außerhalb seiner Vorstellungskraft liegen mochte.

Der Schweißgeruch hing schwer in der Luft und motivierte Steven dazu, nur noch durch den Mund zu atmen. Wahrscheinlich würde er nach dem Verhör einen ausgedehnten Spaziergang an den Landungsbrücken benötigen, um das unangenehme Aroma wieder aus der Nase zu bekommen. Ersatzweise schob er sich ein Nikotinkaugummi in den Mund, das half immerhin etwas. Laura kaute ebenfalls auf einer Gummimasse herum, bei ihr wurde dadurch allerdings nur Pfefferminzgeschmack freigegeben. Mundhygiene war seiner Ermittlungspartnerin überaus wichtig, weshalb sich in ihrer Handtasche auch immer eine Reisezahnbürste befand.

Beide saßen in einem spartanischen Vernehmungszimmer Damian Böning gegenüber, einem Mann, der im Kontakt mit der Polizei geübt war – sowohl verbal als auch physisch. Dass ihn Vertreter des BKA persönlich vernahmen, war jedoch erst ein einziges Mal vorgekommen. Steven war damals krank gewesen, sodass sich der grobschlächtige Mann nur an Laura erinnern konnte.

»Bist du nicht die aus Chemnitz?«, fragte er mit verschränkten Armen. »Oder siehst du nur genauso verbiestert aus?«

Fast hätte Steven ihn angepampt, aber Laura würde diese Unterstützung nicht wertschätzen, sondern ihn nach dem Verhör in die Schranken weisen. Außerdem war sie selbstbewusst genug, um zu wissen, dass sie vielleicht ernst und melancholisch wirkte, aber keinesfalls verbiestert. Zwar war sie nicht Stevens Typ, dennoch war sie seiner Meinung nach eine der attraktivsten Frauen im BKA – ohne dass sie dafür viel Geld in die Kosmetikindustrie pumpte. Abgesehen von den Wattepads, mit denen sie sich regelmäßig den Glanz vom Gesicht entfernte, schien sie auf kosmetische Hilfsmittel völlig zu verzichten. Gespannt wartete er auf ihre Reaktion, die wie erwartet ausfiel. Kühl und souverän, wenn auch nur halbwegs professionell. Dass sich die Falte zwischen ihren Augenbrauen vertiefte, war der einzige Hinweis auf ihre Verärgerung.

»An *Sie* erinnere ich mich ebenfalls.« Ihre dunkle Stimme blieb ruhig. »Oder sehen Sie nur genauso abgefuckt aus wie der Typ, der in Chemnitz aus verschiedenen Löchern geblutet hat?«

Böning wand sich aus seiner Jeansjacke, das Schweißaroma wurde stärker. Trotz durchschnittlicher Körpergröße wirkte er wuchtig. Kein Muskelprotz und auch kein Schwergewicht, aber irgendetwas dazwischen, das Normalsterbliche spätestens beim Blick in sein verwegenes Gesicht auf Abstand gehen ließ. »Dachte, dass ich heute 'nen besseren Eindruck mache. Immerhin bin ich diesmal nicht von Nazis verdroschen worden.«

Laura winkte ab. »Sie stehen denen in Sachen Gewaltbereitschaft in nichts nach. In Chemnitz wollten Sie ein Rechtsrock-Festival überfallen und sind dabei selbst unter die Räder gekommen. Am letzten Wochenende waren *Die Weißen* dran. Durch unzählige Verhöre wissen wir inzwischen, dass *Revolt* das Zelt stürmen wollte. Mit Eisenstangen, Pfefferspray und Schlagringen.«

»Wie kommt ihr auf diesen Schwachsinn? Blieb doch alles ruhig.«

»Im Zelt schon. Weil es stark abgesichert war. Auf den Straßen von Niederdorla war es dagegen alles andere als ruhig und vor dem Pressezelt erst recht nicht.« Sie präsentierte ein ausgedrucktes Standbild der Überwachungskamera und tippte auf den schwarz gekleideten Mann mit Basecap und Schal. »Kommt er Ihnen bekannt vor?«

»Wer soll'n das sein? Ich erkenn gar nichts.«

»*Sie* sind das. Kurz bevor Sie sich bücken und einen Schuss abfeuern, der den Schatzmeister der *Weißen* tötet.«

Er hob den Blick und sah sie an. Die braunen Augen waren von verschiedener Größe und nicht auf einer Höhe. Stevens Irritation darüber hatte sich längst gelegt, nun erwartete er einen emotionalen Ausbruch. Doch die Stimme des Mannes blieb ruhig. Es klang Verblüffung, wenn nicht gar Heiterkeit durch. »Hast du Halluzinationen? Das bin ich nicht.«

»Dann sieht Ihnen dieser Mann aber ganz schön ähnlich. Es gibt noch schärfere Aufnahmen«, log Laura.

Nach der langen Autofahrt fühlte sich Steven zerknautscht und hoffte, dass er zumindest keinen solchen Geruch verströmte wie der Linksextremist. Für seine Kollegin galt dies in jedem Fall nicht, sie musste in einem unbeobachteten Moment Vorsorge getroffen und die Parfumflasche benutzt haben, die sie neben der Zahnbürste in ihrer Handtasche mit sich führte.

Bei diesem Gedanken erinnerte er sich an ein Ermittlungsdetail. Umstehende des Todesschützen hatten davon gesprochen, dass er stark nach Männerparfum gerochen habe. Böning war indes kein Mann, bei dem ein derartiger Duftstoff zu vermuten war. Oder hatte er sich zur Tarnung eingenebelt? Unter den wenigen Sachen, die er bei sich trug, waren weder Parfum noch eine Mordwaffe gefunden worden – wenn man von dem Springmesser und einem Schlagring absah. Zum Täter passende Kleidungsstücke hatten sich in dem zerschlissenen Rucksack ebenfalls nicht befunden, aber das musste alles wenig heißen. Etwas hatte dann nämlich doch die Aufmerksamkeit der Ermittler erregt.

»Aus Ihrem nach einer Müllkippe stinkenden Gepäck haben wir einen Zettel gefischt«, brachte sich Steven erstmals in das Verhör ein. »Dreiunddreißig Namen stehen darauf. Mit genauer Wohnadresse. Keiner aus dem neuen Vorstand der *Weißen* fehlt. Zwei Namen sind mit einem Haken gekennzeichnet. Die beiden Toten.«

»Und?«, fragte Böning.

»Wann sollen denn die anderen Haken folgen?«, erkundigte sich Steven in kumpelhaftem Ton. Dann wurde seine Stimme schärfer. »Wer hilft Ihnen, diese Liste abzuarbeiten?«

Böning verzog seine schmalen Lippen zu einer höhnischen Grimasse. »Ihr denkt, das sei 'ne Todesliste? Nett, dass ihr mir das zutraut. Diese Liste … die ist gerade mal zwei Tage alt.«

Steven legte die Stirn in Falten. »Vorher hätte sie auch gar keinen Sinn ergeben, da der Vorstand erst beim Parteitag völlig umgekrempelt wurde. Mich erstaunt, wie schnell Sie an die Privatadressen der Politiker gekommen sind. Kaum gewählt, schon steht man auf Ihrem Zettel?«

»Ist immer gut, vorbereitet zu sein.« Böning zwinkerte Laura zu, was bei ihm nicht verschmitzt, sondern nur unverschämt wirkte. »Was ich sagen will: Es ist keine Todesliste. Wir wollen nur wissen …«

»*Wir* bedeutet *Revolt*?«, unterbrach ihn Laura.

»Wer sonst? Wir sind die Speerspitze des antifaschistischen Widerstandes. Und wir wollen nur wissen, mit wem wir es zu tun haben. Wie gesagt: um vorbereitet zu sein.«

»Vorbereitet für was?«

Böning klang nun beschwörend. »Diese Bande ist extrem gefährlich. Eine Nazi-Partei, die genau beobachtet werden muss. Das wär ja eigentlich *euer* Job, aber …«, er machte eine wegwerfende Armbewegung, »ihr verschwendet lieber eure Zeit mit mir.«

»Mir ist der Zweck dieser Liste noch nicht klar«, sparte sich Steven eine Erklärung der unterschiedlichen Zuständigkeiten.

»Überwachung, sonst nix.«

»Wie soll die konkret aussehen? Vor dem Tor rumlungern?«

»Da gibt's viele Möglichkeiten. Erwartest du ernsthaft, dass ich dazu die Hosen runterlasse?«

»Das lassen Sie in der Tat besser bleiben.« Laura ließ ihren Blick an ihm heruntergleiten. Nicht nur die Kleidung wirkte ungewaschen, Gleiches galt für die halb ins Gesicht fallenden schwarzen Haare. »Ich kann mir denken, auf was Sie anspielen. Ausspionieren nicht nur vor Ort, sondern genauso mithilfe von

Technik. Sie sind obdachlos, haben keinen Job und sind nicht vermögend. Wie finanzieren Sie diesen ganzen Aufwand?«

»Bin ja nicht allein bei *Revolt*. Außerdem gibt's im Umfeld Unterstützer. Und eins will ich mal klarstellen: Ich bin nicht obdachlos. Hab nur keine eigene Wohnung. Brauch ich bei meinem Netzwerk auch nicht. Mein Rucksack reicht mir. Würden alle so denken, wäre die Welt …«

»Ersparen Sie uns ideologische Ausführungen«, unterbrach ihn Steven und wies mit dem Finger auf das Papier. »Wieso haben Sie auch diesen Namen mit draufgekritzelt? Der Mann gehört nicht zu den Politikern. Ist nicht mal Parteimitglied.«

Böning beugte sich vor. »Dennis Burkart? Der treibt doch in der Nazi-Szene sein Unwesen, seit er aus der Fo… aus dem Bauch seiner Mutter gekrochen ist!«

»Wo ist der Link zu den *Weißen*?«

»Er wird den Sturmtrupp organisieren. Eine moderne SA, die den Dreckskram für den geleckten Eckstein erledigt, damit der sich weiter mit weißem Hemd präsentieren kann.«

»Woher wollen Sie das wissen?«

»Ich weiß es eben, wartet's ab. Schon bald werden Typen von Burkarts *Securityfirma*, seine Finger malten Anführungszeichen in die Luft, »als Ordner bei Parteiveranstaltungen auftauchen. Oder als Personenschützer. Oder – dann aber weniger offen – als Frontsoldaten gegen die Gegner. *Deshalb* steht Burkart auf dieser Liste. Früher oder später wird Eckstein ihn auf uns loslassen.«

»Ihre Theorien sind zwar ganz kurzweilig, führen aber vom eigentlichen Thema weg.« Laura hob das Foto hoch. »Sie behaupten also, nicht dieser Mann zu sein?«

»Ich kann's sogar beweisen.«

Steven schnaubte. »Welchen zottelhaarigen Zeugen haben Sie denn in der Hinterhand?«

»Jemanden, der sogar für euch über alle Zweifel erhaben ist. Wann wurde dieser Wichser abgeknallt?«

»Um vierzehn Uhr und zweiundvierzig Minuten.« Laura verzog keine Miene.

Böning grinste ihr ins Gesicht. Seine Zähne waren angesichts des restlichen Erscheinungsbildes von erstaunlichem Weiß. »Von halb drei bis halb vier war ich mit ’nem Journalisten Kaffee trinken. In ’ner Gaststätte mitten in Niederdorla. Weit vom abgesperrten Bereich entfernt.«

»Name?«, fragten Laura und Steven gleichzeitig.

Bönings Grinsen wurde breiter. »Jan Seidl von der *Südzeitung*. Vertrauenswürdig genug?«

Steven warf Laura einen ermatteten Blick zu. Wenn die Aussage stimmte, war an ihr nicht zu rütteln. »Überprüfen wir«, presste er hervor. »Was wollten Sie von Herrn Seidl?«

»*Er* wollte was. Hintergrundinfos. Guter Mann übrigens. Einer, der seinen Job richtig macht.« Der unterschwellige Nebensatz »anders als ihr« wurde von Steven ignoriert.

»Das war’s fürs Erste.« Er erhob sich. »Da Sie keinen festen Wohnsitz haben, bleiben Sie vorerst in Untersuchungshaft.« Er hob die Hand, als Böning zum Widerspruch ansetzte. »Bestätigt Herr Seidl Ihre Behauptung, können Sie mit Ihrem Seesack wieder losziehen.« Er gab einem Hamburger Kollegen, der neben der Tür stand, ein Zeichen. »Raus mit dem Kerl! Und lassen Sie bitte irgendjemanden die Telefonnummer von Jan Seidl heraussuchen.«

Als er mit Laura allein war, sackte er stöhnend auf den Stuhl. »Wie schnell lösen Schweißausdünstungen eigentlich Kopfschmerzen aus? Ich werf mir besser gleich was ein. Hast du nur Migränetabletten in deiner Tasche oder auch was anderes?«

Laura schien der Gestank nichts auszumachen, nachdenklich sah sie auf Bönings Liste. »Ob er mit Dennis Burkart recht hat?«

»Klingt zumindest nicht völlig abwegig.« Steven tauschte das Nikotinkaugummi gegen ein neues aus. »Was Böning allerdings nicht weiß: Burkart ist V-Mann des Verfassungsschutzes.«

Laura wickelte ihr Pfefferminzkaugummi ebenfalls in ein Papiertaschentuch und steckte es in ihre Jeans. »Ist auch für mich neu. Woher weißt *du* das? Die Identität von V-Leuten zu schützen, ist …«

»… völlig für 'n Arsch, wenn man die richtigen Leute kennt. Ich habe diese Liste einem erstklassigen Kontakt geschickt. Wollte eigentlich nur wissen, wer im Visier des Verfassungsschutzes ist.«

»Und wie viele sind es?«

»Kein Einziger.«

Lauras Stirn umwölkte sich. »Manchmal bin ich geneigt, Typen wie Böning recht zu geben. Und das macht mich wirklich wütend.«

»Na, wenigstens kam 'ne andere nützliche Info raus. Sollte Burkart tatsächlich von Eckstein eingespannt werden, sitzt ein Maulwurf in idealer Position.«

»Glaubst du das wirklich?« Lauras Wangen röteten sich. »Wie vertrauenswürdig sind wohl V-Männer?«

Steven zuckte mit den Schultern. »Wird solche und solche geben.«

»Nazis bleiben Nazis, auch wenn sie vom Staat bezahlt werden. Die legen doch für ein Bündel Geldscheine nicht ihre Gesinnung ab!«

»Kommt vielleicht auf die Dicke des Bündels an. In den vergangenen Jahren wurden für V-Männer in der rechten Szene Millionenbeträge gezahlt.«

Lauras Wangen röteten sich. »Wofür hat der Großteil das Geld wohl ausgegeben? Bildungsreisen und Strickkurse? Oder eher für Baseballschläger und Brandbeschleuniger?«

»Eine Chance ist es trotzdem.« Steven griff nach seinem Wasserglas. »Sofern Burkart nicht zu den Unverbesserlichen gehört.«

»Und falls doch? Dann greift ihm der Staat finanziell unter die Arme, die Demokratie mit einem Vorschlaghammer zu bearbeiten. Ich finde das …«

Laura kam nicht mehr dazu, ihren Empfindungen Ausdruck zu verleihen, da sich die Tür öffnete. Herein trat eine Hamburger Kollegin, bei deren Attraktivität Steven sich fast verschluckte. Sie lächelte die Ermittler an und präsentierte ein Post-it.

»Die Handynummer des Journalisten. Hoffentlich hat's nicht zu lange gedauert.«

»Überhaupt nicht!« Steven räusperte sich, ging ihr strahlend entgegen und griff nach dem gelben Zettel. Sein Gesicht rötete sich bis hinauf zu den Geheimratsecken. »Das war fix, wie hast du das so schnell …?«

»Ist nicht mein Verdienst, sondern das eines Polizeischülers.« Sie lehnte sich gegen den Tisch. »Schon was von Hamburg gesehen? Wie lange bleibt ihr?«

»Lange genug, um für ein paar Tipps dankbar zu sein.« Steven kratzte sich unterm Bart. »Unser Hotel liegt leider nicht an der Elbe oder Alster, das BKA-Budget hat nur für den Norden von Altona gereicht.«

Sie schmunzelte. »Da hätte es euch schlechter erwischen können. Dort treffen sich einmal im Monat ausgewählte Kollegen in einer Kneipe. Das nächste Mal morgen Abend. Wenn ihr Lust habt, kommt vorbei.«

»Auf jeden Fall«, krächzte Steven.

»Mal sehen.« Laura trat dazu und packte Steven am Handgelenk. »Jetzt rufen wir Jan Seidl an. Aber draußen, damit du nicht wegen Bönings Schweißgeruch kollabierst.«

»So schlimm ist's auch wieder nicht«, wandte er ein, aber Laura zog ihn schon aus dem Vernehmungszimmer. Steven war gerade noch zu seinem wirkungsvollsten Lächeln fähig, dann verschwand die Hamburger Kollegin aus seinem Sichtfeld. Laura war wirklich gut darin, jeden Ansatz von Spaß im Keim zu ersticken.

Im Hausflur stank es nach einer Müll-Urin-Mischung, und die unterste Treppenstufe hatte dem Aussehen nach irgendjemand mit einem feinen Hammer in ein Mosaik verwandelt. In einer Wohnung im ersten Stock kreischte eine Frau, im zweiten Geschoss lärmte aus dem Fernseher die Krawallsendung eines Privatsenders, und in der dritten Etage kratzte winselnd ein Hund an der Tür, als habe er seit Tagen nichts zu fressen bekommen. Zur Krönung hauste im Stockwerk darüber ein Geisteskranker, der bei geöffneter Tür auf dem Flurteppich saß und unablässig »Das geht nicht, so geht es einfach nicht« murmelte.

Oliver Bär atmete durch, als er in der siebten Etage angekommen war. Neben einer der Türen fehlte das Namensschild, genauso wie unten am Klingelbrett. Er hatte sich durchfragen müssen, um die richtige Wohnung zu finden. Ob er auf dem Rückweg den Aufzug nehmen sollte? Das Ding wirkte allerdings genauso marode wie der Rest des Hauses, sodass er lieber Gefahr lief, sich im Treppenhaus eine Vergiftung einzufangen oder auf einen Amokläufer zu treffen.

Rudolf Dombrowski war zweifellos ganz unten angekommen, was keine Überraschung darstellte. An der Uni war er faul und stattdessen feierwütig gewesen – nach Bärs Einschätzung war Dombrowskis IQ aber sowieso begrenzt. Seinen Abschluss als Betriebswirt hatte er zwar mit Verspätung im zweiten Anlauf geschafft, jedoch mit einem derart miserablen Notenschnitt, dass wohl selbst ein Unternehmen mit größter Personalnot lieber einen Obdachlosen von der Straße gezerrt hätte, als den einst hoffnungsvollen Spross einer Arbeiterfamilie einzustellen.

Der Uni-Abschluss lag Jahre zurück, und während Oliver Bär sich eine Anwaltskanzlei aufgebaut sowie eine politische Karriere gestartet hatte, war Rudolf Dombrowski weiter in Leipzig geblieben und endgültig dem Alkohol verfallen. Das Bild, das sich beim Öffnen der Tür bot, ließ keinen anderen Schluss zu. Bär rückte mit einer Hand die Nickelbrille zurecht und strich mit der anderen über den Seitenscheitel, als Dombrowski ihn verschwommen anstarrte.

»Was willste?«, wurde er angeblafft.

Bär zupfte an seinem beigen Anzug herum und trat einen Schritt nach vorn, obwohl er lieber kehrtgemacht hätte. Aus der Wohnung drang abgestandene Luft, dazu der Geruch nach Erbrochenem. Oder ging der Gestank von Dombrowski selbst aus? Die Hose des Trainingsanzugs hatte Flecken, genauso das ausgeleierte graue T-Shirt mit dem aufgedruckten Werwolf. Sein eingefallenes Gesicht wurde von einem fleckigen Bart bewuchert, mitten auf der Stirn klebte ein schmutziges Pflaster.

»Hallo Rudi«, fand Bär seine Sprache wieder. »Erkennst du mich nicht?«

Dombrowski wischte sich eine Strähne fettigen Haars aus dem Gesicht. »Rudi? So hat mich niemand mehr genannt seit …«

»… seit der Uni, genau!« Bär streckte die Hand aus. »Wir haben ordentlich gebechert und … Spaß gehabt.«

Dombrowskis Augen weiteten sich, wodurch die roten Äderchen noch mehr hervorstachen. »Olli? Meine Fresse! Du hier … damit hab ich nicht gerechnet!« Anstatt die angebotene Hand zu schütteln, schlug er dem früheren Kommilitonen auf die Schulter.

»Ja … leider haben wir uns aus den Augen verloren.« Bär trat wieder einen Schritt zurück. Im Widerspruch zu seinem

Nachnamen war er schmächtig und klein gewachsen, zugleich war Dombrowski jemand, der seinen Körper nicht immer unter Kontrolle hatte. Vor allem nicht, wenn er betrunken war – so wie momentan. Glücklicherweise wirkte sein ehemaliger Kumpel nicht angesäuert über die jahrelange Funkstille. Er strahlte vielmehr Dankbarkeit aus, die in hektische Betriebsamkeit umschlug.

»Komm rein, komm rein!« Er trat zur Seite und deutete in den Flur, als handele es sich um das Vorzimmer des Buckingham Palastes. Tatsächlich sah es dort eher so aus, als sei kurz zuvor eine Mülltonne ausgeleert worden. Auch das Wohnzimmer bot keinen besseren Anblick, das Oliver Bär betrat, nachdem er unfallfrei das Chaos der Diele durchquert hatte. Kleidungsstücke lagen herum, dazu Pizzakartons, Getränkedosen, Pin-up-Hefte und jede Menge bedrucktes Papier. Es war zwar nicht die Wohnung eines Messies, Rudolf Dombrowskis folgende Umschreibung war aber dennoch geschönt.

»Kreatives Chaos! Kam ’ne Weile nicht zum Aufräumen. Bin zu beschäftigt.«

Argwöhnisch suchte Bär nach einer freien Stelle auf dem Sofa und setzte sich zwischen eine verschlossene Kühlbox und einen zusammengerollten Schlafsack. »Worum geht’s dabei? Hast du dich selbstständig gemacht?«

»Bin dabei.« Dombrowski nahm ihm gegenüber auf dem Sessel Platz und drückte dabei eine Tüte mit Brötchen platt, ohne es zu bemerken. Er war noch dürrer als früher, was bei einem Mann von zwei Metern Körpergröße unpassend wirkte. Mit glasigem Blick pulte er etwas unter einem Fingernagel hervor. »Du und Martin. Ihr habt es weit gebracht. War mir schon an der Uni klar, dass ihr ganz nach oben wollt. Und Anton … der kann jetzt endlich seinen Minderwertigkeitskomplex …«

»Na ja, ganz nach oben …« Bär machte eine abwehrende Geste. »Bis dahin ist es noch ein weiter Weg. Aber es stimmt:

Die Weißen sind so gut aufgestellt wie noch nie. Am nächsten Wochenende wollen wir bei der Landtagswahl in NRW den Rückenwind nutzen und …«

»Du faselst immer noch wie ein Politiker. Heute bist du allerdings auch einer.« Dombrowski kicherte und griff nach einer Wodkaflasche. Da sie leer war, warf er sie zur Seite und schraubte eine neue auf. »Sogar Generalsekretär! Aber bei mir brauchst du keine Wahlkampfrede zu halten. Am Sonntag ist hier Kommunalwahl, und meine Stimme gehört euch. Außer … ihr seid genauso langweilig, wie ihr labert.«

»Wie meinst du das?« Bär starrte auf die schmalen Lippen seines früheren Freundes. Die Zähne dahinter schienen wenig Pflege abzubekommen.

»Na, was habt ihr mit den ganzen Kanaken vor? Wie wollt ihr unser Land wieder sauber kriegen? Was passiert mit dem links-grün versifften Gesocks? Früher gab's noch Klartext, aber heute?«

»Früher waren nicht zig Kameras auf uns gerichtet. An unserer Einstellung hat sich nichts …«

Unvermittelt sprang Dombrowski auf und streckte abwehrend den Arm von sich. Dann lief er zur Küche und tippte auf eine Fernbedienung. Sofort erwachten Lautsprecher zum Leben und gaben klassische Musik von sich. Mit offenem Mund verfolgte Bär, wie der einstige Kommilitone wieder zurückkam, den Schlafsack vom Sofa fegte und sich dicht neben ihn setzte.

Er beugte sich zu Bärs Ohr. »Ich bin mir sicher, dass ich abgehört werde.«

»Du?« Bär widerstand der Versuchung, dem alkoholgeschwängerten Atem auszuweichen. »Von wem?«

»Von den Verlierern natürlich. Aber auf euch … auf euch setzen wir all unsere Hoffnung.« Er legte seinen knochigen Arm um Bärs Schultern. »Wir sind vorbereitet, auf uns könnt ihr euch verlassen.«

»Schön.« Bär überlegte, wie er schnell auf den eigentlichen Anlass seines Besuchs zu sprechen kommen könnte. Aber Dombrowski war noch nicht fertig.

»Schön wird's wohl nicht.« Er lachte dreckig. »Muss aber sein. Seit einem Jahr bereiten wir uns darauf vor!«

»Wer?«

»Wir sind mehr als du denkst. Fast zweitausend! Allein in der Gruppe, in der ich bin. Wir können jahrelang überleben, wenn's zum Knall kommt.«

In Bär keimte eine Ahnung auf. »Du bist … ein Prepper?«

Dombrowski nickte mit wichtiger Miene. »Es fehlen noch Kleinigkeiten, aber das Wichtigste hab ich zusammen.«

Bär sah sich in dem abgewohnten Wohnzimmer um. Viel wusste er nicht über die Prepper-Szene. Diese Leute waren überzeugt davon, dass ein verheerender Bürgerkrieg, ein atomarer Notstand, eine Naturkatastrophe oder Vergleichbares früher oder später einen Großteil der Menschheit auslöschen würde. Um selbst davonzukommen, horteten sie Lebensmittel und Medikamente, beschafften sich Waffen und bauten Bunker. Ein Teil der Prepper waren harmlose Aussteiger, andere dagegen Rassisten. Zu Letzteren gehörte offenkundig auch Dombrowski.

»Die Frage ist nicht, ob es zum Bürgerkrieg kommt, sondern wann«, dozierte er. »Fangen ihn die Arabs an oder wir? Oder doch eher die Neger?« Er grinste. »Scheißegal, wir sind besser vorbereitet als die.«

Allmählich weckte Dombrowskis Geschwafel Bärs Interesse. Er dachte an Dennis Burkart und seine Truppe. Vielleicht waren auch Leute von Dombrowskis Schlag für gewisse Zwecke nützlich. »Wie viele seid ihr, sagtest du?«

»Zweitausend. Über ganz Deutschland verteilt.«

»Und …« Bär deutete auf die Unordnung. »Hier willst du also überleben?«

»Quatsch.« Dombrowski schüttelte sich vor Lachen und griff wieder zur Flasche. »Was glaubst du, weshalb 's hier so aussieht? Diese Bude ist unwichtig. Zum Überleben braucht man einen Bunker.«

»Etwa den beim See?«

»Nee, das Grundstück meiner Eltern ist längst verkauft. Aber wir haben 'nen Bunker gebaut, an dem sogar Adolf seine Freude gehabt hätte. Nicht so 'n gammeliges Loch wie …«

»Mit wem hast du das gebaut?«

»Mit Leuten aus der VK-Gruppe.«

Bär nickte. VK war so etwas wie das russische Facebook. Wenn Rudi nicht übertrieb und sich wirklich zweitausend rechtsextreme Prepper vernetzt hatten, dann war das … richtig gut!

»Interessant.« Er schaffte es, sich unauffällig aus der Umarmung zu befreien, indem er nach einem Taschentuch kramte. »Wir müssen in Kontakt bleiben! Vielleicht können wir uns gegenseitig helfen. Davon darf aber nichts nach außen dringen.«

»Musst du mir nicht sagen!« Dombrowski sah ihn entrüstet an. »Ist unser Grundsatz. Was denkst du, wann wird's ernst? Ich … und viele andere, wir sind noch dabei, uns auszurüsten. Ist alles nicht gerade billig.«

Bär tat so, als würde er überlegen. »Da könnte ich was für dich tun. Sofern ich mich wirklich auf dich verlassen kann.«

»Spuck's schon aus!« Auf einmal wirkte Dombrowski stocknüchtern. »Wie viel kannst du lockermachen?«

»Ein paar Tausend auf jeden Fall.« Er hob die Hand, als Dombrowski feixte. »Im Gegenzug erwarte ich, dass …«

»Hab's doch schon gesagt, Mann! Wir sind auf eurer Seite!«

»Stell mir Infos über eure Gruppe zusammen. Wer ihr seid, wo ihr Stützpunkte habt, was für Leute sich da tummeln.

Wir müssen sehr vorsichtig sein. Nichts darf unsere Mission gefährden!«

»Klar! Ist völlig klar!« Dombrowskis Begeisterung ließ nicht nach.

»Das bezieht sich auch auf … Dinge aus der Uni-Zeit.« Trotz der Musik senkte Bär die Stimme. Hoffentlich wurde Rudi nicht wirklich abgehört! »Es geht um unseren *Deutsch-Kurs*.«

»Werd' ich nie vergessen. Vor allem nicht, wie wir diesen Ka…«

»Genau das ist der Punkt. Du musst es vergessen, jeder von uns! Außerdem müssen wir alle Spuren beseitigen. Wir waren viel zu unvorsichtig.«

»Uns ist doch bis heute niemand …«

»Hast du noch welche von den Sticks?« Bärs Stimme klang auf einmal respekteinflößend.

»Äh … logisch. Zieh ich mir manchmal rein, wenn ich …«

»Hast du Kopien gemacht?«

»Je eine. Falls was kaputtgeht.«

»Gib mir alle.«

»Wieso?«

»Hab ich dir doch eben erklärt. Zeig mir, dass wir uns auf dich verlassen können. Dass du kapierst, worum es hier geht.«

»Aber …« Dombrowskis Zunge fuhr über seine Lippen. »So was Krasses werd' ich nie wieder …«

»Wenn der Bürgerkrieg ausbricht, kannst du noch ganz andere Sachen erleben. Willst du das riskieren?« Bär holte tief Luft. »Rudi, es dürfen jetzt keine Fehler passieren! Gib mir die Sticks, und morgen hast du fünftausend Euro auf dem Konto. Außerdem wirst du unser Kontaktmann zur Prepper-Szene. Also … sofern du willst. Aber wenn nicht …« Er setzte ein enttäuschtes Gesicht auf und erhob sich.

»Warte, warte, warte!« Dombrowski stand ebenfalls auf. Seine schiefen Schneidezähne bearbeiteten die Unterlippe, dann gab er sich einen Ruck. »Ich brauch zehntausend Euro.«

Bär zögerte nicht. »Okay.«

Dombrowski schlurfte zum Schreibtisch, zog eine Schublade auf und kramte einen Beutel mit mehreren USB-Sticks heraus. Als er sie Bär reichte, wirkte er wie ein ausgemergelter Heroinsüchtiger, der sich von seinem Stoff trennen musste.

Schnell griff Bär zu. »Und zu niemandem ein Wort! Das schließt deine Prepper-Freunde ein. Du stehst jetzt eine Stufe über ihnen. Oder ...«, aufmerksam musterte er ihn. »Hast du schon etwas erzählt? Oder gezeigt?«

»Bist du bescheuert?« Dombrowskis Empörung wirkte echt. »Mir ist klar, dass ich dafür in den Knast käme.«

Diese Einschätzung war nicht übertrieben und half Bär seit Jahren dabei, nicht in Panik zu verfallen. Keiner konnte die anderen ohne Konsequenzen für sich selbst bloßstellen. Dessen ungeachtet hätte schon längst aufgeräumt werden müssen. Dombrowski war nur der Anfang, es gab weitere Männer, denen die im Überschwang erstellten Aufnahmen abgenommen werden mussten. Mindestens einer von ihnen würde seine persönliche Absicherung vor einem Verrat sicher nicht so einfach aus der Hand geben wie Dombrowski. Bär wusste nicht einmal, wo er heute lebte. Was er aber wusste: Dieser frühere Freund hatte der rechten Szene den Rücken gekehrt und dürfte mit wenig Begeisterung verfolgen, wer *Die Weißen* ab sofort von einem Triumph zum nächsten führen würde. Ihn zu finden, war die dringlichste und schwierigste Aufgabe. Damit war er ein Fall für Dennis Burkart, genauso wie der Rest. Bär hatte mit seinem Besuch bei Rudolf Dombrowski lediglich den leichtesten Job übernommen, alles andere lag in den Händen von Profis.

Das Trillerpfeifenkonzert gellte in den Ohren und übertönte die lautsprecherverstärkte Stimme. Damit blieb der Versammlung allein die Möglichkeit, den Fernsehkameras ihre Botschaften mithilfe von Transparenten mitzuteilen. Letztlich gab die gesamte Veranstaltung ein erbärmliches Bild ab, sodass Jan Seidl den Begriff *Eigentor* für seine Überschrift einplante. Eigentlich hätte sich die Gruppe im Siegestaumel befinden müssen, immerhin hatte es fast zwei Jahre gedauert, bis ihnen von einem Gericht eine Kundgebung im Leipziger Stadtviertel Connewitz genehmigt worden war – mitten im Herzen ihrer Gegner. Diese zeigten aber, wer in Connewitz zu Hause war. Mehrere Hundert Gegendemonstranten hatten sich versammelt, sodass die gerade mal siebzehn Rechtsradikalen wie eine von Löwen eingekreiste Antilopenfamilie wirkten. Daran änderten auch ihre Bomberjacken und die breiten Stiernacken nichts, in manch trotzigem Blick meinte Seidl sogar Angst zu entdecken.

Um zu verhindern, dass die linke Übermacht kurzen Prozess mit den Eindringlingen machte, waren mehrere Hundertschaften an Bereitschaftspolizisten angekarrt worden, dazu drei Wasserwerfer und mehrere Gefangenentransporter. In Connewitz hatte es schon häufiger Zusammenstöße zwischen Polizei und linker Szene gegeben, doch heute rechnete Seidl mit einem friedlichen Abend. Zu deutlich stand in vielen Gesichtern Belustigung angesichts des überschaubaren Grüppchens, dessen Anführer von der Ladefläche eines Kleinlasters zu ihnen und der Presse zu sprechen versuchte. Das Thema war die Gefahr des Linksextremismus, von dem eine wichtige Keimzelle sich hier in Connewitz befinden würde.

Diese Einschätzung war für Seidl gar nicht mal abwegig, dennoch fand es der Journalist absurd, dass sich ausgerechnet ein vom Verfassungsschutz beobachteter Rechtsradikaler als Verteidiger von Recht und Ordnung aufspielte. Seine Gedanken glitten zum vergangenen Wochenende. Auch *Die*

Weißen bedienten sich dieser Strategie – mit den als Biedermeier auftretenden Politikern aber auf eine geschicktere Weise als der versprengte Haufen hier in der Brandstraße.

Der Organisator sah wohl ebenfalls ein, dass an diesem Tag keine seiner Sache dienlichen Bilder entstehen konnten. Er legte das Mikrofon zur Seite und sprang mit verkniffener Miene von der Ladefläche. Für Seidl war dies das Signal zum Aufbruch, die Kundgebung war ohnehin nur der indirekte Anlass seiner Anwesenheit. Er tippte eine Nachricht in sein Handy und erhielt kurz darauf die Antwort, dass er ein paar Straßen weiter zu einem veganen Restaurant kommen sollte. Dort würde er einen Freund aus seiner Uni-Zeit treffen, den er vor vierzig Jahren in Westberlin bei einem internationalen Kongress linker Studentenverbindungen kennengelernt hatte. Während Seidl die journalistische Laufbahn eingeschlagen hatte, war sein Freund Professor für Politikwissenschaften mit Forschungsschwerpunkt Neofaschismus an der Leipziger Universität geworden. Wegen seines politischen Engagements – vor allem gegen rechts – und seiner Tätigkeit an einer Uni, an der führende Parteifunktionäre der *Weißen* studiert hatten, war er die ideale Person, um weitere Informationen über deren Vergangenheit zu erfahren.

Während Seidl die Brandstraße hinter sich ließ, dachte er an ein Telefonat, das eine Stunde zurücklag. Eine BKA-Beamtin mit dunkler Stimme hatte sich als Laura Westermann vorgestellt und ein Alibi überprüfen wollen. Weshalb Damian Böning konkret im Visier war, hatte sie nicht gesagt, es lag aufgrund des angefragten Zeitfensters aber auf der Hand. Der kampferprobte Aktivist stand also unter Mordverdacht, und Seidl war geneigt, ihm eine solche Tat zuzutrauen. Dennoch war es im konkreten Fall ausgeschlossen, denn Bönings Aussage stimmte. Er hatte zum fraglichen Zeitpunkt tatsächlich mit Seidl zusammengesessen und mit ihm über Mittel und Wege im Kampf gegen den Rechtsextremismus diskutiert.

Eigentlich war ein Interview mit Sanna Wischnewski geplant gewesen, einer anderen prägenden Figur bei *Revolt*, die mit ihrem ideologiegetriebenen Eifer durchaus anstrengend war, Seidl aber dennoch lag. An ihrer Stelle war jedoch Böning aufgetaucht, ein nach Seidls Meinung unsympathischer Krawallbruder, der sich der Gruppe weniger aus Überzeugung, sondern vielmehr aus Lust an der Gewalt angeschlossen hatte. Solche Leute begegneten ihm häufig. Sie suchten lediglich ein Ventil für ihre Aggression, Destruktivität oder den Alltagsfrust. Das Gespräch war wenig erhellend gewesen, sodass der Journalist mit sich gerungen hatte, ob er ihm die Namen und Adressen der *Weißen*-Politiker überhaupt aushändigen sollte. Er hatte es dann doch getan, und wie er von Frau Westermann erfahren hatte, war diese Liste nun beim BKA gelandet. Dass er selbst sie erstellt und weitergegeben hatte, war von Seidl verschwiegen worden. In irgendwelche Ermittlungen hineingezogen zu werden, lag nicht in seinem Interesse. Dann und wann halfen er und bestimmte Gruppierungen sich gegenseitig mit Informationen aus, ansonsten wahrte er aber die nötige Distanz.

Auch von seinem Gespräch mit Martin Eckstein und dem Peilsender in seiner Tasche hatte er der Beamtin nichts erzählt, schließlich konnte er nicht einschätzen, welcher Sorte von Ermittlern sie zuzuordnen war. In seinem Berufsleben hatte er höchst unterschiedliche Erfahrungen mit dem Polizeiapparat gemacht, sodass er auf der Hut war. Für alle Fälle hatte er sich aber ihre Telefonnummer abgespeichert. Ein Kontakt beim BKA war nie verkehrt.

Mittlerweile war er an seinem Ziel angekommen. Connewitz war ein Wohnviertel mit alternativem Touch, in dem er sich wohlfühlte. Genauso wie sein alter Freund, der hier seit Jahrzehnten wohnte und nun an der Tür des Restaurants auf ihn wartete. Zur Begrüßung klopften sie sich auf die Schultern, dann betraten sie das Lokal, in dem gerade mal sechs

Tische standen. Es roch nach einer wilden Gewürzmischung, aber nicht unangenehm. Die Inhaberin schmiss den orientalisch angehauchten Laden allein, weshalb es eine Weile dauerte, bis sie aus der Küche kam und die Bestellung aufnahm. Es fiel Seidl nicht leicht, sich für ein Gericht aus der übersichtlichen Karte zu entscheiden, die Zutaten klangen etwas *zu* gesund. Seine Essgewohnheiten hielten mit der neuen Zeit nicht ganz Schritt, er bevorzugte weiterhin die traditionell handfeste bayrische Küche.

»Hätte ich woanders reservieren sollen?« Sein Freund schmunzelte, als die in ein Batikkostüm gehüllte Frau wieder verschwunden war.

»Tu nicht so, als wäre es keine Absicht gewesen.« Seidl nippte an seinem Bier. Das schmeckte schon mal. »Davon abgesehen hatten deine kulinarischen Überzeugungsversuche schon ganz andere Auswüchse.«

»Mir ist klar, dass du mich nicht wegen einer Erweiterung deines Ernährungshorizontes treffen wolltest. Hat Sofie dich versetzt?«

»Keineswegs.« In Wahrheit konnte Seidl das noch gar nicht wissen. Seinen Koffer hatte er am Bahnhof eingeschlossen, Sofie wohnte direkt ums Eck. Noch am selben Abend wollte er sie unangekündigt aufsuchen, aber sein Bauchgefühl meldete Zweifel an, ob die Idee so famos war, wie er während der Zugfahrt gedacht hatte. Bei seinem letzten Besuch war sie ihm verändert vorgekommen, ohne dass er das hatte einordnen können. Vielleicht hätte er vor vier Jahren die unverhohlenen Ermutigungen, ihr einen Heiratsantrag zu machen, nicht ganz so regungslos an sich abprallen lassen sollen.

»In erster Linie bin ich beruflich hier«, verschob er alle diesbezüglichen Überlegungen auf später.

»Bin ich ebenfalls ein beruflicher Programmpunkt?« Sein Freund klang belustigt und nicht gekränkt.

»Mir geht nicht aus dem Kopf, was du mir über Eckstein erzählt hast«, erwiderte Seidl.

»Darum geht's? Deine Schlacht gegen *Die Weißen*?«

»Du bist doch selbst ein zotteliger grauhaariger Kreuzritter.«

Mit beiden Händen machte der Professor eine wegwerfende Bewegung. »Ich bin zahm geworden.«

»Oder gezähmt worden.« Seidl erinnerte sich, wie sein Freund über Monate von rechten Studenten angefeindet worden war. Als Konsequenz hatte er sich schließlich aus zwei Organisationen zurückgezogen, die allerdings tatsächlich im Grenzbereich des rechtlich Zulässigen agierten. Es war um Flüchtlingshilfe gegangen, Seidl hatte damals mehrere Artikel veröffentlicht. Ob er seinem Freund damit geholfen oder eher geschadet hatte, fragte er sich zum wiederholten Mal.

»Es ist nicht wirklich lustig, ständig Graffiti an der Wohnungstür und seinem Auto zu finden oder Drohbriefe im Briefkasten.« Der Professor faltete die Serviette auf und zu, der Blick hinter den dicken Brillengläsern war gesenkt. »In meinem Büro landeten mehrfach Hundehaufen, es gab Flugblätter gegen mich. Mit Adresse und Telefonnummer. Von der Hetze im Internet will ich gar nicht erst anfangen. Als dann noch mein Partner reingezogen wurde, hatte ich genug.«

Auch die Homosexualität des Professors für Physik war öffentlich gemacht worden, genauso die Identität seines Partners, der daraufhin eine Woche später auf offener Straße zusammengeschlagen aufgefunden worden war – mit Koks in seiner Jackentasche. Die Polizei ging von einem Konflikt mit Dealern aus, allen gegenteiligen Beteuerungen zum Trotz.

»Stolz bin ich auf meinen Rückzieher nicht«, fuhr der Achtundfünfzigjährige fort. »Aber auch nicht stark genug, um so etwas länger auszuhalten.«

Seidl nickte. Er verurteilte seinen Freund nicht, schließlich war er schon selbst Ziel ähnlicher Attacken geworden, wenn auch in geringerem Ausmaß. Vielleicht war die Scheu größer, einen renommierten Journalisten zu terrorisieren. Allerdings beobachtete er einen Rückgang an Zurückhaltung. Landauf, landab erlebten Personen des öffentlichen Lebens Vergleichbares, sogar Bürgermeister kleiner Gemeinden oder Mitglieder von Bürgerinitiativen. Zivilcourage war ein klangvoller Begriff und schnell dahingesagt – bei einer konkreten persönlichen Bedrohungslage aber schwer durchzuhalten. Die Polizei spielte dabei nicht immer eine ruhmliche Rolle, auch wenn pauschale Vorwürfe zu kurz gegriffen waren. Sämtliche Betroffenen angemessen zu beschützen, überschritt schlicht ihre Kapazität.

»Du sollst mir nur mit deiner Erinnerung weiterhelfen«, sagte Seidl. »Als ich Eckstein die Mitgliedschaft in der Burschenschaft vorgehalten habe, gab er sie offen zu.«

»Hab's gelesen.« Sein Freund hob den Blick von der Tischplatte. »Weshalb hast du es eigentlich nicht veröffentlicht? Stattdessen …«

»Der Kerl spielte die Info geschickt an meine Konkurrenz weiter. Damit droht die Geschichte zu verpuffen.«

»Könnte daran liegen, dass sie weder überraschend noch allzu spektakulär ist. Hab ich dir gleich gesagt.«

»Sofern nicht noch mehr Fleisch dranhängt.«

Der Professor lächelte. »Du erinnerst mich an einen Jagdhund, dem ein Grizzly die Beute weggeschnappt hat. Was soll da noch sein? Auf dem Rücken eine Hakenkreuz-Tätowierung aus Studententagen? *Das* würde die Öffentlichkeit aufschrecken. Darunter geht es nicht, die Leute haben sich schon an zu viel gewöhnt.«

»Irgendetwas ist da noch.« Seidl beugte sich vor. »Als Eckstein merkte, dass es mir nur um diese Burschenschaft ging, wirkte er erleichtert.«

»Er befürchtete, dass du etwas anderes aus dieser Zeit weißt?«

»Kam mir so vor.«

Sein Freund blies die Backen auf und ließ die Luft langsam entweichen. »Damals war ich bereits Professor, aber weder Eckstein noch die anderen gehörten zu meinen Studenten. Über die Burschenschaft weiß ich nicht viel, sie trat kaum in Erscheinung. Es gab Gerüchte, dass hinter verschlossenen Türen merkwürdige Nazi-Riten durchgeführt und derbe Lieder gegrölt wurden. Aber das habe ich dir ja schon beim letzten Mal erzählt.«

»Also ist es schon mal unwahrscheinlich, dass Eckstein nicht bewusst war, worauf er sich eingelassen hatte. Gibt es diese Burschenschaft noch?«

»Ja. Die waren sicher nicht unbeteiligt, als … dieser Kreuzzug gegen mich losgetreten wurde. Aber Beweise …?« Er schüttelte den Kopf.

»Wer kann mehr wissen?«

»Es ist zehn bis fünfzehn Jahre her.« Sein Freund setzte die Brille ab, um die Gläser zu polieren. »Es gab kein eigenes Verbindungsheim. Die Burschenschaft traf sich in einer Kneipe mit speziellem Ruf. Ob die noch existiert, weiß ich nicht. Und dass man dort jemanden wie dich mit offenen Armen empfangen, geschweige denn dir delikate Auskünfte geben würde, bezweifle ich.«

»Wie heißt das Lokal?«

»*Schwarzer Wolf.* Ganz in der Nähe vom Zoo. Soll ein ehemaliger Stasi-Mann betrieben haben, der nach der Wende Gefallen an der entgegengesetzten Ideologie fand.«

Seidl zog sein Smartphone heraus und öffnete den Browser. »Gibt's noch«, sagt er kurz darauf. »Sieht aber nicht wie ein rechter Szenetreff aus.«

»Kann Tarnung sein.«

Das Essen wurde gebracht, und Seidl betrachtete zurückhaltend das Linsengericht. »Morgen schau ich mich dort mal um. Und du denkst bitte weiter darüber nach, ob mir noch jemand anderes weiterhelfen kann.«

»Mach ich.« Sein Freund spießte ein Stück gedünsteten Kürbis auf. »Aber falls deine Vermutung zutrifft, gebe ich dir einen guten Rat: Sei vorsichtig und unauffällig!«

»Keine Sorge, ich hänge an meinem Leben.«

Misstrauisch führte Seidl den Löffel zum Mund. Überrascht weitete er die Augen, als seine Geschmacksknospen positive Signale aussendeten. Lachend prostete ihm der Professor zu. In der nächsten Stunde tauschten sich die beiden über Erinnerungen und allgemeine Themen aus, bevor es Seidl zurück ins Bahnhofsviertel zog. Mit der S-Bahn fuhr er ins Zentrum, holte sein Gepäck und verließ dann das Bahnhofsgebäude.

Je näher er Sofies Wohnung kam, umso beschwingter wurde er. An der Haustür überprüfte er in der Scheibe sein Spiegelbild. Das Gesicht konnte sein Alter nicht verleugnen, es war von feinen Linien durchzogen. Immerhin ließen sich die tiefsten als Lachfalten interpretieren. Die weißgrauen Haare zu färben, war ihm nie in den Sinn gekommen, er trug sie mittellang – und selbstbewusst. Zwar trieb er kaum Sport, dennoch war er schlank und trotz des Zigarettenkonsums einigermaßen in Form. Nein, als Siebenundfünfzigjähriger konnte man definitiv in schlechterer Verfassung sein!

Als er den Finger auf die Klingel legte, ertönte hinter ihm ein heller Schrei. Es war eine Frauenstimme, alarmiert fuhr er herum. Doch es war kein verzweifelter Hilferuf gewesen, sondern die freudige Begrüßung einer Freundin. Seidl runzelte dennoch die Stirn. In der Nähe der Frauen war ein dunkel gekleideter Mann abrupt stehen geblieben. Er war vielleicht dreißig Meter entfernt und befand sich ein Stück von der nächsten Straßenlaterne entfernt, sodass er nicht gut zu erkennen war.

Die Frauen beachtete er nicht, stattdessen starrte er in Seidls Richtung.

Der Journalist wandte sich um, doch hinter ihm war nichts Besonderes zu entdecken. Als er sich wieder umdrehte, stand der Mann noch immer da. Dann machte er kehrt und lief mit großen Schritten in die entgegengesetzte Richtung. Seidl meinte, ein Hinken zu bemerken. Da erklang Sofies Stimme in der Gegensprechanlage und verlagerte seine Aufmerksamkeit. Verärgert bemerkte er, dass er vergessen hatte, im Bahnhof einen Blumenstrauß zu besorgen. Er hatte immer einen dabei, es war ein Ritual, das Sofie zwar als überzogen abtat, aber eigentlich liebte. Er atmete tief durch, beugte sich nach unten und rief: »Überraschungsbesuch aus München!« Die Sekunden vergingen, dann summte der Türöffner.

Kapitel 4

Das Haus stand nördlich vom Hamburger Zentrum im Stadtteil Bergstedt und damit schon fast in Schleswig-Holstein. Es war nicht übermäßig groß und wirkte dennoch wie eine im Bauhaus-Stil errichtete Festung. Umgeben war es von einer gut drei Meter hohen Mauer, selbst die Einfahrt war aufgrund des massiven Eisentores blickdicht. Kameras überwachten nicht nur die vorbeiführende Anliegerstraße, sondern ebenso die angrenzenden Grundstücke. Befürchtete Martin Eckstein, dass jemand mithilfe einer Leiter eindringen könnte?

Als wären diese Vorsichtsmaßnahmen noch nicht genug, wurden Laura und Steven am frühen Mittwochmorgen von einem Securitymann über die gepflasterte Zufahrt zum Haus geführt. Der Mann war zwar klein, besaß aber Schultern von beeindruckender Breite. Sein Kollege blieb am Tor zurück, beide wirkten in ihren Anzügen wie verkleidet. In Motorradkluft würden sie sich vermutlich wohler fühlen.

Viele Gedanken verschwendete Laura nicht an die Security, sie interessierte vielmehr, weshalb sich Eckstein eine derartige Festung hatte errichten lassen. Gab es einen konkreten Anlass? Litt der fünfunddreißigjährige Politiker unter Verfolgungswahn oder Angstzuständen? So, wie sie ihn aus den Medien kannte, war Letzteres unwahrscheinlich. Auch heute machte er einen selbstsicheren Eindruck, als er die BKA-Beamten an der Haustür begrüßte. Es war erst sieben Uhr, aber er wirkte so ausgeschlafen, wie man nur sein konnte. Anders als Steven, der sich am Vorabend das berüchtigte Treiben auf St. Pauli aus nächster Nähe angesehen hatte.

Doch auch Laura fühlte sich bei der energiegeladenen Begrüßung des Politikers wie eine Schlafwandlerin. Unwillkürlich strich sie sich eine Locke hinters Ohr und ärgerte sich, dass sie sich zuvor im Wagen das Gesicht nicht noch mit einem Wattepad abgetupft hatte. Ihre Haut neigte zum Glänzen, und da sie Make-up nicht gut vertrug, konnte sie nur begrenzt auf Kosmetika zurückgreifen. Sie wischte ihre Hand an der Jeans ab und begutachtete dabei Ecksteins weißen Anzug und das blaue Hemd. Keine Falte war zu entdecken. Dann reagierte sie auf den ausgestreckten Arm und ergriff die Hand des Mannes. Sie war kühl, der Druck erstaunlich schwach.

»Nett, dass Sie so früh Zeit für uns haben«, brummte Steven, als er ihrem Beispiel folgte. Seine Stimme klang an diesem Morgen noch kratziger als gewöhnlich, die Augen waren gerötet. Laura vermutete, dass er spätabends das Herausnehmen der Kontaktlinsen vergessen hatte – und es zuvor nicht bei *einem* Glas Bier belassen hatte. Zu allem Überfluss versuchte er die gereizten Augen zu schonen, indem er seine Brille aufgesetzt hatte. Das violette Gestell mit den großen Gläsern war eine modische Katastrophe. Doch inzwischen hatte Laura ihre Überzeugungsversuche aufgegeben.

Das frühe Treffen war auf Ecksteins Bitte zustande gekommen, da er den restlichen Tag kaum eine ruhige Minute habe und seine Sicherheitslage schnellstmöglich besprechen wolle. Als ausgewiesener Langschläfer hatte Steven darüber geflucht, während Laura lediglich ihre Sporteinheit vermisste, die sie üblicherweise nach dem Aufstehen absolvierte.

»Schön haben Sie es hier.« Sie deutete auf das Haus und den Garten. Beides entsprach überhaupt nicht ihrem Geschmack – viel zu steril. Ihr eigenes Haus am Rande von Königswinter war erheblich älter, der Garten wilder.

Eckstein wirkte geschmeichelt und machte eine einladende Geste. Er nickte dem Sicherheitsmann zu, worauf dieser sich umdrehte und zum Tor zurückging. Laura und Steven betraten einen gefliesten Flur, der nach wenigen Metern in das Wohnzimmer mit offener Küche überging. Abgesehen vom dunklen Parkettboden überwog die Farbe Weiß, aber es gab auch auffallend wenig Gegenstände. Die Möbel waren schlicht und vermutlich kostspielig. Auf der Rückseite des Hauses befand sich eine große Fensterfront. Als Laura hinaussah, stellte sie erstaunt fest, dass der Gartenabschnitt davor unbepflanzt und nur mit Erde und Kies bedeckt war.

Eckstein bemerkte ihren Blick. »Vorne hui, hinten pfui. Das denken Sie gerade, oder?«

»Ist mir das so deutlich anzusehen?«

Er schmunzelte.

»Spielen Sie jetzt auf das Haus oder Ihre eigene Person an?«, fragte Steven.

Der Politiker war nur kurz irritiert. »Das Haus wurde im Januar fertig. Nächsten Monat erhält der Außenbereich den letzten Schliff. Hier hinten plane ich einen Bachlauf mit Badeteich. Dazu eine Sauna im Blockhaus. Was halten Sie davon?«

»Ihre Intimsphäre würde dennoch nicht leiden.« Laura deute zur hohen Mauer.

»Stimmt, die Nachbarn müssten schon aufs Dach klettern, um mich zu beobachten.«

»Sie hingegen«, Steven ließ sich auf einen weißen Ledersessel plumpsen, »müssten sich nur vor den Bildschirm setzen. Stört sich keiner Ihrer Nachbarn daran, überwacht zu werden?«

»Die Kameras erfassen nur den Bereich direkt vor der Mauer. Aber ich verstehe, was Sie meinen. Ich zahle monatlich eine Entschädigung für diese minimale Beeinträchtigung der Privatsphäre.«

Da er sich selbst ebenfalls setzte, nahm auch Laura unaufgefordert auf einem Sessel Platz. »Warum diese Sicherheitsmaßnahmen?«

»Das fragen Sie mich allen Ernstes?« Er starrte sie an. »Soweit ich weiß, waren Sie doch in Niederdorla vor Ort!«

»Die Mauer werden Sie nicht erst gestern gebaut haben.«

»Mir war klar, was mir blüht, sobald ich … zum Beispiel Vorsitzender der *Weißen* bin. Für einige bin ich die neue Zielscheibe.«

»Konkrete Bedrohungen?« Steven wippte in dem Schwingsessel vor und zurück.

»Gut, dass Sie gleich zur Sache kommen. Ich habe alles für Sie vorbereitet.« Auf dem Glastisch vor ihm lag eine Dokumentenmappe, die er Steven zuschob.

Der BKA-Ermittler nahm sie entgegen, löste das Gummiband und blätterte durch den Inhalt. »Ausdrucke von Mails. *Nazi-Schwein, Rassist* … Sind nicht meine Worte, das steht hier.«

»Da stehen noch andere Sachen. Auch Morddrohungen.«

Steven nickte. »Weshalb haben Sie all das nicht längst der Polizei übergeben?«

Eckstein schlug die Beine übereinander. »Habe ich anfangs getan. Rausgekommen ist nichts. Als Politiker muss ich wohl mit Anfeindungen leben. Nach dem letzten Wochenende sehe ich es allerdings nicht mehr so entspannt. Deshalb die Security am Tor.«

»Kommen diese Männer von derselben Firma, die auch Ihre Parteizentrale absichert?«

»Korrekt. Ich hoffe, Sie nehmen es nicht persönlich, dass wir uns nicht auf den Schutz der Polizei verlassen.«

»Mir persönlich ist das völlig gleich.« Steven reichte die Dokumentenmappe an Laura weiter. »Halten es die anderen aus dem Vorstand genauso?«

»Ich habe es allen empfohlen, aber jeder muss selbst wissen, was er tut.«

»Gutes Stichwort.« Laura legte die Mappe ungeöffnet auf den Tisch. »Wussten die Schützen am Wochenende, was sie tun, oder wählten sie ihre Opfer zufällig?«

»Zufällig? Ich verstehe Ihre Frage nicht. Ist doch offensichtlich, dass jemand von uns sterben sollte. Ansonsten feuert man nicht …«

»Genau darauf zielt meine Frage. Sollte *irgendjemand* von den *Weißen* sterben oder genau diese beiden? Wurden die eigentlichen Zielpersonen verfehlt? Sie standen direkt neben einem der Opfer.«

Eckstein legte den Kopf schief. »Ist es nicht *Ihr* Job, das Motiv der Täter herauszufinden?«

»Diesen Job erledigen wir gerade. Hinter einem Mord können unterschiedliche Motive stecken. Weltanschauliche, aber ebenso persönliche. Bei Ersterem wäre eigentlich ein Bekennerschreiben zu erwarten, aber da kam nichts. Letzteres können wir nach jetzigem Ermittlungsstand bei den Toten ebenfalls ausschließen. Wenn aber andere das eigentliche Ziel waren …«

»Auch ich habe keine persönlichen Feinde«, wurde sie unterbrochen. Erstmals wirkte Eckstein nicht mehr souverän, seine glatt rasierten Wangen verfärbten sich. »Bei dieser Schlacht geht es um Politik, erkennen Sie das nicht?«

»Das offensichtlichste Motiv ist nicht immer das tatsächliche«, widersprach Laura. Ecksteins Reaktion überraschte sie. Es war fast so, als empfinde er es als persönliche Beleidigung, dass ihm jemand aus anderen als politischen Gründen ans Leder wollte. »Wir müssen auch in Ihrem Interesse auf Nummer sicher gehen, das verstehen Sie doch.«

»Reine Zeitverschwendung«, erwiderte er heftig. Dann atmete er durch und strich sich mit den Händen durch seine mittellangen Haare. »Ich versichere Ihnen, dass jede in eine solche Theorie gesteckte Minute vergeudet ist. Ich habe auf privater Ebene nie irgendwelche Probleme mit anderen Leuten gehabt.«

»Dann müssen Sie ein Heiliger sein.« Steven erhob sich und zog seine Jeans hoch. Laura war versucht, ihre Augen zu verdrehen. Im Morgentran hatte Steven doch tatsächlich den Gürtel vergessen, und auch das Holzfällerhemd hätte er sich wirklich sparen können! Ihr Kollege ging zu einem Sideboard. »Was ist mit der bisherigen Führungsriege der *Weißen* samt ihren Anhängern? Da ist wohl niemand gut auf Sie zu sprechen.«

»Denken Sie etwa, dass wir uns gegenseitig umbringen? Gehen Sie doch nicht der Presse auf den Leim! Wir sind Demokraten und verhalten uns entsprechend. Das haben wir zuletzt am vergangenen Wochenende bewiesen!«

»Oder eben nicht.« Steven nahm ein gerahmtes Foto in die Hände. »Ihre Freundin?«

»Nein, meine Schwester.«

Steven sah sich um. »Sie leben allein? Keine Beziehung?«

»Was hat das … was tut das denn zur Sache?«

»Was stört Sie an meinen Fragen?« Selbst im geröteten Zustand büßten Stevens blaue Augen nicht ihren durchdringenden Blick ein, als er den Parteivorsitzenden ungeniert musterte. »Ich möchte mir ein Bild von Ihren Lebensumständen machen. Schwachstellen oder Angriffspunkte erkennen. Sie selbst sind gut gesichert. Ihnen Nahestehende vielleicht nicht.«

»Meine Schwester wohnt in Japan, unsere Eltern leben nicht mehr. Und nein, ich führe momentan keine Beziehung. Also reicht es, wenn Sie sich auf *meinen* Schutz konzentrieren.«

»Vertraten Ihre Eltern ähnliche politische Ansichten wie Sie? Soweit ich weiß, stammen Sie aus einem elitären und angesehenen Umfeld.«

Eckstein schwieg einen Moment. »Weshalb sind Sie überhaupt hier?« Er stand auf, ging zu Steven, nahm ihm das Bild aus der Hand und stellte es zurück. »Ich komme mir eher wie ein Verdächtiger als wie ein Opfer vor.«

»Tut mir leid, wenn Sie diesen Eindruck haben. Alle Fragen sind Routine und dienen dazu, uns ein Gesamtbild zu verschaffen.«

»Sie können sicher sein, dass wir die Angelegenheit nicht auf die leichte Schulter nehmen.« Laura hatte nicht vergessen, dass sie insbesondere nach Hamburg geschickt worden waren, um den *Weißen* keine Munition für eine Kampagne zu liefern. Sie durften das Blatt nicht überreizen, immerhin deutete unbestreitbar alles auf radikale politische Gegner als Täter hin. »Mein Kollege und ich, wir arbeiten seit Jahren im Bereich Linksextremismus. Es ist kein Zufall, dass ausgerechnet wir zu Ihnen geschickt wurden. Und natürlich«, sie klopfte auf die Dokumentenmappe, »werden wir uns das hier genau ansehen.«

»Gut.« Eckstein ging wieder zum Sofa und strich seine Krawatte glatt. »Entschuldigen Sie, dass meine Nerven gerade blank liegen.«

»Verständlich.« Steven stand noch immer vor dem Sideboard. »Ist es in Ordnung, wenn ich kurz Ihre Toilette benutze?«

»Wenn Sie rausgehen, die gegenüberliegende Tür.« Eckstein wandte sich an Laura. »In Niederdorla wimmelte es von Polizisten. Überall waren Kameras. Es ist mir unerklärlich, weshalb die Täter noch nicht identifiziert wurden.«

»Es herrschte Chaos und dichter Schneeregen. Zudem ist es erst drei Tage her.« Laura verschwieg, dass die erste vielversprechende Spur bereits in eine Sackgasse geführt hatte. Das im Kirchturm gefundene blonde Haar war analysiert worden – und die DNA hatte sich tatsächlich im System befunden. Die Freude darüber war jedoch schnell verflogen, denn sie stammte von einem sechsundzwanzigjährigen Handwerker, der vor einem Vierteljahr die Stabilität der Glocke überprüft hatte. Dass seine DNA gespeichert war, lag an einer Sexualstraftat. Somit gab es zwar einen beklemmenden Hintergrund, dieser hatte aber nichts mit der momentanen Ermittlung zu tun. Zur Tatzeit hatte sich der Mann nachweislich ganz woanders aufgehalten. An Spuren blieben somit nur noch die frischen Schuhabdrücke, die aber lediglich Anhaltspunkte zur Größe gaben, nämlich 40 und 45.

Laura verspürte wenig Lust, sich mit Eckstein auf eine Diskussion über den Ermittlungsfortschritt einzulassen. Stattdessen öffnete sie seine Mappe und überflog die Papiere. Sofort fiel ihr auf, dass die meisten Drohungen unkonkreter Natur waren und sich auf *Die Weißen* allgemein bezogen. Auf Rückfrage stimmte Eckstein zu, nur ein Adressat unter anderen zu sein. Allerdings stünde der Vorstand einer Partei natürlich speziell im Fokus.

Steven kehrte zurück und sah etwas frischer aus, vielleicht hatte er sich kaltes Wasser ins Gesicht gespritzt. Martin Eckstein blickte auf seine Uhr. Laura hätte fast aufgelacht, da das Armband ebenfalls weiß war.

»Es tut mir leid, aber ich muss los«, sagte er. »Mir wäre jedoch daran gelegen, dass wir uns regelmäßig austauschen.«

Steven hatte darauf erkennbar wenig Lust. Er verzog das Gesicht, sodass Laura rasch antwortete. »Das macht Sinn. Nächstes Mal in Ihrer Parteizentrale?«

»Gern. Morgen zur gleichen Zeit?«

Steven verzog erneut das Gesicht. »Ein wenig später wäre …«

»Kein Problem«, fuhr ihm Laura über den Mund. »Sollte Ihnen oder anderen aus Ihrer Partei in der Zwischenzeit etwas auffallen, melden Sie sich bitte. Insbesondere, wenn neue Drohungen eingehen. Hier ist meine Karte.«

Ohne sie näher zu betrachten, steckte Eckstein sie ein. »Drohungen gehen ständig ein, da hätten Sie mich oft am Ohr.« Er ging in den Flur voran und nahm einen blauen Mantel vom Haken. »Für alle Fälle werde ich Ihre Nummer an alle weitergeben, wir haben ein internes Informationsportal.«

»Hm.« Das gefiel Laura nicht besonders, und sie boxte Steven in die Seite, als er sie boshaft angrinste.

An der Tür wurden sie von Eckstein verabschiedet. Per Fernbedienung öffnete er das Garagentor, dann drückte er einen weiteren Knopf, und das Rolltor an der Einfahrt glitt zur Seite. Einer der Sicherheitsmänner sah in ihre Richtung, und mit einem Wink beorderte Eckstein ihn zu sich.

»Immerhin eine Annehmlichkeit hat der Sicherheitsdienst«, meinte er. »Bisher saß ich immer selbst am Steuer, jetzt habe ich einen Fahrer. Einen erfolgreichen Tag Ihnen, und bis morgen.«

Er ging zu einem blauen Mittelklassewagen und setzte sich auf die Rückbank.

»Deine Abneigung hättest du ruhig etwas weniger nachdrücklich zeigen können«, murmelte Laura in Stevens Richtung und ging zur Einfahrt.

»Ich bin doch höflich geblieben! Davon abgesehen hab ich interessante Reaktionen provoziert.«

»Hoffentlich hast du nicht gleichzeitig öffentlichkeitswirksame Munition geliefert. Wir dürfen keine Angriffsfläche bieten, vergiss das nicht.«

Steven seufzte. »Hast ja recht. Was ist dein Eindruck von ihm?«

»Er ist jemand, von dem man sich nur schwer ein Bild machen kann.« Laura überlegte. »Vorher kannte ich ihn nur als Politiker einer zweifelhaften Strömung. Nach unserem Besuch hat sich daran nichts geändert.«

Steven nickte. Sie waren auf der Straße angekommen, und er entriegelte das Fahrzeug. »Aalglatt. Sogar sein Haus gleicht einem Ausstellungsstück.«

»Wir waren nur im Wohnzimmer. Vielleicht ist es in den anderen Räumen gemütlicher.«

»Ist es nicht.«

Lauras Hand verharrte am Türgriff. »Willst du damit sagen …«

»Steig ein.« Mit einer Kopfbewegung machte Steven sie auf den anderen Sicherheitsmann aufmerksam. »Ins Klo hab ich nur drei Sekunden gesehen«, berichtete er, als beide im Wageninneren saßen. »Das gesamte Haus ist so überschaubar eingerichtet, dass dem Kerl eigentlich eine Zwei-Zimmer-Wohnung reichen würde. Erstaunlich übrigens das Schlafzimmer: ein Einzelbett!«

»Vielleicht warst du im Gästezimmer.«

»Nee, es gab kein weiteres Bett. Ich war überall.«

»Steven, was sollte das?«

»Hat mich einfach interessiert. Eine derartige Chance kommt so schnell nicht wieder.«

»Wenn er auch drinnen Kameras angebracht hat, dann …«

»Ich hab keine bemerkt, und warum sollte er? Nirgendwo waren persönliche Gegenstände. Keine Fotos, keine Hinweise auf Hobbys oder Interessen, nichts aus der Vergangenheit. So was hab ich noch nie gesehen.«

»Inwiefern bringt uns das weiter?«

»Keine Ahnung. Unten im Keller gibt es übrigens einen Fitnessbereich und … eine Modelleisenbahn!«

Laura startete den Motor. »Du warst maximal vier Minuten weg. Bist du durchs Haus gesprintet?«

Zufrieden strich sich Steven über seine etwas beleibtere Mitte. »Nach all den Jahren unterschätzt du mich noch immer! Bis zu meinem fünfzigsten Geburtstag sind es noch ein paar Tage, außerdem ist das Haus nicht besonders groß.«

Laura wollte gerade losfahren, als Ecksteins blauer Wagen aus der Einfahrt rollte. Hinter den getönten Scheiben war auf dem Rücksitz eine Silhouette zu sehen, die sich ein Handy ans Ohr hielt.

»Wenigstens ist nicht auch noch sein Wagen weiß«, murmelte sie und fuhr ebenfalls los. »Aber egal, was wir von ihm halten: Sollte er das eigentliche Ziel der Täter gewesen sein, deutet momentan nichts auf persönliche Motive hin. Er ist jetzt das Gesicht der Partei und dadurch besonders gefährdet.«

»Ärgerlich, dass du ihn nicht abgeblockt hast! Ich hab keine Lust, ihn jetzt täglich zu treffen. Unser Job ist es, die Täter zu finden. Für das Sicherheitskonzept der Partei sind andere zuständig.«

»Schaden wird's nicht«, erwiderte Laura. »Ich hoffe nur, dass ich nicht ständig Anrufe von irgendwelchen Parteimitgliedern erhalte. Und genauso wenig habe ich Lust dazu, diese ganzen Droh-Mails durchzugehen. Wird Fleiß ohne Lohn sein, denn wer auch immer die Politiker erschossen hat, dürfte kaum so dämlich gewesen sein, vorher eine Spur zu sich zu legen.«

»Mal sehen, wie viele der Mails in Richtung *Revolt* weisen«, brachte Steven den nächsten Termin in Erinnerung.

Sanna Wischnewski, eine der Schlüsselpersonen bei *Revolt*, sollte ihnen in einer Stunde in einem Hamburger Klinikum Rede und Antwort stehen. Passenderweise erhielt Steven soeben einen Hinweis aus Bonn auf sein Handy, wonach die Patientin in den letzten Stunden immer wieder in einem Chat des Darknets aktiv gewesen war. Er las Laura den Inhalt vor, danach sahen sich beide vielsagend an.

»Damit ist das Miststück fällig«, knurrte Steven.

Auf dem Weg zu ihr hatten die Ermittler zunächst dieselbe Fahrtstrecke wie Eckstein, der offenbar zur Parteizentrale wollte. Laura blickte auf die Rücklichter des Wagens und fragte sich, wie es im Inneren des Mannes wohl aussah. Was trieb ihn an? Glaubte er an das, was er sagte, oder war er nur an der Macht interessiert?

Eine Ampel sprang auf Rot, und die Bremslichter leuchteten auf. Laura stoppte ebenfalls und wandte sich Steven zu, der sich ein Nikotinkaugummi zwischen die Zähne schob. »Wenn du mich fragst, wurde das Ganze zumindest nicht allein von *Revolt* durchgezogen. Ja, sie sind radikal und gewaltbereit. Haben sie oft genug bewiesen. Aber gezieltes Morden?«

»Es muss ja nicht *Revolt* als Gruppe dahinterstecken.« Steven kaute ein paar Mal mit geschlossenen Augen. »Genauso gut können es einzelne Mitglieder sein, die auch eigene Wege gehen. Wär nicht ungewöhnlich. Und dass es dort Leute gibt, die vor Mord nicht zurückschrecken, wirst du nicht bestreiten.«

»Keineswegs. Sanna Wischnewski ist eine von ihnen.« Gedankenverloren richtete Laura den Blick wieder nach vorn. Die Ampel stand auf Grün. »Wieso fährt der Kerl nicht los?«

»Hup mal«, schlug Steven vor.

»Blödsinn. Irgendwas … stimmt da nicht.«

»Wieso?«

»Weil vorhin durch die getönte Scheibe Ecksteins Umriss zu sehen war. Jetzt ist er weg.«

»Vielleicht ist er ausgestiegen?« Steven sah zum Bürgersteig.

»Blödsinn«, wiederholte Laura.

Sie löste den Gurt und öffnete die Tür. Mit schnellen Schritten ging sie zu dem blauen Wagen, noch immer machte Ecksteins Fahrer keine Anstalten, das Gaspedal zu betätigen. Dann erkannte Laura den Grund. Der Sicherheitsmann war außerstande, auch nur irgendetwas zu tun. In Sekundenbruchteilen erfasste sie die Situation. Die Scheibe neben dem Fahrersitz war zersplittert, der Mann hing mit dem Oberkörper über der Mittelkonsole, nur der Gurt hielt ihn noch halbwegs aufrecht. Über dem linken Ohr steckte ein roter Pfeil, die Spitze war auf der anderen Seite des Kopfes wieder ausgetreten. Eine Jagdspitze aus Stahl mit zwei rasiermesserscharfen Klingen. Des Blickes in die leblosen Augen hätte es gar nicht mehr bedurft, um zu realisieren, dass soeben ein weiterer Mord passiert war. Lauras Puls raste. Dann setzte er aus, als sie den Kopf zur Rückbank drehte und direkt in eine Pistolenmündung blickte. Wie es sich wohl anfühlte, eine Kugel mitten ins Gesicht zu bekommen? Je nachdem, wo sie einschlug, spürte man wahrscheinlich gar nichts mehr. Die Zeit schien stillzustehen, zwischen Leben und Tod lag nur eine hauchdünne Grenze.

Der um den Stumpf gewickelte Verband war zerfetzt und schmutzig, die löchrige Jacke angesichts des kühlen Morgens viel zu dünn und der flehend ausgestreckte Arm eine Spur zu theatralisch. Dazu drang durch die Zahnlücken ein Kauderwelsch, das eher abschreckend als mitleiderregend wirkte. Schon oft war Seidl ungerührt an derartigen Gestalten vorbeigeeilt, schließlich wusste er, dass in den meisten Fällen ein Schauspiel dahintersteckte.

Es war der Blick aus den braunen Augen, der ihn diesmal zunächst im Schritt stocken und dann tatsächlich den Geldbeutel herausholen ließ. Die Augen waren wie ein Spiegel, der ihm seinen eigenen Gefühlsaufruhr offenbarte: Was für eine Scheißwelt das doch war! Diese Frau hatte sich einst sicher ein anderes Leben für sich ausgemalt. Vielleicht tat sie es noch immer, vermutlich aber hatte sie sich damit abgefunden, Tag für Tag an irgendeiner Straßenecke ihr verkrüppeltes

Bein vorzuzeigen und auf Almosen zu hoffen – die ihr abends doch bloß abgenommen wurden, denn bestimmt gehörte sie zu einer organisierten Bettlerbande. Zugestecktes Geld ersparte ihr Ärger oder gar Prügel, unterstützte jedoch das dahintersteckende System. Es war ein Dilemma, über das Seidl jedes Mal nachdachte. Heute überwog erstmals Mitleid, und wenn er schon mit seinen Vorsätzen brach, dann richtig. Er steckte ihr einen Fünfzig-Euro-Schein in die klammen Finger. Wenn sie nicht völlig dämlich war, würde sie diese Spende vor ihrem Boss verheimlichen und ihm nur die anderen Einkünfte vorlegen.

Ihre Reaktion überraschte ihn. Weder bedankte sie sich überschwänglich noch wirkte sie verblüfft. Es war vielmehr so, als habe sie nichts anderes von ihm erwartet. Sie verstummte, und ihre schwermütigen Augen wirkten auf einmal wissend. Für einen Moment sahen sie sich schweigend und wie in einer stummen Übereinkunft an, dann riss sich Seidl los und eilte davon.

»In der Tat, was für ’ne Scheißwelt«, brummte er und erntete verwunderte Blicke von den zahlreichen Passanten, die auf dem Weg zur Arbeit waren. Seidl war es egal. Ihm setzte gerade weniger die rechte Gefahr zu, sondern seine persönliche Situation. Er war es gewohnt, sich mit den Schattenseiten der Gesellschaft auseinanderzusetzen, seit Jahrzehnten bemühte er sich, diese negative Energie aus seinem eigenen Leben herauszuhalten. Das gelang mal besser und mal schlechter, in den nächsten Wochen wohl gar nicht. Schließlich war einer der wichtigsten Lichtpunkte am vergangenen Abend erloschen.

Als Sofie die Tür geöffnet hatte, waren ihre Arme verschränkt gewesen, und sie hatte bei seinem Kuss das Gesicht abgewendet. Sofort war er sich sicher gewesen, dass sie jemanden kennengelernt hatte. Die Bestätigung hatte ihn wenig später derart umgehauen, dass er sich am Küchenschrank hatte abstützen müssen. Dabei war er es doch gewesen, der sich gegen eine ernsthaftere

Beziehungsbasis gestemmt hatte! Wie dämlich das gewesen war, hatte er just in dem Moment begriffen, als diese Option für immer verpufft war.

Er streckte sein Kreuz, das ihn schmerzhaft an die Nacht auf dem Gästesofa erinnerte. Auf ein gemeinsames Frühstück hatte er verzichtet und stattdessen im Bahnhof ein fettiges Croissant mit drei Tassen Kaffee heruntergespült. Erst beim Bezahlen hatte er sich wieder an den Mann erinnert, der ihm am Vorabend vor Sofies Haus aufgefallen war. Beim Verlassen ihrer Wohnung hatte er nicht auf seine Umgebung geachtet, seine Gedanken waren um andere Dinge gekreist. Jetzt sah er sich immer wieder um, aber im morgendlichen Berufsverkehr war zu viel los, um etwas Auffälliges zu entdecken.

Seinen Koffer hatte er erneut am Bahnhof eingeschlossen, er wollte die Stadt noch am Vormittag verlassen. Wahrscheinlich verrannte er sich ohnehin, und jede weitere Stunde war verlorene Zeit. Sich den *Schwarzen Wolf* anzusehen, reizte ihn dennoch. Das Lokal war vom Hauptbahnhof in gerade mal zehn Gehminuten zu erreichen. Was genau Seidl sich erhoffte, wusste er selbst nicht. Er ging an mehreren Hotels vorbei, und als er den *Schwarzen Wolf* erreichte, meinte er vom nahen Zoo den Tiergeruch wahrzunehmen. Bis sich ein anderes Aroma nach vorn drängte.

Angeekelt betrachtete er den Fleck aus Erbrochenem, der sich neben den Stufen ausbreitete, die zum Eingang hinaufführten. Auf einem knallgrünen Schild prangte der Schriftzug *Schwarzer Wolf*, daneben war das entsprechende Tier überlebensgroß abgebildet. Die übertriebene Darstellung ließ den Journalisten an einen Werwolf denken. Er warf seine Zigarette weg und stellte sich auf die Zehenspitzen, um durch eines der Fenster nach innen zu blicken.

»Wir öffnen erst um achtzehn Uhr«, hörte er hinter sich eine Stimme. Ein vielleicht dreißigjähriger Mann kam die

Treppen herunter. »Oder haben Sie gestern was liegen gelassen?« Mit Schwung schüttete er einen Eimer Wasser über die übel riechende Hinterlassenschaft auf dem Boden.

»Nein.« Seidl näherte sich. »Sind Sie der Inhaber?«

»Ja. Aber bevor Sie weiterreden: Ich bin nicht an einem Verkauf interessiert.«

Verständnislos sah Seidl ihn an. »Wie kommen Sie darauf, dass ich Ihr Lokal kaufen möchte?«

»Weil ich ständig angehauen werde. Leipzig boomt. Als einer der wenigen Orte im Osten.« Er stellte den Eimer ab. »Sie sind nicht von hier. Bayern?«

»München.«

»Na, sag ich doch.«

»Das ist nicht dasselbe, glauben Sie mir. Wie lange gehört Ihnen der Laden?«

»Seit vier Jahren.« Der Mann verschränkte die Arme. »Was ist der Grund für Ihr Interesse?« Er trug eine normale Frisur, alltägliche Kleidung und war zumindest nicht sichtbar tätowiert. Wie ein Rechtsradikaler kam er Seidl nicht vor, aber was sollte das schon heißen, wenn man an Eckstein und Konsorten dachte? Der nächste Zug in Richtung München fuhr in zwanzig Minuten, Seidl verlor keine Zeit.

»Ich bin Journalist und recherchiere in der Nazi-Szene. Früher war der *Schwarze Wolf* ein beliebter Treffpunkt. Das war allerdings vor Ihrer Zeit. Oder ist die Kundschaft die gleiche geblieben?«

Der Mann schwieg und schaute an Seidl vorbei. Dann griff er nach dem Eimer. »Die Kundschaft hat sich radikal geändert. Trotzdem weiß ich einiges über die früheren Gäste. Kommen Sie rein!«

Überrascht von dieser Wendung folgte Seidl dem Mann ins Innere. Die Fotos im Internet hatten nicht gelogen, der *Schwarze Wolf* war weder Spelunke noch Edelrestaurant, sondern irgendetwas dazwischen – ohne spezielle Stilrichtung. Eine Tafel an der Wand wies auf die Happy Hour von achtzehn Uhr bis zwanzig Uhr hin, und die Ausmaße der Theke deuteten an, dass der Schwerpunkt eher auf Getränken als auf Speisen lag.

»Sie haben was anderes erwartet, stimmt's?« Der Inhaber war hinter den Tresen getreten und stellte die Kaffeemaschine an. »Wollen Sie auch einen?«

»Ist zwar schon mein vierter, aber ja, gern.« Seidl setzte sich auf einen Barhocker. »Wie sah es früher aus?«

»Düster. Die Möbel waren jahrzehntealt. Mein Vater hatte sie vom Vorbesitzer übernommen.«

»Ihr Vater?«

»Er führte den *Schwarzen Wolf* bis vor vier Jahren. Dann konnte er nicht mehr. Parkinson.«

»Sie traten das Erbe also vorzeitig an?«

»Zuerst wollte ich nicht. Unser Lokal hatte einen schlechten Ruf, den Hintergrund haben Sie eben erwähnt. Damit wollte ich nichts zu tun haben, und ich war skeptisch, ob sich das alles abschütteln lässt.«

»Vielleicht wäre eine Namensänderung hilfreich gewesen.«

Der Mann stellte zwei Tassen auf die Theke, kehrte auf Seidls Seite zurück und setzte sich auf den Barhocker neben ihm. »Das war nicht nötig. Ich nahm Kontakt zur alternativen Szene auf und stellte deren Anhängern meinen Plan vor. Sie waren sofort dabei, einen rechten Szenetreff auszulöschen. Den Namen hab ich absichtlich gelassen. Es sollte ein Statement sein. War nicht die allerbeste Idee.«

»Warum?«

»Weil ich mit eingeschmissenen Scheiben, Schmierereien und Ähnlichem eingeschüchtert werden sollte. Mehrmals marschierten die früheren Gäste auf, um ihr Territorium zurückzuerobern. Im ersten Jahr musste häufig die Polizei anrücken.

Dann beruhigte es sich. Der letzte Vorfall liegt bald zwei Jahre zurück.«

Seidl nahm einen Schluck und verbrannte sich prompt die Zunge. »Was sagt Ihr Vater zu der Verwandlung? Macht er sich Vorwürfe, bei der Erziehung versagt zu haben?«

Der Mann verzog den Mund. »Sie schätzen ihn falsch ein. Er war kein Nazi, noch nicht mal rechts. Eigentlich völlig unpolitisch.«

»Ich hörte, dass er früher bei der Stasi war«, konnte sich Seidl nicht verkneifen. »Richtig unpolitisch ist das nicht.«

»Er war Opportunist, da gibt's nichts zu beschönigen. Mehr aber nicht. Nach der Wende war er ganz unten. Meine Mutter ließ ihn sitzen, er fand keine Anstellung. Dann ergab sich die Gelegenheit, dieses Lokal zu übernehmen. Tja, und irgendwie fand ein gewisses Publikum Gefallen am *Schwarzen Wolf*. Es war reiner Zufall, dass er sich zum Szenetreff entwickelte. Das Geschäft brummte, mein Vater hatte Schulden – na ja, wie gesagt, er war eben …«

»Opportunist«, vollendete Seidl. »Und Sie selbst?«

»Ich half ihm, seit ich sechzehn war. Konnte mit den Rechten nichts anfangen, aber viele Gedanken hab ich mir auch nicht gemacht. Das kam erst später, aber mein Vater wollte nichts ändern. Endlich lief für ihn alles wieder gut, außerdem hatte er Angst.«

»Unter den Gästen …« Seidl nahm vorsichtig einen weiteren Schluck. »Waren darunter auch Burschenschaftler?«

»Sie sind gut informiert. Der Nebenraum war jeden Donnerstagabend für sie reserviert.«

Seidl versuchte, das Alter des Mannes abzuschätzen. »Sie arbeiten hier seit Ihrem sechzehnten Lebensjahr. Umfasst das den Zeitraum von vor zehn bis fünfzehn Jahren?«

Der Mann nickte. »Ungefähr zumindest. Vor vierzehn Jahren fing es an, dass ich fast jeden Abend hinterm Tresen stand.«

»Auch donnerstags?«

»Klar, da war ja die Hölle los.«

»Können Sie sich erinnern, wer bei den Treffen der Burschenschaft dabei war?«

»Nein, aber es gibt Fotos aus der Zeit. Sie hingen lange an den Wänden. Ich hab sie vor vier Jahren natürlich abgehängt.«

»Wo sind diese Aufnahmen heute?«

»Im Keller. Soll ich sie holen?«

Seidl sah ihn an, als sei diese Frage völlig überflüssig. Schmunzelnd erhob sich der Mann. »Bin gleich zurück.«

Um die Wartezeit zu überbrücken, stieg Seidl vom Barhocker und öffnete die Tür zum Nebenraum. Hier war das Ambiente ebenfalls unspektakulär, abgesehen von den Che-Guevara-Porträts, die links und rechts an den Wänden hingen. Durch das Fenster sah Seidl in den Innenhof, wo Stühle und Tische aufeinandergestapelt waren.

»Nächste Woche richten wir den Außenbereich wieder her.« Der Mann war zurück, in den Händen hielt er einen Karton. »Hier drinnen haben die Burschenschaftler früher gesoffen, Lieder gegrölt und Reden geschwungen. Prügeleien gab's auch.« Er stellte den Karton auf einen Stuhl und öffnete ihn. Dann holte er einen Packen Bilder hervor und legte ihn auf einen Tisch.

Seidl stürzte regelrecht nach vorn. Er war gut vorbereitet, sodass ihm präsent war, wie Eckstein zur fraglichen Zeit ausgesehen hatte. Gleiches galt für andere aus dem Vorstand der *Weißen*. Schon das erste Foto war ein Treffer. An der Aufmachung sofort als Burschenschaftler zu erkennen, präsentierte sich eine Gruppe von gut vierzig Männern mit aufrechter Körperhaltung und ernsten Gesichtern. Mitten unter ihnen: Martin Eckstein.

»Das Foto wurde vor dieser Wand gemacht.« Der Inhaber deutete nach links. »Ich erinnere mich nicht an den Anlass, vielleicht die Jahressitzung.«

»Er hier.« Seidl tippte auf Eckstein. »Was wissen Sie über ihn?«

Der Mann beugte sich vor. »Das Gesicht sagt mir was. Er war oft hier.«

»Und er?« Seidl deutete auf Ecksteins Nebenmann. Es war Oliver Bär, der Generalsekretär der *Weißen*. Schon als Student hatte er eine Nickelbrille getragen und wie der Inbegriff von Spießigkeit ausgesehen.

»Tut mir leid, da muss ich passen. Wobei …« Er wühlte sich durch den Stapel und zog ein weiteres Foto hervor. »Hier!« Sein Zeigefinger ruhte auf Oliver Bär, der an diesem Tag einen braunen Anzug getragen hatte. Die Aufnahme stammte aus dem vorderen Gastraum, zusammen mit fünf anderen Männern saß er an einem runden Tisch. »Der sogenannte *Deutsch-Kurs*. Unter diesem Namen reservierten sie den Tisch. Sie kamen unregelmäßig.« Er wendete den Bilderrahmen und deutete auf ein mit Bleistift hingekritzeltes Datum. »Ist dreizehn Jahre her.«

Seidl nahm ihm den Rahmen aus der Hand und drehte ihn wieder um. Eckstein war im Vollprofil zu erkennen, er sah nicht viel anders aus als heute. Ein anderer Mann war zwar nur von der Seite fotografiert worden, erinnerte ihn aber an Anton Gerber, seit Kurzem Stellvertretender Vorsitzender der *Weißen*. Zwei der Männer saßen mit dem Rücken zur Kamera, und das Gesicht des sechsten sagte Seidl gar nichts.

»Kennen Sie jemanden von denen?«, fragte er.

»Der dürre Kerl ganz rechts. Sein Gesicht ist zwar abgewendet, aber das ist Rudolf Dombrowski. Das weiß ich deshalb, weil es einen Vergewaltigungsvorwurf gegen ihn gab. Die Polizei befragte auch uns, und mein Vater wurde als Zeuge bei dem Gerichtsprozess vorgeladen. Es gab einen Freispruch.«

»Interessant.« Seidl zog sein Smartphone hervor und fotografierte die Szenerie. »Und die anderen?«

»An Namen erinnere ich mich nicht. Oder doch … einer hieß Andreas. Der Dicke hier.« Er zeigte auf den Mann, dessen Gesicht gut zu erkennen, Seidl aber unbekannt war. »Sie haben ihn den *Wilden Andi* genannt. Und er hier …«, er deutete auf Anton Gerber, »hatte häufig einen Jack Russell dabei. Der lag den ganzen Abend zu seinen Füßen.«

»Um was ging es bei dem *Deutsch-Kurs*? Wieso dieser alberne Name?«

»Keine Ahnung. Das Einzige, was ich weiß: Die nahmen kein Blatt vor den Mund. Faselten von einem reinrassigen Volk, der arischen Überlegenheit und schimpften auf die Politik. Es müssten ganz andere Saiten aufgezogen werden.«

»Nur Sprüche, oder steckte mehr dahinter?«

»Woher soll ich das wissen? Allerdings hörte ich mal was von Schießübungen. Und von einem Keller. Einem der Typen muss ein Haus am See gehört haben.«

»An welchem See?«

»Das weiß ich nicht. Irgendwo im Leipziger Umland.«

»Fällt Ihnen noch mehr ein?«

Der Mann dachte nach. »Ist wirklich lange her. Die sind mir eigentlich nur wegen der Geschichte mit Rudolf Dombrowski in Erinnerung geblieben. Ach doch, eins noch! Für eine Weile war ein weiterer Mann bei ihnen. Sonst waren sie immer nur zu sechst. Der Typ ist mir aufgefallen, weil er … wie soll ich das sagen … Ich bin nicht schwul, aber er war ein richtiger Hingucker. Durchtrainiert, blond, groß. Ein Arier wie aus dem Bilderbuch, um mal in der Sprache des *Deutsch-Kurses* zu bleiben.«

»Was noch?«

»Er buhlte um die Anerkennung der anderen. Das wunderte mich, denn eigentlich … es hätte eher andersherum sein müssen. Auf einmal blieb er wieder weg. Für ein paar Wochen war er bei jedem Kneipenbesuch dabei, dann tauchte er nie mehr auf. Die anderen kamen übrigens auch nur noch zwei- oder dreimal. Da war die Stimmung völlig verändert. Sie redeten kaum, wirkten euphorisch, aber gleichzeitig nervös.«

»Ist dieser Arier auf einem der Fotos?«

»Muss ich nachschauen.« Er nahm einen Bilderrahmen nach dem anderen hervor, aber der *Deutsch-Kurs* war kein weiteres Mal fotografiert worden. Seidl machte dennoch von jedem Foto eine Aufnahme mit seinem Handy und lud anschließend alle in die Cloud hoch. Vielleicht fiel ihm bei einer gründlichen Durchsicht noch etwas auf. Mehr konnte ihm der Kneipenbetreiber nicht mit auf den Weg geben, für alle Fälle überreichte Seidl ihm seine Visitenkarte.

Der Besitzer des *Schwarzen Wolfs* geleitete den Journalisten noch bis auf die Straße. »Wissen Sie übrigens, dass Sie beobachtet werden? Vorhin vor der Tür, da ist es mir aufgefallen. Ein schwarz gekleideter Typ stand vorn an der Ecke und starrte zu uns herüber. Halb versteckt hinter einem Auto. Ich weiß ja nicht, um was es Ihnen konkret geht, aber sind Sie sicher, dass Sie sich weiter vorarbeiten wollen?«

»Völlig sicher«, erwiderte Seidl automatisch.

Er schüttelte dem Mann die Hand und sah ihm nach, als er die Stufen hochstieg. Also hatte er sich gestern Abend nicht getäuscht! Erst der Peilsender, jetzt auch noch ein Verfolger. Er musste einen äußerst schmerzempfindlichen Nerv bei Martin Eckstein getroffen haben. Sein Plan, die Stadt schnellstmöglich in Richtung München zu verlassen, löste sich auf. Er ging los, um seinen Koffer wieder aus dem Schließfach am Bahnhof zu holen und sich eine Pension zu suchen.

Klirrend zerbarst das Glas an der Wand des Krankenzimmers, sodass der Orangensaft bis zur Decke spritzte. Die Flüssigkeit rann zu Boden und hinterließ einen Fleck, der einem modernen Kunstwerk glich. Während Stevens Blick den gelben Rinnsalen folgte, überlegte er, weshalb die Frau vor ihm von den Ärzten tagelang als vernehmungsunfähig eingestuft worden war. Sanna Wischnewski lag zwar noch im Bett, war aber bei vollen Kräften. Ihr Gesicht war jetzt nicht mehr blass, sondern so rot wie das Blut, das irgendjemand mühevoll aus Ecksteins Wagen würde entfernen müssen.

Noch stand nicht fest, von wo der Pfeil auf den blauen Mittelklassewagen abgefeuert worden war. Anders als in Niederdorla war die Waffe in Hamburg nicht zurückgeblieben, und Überwachungskameras gab es bei der Ampel nicht. Ecksteins Chauffeur war auf der Stelle gestorben, obwohl diesmal kein Gift an dem Pfeil angebracht worden war. Stattdessen war der Schuss perfekt platziert worden, wahrscheinlich hatte der Schütze Eckstein hinter dem Steuer vermutet. Entgegen seiner Gewohnheit hatte der Politiker jedoch auf der Rückbank gesessen und war noch immer am Leben. Dass er in seinem Schockzustand um ein Haar Laura erschossen hätte, schien diese gut weggesteckt zu haben.

Aufrecht saß sie neben Steven auf einem Besucherstuhl und hatte soeben Sanna Wischnewskis heftige Reaktion provoziert. Die Achtundzwanzigjährige arbeitete als Tierpflegerin auf einem Reiterhof vor den Toren Hamburgs und war kein unbeschriebenes Blatt: Seit vier Jahren war sie bei *Revolt* aktiv, aber schon vorher regelmäßig durch kompromissloses Handeln aufgefallen. Ihre Sprache war genauso derb, wie es die Schläge waren, die von der groß gewachsenen Frau schon an manch Andersdenkende – oder Bereitschaftspolizisten – verteilt worden waren.

»Du tickst ja nicht richtig!«, brüllte sie Laura an. »Ihr wollt uns aus dem Verkehr ziehen! Nazi-Handlanger!«

»Ich warte weiter auf eine Antwort«, erwiderte die Ermittlerin. Sie hatte ihre Beine lässig übereinandergeschlagen, die Wildlederjacke lag quer über ihren Knien. »Waren Sie bei dem Protestgottesdienst in der Kirche von Niederdorla oder nicht?«

»*Ich*? In einer *Kirche*?« Dem Wort verpasste sie einen Klang, als handele es sich dabei eigentlich um den Vorhof der Hölle. Sie tippte sich gegen die Stirn, die hinter einem Kopfverband verborgen war. »Ich *hasse* die Kirche, kapiert? Eine Ansammlung bigotter und chauvinistischer Gestalten!«

»So wie bei den *Weißen*?«

»Die hängen sich wenigstens kein Kreuz um den Hals, sondern zeigen ihre Abgründe offen.«

»Nicht aber die neue Führung. Um in Ihrer Wahrnehmung zu bleiben: Die kopiert ungeniert das Erfolgsrezept der Kirche.«

»Und deshalb soll ich eines dieser Arschlöcher mit 'ner Armbrust abgeknallt haben?« Sie griff mit beiden Händen in ihre lockigen, kupferfarbenen Haare und stopfte sie nach hinten. »Wär mir das gelungen, ich würd's sofort zugeben. Aber ich hab so ein Ding noch nie in der Hand gehabt!«

»Sie müssen ja nicht selbst geschossen haben.«

»Ihr wollt doch nur ablenken! Ich wurde von den Bullen auf die Straße geprügelt, wo mich ein Wasserwerfer überrollt hat. Bad News, oder? Da macht es sich viel besser, wenn ihr mich der Presse als Mörderin präsentieren könnt.«

»Kommen Sie mal runter«, mischte sich Steven ein. »Sie wurden nicht überrollt, sondern angefahren. Außerdem gibt es eine Beschreibung aus der Kirchengemeinde, die auf Sie passt. Für den Tatzeitpunkt haben Sie kein Alibi, und davon abgesehen steht jemand von *Revolt* unter Verdacht, den Pistolenschuss auf den Schatzmeister abgegeben zu haben.«

»Schwachsinn! Damian hat euch längst sein Alibi vorgelegt.«

»Vergessen wir mal *Revolt*«, sagte Laura. »*Revolt* sollte Chaos anzetteln und hat das erwartungsgemäß hingekriegt. Dieses Durcheinander sollte eine andere Gruppe nutzen. Ein noch radikalerer Ableger. Sie wissen, wovon ich rede?«

»Nee. Du solltest Fantasy-Romane schreiben.«

»Dafür fehlt mir das Talent. Aber ich kann ganz gut reale Zusammenhänge erkennen. Sie haben eifrig über Ihr Handy kommuniziert, während Sie angeblich vernehmungsunfähig waren. Wie konnten Sie eigentlich den Arzt dazu bringen, uns auf Abstand zu halten? Blaue Flecken und vielleicht eine kleine Gehirnerschütterung, mehr haben Sie doch nicht abgekriegt!«

Sanna Wischnewskis rechter Zeigefinger spielte mit dem Nasenpiercing, der Blick aus ihren grünen Augen fixierte die Wand. »Ich hab meinen Eltern und meiner Freundin geschrieben, dass alles okay ist. Sonst nichts.«

Laura lächelte. »Ich rede nicht von SMS oder WhatsApp. Sie sind ja nicht naiv und wissen daher, dass Sie überwacht werden – was allerdings mehr Informationen liefert, als Sie ahnen. Zum Beispiel, dass Sie stundenlang online waren. Hauptsächlich in einem Chat im Darknet. Wirklich dunkel ist es aber sogar dort nur noch in den hintersten Ecken. Vor einer Stunde haben wir einen Auszug der Chat-Kommunikation erhalten.«

»Ihr setzt verdeckte Ermittler gegen mich ein?«

Steven deutete auf sein Telefon und drehte es herum. Auf dem Display war der von der BKA-Zentrale übermittelte Chat-Verlauf zu sehen. »Wollen Sie es sich durchlesen, oder ist Ihnen der Austausch noch präsent? Hier: *Annas*, das sind Sie. Und hinter *Naimad* steckt Ihr Kumpel Damian Böning. Ziemlich billig, einfach die Vornamen rückwärts zu schreiben.«

»Von den zehn Leuten dieses Chats kennen wir dadurch neun Vornamen«, führte Laura aus. »Zusammen mit der technischen Analyse, also der Zurückverfolgung, sind bereits sechs eindeutig identifiziert. Sie sind eine davon. Von diesen sechs gehören nur drei zu *Revolt*. Was für eine andere Gruppe haben Sie also am Start?«

Sanna drehte sich auf die Seite, die rötlichen Locken verdeckten ihr Gesicht. »Leckt mich!«

Steven blickte aufs Display. »Sie schreiben hier: *Wieso hat Eckstein überlebt?* Darauf die Antwort: *Verwackelter Schuss*. Also sollte eigentlich er in Niederdorla sterben und nicht der Mann neben ihm?«

Ihre einzige Reaktion war ein ausgestreckter Mittelfinger.

»Die Antwort auf Ihre Frage kam von einem *Mirka*«, fuhr Steven fort. »Ergibt rückwärts *Akrim*. Dieser Namen existiert nicht, deshalb habe ich eben nur von neun Namen gesprochen. Wer ist Mirka oder Akrim?«

»Hat in seinem Fall das Zurückverfolgen nicht funktioniert?« Sie drehte sich langsam zurück. »Pech gehabt.«

»In *seinem* Fall? Na, immerhin wissen wir jetzt, dass Mirka ein Mann ist.« Zufrieden scrollte Steven auf dem Bildschirm nach unten. Selbst wenn das Verhör nicht mehr ergeben würde, war es ein Erfolg. Dass Sanna überhaupt ein Fehler unterlaufen würde, hatte er nicht erwartet. Vielleicht waren ihre Kopfschmerzen stärker als gedacht.

Sanna starrte ihn an, schwieg aber. Auch Lauras nächste Angriffswelle ließ sie kommentarlos an sich abprallen.

»Dieser Mirka dürfte beleibt sein, und am vergangenen Samstag dunkle Kleidung sowie einen Schal vorm Gesicht getragen haben. Er stand in der vordersten Reihe der Demonstranten.«

»Fragt sich nur noch, wer auf den Kirchturm geklettert ist«, übernahm Steven, als sich das Schweigen hinzog. »Sie und …?«

Doch Sanna ließ sich nicht provozieren. Stattdessen schloss sie die Augen und zog die Decke hoch bis an das Nasenpiercing.

»Zwei weitere Infos aus dem Chat sind für uns höchst interessant«, fuhr Steven fort. »Eine Sabine, deren Nachnamen wir noch nicht kennen, fragte, ob in Hamburg alles vorbereitet ist. Mirka hatte darauf eine Antwort: *Eckstein und die anderen Schweine bunkern sich ein. Wird ihnen aber nichts nützen, verlasst euch darauf.* Was war der Plan?«

»Zum Beispiel ein weiterer Pfeilschuss auf Eckstein, der diesmal aber besser treffen sollte ?«, fragte Laura. »Wie ärgerlich, dass er heute Morgen hinten saß und daher nur sein Fahrer getötet wurde.«

Sanna öffnete wieder ihre Augen. Wegen einer Schwellung gelang ihr dies mit dem linken nur zur Hälfte. »Ecksteins Fahrer ist tot? Und er selbst?«

»Vollkommen unverletzt. Enttäuscht?«

»Ich weiß nichts von 'nem Pfeilschuss. Da ist noch jemand hinter dem Arschloch her.«

»Mag sein. Immerhin geben Sie also zu, auch hinter ihm her zu sein.«

»Vielleicht hatte der Arzt doch recht«, meinte Steven. »Sie sind alles andere als in Topform. Kommen wir zur nächsten interessanten Information: Damian berichtet im Chat von seinem Gespräch mit Jan Seidl. Dem Journalisten, der ihm ein Alibi gab. Offenbar ist dieser Journalist aber alles andere als neutral. Denn …«, er las vom Display ab, »*… er hat's mir gegeben. War kein Problem, dass Annas nicht dabei war. Übrigens ist er an Ecksteins Studentenzeit in Leipzig interessiert. Da muss irgendwas vorgefallen sein. Wisst ihr was dazu?*«

»Mit Leipzig konnte aber keiner was anfangen«, fügte Laura hinzu. »Wir wollen jetzt wissen: Warum hat Jan Seidl Ihnen geholfen? Weshalb hat er Damian Böning die Liste mit den Namen des neuen Vorstands der *Weißen* und des Securitytypen übergeben?«

»Fragt doch Damian!«

»Ist im Moment leider nicht möglich.« Böning hatte auf freien Fuß gesetzt werden müssen und war seitdem abgetaucht.

Nicht mal sein Handy schien er zu benutzen, zumindest war es nicht zu orten. »Damian hat Sie bei dem Treffen vertreten. Also sollten eigentlich *Sie* etwas von Seidl erhalten.«

»Ich bin müde und brauche ein Schmerzmittel.« Sanna drückte einen Knopf. »Ich rede kein Wort mehr mit euch.«

Und dabei blieb es. Steven war trotzdem zufrieden. Sanna hatte dem ersten noch einen zweiten Fehler hinzugefügt, und an der Identifizierung der weiteren Chat-Teilnehmer wurde in Bonn mit Hochdruck gearbeitet. Das und die Überwachung der bereits bekannten Teilnehmer war in den nächsten Stunden die dringlichste Aufgabe. Dazu weitere Verhöre, um die Identität von Mirka herauszufinden, und auch Jan Seidl würde sich unangenehme Fragen anhören müssen.

Gerade als Steven mit Laura im Krankenhausflur die weitere Vorgehensweise besprechen wollte, brummte sein Handy, und er nahm das Gespräch an. Angesichts der Mitteilung fuhren seine buschigen Augenbrauen in die Höhe.

»Wir wissen jetzt, wo der Armbrustschütze stand«, wurde er informiert.

»Hervorragend, gute Arbeit!«

»Es wird noch besser. Wir haben nämlich eine DNA-Spur.«

Kapitel 5

Das Nymphenburger Schloss leuchtete im hellen Licht der Mittagssonne, wodurch die Fassade noch beeindruckender wirkte, als sie es ohnehin war. Mit einer Spannweite von sechshundertzweiunddreißig Metern übertrumpfte sie sogar die von Schloss Versailles, nicht umsonst war die Anlage einer der Touristenmagnete von München. In dem weitläufigen Park waren an diesem Mittwoch Menschen aus aller Welt unterwegs, dazu ein paar Jogger und Eltern mit ihren Kinderwägen.

Filip und Inga warfen nur einen kurzen Blick zu dem geschichtsträchtigen Gebäude und der großen Wasserfontäne, als sie den Schlosskanal auf der Menzinger Straße überquerten. Eine Straßenbahn ratterte vorbei, dann bog ein Sightseeing-Bus in die Auffahrtsallee ein. Filip warf den Rest einer Laugenstange zu den Enten herunter und sah auf sein Handy.

»Laut Google Maps noch fünf Minuten.« Seine Stimme klang belegt.

Inga griff nach seiner Hand. »Wir sehen uns nur um. Wenn wir schon in München sind, wäre es dämlich, die Gelegenheit nicht zu nutzen.«

»Trotzdem bin ich nervös.«

»Zu dieser Uhrzeit wird er nicht zu Hause sein. Und falls doch, würde er dich eh nicht erkennen.«

All das klang nachvollziehbar, dennoch stieg Filips Anspannung, als sie die Hauptstraße verließen und ein von Villen geprägtes Wohngebiet betraten. Nymphenburg war eines der teuersten Stadtviertel in dieser ohnehin alles andere als preiswerten Stadt. Wer eines dieser herrschaftlichen Häuser mit den großen Gärten kaufen konnte, gehörte eindeutig zu den Gewinnern des Kapitalismus – oder hatte geerbt.

Letzteres traf auf den Mann, dem das Interesse von Filip und seiner Freundin galt, nicht zu. Ersteres schon eher, immerhin war er bei einem großen Pharmakonzern in leitender Funktion als Forscher tätig. Aber auch seine Frau dürfte ihren Teil zur soliden Finanzlage beisteuern, sie war Partnerin in einer Anwaltskanzlei. Wenn Filip an seine und Lauras finanzielle Situation dachte, verspürte er einen Hauch Missgunst. Zwar war es ihm nie schlecht gegangen, aber als alleinerziehende Mutter hatte Lauras Gehalt nur wenig Spielraum für speziellere Wünsche gelassen. Wie wäre Filips Leben verlaufen, wenn sich seine Eltern nicht getrennt hätten? Wäre er in München aufgewachsen? Hier, in diesem Prachtbau, vor dem er gerade stehen blieb?

Er stierte auf die Gravur im Messingschild. *Familie Radke*. Hier wohnte sein Vater – zusammen mit seiner Frau und den beiden Kindern. In einem Haus, das um die Jahrhundertwende erbaut worden war und auch einer größeren Personenanzahl genügend Platz bieten würde. Es war bestimmt dreimal so groß wie das Häuschen in Königswinter, dessen Kredit Laura noch immer abstotterte. Der Garten war nur halb einsehbar, dennoch entdeckte Filip Spuren seiner Halbgeschwister. Ein Sandkasten, ein Baumhaus, eine Schaukel sowie eine gezimmerte Burg mit Klettermöglichkeiten und Rutsche. Er schluckte, während Inga ihre vollen Lippen spitzte und einen leisen Pfiff ausstieß.

»Wusste gar nicht, dass du aus *so* ’nem guten Stall kommst.«

»Diesen Stall habe ich noch nie von innen gesehen.«

»Ich meine eher deinen Vater. Er hat's weit gebracht.«

»Während meine Mutter eine kleine Beamtin ist?« Er war selbst über das Bedürfnis überrascht, Laura trotz ihrer Lügen in Schutz zu nehmen.

»Du weißt, dass mir Reichtum nichts bedeutet. War nur der Versuch, dich aufzulockern.«

Filip wollte ins Innere des Gebäudes schauen, aber die Sonne spiegelte sich in den Fensterscheiben. Weshalb war er überhaupt hergekommen? Für was war das gut? Letztlich war dieses Anwesen der eigentliche Grund, weshalb er Inga auf ihrer Fahrt nach Bayern begleitet hatte. Dass Laura auf Dienstreise war und deshalb nichts davon mitbekommen konnte, war ihm wie ein Wink des Schicksals erschienen. Inzwischen war er sich nicht mehr so sicher, ob es wirklich eine gute Idee gewesen war, mit nach München zu fahren. Ein SUV rollte heran, und Filip drehte den Kopf – doch der Wagen fuhr vorbei.

»Du würdest ihn gern mal sehen, oder?« Ingas bernsteinfarbene Augen waren voller Mitgefühl. Mal wieder fragte sich Filip, ob Lauras Einschätzung – die sie zwar nie äußerte, sich aber anmerken ließ – zutraf. War Inga nur an ihm interessiert, weil sie über einen stark ausgeprägten Beschützerinstinkt verfügte? Sein Selbstbewusstsein war im Gegensatz zu seinem Realitätssinn bei Weitem nicht groß genug, um dies nachdrücklich zu verneinen.

»Immerhin hab ich schon Fotos von ihm gesehen«, antwortete er. »Aber ja … so in echt, irgendwie würde ich das schon gern.«

»Wir können heute Abend noch mal herkommen.«

»Bringt doch eh nichts. Wenn ich ihn nicht anspreche, kann ich's auch bleiben lassen. Hier wie ein Stalker rumzustreunen, fühlt sich erbärmlich an.«

»Stimmt. Entweder oder.« Auffordernd sah sie ihn an.

Er musste lachen. »Okay, okay! Du hast ja völlig recht. Von Laura werde ich nie die ganze Wahrheit erfahren. Wenn heute Abend jemand zu Hause ist, geh ich in die Offensive. Versprochen.«

»Da musste ich dich weniger zu deinem Glück zwingen als erwartet.« Sie kniff ihm spöttisch in die Wange und blickte auf die Uhr. »Komm! Wir sind nicht nur wegen deinem Vater hergefahren, und ich will nicht zu spät kommen.«

»Wir haben noch fast zwei Stunden.« Filip drehte sich wieder zum Haus.

Er konnte sich nicht richtig losreißen, und der zweite Anlass für ihre Bahnfahrt in die bayrische Landeshauptstadt machte ihn nervös. Zu Hause in Königswinter hatte Ingas Vorhaben noch verlockend und abenteuerlich gewirkt, jetzt bekam er kalte Füße.

Plötzlich setzte sich das Einfahrtstor in Bewegung, knarzend schwang es nach innen und zog Filips Aufmerksamkeit auf sich. »Ist doch … jemand zu Hause?«

Inga schüttelte den Kopf und deutete auf einen roten Polo. »Aber jemand kommt.«

»Wahrscheinlich die Putzfrau oder das Kindermädchen.« Filip sah auf die Person hinter dem Lenkrad. »Wer so wohnt, fährt sicher was Exklusiveres. Und kleidet sich auch anders«, fügte er leiser hinzu, als der Wagen vor ihnen angehalten hatte und eine Frau ausstieg. Sie trug eine dunkelgraue Jeans, darüber einen Schlabberpullover.

»Wollt ihr zu uns?« Sie lächelte zwar nicht, hatte aber dennoch eine freundliche Ausstrahlung. Filip schätzte sie auf ein ähnliches Alter wie Laura, aber sie war ein ganz anderer Typ. Etwas kräftiger und kleiner, dazu ein blonder Kurzhaarschnitt. Ihr Gesicht war gebräunt, war sie vor Kurzem im Urlaub gewesen? Aufmerksam sah sie Filip an, und ihm war klar, dass er endlich eine Antwort geben musste.

Inga kam ihm zuvor. »Wir studieren an der TU und führen für unsere Projektarbeit eine Umfrage durch. Es geht darum, wie … gut sich Familie und Beruf in München vereinbaren lassen. Vor allem als Frau.«

»Spannendes Thema. Allerdings muss ich noch schnell ein paar Einkäufe in den Kühlschrank packen. Kommt rein!«

Sie deutete zum Haus und machte Anstalten, wieder in den Wagen zu steigen.

»Ähm …«, krächzte Filip, aber Inga fuhr ihm sofort über den Mund.

»Das ist sehr nett, wir werden Sie auch nicht lange stören.«

Die Frau machte eine abwehrende Geste und fuhr über die gepflasterte Einfahrt bis vor die Haustür. Dort öffnete sie den Kofferraum und lud Einkäufe aus, während Inga und Filip näher kamen.

»Was soll das?«, murmelte er ihr mit klopfendem Herzen zu. Er spürte, dass er einen hochroten Kopf hatte.

»Stell dich nicht so an!«, flüsterte sie zurück. »Ist doch *die* Gelegenheit, sich drinnen umzusehen.«

»Und … das Interview? Wir haben nicht mal …«

»Wir improvisieren einfach. Ist 'ne Kleinigkeit!«

Sie kamen bei der Frau an, die gerade den Kofferraum zuknallte.

»Super, dass Sie uns helfen.« Inga streckte ihre Hand aus. »Ich bin Inga, und das hier mein Freund Filip.«

»Mareike Radke. Aber Mareike reicht. Also, rein mit euch!«

Unaufgefordert trug Inga zwei Einkaufsbeutel ins Innere, während Filip hinterherschlurfte und stumme Verwünschungen ausstieß. Aus der Küche drangen die Stimmen der beiden zu ihm – sie lachten. Diese unkomplizierte Mareike war also die Frau seines Vaters. Die Mutter seiner Halbgeschwister. Und für ihn selbst … so was Ähnliches wie eine Stiefmutter. Er dachte an Laura und spürte einen Stich.

Ein Sohn betrachtet seine Mutter mit eigenen Augen, aber dennoch war sie nach seiner Meinung attraktiver und definitiv sportlicher als diese Mareike. Beide dürften gleich alt sein, allerdings sah Laura eher jünger als zweiundvierzig aus – trotz ihres oft ernsten Gesichts und des melancholischen Ausdrucks in den braunen Augen. Dass Lauras Nachfolgerin dagegen eine Frohnatur war, fiel sofort auf. Hatte sich sein Vater deshalb für sie entschieden? Waren die beiden schon zusammengekommen, als er eigentlich noch mit Laura …?«

»Kommt rüber ins Wohnzimmer«, unterbrach Mareike seine Überlegungen, als er gerade die Küche betreten wollte. Sie trug zwei Wassergläser, die sie kurz darauf auf dem Couchtisch abstellte. Überfordert sank Filip auf das Sofa und betrachtete das Zimmer, während sich die beiden Frauen über Belanglosigkeiten austauschten.

Er hatte eine teure Einrichtung erwartet, und vielleicht war sie das sogar, aber sie wirkte nicht so. Die Möbelstücke hätten genauso gut in dem Haus von Laura und ihm stehen können. Auf dem Boden lagen Pferdebücher und eine halb aufgebaute Holzeisenbahn. Letzteres gehörte wohl dem fünfjährigen Sohn, die Bücher der achtjährigen Tochter. Das Klischee war voll erfüllt.

»Lust, ’ne Runde zu fahren?« Mareike schmunzelte. »Mein Mann lässt sich jedenfalls keine Gelegenheit entgehen, mit unserem Sohn lange Züge zusammenzusetzen.«

»Und die Bücher gehören deiner Tochter?«

»Richtig. Pferde liebte sie schon als Baby.«

»Dann muss wohl bald ein eigenes her. Eine Achtjährige lässt sich ja nicht mehr so leicht … mit … Plüschtieren … zufriedenstellen.«

Seine Stimme war immer leiser geworden, parallel war ihre Fröhlichkeit in Achtsamkeit umgeschlagen. »Woher weißt du, dass meine Tochter acht ist? Dass ich überhaupt eine Tochter habe?«

Filips Gesicht glühte, Schweiß brach ihm aus. »Weil … die Pferdebücher. Und die acht war nur so dahingesagt.« Er grinste schief. »Sie ist … also wirklich …?«

Mareike trat ein paar Schritte zurück. »Geht es hier wirklich um eine Umfrage? Seid ihr überhaupt Studenten?« Sie sah zu Inga, die Filip einen vernichtenden Blick zuwarf und sofort einschritt.

»Wir studieren wirklich«, sagte sie. »Aber nicht an der TU, und wir führen auch keine Befragung durch.«

Mareike näherte sich dem Telefon, Filips Gesicht wurde immer heißer.

»Trotzdem ist es nicht so, wie du denkst!« Beschwörend hob Inga die Hände.

»Was denke ich denn?«

»Vielleicht … dass wir Einbrecher sind oder … so was.«

Mareike nickte langsam. »Vor einem Monat wurden unsere Nachbarn ausgeraubt und zusammengeschlagen. Das Haus muss vorher ausspioniert worden sein, denn … ach, spielt keine Rolle. Und ich Trottel lasse Wildfremde ins Haus!«

»Wir sind nicht …« Filip senkte den Kopf. Das Blut rauschte in seinen Ohren, und dann tat er es einfach. »Ich war vor dem Tor, weil ich nach meinem Vater suche. Er heißt Valentin Radke. Ich … hab's erst vor Kurzem erfahren, und …« Mehr brachte er nicht hervor. Er hörte, wie Inga tief ausatmete und spürte, dass sie sich auf den Rand des Sofas setzte. Dann hob er den Blick, um Mareikes Reaktion einzufangen. Sie fiel anders aus als erwartet.

Die letzten unbeobachteten Stunden wollte Anton Gerber unbedingt auskosten. Ab dem Abend würden ihn ständig Personenschützer begleiten – eine Notwendigkeit, die ihn zwar abschreckte, ihm aber auch schmeichelte. Wer hätte vor Jahren schon gedacht, dass er irgendwann so bedeutend sein würde, dass er nicht mehr unbehelligt durch die Welt laufen konnte? Sein Vater auf keinen Fall. Die Wangenknochen traten hervor, als Anton Gerber von verschiedenen Szenen aus der Vergangenheit überrollt wurde. Alle hatten eines gemeinsam: Sie schmerzten noch immer.

Als ein Autobahnschild auf die nächste Abfahrt hinwies, folgte er einem Impuls, wechselte auf die rechte Spur, reduzierte das Tempo und setzte den Blinker. Den dominanten Vater verscheuchte er aus den Gedanken, stattdessen dachte er an seinen langjährigen Wegbegleiter, von dem er sich heute auf dem Anwesen seiner Eltern zum letzten Mal verabschiedet hatte. Siebzehn Jahre war der Jack Russell geworden. Gerber war sechzehn gewesen, als ihm seine Großmutter den Hund geschenkt hatte. War sie besorgt gewesen, dass es ihm an einem echten Freund gemangelt hatte? Wenn, dann war ihr Plan aufgegangen. Sogar zum Studium hatte er das Tier mitgenommen, erst in den letzten Monaten hatte er sich nicht mehr richtig um ihn kümmern können und ihn daher seiner Mutter anvertraut.

Ob Ringo am Trennungsschmerz gestorben war? Aber er hatte sowieso kaum noch laufen können, Anton Gerbers Vater hatte ihn längst einschläfern lassen wollen. Die Zeit war einfach abgelaufen, nun ruhte das Tier neben einem Fliederbusch in der Erde. Gerber senior war noch geschäftlich außer Haus gewesen und hatte nichts davon mitbekommen, seine Frau hatte ihren Sohn rechtzeitig informiert.

Ein neuer Abschnitt lag vor ihm, das spürte Anton Gerber deutlich. Und obwohl er sich darauf freute, spürte er im Moment nur tiefe Trauer um den vertrauten Freund. Lange, viel zu lange war der Hund sein einziger Vertrauter gewesen – und so gesehen sechzehn Jahre zu spät in sein Leben getreten. Er blinzelte und schluckte mehrmals, während er an der

Anschlussstelle Schleswig/Jagel die A7 verließ und auf der Landstraße in Richtung Norden fuhr, bis er die Schlei erreichte und erneut abbog.

Linker Hand leuchtete das Wasser tiefblau, hier endete der zweiundvierzig Kilometer lange Meeresarm der Ostsee. Vor Jahrhunderten war dieser Fjord ein bedeutender Handelsweg gewesen, insbesondere für die Wikingerstadt Haithabu, die heute als Freilichtmuseum mit rekonstruierten Häusern das Leben im Frühmittelalter veranschaulichte.

Diesen sagenumwobenen Ort hatte Gerber unzählige Male besucht, schon als Kind war er von den Wikingern fasziniert gewesen, später hatte er sich auch für ihre Mythologie interessiert. Er besaß keine ausgeprägten religiösen Neigungen und hielt die nordische Götterwelt nicht ansatzweise für real. Die Mischung aus Macht, Stärke, Mut und Verachtung für das Schwache gefiel ihm jedoch. Sogar so gut, dass er gelegentlich Veranstaltungen des Museums besuchte. Erst im letzten Sommer hatte er an einem Runen-Workshop teilgenommen – das dabei angefertigte Lederarmband trug er noch immer.

Ein paar Kilometer weiter wartete die nächste Erinnerung. Bog er links ab, würde er das Ostseebad Damp erreichen, wo seine Eltern lange einen Liegeplatz im Jachthafen gemietet hatten. Mittlerweile lag das Boot in Flensburg, sie hatten keine Lust mehr auf die knapp einstündige Autofahrt, auch wenn sie nun erst über die Flensburger Förde tuckern mussten, um das offene Wasser der Ostsee zu erreichen. Gerber waren die Törns immer verhasst gewesen, er wurde schnell seekrank. Das vertrug sich weder mit seiner Definition von Männlichkeit noch mit der seines Vaters.

Er folgte der B76 bis Eckernförde, einer Stadt, der es erst in den letzten Jahren gelungen war, einen nennenswerten Teil des Touristenstroms zu sich zu lenken – nicht zuletzt, da die Kreuzfahrt-Reedereien auf die Stadt aufmerksam geworden waren. Gerbers Gedanken wanderten indes wieder zu seinem Vater, der vier Söhne großgezogen hatte – wobei seine Frau den Löwenanteil geschultert hatte. Während sie stets blass, fahrig und scheu auftrat, hatte das männliche Familienoberhaupt regelmäßig einen Kreis von Bewunderern um sich geschart. Dass sein Sohn in die Führungsriege einer am rechten Rand verorteten Partei aufgestiegen war, sorgte für keine offene Irritation. Entweder war man unter seinesgleichen oder abhängig von Gerber senior, der ein beeindruckendes Immobilienimperium erschaffen hatte.

Gegenüber seinem jüngsten Sohn Anton hatte er nie kritische Anmerkungen zu den *Weißen* abgegeben, sondern lediglich geraten, es langsam anzugehen. »Je weniger die Leute davon wissen, wie Würste und Gesetze gemacht werden, desto besser schlafen sie.« Diese Aussage Otto von Bismarcks zitierte er gern, und sein Sohn ahnte, dass darin Wahrheit lag. Umso wichtiger war es, dass gewisse Dinge unbekannt blieben. Das betraf die Vergangenheit und Gegenwart gleichermaßen. Sollte sein Vater erfahren, weshalb er seinen Wagen gerade vor einer Schreinerei stoppte, würde das nachsichtige Wohlwollen der letzten Monate schlagartig in sich zusammenfallen.

Gerber rückte seine Sonnenbrille zurecht, sah in den Rückspiegel und strich sich die Haare hinters Ohr. Er wusste, dass er mit seinen kantigen Gesichtszügen einem bekannten Schauspieler ähnelte und der Blick vieler Frauen an seinen vollen Lippen hängen blieb. Ihm selbst waren sie *zu* voll. Zu wenig männlich. Ganz anders als bei dem Mann, der hier in einer kleinen Kate Möbel, aber auch maritimen Schnickschnack für die Touristen herstellte. Wenigstens vom Körperbau her ähnelten sie sich, und ihre Vorlieben harmonierten miteinander.

Kennengelernt hatten sie sich im Internet. Gerber hatte einen Sparringspartner gesucht, der nicht zu nahe, aber auch nicht zu weit entfernt von seiner Heimatstadt Flensburg und seinem Wohnort Hamburg lebte. Eckernförde war perfekt, genauso wie Rolf. Blond und muskulös, nicht der Hellste – und politisch völlig uninteressiert. Zugleich war es ihm ebenfalls wichtig, dass niemand mitbekam, welche Fantasien er mit Lennart – so hatte sich Anton Gerber vorgestellt – seit einem Dreivierteljahr auslebte. Sie kommunizierten ausschließlich per E-Mail, Gerber hatte sich zu diesem Zweck eine gesonderte Adresse zugelegt.

Als er die Eingangstür der Schreinerei aufstieß, dröhnte der Motor einer Fräsmaschine. Es roch nach Holz, Staub tanzte im hereinfallenden Sonnenlicht. Der Schreiner beugte sich mit nacktem Oberkörper über ein Brett, sodass Gerber das Spiel der Muskeln bewundern konnte. Leise näherte er sich, aber Rolf bemerkte ihn dennoch.

»Hab dich gar nicht erwartet.« Er sah nur kurz auf. »War die Sehnsucht so stark?«

»Ist immerhin fast vier Wochen her.«

»An mir liegt's nicht.« Rolf stellte die Maschine ab und pustete über das Holz. Die Haut seiner kräftigen Hände und Arme war mit Sägespänen bedeckt. Gerber liebte diesen Anblick.

»War länger nicht in der Gegend. Wollen wir?«

Sie verloren nie viele Worte. Es war ein Zweckbündnis, mehr nicht. Insofern missfiel es Gerber, dass Rolf das Holzstück seelenruhig in eine schon in die Jahre gekommene Sägemaschine einspannte. »Ich muss das noch fertigmachen. Willst du was trinken?«

»Nein.« Gerber warf einen sehnsüchtigen Blick zur Zimmertür. Er konnte es kaum erwarten, bis …

»Bist viel beschäftigt jetzt, oder?«, fragte Rolf. »Und sehr gefragt. Vielleicht auch als Lennart, aber definitiv als Anton.«

Schlagartig fiel Gerbers Erregung in sich zusammen. »Was … meinst du?«

»Ab und zu sehe selbst ich mal Nachrichten. *Die Weißen* sind auf dem Vormarsch. Mit dir ganz vorn dabei.«

»Seit wann weißt du es?«

»Im Februar hab ich dich zum ersten Mal im Fernsehen bei einer Veranstaltung von denen entdeckt. Und jetzt bist du sogar Stellvertretender Parteivorsitzender.«

Gerber schluckte. »Warum hast du nichts gesagt?«

Rolf startete die Maschine, schnitt eine Kante ab und stellte die Säge wieder aus. Aus zusammengekniffenen Augen begutachtete er die Schnittstelle, dann griff er nach einem Schmirgelpapier. »Warum hätte ich das tun sollen?«

»Wieso tust du es heute?«

»Weil ich viel Zeit zum Nachdenken hatte.« Er zeigte auf seine muskulöse Brust. »Du hältst mich für einen dämlichen Trottel, oder? Einen willigen Sexsklaven.«

Gerber runzelte die Stirn. »Was soll das? In deinem Profil stand …«

»Klar, ich steh darauf. Aber … die Holzgeschäfte laufen schlecht.« Er grinste herausfordernd.

Gerber schüttelte den Kopf. »Wenn das ein Vorspiel sein soll … finde ich es nicht …«

»Beim letzten Mal hab ich 'ne Kamera laufen lassen. Die Journalisten sind ja richtig wild auf dich und die anderen. So ein Filmchen, wie du einem muskelbepackten Schreiner von der Küste deinen Willen aufzwingst … das ist bestimmt was wert!«

Fast wäre Gerber zu Boden gesunken, stattdessen sackten aber nur die Schultern herunter, und seine Stimme wurde leise – fast flehend. »Sag nicht, dass du mich erpressen willst!«

»Ich will nur ab jetzt bezahlt werden.«

»Wie ein … Stricher?« Gerber fühlte sich verloren. Erst Ringo … und jetzt auch noch …«

»Das Geschäft läuft eben schlecht. Spaß macht's mir ja trotzdem.« Rolf wandte sich um und spannte das Holzstück wieder ein.

»Woran …«, mühsam suchte Gerber nach Worten. »An was denkst du?«

»Fünfhundert pro Treffen. Überleg's dir.« Rolf stellte die Maschine wieder an und beugte sich vor. Gerbers Puls raste, als er auf den vertrauten Rücken blickte. Das Gefühl, verraten und erniedrigt zu werden, war ihm nicht unbekannt. Aber dass sogar Rolf …! Wut stieg in ihm auf, wie gern wäre er jetzt im Nachbarzimmer gewesen! Dann setzte ein Rauschen ein, sein Blick trübte sich. Dieser verdammte Wichser! Dieser erbärmliche … Mit wenigen Schritten war er bei Rolf, packte ihn hart am Genick und stieß ihn nach vorne.

»Ist es *das*, was du willst, ja?«, brüllte er. »Du willst es auf die ganz harte Tour? So willst du es also?« Seine Hüfte presste sich an das Becken des Mannes, seine Brust drückte auf den nackten Rücken. »Du willst ein Stricher sein, der sich für fünfhundert Kröten ausliefert? So ein armseliger Kerl bist du?« Auch seine Muskeln waren gestählt, wahrscheinlich noch mehr als die von Rolf. Seine Erregung kam zurück. Er sah nichts mehr, hörte nur das Heulen der Säge und spürte den sich windenden Körper – bis dieser plötzlich erschlaffte. Ruckartig hob sich der Vorhang, die Wahrnehmung kehrte zurück.

Entgeistert starrte Gerber auf seine blutbefleckten Hände, sein rot gefärbtes Hemd – und in die leblosen Augen, die ihn aus dem halb vom Hals abgetrennten Kopf ansahen. Er taumelte rückwärts und rieb sich über die Stirn, wodurch dort Striche aus Blut zurückblieben. Dann sank er in die Hocke, sein Blick war leer. Erst zehn Minuten später erwachte er aus dem tranceähnlichen Zustand. Er sprang auf, rannte zur Tür und drehte den Schlüssel um. Dann zog er sein Handy aus der

Tasche und rief eine eingespeicherte Nummer an. Hektisch lief er auf und ab, bis endlich Burkarts Stimme erklang.

»Anton, ich wollte dich auch gerade anrufen. Dein Personenschutz steht. Du triffst die Jungs heute Abend vor deinem …«

»Es … gibt Wichtigeres!« Angestrengt rang Gerber nach Luft. »Ich hab ein Problem. Ein … riesiges! Wie schnell kannst du in Eckernförde sein?«

Ein Lastwagen donnerte an Laura vorbei, doch sie nahm weder das Geräusch noch den Fahrtwind wahr. Genau hier hatte Ecksteins Wagen Stunden zuvor an der Haltelinie vor der Ampel gestanden, das Fahrzeug von Laura und Steven hinter sich. Als Laura den Blick vom getöteten Chauffeur zur Rückbank gelenkt hatte, waren Ecksteins blaue Augen weit aufgerissen gewesen. Sein Gesicht hatte eine fahle Färbung gehabt, und der ausgestreckte Arm hatte gezittert. Hätte sein verkrampfter Zeigefinger auch nur etwas zu viel Druck ausgeübt, wäre alles vorbei gewesen.

»Bist du okay?«

Stevens heisere Stimme riss Laura aus ihrem Flashback, in dem sie die Szene des frühen Vormittags nacherlebt hatte. Bei der Ampel traf der Saseler Mühlenweg auf die Saseler Chaussee, doch es gab ein wichtiges Detail, das Laura in der morgendlichen Hektik nicht bemerkt hatte: Die Anlage regelte nicht den Verkehr der Einmündung, sondern diente lediglich Fußgängern als Überquerungshilfe. Sie war rot gewesen, doch weder Laura und Steven noch Eckstein war jemand in der Nähe aufgefallen. Wer hatte sie gedrückt?

Antworten erhoffte sich Laura von den Spezialisten, die den ganzen Vormittag hier verbracht hatten. Sie ignorierte Stevens Frage und wandte sich an eine Frau, die ihnen einen Überblick über den Ermittlungsstand gab.

»Gibt es Fingerabdrücke auf dem Anforderungstaster der Ampel?«

»Ähm … also, wie ich eben schon sagte …«, die Kollegin warf ihr einen irritierten Blick zu, »ließen sich nur drei Abdrücke ablesen, die restlichen waren verwischt. Zwei auf unserer Seite, einer auf der gegenüberliegenden. Keiner ist im System erfasst.«

»Wurde die Ampel gedrückt, um jemand anderem eine optimale Schussmöglichkeit zu verschaffen, dann wird derjenige sowieso Handschuhe getragen haben.« Steven überspielte Lauras Aussetzer routiniert. »Und Sie haben recht, zum Zeitpunkt des Schusses war kein anderes Auto in der Nähe. Zeugen kann es also nur in den Wohnhäusern auf der anderen Straßenseite geben. Aber dort sind Ihre Befragungen ja ohne Ergebnis geblieben.«

Dankbar für die Zusammenfassung der verpassten Informationen nahm Laura sich vor, Steven den restlichen Tag etwas nachsichtiger zu behandeln. Dass er die violette Brille wieder gegen Kontaktlinsen getauscht hatte, dürfte die Realisierung dieses Vorsatzes erleichtern. »Sonstige Zeugen mit hilfreichen Beobachtungen?«

Die Kollegin schüttelte den Kopf. »Herr Eckstein nimmt diese Strecke regelmäßig und zu relativ festen Zeiten. Es reichte also, seinem Wagen ein paar Tage lang zu folgen, um diese Routine zu erkennen.«

»Und bis gestern beinhaltete seine Gewohnheit, dass er selbst am Steuer saß«, ergänzte Steven. »Von der Ampel ist die Saseler Chaussee in Richtung Bergstedt weit zu überblicken. Die Ampel zu drücken und dann unerkannt hier ins Dickicht zu flüchten, ist also ohne Weiteres möglich.«

Laura musterte das Dickicht. Eigentlich war es nur ein schmaler Streifen, der mit Büschen und Bäumen bewachsen war, die zu dieser Jahreszeit noch hellgrüne Blätter trugen. Dahinter lag eine große Wiese, die überhaupt keinen Sichtschutz bot. Und dennoch dürfte sich der Schütze dort aus dem Staub gemacht haben. Um einen der Nadelbäume auf dem Grünstreifen flatterte ein Polizei-Absperrband im leichten Wind.

»Dort lauerte also der Schütze?«, fragte Laura. »Ideale Position mit freier Schussbahn. Aber gefährlich nahe an der Straße. In Niederdorla wählte der Schütze eine Distanz, die gerade noch machbar war.«

»Er ging sicher nicht davon aus, dass sich direkt hinter Eckstein zwei BKA-Beamte befanden«, antwortete die Hamburger Kollegin. »Wobei das ja letztlich auch keinen Unterschied gemacht hat.«

»Wir haben den Schuss nicht gesehen«, rechtfertigte sich Laura. »Und später musste ich zunächst Herrn Eckstein davon abhalten, mich zu erschießen. Dann der Fahrer mit dem Pfeil im Schädel, um den wir uns …«

»Sollte gar kein Vorwurf sein.« Die Frau machte eine Kopfbewegung. »Kommen Sie mit zu dem Baum!«

Laura schickte ihr einen bösen Blick hinterher, was Steven nicht entging. »Da stehst du doch drüber«, murmelte er ihr zu.

»Natürlich«, war ihre knappe Erwiderung. Normalerweise wäre ihr die süffisante Bemerkung tatsächlich egal gewesen. Nur fragte sie sich selbst, ob sie nicht anders hätte reagieren können, nein *müssen*. Allerdings hatte Eckstein gefährlich neben sich gestanden und in seinem Panikanfall Laura nicht erkannt. »Ich helfe Ihnen«, war ihr nach einer gefühlten Ewigkeit als Erstbestes in den Sinn gekommen, und intuitiv hatte sie die richtigen Worte gewählt. Ecksteins Arm war herabgesunken und der Blick klar geworden, sein Zittern hatte jedoch zugenommen. Dass er einen Waffenschein besaß, war mittlerweile bekannt – spielte aber im Gesamtkontext keine Rolle.

Auch als sie das Absperrband angehoben hatte und darunter hindurchgegangen war, fiel Laura an dem Nadelbaum und der näheren Umgebung nichts Ungewöhnliches auf.

Aber für die Spezialisten der Spurensicherung waren selbst kleinste Hinterlassenschaften wertvolle Puzzleteile, um sich das Geschehen zusammenzusetzen. So auch hier. Ein Mann mit einer Haarmähne, die genauso weiß wie sein Overall war, trat zu Ihnen.

»Die Kollegen aus Bonn?«

»Wie lief es nach Ihrer Meinung ab?« Laura drückte seine Hand.

»Die Ampel wurde gedrückt – entweder weil jemand weiter vorn ein Signal gab, der Wagen erkannt wurde oder auf gut Glück. Vermutlich vom Schützen selbst. Unterm Baum hat er Schuhabdrücke hinterlassen, genauso auf seiner Flucht zur Wiese. Diese Schuhabdrücke befinden sich auch nahe der Straße. Letzte Nacht hat es geregnet, die Abdrücke sind frisch. Hier«, er deutete in den Baum, »wurde ein Ast abgebrochen. Ergab eine perfekte Schussposition, da sich die Armbrust auf dem dickeren Ast darunter abstützen ließ. An der Rinde haben wir Stofffasern gefunden. Dunkelgrün, also tarnfarben. Leider keine Haare oder ähnliches direktes Körpermaterial. Aufgrund des gewählten Astes und der üblichen Schussposition im Armbrustsport dürfte der Schütze groß gewachsen sein. Mindestens eins neunzig. Bei dem Busch dort drüben lag wohl eine Tasche. Der Täter schoss, lief zu ihr, packte die Armbrust ein und rannte nach hinten weg.«

»Der Pfeil war definitiv nicht vergiftet?«, fragte Laura.

Der Mann schüttelte den Kopf. »Das ist der einzige Unterschied zu Niederdorla. Ansonsten ist der Pfeil der gleiche wie der, mit dem auch Tino Ullmann getroffen wurde. Rotes Aluminium, Naturfedern, gut vierzig Zentimeter lang und mit einer Jagdspitze aus Carbonstahlklingen.«

Wieder stiegen Bilder in Laura auf, sie schluckte. »Ist mir nicht entgangen«, murmelte sie. »Was ist mit dem DNA-Fund?«

»Dazu komme ich gleich. Es gibt bisher keine Zeugenaussagen, also lässt sich kein Phantombild erstellen. Wenigstens die Route können wir nachverfolgen.« Er zog ein Handy hervor und deutete auf einen Kartenausschnitt. »Wir befinden uns hier. Der Schütze rannte über die Wiese rüber zur Freiwilligen Feuerwehr. Dort gibt es ein Sportgelände mit Parkplatz.«

»Und dass er dorthin gerannt ist, wissen Sie, weil …?«

»Weil Schuhe mit passendem Profil in einem Abfalleimer landeten. Eingepackt in eine Tüte. Und sofern nicht bewusst eine falsche Spur gelegt werden sollte, suchen wir einen Schützen und keine Schützin. Schuhgröße 45. Was mich wieder dazu bringt, dass der Täter …«

»… groß gewachsen ist.« Laura nickte. »Abdrücke dieser Schuhgröße wurden auch in Niederdorla gefunden.«

»In einem Schuh fanden wir DNA-Material. Winzige Hautabriebspuren, aber das reicht uns. Der Täter rechnete wohl nicht damit, dass wir alle Mülleimer in dieser Gegend durchwühlen.«

»Oder er ging nicht davon aus, dass er trotz Strümpfen Spuren hinterlässt«, warf Steven ein.

»Auch möglich. Seine DNA werden wir heute Abend, spätestens morgen früh kennen. Hoffen wir auf einen Treffer in Ihrer Datenbank!«

In Deutschland wurde die DNA-Analysedatei zentral vom BKA betrieben und sämtlichen Polizeien zur Verfügung gestellt. Zwar gab es über eine Million Datensätze, aber nicht hinter jedem steckte eine klare Identität, da auch sämtliche relevanten Spuren von Tatorten erfasst wurden, die noch nicht einer Person zugeordnet werden konnten. Eine Übereinstimmung konnte daher nur ein halber Erfolg sein und lediglich darauf hinweisen, dass irgendjemand nicht zum ersten Mal in krimineller Mission unterwegs war.

Steven zog Laura zur Seite. »Sollte jemand aus dem Darknet-Chat geschossen haben, kommt nur einer infrage. Von den uns Bekannten haben nämlich alle für heute früh ein Alibi.« Neun von zehn Beteiligten waren inzwischen identifiziert – die bundesweiten Verhöre hatten schnelleren Landgewinn erbracht als erhofft. Nur Mirka blieb ein Mysterium, angeblich wisse niemand, wer sich hinter diesem Nickname verbarg. Er, Sanna Wischnewski und Damian Böning hätten den Chat eröffnet, also könnten nur Sanna und Damian mehr wissen. Böning war jedoch noch immer abgetaucht, und Sanna Wischnewski verweigerte die Aussage.

»Am Ende würde es mich nicht mal umhauen, wenn sich dahinter dieser Journalist verbirgt«, meinte Steven. »Denn irgendwas hat er mit den beiden ja am Laufen.«

Lauras Handy meldete sich. Sie zog die Augenbrauen nach oben. »Scheinbar hat es ihm in den Ohren geklingelt. Das ist sein Rückruf.«

Nach dem Verhör von Sanna Wischnewski hatte Laura ihn sofort zu erreichen versucht, war aber nur auf der Mailbox gelandet. Nun war sie gespannt, welche Antworten er abliefern würde.

»Herr Seidl! Danke für den schnellen Rückruf.«

»Wenn das BKA mich sprechen möchte, zögere ich nicht.« Seine Stimme war dunkel und rau, er schien schnell zu gehen. Im Hintergrund waren Vogelgeräusche zu hören.

»Wie löblich. Wir haben Rückfragen zu …«

Plötzlich war ein Keuchen zu hören, dann ein gedämpfter Schrei. Es polterte, als sei das Handy auf den Boden gefallen, und Laura hielt ihr eigenes Gerät etwas weiter weg vom Ohr, da es im Lautsprecher laut knirschte und knackte. Dann brach die Verbindung ab.

Die Landschaft Oberbayerns glitt an Filip vorbei, ohne dass er ihr viel Aufmerksamkeit schenkte. Immer wieder durchlebte er den spontanen Besuch im Haus seines Vaters und die peinliche Situation, als er sich gegenüber Mareike Radke verplappert hatte. Stumm war sie auf einen Sessel gesunken und hatte ihn angeblickt. War sie zuvor noch alarmiert, ja fast schon verängstigt gewesen, hatte dann wieder eine Herzenswärme von ihr Besitz ergriffen, die offenbar ihr Markenzeichen war.

»Armer Kerl«, hatte sie schließlich gesagt. »Muss verstörend gewesen sein, diese Lüge herauszufinden. Ich hab meinem Mann immer vorgeworfen, dass es unverantwortlich ist. Und … mein Gott, du siehst ihm so ähnlich! Die dunklen Augen, die vollen Lippen. ›Irgendwann wird er vor deiner Tür stehen‹, hab ich zu ihm gesagt. Genauso ist es gekommen.«

»Du wusstest davon?«, hatte Inga gefragt.

»Dass er einen Sohn hat, ja. Ich wusste aber nicht, dass … deine Mutter Valentin für tot erklärt hat. Er sagte mir nur, dass sie einen Kontaktabbruch wollte und er dies respektiere.«

»Warum?« Filips Stimme war kaum zu hören gewesen. »Warum hat meine Mutter das gefordert?«

»Ehrlich gesagt wollte ich es nie so genau wissen. Das war vor meiner Zeit und geht mich nichts an.«

»Kann ich verstehen. Und … es tut mir leid, dass ich jetzt einfach hier … So war das nicht geplant.«

»Du brauchst dich nicht zu entschuldigen!« Ihre Miene hatte Entschlossenheit ausgedrückt, als sie ihr Handy in die Hand genommen hatte. »Ich rufe Valentin an. Er arbeitet in der Nähe und hat bald Mittagspause.«

»Nein!«, war es Filip entfahren.

»Warum nicht? Deshalb bist du doch hergekommen.«

»Wahrscheinlich … war das keine gute Idee.«

Mareike hatte entschieden den Kopf geschüttelt. »Das war sogar eine *sehr* gute Idee. Aber es ist deine Entscheidung. Wir können es auch anders machen: Ich bereite ihn heute Abend vor, und ihr trefft euch dann morgen.«

»Eigentlich ... wollen wir heute Abend noch zurück nach Köln. Nachdem wir ...«

»Können wir verschieben«, hatte Inga sofort klargestellt. »Ich kenne jemanden, bei dem wir übernachten könnten.« Ihr Blick hatte noch eine klare Botschaft hinzugefügt: *Zieh nicht den Schwanz ein!*

Daraufhin hatte Filip seinen Widerstand aufgegeben und würde die Nacht nun in der Ein- Zimmer-Wohnung der Studentin verbringen, die auf der Rückbank des Vans neben ihm saß. Eine junge Frau mit hüftlangem Zopf, Batikhose und Wollpullover. Für Filip fühlte sich der Besuch in Bayern immer surrealer an.

Der Neunsitzer wurde langsamer, München lag schon viele Kilometer hinter ihnen. Filip hob den Blick und betrachtete eine perfekte Idylle: saftige, grüne Wiesen mit friedlich grasenden Kühen, im Hintergrund das Panorama der oberbayrischen Berge, darüber ein tiefblauer Himmel mit vereinzelten Wolken. Der Haken war: Zwar existierte diese Postkarten-Romantik tatsächlich, im konkreten Fall wurde sie jedoch lediglich auf einer großen Plakatwand abgebildet. *Milch aus Bayern – so rein und frisch wie unser Land* stand darunter.

Dass es in den dahinterliegenden Ställen ganz anders aussah, hatten Tierschutzaktivisten im vergangenen Winter mit Videoaufnahmen belegt: Schläge, Tritte, knapp bemessene Liegeboxen und mangelnde Hygiene, die sich durch große Kot- und Urinansammlungen besonders eindrucksvoll bei den wenigen Futtertischen offenbarte. Die Folgewirkungen lagen auf der Hand und zeigten sich in Form von Verletzungen, Haut- und Eutererkrankungen, Unterernährung sowie verendeten Tieren.

Die ebenfalls wenig überraschenden Folgen der Videoaufnahmen: Ermittlung gegen die Aktivisten wegen Hausfriedensbruch und Sachbeschädigung, während der Viehbetrieb weiter seiner Arbeit nachging. Das für die Überwachung zuständige Landratsamt erklärte, den Betrieb in der Vergangenheit mehrfach kontrolliert zu haben, dabei seien nur Verstöße im gering- bis mittelgradigen Bereich festgestellt und anschließend beseitigt worden. Dass diese Kontrollen jedoch zu großen Teilen vorher angekündigt worden waren, hatte eine Zeitung erst in der zurückliegenden Woche herausgefunden und damit dem Skandal eine weitere Pointe hinzugefügt.

Da mit einem schnellen Durchgreifen der Behörden weiterhin nicht zu rechnen war, lag die Vermutung nahe, dass die tausendfünfhundert Milchkühe nach wie vor unter Bedingungen gehalten wurden, die der Abbildung auf der Plakatwand diametral entgegengesetzt waren. Während sich Inga seit Jahren gegen Tierquälerei engagierte, wagte sich Filip zum ersten Mal aus seiner Komfortzone. Seit vergangenem Herbst waren sie ein Paar, Inga kümmerte sich an der Kölner Universität um die Studierenden im ersten Semester – einer davon war Filip gewesen.

Unter ihrem Einfluss hatte er seine Essgewohnheiten umgestellt, sodass er sich Fleischbeilagen nur noch selten – und ausschließlich in Ingas Abwesenheit sowie in Bioqualität – gönnte. Ihre Aktivitäten am Rande oder jenseits der Legalität hatten ihn von Anfang an fasziniert, sie rochen nach Rebellion und Abenteuer. Dass er sich diesmal zum Mitmachen entschieden hatte, lag an der Verknüpfbarkeit mit den Nachforschungen zu seinem Vater – und an Ingas Polizeiakte. Aktuell lief ein ernst zu nehmendes Verfahren gegen sie, weshalb sie dringend davon absehen musste, sich weiteren Ärger einzuhandeln.

»Wir halten uns im Hintergrund«, schärfte sie Filip nochmals ein, als der Van an dem umzäunten Gelände entlangrollte.

Mit ihnen saßen darin noch sieben weitere Personen, sodass der Neunsitzer voll besetzt war. Treffpunkt war eine S-Bahn Station im Münchener Speckgürtel gewesen. Insgesamt dreißig Leute wollten sich Zugang zu dem Großbetrieb verschaffen, neues Filmmaterial drehen, Banner aufhängen und den Ablauf stören. Daneben gab es gut zwanzig Unterstützer, die an der Einfahrt eine spontane Kundgebung abhalten, für Ablenkung sorgen und die Forderungen sichtbar machen sollten. Inga und Filip gehörten somit zu einer Gruppe, die sich maximal wegen eines Verstoßes gegen das Versammlungsrecht würde verantworten müssen. Allerdings hatte Inga wegen des laufenden Verfahrens auch daran kein Interesse, weshalb sie sofort das Weite suchen wollte, sobald sich das erste Polizeifahrzeug näherte.

Das war Filip sehr recht, dennoch war ihm nicht wohl bei der Sache. Er spürte, dass er nicht richtig dazugehörte. Der Großteil der Aktivisten war zwar in seinem Alter, aber alle wurden von einer tiefen Überzeugung und sinnsuchenden Lebenseinstellung angetrieben, die er selbst in diesem Maß nicht teilte. Einerseits bewunderte er sie, andererseits waren sie ihm suspekt. Aber vielleicht ging das jedem so, der zum ersten Mal dabei war.

Das heutige Ziel war ein Großbetrieb am Rande einer mittelgroßen Ortschaft, gut dreißig Kilometer südlich von München. Wie vielen Leuten er Arbeit bot, wusste Filip nicht, aber die zu entrichtende Gewerbesteuer dürfte für die Gemeindekasse nicht unerheblich sein. Was also wohl die Einwohner über den Großbauern dachten, der einer alteingesessenen Familie angehörte und sogar im Gemeinderat saß?

Eine Einschätzung dazu war zunächst nicht möglich. Zwar gab es in Sichtweite einige Wohnhäuser, aber als der Kleinbus vor der Einfahrt hielt und alle heraussprangen, waren nirgendwo Leute zu sehen. Auch nicht auf dem Hof. Es roch so, wie es auf dem Land eben riecht, vereinzelt war gedämpftes Muhen zu hören, das aber von den Geräuschen der Belüftungsanlagen überlagert wurde. Inga und Filip waren mit ihrer Aufgabe schnell fertig. Auf ihren am Zaun befestigten Bannern stand: *Behördenversagen auf Kosten der Tiere!* und *Tierquäler in den Knast!*

Überwachungskameras gab es nicht, dennoch wurde ein Mitarbeiter auf sie aufmerksam. Ein junger Mann, kaum älter als sechzehn oder siebzehn. Er kam aus einem der Ställe, sah herüber und blieb stehen. »Tierquäler!«, brüllte ihm die Studentin zu, bei der Inga und Filip übernachten würden. »Macht's Spaß, hier deine Aggressionen auszuleben?« Der Teenager bekam einen roten Kopf und drehte sich weg. Erst lief er langsam, dann – als ihm weitere Schmähungen zugerufen wurden – immer schneller zu dem Bauernhaus. Es stammte aus einer Zeit, als die Tiere wohl noch tatsächlich in überschaubarer Anzahl draußen auf den Weiden gehalten worden waren.

Dann geschah eine Weile gar nichts – zumindest konnte Filip nichts Besorgniserregendes entdecken. Sein Puls beruhigte sich, Ernüchterung kam auf. Sollte das alles sein? Und dafür fuhr Inga von Köln bis nach Oberbayern? In diesem Moment löste sich seine Freundin aus einer Gruppe tuschelnder Mitstreiter und trat zu ihm.

»Die anderen sind jetzt drin«, sagte sie leise. »Hinten haben sie den Zaun aufgeschnitten, noch sind sie unentdeckt.« Sie blickte auf die Ställe, die von außen Industriehallen glichen. »Unsere Ablenkung war gar nicht nötig. Entweder arbeitet heute kaum jemand hier oder sie ignorieren uns.«

»Sollte die Presse nicht hier sein?«

»Ein Journalist hat zugesagt, aber scheinbar kneift er.«

»Für wen machen wir das dann eigentlich? Niemand kriegt was mit!«

Inga deutete auf einen Mann mit Vollbart und grüner Wachsjacke. »Er macht Fotos und schickt sie deutschlandweit an Redaktionen. Aber das Wichtigste passiert eh in den Ställen. Bin gespannt, was für Abartigkeiten da gerade gefilmt werden.«

Plötzlich wurde um sie herum gejubelt – von den Dächern rollten weitere Banner. Auf einem war das Foto des bayrischen Landwirtschaftsministers zu sehen, gebrandmarkt als *Mittäter*. Noch immer zeigten sich auf dem Hof keine Angestellten, dafür wurden die Anwohner aufmerksam. An manchen Fenstern der nächstgelegenen Häuser waren menschliche Umrisse zu erkennen, zwei ältere Herren standen an ihren Gartenzäunen.

»Trotzdem kaum was los in dem Kaff«, meinte Filip.

»Liegt sicher auch an der Uhrzeit«, erwiderte Inga. »Viele sind auf der Arbeit.«

»Warum haben wir dann nicht abends oder am Wochenende zugeschlagen?«

»Weil die Einheimischen völlig egal sind. Die Presse ist wichtig, sonst nichts.«

Eine Viertelstunde später wollten sich einige Bürger die Aktion dann doch aus der Nähe ansehen. Eine Gruppe von Männern näherte sich, und auch auf dem Betriebsgelände tat sich etwas. Offenbar waren doch mehr Angestellte zur Arbeit erschienen, als Inga vermutet hatte. Rennend bewegten sie sich über das Gelände, Schreie ertönten, als sie die eingedrungenen Aktivisten verfolgten. Dann schloss sich ein Teil von ihnen zusammen und marschierte zur Einfahrt.

»Scheiße!« Unablässig rollte Inga eine Strähne ihrer braunen Haare mit dem rechten Zeigefinger auf und ab.

»Was ist?«, fragte Filip.

»Die haben Eisenstangen!«

»Du meinst …«, entsetzt sah er erst zu ihr und dann zu den Männern. »Wollen die uns damit verprügeln?«

»Streicheln bestimmt nicht.«

Filip drehte sich wieder zur Straße. »Du, Inga …«, flüsterte er.

»Was denn?«

»Diese Leute, die da kommen …«

Plötzlich begannen die Männer zu schreien und rannten los. Die Angestellten erwiderten das Gebrüll, von zwei Seiten stürmten Angreifer auf die Demonstranten zu.

»Wir müssen weg!« Inga zerrte an Filips Arm.

»Wohin denn?«

»Am Zaun lang, komm!« Sie setzte sich in Bewegung, und er beeilte sich, ihr zu folgen.

Aus den Augenwinkeln bemerkte er ein erstes Gerangel und erhöhte das Tempo. Im Rennen warf er einen Blick zurück, um die Situation einzuschätzen. Dadurch übersah er ein Grasbüschel, geriet ins Straucheln und landete auf den Knien. Sein Körper wurde mit Adrenalin geflutet, rasch sprang er wieder auf die Beine. Vor ihm öffnete sich das Zufahrtstor, durch das weitere Angreifer strömten und ihm den Weg abschnitten. Panisch blickte er zu Inga, die es noch rechtzeitig geschafft hatte. Im selben Augenblick drehte sie sich um und erfasste seine missliche Lage.

»Filip!«, brüllte sie und blieb stehen.

Er wollte gerade antworten, als er von hinten zu Boden gerissen und umgedreht wurde. Er sah in ein rotes Gesicht – und auf eine geballte Faust.

»Na, Großstadtsöhnchen, willst du hier einen auf Gutmensch machen?«

Schützend hob Filip die Arme, als ihn auch schon ein Schlag nach Luft ringen ließ. Entgegen seiner Vermutung hatte die Faust nicht auf seinen Kopf gezielt, sondern landete mit Wucht in seinem Magen. Ein weiterer Mann kam dazu und versetzte Filip einen harten Tritt in die Nierengegend. Filip wälzte sich zur Seite, vor seinen Augen flimmerte es. Er sah noch, dass Inga in seine Richtung rannte, dann packte einer der Männer seine Eisenstange.

Kapitel 6

Gerade noch rechtzeitig ging Damian Böning hinter einem Müllcontainer in Deckung, dann raste der Wagen der Hamburger Polizei mit heulender Sirene an ihm vorbei. Eine Frau warf ihm einen misstrauischen Blick zu und zog ihren Terrier mit einem Ruck an der Leine näher zu sich heran. Böning konnte nicht anders, er streckte ihr den Mittelfinger entgegen. Diese alte Schnepfe war der Inbegriff von Spießigkeit, Doppelmoral sowie politischer und sonstiger Ahnungslosigkeit. Sollte sie von ihm halten, was sie wollte!

Bevor sie aber allzu viel über ihn nachdachte, machte er sich doch lieber davon. Er zog die Wollmütze tiefer in die Stirn, rückte die Sonnenbrille zurecht und setzte seinen Rucksack wieder auf, aus dem er soeben das neue Handy gezogen hatte. Erhalten hatte er es vor einer Viertelstunde von Mirka, darin steckte eine kroatische Prepaidkarte, sodass der Besitzer dieser Nummer der Polizei unbekannt war. Früher hatte es solche Karten auch in Deutschland anonym zu kaufen gegeben, heute war ein Umweg übers Ausland nötig, wenn man sich unter dem Radar bewegen wollte. Am Ende hatte der Staatsapparat mit der gesetzlichen Ausweispflicht lediglich die Rahmenbedingungen etwas erschwert.

Das Treffen hatte nur wenige Sekunden gedauert, nun wählte Böning Mirkas Nummer, die ebenfalls neu war.

»Funktioniert«, sagte er, als sich die bekannte Stimme meldete. »Wie viel Guthaben ist drauf?«

»Zweihundert Euro. Morgen Abend wirfst du die Karte weg und verwendest die andere, die ich dir gegeben habe.«

»Was ist mit Sanna? Sie braucht auch …«

»Sanna ist raus. Steht unter Beobachtung, genau wie der Rest.« Mirkas Stimme klang frustriert. »Wir hätten nur noch ein paar Tage gebraucht! Allein schaffen wir es nicht.«

Böning wechselte die Straßenseite. »Doch, und zwar heute! Ich hab den perfekten Zugang klargemacht.«

Kurz war es still. »Die Tiefgarage? Da wirst du niemals …«

»Ich geh nicht selbst rein, ist gar nicht nötig. Wir regeln das so, wie ich es von Anfang an vorgeschlagen habe. Die nächste Chance haben wir heute Abend. Sofern ich rechtzeitig an das Zubehör komme.«

»Geh zum Parkhaus Ottensen. In der ersten Etage steht der rote Zweier-Golf. Der Schlüssel liegt vorne links auf dem Reifen.«

»Okay. Ich melde mich nachher wieder.«

»Damian?«

»Was?«

»Bist du dir sicher? Wenn du an den Falschen geraten bist, wanderst du in den Knast!«

»Wie sicher kann man sich schon sein?« Böning passierte einen Krimskramsladen und nahm sich im Vorbeigehen eine Schirmmütze vom Ständer davor. »Das Risiko geh ich ein. Wir müssen ein klares Statement abgeben.«

»Dann leg los. Aber unterschätz Burkarts Leute nicht!«

»Für die hab ich mir 'ne besondere Beschäftigungstherapie ausgedacht. Lass mich mal machen.«

»Aha.« Wieder entstand eine kurze Pause. »Ich mag es nicht, wenn du auf eigene Faust …«

»Ist dabei schon mal was schiefgegangen?«

»Darum geht's nicht. Aber …«

»Ich melde mich, wenn es erledigt ist. Bis später.«

Böning tauschte seine Mütze gegen das Basecap und warf sie in einen Mülleimer. Das Problem mit Mirka war, dass er sich als ihr Anführer betrachtete. Dabei war er im Fronteinsatz unerfahren. Was er dagegen besaß, waren nützliche Kontakte, Geld und die richtige Einstellung, was sich mit beidem anstellen ließ. Alles andere sollte er aber Sanna und ihm überlassen, so fuhren sie am besten. Zu deutlich durften sie ihm das nur nicht sagen, denn dass Mirka die Lust verging, als Financier und Strippenzieher zu agieren, wollte Böning nicht riskieren.

Er stopfte die strähnigen schwarzen Haare unter die Kappe und blickte zum Hamburger Michel, der in diesem Augenblick hinter einem Gebäudekomplex auftauchte. Sanna würde am nächsten Tag aus dem Krankenhaus entlassen werden, war aber vorerst aus dem Spiel genommen. Für die nächsten beiden Aufgaben war dies zwar kein Problem, aber danach? Ohne sie fühlte sich Böning wie einarmig. Er selbst war ein Kampfschwein, stark im Improvisieren und skrupellos. Ersteres galt für Sanna ebenfalls, daneben aber war sie auch eine Strategin und geschickt im Umgang mit anderen Menschen. Sie mussten ein neues Netzwerk aufbauen, und da war er ohne ihre Fähigkeiten chancenlos.

Wenig später bestieg er die S-Bahn an den Landungsbrücken. Auf Stelzen fuhr sie am Museumsschiff *Rickmer Rickmers* und der *Cap San Diego* vorbei, draußen auf der Elbe waren die Fähren und Barkassen der Hafenrundfahrten zu sehen. Bönings Ziel befand sich auf der anderen Flussseite, sodass er die S3 fünfzehn Minuten später in einer weniger touristischen Gegend verließ. Der Stadtteil Wilhelmsburg wurde von der Norder- und Süderelbe umspült. Die Zeiten, in denen die Elbinsel als Quartier der Abgehängten galt, lagen zwar zurück, aber noch immer war das Pflaster rau. So gesehen passte es, dass hier die härtesten Gegner von Dennis Burkart ihr Lager aufgeschlagen hatten – und zugleich passte es auch nicht, denn eine Gemeinsamkeit hatten die verfeindeten Lager: Sie waren stramm rechts. Wilhelmsburgs Ausländeranteil lag mit über dreißig Prozent doppelt so hoch wie der Hamburger Durchschnitt – und mittendrin hauste eine Gruppe, die sogar einen Anteil von einem Prozent als zu hoch ansah.

In Sichtweite der Hochhäuser, die vielen Hamburgern als sozialer Brennpunkt galten, befand sich ein kleines Reich, das von einem fünfzigjährigen Mann namens Simon Jensen regiert wurde – der Karikatur einer Szenegröße. Sein Vater war eine schillernde Figur im Rotlichtmilieu, Simon selbst jahrelanger Boxer gewesen, der es auch manchmal abseits des Rings hatte krachen lassen. Heute beackerte er offiziell drei Branchen: Kampfsport, Logistik und Security. Letzteres erst seit einem Jahr, und auf diesem Gebiet war Burkarts Sicherheitsdienst eine starke Konkurrenz. Zumal sie im selben Kundenkreis fischten, denn dass in beiden Unternehmen Neonazis ihr Geld verdienten, war ein offenes Geheimnis, das manchen abschreckte.

Viel mehr wusste Böning nicht über diese Truppe, aber das war auch nicht nötig. Die Feindschaft zu Burkart war das einzig Relevante – und hoffentlich von Nutzen. Er näherte sich einem Gelände, das von einem durchhängenden Stacheldrahtzaun umgeben war. Offenbar wähnte sich Simon Jensen derart unangreifbar, dass er auf massivere Absperrungen verzichtete. Die zwei Gebäude und eine Lagerhalle wirkten allesamt heruntergekommen, die wenigen Leute dagegen gut mit Muskeln bestückt. Vermutlich Kundschaft des Kampfsportzentrums oder Securitymitarbeiter, die hier ihr Training absolvierten.

Böning betrat den Parkplatz und näherte sich dem Eingang. Piktogramme symbolisierten, welche verschiedenen Kampfsportarten hier trainiert wurden. Böning hoffte auf eine Eingebung, auf irgendetwas, das sein Vorhaben umsetzbar werden ließ. Tief atmete er durch, dann betrat er das feindliche Terrain. Hatte er Flaggen des Deutschen Reichs oder ähnlichen rechten Firlefanz erwartet, so wurde er enttäuscht. Es gab einen Empfangstresen, eine Bar und ein Drehkreuz. Dahinter ging es zu den Umkleiden und Duschen. Durch eine Glasfront konnte Böning beobachten, wie sich zwei Männer in einem Drahtkäfig brutal bearbeiteten. Natürlich, Mixed Material Arts wurde hier auch angeboten – eine höchst umstrittene Mischung aus verschiedenen Kampfstilen. Böning ging zum Tresen und nahm die Sonnenbrille ab.

»Erstes Mal?« Aus einem Hinterzimmer trat ein Mann mit wuchtigem Körperumfang und beeindruckender Muskelmasse. Böning konnte die herausdringende Musik nicht überhören. Nazi-Rock, ganz eindeutig.

»Stimmt«, sagte er.

»Wird 'n langer Weg.« Der Mann musterte ihn. »Was Konkretes im Sinn? Wenn's um Abspecken geht, bist du hier falsch.«

»Ich bin wegen eurer Security hier«, improvisierte Böning. »Brauche im Sommer ein paar Leute für ein Konzert. Könnte … härter werden.«

»Ach?« Interesse glomm auf. »Wer spielt denn?«

»Nachwuchsbands. Trotzdem … die Linken haben schon Wind davon bekommen.«

»Auf dem Hof nach rechts, an der Lagerhalle vorbei zu dem Haus mit dem blauen Vordach.« Der Mann deutete mit dem Zeigefinger zur Tür. Daran steckte ein silberner Siegelring mit einem Symbol.

Böning bedankte sich und ging nach draußen. Er war schweißnass. Sich hier allein her zu trauen, war hochriskant. Mehrfach war er schon mit Nazis aneinandergeraten – in unterschiedlichen Konstellationen und mit verschiedenen Ausgängen. Die Gefahr, dass ihn hier jemand erkannte, war gering, aber vorhanden. Hastig setzte er seine Sonnenbrille wieder auf und folgte der Wegbeschreibung. Als er das andere Gebäude betrat, erinnerte nichts daran, dass er sich mitten unter Rechten bewegte.

Er war in einer Besucherzone gelandet, mit braunen Ledersesseln, einem Tisch mit unauffälligen Zeitschriften und einem Wasserspender. Da sein Mund staubtrocken war, trank er einen Becher in einem Zug leer. Dann drückte er auf eine Klingel, wie man sie aus Hotels kannte. Einen Empfangstresen gab es hier nicht, wahrscheinlich herrschte wenig Kundenverkehr.

Schritte näherten sich, dann erschien eine Frau, die so zierlich war, dass Böning sie eher in einer Ballettschule erwartet hätte. »Kann ich helfen?«

Sie lächelte nicht, war aber nicht unfreundlich, sondern völlig neutral.

Böning wiederholte seine Geschichte, woraufhin sie auf die Sessel deutete. »Ich gebe Bescheid, es wird gleich jemand kommen.«

»Okay.«

Böning setzte sich und dachte nach. Auch die Frau hatte so einen silbernen Ring getragen, wie das Arschloch in der Kampfsportzone. Das gleiche Symbol. Und während er auf eine Broschüre blickte, dämmerte es ihm. S und J. Die Initialen von Simon Jensen, dem Firmeninhaber! Ob jeder aus seinem Gefolge so ein Ding trug? Vermutlich, denn kurz darauf betraten drei Männer in der Uniform ihres Arbeitgebers das Haus und verschwanden im Flur. Die gleichen Ringe, das war es! Aber wie sollte er an einen herankommen? Einem dieser Wichser den Finger abschneiden? Lust dazu hätte er, es war aber unrealistisch.

Manchmal brauchte es Glück, und Böning bekam es sogar im Doppelpack – obwohl sein Herzschlag kurz aussetzte, als jemand auftauchte, dem er schon früher und mit schmerzhaften Folgen begegnet war: Ein kräftiger Mann namens Viktor, der schon von Weitem als Vollnazi zu erkennen war und keine Gelegenheit ausließ, sich mit Linken zu prügeln. Zu Bönings Erleichterung blickte Viktor nicht in seine Richtung, sondern konzentrierte sich auf seine Begleitung. Dabei handelte es sich offenbar um einen erfolgreichen Bewerber, der zum Abschied einen kräftigen Schulterklopfer erhielt.

»Gehörst jetzt dazu. Grüß deinen Bruder von mir. Da kommt Sanne mit deiner Ausrüstung. Sanne, gleich wird Holger hier sein. Bring ihn dann hinten ins Lager.«

Mit Sanne war die Frau gemeint, die Böning zuvor empfangen hatte. »Mach ich, Viktor.« Sie trug eine Sporttasche, auf der Jensens Firmenname prangte. Die Anfangsbuchstaben des Vor- und Nachnamens waren hervorgehoben, so wie auf den Siegelringen. Und dann wurde Böning eine einmalige Gelegenheit geschenkt. Sowohl Sanne als auch Viktor verschwanden, ohne ihn eines Blickes zu würdigen. Der neue Angestellte wiederum stellte die Tasche auf den Boden und betrat die Toilette. Böning suchte die Decke ab – keine Kameras. Er sprang auf, schnappte sich die Tasche und verließ das Haus. Draußen schob er die Sonnenbrille vor die Augen, und lief die Treppe runter. Frontal in einen Mann hinein, der soeben die Stufen heraufkam.

»'tschuldigung«, rief Böning ohne anzuhalten. Im Laufen drehte er sich noch mal um. Das schüttere Haar und diese nichtssagenden Gesichtszüge … War das nicht …?

Auch der Angerempelte warf einen Blick zurück. Jetzt war sich Böning sicher, und er fand es höchst interessant, dass sich der Sohn des bisherigen Vorsitzenden der *Weißen* hier blicken ließ. Holger Lambrecht! Viktor hatte ihn gegenüber Sanne mit dem Vornamen angekündigt, also war Lambrecht nicht zum ersten Mal hier. Und Viktor wiederum hatte sich vor Kurzem in Niederdorla aufgehalten, wo er eigentlich unter Hunderten Gleichgesinnten gewesen war. Allerdings war er Böning inmitten der Gegendemonstranten aufgefallen. Was hatte das zu bedeuten?

Darüber konnte er später nachdenken. Weitere brandgefährliche Aufgaben lagen vor ihm, sein Adrenalinpegel würde so schnell nicht absinken. Immerhin war er nun ideal ausgerüstet. Er packte die Griffe der Sporttasche fester und rannte los. Mit jedem Meter, den er der Straße näher kam, steigerte sich sein Hochgefühl und verdrängte die Angst.

Mondän war eine gängige Umschreibung für den Hamburger Stadtteil Blankenese. Nicht ohne Grund lautete eine alte Volksweisheit: »Mehr als ein Blankeneser kann ein Hamburger nicht werden.« Alte Fachwerkhäuser, reetgedeckte Dächer, Villen sowie Land- und Herrenhäuser gaben dem Hamburger Elbvorort sein unverwechselbares Aussehen. Die überwiegend weißen Fassaden leuchteten im Licht der Nachmittagssonne, so auch die der Villa, die am Hang des Süllbergs im sogenannten Treppenviertel stand. Wie andere Anwesen war sie nur zu Fuß erreichbar, wozu zunächst ein Teil der gut fünftausend Stufen überwunden werden musste.

Wie viele Laura und Steven hinter sich hatten, wussten sie nicht genau, Steven hatte bei zweihundert aufgehört zu zählen und sich geschworen, den ständigen Kampf gegen das Übergewicht wieder seriöser zu führen. Oliver Bärs Residenz lag zwar nicht am höchsten Punkt, lieferte von der Terrasse aber dennoch einen imponierenden Ausblick auf die Elbe und ihre Uferlandschaften. Amüsiert beobachtete der Generalsekretär der *Weißen*, wie Steven sich wiederholt Schweiß vom Gesicht wischte.

»Sie hätten besser oben geparkt und wären runtergelaufen. Das sind einige Stufen weniger.«

»So haben wir den sportlichen Teil zumindest schon hinter uns.« Steven kippte ein Glas mit eisgekühltem Wasser herunter und schenkte sich umgehend nach. »Sie wohnen hier allein mit Ihrer Frau?«

»Ja. Oder besser gesagt *noch*.«

»Planen Sie einen Umzug? Nach Berlin?«

»Nicht ganz. Sobald sich unsere Parteizentrale dort befindet, werde ich mir ein Apartment in der Hauptstadt zulegen. Dieses Haus bleibt aber unser Erstwohnsitz. Nein, was ich meinte: Wir werden bald zu dritt sein.«

Lächelnd warf er einen Blick auf seine Frau, die gerade im Garten Rosen einpflanzte. Oder besser gesagt in die Erde stopfte, denn Steven entging nicht, dass sie über wenig gärtnerische Erfahrung verfügte. Während Laura anstandshalber Interesse an dem Nachwuchs heuchelte, regelte Steven weiter seinen Puls und die Aktivität seiner Schweißporen herunter. Er hörte nur mit halbem Ohr zu und konzentrierte sich aufs Beobachten.

Im Vergleich zum Parteivorsitzenden Eckstein und dessen Stellvertreter Anton Gerber war Bär ein optisches Leichtgewicht. Klein, schmächtig, langweilige Frisur, Nickelbrille – kein sichtbarer Bartwuchs. Er war dreiunddreißig, sah aber wie Ende zwanzig aus. Doch Steven unterschätzte ihn nicht. Bär gab sich nicht nur intellektuell, er war zweifellos höchst intelligent. Die Prüfung zum zweiten Staatsexamen hatte er mit Bestnote bestanden, das kam selten vor. Nach der Anwaltszulassung hatte er seine ersten Gerichtsprozesse allesamt gewonnen, und die Erfolgsbilanz war beeindruckend geblieben. Bei den *Weißen* war er kurz nach der Gründung eingestiegen und hatte sich innerhalb kurzer Zeit zum Generalsekretär hochgearbeitet. Angeblich sei er ein Zögling des alten Parteivorsitzenden gewesen, was Steven kurios fand.

Er nutzte eine Atempause des Mannes für einen abrupten Themenwechsel. »Haben Sie eigentlich noch Kontakt zu Ihrem Mentor oder ist das weiße Band zwischen Ihnen zerschnitten?«

»Ich verstehe die Frage nicht.«

»Dann konkretisiere ich sie.« Die Sonne wärmte ordentlich, sodass Steven die Ärmel seines Karohemdes nach oben schob. »Herr Lambrecht hievte Sie vor anderthalb Jahren auf den Posten des Generalsekretärs. Sie haben sich blendend verstanden, und er betrachtete Sie als politischen Ziehsohn. Kaum im Amt, haben Sie geschickt dafür gesorgt, die Partei in die Schlagzeilen zu bringen. Die Umfragewerte stiegen, Herr Lambrecht schien eine gute Wahl getroffen zu haben.«

»Nicht nur die Umfragewerte stiegen, auch die Wahlergebnisse waren …«

»Intern haben Sie allerdings an einem Machtwechsel gearbeitet. Was Herr Lambrecht anfangs nicht mitbekam. Sie zogen an Strippen, holten passende Leute an Bord, trafen Absprachen und so weiter. Das übliche Spiel eben. Bis Sie am vergangenen Wochenende die Ernte einfahren konnten. Ihr alter Freund und Vertrauter Eckstein übernahm die Partei, nachdem Sie das Feld dafür bereitet hatten.«

»Klingt eher nach einem Krimi als nach der Realität.« Bär blieb souverän.

»Stand aber so in der Zeitung. Verfasst von einem angesehenen Journalisten.«

Der Politiker lachte. »Jan Seidl. Er führt einen Feldzug gegen uns, da sollten Sie nicht alles für bare Münze nehmen.«

Steven trank erneut einen Schluck Wasser und warf Laura einen Blick zu. Nach dem Abbruch der Verbindung zu Seidls Telefon hatten Sie sofort eine Fahndung eingeleitet, bislang ohne Erfolg. Bekannt war lediglich, dass er sich zum Zeitpunkt des kurzen Telefonats nahe dem Leipziger Hauptbahnhof aufgehalten hatte.

»Und Sie?«, übernahm Laura. »Führen Sie als Gegenreaktion einen Feldzug gegen Herrn Seidl?«

»Wie kommen Sie darauf?«

»Weil Sie ihn mehrfach angezeigt haben. Wegen Rufmord, Hausfriedensbruch, Diebstahl interner Dokumente und sogar Bestechung. Anders als früher haben Sie aber vor Gericht jedes Mal eine Pleite eingesteckt.«

»Stimmt. Aber wir haben lediglich rechtsstaatliche Mittel angewendet. Wieso ist das überhaupt relevant? Ich dachte, Sie wollten mit mir über den Schutz …«

»Es ist deshalb relevant, weil Herr Seidl seit Stunden verschollen ist. Und es gibt deutliche Anzeichen, dass dies nicht aus freien Stücken passierte.«

»Sie wollen ernsthaft …« Bär zeigte erstmals eine körperliche Regung, indem er die Arme verschränkte. »Sie unterstellen, dass ich oder meine Partei dahinterstecken? Das kann nicht Ihr Ernst sein!«

»Wir haben gar nichts unterstellt«, korrigierte Steven. »Trotzdem ist es interessant, dass Herrn Seidl ausgerechnet in Leipzig etwas zugestoßen ist.«

»Inwiefern?«

»Weil er sich laut seiner Redaktion aus einem besonderen Grund dort aufhält. Er recherchiert zur Vergangenheit führender Parteifunktionäre. Konkret sind es diejenigen, die in Leipzig die Uni besucht haben. So wie Sie. Um was kann es dabei gehen?«

»Keine Ahnung.« Bär löste seine Arme und hob den Blick, der kurz nach unten gewandert war. Jetzt lag Angriffslust in seinen Augen. »Falls das ein Verhör ist, können wir sofort abbrechen. Dann ziehe ich unseren Anwalt hinzu und kontaktiere

Ihre Vorgesetzten. Sie haben falsche Besuchsgründe vorgespiegelt und behandeln mich wie einen Verdächtigen.«

»Durchaus nicht«, erwiderte Laura. »Es hätte ja sein können, dass Sie uns Hilfreiches mitteilen können. Als Zeuge. Schließlich kennen Sie Herrn Seidl. Unsere Fragen haben keinen anderen Hintergrund. Weshalb reagieren Sie so heftig?«

»Ich bin doch ganz ruhig.«

»Man kann auch ganz ruhig auf ein Schlachtross steigen«, erwiderte Steven. »Aber lassen wir das. Sie wissen, dass auf Herrn Eckstein heute Morgen ein Mordanschlag verübt wurde?«

»Selbstverständlich, ist ja deutschlandweit *das* beherrschende Thema. Genauso ist mir bekannt, dass Sie in dem Wagen dahinter gesessen haben. Und ehrlich gesagt überrascht es mich schon, dass Sie keinerlei Ermittlungsfortschritt vorweisen können. Dabei wurden Sie uns als Experten für Linksradikale angepriesen. Wäre Ihre Arbeit genauso ergebnislos, wenn wir eine linke Partei wären?«

»Ihre politische Couleur spielt überhaupt keine Rolle.« Lauras Falte zwischen den Augenbrauen wurde tiefer. »Die Linken behaupten, dass wir auf dem rechten Auge blind sind, die Rechten werfen uns das Gegenteil vor. Die Vorfälle von Niederdorla liegen erst drei Tage zurück, und wir verfolgen mehrere Spuren. Die linksextremistische Szene besteht aber nicht nur aus Amateuren. Die verstehen durchaus ihr Handwerk und sind geschickt darin, die Reihen zu schließen. Beides dürfte Ihnen von der anderen Seite bekannt sein.«

Blitzschnell änderte Bär seine Taktik. Er hob beide Hände und lächelte erst Laura, dann Steven an. »Entschuldigen Sie, ich wollte Ihnen nicht zu nahetreten. Aber wir befinden uns in einer Extremsituation. Mir sind eben etwas die Gäule durchgegangen, auch wenn ich als Generalsekretär eigentlich über Nerven aus Stahl verfügen sollte. Ich bin mir sicher, dass Sie einen guten Job machen.«

»Klang im heutigen Statement Ihres Pressesprechers etwas anders«, konnte sich Steven nicht verkneifen. »Ihnen steht Polizeischutz zu, das wissen Sie?«

»Natürlich. Aber ich verzichte darauf und spare dem Staat Geld.«

»Warum?«

»Wir kümmern uns selbst um unsere Sicherheit. Natürlich im Rahmen des Gesetzes.«

»Privater Sicherheitsdienst?« Laura sah zum Tor. »Wahrscheinlich *Burkart Security*? Ich kann niemanden sehen.«

»Ab heute Abend steht allen Vorstandsmitgliedern und anderen wichtigen Funktionären Schutz zur Verfügung. Das musste erst organisiert werden.«

»Dann sollten Sie bis dahin den Polizeischutz nicht ausschlagen.«

»Ist es so ernst?« Seine Augen verengten sich hinter den runden Brillengläsern. »Liegt Ihnen etwas Konkretes zu mir vor?«

»Nein. Wie ist das bei Ihnen? Persönliche Droh-Mails oder Ähnliches? Herr Eckstein hat uns einiges übergeben, vielleicht haben Sie auch etwas erhalten?«

Sein Blick glitt kurz zur Hauswand. »Meine private Mail-Adresse ist unseren Gegnern unbekannt, der Rest landete im Büro. Martins Aufstellung ist also vollständig.«

Diese Sammlung an Drohungen war zwar umfangreich, hatte bislang aber wenig ergeben. Bonner Kollegen von Laura und Steven waren damit beschäftigt, jeden Absender herauszufinden und zu überprüfen. Die Hälfte war schon ausgewertet, ohne dass ein Tatverdächtiger ins Netz gegangen wäre. Alle Identifizierten konnten Alibis vorweisen, aber ein Teil der Mails war nicht nachverfolgbar, da sie weltweit über verschiedene Server geleitet worden waren. Die dahintersteckenden Absender waren somit die cleveren – und damit auch die gefährlicheren.

»Was Sie aber wissen sollten«, fuhr Bär fort, »vor meinem Haus sind immer mal wieder Linke aufgetaucht. Haben rumkrakeelt, die Mauer beschmiert und Farbbeutel geworfen. Hab ich alles gemeldet, führte aber zu nichts.«

Steven deutete zum Dach. »Da hängen mehrere Kameras.«

»Die Typen waren natürlich vermummt.«

»Können Sie uns die Aufnahmen trotzdem geben?«

»Liegen der Hamburger Polizei längst vor.«

»Inklusive der Aufnahmen aus den letzten Tagen?«

»Nein, da ist ja auch nichts vorgefallen. Also zumindest nicht hier.«

»Trotzdem brauchen wir diese Aufnahmen«, sagte Laura. »Es könnte sich jemand herumgetrieben haben, ohne sofort aktiv zu werden.«

»Jemand, der das Grundstück ausspioniert? Okay, ich gebe Ihnen die Aufnahmen. Sie reichen aber immer nur drei Tage zurück, dann wird die älteste überspielt.«

Er stand auf und verschwand im Haus.

»Das Innere seines Palastes dürfen wir also nicht sehen«, raunte Steven. »Was hältst du von ihm?«

»Davon abgesehen, dass er ein arroganter Typ ist, der zu allem Überfluss bald Vater wird?« Laura machte eine Kopfbewegung zu Frau Bär hin, die unbeeindruckt von dem Besuch im Boden herumwühlte. »Die sieht doch ganz gut aus! Wieso angelt sie sich so einen rechten Lackaffen?«

»Wahrscheinlich eine Schwester im Geiste. Ist dir was an seinen Reaktionen aufgefallen?«

»Klar. Zweimal blickte er unbewusst weg, dazu die heftige Attacke, als wir Seidl erwähnten. Leipzig sagt ihm was und macht ihn nervös. Und bezüglich der Drohungen scheint er irgendwas zurückzuhalten. Aber warum?«

»Könnte einen delikaten Hintergrund haben, oder er stuft es als nicht relevant ein. Hoffen wir mal, dass er mit dieser Einschätzung nicht danebenliegt.«

»Mir gefällt außerdem nicht …« Laura brach ab, da Stevens Handy klingelte. Es lag auf dem Tisch, und auf dem Display erschien das Bild eines Teddybären mit einem Knopf im Ohr. Steven hatte den Spleen, jede eingespeicherte Nummer mit einem mehr oder weniger passenden Bild zu versehen. Noch immer wusste Laura nicht, was er zu ihrem Namen abgespeichert hatte. »Unsere Chefin«, sagte sie überflüssigerweise.

»Wieso ruft sie nicht bei dir an?« Mit spitzen Fingern griff Steven nach dem Telefon. »Will wahrscheinlich wissen, weshalb vor unseren Augen ein Pfeil in Ecksteins Richtung abgefeuert werden konnte.«

»Quatsch. Hat bestimmt einen anderen Hintergrund.« Laura lehnte sich zurück, offensichtlich dennoch nicht unglücklich, dass ihr Kollege am Zug war.

Da in diesem Moment Oliver Bär zurückkehrte, stand Steven auf und ging zur Hausecke. Seine Hoffnung, dass Irene Knopf in der Zwischenzeit auflegen würde, blieb unerfüllt.

»Haberland«, meldete er sich schließlich.

»Jan Seidl wurde gefunden«, sparte sich seine Chefin eine Begrüßung. »Er wurde tatsächlich überfallen.«

»Ist er …?«

»Er lebt. Liegt im Krankenhaus mit Verdacht auf Schädel-Hirn-Trauma. Dazu jede Menge Blutergüsse am Oberkörper.«

»Also sollte er verprügelt und nicht ermordet werden? Eine Einschüchterung?«

Irene Knopf schwieg kurz. »Das lässt sich so eindeutig nicht sagen. Der Angreifer wurde nämlich überrascht und musste flüchten. Es gibt Beschreibungen von Zeugen und Bilder einer Überwachungskamera.«

»Wo hing die?«

»Im Hauptbahnhof. Dort wurde er aber nicht überfallen. Sein Gepäck war in einem Schließfach, und das wurde kurz nach dem Überfall ausgeräumt. Sie und Frau Westermann bekommen alle Infos per Mail. Gibt es in Hamburg neue Entwicklungen?«

»Nicht seit unserem letzten Update.« Dies lag eine Stunde zurück und war von Laura übermittelt worden. »Gerade sind wir bei Oliver Bär und warten, dass er …«

»Sie teilen sich jetzt auf. Frau Westermann fährt nach Leipzig und versucht, Licht in Seidls Rolle zu bringen.«

»Können das nicht Kollegen vor Ort machen?«

»Sicher. Ich halte es aber für sinnvoll, einen direkten Kontakt herzustellen. So lange behalten Sie in Hamburg alles im Blick.«

»Hm.« Steven war nicht überzeugt.

»Eine konkrete Spur haben Sie im Moment doch sowieso nicht«, kam als Erwiderung.

»Ganz so ist es ja nicht. Dieser Mirka zum Beispiel …«

»Nach seiner Identität suchen Ihre Kollegen hier in Bonn. Solange die nichts herausfinden, sind Sie diesbezüglich handlungsunfähig. Ach, eins noch: Wir haben weitestgehend nachvollzogen, wer im Besitz einer Jagdarmbrust sein kann, wie sie in Niederdorla gefunden wurde. Über einen Verkäufer könnten wir auf die richtige Spur geraten sein. Bei einer Sportschützenveranstaltung in Dessau wurden zwei derartige Modelle gestohlen.«

»Wann war das?«

»Vor einem halben Jahr. Es wurde Anzeige erstattet, das Ganze verlief aber im Sand.«

»Hilft uns also nicht wirklich weiter.«

»Nein, das stimmt. Ich hab gleich einen Termin. Teilen Sie Frau Westermann die Neuausrichtung mit.«

»Hm«, brummte Steven erneut, aber die Verbindung war bereits unterbrochen. Irene Knopfs Stimme war genauso weich wie ihre Gesichtszüge, gleichwohl mangelte es ihr nicht an klaren Worten und Durchsetzungskraft. Immerhin hatte Laura mit der Weiterreise nach Leipzig das schlechtere Los gezogen. Und zumindest beim Gedanken an das Abendprogramm war ihm ihre Abwesenheit gar nicht mal unrecht. Er hatte nicht vergessen, dass sie zum monatlichen Treffen der Hamburger Kollegen eingeladen worden waren, und auf Lauras Gouvernantenblick konnte er da gut verzichten.

Als Burkart das Bremspedal bis zum Anschlag durchdrückte, hinterließen die Reifen quietschend dunkle Streifen auf dem Straßenbelag. Er konnte das erschrockene Gesicht im Rückspiegel des Fahrzeugs vor ihm sehen und wartete paralysiert auf den Aufprall, als die Fahrerin geistesgegenwärtig ihrerseits kräftig Gas gab und die Kollision verhinderte.

»Verdammte Scheiße!«, brüllte Burkart, allerdings richtete sich sein Zorn nicht auf die Frau in dem Kleinwagen, die kurz zuvor zum Überholen auf die linke Spur gewechselt war.

Als sie wieder nach rechts fuhr, gab Burkart Vollgas – und wandte sein Gesicht ab. Peinlich war das, es war glasklar sein Fehler gewesen! Nein, eigentlich war es Antons Schuld! Diese Schwuchtel, die ihre Triebe nicht im Griff hatte! Und ihn dann auch noch nach Eckernförde bestellte, wo Burkart völlig unvorbereitet auf ein Blutbad getroffen war. Ob es ihm gelungen war, sämtliche Spuren von Anton zu verwischen? Anfangs hatte er sogar das Blut zu beseitigen versucht, aber schnell eingesehen, dass dies ein hoffnungsloses Unterfangen darstellte. Immerhin war die Leiche weg, und sie hatten Zeit gewonnen. Aber ob das reichte?

Mit einer Gänsehaut dachte er an die Kiste, die sich hinten in seinem Kofferraum befand und als Behelfssarg herhielt.

Unnötige Schweinerei! Um den toten Schreiner überhaupt hineinstopfen zu können, hatte Burkart die Säge noch einmal angestellt – auf etwas mehr oder weniger Blut war es nicht mehr angekommen. Das Geräusch, als sich das Sägeblatt durch den Körper gefressen hatte, und den dazugehörigen Anblick würde er trotz seiner Abgebrühtheit wohl nie vergessen.

Dafür musste Anton ordentlich blechen! Die Aussicht, dass er jetzt endgültig in Burkarts Hand war, stellte das einzig Positive in dem Schlamassel dar. Anton musste endlich an die Leine genommen werden, der Kerl war Dynamit auf zwei Beinen! Burkart hatte diesbezüglich schon Kontakt zu Oliver Bär aufgenommen, nicht zuletzt, um nicht allein für diesen Wahnsinnigen geradestehen zu müssen, der ständig zwischen abstoßender Unterwürfigkeit und überzogener Überlegenheit hin- und herpendelte. Jetzt – mit etwas Abstand – verfluchte er sich dafür. Immerhin hatte Burkart sich an diesem Tag zum Mittäter gemacht, und es war gar nicht gut, dass hierüber nun noch jemand Bescheid wusste.

Die Leiche musste weg, und das so schnell wie möglich. Er ging verschiedene Optionen durch und entschied, sie in der kommenden Nacht weitab von irgendeiner Siedlung im Wald zu vergraben. Dann stöhnte er auf. Seine Frau war auf Dienstreise und würde erst übermorgen zurückkommen. Sollte seine Tochter nachts feststellen, dass sie allein im Haus war, käme es zu einem Drama. Stattdessen die Nacht von Karfreitag auf Samstag? Da würden sich zu allem Überfluss seine Schwiegereltern zu ihrem traditionellen Osterbesuch einnisten. Konnte sich dennoch eine Gelegenheit ergeben?

Kurz entschlossen setzte er an der nächsten Abfahrt den Blinker und verließ die A7 in Richtung Norderstedt. Sein Bruder führte dort das Speditionsunternehmen seiner Schwiegereltern weiter – spezialisiert auf Kühltransporte. Entsprechend gab es auch Lagerräume mit niedrigen Temperaturen und damit idealen Bedingungen für die Zwischenlagerung eines Toten.

Grob kannte er sich auf dem Gelände aus, das in unmittelbarer Nähe zur Autobahn lag. Das Tor war unverschlossen, und Burkart fuhr rückwärts an eine Halle heran, die nur bei starker Auftragslage genutzt wurde. In Betrieb war sie dennoch, sozusagen im Bereitschaftsmodus. Ein Kühllaster verließ den Hof, ein paar Angestellte wuselten umher. Dann ging die Tür des Wohn- und Verwaltungsgebäudes auf, und seine Schwägerin trat heraus. Sichtlich überrascht blieb sie stehen, bevor sie zu ihm herüberkam. Schnell stieg Burkart aus und knallte die Tür zu. Wer weiß, ob der Schreiner nicht einen Geruch verströmte …

»Dein Bruder ist unterwegs.« Sie stemmte ihre Hände in die Hüften und sah zu ihm auf. Ihr Blick glitt von seinen kurz geschorenen Haaren über die nie richtig verheilte Schramme am Kinn zu den tätowierten Armen.

Burkart zwang sich zu einem Lächeln. »Wann kommt er zurück?«

»Frühestens in einer Stunde. Wieso tauchst du unangemeldet auf?«

»War auf der A7 und hatte spontan die Idee. Geht's euch und den Kindern gut?«

»Ja.«

»Und die Geschäfte?«

»Laufen.«

Burkart räusperte sich. Die offene Feindseligkeit seiner Schwägerin war nicht neu. Sie verabscheute ihn und alles, wofür er stand. Es war nicht überraschend, dass sein Weichei-Bruder mal in den Fängen einer solchen Domina landen würde. Heute arbeitete sich dieser Trottel den Buckel krumm, wurde dabei vom Schwiegervater überwacht und … Wie sollte er bloß in den Lagerraum kommen?

»Okay, dann fahr ich mal weiter.« Burkart zögerte kurz. »Ähm … kann ich vorher die Toilette benutzen? Keine Sorge, nur die in der Halle für eure Arbeiter.«

»Solange du dir nichts spritzt …« Sie nickte ihm zu. »Mach's gut, Dennis.« Dann drehte sie sich um und ging zum Haus zurück. Als sie hinter der Tür verschwand, sah sich Burkart um. Bis zum Fenster ihres Büros brauchte sie mindestens zehn Sekunden. Er hatte dicht an dem Rolltor der Halle geparkt und schob nun die daneben liegende Tür auf, während er mit der anderen Hand den Kofferraum per Fernbedienung öffnete. Die Kiste hatte er in der Werkstatt des Schreiners gefunden, am zugenagelten Deckel verfügte sie an jeder Seite über eine Schlaufe. Dennoch befürchtete er ein Auseinanderbrechen, als er sie auf den Boden gleiten ließ. Im Inneren rumpelte es. Der Kopf, der sich beim Verladen endgültig vom Rumpf gelöst hatte? Schnell schleifte er die Kiste in die Halle. Sie zu tragen, war wegen des Gewichts sogar für seine trainierten Muskeln unmöglich.

Eine schwache Notbeleuchtung brannte, es roch nach Winter, war kühl, aber nicht unter null Grad. Auf Paletten stapelten sich leere Gemüsekisten, während es für Gefriergut eigene Bereiche gab. Einen dieser kleineren Kühlräume steuerte er an, und trotz der niedrigen Temperatur brach ihm der Schweiß aus. Als er einen Knopf drückte und sich der Zugang zischend öffnete, wusste er, dass er die ideale Kammer ausgewählt hatte. Entgegen seiner Vermutung war sie nicht leer, stattdessen wartete eine Lieferung auf ihren Transport. Laut der angehefteten Zettel würde dieser aber erst in fünf Tagen stattfinden. Er zerrte die Kiste bis ganz nach hinten, wo sie vom Eingang aus nicht zu sehen war.

Rasch verschloss er den Raum wieder, trabte an der Toilette vorbei und trat durch die Tür neben der Zufahrt ins Freie. Seine Schwägerin stand neben seinem Wagen, er zuckte zusammen.

»Du bist ja immer noch hier.«

»War ein großes Geschäft, hab eben gut gefuttert.« Er grinste sie an. »Keine Angst, du brauchst kein Putzteam reinzuschicken.«

»Dein Kofferraum ist offen. Und er riecht komisch.«

Unwillkürlich rieb er sich die Hände an der Jeans ab. »Genau deswegen hab ich ihn aufgemacht. Gestern lag da Pferdefutter und anderes Zeugs drin. Und da heißt es immer, dass Pferde gut riechen. Wenn Lena nicht so in diese Viecher vernarrt wäre, würde ich …«

»Hau schon ab!«

Er ließ die Klappe herabsinken. »Grüß mein Bruderherz. Ich schau in den nächsten Tagen noch mal vorbei.«

»Dann ruf besser vorher an.«

Diesmal blieb sie stehen, bis er den Motor gestartet und die Straße erreicht hatte. Ermattet sackte er zusammen. Die Kiste wieder herauszuholen war kein großes Problem, er würde sich einfach in einer der folgenden Nächte gewaltsam Zutritt verschaffen. Aber wirklich aufatmen konnte er erst, wenn dieser schwule Schreiner in irgendeinem Wald zum Dünger für die Bäume wurde, mit deren Holz er seinen Lebensunterhalt bestritten hatte.

Rasant fädelte er sich von der Auffahrt direkt auf die linke Spur der A7 ein. In Stellingen verließ er die Autobahn und verfluchte den Berufsverkehr. Der dicht besiedelte Stadtteil verzeichnete mit seinen Ausfallstraßen und der A7 eine der höchsten Verkehrsbelastungen Europas. Burkarts Reihenendhaus stand zwar in der Nähe des Tierparks Hagenbeck und von einem sich daran anschließenden Grüngürtel, dennoch strebte er ein angenehmeres Umfeld an. Die Realisierung seiner ehrgeizigen Pläne war aufgrund des Großauftrags der *Weißen* nur eine Frage der Zeit. Die Not der einen ermöglichte Profite für andere. Vielleicht sollte er schon mal nach einer Villa in

Blankenese Ausschau halten? Andererseits befand sich auch sein Sicherheitsunternehmen in Stellingen, genauso wie die *Wolfsschanze*, der rechte Szenetreff, bei dem er allerdings erheblich an Einfluss verloren hatte.

Mit Schwung fuhr Burkart auf den Hof seiner Firma, stieg aus und streckte sich. Ein gewaltiger Knall ließ ihn zusammenzucken, dann folgte ein grelles Licht, und er riss die Arme vor das Gesicht. Einer seiner Firmenwagen mit der Aufschrift *Burkart Security* machte einen Satz in die Luft, die Fensterscheiben zerbarsten. Aufgeregte Schreie erklangen, es folgte eine weitere Detonation, dann eine dritte. Fassungslos sah Burkart auf die Flammen und den schwarzen Rauch.

»Da vorn!« Einer seiner Mitarbeiter deutete zur Einfahrt.

Burkart erblickte eine schwarz gekleidete Person mit einem Motorradhelm. Sie streckte ihm den Mittelfinger entgegen, dann pulte sie an der Hand herum, warf etwas in seine Richtung und rannte davon.

»Scheißkerl!«, brüllte Burkart und setzte sich in Bewegung, mehrere seiner Männer folgten ihm.

An der Einfahrt angekommen, hörte er, wie ein Motorrad gestartet wurde. Bebend vor Zorn blieb ihm nichts anderes übrig, als zuzusehen, wie der Unbekannte hinter einer Kurve verschwand.

»Hat ihn jemand erkannt?« Seine großen Ohren waren tiefrot.

Stummes Kopfschütteln. Dann näherte sich ein hinkender Mann. Rainer. Der Patenonkel seiner Tochter und ein alter Haudegen von fünfzig Jahren, der längst seine Schuldigkeit getan hatte, wie der von Narben übersäte Schädel und die krumme Nase zeigten. Das verlorene Bein war durch eine Prothese ersetzt worden, aber wirklich einsatzfähig war er nur noch in der Verwaltung. Bei Burkart angekommen, streckte er ihm die Hand entgegen. Darin lag ein silberner Siegelring.

»Das hier hat der Scheißer geworfen.«

»Eine offene Kriegserklärung.« Burkart musste nicht genauer hinsehen, um die Herkunft zu erkennen. »Jensen verliert also jede Hemmung. Wie konnten seine Leute hier unbeobachtet Sprengsätze anbringen?«

»Keine Ahnung.« Sein langjähriger Weggefährte spähte zu den Autos, zwischen denen Männer mit Feuerlöschern herumliefen. »Können sie irgendwo draußen druntergeklebt haben. Und dann per Fernzündung … bumm!«

»Sie haben gewartet, bis ich hier bin.« Burkart ballte die Fäuste. »Die Revanche wird so heftig knallen, dass Jensens Trommelfelle platzen. Wir müssen die Vorherrschaft zurückgewinnen!«

»Zeit wird's.« Rainer klopfte ihm auf die Schulter, und es war einer der seltenen Momente, in denen seine Gesichtszüge fröhlich wirkten.

Doch beide wussten, dass es ein riskantes Unterfangen war. Die Vergangenheit als Boxer war dem fünfzigjährigen Jensen schon im Gesicht anzusehen, dazu war das Vorstrafenregister imponierend – und größtenteils auf Gewaltanwendung zurückzuführen. Wie man sich zudem ein Heer aus schlagkräftigen Gefolgsleuten zulegte, hatte er bei seinem Vater, der ehemaligen Rotlichtgröße, von der Pike auf gelernt. Körperlich war Burkart noch nicht mit ihm zusammengestoßen, und obwohl er zwölf Jahre jünger und alles andere als untrainiert war, wollte er dies auch weiterhin vermeiden. Jensen machte keine halben Sachen, dafür gab es in seiner Vita genügend Belege.

Kapitel 7

»Ich bin nicht von hier.« Abwehrend streckte Laura einen Arm aus, ohne dass die Abfuhr Wirkung zeigte. Die ältere Frau ging neben ihr her und redete einfach weiter. Sie hatte ein freundliches Gesicht – genauso runzlig wie früher das von Lauras Oma –, war normal gekleidet, hatte keine Zahnlücken, stank nicht und konnte ganze Sätze herausbringen. Mal wieder bekam Laura den Beweis geliefert, dass sich nicht nur Unterbelichtete oder Asoziale von rechten Parolen anlocken ließen. Das Spektrum war breit und umfasste die unterschiedlichsten Typen. Unwillkürlich dachte sie an die neue Parteiführung der *Weißen* und insbesondere an Martin Eckstein, der zweifellos intelligent und gebildet war. Zugleich gab es unter den Rechten aber auch stiernackige Proleten, und Laura fragte sich, wie diese beiden überaus unterschiedlichen Sphären dennoch eine ideologische Schnittmenge haben konnten. Steckte im konkreten Fall Armut dahinter oder teilte diese Frau tatsächlich das Weltbild von Eckstein und dessen Mitstreitern?

Auf jeden Fall war sie Teil der Straßenwahlkämpfer, die an diesem Mittwochabend ihren Tisch auf dem Leipziger Bahnhofsvorplatz aufgeklappt hatten. An dünnen Fäden hingen Trauben weißer Luftballons, darauf prangte der Schriftzug der dahintersteckenden Partei. Parallel zur Landtagswahl in

Nordrhein-Westfalen würden am Sonntag auch die Sachsen ihre politische Meinung kundtun, allerdings nur auf kommunaler Ebene. Dort fing es jedoch häufig an, das bewies die Vergangenheit. Über die Zeit hatten sich hier feste rechte Strukturen etablieren können, zunächst unter dem Deckmantel von Nachbarschaftstreffs, Hilfen für Benachteiligte, Jugendprojekten, Straßenfesten und Ähnlichem.

»Woher kommen Sie?«, erkundigte sich die Frau, das Flugblatt noch immer ausgestreckt.

»NRW.«

»Dann wählen Sie am Sonntag doch auch!«

Laura blieb stehen und stellte ihren Koffer ab, den sie in Hamburg hastig aus der Pension geholt hatte, um die letzte direkte Zugverbindung des Tages zu erwischen. Sie mochte Bahnreisen – sofern es keinen Umstieg gab. Nach ihrer Erfahrung erhöhte dies die Chancen erheblich, am Zielbahnhof ohne eine Stinkwut auf die Deutsche Bahn wieder aus dem Waggon zu steigen. Heute war sie dennoch verspätet angekommen. Es war halb acht, Jan Seidl konnte sie erst am nächsten Tag treffen, da waren seine Ärzte eindeutig gewesen.

Vielleicht war es dem fehlenden Abendprogramm geschuldet, dass sie das Verlangen verspürte, sich der älteren Frau zu widmen. »Stimmt, wir wählen einen neuen Landtag. Aber zu dem Programm Ihrer dortigen Parteifreunde werden Sie mir wohl kaum Auskunft geben können.«

»Es geht doch um die große Richtung!«

»Und wie sieht die bei den *Weißen* aus?«

»Mehr Sicherheit, mehr Gerechtigkeit, mehr Werte.«

»Werte? Was denn für Werte?«

»Ehrlichkeit und Respekt zum Beispiel. Schauen Sie, wie die Jugend mit den Lehrern umgeht! Oder bei mir im Stadtteil Gohlis: Das war immer eine der besten Adressen Leipzigs. Mir gehören dort zwei Wohnungen. In einer lebe ich, die andere vermiete ich. Nachts geh ich nicht mehr auf die Straße.«

»Ist Ihnen schon mal was passiert?«

»Nein, das vermeide ich ja, indem ich zu Hause bleibe. Und dann die Überfremdung. Das ist die Wurzel des Ganzen.«

›Aha‹, dachte Laura. ›Wir nähern uns der Kernmotivation.‹

»Was ich noch nie verstanden habe«, sagte sie, »weshalb wählen Menschen wie Sie eine solche Partei?«

»Wieso nicht? Ich bin übrigens erst am Montag eingetreten. Die neue Führung gefällt mir. Vor allem der neue Vorsitzende. Nicht so prollig wie sein Vorgänger. Der hatte mich etwas abgeschreckt, auch wenn ich manche seiner Überzeugungen richtig fand.«

›Aha‹, dachte Laura erneut. ›Ecksteins Strategie des smarten Auftretens zeigte erste Erfolge.‹

»Ihnen ist aber schon klar, dass die Partei immer noch dieselbe ist? Dass sie von Neonazis gewählt und unterstützt wird?«

»Ich bin kein Nazi«, erwiderte die Rentnerin resolut. »Ich mache mir nur Sorgen um die Zukunft meiner Enkel. In ihren Schulklassen sind sie als Deutsche bald in der Minderheit.«

»Natürlich läuft manches nicht optimal. Aber da Sie von Werten gesprochen haben: Was ist denn mit so altmodischen Werten wie Menschlichkeit und Anstand?«

»Die sind mir genauso wichtig.«

»Das eine geht aber ohne das andere nicht. Entschuldigung.« Laura zog das klingelnde Telefon aus der Tasche. »Hallo Frau Knopf. Mein Zug war verspätet, deshalb kann ich leider erst morgen …«

»Darum geht es nicht«, wurde sie unterbrochen. »Es gab einen Anruf für Sie mit dringender Bitte um Rückruf. Ein Valentin Radke aus München. Laut der Zentrale hat er geklungen, als ginge es um Leben und Tod.«

Laura war weitergegangen, blieb aber nun wieder stehen. Valentin! Das letzte Mal hatte sie vor siebzehn Jahren mit ihm gesprochen. Die Abmachung war eindeutig gewesen: kein Kontakt, niemals! Wieso verstieß er gegen diese Absprache und rief noch dazu bei ihrem Arbeitgeber an?

»Frau Westermann?«

»Ja, 'tschuldigung ... ich musste eine Wahlkämpferin abwehren. Was wollte er?«

»Keine Ahnung. Hängt das mit der Ermittlung zusammen? Haben Sie ...?«

»Das ist rein privater Natur, ein früherer Freund. Tut mir leid, dass er im BKA angerufen hat, wahrscheinlich wusste er nicht, wie er mich sonst erreichen kann.«

»Ich habe noch etwas anderes auf dem Herzen.«

Laura hatte sich schon gewundert, dass sich ihre Vorgesetzte persönlich meldete, um von dem Anruf zu berichten. Offenbar war es nur ein willkommener Vorwand.

»Es ist mir ganz recht, dass ich Sie gerade ohne Herrn Haberland in der Nähe sprechen kann«, fuhr Frau Knopf fort.

»Wieso?«

»Weil ihm eine interne Ermittlung droht.«

Laura glaubte, sich verhört zu haben. »Aus welchem Grund?«

»In Ihrem letzten Fall, da gab es doch DNA-Material an einem Hochsitz.«

»Richtig.«

»Laut einem Hinweis hat sich Herr Haberland unerlaubte Zusatzinformationen geben lassen. Von einem Freund, der am rechtsmedizinischen Institut in Köln arbeitet.«

Laura sandte stumme Verwünschungen gen Hamburg. Steven mit seinen grenzüberschreitenden Alleingängen! Die deutsche Strafprozessordnung genehmigte neben der Überprüfung, ob sich ein DNA-Profil bereits in der Analysedatei befand, noch die Bestimmung des Geschlechts sowie den Abgleich, ob zwei Personen – zum Beispiel Täter und Opfer – miteinander verwandt waren. Steven hatte aber inoffiziell auch Auskunft zu Augen-, Haut- und Haarfarbe, der biogeografischen Herkunft sowie dem Alter erhalten.

»Frau Westermann?«

»Ich bin dran. Dachte, es kommt noch was.«

»Haben Sie davon etwas mitbekommen? Hat er Sie vielleicht sogar eingeweiht?« Es war einer der seltenen Momente, in denen die sanfte Stimme der Referatsleiterin einen scharfen Unterton hatte. Für gewöhnlich hatte sie diese Eskalationsstufe gar nicht nötig.

»Nein.« Lauras Antwort kam ohne Verzögerung. »Wer behauptet das überhaupt?«

»Das weiß ich nicht. Ich hoffe, es irgendwie abwürgen zu können. Findet die Ermittlung erst mal statt, könnte man sich Herrn Westermann generell genauer ansehen. Ich will gar nicht wissen, was dabei alles ans Licht kommt. Deshalb … gebe ich mein Bestes.«

»Klingt … gut.« Erneut stellte Laura fest, dass Steven seine Chefin völlig falsch einschätzte. »Davon abgesehen bin ich mir sowieso sicher, dass da nichts dran ist.«

»Ja … Ihre Loyalität ist beeindruckend. Eine Bitte: Wirken Sie mäßigend auf Ihren Kollegen ein. Ohne die drohende Ermittlung zu erwähnen!«

»Verstanden.« Laura war das Gespräch mehr als unangenehm.

»Gut, dann ist das geklärt. Ach, Frau Westermann?«

»Ja?«

»Soll ich Ihnen nicht die Nummer von Ihrem früheren Freund geben?«

»Hm … Ja … Ich habe gerade nichts zu schreiben, könnten Sie mir die Nummer mailen?«

Dieser Bitte folgte ihre Vorgesetzte umgehend. Als Laura kurz darauf in ein Taxi stieg, vibrierte schon das Handy in ihrer Jeans. Sie ließ es stecken. Einen Teufel würde sie tun und Valentin anrufen! Andererseits ... tat sie es nicht, würde er vielleicht erneut beim BKA anrufen. Laura spürte erste Anzeichen einer Migräneattacke.

Fahrig brachte sie am Empfangstresen des Drei-Sterne-Hotels die Formalitäten hinter sich und war froh, als sie die Tür ihres Zimmers hinter sich zuzog. Stöhnend ließ sie sich ausgestreckt aufs Bett fallen und starrte zur Decke, die einen neuen Anstrich gut vertragen hätte. Sie nahm eine Tablette gegen Migräne, denn sie ahnte, dass gerade keine schwache Welle auf sie zurollte. Eine Viertelstunde später stellte sie sich dem Unausweichlichen und wählte die Nummer des Mannes, der sie noch immer regelmäßig in ihren Albträumen heimsuchte.

Heftiger Applaus brandete auf, während ein anderer Teil des Publikums die Arme vor der Brust verschränkt hielt. Oliver Bär fummelte an seiner Nickelbrille herum und war bemüht, seine Verärgerung nicht zu zeigen. Der Beifall galt einem Politiker, der ebenfalls als neuer Hoffnungsträger galt – allerdings auf der gegenüberliegenden Seite des politischen Spektrums. Sozusagen ein linker Martin Eckstein. Es war eine interessante Tendenz: Je stärker *Die Weißen* wurden, umso mehr Zustimmung gewann auch ihr deutlichster Gegenpol, während die Parteien der Mitte Federn ließen. Die Gesellschaft polarisierte sich, Debatten spitzten sich zu. Ähnliches war schon in anderen Ländern zu beobachten gewesen, und Bär war die Entwicklung nicht unrecht. Dass er aber soeben kurzzeitig vorgeführt worden war, durfte nicht noch einmal passieren.

Eckstein verfolgte die Diskussion am Bildschirm zu Hause und dachte wahrscheinlich gerade darüber nach, ob er nicht besser selbst in das Fernsehstudio in Hamburg-Jenfeld gefahren wäre, anstatt seinen Generalsekretär vorzuschicken. Es war die erste Sendung einer neuen Talkshow, die der NDR für die ARD produzierte und im Hauptprogramm zur besten Sendezeit ausstrahlte. Ein früherer Skistar war der Moderator, und aufgrund der massiven Bewerbung war mit einer hohen Einschaltquote zu rechnen.

Die Kamera zoomte an Bärs Gesicht heran, als das Klatschen schließlich abebbte. Er tat das Klügste, was er tun konnte. Auf seinen Patzer ging er mit keinem Wort ein, sondern sorgte geschickt für einen Themenwechsel. Hin zu einer Materie, bei der er bestens präpariert war: die Kriminalitätsstatistik. Hier ließen sich Zahlen plakativ nutzen, Zusammenhänge weglassen und das allgemeine Sicherheitsbedürfnis ansprechen. Tatsächlich drehte sich der Wind, als Bär sich als Streiter für die Einhaltung der Gesetze darstellte, während sein schärfster Widersacher auf einmal wie der naive Lehrer einer Waldorfschule wirkte.

Als der Abspann über den Bildschirm lief, verabschiedeten sich die Diskussionsteilnehmer voneinander. Oliver Bär bekam von niemandem die Hand gereicht – er war zufrieden. Genau diese Ausgrenzung half dabei, sich als Opfer zu inszenieren. Mit der neuen Parteiführung und der zurückhaltenderen Wortwahl wirkten *Die Weißen* auf viele nun biederer, aber auch seriöser. Dass sich der Umgang mit ihnen dennoch nicht änderte, passte gut in die Strategie.

Hinter den Kulissen gönnte sich Bär ein alkoholfreies Bier und ein paar Häppchen. Er war mit einem Taxi gekommen, die Rückfahrt würde er in Begleitung zweier Angestellter von *Burkart Security* antreten. Ab sofort konnte er also wieder ruhiger schlafen und sich gleichzeitig – anders als unter Polizeischutz – frei bewegen. Momentan trieb ihn insbesondere die Vergangenheitsbewältigung um. Rudolf Dombrowskis USB-Sticks hatte er vernichtet, seine eigenen sowieso. Martin und Anton besaßen auch keine mehr, somit waren noch zwei frühere Freunde unter Kontrolle zu bringen.

Bis zur Geburt seiner Tochter, am besten noch früher, sollte dieses Kapitel endgültig abgeschlossen sein. Das größte Hindernis dürfte ein Mann darstellen, der sich in eine unerwartete Richtung entwickelt hatte und von dem Bär keine Ahnung hatte, wo er heute überhaupt lebte. Sämtliche Recherchen waren erfolglos geblieben, weshalb er alle Hoffnung in Dennis Burkarts Fähigkeiten steckte. So wie bereits im Fall von Antons totem Liebhaber. Noch immer war Bär fassungslos über das, was Burkart ihm mitgeteilt hatte. Er wusste, dass Anton unter einem Minderwertigkeitskomplex litt und leicht übers Ziel hinausschoss, wenn er diese mit der Ausübung von Macht und Stärke in den Griff zu bekommen versuchte. Aber wie damit umgehen? Bär vertagte entsprechende Grübeleien auf später.

Da er von den anderen Gästen weiter wie ein übel riechender Aussätziger behandelt wurde, verließ er das Get-together nach zehn Minuten. Das Bedürfnis nach frischer Luft wurde drängender, sodass er sich seine Jacke holte und das Studiogelände verließ. Auf der Jenfelder Allee herrschte noch reger Verkehr, ziellos schlenderte er am Straßenrand entlang. Es blieb noch eine Viertelstunde, bis er abgeholt wurde.

Er bog in eine ruhige Anwohnerstraße ein und dachte gerade an die beiden BKA-Ermittler vom Nachmittag, als er hinter sich Schritte vernahm. Er blickte über die Schulter. Ein Pärchen. Sie hielten sich an der Hand und beugten sich zueinander, um sich zu küssen. Eigentlich wollte Bär zurück zur Hauptstraße, aber es erschien ihm unpassend, an den beiden vorbeizulaufen. Er drehte sich wieder um und wechselte auf den gegenüberliegenden Bürgersteig. An einem Kastenwagen machte er kehrt, um wieder zur Jenfelder Allee zu gelangen.

Plötzlich wurde ihm der Weg versperrt. Wie versteinert starrte er auf die Gestalt. Groß, Sturmhaube, in der Hand eine Armbrust. Er wollte wegrennen, obwohl er wusste, dass es zwecklos war. Alte Bilder erwachten in ihm zum Leben, da löste sich auch schon ein roter Pfeil, raste surrend durch die Luft und schlug zwischen seinen Augen ein. Bär wurde von der Wucht nach hinten geschleudert und hörte im Fallen noch erschrockene Schreie. Sie schienen sich zu entfernen und dumpfer zu werden, dann war da gar nichts mehr.

Langsam bewegten sich die Beine ein Stück weiter nach oben, tastend, vorsichtig. Fast so, als könne auf der weißen Oberfläche von allen Seiten Gefahr drohen. Dabei war da nichts – wenn man von ein paar Flecken und einem Loch absah, das wohl ein Nagel hinterlassen hatte. Schemenhaft konnte Laura noch erahnen, dass hier mal ein Bild gehangen hatte, vielleicht war diese kaum sichtbare Farbveränderung der Grund, weshalb die Spinne ihren Weg in Richtung Decke unterbrochen hatte.

Laura wandte den Blick ab und rückte ihren Kopf auf dem Kissen zurecht. Was konnte Valentin von ihr wollen? Sie hatte eben nur seine Mailbox erreicht, aber keine Nachricht hinterlassen. Seine Stimme hatte sich nicht verändert. Tief, kraftvoll und selbstbewusst. So, wie Valentin eben war. Wobei die Tiefe eher eine Untiefe darstellte. Als Junge war er noch so unbefangen und fröhlich gewesen. Bis zu dem Tag damals, der alles verändert hatte. War die skrupellose Seite seines Wesens also letztlich durch Laura zum Leben erweckt worden?

Ihr Handy brummte, Laura zuckte zusammen. Es war aber kein Anruf, sondern eine SMS. Von Steven. Sie öffnete die Nachricht. *DNA-Analyse von Spuren in Schuhen = abgeschlossen. Männlich. Nicht im System. Schade, dass die Untersuchung nicht in Köln gemacht wurde, sonst könnten wir ein paar Zusatzinfos kriegen …*

Laura legte das Handy zur Seite. In mancher Hinsicht war Steven unfassbar unbedarft. Das betraf die Frauen in seinem

Leben – weshalb er mal wieder Single war –, aber auch die Sorglosigkeit vor den Folgen, die das Hinzuziehen unzulässiger Methoden mit sich bringen konnte. Per SMS wollte sie ihm aber nicht von der drohenden internen Ermittlung berichten, anders als er war sie eher am Vermeiden von Spuren interessiert.

In Valentins Fall war ihr das nur bedingt gelungen. Fast hätte Filip auf dem Dachboden ihres Hauses in Königswinter einen Fund gemacht, der die gesamte, mühsam aufgebaute Fassade hätte einstürzen lassen. Inzwischen lagerte der Inhalt dieser Kiste in einem verschlossenen Schrank ihres Büros, sie hatte sich nicht dazu durchringen können, alles ins Feuer zu werfen. Jetzt war sie froh darum. Wer weiß, mit was Valentin um die Ecke kommen würde! Der Inhalt ihres Schrankes bedeutete daher nicht nur eine Gefahr, sondern zugleich eine Absicherung.

Erneut meldete sich ihr Handy, diesmal mit einem Geräusch, das einen eingehenden Anruf signalisierte. Im Display leuchtete die Nummer auf, die Laura vor wenigen Minuten gewählt hatte. Sie schloss die Augen, hielt sich das Telefon ans Ohr und ergab sich ihrem Schicksal.

»Laura Westermann.«

»Ah, ich hatte gehofft, dass du es warst, die es bei mir versucht hat.« Valentin war außer Atem. »Ich wollte nicht vor … meiner Familie … Jetzt bin ich oben in meinem Büro, wir können offen reden.«

»Worüber?«

»Dein Sohn war hier.«

»Was?« Laura fuhr hoch, dabei entglitt ihr das Telefon. Hastig griff sie wieder danach und stand auf. »Filip war bei dir?«

»Zusammen mit seiner Freundin. Ich war nicht zu Hause, aber meine Frau. Er hat ihr erzählt, dass du ihm doch von mir berichtet hast. Eine Vorwarnung wäre gut gewesen!«

»Moment!« Laura ging in dem engen Zimmer hin und her. »Ich hab ihn nicht zu dir geschickt, falls du das vermutest. Nichts liegt mir ferner. Und von dir erzählt habe ich nur, weil er deinen Namen selbst herausgefunden hatte.«

»Wie das denn?«

»Das … irgendwas hat er gefunden und dann weiter recherchiert.«

Valentin lachte. »Als Polizistin solltest wissen, wie man alle Spuren beseitigt.«

»Hör auf damit!« Laura unterdrückte einen Schmerzensschrei, als sie mit dem Schienbein gegen das Bett stieß. »Dass er zu dir fährt, wusste ich nicht. Ich bin gerade auf Dienstreise und … du wohnst in München?«

»Hast du mich etwa im Blick behalten?«

»Bilde dir nur nichts ein. Filip hat mir das erzählt.«

»Und was hast *du* ihm erzählt?«

»Einen Teil der Wahrheit, anderes hab ich weggelassen, manches … angepasst. Du musst dir keine Sorgen machen. Wenn du … wenn er dich wirklich treffen sollte, dann sag ihm, dass wir uns heftig zerstritten hatten. Dass wir damals keinen anderen Weg als eine komplette Trennung gesehen haben.«

»Krieg ich hin. Das ist auch der Kenntnisstand meiner Frau.«

»Sie weiß von Filip?«

»Natürlich nicht die ganze Geschichte. Lag mir aber immer in den Ohren, dass jeder das Recht hat, seine Eltern zu kennen. Egal, was vorgefallen ist. Nebenbei gesagt sehe ich das genauso.«

»Es gibt Grenzen. Erzähl so wenig wie nötig von früher, stattdessen kannst du ihm ja vorprahlen, was du in der Zwischenzeit so Tolles erreicht hast.«

»Höre ich da Neid heraus?«

Laura schnaubte. »Um auf dich neidisch zu sein, müsste schon einiges passieren. Mir geht es gut. *Uns* geht es gut.«

»Das freut mich. Ehrlich.«

»Übrigens hast du eben gesagt, dass *mein* Sohn bei dir war. Er ist genauso *dein* Sohn, vergiss das nicht.«

»Es liegt nicht an mir, dass mir das so wenig präsent ist. *Du* warst es, die ...«

»Wer von uns richtig Mist gebaut hat, steht außer Frage.«

»Darin warst du schon früher gut. Dich als moralische Instanz zu präsentieren. Darf ich dich daran erinnern, dass auch du richtig Mist an den Hacken kleben hast? Oder hast du meine Schwester vergessen?«

»Nichts habe ich vergessen. Und anders als bei dir, begleitet mich das alles ... Tag und Nacht. Aber du bist der Letzte, mit dem ich darüber sprechen will. Halte dich in Bezug auf Filip zurück. Er ist ... ein guter Junge, ein richtig toller Kerl. Nur sehr sensibel. Wenn er erfährt ... lass es einfach bleiben, okay?«

»In Ordnung.«

»Noch was, Valentin: Ruf nie wieder im BKA an, um nach mir zu fragen!«

Er klang amüsiert. »Muss ich eh nicht, jetzt hab ich ja deine Handynummer.«

»Leck mich. Das war das erste und letzte Mal, dass wir miteinander telefoniert haben.«

»Wir werden sehen. Mach's gut, Laura!«

Laura blieb am Fenster stehen, das Handy noch immer am Ohr. Mit Verzögerung sank der Arm herab, ihr Blick blieb auf die blinkende Reklame einer Wäscherei geheftet. Sie verspürte keinen Zorn auf Valentin und erst recht nicht auf Filip. Sie war lediglich überrascht, dass ihr Sohn sich nicht gescheut hatte, an der Tür seines Vaters aufzutauchen. Das beherrschende Gefühl war Angst. Was würde Valentin ihm erzählen? Die Wahrheit natürlich nicht, so dämlich war er nicht. Aber es wäre überraschend, wenn er seine eigene Rolle nicht in besonders hellen Farben präsentieren würde. Was hätte das für Auswirkungen auf das Verhältnis zwischen Laura und Filip? Es war ohnehin zurzeit nicht einfach. Die Kehle wurde ihr eng, sie riss das Fenster auf.

Wütend blinzelte sie gegen die Tränen an. Sie hatte alles für Filip gegeben, mehr als er ahnte. Er war stets der Nabel ihrer Welt gewesen, immer hatte sie befürchtet, trotz größter Bemühungen den fehlenden Vater nicht ausgleichen zu können. Bilder aus seiner Kindheit zogen an ihr vorbei. Sein Trennungsschmerz im Kindergarten und die stürmische Begrüßung, wenn sie ihn wieder abgeholt hatte. Sein Stolz, als er mit Verspätung endlich Laufen gelernt hatte. Die Freude über sein erstes Fahrrad, später dann über die Schultüte. Vor allem aber dachte sie an die Nacht, als sie zum ersten Mal mit ihm allein gewesen war. Sie hatte kein Auge zugetan, sondern bis zum Morgen neben seinem Bett gesessen – ihn beobachtet, seinem Atem zugehört und ihm über den Kopf gestrichen, wenn er unruhig wurde. Fast zwei Jahre war er alt gewesen, und sie hatte sich in dieser Nacht geschworen, dass ihre eigenen Fehler nie einen Schatten auf sein Leben werfen würden. Nun waren die Dämonen der Vergangenheit wieder aufgetaucht und streckten ihre Klauen auch nach ihm aus.

Sie spürte, wie sich die Fingernägel in ihre Handflächen bohrten, während gleichzeitig der Druck hinter ihren Augen zunahm. Langsam löste sie sich vom Fensterbrett und ging ins Bad. Sie zog sich aus, nahm die Zahnbürste mit unter die Dusche und seifte sich mehrfach von oben bis unten ein. Ihr Drang nach Reinlichkeit war heute besonders stark. Es dauerte eine halbe Stunde, bis sie das Badezimmer wieder verließ, zuvor hatte sie vor der Dusche eine riesige Wasserlache aufwischen müssen. Neunzig Euro kostete die Nacht, war da eine dichte Duschkabinentür zu viel verlangt?

Zögernd näherte sie sich wieder ihrem Telefon und nahm es mit ins Bett. Nackt schlüpfte sie unter die Daunendecke, die noch aus der Wintersaison stammen musste. Ihre Füße ließ sie unten herauslugen, sie hasste es, auf einem verschwitzten Laken aufzuwachen. Dann wählte sie die Nummer ihres Sohnes. Sie wollte ihn weder maßregeln noch mochte sie eine Rechtfertigung hören. Ihn auf das Treffen mit seinem Vater vorzubereiten, war das Einzige, was sie noch tun konnte. Doch Filip hatte sein Handy ausgeschaltet und wie üblich die Mailbox deaktiviert. Sie überlegte, wo in München er sich wohl gerade aufhielt. Mit Inga im Bett irgendeiner Pension oder am Tisch einer Pizzeria? Mit Sicherheit steckte seine attraktive Freundin hinter Filips Vorpreschen. Bei dem Gedanken empfand Laura allerdings eher Erleichterung als Wut. Dass Filip bei der Begegnung mit seinem Vater eine fest im Boden verankerte Frau an seiner Seite hatte, beruhigte sie.

Dennoch war klar, dass sie ohne Hilfe nicht in den Schlaf finden würde. Laura verreiste nie ohne ein Medikament, um dieses Problem beseitigen zu können. Vorsichtshalber nahm sie anderthalb Tabletten des Schlafmittels in den Mund, spülte es mit Wasser herunter und rollte sich dann auf die Seite. Zusammen mit der Migränearznei sollte sie diese Nacht einigermaßen schadlos überstehen. Bezahlen musste sie dafür in Form einer erneut ausfallenden Joggingrunde, denn sie würde am nächsten Morgen nur langsam zu sich kommen. Nicht umsonst griff sie nur im Notfall zu medizinischer Hilfe. Jetzt verschwanden die Füße doch wieder unter der Decke, als sie die Beine anzog und sich in die Decke schmiegte. Fünf Minuten später war sie fest eingeschlafen.

Spätestens seit Steven sich hatte breitschlagen lassen, Karnevalsklassiker vom Rhein zum Besten zu geben, hatte sich das monatliche Treffen ausgewählter Hamburger Polizisten feuchter und fröhlicher entwickelt als gewohnt. Ins Leben gerufen worden war die Zusammenkunft von einem Ausbildungsjahrgang der Wasserschutzpolizei mit besonderem Ruf: *Der schwierigste*

Haufen in der ehrwürdigen Hamburger Polizeigeschichte. Dieses Zitat des Leiters der Hamburger Polizeiakademie lag viele Jahre zurück, seitdem waren aus den feierwütigen Polizeischülern gestandene Gesetzeshüter geworden.

Einige waren in dieser Zeit vom mittleren in den gehobenen Dienst aufgestiegen, manche hatten sich zur Kriminalpolizei versetzen lassen. So auch die Kollegin Jana Friedrichsen, der Steven die Einladung zu dieser eigentlich geschlossenen Runde verdankte. Entsprechend zurückhaltend war er zunächst begrüßt worden, das hatte sich inzwischen aber restlos gelegt.

»Pass auf, dass dich nicht die ganze Bande beim nächsten Kölner Karneval heimsucht!«, rief ihm Jana ins Ohr, als er das Mikrofon zur Seite legte und damit anderen die Chance gab, sich im Karaoke zu versuchen.

»Warum nicht? Wär mal ein besonderer Betriebsausflug!«

Steven genoss es, dass sie ihm den ganzen Abend kaum von der Seite wich, auch wenn längst vielsagende Blicke unter den Anwesenden ausgetauscht wurden. Jana war eine Bombe, da gab's keinen Zweifel. Lange schwarze Haare, große braune Augen, dunkler Teint und eine sportliche Figur, ohne dass ihre Weiblichkeit dabei Schaden nahm. Den einzigen äußerlichen Makel stellten die etwas ungeraden Zähne dar, aber diesbezüglich war Steven der Letzte, der sich ein kritisches Urteil hätte erlauben dürfen. Bei ihm kam sogar noch eine krumme Nase dazu – und an die übrigen Abweichungen vom Idealbild wollte der gerade noch Neunundvierzigjährige gar nicht denken.

Obwohl sie genauso verschwitzt war wie er selbst, verströmte die Fünfunddreißigjährige noch immer einen leichten Zitrusduft, was Steven an Laura denken ließ. Er konnte sich nicht erinnern, jemals Schweiß- oder gar Mundgeruch bei ihr wahrgenommen zu haben, dem beugte seine Ermittlungspartnerin konsequent und geradezu zwanghaft vor.

Jana zog ihn zurück zum Tisch, wo er an seinem Bierglas nippte. Er durfte es nicht übertreiben! Zwar konnte er ohne Probleme tagelang ohne Alkohol auskommen, hatte er aber erst mal daran geschlürft, gab es oft kein Halten mehr. Ähnlich lief es mit Zigaretten, doch am heutigen Abend hatte er sich mit Nikotinkaugummis über Wasser gehalten. Jetzt wurde es auch diesbezüglich gefährlich. Jana zog eine Packung aus ihrer Jacke und zeigte zur Tür.

»Kommst du mit?«

Allen Bedenken zum Trotz erhob sich Steven mit seinem Glas. Die Kollegin war ihm schon am Nachmittag positiv aufgefallen, als sie Seidls Telefonnummer übergeben hatte. Der Verlauf des Abends deutete an, dass es ihr nicht anders erging. Im Lesen derartiger Signale war Steven ein Meister, erst beim Übergang in die ernste Phase geriet er zuverlässig ins Straucheln. Er sah sich selbst nicht als Frauenheld, wusste aber, dass es irgendetwas an ihm gab, was genügend Frauen anlockte – und dass seine beindruckende Anzahl an Eroberungen nicht zuletzt darauf zurückzuführen war, dass er sämtliche Beziehungen innerhalb kürzester Zeit an die Wand fuhr. Die Ehe mit Rita war die einzige Ausnahme, allerdings nur bezogen auf die Dauer. Krachend gescheitert war sie ebenso.

Als Jana die Zigarette ansteckte und er den Rauch einatmete, nahm er rasch einen Schluck Bier.

»Willst du?« Sie streckte ihm die Packung entgegen.

»Bloß nicht«, wehrte er ab, als hielte sie eine Kobra in der Hand. »Das wäre der … lass mich überlegen … achte oder neunte Rückfall.«

»Verstehe.« Sie schaute auf die Glut, warf die Zigarette zu Boden und trat sie aus. »Dann quäl ich dich nicht unnötig.«

»Ist kein Problem«, log er.

»Aber total idiotisch. Ich bin nur Partyraucherin, dabei schmeckt's mir nicht mal.«

»Hat's mir auch nie.« Steven legte die Stirn in Falten. »Außer … ganz am Anfang. In Australien gab's 'ne Marke, die war wirklich besonders. Jeder in meiner Clique rauchte sie.«

»Du bist Australier? Deshalb dein Vorname?«

»Nur dort aufgewachsen. Meine Eltern leben noch in Melbourne. Sie gaben mir einen englischen Vornamen, damit ich es leichter habe.«

Trotz der weggeworfenen Zigarette und des dünnen Shirts machte Jana keine Anstalten, wieder nach drinnen zu gehen. Immer stärker spürte Steven die Entscheidung auf ihn zukommen, wie und wo diese Nacht enden würde. Unwillkürlich zog er den Bauch ein und war froh über sein weit geschnittenes Karohemd. Zum Glück war Laura nicht hier, das erleichterte die Situation enorm. Dass er schon fast fünfzehn Jahre länger durch die Welt stiefelte als die Hamburger Kollegin, schreckte ihn nicht ab. Das Alter spielte für ihn in keiner Richtung eine Rolle, schließlich landete er noch immer hin und wieder im Schlafzimmer seiner Exfrau, und die war fast zehn Jahre älter als er.

Dass Janas Schlafzimmer völlig anders eingerichtet war als Ritas Schlafstätte in Düsseldorf, fand er eine halbe Stunde später heraus. Ihre Aussage, nichts von ihm zu erwarten, war ausschlaggebend gewesen, um ohne zu zögern mit in das Taxi zu steigen. Die On-off-Beziehung mit Rita war kompliziert genug, da brauchte er nicht noch regelmäßige Zugfahrten nach Hamburg. Ob er diese aber nicht zumindest ab und zu auf sich nehmen sollte, fragte er sich um kurz vor Mitternacht, als beide nackt am Fenster zur Ruhe kamen und nun doch eine Zigarette rauchten. Immerhin teilten sie sich eine, er saugte also nur fünfzig Prozent der Schadstoffe in seine Lunge.

Stumm standen sie nebeneinander, und das fand Steven genau richtig. Er hasste die Gespräche danach, manchmal war Stille eher angebracht – auch wenn er keineswegs auf den Mund gefallen war. Zerstört wurde die Stimmung vom Klingeln eines Handys, erleichtert erkannte er, dass es nicht seins war. Er blieb am Fenster stehen, während Jana in den Flur zu ihrer Jacke lief.

»Die Nachtschicht will was von mir!«, rief sie ihm zu.

Steven verlagerte seine Aufmerksamkeit auf die Straße, wo trotz des Wochentags auch um diese Uhrzeit noch reger Betrieb herrschte. Jana wohnte mitten im Schanzenviertel und damit in einem der Zentren des nächtlichen Lebens. Seine Beobachtung einer Gruppe Punks, die grölend einer Polizeistreife den Mittelfinger zeigte, wurde jäh unterbrochen, als Jana ihn von hinten an den Schultern packte.

»Zieh dich an, wir müssen los!«

»Ich auch?« Er zwinkerte ihr zu, ging aber zum Bett, um seine Klamotten zusammenzusammeln.

»Nicht, weil ich dich nicht allein hierlassen will.« Ihre Stimme klang ernst. »Oliver Bär wurde ermordet.«

Steven blieb stehen und drehte sich zu ihr um. »Wann? Wo? Wie?«

»Vor anderthalb Stunden nach einem TV-Auftritt drüben in Jenfeld. Du dürftest einige verpasste Anrufe auf deinem Handy haben.«

»Verdammt!« Steven rannte in den Flur und fischte sein Telefon aus der Jacke. Fünf entgangene Anrufe, der erste um kurz vor zehn! Da war er noch in der Bar gewesen. Schnell lief er zu Jana zurück.

»Zum Glück wurdest du auch informiert!« Schon stieg er in seine Hose und widmete sich dann den Strümpfen. »Ich will gar nicht daran denken, wenn ich erst morgen früh …«

»Ich bin nicht ohne Grund angerufen worden.« Jana war schon fertig angezogen. »Solange deine Partnerin in Leipzig ist, soll ich an deiner Seite ermitteln. Hab ich eben erfahren.«

Er starrte sie an.

»Ist das ein Problem?«, fragte sie.

»Quatsch … gar nicht!«

»Ich kann das auseinanderhalten. Du hoffentlich auch.«

»Natürlich.«

»Wir müssen getrennt fahren. Ich habe eben behauptet, keine Ahnung zu haben, wo du steckst. Draußen gibt's genügend Taxis. Hier«, sie streckte ihm einen Zettel hin. »Das ist die Adresse.«

»Danke.« Er schlüpfte in die Ärmel des Karohemds.

Als er loslaufen wollte, hielt sie ihn zurück. »Stopp!« Mit einem feuchten Wattepad wischte sie oberhalb des Vollbartes und am Hals herum. »Am Tatort wimmelt es von Spurensuchern. Lippenstiftabdrücke wären für die ein leicht zu lösendes Rätsel.«

Der Wind war stärker geworden und kündigte einen Wetterumschwung an. Die Halterungen der Fahnen klapperten an den Masten, in dem dahinterliegenden Gebäude waren nur noch wenige Fenster erleuchtet. Es war ein schmuckloser grauer Betonkasten, in dem lediglich die beiden untersten Etagen belegt waren. Sobald *Die Weißen* ihre Parteizentrale von Hamburg nach Berlin verlegt haben würden, sollten Abrissbagger anrollen und Platz für einen modernen Neubau schaffen.

Als letzte Angestellte der Putzkolonne das Gebäude verließen, sperrten die Männer von *Burkart Security* den Haupteingang zu und ließen das Rolltor der Tiefgarage herunter. Anschließend blieben sie weiter vor Ort und klappten wegen der kalten Böen die Krägen ihrer Uniformen nach oben. Der Großteil von ihnen umrundete immer wieder das Gebäude, während zwei vor dem Eingang Stellung bezogen. Sie betrachteten gerade via Handy ein Video auf YouTube, als der kleinere der beiden aufhorchte und zur gläsernen Tür deutete.

»Da ist ja noch einer drin!«

Tatsächlich versuchte jemand, mit Klopfen und Winken auf sich aufmerksam zu machen.

Der Securitymann zog seinen Schlüsselbund hervor und entließ einen dunkelhäutigen Mann in die Freiheit.

»Was hast du da drinnen zu suchen?«

»Gehöre zu … Putzteam!« Die Augen des Mannes waren weit aufgerissen. »War in Toilette. Dachte schon, ich muss hier schlafen.«

»Sieh zu, dass du Land gewinnst.«

Der Mann setzte zu einer Antwort an, entschied sich aber anders, als sich der glatzköpfige Riese zu seinem Kollegen gesellte. »Gibt's noch was?«

Die verspätete Putzkraft schüttelte stumm den Kopf und eilte dann auf die Straße. Dort sah er sich noch einmal um, bevor er in einen alten Golf stieg. Erst beim dritten Versuch sprang der Motor an.

»Scheiß Kanake«, murmelte der größere der beiden Männer.

»Wenigstens putzt er hier die Scheiße weg.« Der andere grinste. »Vielleicht sollte man doch nicht alle aus dem Land werfen.«

»Kommunisten können genauso putzen. Ist doch kacke, was hier jeden Abend für Gesocks auftaucht. Hast du die vielen Kopftücher gesehen? Unser Geld nehmen sie, aber ansonsten kümmern sie sich einen Dreck um …«

»Verdammt!«

»Was ist?«

»Da oben!« Sein Kollege wies zum ersten Stockwerk, wo es hinter den Scheiben orangefarben flackerte. »Dieser Afro hat Feuer gelegt!«

Er setzte dazu an, die Tür aufzuschließen, wurde aber zurückgerissen. »Bist du wahnsinnig? Ruf die Feuerwehr, das kannst du nicht mit einem Feuerlöscher ausmachen!«

Rasend schnell breiteten sich die Flammen aus, schon zerbarsten aufgrund der Hitze erste Fenster.

»Der Kanake muss Benzin ausgeschüttet haben!« Fluchend zog der Hüne sein Telefon hervor und wählte den Notruf. Die Kollegen, die für die Rundgänge zuständig waren, näherten sich im Laufschritt.

»Was ist passiert?«, brüllte einer von ihnen.

»Einer von den Putznegern hat Feuer gelegt! Ist eben erst abgehauen!«

»Und ihr habt ihn laufen lassen?«

»Woher hätten wir wissen sollen … da brannte es ja noch nicht!«

»Erkennt ihr ihn wieder?«

»Die sehen doch alle gleich aus.«

»Scheiße, scheiße, scheiße!«

Alle sahen nach oben. Es war offensichtlich, dass die Feuerwehr nichts mehr retten konnte. Dass plötzlich auch noch in der Tiefgarage eine Detonation erfolgte und kurz darauf dichter Qualm durch die Ritzen des Rolltores quoll, war angesichts der Feuersbrunst schon nebensächlich. Das große Schild über dem Eingang mit der Aufschrift *Die Weißen* warf Blasen, dann verfärbte es sich schwarz.

Noch immer drängten sich Schaulustige hinter den Absperrbändern, ein Teil von ihnen gehörte zum Publikum, das Stunden zuvor verfolgt hatte, wie Oliver Bär in der Talkshow für seine Partei geworben hatte. Auf seine Gabe, Zusammenhänge plakativ darzustellen, würden *Die Weißen* fortan verzichten müssen. Nur kurz erinnerte sich Steven daran, dass nun ein noch ungeborenes Kind ohne Vater aufwachsen würde.

Er war kurz nach Jana am Tatort eingetroffen, die Spurensicherung packte soeben ein, und in Kürze sollte der Leichnam verladen werden. Die Szene wirkte grotesk. Bär war nach hinten auf den Rücken geschleudert worden, beide Arme ruhten ausgebreitet neben ihm. In den Augen lag ein erstaunter

Ausdruck, durch die Gläser der Nickelbrille wirkten sie leicht vergrößert. Direkt über dem Nasensteg des Gestells ragte das Ende eines roten Pfeils heraus. Er war tief in den Kopf eingedrungen und an der Rückseite zum Teil wieder ausgetreten. Was sich um die scharfen Jagdklingen auf dem Bürgersteig ausbreitete, wollte Steven gar nicht so genau wissen.

»Der gleiche Pfeil wie in Niederdorla und bei Ecksteins Chauffeur«, stellte er fest. »In Niederdorla haben wir die Armbrust gefunden, lag hier auch eine rum?«

»Nein.« Jana deutete zu einem Einsatzwagen, vor dem zwei junge Leute standen. »Dafür gibt's diese Zeugen. Nach ihrer Aussage wurde Bär aus nächster Nähe hingerichtet. Ich finde den Ausdruck ganz passend.«

Steven betrachtete die Zeugen eingehender. Es waren noch Teenager. »Was haben sie gesehen?«

»Nicht viel. Sie wohnt in der Nähe, er brachte sie nach Hause. Drüben auf der anderen Straßenseite blieben sie stehen und knutschten. Bis das Mädchen die Augen aufmachte und sah, wie vor diesem Kastenwagen ein dunkel gekleideter Mann mit einer Armbrust auf jemanden zielte. Im selben Moment schoss er auch schon, drehte sich um und rannte weg.«

»Täterbeschreibung?«

»Groß, schlank, aber kräftig. Sturmhaube. Auf dem Rücken eine Sporttasche, die Riemen über den Schultern. Kurz darauf raste vorn an der Kreuzung ein Auto weg. Dort könnte jemand auf den Täter gewartet haben. Der Zeuge meint, dass es ein blauer Nissan war. Modell Leaf.«

Steven schätzte die Entfernung ab. »Das will er erkannt haben?«

»Er macht eine Ausbildung zum KFZ-Mechatroniker und ist sich völlig sicher. Auf der Fahrertür wäre außerdem irgendetwas aufgedruckt oder -geklebt gewesen. Rund und grau.«

»Weitere Zeugen?«

»Nein. Wir befragen aber noch alle Nachbarn.«

»Shit!« Steven sah wieder auf das Mordopfer. »Wo waren seine Bodyguards?«

»Jetzt stehen sie dahinten.« Jana machte eine Kopfbewegung.

»Und zum Zeitpunkt des Attentats?«

»Auf dem Weg hierher. Zehn Minuten später hätte Bär unter dem Schutz von *Burkart Security* gestanden.«

Steven schwieg. Mittlerweile wusste er, dass es auf diese Firma ebenfalls einen Anschlag gegeben hatte. Vergeltung, weil sie *Die Weißen* als Kunden betreute? Oder weil es auch in dieser Firma von Rechten wimmelte? Burkart arbeitete doch für den Verfassungsschutz! Er musste ihn unbedingt am nächsten Tag aufsuchen und sich ein Bild von ihm machen. Bär hatte ihm mehr vertraut als der Polizei. Vielleicht war dieses Vertrauen sogar gerechtfertigt gewesen, der Beweis hatte aber nicht mehr erbracht werden können. Ob Burkart mehr Informationen von Bär erhalten hatte als Laura und Steven?

»Wir brauchen eine Hausdurchsuchung bei Bär«, sagte er zu Jana.

»Weil …?«

»Weil es dort Hinweise geben könnte, wer ihm aufgelauert hat. Oder besser gesagt, wer ihn verfolgt hat. Denn dass Bär sich hier die Beine vertritt, während er auf seinen Shuttle wartete, konnte niemand wissen. Oder hielt er sich aus einem anderen Grund in dieser Straße auf?«

»Wissen wir nicht.«

»Wie auch immer. Laura und ich hatten das Gefühl, dass Bär Drohungen bekam, die er vor uns verheimlicht hat.«

»Weshalb sollte er das tun?«

»Woher soll ich das wissen?«, entfuhr es ihm. Er hob die Hände. »Entschuldige! Bär hat uns die Aufnahmen seiner Überwachungskameras von den letzten drei Tagen gegeben.«

»Ich weiß, die liegen in unserer Zentrale.«

»Auf der Aufnahme von Dienstag ist kurz ein Mann zu sehen, der einem berüchtigten Linksradikalen ähnelt. Damian Böning hat sich dort rumgetrieben. Er fiel uns schon in Niederdorla auf, aber … wir mussten ihn gehen lassen.«

»Warum?«

»Alibi. Womöglich ein fragwürdiges. Unter anderem deshalb ist Laura nach Leipzig gefahren. Ansonsten war auf den Aufnahmen nichts, was … Warte!« Er rieb sich die Nasenwurzel. »Auf dem Nissan soll etwas Rundes aufgeklebt gewesen sein?«

»Ja, in Grau.«

»Können wir jemanden in eurer Zentrale erreichen, damit der sich die Aufnahmen der Überwachungskameras ansieht?«

»Klar.« Jana hielt schon das Handy in der Hand. »Was willst du wissen?«

»Dienstagnachmittag! Da gab's was, das passen könnte.«

Jana wählte, dann runzelte sie die Stirn. »Moment. Sagtest du nicht, dass Bär im Treppenviertel von Blankenese wohnt? Dort kann doch gar kein Auto …«

»Es geht um einen Jogger. Groß, athletisch. Dunkle Trainingshose, dunkles Oberteil. Eine Schirmmütze, die blau gewesen sein könnte. Lässt sich nicht genau sagen, da die Überwachungskameras in Schwarz-Weiß filmen. Auf der Mütze war aber etwas Rundes. Und das war hell, vielleicht grau.«

Janas Stirnfalten vertieften sich. »Klingt weit hergeholt, aber ich lass es checken.«

»Lass dir 'ne Vergrößerung der Aufnahme schicken!«

»Geht klar, Chef.« Sie lächelte spöttisch und trat ein paar Schritte zur Seite.

Steven ging vor dem Toten in die Hocke. Er war jetzt allein mit ihm und spürte das Verlangen, ihm die Augen zu schließen. »War's das wert?«, fragte er nach einer Weile leise. »Reinheit der Deutschen und ähnlicher Schwachsinn. Machtgier und Skrupellosigkeit. Oder geht's hier um was ganz anderes?

Weshalb wurde Seidl zusammengeschlagen? Was hast du uns heute Nachmittag verheimlicht?«

»Hast du sonst niemand zum Reden?« Er sah auf, Jana stand wieder neben ihm. »Du hast dich richtig erinnert, um fünfzehn Uhr und drei Minuten joggte jemand mit einer Mütze an dem Haus vorbei.«

»Hast du ein Standbild davon?«

»Krieg ich gleich.« Es piepste. »Ist schon da. Wir Hamburger sind schnell.«

»In der Tat«, sagte er süffisant und erntete einen ausgestreckten Finger.

»Erinnere dich an das, was ich vorhin gesagt habe.«

»Sorry, war eh unpassend. Zeig her!«

Er erhob sich und betrachtete die vergrößerte Aufnahme. Die Augen des Joggers waren nicht nur vom Schirm der Mütze, sondern zusätzlich von einer Sonnenbrille verdeckt. Der Kragen der Trainingsjacke war weit nach oben gezogen, es war unmöglich, klare Gesichtszüge auszumachen. Sicher war lediglich, dass es ein Mann war, der den Kopf zu Bärs Anwesen gedreht hatte. Auf seinem Basecap war ein in sich verschlungenes Muster zu erkennen.

»Was soll das darstellen?«, fragte Steven.

»Keine Ahnung, noch nie gesehen.«

»Keine Buchstaben. Nur dieses … Gekringel.« Er nahm ihr das Handy aus der Hand und lief zu den beiden Zeugen.

»Steven Haberland, BKA. Haben Sie *dieses* Symbol auf dem Nissan gesehen?«

Überrumpelt sahen die beiden zuerst zu ihm, dann auf das Display.

»Ich … bin mir nicht sicher«, sagte sie.

»Doch«, erwiderte er. »Außen Linien, innen der Punkt. Ganz sicher!«

»Fantastisch!« Er rannte zu Jana zurück. »Volltreffer! Gib 'ne Fahndung raus, und lass checken, was dieses Symbol bedeutet.«

»Dann gib mir mal mein Handy zurück.«

Er hielt es ihr hin und zog sein eigenes hervor, um Laura anzurufen. Es klingelte und klingelte, dann ging ihre Mailbox an. Er versuchte es erneut, mit dem gleichen Ergebnis. Gerade wollte er stattdessen seine Chefin anrufen, da legte ihm Jana die Hand auf den Arm.

»Unser Einsatz ist noch nicht vorbei. Scheint in mehrfacher Hinsicht 'ne heiße Nacht zu sein.«

»Aha?«

»Die Parteizentrale der *Weißen* steht in Flammen. Zumindest das, was noch von ihr übrig ist. Ein Teil des Gebäudes ist schon eingestürzt.«

»Was zur Hölle …« Stevens Schultern sackten herab. Jetzt wurde ihm tatsächlich heiß. Der Mord an Bär barg schon genug Sprengkraft, aber die Zerstörung des Parteigebäudes hatte eine noch stärkere Symbolik. Nicht nur in Medien und Politik würde heftig diskutiert werden, genauso in der Öffentlichkeit. Und das wenige Tage vor der Landtagswahl in Nordrhein-Westfalen und der Kommunalwahl in Sachsen! Die Konsequenzen aus den Vorfällen konnten völlig anderer Natur sein, als es sich die Gegner der *Weißen* erhofften. Erneut versuchte er, Laura zu erreichen, hörte aber wieder nur ihre Ansage auf der Mailbox. Mit der Erkenntnis, dass am Ende seine Kollegin mit dem Trip nach Leipzig doch das bessere Los gezogen hatte, rannte er hinter Jana zu einem Einsatzwagen.

Kapitel 8

Trotz geschwollener Augen erkannte Filip am nächsten Morgen sofort, wer hinter Inga das Krankenzimmer betrat. Da die Sanitäter eine Hirnblutung befürchtet hatten, war er am Vortag nicht ins nächstgelegene Krankenhaus, sondern ins Klinikum der Universität München nach Großhadern gebracht worden. Die Untersuchungen hatten diesen Verdacht nicht bestätigt, übel zugerichtet war Filip dennoch. Der plötzliche Gewaltausbruch vor den Kuhställen überforderte ihn noch immer, genauso wie jetzt der überraschende Besuch seines Vaters.

Der Dreiundvierzigjährige war groß und drahtig, Hemd und Stoffhose schienen maßgeschneidert. Dadurch wirkte er eher wie ein Manager, nicht wie ein in der Forschung tätiger Mediziner. Er hatte graue Schläfen und die gleichen dunklen Augen, die Filip bei jedem Blick in den Spiegel entgegensahen. Auch die Lippen kamen ihm bekannt vor. Aufrecht setzte sich Valentin Radke auf einen Besucherstuhl, darauf hatte zuvor Inga die Nacht verbracht. Bis auf ein paar blaue Flecken war sie unverletzt geblieben, diese hatte sie sich bei dem Versuch, zu Filip durchzudringen, eingefangen. Sie selbst tat die Blessuren als »Pillepalle« ab, und angesichts seines eigenen Zustands widersprach Filip dieser Einschätzung nicht.

Nun stand sie verlegen im Raum und mied Blickkontakt. Von ihren Augen waren nur die langen Wimpern zu sehen, und für Filip stand fest, wer für das Auftauchen seines Vaters verantwortlich war. Seine Frau hatte ihnen ihre Telefonnummer gegeben – für den Fall, dass Filip sich zu einem persönlichen Treffen durchringen würde.

»Schade, dass wir uns unter … solchen Umständen wiedersehen.« Valentin Radkes Stimme war laut und verstärkte Filips Kopfschmerzen. Nicht nur sein Schädel war bandagiert, genauso beide Hände. Der rechte Arm hatte wegen einer ausgekugelten Schulter sogar fixiert werden müssen.

»Woher … wusstest du, dass ich hier bin?«, krächzte Filip.

»Weil sie uns angerufen hat.« Ohne sich umzudrehen, deutete Valentin zu Inga.

»Inga … was sollte das?«

»Kam mir … naheliegend vor. Ich hatte Angst um dich. Weißt du, wie du aussiehst?«

»Warum hast du nicht Laura angerufen?«

»Sie sollte doch nicht erfahren, dass du …«

Valentin unterbrach ihre Rechtfertigung. »Du hast dich zu einem militanten Tierschützer entwickelt? Lauras Einfluss ist nicht zu leugnen. Oder der ihres Vaters.«

Stumm sah Filip ihn an. Sein Großvater war zwar als früherer Biologieprofessor ein besorgter Beobachter der negativen Zivilisationsauswüchse, aber entsprechende Vorträge hatten Filip früher eher gelangweilt als interessiert. Und Laura? War zwar ebenfalls kritisch, aber die Gesetzestreue in Person. Dass ihn vielmehr Ingas Einfluss in das Krankenbett gebracht hatte, ging diesen Fremden jedoch nichts an.

An seiner Stelle nahm Inga eine Klarstellung vor. »Wir haben friedlich vor dieser Agrarfabrik demonstriert. Es gab keine Militanz.«

»Wieso dann diese Eskalation?«, fragte Filips Vater. Sein Tonfall ließ darauf schließen, dass er gewöhnt war, Kommandos zu erteilen.

»In dem Kaff gibt's 'ne Bürgerwehr. Mit engen Verbindungen zum Firmeninhaber, der zudem im Gemeinderat sitzt. Der Bürgermeister ist ein Kumpel von ihm, Geklüngel eben. Er hat uns nicht nur seine Angestellten auf den Hals gehetzt, sondern dazu noch eine Horde höriger Bauerntrampel.«

»Dann erstattet Anzeige.«

»Ist längst passiert. Als die Polizei ankam, waren aber alle abgehauen. Mit der Kamera unseres Fotografen. Er selbst liegt im Nachbarzimmer. Gebrochene Nase, zersplitterte Schulter und Prellung der Milz. Noch Fragen, wer gestern militant war?«

Erstmals schaute Valentin seinem Sohn direkt in die Augen. »Ich wollte nur sehen, ob ich etwas für dich tun kann. Aber zum Glück ist ja alles nur halb so schlimm. Oder brauchst du irgendetwas?«

Die Frage klang nicht besonders aufrichtig, vielleicht hatte ihn seine Frau zu dem Krankenbesuch gedrängt. Überhaupt entsprach Valentin nicht dem Bild, das Filip sich von ihm gemacht hatte. Aufgrund eines Interviews in einer Fachzeitschrift hatte er einen starken und zielorientierten, zugleich aber auch einfühlsamen Mann erwartet. Offenbar trafen nur die ersten beiden Eigenschaften zu, während die Empathie nur vorgespielt gewesen war.

»Ja«, sagte Filip nun. »Ich brauche eine Antwort darauf, warum du dich nie hast blicken lassen.«

»Darüber«, sein Vater stand auf, »reden wir, sobald du aus dem Krankenhaus entlassen wurdest.«

»Damit du dir bis dahin eine passende Geschichte ausdenken kannst? So wie meine Mutter?«

Kurz herrschte Schweigen. »Ich weiß nicht, was Laura dir erzählt hat«, sagte er dann. »Es war nicht meine Idee, dass sich unsere Wege derart radikal trennten.«

»Hast dich aber auch nicht dagegen gewehrt.«

»Woher willst du das wissen? Laura hätte meine Zukunft aufs Spiel gesetzt. Und du weißt sicher so gut wie ich, dass sie keine leeren Drohungen ausstößt.«

»Aber … jeder Vater hat doch das Recht …«, setzte Inga an.

»Recht zu haben, ist eben nicht alles. Wir sollten es dabei belassen, nichts lässt sich mehr ändern. Aber ansonsten kannst du alles über mich erfahren, Filip.«

Filip spürte Wut und Resignation. »Willst du denn nicht wissen, was bei *mir* so alles passiert ist? Deine Karriere interessiert mich nicht.«

Sein Vater ließ diesen Ausbruch äußerlich ungerührt abprallen. »Aber vielleicht willst du etwas über deine Stiefgeschwister hören. Oder von der anderen Seite deiner Familie. Von meinen Eltern, meinem Bruder oder meiner Schwester und …« Er brach ab.

»Was?«, hakte Filip nach. »Ich habe also noch einen Onkel und eine Tante?«

»Einen Onkel. Deine Tante ist … früh gestorben.« Seine Wangenknochen traten hervor, als er die Lippen zusammenpresste. Hier loderte noch immer Schmerz. Und laut dem Interview gab es eine weitere Narbe, deren Hintergrund Filip allerdings stärker interessierte.

»Stimmt es, dass Laura vor mir schon mal schwanger war?«, fragte er.

»Sie hat dir davon erzählt?«

»Du hast es in einem Interview erwähnt.«

»Hm … ja. Das war unüberlegt.«

Filip konnte sich nicht vorstellen, dass Valentin auch nur eine unüberlegte Äußerung getätigt hatte, denn im konkreten Kontext war dieser Hinweis perfektes Selbstmarketing gewesen.

»Weshalb kam es zu der Fehlgeburt?«

Sein Vater verschränkte die Arme. »Das Kind war schwerstbehindert. Wäre nicht lebensfähig gewesen. Ich muss jetzt zu einem wichtigen Termin. Melde dich, sobald du wiederhergestellt bist. Also … sofern du das willst. Die Nummer meiner Frau hast du ja.« Er ging zur Tür. »Gute Besserung, Filip.« Er schien noch etwas hinzufügen zu wollen, wandte sich dann aber ab und verließ den Raum.

»Puh!« Inga sank auf den Stuhl. »Was war das denn?«

»War er draußen etwa anders drauf?«

»Wir haben uns nur begrüßt, dann stürmte er schon in dein Zimmer.«

»Er ist so … anders als Laura.« Filip schloss seine Augen, die Kopfschmerzen wurden unerträglich. »Er ist für mich überhaupt nicht … greifbar. Und so … emotionslos! Wie konnten die beiden überhaupt zusammenkommen?«

»Vielleicht war er früher anders.«

»Auch seine jetzige Frau ist total nett. Aber er …?«

»Du bist enttäuscht«, stellte Inga fest. »Vielleicht war er nur überfordert. Ist bestimmt nicht leicht für ihn, nachdem er dich zum letzten Mal als knapp Zweijährigen erlebt hat.«

»Wahrscheinlich ist er einfach nur ein Arschloch. Laura wird schon ihre Gründe gehabt haben, ihn so strikt auf Abstand zu halten.«

»Ganz neue Töne.« Sie küsste ihn vorsichtig auf die Nase. »Immerhin siehst du Laura wieder positiver. Damit hat sich dieses Kennenlernen schon gelohnt.«

»Trotzdem muss ich ihn noch mal treffen. Ich will den wahren Grund der Trennung wissen. Es muss was Schwerwiegendes gewesen sein!«

»Dann wird er es dir nicht erzählen.«

»Laura genauso wenig. Er hat einen Bruder erwähnt. Vielleicht ist das ein Ansatz?«

Inga zuckte mit den Schultern. »Zuerst musst du wirklich wieder auf die Beine kommen. Soll ich Laura nicht doch Bescheid sagen?«

»Auf keinen Fall, sie würde sofort angebraust kommen! Ich hab gesehen, dass sie mich gestern Abend anrufen wollte. Hab ihr 'ne SMS geschickt, dass ich gerade von einem Uni-Projekt verschlungen werde.«

»Wie du willst. Ich hoffe, dass du jetzt nicht für alle Zeiten abgeschreckt bist. Willst du mich zumindest noch auf Demos begleiten?«

»Keine Sorge, passt alles«, wiegelte er betont lässig ab. In Wahrheit war sein Interesse, sich weiter in der Tierschutzszene zu engagieren, erheblich gesunken.

Regen peitschte gegen die Scheiben, der Wetterumschwung rüttelte nicht nur am frischen Grün der Bäume, sondern auch an dem Einsatzwagen. Fest umklammerte Jana das Lenkrad, während sie den Verlauf der A7 zu erspähen versuchte. Unauffällig musterte Steven sie von der Seite. Obwohl sie ebenfalls kein Auge mehr zugetan hatte, wirkte sie frisch und fokussiert. Damit erinnerte sie ihn an Laura, eine bessere Vertretung hätte es so gesehen nicht geben können. Äußerlich unterschieden sie sich deutlicher, nur der dunkle Teint war ähnlich – und in Lauras Fall auf ihren Outdoor-Enthusiasmus zurückzuführen. Privat war Jana zudem lockerer unterwegs, allerdings war dies nur ein erster Eindruck, immerhin kannte er sie kaum. Über den Abstecher in ihr Schlafzimmer hatten beide kein Wort mehr verloren, es war, als habe es ihn nie gegeben.

Sie befanden sich auf der Fahrt nach Flensburg, was Steven angesichts der nächtlichen Vorkommnisse allerdings für Zeitverschwendung hielt. Seine Chefin vertrat hingegen die Meinung, dass ein Gespräch mit Anton Gerber jetzt umso notwendiger sei. Zumindest kam Steven so um den Termin mit Martin Eckstein herum. Eigentlich war beim letzten Aufeinandertreffen ein weiterer Austausch für den frühen Morgen verabredet worden.

»Gäbe tausend wichtigere Sachen zu erledigen«, grummelte er dennoch und wechselte zum dritten Mal seit der Abfahrt das Nikotinkaugummi. »Die *Weißen* werden den Brandanschlag und den Mord ausschlachten, ganz egal, was wir tun.«

»Wahrscheinlich.« Janas Blick war weiter nach vorn gerichtet. »Zeigen wir aber keine Präsenz, schlachten sie auch das noch aus. Nach dem Motto: Trotz all der schrecklichen Vorfälle sucht die Polizei noch nicht mal den Kontakt zu uns.«

»Als ob's darauf noch ankäme! Immerhin kümmert sich jetzt der Knopf persönlich um den Boss der *Weißen*, sodass uns das erspart bleibt.«

Irene Knopf war noch in der Nacht nach Hamburg gefahren, in ihrer Begleitung ein Kollege, dessen Auftauchen Stevens Laune weiter verschlechterte. Dass Alexander Pfeiffer ins Referat *ST 12* wechseln würde, war damit wohl entschieden. Obwohl er Laura gegenüber bei einer Weihnachtsfeier übergriffig geworden und generell ein testosterongesteuertes, muskelbepacktes Arschloch war. Seine Arbeit erledigte er jedoch erfolgreich – eine verbreitete Einschätzung, die Steven nicht völlig widerlegen konnte, aber dennoch anzweifelte. Schließlich hatte der Kollege in der letzten Ermittlung ein wesentliches Detail übersehen, und wäre dies Laura nicht aufgefallen, würden die Nachforschungen wohl noch immer andauern.

Was ihn aber am meisten beunruhigte: Gerüchteweise würde jemand für Alexander seinen Stuhl freimachen und seinerseits das Referat wechseln müssen. Laut dem Gemunkel war dieser Jemand Steven selbst. Noch hatte Irene Knopf keine entsprechenden Andeutungen gemacht, doch sobald sich die Gelegenheit zu einem Vier-Augen Gespräch ergab, wollte Steven die Initiative ergreifen. Ob Laura mehr wusste?

Erneut versuchte er, seine Kollegin in Leipzig zu erreichen, und diesmal hatte er Glück. »Na endlich!«

»Was gibt's?« Ihre Stimme klang verschlafen.

»Hast du nicht gesehen, dass ich es x-mal bei dir versucht habe?«

Kurze Stille. »Nee, noch nicht.«

»Sag bloß, du liegst noch im Bett!«

»Noch? Es ist erst acht Uhr!«

»Eben. Da hast du normalerweise längst deine Joggingrunde gedreht, zum zweiten Mal geduscht, dein gesundes Müsli aufgefuttert und im Büro den Computer angestellt.«

»War anstrengend gestern. Weshalb wolltest du mich erreichen?«

Obwohl Steven sich kurz zu fassen versuchte, sorgte die Vielzahl an Informationen für einen fünfminütigen Monolog. Laura unterbrach ihn kein einziges Mal.

»Kaum bist du weg«, schloss er seinen Bericht ab, »geht's hier drunter und drüber.«

»Habt ihr eine Vermutung, wofür dieses Symbol auf dem Auto und der Baseballkappe steht?«

»Nein, Janas Kollegen arbeiten daran.«

»Wer ist Jana?«

»Deine Vertretung. Die Kollegin, die uns Seidls Nummer gegeben hat.«

»Ah … die Schwarzhaarige, bei deren Anblick dir der Sabber aus dem Mund getropft ist. Du bist ein echter Glückspilz.«

Steven schnaubte. »Hast du mir nicht zugehört?«

»Ich hör dir immer zu. Wurde bei dem Brand jemand verletzt oder sogar getötet?«

»Nee. Aber die Überreste des Gebäudes können auf Schutt-Lastwagen weggekarrt werden. Darin befanden sich übrigens auch die Server der Partei – alles zerstört. Es war also ein empfindlicher Schlag.«

»Nutzen die keine externen Server? Die Cloud?«

Steven klappte die Sonnenblende mit dem Spiegel herunter und fletschte die Zähne. Seine Zunge hatte sich nicht getäuscht. In den ungeraden Schneidezähnen verfing sich ständig etwas. Gut, dass Jana nur geradeaus sah! »So was verwenden sie nicht. Angeblich aus Sicherheitsgründen.«

»Du hast die Verhaftung eines Verdächtigen erwähnt. Belanglos, oder warum hast du das nicht vertieft?«

»Auf keinen Fall belanglos. Wir sind uns sogar sicher, dass er der Brandstifter war.«

»Aber?«

»Nur Kanonenfutter. Ein Asylbewerber aus Eritrea. Arbeitete schwarz – darf man das in diesem Zusammenhang überhaupt sagen? – für die Putzfirma, die abends bei den *Weißen* sauber macht. Laut Zeugen von *Burkart Security* verließ er das Gebäude als Letzter. Da er gestern als einziger Afrikaner im Einsatz war, sind Zweifel ausgeschlossen. In seinem Wagen wurden Spuren vom Brandbeschleuniger gefunden, genauso an seiner Kleidung.«

»Du glaubst nicht, dass er das allein durchgezogen hat?«

»Im Leben nicht! Neben Benzin hat er auch Aceton verwendet, wodurch es in der Tiefgarage zu einer Explosion kam. In der Asylunterkunft wurde ein Umschlag unter seiner Matratze gefunden. Exakt zehntausend Euro. Der Kerl ist instrumentalisiert worden, da leg ich mich fest. Er hat noch kein Wort gesprochen, schüttelt immer nur den Kopf.«

»Handyauswertung?«

»Nichts Verdächtiges. Übrigens liegt ein Abschiebebescheid gegen ihn vor. Aus seiner Sicht hatte er wenig zu verlieren.«

»Wie ist eure Vorgehensweise?«

»Mehrgleisig.« Obwohl Laura es nicht sehen konnte, zahlte Steven die folgenden Punkte an seinen Fingern ab. »Gerade wird Bärs Haus durchsucht. Nach Böning wird gefahndet. Bonn versucht weiter, die Identität dieses Mirka herauszufinden. Alle Chat-Teilnehmer werden erneut vernommen. Das verschlungene Symbol muss entschlüsselt werden. Ich selbst bin mit Jana unterwegs nach Flensburg, wo sich Anton Gerber wegen seiner kranken Mutter aufhält. Danach will ich Dennis Burkart treffen. Langeweile sieht anders aus.«

»Wenigstens bist du in angenehmer Begleitung.« Der Spott war aus Lauras dunkler Stimme deutlich herauszuhören.

»Nur teilweise. Der Knopf ist nach Hamburg gekommen. Zusammen mit Alexander. Wusstest du davon?«

»Nein … woher?« Plötzlich klang sie reserviert. Andere hätten es überhört, aber Steven kannte sie seit Jahren.

»Und dass Alexanders Wechsel wohl durch ist?«

»Auch nicht.«

»Kaum verlassen wir Meckenheim, passieren dort wunderliche Dinge.«

»Offenbar. Steven, ich muss jetzt loslegen. Soll in zwanzig Minuten im Krankenhaus sein.«

»Und da bist du noch im Bett? Respekt!«

»Mein Hotel liegt fünf Minuten davon entfernt.«

»Okay, ich halt dich nicht auf. Bis später!«

Er klappte die Sonnenblende zurück und registrierte, dass sich Janas Aufmerksamkeit verlagert hatte, obwohl die Sicht nicht besser geworden war. Nur ihre linke Hand war noch am Lenkrad, in der rechten hielt sie ihr Telefon. Abwechselnd glitt ihr Blick zwischen Frontscheibe und Display hin und her.

»Ähm …« Steven rutschte auf dem Sitz herum. »Handy, Steuer und Sintflut? Was fällt dir dazu ein?«

»Häh?«

»Willst du uns umbringen?«

»Weichei!« Sie setzte den Blinker, schaltete den Warnblinker ein und hielt dann auf dem Seitenstreifen an.

»Ob das wirklich besser ist …« Steven drehte sich zur Heckscheibe. Die Lichter der anderen Autos funkelten bedrohlich durch den Regenschleier.

»Halt mal die Klappe!« Sie scrollte auf dem Display nach unten.

Steven beobachtete ihre weiß lackierten Fingernägel, er nagte an der Lippe, und seine Zunge spielte mit einem Nikotinkaugummi, während seine Hände auf den Oberschenkeln trommelten.

»Gibt's ja nicht!« Jana gab ihm ihr Telefon, blickte über die Schulter und gab Gas.

»Werde ich jetzt eingeweiht?«, erkundigte sich Steven.

»Zusammenfassung: In Eckernförde wird seit gestern ein Schreiner vermisst.«

»Na und? Ist mir doch egal.«

»Er war am Nachmittag mit einem Kumpel verabredet, tauchte aber nicht auf und war nicht zu erreichen. Der Freund ging zu ihm, und … eine Maschine in der Werkstatt war in Blut getränkt. Untersuchungen belegen, dass es von dem Schreiner stammt. Von seinem Körper aber keine Spur.«

»Was hat das alles mit …?«

»Der Freund hat mitgeteilt, dass der Schreiner homosexuell ist. Verabredet sich übers Internet mit Männern, die seine Vorlieben teilen.«

»Will ich Genaueres wissen?« Steven grinste.

»Sado-Maso der härteren Sorte. Und darauf steht offenbar auch ein Spitzenpolitiker der *Weißen*.«

»Sado-Maso … und dann auch noch schwul. Wäre der perfekte Skandal!«

»Deshalb plante der Schreiner auch, eine bestimmte Affäre zu Geld zu machen. Jetzt ist seine Werkstatt in Blut getränkt, während er selbst …«, sie zuckte mit den Schultern, »vielleicht auf dem Grund der Eckernförder Bucht liegt.«

»Hat der Schreiner seinem Kumpel auch erzählt, wer …?«

»Leider nur den Tarnnamen, den der Politiker verwendete. *Ledermann.* Dabei soll er gelacht haben, weil es ein kreatives und passendes Pseudonym wäre.«

»Weil er Lack und Leder trug? Oder den Lederriemen so toll tanzen lassen konnte?«

Jana zog eine Augenbraue hoch. »Lebhafte Fantasie. Hast du Erfahrung damit? Daher deine krumme Nase?«

»Wir wollten Privates und Berufliches trennen.«

»Ach richtig. Was weiß ich, worauf diese Anspielung abzielte. Jetzt wird die Nachbarschaft befragt und das Internet durchkämmt. Für unsere Ermittlung nur eine Randnotiz, aber trotzdem nicht uninteressant.«

Steven nickte. »Sofern da was dran ist, sollte es noch vor der nächsten Wahl rauskommen.«

»Ein besonders neutraler Ermittler bist du nicht gerade.«

»Das war eine rein private Anmerkung.«

Sie lachte. »Wenn du gerade im Privatmodus bist: Hast du heute Abend schon was vor?«

Irritiert sah er sie an. »Bei all dem, was uns letzte Nacht um die Ohren geflogen ist, denkst du tatsächlich …?«

»Warum nicht?«

»Weil …« Ihm fiel keine Erwiderung ein, und er war froh, dass in diesem Moment das Anwesen der Familie Gerber in Sicht kam. Am Straßenrand parkten zwei Fahrzeuge von *Burkart Security.*

Aufs Schlimmste gefasst betrat Laura den Raum im dritten Stockwerk eines mitten in Leipzig gelegenen Klinikkomplexes.

Jan Seidl lag in einem Einzelzimmer, vor dem zu seinem Schutz ein Polizist postiert war. Wider Erwarten wirkte der Journalist fast unversehrt. Die weißgrauen Haare waren von der Nacht verstrubbelt, und das Gesicht mit den feinen Linien wies lediglich an der Schläfe eine lange Schramme auf.

Als sie die Tür schloss, deutete er ihren Blick richtig. »Unter dem Krankenhaushemd sieht's erheblich bunter aus. Erst bekam ich einen Schlag gegen den Schädel und sank wie ein gefällter Baum zu Boden. Anschließend spürte ich zwei oder drei Hiebe in den Rücken, dann gar nichts mehr.«

»Es kamen noch ein paar dazu.« Sie setzte sich und streckte die Hand aus. »Laura Westermann vom BKA.«

Sein Griff war fest, die Hand trocken. »Arbeitsintensive Tage, was?«

»Sie sagen es. Haben Sie an dem Angreifer etwas bemerkt, das uns weiterhelfen kann?«

»Nein. Aber sparen wir uns das doch.« Seine raue und tiefe Stimme klang belustigt. »Mir ist klar, dass dieser Überfall nicht in Ihre Zuständigkeit fällt.«

»Überfall? Laut der beiden Studenten, die Sie gerettet haben, grenzte das an einen Mordversuch. Der Täter bearbeitete Sie mit einem Schlagring.«

»Ändert nichts daran, dass Sie aus anderen Gründen nach Leipzig gekommen sind.«

Laura betrachtete ihn eingehender. Sie hatte ihn einmal in einer Diskussionsrunde im Fernsehen gesehen, wahrscheinlich im *Presseclub*. Damals war ihr der Siebenundfünfzigjährige arrogant vorgekommen, heute gesellte sich eine kaum verhohlene Abneigung gegen das BKA dazu. Wahrscheinlich einer von den Besserwissern, die in ihren journalistischen Elfenbeintürmen nicht den Hauch einer Ahnung von der Komplexität einer Ermittlungsarbeit hatten.

»Welche Fragen ich für notwendig halte, überlassen Sie bitte mir«, erwiderte sie kühl. Im Foyer war sie von Polizisten der Leipziger Kriminalpolizei mit den nötigsten Informationen versorgt worden. Sie legte ein Phantombild auf die Bettdecke. Es zeigte einen Mann, der maximal zwanzig sein mochte, eher jünger. Unter der Mütze ein rasierter Schädel, seine Gesichtszüge erinnerten irgendwie an eine Bulldogge.

Seidl nahm das Papier in die Hand. »Haben die Studenten nicht von einer Maske gesprochen? So eine *Anonymus*-Version.«

»Richtig. Zweihundert Meter entfernt beobachtete aber ein Rentner, wie sich jemand so eine Maske vom Kopf riss, sie wegwarf und weiterlief. Gebeugt und leicht hinkend, als habe er Schmerzen.«

»Wurden an dieser Maske DNA-Spuren gefunden?«

»Die Analyse läuft.«

»Das Bild sagt mir schon mal nichts.« Er legte es zur Seite.

»Dann vielleicht das hier?« Sie legte ein weiteres Blatt vor ihm ab. »Das Standbild einer Überwachungskamera im Hauptbahnhof. Eine Stunde nach dem Angriff leerte dieser Mann Ihr Schließfach.«

»Halb so schlimm, wie auch das zertretene Handy. Ich sichere meine Daten jeden Abend in der Cloud.«

»Dann sind Sie umsichtiger als manch anderer.«

Zum ersten Mal lächelte Seidl, woraufhin sich die Falten an seinen Augen vertieften. »Sie spielen auf die Zentrale der *Weißen* an? Ja, dumm gelaufen.«

»Dazu kommen wir gleich. Diese Aufnahme weckt auch keine Erinnerung?«

Seidl verneinte. »Ich bin aber schon vielen Glatzköpfen begegnet, da kann ich mir nicht jede Hackfresse merken.«

»Und wenn die Menschen, denen Sie begegnen, Dreadlocks haben?«

Ihm war anzusehen, dass er nun auch sie einzuschätzen versuchte. »Ist mir lieber als 'ne Glatze. Ihnen nicht?«

»So viel lieber, dass Sie sich für Zwecke einspannen lassen, die denen der extremen Rechten nicht unähnlich sind?«

»Mir ist völlig schleierhaft, worauf Sie hinauswollen.« Er lehnte sich ins Kissen zurück.

»Ihr Name ist mehrfach gefallen. Bei Leuten, die derzeit unter Mordverdacht stehen. Klingelt's jetzt?«

Kurz herrschte Schweigen in dem Krankenzimmer, dann schob Seidl die Decke zur Seite und schwang seine Beine aus dem Bett. Irritiert verfolgte Laura, wie er schwankend aufstand.

«Was wird das?«

»Wenn ich länger hier rumliege, werde ich wund.« Er ging zu einem Stuhl, auf dem seine Kleidung hing. Aufgrund des Krankenhaushemdes konnte Laura seine freiliegende Rückansicht sehen. Stirnrunzelnd wandte sie den Blick von den blauen Flecken ab.

»Ist das Ihre Antwort auf meine Frage?«

»Die Antwort bekommen Sie draußen. Bei einer Tasse Kaffee und einer Zigarette.« Er nahm den Kleiderhaufen und verschwand im Badezimmer.

Laura fehlten die Worte. Die Dusche wurde aufgedreht, kurz darauf erklang ein wohliges Seufzen. Sie sammelte die Blätter wieder ein, dann stand sie auf und ging zu einem Spiegel. Die Migräneattacke hatte sie erfolgreich abgewehrt, und auch das Schlafmittel hatte seine Wirkung nicht verfehlt. Dafür zeigte sich an ihrer Lippe ein Herpesbläschen. Leise Verwünschungen murmelnd zog sie eine Salbe aus ihrer Handtasche und trug sie dünn auf. Zurück auf dem Stuhl wartete sie, bis die Badezimmertür wieder aufging.

»Ich bin so weit«, sagte der Journalist. »Gepäck hab ich ja keins mehr. Nicht mal meine Tasche.«

Laura erhob sich. »In Ihrer Tasche war der Schlüssel für das Schließfach?«

»Ja, in meinem Geldbeutel. Sie müssen mich auf den Kaffee leider einladen.« Er zwinkerte ihr zu und ging zur Zimmertür.

Selten hatte sich Laura so vorgeführt gefühlt, eilig lief sie hinterher. Auch der Polizist im Flur war überrascht, mit einem Zeichen gab sie ihm zu verstehen, die Situation unter Kontrolle zu haben – und hoffte, dass dies auch zutraf. Die Kontrollübernahme sah zunächst so aus, dass sie im Erdgeschoss nicht nur einen, sondern zwei Kaffeebecher bestellte und vor Jan Seidl hinaus in den Klinikpark trat, damit er seinen Nikotinpegel hochschrauben konnte. Er setzte sich auf eine Bank, während Laura stehen blieb und sich die chinesischen Elemente in dem Garten ansah. Sie wartete drei Züge lang ab, dann ließ sie sich neben ihm nieder.

»Jetzt hatten Sie genug Zeit, sich eine unverfängliche Antwort zurechtzulegen. Enttäuschen Sie mich also nicht.«

Er schmunzelte und zog ein viertes Mal an der Zigarette. »Mir ist längst klar, worauf Sie anspielen. Ja, ich habe einen guten Kontakt zu Sanna Wischnewski. Das beinhaltet, dass wir uns gegenseitig mit Informationen weiterhelfen.«

»Zum Beispiel die Adressen der wichtigsten *Weißen*-Politiker?«

»Wäre das ein Vergehen?«

»Kommt auf den Zweck an.«

»Es ist ein Geben und Nehmen, verstehen Sie? An Geld sind linke Aktivisten selten interessiert, also bezahle ich auf andere Weise.«

»Dadurch können Sie sich schnell der Beihilfe schuldig machen.«

»Das Leben ist voller Risiken. Ich habe nun mal den Beruf, den ich habe. Da ich in meiner Laufbahn schon mehrere

Skandale aufgedeckt habe, gibt der Erfolg meinen Methoden wohl recht.«

Da war er wieder, der selbstgefällige Vertreter der Vierten Gewalt im Staat. »Gehören auch falsche Alibis zu Ihren Methoden?«, fragte Laura.

»Ich schwöre Ihnen, dass ich Damian Böning tatsächlich getroffen habe, als die beiden Politiker in Niederdorla gestorben sind. Auch ich habe eine moralische Grenze, insbesondere wenn Menschen umgebracht werden.«

»Schön zu hören. Was wissen Sie über die Gruppe um Sanna Wischnewski und Damian Böning?«

»Sicherlich weniger als Sie. *Revolt* steht schließlich seit geraumer Zeit …«

»Ich rede nicht von *Revolt*. Die beiden sind daneben in einer anderen Gruppierung aktiv. Überschaubarere Anzahl, dafür noch radikaler.«

Die Hand, die die Zigarette ein weiteres Mal zum Mund führen sollte, stockte. »Davon weiß ich nichts. Inwiefern radikaler? Wer ist da noch dabei?«

»Sagt Ihnen ein Mirka etwas? Oder Akrim? Beides dürften Decknamen sein.«

»Nie gehört. Allerdings konzentriere ich mich momentan mehr auf die rechte als auf die linke Szene.«

»Konkret auf *Die Weißen*.«

»Nicht ohne Grund. Das beweist mein lädierter Körper.«

»Sie geben den *Weißen* die Schuld?«

Seidl warf die Zigarette auf den Boden und drückte sie mit dem Schuh aus. Dann berichtete er von seinem Gespräch mit Martin Eckstein, dem Fund des Peilsenders in seinem Gepäck und den Ergebnissen seiner Nachforschungen. Da er die Fotografien der alten Schnappschüsse aus dem *Schwarzen Wolf* in die Cloud hochgeladen hatte, konnte er weiter darauf zugreifen. Auf Lauras Handy zeigte er ihr das Foto mit den sechs

Mitgliedern des *Deutsch-Kurses* und leitete es an ihre E-Mail-Adresse weiter.

Nachdenklich hörte Laura ihm zu, während sie die Aufnahme ihren Kollegen in Bonn-Meckenheim zuspielte. Auch sie war der Meinung, dass alles gut zusammenpasste – bis hin zu dem Überfall, egal ob dahinter Mordabsicht oder Einschüchterung steckte. Seidl war offenbar auf einer heißen Fährte. Nur war das nicht Gegenstand ihrer Ermittlung. Das sah der Journalist völlig anders.

»Sie brauchen doch ein umfassendes Bild, und da gehört die Vergangenheit dazu! Alles riecht danach, dass Eckstein und Co zu Studentenzeiten radikal unterwegs waren. Vielleicht haben sie Linke verprügelt, Ausländer gejagt oder sonst was verbrochen. Stellen Sie sich vor, Sie wären von denen drangsaliert worden und müssten jetzt zusehen, wie sie die Parlamente erobern. Also bei mir würde das etwas auslösen.«

»Bei Ihnen löst es auch ohne einen solchen Hintergrund etwas aus«, entgegnete Laura. »Und das kann ich durchaus nachvollziehen, zumal es Ihr Job ist. Mein Job ist aber ein anderer. Versuchen Sie gar nicht erst, mich für Ihre Sache einzuspannen.«

»Und der Peilsender? Der Überfall auf mich? Spielt das etwa keine Rolle?«

»Doch, nur nicht für mich. Erstatten Sie Anzeige!«

Jan Seidl zog die Zigarettenpackung hervor, betrachtete sie und steckte sie dann wieder weg. »Ich habe in den letzten Stunden nachgedacht, was ich für Konsequenzen ziehen werde«, sagte er. »Mir ist klar, dass ich überaus glimpflich davongekommen bin. Vielleicht wäre auch ohne meine Retter nicht viel mehr passiert, wahrscheinlich würde ich jetzt aber in der Rechtsmedizin liegen. Ich habe Ihnen eben von meinem alten Freund, dem Professor, erzählt.«

»Sie überlegen, sich ebenfalls aus dem Kampf gegen Rechts zurückzuziehen?«

»Ich habe drei Kinder. Die sind zwar aus dem Gröbsten raus, aber … deshalb bin ich ja nicht des Lebens überdrüssig! Da gäbe es andere Gründe …« Gedankenverloren starrte er auf einen kleinen Wasserlauf. »Ich dachte immer, dass man so was aushalten muss. Als aufrechter Demokrat. Sie wissen, was ich meine. Bedroht wurde ich schon öfter, aber … jetzt kommt mir aus verschiedenen Gründen die Energie abhanden.«

Laura schwieg. Was sollte sie dazu auch sagen?

»Andererseits habe ich natürlich eine Verantwortung«, fuhr er fort. »Und da Sie den Spuren nicht nachgehen wollen …«

»Schieben Sie es nicht auf mich ab!«, protestierte Laura.

»Ich verstehe ja Ihre Sichtweise und die begrenzten Spielräume.« Er gab sich einen Ruck. »Vorschlag: Mein Besuch gestern im *Schwarzen Wolf* war ertragreich, trotzdem stecke ich in einer Sackgasse. Finden Sie für mich heraus, in welchem Haus an einem See in der Umgebung von Leipzig sich die Studenten damals getroffen haben könnten. Und fahren Sie mit mir hin!«

»Warum sollte ich das tun?«

Er lächelte sie an. »Geben und Nehmen. Im Gegenzug unterstütze ich Sie bei der Suche nach diesem Mirka oder Akrim.«

»Wissen Sie etwa doch, um wen es sich handelt?«

»Nein. Aber ich habe eine Vermutung, in welchen Kreisen ich fündig werden könnte.«

Laura schüttelte den Kopf. »In Hamburg brennt die Hütte, und ich soll hier mit Ihnen auf Geisterjagd gehen?«

»Vielleicht sind diese Geister lebendiger, als Sie denken.«

Laura dachte an das Gespräch mit Oliver Bär auf dessen Terrasse in Blankenese. Es stimmte schon, irgendetwas wurde verheimlicht. Aber spielte das eine Rolle? Es war unwahrscheinlich, aber nicht völlig auszuschließen.

»Nur diesen einen Gefallen«, folgte sie einem Impuls. »Sofern ich überhaupt etwas zu diesem Haus in Erfahrung bringen kann.«

»Und dazu noch eine Kleinigkeit: die aktuelle Adresse von Rudolf Dombrowski. Er ist der Einzige, an den sich der Kneipenwirt vom *Schwarzen Wolf* namentlich erinnert. Ich möchte mit ihm sprechen. Danach entscheide ich, ob ich der Fährte weiter folge oder nach München zurückfahre.«

»Übertreiben Sie es nicht.« Laura stand auf. »Jetzt sprechen Sie erst mal mit Ihrem Arzt. Falls ich etwas herausfinde, melde ich mich.«

»Das müssen Sie wegen meines zertretenen Handys aber persönlich tun. Um zehn Uhr habe ich noch eine Untersuchung, danach sollte ich wieder frei sein. Also um elf vorne am Haupteingang?«

»Vielleicht. Wenn ich nicht da bin, verlief die Sache im Sand … oder woanders hat's den Nächsten erwischt. Hier meine Karte. Für alle Fälle. Und … passen Sie auf sich auf.«

Die Männer warteten, bis der Land Rover aus der Hofeinfahrt gerollt und außer Sichtweite war. Das sogenannte Alte Land, das größte Obstanbaugebiet Nordeuropas, war zu dieser Jahreszeit von einer rosafarbenen und weißen Blütenpracht überzogen. Sturm und Regen waren für eine erfolgreiche Ernte denkbar ungünstig, sodass die Bauern erleichtert vernommen haben dürften, dass sich das Tiefdruckgebiet am Abend verziehen sollte.

Auch ein bestimmter Hof zwischen Stade und Buxtehude lag inmitten von Kirsch- und Apfelbaumplantagen. Allerdings lebte hier kein Obstbauer mehr. Sofern man nur flüchtig hinsah, ließ sich bei Dennis Burkarts Kontrahenten Simon Jensen ein bürgerlicher Hintergrund vermuten, der im völligen Kontrast zu seinem bulligen Auftreten und dem tatsächlichen

Betätigungsfeld stand. Kinder hatte der Fünfzigjährige zwar keine, aber immerhin eine Frau, und sogar seine betagten Eltern waren in das renovierte Hauptgebäude eingezogen. In der Scheune lagerten keine Werkzeuge oder landwirtschaftliches Gerät, stattdessen beherbergte sie Jensens Hobby: eine Sammlung amerikanischer Harley-Davidson-Maschinen.

»Wie viele von unseren Autos sind gestern abgefackelt worden?«, fragte Burkart.

»Fünf.« Rainer, der Patenonkel seiner Tochter und sein langjähriger Weggefährte, hatte es sich nicht nehmen lassen, dem Vergeltungsschlag beizuwohnen. Da er sich aufgrund der Prothese schlecht bücken konnte, hatte er sich auf einem Stein niedergelassen.

Alle acht Männer nutzten den Sichtschutz einer Hecke, bereit für den Angriff. Eine animalische Vorfreude stand in ihren Gesichtern, Burkart hatte die Gruppe sorgfältig ausgewählt. Er deutete auf die jüngsten. »Ihr brecht den Schuppen auf. Zertrümmert die fünf Maschinen, die am wertvollsten aussehen.« Dann trat er zwischen zwei andere Männer und legte seine Hände auf ihre Schultern. »Seine Alte sitzt drinnen, genauso die Eltern. Treibt sie ins Wohnzimmer.«

»Seine Frau ist ’ne richtige Praline! Wär ’ne super Möglichkeit, ihr zu zeigen …«

»Du lässt deine Hose zu.« Burkart war klar, dass er – wenn er diese Grenze überschritt – mit einer schmerzhaften Quittung rechnen musste. Es war gut möglich, dass seine Visage am Ende genauso verbeult aussah wie die des früheren Boxers Jensen. Außerdem konnte die Rache auch andere treffen. Seine Frau war Burkart zwar längst egal, aber der Gedanke, dass Jensen sich Lena vorknöpfen könnte, war unerträglich. Schon die Zerstörung der Motorräder würde Jensen so hart treffen, dass Burkart mit einem unerbittlichen Gegenschlag rechnen und von daher seine Tochter im Auge behalten musste.

»Ihr verhindert nur, dass die sich ans Telefon hängen«, stellte er klar. »Keine Schläge, keine Beleidigungen.« Er gab ihnen ein Foto – der Vorplatz seines Unternehmens mit den ausgebrannten Autowracks. »Legt das auf den Tisch. Und jetzt los, in zehn Minuten hauen wir ab!«

Es verging dann doch eine halbe Stunde, denn die Situation präsentierte sich anders, als von Burkart erwartet: In dem Gebäude hielten sich nicht drei Menschen auf, sondern zehn. Seine Männer hatten Geräusche aus dem Keller gehört, und völlig überrumpelt trat Burkart nun sieben Frauen gegenüber. Sie standen an einer Wand, Jensens Frau und seine Eltern saßen dagegen auf einem Sofa. Ab und zu warfen die Unbekannten verstohlene Blicke in Burkarts Richtung, sie wirkten verängstigt und orientierungslos. Die Kellertür war verschlossen gewesen, in dem Bereich dahinter standen mehrere Betten. Es gab ein Waschbecken sowie eine Toilette.

»Klare Sache«, raunte Rainer. »Frauenhandel.«

»Frauen?«, antwortete Burkart. »Die sind höchstens sechzehn. Wenn überhaupt. Eifert er seinem Vater nach und steigt ins Rotlichtmilieu ein?«

»Was machen wir jetzt?«

Burkart überlegte, dann kam ihm die perfekte Lösung. »Wir blasen alles ab!«

»Was? Die Motorräder sind längst zerdeppert.«

»Schafft sie weg! Es darf keine Spuren der Zerstörung geben.«

Rainer verzog das Gesicht. »Was kümmern uns die Mädchen? Wir müssen unser Revier verteidigen, nur darum geht's.«

»Genau das hab ich vor.« Beschwingt ging Burkart hinaus, um zu telefonieren. Zwar war der Verfassungsschutz für Frauenhandel nicht zuständig, dennoch meldete er sich bei seinem Kontaktmann, damit dieser alles Weitere anstoßen konnte.

Schließlich war es immer gut, sich ihm gegenüber als nützlich zu erweisen – gerade in der momentanen Situation.

Burkart dachte an die Leiche im Kühlraum seines Bruders, aber auch an die anderen Herausforderungen. Nach Oliver Bärs Tod waren sie größer als zuvor. Die Säuberungsaktion musste umgehend abgeschlossen werden – was eine veränderte Vorgehensweise erforderte. Die damit einhergehenden Gefahren waren immens, die Bezahlung aber ebenso.

So war er längst auf dem Weg zurück nach Hamburg, um die entsprechenden Maßnahmen einzuleiten, als sich mit Blaulicht und Sirenengeheul eine Kolonne aus Polizeifahrzeugen dem früheren Obstbauernhof näherte. Dort angekommen, liefen die Beamten sofort zum Keller, in dem sie nicht nur auf sieben minderjährige Mädchen, sondern auch auf Jensens Eltern und seine Frau stießen. Letzteren wurden Handschellen angelegt, parallel gab es auch an Jensens Firmensitz Verhaftungen und eine Durchsuchung. Dennis Burkart hatte sein Territorium erfolgreicher verteidigt, als er noch beim Aufwachen gehofft hatte.

Das Gebäude als Haus zu bezeichnen, wäre eine Untertreibung gewesen. Es war der Inbegriff einer Villa – auch abseits übertriebener Maklerbeschreibungen. Die weiße Fassade leuchtete sogar in dem tristen Regenwetter, imposante Säulen und geschmackvoll verspielt gestaltete Erker zierten das Gebäude. Außerhalb von Flensburg auf einer Anhöhe gelegen, boten sämtliche vorderen Fenster einen unverbaubaren Blick auf die Flensburger Förde, die heute wegen des strömenden Regens aber nur zu erahnen war.

Wer hier wohnte, musste frei von allen finanziellen Nöten sein. Zumindest nahm Steven das an, aber er ahnte, dass Geld nur zu anderen Sorgen führte. Dass *Burkart Security* vor dem Anwesen Stellung bezogen hatte, war dem Heimatbesuch des jüngsten Sohns geschuldet, und die Angestellten nahmen ihren

Auftrag ernst. Als Jana und Steven den Zivilwagen vor der Einfahrt abstellten, kam sofort einer der Männer angerannt und fuchtelte mit den Armen. Steven öffnete die Tür und stieg aus.

»Weg da!«, wurde er angeraunzt. »Ist doch kein Parkplatz hier.«

»Wir wollen zu Anton Gerber.«

»Uns wurde kein Besuch angekündigt.«

»Ich muss mich nicht ankündigen.« Steven fummelte seinen Ausweis aus dem Portemonnaie.

»Die Familie Gerber möchte nicht gestört werden.«

»Wird sich leider nicht vermeiden lassen.« Jana trat dazu. »Würden Sie also bitte das Tor öffnen?«

»Haben Sie einen Durchsuchungsbeschluss? Einen Haftbefehl? Nein? Dann noch einen schönen Tag.« Der Sicherheitsmann wandte sich ab.

»Hör mal zu, du Wichtigtuer!« Jana schlenderte zu ihm hin. »Einen Haftbefehl krieg ich schneller, als du dich am Sack kratzen kannst. Und zwar einen für dich.« Einer ihrer weiß lackierten Fingernägel landete auf seiner Brust. »Und ein Durchsuchungsbeschluss? Wäre auch kein Problem. Wird deinen Auftraggeber sicher freuen, wenn in einer Stunde ein so massives Aufgebot hier vorfährt, dass es auch der letzte Nachbar mitbekommt.«

Die Augen des Mannes verengten sich, er zog ein Funkgerät hervor. »Ich kläre das.«

Die Klärung dauerte zehn Sekunden, dann glitt das Tor zur Seite.

»Danke, ab hier finden wir den Weg selbst.« Steven verstaute sein Portemonnaie und folgte Jana über eine gepflasterte Zufahrt bergauf. Der Vorgarten hatte die Ausmaße eines Parks, sodass sie erst nach drei Minuten an einer hölzernen Flügeltür ankamen. Auch hier waren Bedienstete von *Burkart Security* postiert. Einer davon trat zu ihnen.

»Guten Tag. Kommen Sie bitte mit, ich bringe Sie zu Herrn Gerber.«

»Wie nett«, antwortete Jana. »Also gibt's hier doch noch jemanden mit Manieren.«

»Äh …? Wie meinen Sie das?«

»Vergessen Sie's. Wo geht's lang?«

Viel bekamen sie von dem Haus nicht zu sehen, lediglich die imponierende Eingangshalle, und ein linker Hand gelegenes Zimmer. Es war klein, und zu allem Überfluss hatten die Besitzer auch noch einen Kamin hineingequetscht.

»Herr Gerber wird gleich bei Ihnen sein.« Der Sicherheitsmann verschwand.

»Wieso baut man in ein riesiges Haus so ein Kabuff?« Jana setzte sich auf einen Lehnstuhl mit moosgrünem Lederpolster.

»Um Besuchern wie uns ihre Bedeutungslosigkeit zu demonstrieren.« Steven trat ans Fenster. Im Garten erkannte er Anton Gerber, der regungslos neben einem Fliederbusch stand und auf den Boden starrte, als wäre dort ein Schatz vergraben. Einen Moment beobachtete er den Dreiunddreißigjährigen noch, dann ließ er sich neben Jana nieder. In der Luft hing das Aroma von Zigarrenrauch. Vor ihnen spiegelte ein schmaler Glastisch das Licht der gedämpften Deckenstrahler, dahinter standen zwei weitere Stühle. Des Weiteren beherbergte der Raum noch eine Vitrine mit Minibar und deckenhohe Bücherregale. Steven musterte die Einbände. »Nicht zu glauben!« Er lachte. »Sofern du noch einen Beweis für meine These brauchst, sieh dir mal die Titel an. Klassiker verschiedener Genres. Der Hausherr muss einen erbärmlich kleinen Pimmel haben.«

»Da irren Sie sich.« Unbemerkt war die Tür geöffnet worden. Herein trat nicht Anton Gerber, sondern ein grauhaariger Mann mit kantigem Gesicht und stechend blauen Augen. Er trug einen beigefarbenen Anzug mit Weste und Krawatte, seine steifen Bewegungen vervollständigten das aristokratische Erscheinungsbild. Stevens Gesicht rötete sich.

»Äh …«

»Das hier ist meine Bibliothek«, fuhr Gerber senior fort, während er zur Vitrine ging, sie öffnete und sich ein Glas füllte. Der Form der Flasche nach tippte Steven auf Gin. »Beim Lesen mag ich keine Ablenkung. Daher nur der Kamin, die Bücher und …«, er hob das Glas, »ein Mittel gegen das Austrocknen der Kehle.«

Er setzte sich ihnen gegenüber. Das Glas stellte er auf dem Tisch ab, ohne ihnen etwas anzubieten. »Sie haben um ein Gespräch gebeten?«

»Richtig. Allerdings mit Ihrem Sohn«, erwiderte Jana.

»Der ist gleich hier.« Er führte das Glas zum Mund. »Ich dachte mir, ich vertreibe Ihnen die Wartezeit.«

»Sehr freundlich.«

»Was genau führt Sie her? Haben Sie die marodierende Bande erwischt? Ein paar Stunden zu spät. Ziemlich konfus, was die Polizei in den letzten Tagen geleistet hat. Na ja, wenigstens hat mein Sohn überlebt. Bislang.«

»Auf Außenstehende wirkt immer alles ganz einfach.« Steven verschränkte die Arme. »Ich quatsch doch auch nicht klug über Immobilien daher, das ist Ihr Fachgebiet. Und dass Sie darin gut sind, ist sogar von der Straße aus zu erkennen.«

»Und Sie?« Jetzt röteten sich die Wangen des Hausherrn. »Sind auch Sie gut in dem, was Sie tun?«

»Da dürfen Sie sich absolut sicher sein. Könnte sich Ihr Sohn allmählich zu uns bequemen? Wir haben Wichtigeres zu tun, als im Wartezimmer zu hocken. In seinem eigenen Interesse übrigens.«

Langsam nickte der Mann. »Gut, Herr Haberland. Ich hole ihn.«

»Sie kennen meinen Namen?«

»Denken Sie, mein Sohn engagiert Amateure? Sie haben doch unten am Tor Ihren Ausweis gezeigt.« Grußlos verließ er den Raum.

»Wenn wir hauptsächlich hier sind, um deeskalierend zu wirken, hast du genau die richtige Wortwahl gefunden«, frotzelte Jana.

»Ist mir völlig egal. Selbst wenn mich der BKA-Präsident höchstpersönlich rügen sollte.«

»Was ist denn los?«

Steven machte eine wegwerfende Geste. »Schmutzige Spielchen gibt's auch im BKA. Mehr dazu später.«

Janas Handy brummte. »Was ist denn schon wieder …« Sie griff danach, dann weiteten sich ihre Augen. »Wir haben eine Spur zum *Ledermann*.«

»Dem Folterknecht des verschwundenen Schreiners?«

»Ein Profil dieses Namens gibt es auf drei einschlägigen Dating-Webseiten. Auf einer davon war auch der Schreiner aktiv.«

»Und weiter?«

»Es ist kein deutscher Anbieter, weitere Infos dürften also schwierig zu bekommen sein. Mehr als die IP-Adresse käme eh nicht dabei raus, da man sich anonym registrieren kann. Aber das wär ja schon was. Bisher können wir uns nur hierauf stützen.« Sie zeigte Steven ein Foto. »Das Profilbild vom *Ledermann*.«

»Eine geballte Faust.«

»Wichtiger ist das hier.« Sie deutete auf ein ledernes Armband. »Anton Gerber trägt so eins. Im Netz gibt es mehrere Fotos, auf denen es zu sehen ist.«

Steven starrte sie an. »Dann ist er …?«

»Noch wissen wir nicht, ob es überhaupt seine Hand ist. Allerdings … hier zwischen Daumen und Zeigefinger gibt es einen kleinen, aber auffälligen Leberfleck.«

»Wenn er so einen hat, können wir ihn also gleich mitnehmen.«

Jana schüttelte den Kopf. »Die Beweislage ist noch zu dünn, im Moment würde kein Richter einen Haftbefehl ausstellen. Es ist ja gar nicht erwiesen, dass der *Ledermann* hinter dem Blutbad steckt. Vorsichtig vorfühlen sollten wir trotzdem.«

»Geht klar.«

»Hast du das *vorsichtig* auch nicht überhört?«

Steven grinste. »Bei Bedarf kann ich wie der harmloseste Dorfpolizist auftreten. Heute reicht es aber wohl, wenn ich den sanftmütigen und kompetenten BKA-Beamten gebe.«

Das tat er dann eine gute Viertelstunde lang, nachdem sich Anton Gerber schließlich zu ihnen gesellt hatte. Irene Knopf hätte ihre Freude daran gehabt, wie er den Kampf gegen die Feinde der *Weißen* präsentierte – ohne dabei irgendwelche Details zu offenbaren. Beeindruckt wirkte der Stellvertretende Parteivorsitzende daraufhin zwar nicht, aber auch nicht abweisend. Vielmehr etwas desinteressiert und abwesend. Eine Ähnlichkeit zu seinem Vater war vorhanden, wenn auch nicht allzu stark. Das Gesicht war länglicher, die Züge markanter, die Lippen hingegen voller. Der Blick seiner blauen Augen wirkte weniger stechend und verlor sich gerade an der Wand hinter den Ermittlern. Er wurde erst aufmerksamer, als sich Jana in das Gespräch einbrachte.

»Oliver Bär teilte vor seinem Tod mit, keine persönlichen Drohungen erhalten zu haben. Wie ist das bei Ihnen? Auch über Erpressungsversuche müssen wir Bescheid wissen.«

»Erpressung?« Der Dreiunddreißigjährige faltete seine Hände, und Steven bemerkte den auffälligen Leberfleck zwischen Daumen und Zeigefinger. Das Armband darüber fehlte aber. »Beschimpfungen gibt's ständig, hab mich dran gewöhnt. Erpressen wollte mich noch keiner. Womit auch?«

»Es kann alle möglichen Gründe geben. Eine Beziehung zum Beispiel.«

»Ich lebe allein. Bis auf …« Er stockte.

»Bis auf wen?«, hakte Jana nach.

»Meinen Hund.« Er räusperte sich und fuhr sich durch die nach hinten gekämmten Haare, die auch einem Surfer gut gestanden hätten. Selbst sein Outfit aus Jeans und Pulli deutete nicht auf die Gesinnung hin. »Hab noch nicht ganz verinnerlicht, dass er gestorben ist. Gestern, um genau zu sein.«

Steven wurde hellhörig. »Wie ist er gestorben?«

»Altersschwäche.« Gerbers Gesicht war regungslos, seine Stimme nun leiser. »Er war siebzehn Jahre alt, da musste keiner nachhelfen.«

»Verstehe.« Jana löste ihren Blick von Gerbers Handrücken. »Aber abgesehen von Ihrem Hund haben Sie doch sicher nicht Ihr ganzes Leben lang ohne Beziehung gelebt. Gibt es etwas, das wir wissen sollten?«

»Nein, da bin ich mir sicher.«

Steven räusperte sich. »Uns sind Gerüchte aus Ihrer Studentenzeit zu Ohren gekommen.«

»Was denn für Gerüchte?« Es fehlte nicht viel, und er wäre aufgesprungen. Allerdings wirkte er nicht aggressiv, sondern verstört. Im Vergleich zu Eckstein und Bär hatte er sich deutlich weniger unter Kontrolle, sodass Steven sich verfluchte, ihn nicht schon eher aufgesucht zu haben.

»Kann es Feinde aus dieser Zeit geben?«

»Ausgeschlossen.«

»Waren Sie in derselben rechten Burschenschaft wie die Herren Eckstein und Bär?«

»Nein, da hab ich mich ferngehalten.«

»Könnten aber die beiden damals jemanden so heftig gegen sich aufgebracht haben, dass die Wut bis heute lodert?«

Gerber schüttelte den Kopf. Seine Stimme wurde wieder kräftiger. »Was sind das für absurde Theorien? Seit der Parteigründung werden wir von Linken angefeindet und angegriffen. Aber Sie suchen nach persönlichen Motiven? Ich kann's nicht fassen!«

»Wir suchen *auch* nach *möglichen* persönlichen Motiven«, korrigierte Steven. »Das eine schließt das andere nicht aus. Solange die Täter noch nicht gefasst sind, ist es sogar notwendig. Andernfalls könnten Sie uns zu Recht eine schlampige Ermittlung vorwerfen.«

»Wie Sie meinen. Aber da ist nichts.«

»Kommen wir zu einem anderen, aktuelleren Gerücht.« Janas Tonfall wurde betont rücksichtsvoll. »Das wird jetzt persönlich, muss aber geklärt werden.«

»Ich bin gespannt.«

»Sind Sie homosexuell?«

Fast hätte Steven losgelacht. Gerber glotzte Jana mit offenem Mund an, seine Gesichtsfarbe wurde erst weiß, dann knallrot. Ein klareres »Ja« konnte es nicht geben.

»Sind Sie bekloppt?«, empörte sich der Politiker. »Ich … eine Schwuchtel?«

»Von Schwuchtel hab ich nicht gesprochen.« Jana blieb souverän. »Nur von einem Gerücht, von dem ich nicht beurteilen kann, ob es stimmt.«

»Lachhaft!« Er strich sich mit den Fingern über die kantigen Gesichtszüge.

»Oder gefährlich«, konterte Steven. »Sollte es nämlich zutreffen, wären Sie sehr wohl erpressbar. Immerhin ist bekannt, dass … nun ja … bei den *Weißen* keine Regenbogenflaggen gehisst werden.«

»Ich bin nicht …« Er ballte die Fäuste, dann atmete er durch. »Selbst wenn ich es wäre, würde das den Feldzug gegen unsere Partei nicht erklären.«

»Wie gesagt. Es *könnte* ja auch eine private Motivation geben.«

»Tut's aber nicht. Machen Sie lieber ein paar Razzien in der linken Szene. Wenn Sie dort aufgeräumt haben und die Attacken trotzdem weitergehen, dann können wir noch mal über solche abwegigen Theorien sprechen. Sind wir fertig?«

»Sicher.« Steven stand auf und reichte ihm die Hand. Während sich auch Jana von dem Politiker verabschiedete, fiel sein Blick auf ein mottenzerfressenes Tierfell, das an der Wand zwischen zwei Bücherregalen baumelte. Daneben hing ein gerahmtes Schwarz-Weiß-Foto. Steven stellte sich davor und betrachtete es.

»Mein Urgroßvater.« Gerber trat neben ihn. »Mit ihm endete die Familientradition. Das Fell hier war das letzte, das von ihm bearbeitet worden ist.«

»Bearbeitet?« Jana stand schon an der Tür.

»Daher stammt unser Familienname. Unsere Vorfahren waren Gerber. Haben also Tierhäute zu Leder verarbeitet.«

»Interessant.« Steven fuhr mit dem Finger über das Erinnerungsstück. Der Name *Ledermann* bekam damit eine ganz andere Bedeutung. Der Schreiner hatte mit der Anmerkung gegenüber seinem Freund völlig richtiggelegen. Es war durchaus kreativ, dass sich Anton Gerber als *Ledermann* bezeichnete. Zugleich war es aber auch unfassbar leichtsinnig.

Kapitel 9

Nicht mal das strahlende Licht der Frühlingssonne vermochte die Tristesse abzumildern. Die kürzeste Strecke vom Zentrum Leipzigs zum Haselbacher See führte am Tagebau Vereinigtes Schleenhain vorbei, wo seit 1949 Braunkohle gefördert wurde. Der Betrieb sollte noch bis 2040 weiterlaufen, und Laura dachte an ihre letzte Ermittlung zurück, bei der auch die Umweltbilanz dieses Energieträgers eine Rolle gespielt hatte. Hier, südlich von Leipzig, fiel vor allem die Trostlosigkeit der Landschaft auf, sodass sie keine Lust verspürte, den Aussichtspunkt bei dem Ort Deutzen zu besteigen, um die Mondlandschaft eingehender zu betrachten.

Wenige Kilometer weiter änderte sich das Ambiente grundlegend. Der Haselbacher See spiegelte das tiefe Blau des Himmels, sein Ufer war teils bewaldet und teils von Wiesen gesäumt. Er war ein beliebtes Ziel für Badegäste aus Sachsen und Thüringen – die Landesgrenze verlief mitten durch das Gewässer. Im April war es noch zu kalt zum Baden, außerdem war es früher Donnerstagnachmittag, sodass nur wenige Menschen zu sehen waren. Im Rückspiegel prüfte Laura unauffällig ihren Mund. Das Herpesbläschen ließ sich von der Salbe weiterhin nicht beeindrucken, rasch sah sie auf die Straße zurück.

Auch ihr Beifahrer blickte schweigend auf die idyllische Landschaft. Während der ganzen Fahrt hatte Seidl wenig gesprochen, nur dann und wann auf einem Handy herumgetippt. Sein altes Telefon war von dem Angreifer in Leipzig zertreten worden, also hatte er sich im Anschluss an die Arztvisite ein neues besorgt.

Da sich die Nachforschungen zu den Mitgliedern des *Deutsch-Kurses* hingezogen hatten, waren sie später als geplant aufgebrochen. Das Warten hatte sich gelohnt, denn Laura hatte so fundierte Informationen aus der BKA-Zentrale erhalten, dass sie inzwischen selbst neugierig auf das ominöse *Haus am See* war. Ohne das Foto und die Aussagen des Inhabers vom *Schwarzen Wolf* wären die Ermittler allerdings kaum auf die wiederholten Anzeigen von Nachbarn gestoßen, wonach auf besagtem Gelände nicht nur Ruhestörungen stattgefunden hatten, sondern auch mit Waffen hantiert worden war. Unter anderem mit einer Armbrust.

Weder bei Eckstein, Bär oder Gerber konnte ein Immobilienbesitz nahe Leipzig festgestellt werden, dafür aber bei Rudolf Dombrowski, an den sich der Wirt aufgrund des Verfahrens wegen eines sexuellen Übergriffs explizit erinnert hatte. Seine Familie stammte zwar aus der Arbeiterschicht, hatte aber seit mehreren Generationen ein Grundstück in einem kleinen Nest am Westufer des Haselbacher Sees besessen. Erst vor drei Jahren war es von Dombrowski verkauft worden.

Anhand des Fotos aus dem *Schwarzen Wolf* war zudem ein weiterer Mann identifiziert worden. Dem heutigen Inhaber war der beleibte Student als *Wilder Andi* in Erinnerung geblieben, bürgerlich hieß der Vierunddreißigjährige Andreas Mack und war wegen Waffenbesitzes und Körperverletzung vorbestraft. Das sechste Mitglied des sogenannten *Deutsch-Kurses* hatte dagegen nicht identifiziert werden können, da nur seine Rückenansicht zu sehen war.

»Dahinter muss einfach eine Geschichte mit Brisanz stecken«, brach Seidl sein Schweigen. »Als ich Eckstein gegenüber Leipzig erwähnte, wurde er nervös. Aber nicht wegen der Burschenschaft. Ich würde zu gern wissen, was die damals ausgefressen haben!«

Das ging Laura nicht anders, insbesondere wegen der Armbrust – eine Information, die sie vor Seidl zurückhielt. Sie hatte ihm lediglich mitgeteilt, dass die DNA-Auswertung der Spuren von der *Anonymus*-Maske abgeschlossen und die Identität seines Angreifers damit bekannt war: ein siebzehnjähriger, polizeibekannter Hamburger, der sich in rechten Kreisen tummelte und aus einem gutbürgerlichen Elternhaus stammte. Mit seinem Namen konnte Seidl nichts anfangen, aber es lag ohnehin nahe, dass der Teenager nicht aus eigenem Antrieb gehandelt hatte. Die Fahndung nach ihm lief, allerdings – da er sein Handy im Haus seiner Eltern zurückgelassen hatte – unter erschwerten Bedingungen.

Laura setzte den Blinker und bog in ein Wohngebiet mit überschaubarer Bebauung ab. »*Haus am See* ist ganz schön übertrieben«, meinte sie. »Von hier sind es bestimmt fünfhundert Meter bis zum Wasser. Außerdem ist das hier zwar ein kleines Kaff, aber ich hatte mir ein noch abgelegeneres Grundstück vorgestellt.«

»Vielleicht war es hier früher dünner besiedelt.« Seidl zeigte auf ein paar Häuser neueren Datums. »Dreißig bis vierzig Minuten von Leipzig entfernt, eine S-Bahn in der Nähe. Für Familien ideal.«

»Aber nur, solange die Kinder klein sind«, erwiderte Laura.

»Haben Sie Kinder?«

»Einen Sohn. Der studiert aber schon. Wir sind da.« Laura stellte den Motor des Mietwagens ab. »Auch ein Neubau, früher hat's hier also anders ausgesehen.«

Seidl öffnete die Tür und stemmte sich stöhnend aus dem Sitz.

»Sie hätten eben länger im Krankenhaus …«, setzte sie an, da warf er auch schon die Tür ins Schloss.

Laura verdrehte die Augen und stieg ebenfalls aus. Aus Seidl wurde sie nicht schlau. Mal war er voller Antriebskraft, dann wieder verschlossen und abwesend. Als sie neben ihn trat, nahm er eine Zigarettenschachtel in die Hand, betrachtete sie und steckte sie wieder weg.

»Auf dem Weg zum Nichtraucher?«, fragte sie.

»Kommt mir nur … unpassend vor. Seit dem Überfall schmeckt's mir nicht mehr.«

»Dann war's ja für was gut.«

Er schmunzelte. »Eine radikale Therapieform, kann ich nicht weiterempfehlen. Was ist Ihr Laster?«

»Erzähl ich bestimmt keinem Journalisten. Also … ich sollte das *Haus am See* für Sie finden, und hier sind wir. Wie geht's weiter?«

Sein Lächeln wurde breiter. »Das fragen Sie mich? Sie sind die Polizistin!«

»Ich hör mich bei den Nachbarn um.«

»Einverstanden.«

Nachdenklich sah Laura ihn an, als er stehen blieb. »Und Sie?«

»Wie meinen Sie das?«

»Was Sie jetzt vorhaben.«

»Ich begleite Sie natürlich.«

»Das … Sie können sich nicht einfach in eine Ermittlung einklinken. Zeugenbefragungen unter Anwesenheit eines Reporters?« Sie zog eine Augenbraue hoch. »Geht's noch?«

»War einen Versuch wert. Dann schau ich mich ein wenig um. Treffen wir uns in einer Stunde hier am Wagen?«

»In Ordnung, bis später.« Laura ging zum Nachbargrundstück und begutachtete dabei das Anwesen, das bis vor drei Jahren Dombrowski gehört hatte. Es war groß, sicher zweitausend Quadratmeter. Hinter dem neu errichteten Haus erstreckte sich der Garten bis zu einem Feldrand, dort endete der Ort. Links und rechts standen Gebäude älteren Baujahrs, vor einem hängte ein betagter Mann Wäsche auf. Seine Neugierde konnte er kaum verbergen, immer wieder schielte er in Lauras Richtung. Grüßend hob sie die Hand und näherte sich einem schiefen Gartentor aus morschen Holzplanken.

»Suchen Sie jemanden?« Gebeugt kam er näher, in seinem Mundwinkel hing eine Pfeife.

»Jemanden, der schon lange hier wohnt.«

»Aha. Immobilienmaklerin?«

Perplex sah Laura erst zu ihm und dann an sich herunter. Sie trug ihre obligatorische Wildlederjacke, einen gestreiften Pullover und eine Jeans. Die ursprüngliche Farbe ihrer Boots war wegen der Staubschicht nur zu erahnen. »Wie kommen Sie darauf?«

»Weil ich schon häufig solchen Besuch hatte. Genau wie die anderen, die hier leben.«

Sie zog ihren Ausweis hervor. »Laura Westermann vom BKA.«

»BKA?« Er kam näher, sein Misstrauen war mit Händen zu greifen.

»Bundeskriminalamt.«

»Ich weiß, was das BKA ist. Wohne ja nicht im Tal der Ahnungslosen.«

»Nein, da hätte ich bis Greifswald oder Dresden fahren müssen«, erwiderte Laura.

»Sie sind eine von uns?«

»Zumindest auch in der DDR aufgewachsen.« Fünfzehn Prozent der damaligen Bevölkerung hatte in Gegenden gewohnt, in denen der Empfang westdeutscher Radio- und Fernsehsender nicht oder nur schwer möglich gewesen war. Laura hatte ihre Kindheit und Jugend am Nordrand des Thüringer Waldes verbracht, im sogenannten Tal der Ahnungslosen hatte Ilmenau aber nicht gelegen.

»Ich bin an der nicht ganz so weit entfernten Vergangenheit interessiert«, fuhr sie fort. »Dreizehn Jahre, um genau zu sein.«

»Da hab ich hier gewohnt.« Er stützte sich auf dem Gartentor ab und saugte schmatzend an seiner Pfeife. »Wie fast alle in der Straße. Aber das ändert sich.« Er machte eine Kopfbewegung nach rechts. »Hier hat's schon angefangen.«

»Genau wegen diesem Grundstück bin ich hier.«

»Ach, haben die was ausgefressen? Ist das da drüben Ihr Kollege? Wird er die Leute gleich festnehmen? Das hätte ich nicht gedacht.«

Laura sah zu dem Neubau hinüber und runzelte die Stirn. Das war eindeutig Seidl, der dort gerade auf die Klingel drückte.

»Nein«, beantwortete sie sämtliche Fragen. »Aber erinnern Sie sich an den Vorbesitzer?«

»Natürlich! Der Großvater war in Ordnung, danach ging's aber bergab. Bevor dieser Kasten hochgezogen wurde, stand da nur ein kleines Häuschen.«

»Und darin wohnten die Dombrowskis?«

»Nee. Die bauten hier nur Gemüse an, hatten Obstbäume und 'nen Fischteich. Sie wissen ja, dass man in der DDR besser selbst für sich sorgte. Die Familie wohnte drüben in Thüringen. In Altenburg.«

»Ich müsste wissen, was hier so vor sich ging, als Rudolf Dombrowski Student war.«

»Rudolf war ein Nichtsnutz! Gut, dass er das verlotterte Grundstück verkauft hat. Auch wenn die Neuen …«

»Bleiben wir mal bei Rudolf. Er soll öfter mit Kommilitonen hier gewesen sein. Haben Sie davon was mitbekommen?«

Er deutete auf die Häuser in der Nachbarschaft. »Jeder! Es war unmöglich, das nicht mitzubekommen. Die haben gesoffen, gegrölt, Flaschen zerschlagen, Leute angepöbelt und ...«

»... und geschossen?«

»Ja. Im Garten und drüben im Wald.«

»Auch mit einer Armbrust?«

Seine Augen verengten sich. »Wieso interessiert Sie das heute? Damals gab's nur ein paar Ermahnungen, und das war's.«

»Könnte in einer Ermittlung eine Rolle spielen. Also: Wie war das mit der Armbrust?«

»Damit auch. Meistens waren sie zu sechst. Rechtes Gesindel. Eine Zeit lang war noch ein siebter Kerl dabei. Groß, blond, muskulös. Nicht nur meine Frau war beeindruckt, die Mädchen hier im Dorf reckten immer die Hälse. Er konnte mit der Armbrust wohl gut umgehen und brachte den anderen das Schießen bei. Aber das war ja das Harmloseste, weil es keinen Lärm gemacht hat.«

Diese Einschätzung teilte Laura in keiner Weise. »Wissen Sie, wer dieser Mann war?«

»Leider nicht. Aber ungefähr so alt wie die anderen.«

»Und die Namen der anderen?«

Er zuckte mit den Schultern.

»Kann Ihre Frau vielleicht ...?«

»Die ist tot. Starb kurz nachdem es dort drüben endlich ruhig wurde.«

»Wie meinen Sie das?«

»Erst hatte sie eine Geschwulst an der ...«

»Ich meine die plötzliche Ruhe.«

»Na ja.« Er klopfte die Pfeife aus. »Zu der Zeit, als dieser ... Schönling dazukam, da waren sie 'ne ganze Weile täglich hier. Meistens drinnen, selten im Garten. Sogar nachts kam manchmal ein Auto oder fuhr weg. Hat aber nicht groß gestört, und auf einmal blieben sie für immer weg. Auch Rudolf hab ich seitdem nicht mehr gesehen.«

»Ist Ihnen sonst noch etwas aufgefallen?«

»Nee, reicht doch, oder?«

Laura hätte durchaus noch mehr Informationen vertragen können, aber auch die Befragungen der anderen Nachbarn brachten keine weiteren Erkenntnisse. Seidl schien mit seiner Vermutung auf dem Holzweg zu sein. Eine Truppe mit rechter Gesinnung hatte sich hier wiederholt volllaufen lassen und Testosteron abgebaut, aber das war sicher nicht der Skandal, nach dem er suchte. Blieb die Armbrust. Konnte es wirklich Zufall sein, dass Eckstein, Bär und Gerber schon selbst mit einer solchen Waffe geschossen hatten?

Als sie beim Mietwagen eintraf, wartete der Journalist bereits auf sie. Offenbar hatten sich seine Gedanken zur eigenen Vergänglichkeit wieder verflüchtigt, denn er trat gerade eine Zigarette aus. Seine Wangen waren gerötet.

»Ich hab's geahnt«, sagte er.

»Ach ja?«

»Waren Sie etwa nicht bei den neuen Besitzern?«

»Nein. Die sind vor drei Jahren aus Gera hierhergezogen und können somit nicht …«

»Die haben aber die alte Hütte abreißen lassen und darunter eine überraschende Entdeckung gemacht.«

»Und zwar?«

»Sie war massiv unterkellert. Die Bauarbeiter sollen auf einen Bunker getippt haben, gebaut während des Zweiten Weltkriegs. Er war größer und älter als das darüberstehende Gebäude.«

»Was ist das Spannende daran? Lagen dort Devotionalien aus der Nazi-Zeit?«

»Nein, er war völlig leer. Aber in einem Raum fielen große Flecken auf. Einer der Bauarbeiter stammte aus einer Metzgerfamilie. Nach seiner Meinung ist dort unten jede Menge Blut geflossen. Er vermutete, dass Tiere zerlegt wurden.«

»Und Sie glauben eher an Menschen? Jetzt hören Sie aber …«

»Die müssen ja niemanden zerteilt haben. Aber irgendetwas Abstruses werden … *müssen* sie veranstaltet haben. Denken Sie an Ecksteins Reaktion auf …«

»Diese Reaktion kann auch andere Gründe haben … oder Sie haben sie generell falsch interpretiert.«

»Frau Westermann!« Er legte seine Hände auf ihre Schultern, was Laura äußerst unpassend fand. »Journalisten und Polizisten sind sich nicht unähnlich. Mit der Zeit entwickelt man ein Gespür und ein Auge für Details. Ich habe mir das nicht eingebildet, das können Sie mir glauben!«

Mit einem Schritt zur Seite entzog sich Laura der Berührung. »Aus einem bestimmten Grund bin ich bereit, Ihrer Theorie weiter nachzugehen: Die jungen Männer hatten im Garten Armbrustschießen geübt. Kann Zufall sein, aber …«

»… es wäre der größtmögliche Zufall.« Seidl nickte. »Der Täter, den Sie jagen, benutzt diese Waffe aus gutem Grund. Und dieser Grund ist vermutlich genau hier zu finden.«

»Hier werden wir gar nichts mehr finden.« Laura ging zur Fahrertür und zog sie auf. »Der Keller wurde doch auch zerstört, oder hab ich da was falsch verstanden?«

»Nein, das stimmt.«

»Ich werde veranlassen, dass alle in der Umgebung befragt werden. Vielleicht ist entfernteren Bewohnern noch mehr in Erinnerung geblieben. Vor allem benötigen wir die Identitäten aller Beteiligten. Bisher kennen wir erst fünf, zwei fehlen. Der Unbekannte auf dem Gruppenfoto aus dem *Schwarzen Wolf* und der Armbrustschütze.«

»Wie schön, dass Sie *wir* sagen.«

»Nicht ohne Grund. Sie haben versprochen, mir bei der Suche nach Mirka zu helfen. Vielleicht ist er einer von den beiden Unbekannten.«

»Ein alter Zwist unter Rechten, der jetzt wieder auflodert? Aber die Toten in Niederdorla haben vermutlich nichts mit dem *Deutsch-Kurs* zu tun. Zumindest sind sie nicht auf diesem Foto.«

»Der Täter könnte die Seiten gewechselt haben – und sein eigentliches Opfer in Niederdorla knapp mit dem Pfeil verfehlt haben.«

Seidl war ihr um den Wagen gefolgt. Seine Augen funkelten. »Spannende Theorie. Aber was ist mit dem Schatzmeister, der mit einer Pistole erschossen wurde? Der kann allein vom Alter her nicht zu dem *Deutsch-Kurs* gehört haben. Unterschiedliche Täterkreise oder …?«

»An dieser Stelle endet unser Austausch zur Ermittlung.« Laura öffnete die Wagentür. »Ich habe Ihnen bei Ihrer Recherche geholfen, im Gegenzug forschen Sie nach Mirka.«

»Moment!« Er hob den Arm. »Ihre erste Zusage haben Sie eingehalten. Aber was ist mit Dombrowskis Adresse?«

»Steigen Sie halt endlich mal ein! Wir fahren jetzt zu ihm.«

Seidl sah sie wortlos an, dann klappte er den Mund zu und beeilte sich, auf die Beifahrerseite des Fahrzeugs zu gelangen.

Steven schlich mit seinen O-Beinen um den Nissan herum wie ein Fuchs um den Kaninchenbau. Alles deutete darauf hin, dass dies das von den Zeugen beobachtete Fahrzeug des Armbrustschützen war, in dem er geflohen sein musste, nachdem er Oliver Bär auf offener Straße mit einem Pfeil erlegt hatte. Das blaue Auto stand auf dem Hof des Hamburger Polizeipräsidiums, auf der Fahrer- und Beifahrertür befand sich ein graues Symbol aus verschlungenen Linien, die im Inneren in einem Punkt endeten. Wofür dieses Zeichen stehen sollte, war am Heck des Wagens zu lesen.

»*magicalstones.de*« Steven wandte sich zu Jana um. »Was soll das sein?«

»Ein Webshop für Steine mit Heilkräften.«

»Kennst du dich damit aus?«

»In meine Bettpfosten wurden welche eingearbeitet. Hast du ihre Kräfte letzte Nacht nicht gespürt?«

»Pst, verdammt!« Steven sah zur Seite. Zum Glück war Irene Knopf gerade in ein Gespräch mit seinem Kollegen Alexander Pfeiffer vertieft – was Stevens Laune nicht hob.

»Angst, dass deine Chefin hinter unser Techtelmechtel kommt?« Janas braune Augen funkelten. »Seid sie hier ist, sinkt deine Laune stündlich. Krassen Haarschnitt hat sie übrigens. Vielleicht sollte ich mich auch mal verändern.« Ihre Finger fächerten die langen schwarzen Haare auf.

»Wenn du dir so eine Prinz-Eisenherz-Frisur zulegst, war ich das letzte Mal in deinem Bett.«

»Wer sagt denn, dass ich dich da überhaupt noch mal reinlasse?«

Steven stöhnte leise und warf erneut einen Blick zu seiner Chefin. Als würde sie es bemerken, drehte sie sich um und kam herüber.

»Wo wurde dieser Wagen gefunden?«, fragte sie.

»Auf dem Rastplatz Melmshöhe an der A1«, teilte Jana mit. »Kurz vor Lübeck.«

»Was verbirgt sich hinter *magicalstones*?«, wiederholte Stevens Vorgesetzte seine Frage von eben. Diesmal fiel Janas Antwort professionell aus.

»Eine zweiundsechzigjährige Einzelunternehmerin, die diverse Märkte und Feste bereist. Sie verkauft Heilsteine verschiedenster Art, den Webshop hat ihr Enkel eingerichtet. Ihm gehört auch das Basecap. Er hat es auf der Rückbank liegen gelassen, gelegentlich begleitet er seine Oma. Den Wagen stellt sie immer in irgendeiner Straße in Altona ab. Dort sind Parkplätze dünn gesät. Ihr fiel erst gestern auf, dass er gestohlen wurde.«

»Was bedeutet das Symbol?«, fragte Steven.

»Irgendwas mit energetischen Strömen. Übrigens sollte der Nissan eigentlich abgefackelt werden. Im Kofferraum und im Innenbereich wurde Benzin verschüttet.«

»Vielleicht hatte die Besitzerin einen ihrer Kraftsteine drinnen liegen, und der hat sich als Schutzstein erwiesen.« Irene Knopf verzog keine Miene, während Steven sie überrascht ansah. Eine humorvolle Seite hatte er an ihr bislang nicht entdeckt. Sofort war sie auch wieder die Zielstrebigkeit in Person, darin unterschied sie sich kaum von Laura. »Hilfreiche Zeugenaussagen?«

Jana schüttelte den Kopf. »Auch keine Gegenstände, die nicht der eigentlichen Besitzerin zuzuordnen sind. Aber es gibt eine reelle Chance auf DNA-Spuren. Da der Nissan verbrannt werden sollte, wird er vorher kaum gründlich saubergemacht worden sein.«

»Wäre der erste richtige Fehler des Täters«, meinte Steven.

»Lasst uns reingehen«, schlug Jana vor. »Bei der Durchsuchung von Bärs Haus gab es Auffälligkeiten, die wir uns anhören sollten.«

»Einen Moment noch.« Steven sah zu Irene Knopf hinauf. Wie er ihre hohen Schuhabsätze hasste! »Ich müsste kurz mit Ihnen reden. Unter vier Augen.«

Täuschte er sich, oder sah sie alarmiert aus? »Natürlich«, erwiderte sie.

Jana räusperte sich. »Ja … gut. Ich geh schon mal vor.«

»Nimm ihn mit rein.« Steven deutete auf Alexander. »Aber pass auf, dass er dir nicht sein Panther-Tattoo zeigt.«

»Ach, wo hat er das denn?«

»Angeblich am rechten Oberschenkel, mit einer bis zum Bauchnabel ausgestreckten Pranke. Bis gleich.« Sanft schob er sie an und hoffte, dass Irene Knopf die Berührung nur als kumpelhafte Geste einstufte. Aber ihre Miene war mal wieder unergründlich.

»Um was geht es?«, fragte seine Chefin, als sie allein waren.

»Wieso ist Alexander hier?«

»Weil er ab sofort in unserer Abteilung arbeitet. Er sollte eigentlich erst im Sommer anfangen, aber aufgrund der Dringlichkeit …«

»Weshalb haben Sie uns nichts davon erzählt?«

»Alles zu seiner Zeit. Ich wollte das persönlich tun, sobald Sie und Frau Westermann wieder in Bonn …«

»Hätte dieses Gespräch noch in meinem alten oder in meinem neuen Büro stattgefunden?«

Ihre weichen Gesichtszüge verhärteten sich. »Auf was wollen Sie eigentlich …?«

»Ich will darauf hinaus, dass es mich ankotzt!« Wütend sah er auf das Muttermal, das sich oberhalb ihrer Nasenwurzel wie ein drittes Auge ausnahm. »Alexander hat Laura bei der Weihnachtsfeier belästigt, nutzt jede Gelegenheit, um den Macho heraushängen zu lassen und ist auch nicht gerade der Talentierteste in unserem Laden. Aber da er Ihnen bei einer internen Ermittlung beigesprungen ist, spielt das jetzt alles keine Rolle?«

»Herr Haberland, es reicht.«

»Ich darf mich hier noch mal abstrampeln, nur um anschließend abserviert zu werden. Soll mich professionell durch die braune Scheiße wühlen, nur um danach …«

»Ich sagte, dass es reicht!« Sie wurde nicht laut, der Klang ihrer Stimme ließ ihn dennoch verstummen. »Da Sie von Professionalität sprechen: Ich versuche gerade, Ihren Hintern zu retten, den Sie selbst mitten im Feuer platziert haben!«

»Was … Wovon …?«, brachte Steven heraus.

»Eiern Sie bloß nicht rum! Ihre Kollegin hat es Ihnen offensichtlich gesteckt, obwohl ich sie bei unserem Telefonat um Stillschweigen gebeten hatte. Aber darüber reden wir in Ruhe. Tun Sie nur bitte nicht so, als wären Sie das Musterexemplar eines BKA-Beamten! Und jetzt rein da, es gibt momentan Dringlicheres als Ihre Karriereängste.«

Sie drehte sich um und ging auf das Eingangsportal zu. Steven blieb noch einen Augenblick stehen und stierte auf ihren Rücken, der wie immer in der tadellos sitzenden Jacke eines Businesskostüms steckte. Auf was spielte sie an? Worüber hatte sie mit Laura gesprochen und vor allem: Weshalb hatte Laura ihm nichts erzählt? Gekränkt schickte er Verwünschungen in Richtung Leipzig, dann trabte er los, um seine Chefin einzuholen. Dies gelang ihm erst kurz vor dem Konferenzzimmer, in dem die anderen schon warteten. Steven nahm wortlos neben Jana Platz und ignorierte sowohl ihre als auch Alexanders fragenden Blicke. Der schien sich schon völlig in dieser Ermittlungsrunde zu Hause zu fühlen, lässig hing er im Stuhl, der kräftige Oberkörper dehnte das Poloshirt.

»Das Wichtigste zuerst«, eröffnete ein Kollege von Jana die Sitzung. »Die Putzkraft hat den Anschlag auf das Parteigebäude der *Weißen* gestanden.«

»Der Asylbewerber aus Eritrea?«, vergewisserte sich Steven.

»Korrekt. Ein Asylhelfer hat ihn dazu überredet, eine Aussage zu machen. Es lief so ab wie vermutet: Er stand kurz vor der Abschiebung, hatte nichts mehr zu verlieren. Ein Mann bot ihm dreißigtausend Euro an, wenn er das Benzin und Aceton ins Gebäude und in die Tiefgarage bringt. Er schwört, nicht gewusst zu haben, was in den Behältern ist. Kann sogar stimmen, denn die Spurensicherung geht davon aus, dass die Behälter per Fernzünder zum Brandbeschleuniger wurden. Zehntausend Euro erhielt der Mann sofort, zwanzigtausend sollte er zwei Tage später bekommen. Genauer morgen um fünfzehn Uhr.«

»Wo?«, fragte Jana.

»Am Fischmarkt.«

»Von dem Geständnis darf nichts nach außen dringen!« Steven drehte sich zu seiner Chefin um.

Sie nickte. »Es widerstrebt mir zwar, da es hilfreich wäre, diesen Ermittlungserfolg schnell zu verkünden. Nicht zuletzt, um den *Weißen* Wind aus den Segeln zu nehmen.«

»Könnte eher Rückenwind für sie bedeuten«, erwiderte Steven. »Ein abgelehnter eritreischer Asylbewerber als Täter – das spielt denen perfekt in die Karten.«

»Er war eher Handlanger als Täter«, korrigierte sie. »Hat er den Auftraggeber beschrieben?«

Janas Kollege nickte und legte ein Phantombild vor. Zu sehen war ein kräftiger Mann mit schwarzen Haarsträhnen, asymmetrischen Augen und schmalen Lippen.

»Damian Böning!«, entfuhr es Steven und Alexander gleichzeitig. Der Kollege hatte sich also schon ins neue Themenfeld eingearbeitet. Er bedachte Steven mit einem Seitenblick. »Der latscht schon viel zu lange unbehelligt rum. Nach meiner Meinung …«

»Morgen schnappen wir ihn uns«, fuhr ihm Steven über den Mund. »Der Eritreer muss sich als Lockvogel zur Verfügung stellen.«

»Kriegen wir hin.« Janas Kollege nickte. »Der Kerl war wohl selbst schockiert, in welchem Ausmaß er benutzt wurde. Vielleicht wusste er also tatsächlich nicht, was sich in den Behältern befand und was damit genau passieren sollte. Seine Abschiebung wird er trotzdem nicht verhindern können.«

Täuschte sich Steven oder klang darüber Zufriedenheit durch? Er verabscheute Kollegen, die ihre rechte Gesinnung mehr oder weniger offen zur Schau trugen. Noch mehr missfiel ihm, dass solche Leute überhaupt im Polizeidienst zu finden waren. Wenigstens derartige Tendenzen waren bei Alexander nicht vorhanden – auch wenn man angesichts der kurz geschnittenen Haare anderes vermuten konnte. Soweit Steven es einschätzen konnte, war der achtunddreißigjährige Kollege lediglich auf seinen muskulösen Körper fixiert, dazu ein Rüpel, Aufschneider und Schürzenjäger. Ihm konnte nicht entgehen, dass Alexander auch Jana mit unverhohlenem Interesse musterte. Aber auf diesem Terrain hatte Steven die Nase vorn, und das nicht nur, weil die Nase seines Kollegen so platt war, dass man einen Boxhintergrund vermuten musste. Leider war das der einzige äußerliche Makel.

Fast hätte Steven verpasst, dass sich die Runde dem ermordeten Oliver Bär zuwandte. Die genauere Betrachtung seiner Wohnung, E-Mails und Bankkonten hatte wertvolle Erkenntnisse geliefert.

»Er ist tatsächlich bedroht worden.« Diesmal fasste eine Kollegin von Jana den Ermittlungsstand zusammen. Eine graue Maus wie aus dem Bilderbuch. »Die Mail ging am Freitag vor dem Parteitag an seinen privaten Account. Offenbar hat Bär so erfolgreiche Vorarbeit geleistet, dass die Abstimmungsniederlage des alten Vorsitzenden absehbar gewesen war. Dessen Sohn, der übrigens Landesvorsitzender in Schleswig-Holstein ist, hat einen eindrucksvollen Text verfasst. Hier ein paar Zitate.« Sie beugte sich über einen Ausdruck und setzte eine Brille auf. »*Du bist das größte Schwein, das mir je begegnet ist; mein Vater hat dich immer unterstützt, und das ist jetzt der Dank; die Partei war sein Leben; das werdet ihr bereuen* und: *Ihr werdet nicht lange Freude an eurer neuen Macht haben.* Er ist vierzig Jahre alt, heißt Holger Lambrecht und wohnt in Rendsburg.«

»Eine interne Abrechnung?« Alexander wandte sich Steven zu. »Dann hättet ihr in die völlig falsche Richtung ermittelt.«

»*Wir* ermitteln in *alle* Richtungen«, erwiderte Steven. »Deshalb ist Laura auch gerade in Leipzig.«

»Ist gar kein Vorwurf.« Alexanders Blick hätte fast als treuherzig durchgehen können, wäre da nicht der zufriedene Zug um seinen Mund gewesen.

»Ich kann mir nicht vorstellen, dass die Täter innerhalb der Partei sitzen«, mischte sich Janas Kollege ein. »Diese Mail ist vermutlich in einem emotional aufgewühlten Zustand verfasst worden. Genauso hat es wohl auch Oliver Bär eingeschätzt und sie deshalb ignoriert.«

»Wofür er mit dem Leben bezahlt haben könnte«, erwiderte Jana. »Vielleicht hielt er die Drohung auch nur zurück, um keine internen Grabenkämpfe publik werden zu lassen. Am Wochenende finden eine Landtagswahl und eine Kommunalwahl statt, da wären entsprechende Schlagzeilen denkbar schlecht.«

»Nachgehen müssen wir der Sache in jedem Fall«, entschied Irene Knopf. »Alexander, da hängst du dich dran. Was kam bei der Durchsuchung noch raus?«

»Eine Überweisung«, ergriff Janas Kollegin wieder das Wort. »Bär hat sie gestern veranlasst. Zehntausend Euro an einen Rudolf Dombrowski, wohnhaft in Leipzig. Misstrauisch wurden wir wegen dem Betreff. *Erste Anzahlung*. Könnte auf Erpressung hindeuten.

»Leipzig?« Steven griff nach seinem Handy. »Laura kann das übernehmen.«

»Sonst noch was?«, fragte Irene Knopf.

»Oh ja!« Janas Kollegin setzte ihre Brille mit einer fast schon andächtigen Art ab. »Eine SMS. Von Dennis Burkart, dem Chef des Sicherheitsunternehmens, das *Die Weißen* seit gestern engagiert haben. Ein Rechtsradikaler mit Kontakten in die Neonazi-Szene und Teil der Führungsriege der *Wolfsschanze*.«

Steven wartete auf eine weitere Ergänzung, aber offenbar war der Frau unbekannt, dass Burkart zugleich V-Mann des Verfassungsschutzes war. »Was stand in der SMS?«, fragte er.

»*Anton hat großen Mist gebaut. Ruf mich so schnell wie möglich an.*«

»Anton Gerber?«

»Vermutlich. Und jetzt«, sie hüstelte, »wird es pikant. Einer von unseren Neuen war etwas übereifrig. Er nahm diese SMS zum Anlass, um ohne richterliche Genehmigung bei Gerbers und Burkarts Telefonanbieter Daten anzufordern. Dort muss jemand Dienst geschoben haben, der die Vorschriften nicht kennt. Dadurch verfügen wir jetzt über eine wichtige, aber zugleich nicht verwertbare Information. Sowohl Burkart als auch Gerber hielten sich gestern in Eckernförde auf. Zuerst Gerber, anderthalb Stunden später kam Burkart dazu. Beide waren anschließend noch zwei Stunden mit einem Funkmast verbunden, der das Gebiet abdeckt, in dem sich die Schreinerei befindet.«

»Welche Schreinerei?« Irene Knopf sah verwirrt in die Runde.

Rasch setzte Steven sie ins Bild.

»Verstehe«, sagte sie. »Mit illegal erworbenen Kenntnissen habe ich nicht zum ersten Mal zu tun.« Kurz streifte ihr Blick Steven, der schluckte. »Der vermisste Schreiner und das Blutbad in seiner Werkstatt gehören nicht in meinen Zuständigkeitsbereich«, fuhr sie fort, »aber ich würde empfehlen, Burkart und Gerber ab sofort zu überwachen. Irgendein Vorwand wird sich schon finden, der das rechtfertigt. Mit der Treibjagd auf *Die Weißen* hat das Ganze aber nichts zu tun, das will ich ausdrücklich klarstellen. Nicht, dass wir da mit reingezogen werden.«

»Keine Sorge.« Janas Kollege machte sich eine Notiz. »Wir besprechen das weitere Vorgehen separat.«

Die Runde löste sich auf, und Steven sonderte sich ab, um Laura auf den aktuellen Stand zu bringen. Zudem hatte er nicht vergessen, dass sie von seiner Chefin über irgendetwas informiert worden war, das sie ihm vorenthielt. Entsprechend harsch fiel seine Begrüßung aus.

»Neuer Auftrag: Such in Leipzig nach einem Rudolf Dombrowski. Er könnte Oliver Bär erpresst haben. Heute müssten auf seinem Konto zehntausend Euro von diesem Spießer eingegangen sein.«

Kurz herrschte Stille. »Sag das noch mal«, kam dann als Antwort.

»Du sollst …«

»Rudolf Dombrowski? Bärs Kumpel aus Studententagen?«

»Keine Ahnung, in welcher Verbindung die standen.«

»Aber ich. Bin gerade auf dem Weg zu ihm.«

»Warum?«

»Ich kann gerade nicht offen sprechen. Zuhören geht aber.«

»Na gut.« Angesichts dieses Hinweises beschränkte sich Steven auf die Zusammenfassung des aktuellen Sachstandes, alles andere musste warten. Zu guter Letzt erwähnte er noch den Verdacht gegen Gerber und Burkart. Eher beiläufig, aber Laura sprang sofort darauf an.

»Wir sind eben aus einem Kaff südlich von Leipzig losgefahren. Da fiel mir eine Frau auf, die wir noch nicht befragt hatten. Eine Briefträgerin.«

»*Wir*? Mit wem bist du unterwegs?«

»Mit … dem Journalisten. Er hat eine interessante Fährte aufgetan. Ist zu komplex, um das jetzt zusammenzufassen. Auf jeden Fall hielten sich Eckstein, Bär, Gerber und andere als Studenten immer wieder in diesem Dorf auf. Und die Briefträgerin ist sich sicher, dass Gerber homosexuell ist.«

»Woher will sie das wissen?«

»Weil er einmal von einem Mann hierhergefahren wurde. Zum Abschied küssten sie sich, und er stieg zwei Straßen von dem Grundstück entfernt aus, zu dem er eigentlich wollte. Ich hab der Briefträgerin ein Foto gezeigt und hab dann so was gesagt wie: *Waren doch ganz ansehnliche Kerle, wieso gab's mit denen so viele Probleme*? Da hat sie gelacht und auf Gerber gedeutet. »Sie meinen ein Schwiegermutter-Traum? Wenn die Schwiegermutter einen Sohn und keine Tochter hat, dann haben Sie recht.

»Endlich Risse an der glatt polierten Oberfläche«, meinte Steven. »Hilft uns allerdings kaum weiter.«

»Wer weiß. Inzwischen sind so viele Fäden im Spiel, dass ich sie kaum noch auseinanderhalten kann. Wer weiß, wo es Überschneidungen gibt.«

»Dann fang mal mit Rudolf Dombrowski an.«

»Wir sind gerade angekommen. Ich melde mich später.«

Stirnrunzelnd nahm Steven zur Kenntnis, dass sie aufgelegt hatte. Ihr Jagdfieber war ihm nicht neu. Dass sie dabei aber den Journalisten mitschleppte, passte nicht ins Bild – da es alles andere als regelkonform war. Wenn sie nicht aufpasste, würde sie Steven auf dem heißen Stuhl der BKA-internen Inquisition bald Gesellschaft leisten.

Vergeblich suchte Laura das Klingelbrett des Hochhauses ab, das mitten im Leipziger Viertel Grünau stand – einem Relikt des Wohnungsbauprogramms der DDR, bei dem reichlich Beton verwendet worden war. Der Name Rudolf Dombrowski war nirgends zu entdecken. Laut BKA-Zentrale war der Mann alleinstehend und dreiunddreißig Jahre alt – also im gleichen Alter wie Gerber und Bär. Absurderweise lagen zwischen den Geburtstagen der drei Männer jeweils genau drei Tage. Er bezog Hartz IV und hatte mit dem Verkauf des Grundstücks am Haselbacher See nur einen Teil seiner

Schulden begleichen können. Ob Spielsucht hinter der finanziellen Misere lag? Relevanter war für Laura jedoch, dass er von seinem Studentenfreund Bär kurz vor dessen Tod zehntausend Euro erhalten hatte. Erpressung, Hilfe oder etwas ganz anderes?

»Verdammt, es wird immer schlimmer«, murmelte eine heisere Stimme neben ihr.

Seidls Blick war weder auf die Betonwüste noch auf das Klingelbrett gerichtet, stattdessen wischte er auf dem Display seines neuen Handys hin und her.

»Was genau?«, fragte sie.

»Die neuen Umfragen. Sie wurden nach dem Parteitag der *Weißen* durchgeführt, aber noch bevor deren Gebäude in Hamburg zerstört und Bärs Ermordung publik wurde. Die Werte könnten also weiter steigen.«

»Wie ist der Stand im Moment?«

»Wohnen Sie in NRW?«, fragte er zurück.

Laura nickte.

»Gehen Sie wählen! In der Umfrage liegen *Die Weißen* bei siebzehn Prozent. Noch düsterer sieht es in Sachsen für die Kommunalwahl aus. Landesweit durchschnittlich zweiundzwanzig Prozent. Künftig dürften einige neue Bürgermeister buchstäblich die weiße Fahne vor ihrem Amtssitz hissen.«

»Ich hab meinen Wahlschein schon letzte Woche abgeschickt.« Laura überlegte, welcher Partei wohl ihr Sohn seine Stimme geben würde. Noch drängender war die Frage, wo er sich gerade herumtrieb und warum er sich nicht meldete. Was hatte ihm sein Vater über sie erzählt? Ob sie Valentin noch mal anrufen sollte?

»Sind Sie fündig geworden?« Seidl deutete auf das Brett mit den schier endlosen Namensschildern.

»Nein.« Laura drückte wahllos auf einen Knopf.

»Vielleicht ist er weggezogen, ohne sich umzumelden.«

»Vielleicht. Hier sind aber einige namenlose Schilder. Entweder stehen die dazugehörigen Wohnungen leer, oder manche Bewohner suchen die Anonymität.«

Aus der Gegensprechanlage erklang ein kratziges »Jawoll?«.

»Wir wollen zu Herrn Dombrowski. In welchem Stockwerk wohnt er?«

»Keine Ahnung.«

Der Türsummer ertönte, und Laura trat ein. »Wir müssen uns Etage für Etage vorarbeiten. Also ohne Aufzug. Schaffen Sie das?«

»Mir wurde auf den Kopf und Oberkörper geschlagen, nicht auf die Beine.«

Seidl überholte sie, musste aber im dritten Stockwerk erstmals anhalten und durchatmen. »Keine Sorge, liegt nur am Rauchen«, keuchte er.

Das glaubte Laura zwar nicht, aber sie beließ es dabei. In der vierten Etage trafen sie erstmals auf eine Wohnungstür ohne Namen. Laura betätigte die Klingel, woraufhin ein lautes Kläffen ertönte. Die Tür wurde geöffnet und ein weißer Pudel energisch in eines der Zimmer verscheucht.

»Ja?« Eine ältere Frau mit genauso weißen Locken wie ihr Hund beäugte Laura und ihren Begleiter.

»Wissen Sie, wo Rudolf Dombrowski wohnt?«, fragte Laura. »Leider steht sein Name unten nicht …«

»Meiner auch nicht. Der Hausmeister ist ein Totalausfall.«

Laura sparte sich den Ratschlag, einfach selbst einen Aufkleber anzubringen. »Wo wohnt er denn?«

»Siebte Etage. Klingeln Sie dort bei der einzigen Wohnung ohne Namen. Wenn er nicht aufmacht, wird er wieder besoffen sein.«

Sie schloss die Tür, und Seidl grinste. »Ist also doch kein Gerücht, dass sich Tierbesitzer ihren Schützlingen anpassen.«

Laura war schon vier Treppenstufen weiter. »Wollen Sie hier eine Zigarettenpause einlegen?«

»Sie haben es ja auf einmal eiliger als ich.« Er hielt sich am Geländer fest und stapfte ihr nach.

»Ich hasse solche Wohnsilos«, war ihre Antwort.

»Inklusive ihrer Bewohner?«

Laura warf einen kühlen Blick zurück. »Sie halten mich für derart vorurteilsbehaftet?«

»Hab mir noch kein Bild von Ihnen machen können.«

»Dann sparen Sie sich Ihre Menschenkenntnis lieber für Herrn Dombrowski auf. Sofern Sie den restlichen Aufstieg noch schaffen.«

Mit deutlichem Vorsprung erreichte sie das siebte Stockwerk und sah sofort, welche Wohnung die Hundehalterin gemeint hatte. Auf das Betätigen der Klingel tat sich nichts, aus dem Inneren drang kein Geräusch nach außen. Sie klopfte an das graue Holz, und dann – da in diesem Moment ein Kleinkind in der Nachbarwohnung zu kreischen begann – noch einmal mit erhöhter Intensität.

»Wollen Sie die Tür aufbrechen?« Seidl war ebenfalls angekommen.

»Nicht nötig.« Sie runzelte die Stirn. Die Tür hatte sich nach innen bewegt, behutsam vergrößerte sie den Spalt. »Herr Dombrowski?«

Keine Antwort.

»Wie kann denn die Tür so einfach aufgehen?«, wunderte sich Seidl. »Ist doch ein Schnappschloss.«

Laura legte den Zeigefinger auf den Mund und deutete zum besagten Schnapper. Ein Stück Tesafilm verhinderte, dass die Tür fest ins Schloss fallen konnte. Das hatte der Bewohner kaum selbst gemacht, schließlich deutete das fehlende Namensschild darauf hin, dass er wenig Wert auf Besuch und umso größeren auf Intimsphäre legte. Ordnung war ihm dagegen weniger wichtig. Im Flur stapelten sich leere und halb leere Kartons, während es im Wohnzimmer aussah, als hätte eine Fußballmannschaft eine wilde Party gefeiert.

»Damit erklärt sich der Gestank.« Mit dem Fuß schob Seidl einen Pizzakarton zur Seite. Der Inhalt war nur zur Hälfte aufgegessen worden, das Reststück zeigte Schimmelspuren.

Laura ging in den Flur zurück, von dem zwei weitere Türen abgingen. Beide waren verschlossen. Die erste führte in ein enges Badezimmer. Es war überraschend aufgeräumt, was aber daran lag, dass sich neben den schmutzigen Sanitäranlagen kaum etwas darin befand. Eine abgenutzte Zahnbürste, eine Tube Zahncreme, ein Deostick neben einem Seifenstück und ein Handtuch. Sie trat rückwärts wieder hinaus und stieß mit Seidl zusammen, der auf einmal fahl im Gesicht war. Er deutete zur anderen Seite, wo die Tür nun ebenfalls offenstand. Das Schlafzimmer, wie Laura an zwei Bettpfosten erkannte.

Fünf Schritte später erblickte sie auch die Ursache für Seidls Blässe. Vor einer ehemals weißen, jetzt eher grauen Wand kniete ein groß gewachsener Mann, der so dürr war, dass er magersüchtig wirkte. Laura blickte auf dunkle, fettige Haare, die sich für einen Dreiunddreißigjährigen schon erstaunlich gelichtet hatten. Der Kopf hing zur Seite, das eingefallene Gesicht war dennoch zu erkennen – zweifellos Rudolf Dombrowski. Er war barfuß, trug eine blaue Trainingshose und ein schwarzes T-Shirt. Dicht unter seinem linken Schulterblatt ragte das Ende eines roten Pfeils mit ebenfalls roten Federn heraus. Er dürfte das Herz von hinten durchpflügt und dann mit der Spitze in die Wand eingedrungen sein. Laura war sich sicher, dass sie – sobald der Pfeil aus der Wand gelöst worden war – erneut eine Jagdspitze mit Klingen aus Carbonstahl würde bewundern können.

»Fassen Sie nichts an!« Sie drehte sich zu Seidl, der im Flur stehen geblieben war und sie aus aufgerissenen Augen ansah.

»Warten Sie dort auf mich!«, fügte Laura hinzu, während sie sich dem Toten näherte.

Was hier passiert war, glich einer Hinrichtung. Vermutlich war Dombrowski gezwungen worden, sich vor die Wand zu knien, bevor er von hinten erschossen worden war. Wieder eine Armbrust. Laura war klar, dass es sich nur um ein Statement handeln konnte. Ein lautloser, aber auch aufwendiger Mord. Da hätte es im Inneren einer Wohnung durchaus andere Möglichkeiten gegeben.

Sie zog das Handy hervor, machte ein paar Aufnahmen und rief dann beim zuständigen Landeskriminalamt an. Während sie die wichtigsten Informationen in aller Kürze übermittelte, scannte sie den Raum. Als sie auf die Knie ging, fiel ihr ein Stück Papier auf, das unters Bett gerutscht war. In Ermangelung von Handschuhen benutzte sie ein Taschentuch, um es ohne direkte Berührung zu sich zu ziehen.

»Das ist wieder der *Deutsch-Kurs*!«

Laura zuckte zusammen. »Verdammt, Sie sollten doch draußen warten!«, herrschte sie Seidl an.

Unbeeindruckt beugte er sich zu ihr herunter, um einen besseren Blick auf das Foto zu haben. Seine Gesichtsfarbe hatte sich wieder erholt. »Die beiden Toten aus Niederdorla sind nicht dabei. Wurden sie also versehentlich ermordet oder aus anderen Gründen?«

Laura schwieg.

»Stattdessen«, fuhr Seidl fort, »Eckstein, Bär, Gerber, Dombrowski und der *Wilde Andi*. Ihn hier«, er deutete auf einen kahlköpfigen Mann, »haben wir auf dem Foto vom *Schwarzen Wolf* nur von hinten gesehen.«

Laura erhob sich. »Damit fehlt noch immer eine Person. Oder finden Sie, dass der Glatzkopf wie ein Poster Boy aussieht?«

»Absolut nicht«, bestätigte er.

»So wurde aber der Mann beschrieben, der nur für kurze Zeit am *Deutsch-Kurs* teilgenommen haben soll.«

»Und der ein Experte im Armbrustschießen war. Das ist doch der Grund für Ihr plötzliches Interesse an meinen Spuren.«

»Mit dem hier«, Laura nickte zum Leichnam, »sind das nicht mehr nur *Ihre* Spuren. Das Dringlichste ist, die Identität des Skinheads auf diesem Foto herauszufinden.«

»Er und Andreas Mack können Täter oder die nächsten Opfer sein.« Seidl verschränkte die Arme. »Die Adresse vom *Wilden Andi* haben Sie sicher schon herausgefunden. Wo lebt er?«

»Vergessen Sie's. Ab hier trennen sich unsere Wege.«

»Sie wollen mich zu Fuß in die Innenstadt schicken? In meinem Zustand?«

»Bestimmt gibt es irgendwo einen Bus. Aber von mir aus … ich kann Sie auch mit zurücknehmen. Sobald die Leipziger Kollegen hier eingetroffen sind.«

Das Warten dauerte nur zehn Minuten und lohnte sich in doppelter Hinsicht. Zum einen, weil ein ungewöhnlich extrovertierter Rechtsmediziner dabei war. Zwar wäre wie immer noch eine genaue Untersuchung nötig, sagte er, er würde aber seine Großmutter verkaufen, wenn der Mord nicht vor vierzehn bis siebzehn Stunden erfolgt wäre. Zum anderen – und passend zu dieser Einschätzung – erhielt Laura einen wichtigen Hinweis aus der Nachbarwohnung. Das schreiende Kleinkind hatte sich zwischenzeitlich beruhigt, sodass sein Vater aufgrund des Trubels ins Treppenhaus getreten war.

Am Vorabend sei ein Paketbote hier gewesen und habe an Dombrowskis Tür gehämmert. Der habe das Paket angenommen, weggestellt und dann die Tür zugeknallt. Dem Nachbarn war aufgefallen, dass der Bote genau in diesem Moment nach dem Türknauf gegriffen hatte. Laura dachte an den Klebestreifen auf dem Schnapper. Vermutlich war dieser angebracht worden, als Dombrowski das Paket entgegengenommen hatte. Damit nicht auffiel, dass die Tür anschließend nicht mehr schloss, hatte der Unbekannte sie kurz festgehalten.

Daneben konnte der Nachbar eine weitere Beobachtung beisteuern: Um ein Uhr nachts hatte er die Mülltüte des Windeleimers vor die Wohnungstür gestellt und dabei mitbekommen, wie zwei Personen Dombrowskis Wohnung verlassen hatten. Der Paketbote vom Abend – mit einer großen Sporttasche auf dem Rücken – und eine blonde Frau. Und wegen noch etwas war Laura dankbar, dass sie Seidl am Vormittag nicht abgewimmelt hatte: Der Nachbar war Grafikdesigner und traute sich zu, brauchbare Phantombilder der nächtlichen Besucher anzufertigen.

Der Hinweis passte, also betrieb der eingeschleuste Informant wohl kein doppeltes Spiel. Er war vom Landeskriminalamt auf das Treiben in der *Wolfsschanze* angesetzt worden, allerdings weniger wegen der rechtsextremistischen Aktivitäten, sondern wegen des Verdachts, dass von dort ein Teil des Hamburger Drogenmarktes gesteuert wurde. Handfeste Beweise gab es auch nach einem Jahr nicht, dafür hatte der Spitzel mitgeteilt, wo sich der jugendliche Tatverdächtige des Überfalls auf Jan Seidl aufhielt: in einem Kellerbereich des Szenetreffs *Wolfsschanze*, und dort in einem Übungsraum für rechte Rockbands. Vor wenigen Minuten war er verhaftet worden, und laut der am Zugriff beteiligten Polizisten hatte er das Schlagzeug mit einer Intensität bearbeitet, die seinem hageren Körper kaum zuzutrauen war. Dass er trotz seiner Schmächtigkeit Seidl zumindest hinterrücks hatte überfallen können, bewiesen seine DNA-Spuren an der weggeworfenen *Anonymus*-Maske und die Videoaufnahmen vom Leipziger Hauptbahnhof, die ihn beim Ausräumen von Seidls Schließfach zeigten.

Steven hatte das Geschehen in der *Wolfsschanze* aus dem Hintergrund verfolgt. Zwar hielten sich am späten Donnerstagnachmittag nur wenige Personen in dem unscheinbaren Backsteinbau im Nordwesten Hamburgs auf, aber er wusste, wie schnell eine derartige Polizeiaktion außer Kontrolle geraten konnte. Offenbar befand es heute niemand für nötig, schlagkräftige Verstärkung anzufordern. Der Teenager wurde von Uniformierten aus dem Eingang geführt, ohne dass sich irgendjemand daran zu stören schien.

In Begleitung von Jana trat Steven zu dem Fahrzeug, in dem der Festgenommene abtransportiert werden sollte.

»Haberland vom Bundeskriminalamt. Sie sind heute mit dem Zug aus Leipzig angekommen?«

»Was … nein!«

»Es gibt Videoaufnahmen. Auch von Ihrer Abfahrt vorgestern. Sie saßen im selben Zug wie der Journalist Jan Seidl. Gestern haben Sie ihn dann niedergeschlagen.« Kopfschüttelnd betrachtete er den Siebzehnjährigen. Er trug das T-Shirt einer rechten Band, schlabbrige Jeans und hatte sich Linien in die Haare einrasieren lassen, die aufgrund des kurzen Schnitts kaum zu sehen waren. Seine ganze Aufmachung wirkte wie die schlechte Karikatur eines Neonazis. Ein Möchtegern-Nazi, der eigentlich ein Weichei war. Einen siebenundfünfzigjährigen Mann aus dem Hinterhalt zu attackieren, dafür hatte sein Mut aber ausgereicht.

»Wie kann man sich so das Leben ruinieren?«, fuhr Steven fort. »Die Anklage wird auf Mord…«

»Ich wollte ihn nicht töten, das schwöre ich!« Panisch versuchte der Jugendliche sich loszureißen, was von den Polizisten an seiner Seite unterbunden wurde.

Steven sparte sich den Hinweis, dass er eigentlich von Mord*versuch* hatte sprechen wollen. »Was war Ihr Auftrag?«

»Auf … trag?«

»Sie werden doch nicht selbst plötzlich auf die Idee gekommen sein, Herrn Seidl bis nach Leipzig zu folgen. Worum geht's hier?«

»Weiß ich nicht.« Seine Stimme war kaum hörbar, die Augen glasig, und die Aussprache verschwommen. Als er die Ausdünstungen des Teenagers wahrnahm, atmete Steven resigniert aus. Der Kerl war betrunken, seine Aussage somit wertlos. Zumindest nicht vor Gericht verwertbar. Dennoch setzte er weiter nach.

»Sie gehören zu Dennis Burkarts Leuten?«

Der gesenkte Kopf nickte kaum merklich.

»Er hat Sie losgeschickt?«

Diesmal erfolgte keine Reaktion, woraufhin sich Jana einschaltete. »Wir wissen, dass Sie über einen Ausstieg aus der Szene nachgedacht haben. Dieser Absprung ist immer noch möglich. Hier und jetzt. Später allerdings nicht mehr.«

»Ich will zu meinen Eltern.« Flehend sah er sie an.

»Beantworten Sie erst mal die Frage meines Kollegen.«

»Ja … Dennis … hat mich geschickt.« Der Junge blickte wieder zu Boden. »Aber den Grund kenn ich nicht. Nur … ich hatte keine Wahl. Sehen Sie mich … doch an!«

Steven hatte das lädierte Gesicht in Verbindung mit dem Hinken gar nicht entgehen können. »Sie wurden gezwungen?«

»Ja. Die haben rausgefunden, dass ich … aussteigen wollte. Gaben mir noch eine Chance.«

»Und diese Chance war die Ermordung von Seidl?«

»Nicht töten, nur … aus dem Verkehr ziehen. Einschüchtern. Kann ich jetzt … mit meinen Eltern …?«

»Das können wir nicht entscheiden.« Jana zog Steven mit sich. »Ein erbärmlicher Schlappschwanz! Manipulierbar und hohl in der Birne.«

»Hauptsache, er wiederholt seine Aussage im nüchternen Zustand. Wenn ihm seine Eltern einen halbwegs cleveren Anwalt suchen, wird das auch passieren. Er wurde bedroht, hat keinen anderen Ausweg gesehen, dazu noch ist er minderjährig … Ihm wird nicht viel passieren.«

»Bis er nüchtern ist, wird es Stunden dauern.«

»Trotzdem ist es an der Zeit, dass wir mit Dennis Burkart sprechen. Gefällt mir sowieso nicht, dass der sich anstelle der Polizei als Beschützer der *Weißen* aufspielt.«

Jana zuckte mit den Schultern. »Was erhoffst du dir? Die Aussage von eben können wir noch nicht benutzen. Genauso wenig den Verdacht wegen des verschwundenen Schreiners. Wir hatten keine Genehmigung, die Ortungsdaten seines Handys …«

»Aber wir hatten die Berechtigung, Bärs Korrespondenz zu filzen, um Hinweise auf das Mordmotiv zu finden. Burkarts SMS an Bär, wonach Gerber irgendeinen Mist verzapft hat, können wir also schon erwähnen. Mal sehen, wie er darauf reagiert.«

Doch Janas Skepsis hatte ihre Berechtigung. Als die beiden Dennis Burkart eine Dreiviertelstunde später im Büro seines Firmensitzes gegenübersaßen, präsentierte dieser sich derart harmlos und ausweichend, dass Steven dem Achtunddreißigjährigen ohne Hintergrundwissen glatt auf den Leim gegangen wäre. Der Mann verfügte über eine ambivalente Ausstrahlung. Einerseits waren da die millimeterkurz geschorenen Haare, die großflächigen Tattoos an den muskulösen Armen und die tiefe Schramme am Kinn, die vom Dreitagebart nur halbwegs verdeckt wurde. Andererseits gab er sich höflich, drückte sich einigermaßen gepflegt aus und kleidete sich wie jeder Durchschnittsbürger. Auch sein Büro und das Firmengelände wirkten bodenständig.

Gegen Ende konnten Steven und Jana ihn dann doch noch überrumpeln. Burkart hatte damit kokettiert, anders als so mancher Konkurrent seriös zu arbeiten und keinerlei Leichen im Keller zu haben. Wie man höre, sei Simon Jensen hingegen in den Frauenhandel verwickelt. »Wie der Vater, so der Sohn.«

»Woher wissen Sie davon?«, fragte Jana. »Die Info ist so frisch, dass sogar ich sie erst seit einer Stunde kenne.«

Erstmals war Burkart um eine Antwort verlegen, es dauerte drei Sekunden, bis er ein Lächeln aufgesetzt hatte. »Dann bin ich wohl besser vernetzt als Sie.«

»Ach, mein Netzwerk ist gar nicht so übel«, konterte Jana. »Gestern wurden auf Ihrem Gelände fünf Fahrzeuge abgefackelt. Die Feuerwehr konnte Schlimmeres verhindern und geht von Brandstiftung aus. Sie erstatteten aber keine Anzeige, sondern haben es als Unfall heruntergespielt. Warum?«

»Weil ich mich gerade um Wichtigeres kümmern muss. Es liegt an uns, weitere Morde zu verhindern.«

»Da haben wir dasselbe Ziel.« Steven präsentierte ein Foto, das ihm Laura vor wenigen Minuten gemailt hatte. Darauf abgebildet waren die sechs Mitglieder des *Deutsch-Kurses*. »Sagt Ihnen das Foto was?«

Jetzt hatte er ihn! Die Reaktion war so eindeutig, dass Steven sich beherrschen musste, nicht zu überstürzt vorzugehen.

»Das … nein! Also … natürlich … ich erkenne Martin und … also Martin Eckstein, Oliver Bär und Anton Gerber. Aber die anderen? Keine Ahnung!« Auf einmal stand Schweiß auf seiner Stirn, die großen Ohren gewannen an Farbe.

»Schade.« Steven zog die Aufnahme wieder zu sich. »Dann werden wir wohl die Herren Eckstein und Gerber als Nächstes dazu befragen müssen.«

»Warum? Was … für eine Bedeutung hat dieses Foto?«

»Dazu kann ich Ihnen nichts sagen.« Steven erhob sich. »Rein interessehalber: Können Sie uns zeigen, wo gestern die Fahrzeuge abgebrannt sind?«

»Ich weiß zwar nicht warum, aber von mir aus.« Widerstrebend stand er auf und ging zur Tür.

»Leier sofort eine Überwachung seines Telefons an!«, murmelte Steven der Hamburger Kollegin zu.

»Das muss erst ein Richter …«

»Deine Kollegin, diese graue Maus … sie soll den Praktikanten wieder von der Leine lassen.«

Jana rang mit sich.

»Kommen Sie?«, fragte Burkart.

»Ja.« Steven setzte sich in Bewegung. »Meine Kollegin muss allerdings schon los.«

Ihre Antwort bestand aus einem unauffälligen Hieb, doch draußen setzte sie sich folgsam in Richtung des Streifenwagens ab. Und wie Steven nach einem Kontrollblick zufrieden feststellte, zückte sie, dort angelangt, sofort ihr Handy.

Erneut hatte Valentin sie auf dem falschen Fuß erwischt. Gedankenverloren stierte Laura auf das weiße Tischtuch. Sie saß in einem Restaurant im Leipziger Zentrum, nicht weit von ihrem Hotel entfernt. Der Platz gegenüber war vorübergehend leer, offenbar war ihr Gesichtsausdruck schockiert genug gewesen, um Jan Seidl etwas von *Zigarette* und *Toilette* murmeln zu lassen.

Filips Vater hatte sie mit seinem Anruf in einem Moment der Leichtigkeit überrumpelt, der angesichts des nachmittäglichen Leichenfundes eigentlich unpassend war. So gesehen hatte er Laura wieder zurück in die Spur gesetzt. Seidls Vorschlag, bevor sie getrennte Wege einschlugen noch gemeinsam zu Abend zu essen, hatte sie zunächst reflexhaft abgewehrt, sich dann aber bei der Vorstellung, die halbe Nacht an die Decke des Hotelzimmers zu starren und über die Ermittlung nachzugrübeln, verloren gefühlt. Momentan konnte sie ohnehin wenig ausrichten, sie musste auf neue Hinweise aus der BKA-Zentrale am nächsten Morgen hoffen.

Naheliegend wäre gewesen, sich sofort auf den Weg zu Andreas Mack zu begeben, doch da er in Romanshorn am Bodensee wohnte, waren Kollegen der Schweizer Polizei zu ihm geschickt worden. In seinem Bungalow hatten sie ihn allerdings nicht angetroffen, und er war auch telefonisch nicht erreichbar. Wo er sich derzeit aufhielt, war unklar, genauso die Identität zweier weiterer Mitglieder des *Deutsch-Kurses* – einschließlich des Armbrustschützen.

So hatte sich Laura kurz entschlossen doch in ein afghanisches Restaurant führen lassen. Von der Bedienung war Seidl wie ein guter Bekannter begrüßt worden, und seine anfänglich sentimentale Stimmung hatte sich rasch aufgelöst. Nach dem zweiten Glas Wein hatte erstmals auch Laura geschmunzelt. Es tat gut, sich eine Auszeit von all den Sorgen zu genehmigen. Dabei war Seidl ein guter Helfer, entgegen ihrer Befürchtung waren weder Rechtsextremismus im Allgemeinen noch *Die Weißen* im Speziellen Gesprächsthema.

Stattdessen präsentierte er Anekdoten aus seinem Berufs- und Privatleben und bewies, dass er eine Story packend darstellen konnte. Mit jeder Geschichte wandelte sich das Bild, das sie sich bislang von ihm gemacht hatte. Oder besser gesagt: Das Bild wurde schärfer, denn ein wirklich greifbarer Charakter war er nicht. Die Widersprüchlichkeiten lösten sich nicht auf. Seit sie ihm zum ersten Mal begegnet war, pendelte der Journalist zwischen resignierten und energiegeladenen Phasen. War er manisch-depressiv?

Derlei Überlegungen hatten sich mit Valentins Anruf verflüchtigt. Filip sei auf einer Tierschutzdemonstration heftig verprügelt worden, am Morgen habe er ihn im Krankenhaus aufgesucht. Am frühen Abend sei Filip dann zusammen mit seiner attraktiven Freundin sogar bei ihm zu Hause aufgekreuzt. Immerhin behauptete Valentin, sich weiter an die Abmachung gehalten und im Ungefähren geblieben zu sein, aber ob das der Wahrheit entsprach? Wieso meldete sich Filip nicht? Laura hatte es sofort bei ihm versucht, und auch Inga ging nicht an ihr Telefon.

Jetzt zog Laura ihr Handy erneut hervor und tippte eine Nachricht an ihren Sohn ein. Sie sendete die SMS gerade ab, als Seidl an den Tisch zurückkehrte. Laura nippte an ihrem Wein, dann trank sie das Wasserglas in einem Zug leer. Ungefragt schenkte er nach, dann häufte er Reis auf seine Gabel.

»Haben Sie Ihre Zunge draußen vergessen?«, fragte Laura.

Seine Hand stoppte kurz vor dem Mund. »Keineswegs. Ich wollte Ihnen nur noch etwas Zeit geben.«

»Seh ich so furchtbar aus?«

Er schmunzelte. »*Mitgenommen* trifft es besser.« Sofort wurde er wieder ernst. »Ich hoffe, es ist nichts allzu Schlimmes?«

»Nein … eher … kompliziert.« Laura schob den Teller ein Stück von sich.

»Wissen Sie was …« Seidl wischte sich den Mund ab. »Das Essen ist zu gut, um es mühsam herunterzuwürgen. Lassen Sie uns durch die Nacht ziehen, das wird Ihnen guttun.«

Skeptisch sah sie ihn an. »Wollen Sie weitere Schläge auf den Schädel riskieren?«

»In Begleitung des BKA sollte ich doch sicher sein!« Er lachte. »Ich dachte nur an einen kleinen Spaziergang entlang des Elstermühlgrabens. Das ist nicht weit entfernt und eine ganz sichere Gegend.«

Wie schon bei der Restauranteinladung rang Laura nur kurz mit sich. Irgendwie hatte Seidl es in den letzten Stunden geschafft, dass sie sich in seiner Gegenwart wohlfühlte. Trotz seines lädierten Zustands strahlte er etwas aus, das ihr gerade guttat: Ruhe und … Geborgenheit. Laura hatte keinen Vaterkomplex, spürte aber, dass der Siebenundfünfzigjährige sie auch auf einer anderen Ebene mehr und mehr anzog. Trotz der feinen Falten im Gesicht war er nicht unattraktiv, nicht mal die weißgrauen Haare sorgten dafür, dass er wie ein alter Mann gewirkt hätte. Er versprühte sogar eine gewisse Jugendlichkeit, und Laura fragte sich, wie ihm das gelang.

Dass er zugleich über eine zungenlockernde Wirkung verfügte, erkannte sie wenig später. Oder war eher der Wein schuld, dass sie ihm an dem Wasserlauf mehr über sich, ihren Sohn und ihre Vergangenheit erzählte als sogar Steven? Immerhin blieb sie vorsichtig genug, um gewisse Kapitel auszulassen. In einer Anwandlung von Kühnheit beschloss sie just in dem Moment, als er ihr vor dem Hotel zum Abschied die Hand entgegenstreckte, an diesem Abend über sämtliche Schatten zu springen.

Sein Gesichtsausdruck ließ sich nur mit *perplex* umschreiben, als sie ihn – mit dem Gefühl, sich wie ein Teenager zu verhalten – fragte, ob er Lust auf einen Absacker aus ihrer Minibar habe. Doch er tat so, als sei es die normalste und unverfänglichste Frage der Welt. Selbst in ihrem Zimmer verhielt er sich weiter zurückhaltend – bis Laura schließlich die Lust auf ein weiteres Dosenbier verlor und selbst zur Tat schritt. Kurz übermannte sie das Gefühl, dass sich gerade zwei Ertrinkende aneinanderklammerten – denn auch Seidl hatte während des nächtlichen Spaziergangs tiefere Einblicke in sein Seelenleben gewährt. Dann schob sie alle rationalen Blockaden beiseite und wollte sich nicht nur wie ein Teenager fühlen, sondern sich auch so verhalten. Dankbar bemerkte sie, dass das Herpesbläschen doch die Segel gestreckt hatte und kaum noch zu sehen war.

Kapitel 10

Sein Spiegelbild in der Scheibe des ICE schreckte Filip derart ab, dass er schnell wegsah und ein weiteres Mal die Kundenzeitschrift der Deutschen Bahn durchblätterte. Die Ärzte hätten ihn lieber noch einen weiteren Tag unter Beobachtung gehalten, weshalb er per Unterschrift bestätigt hatte, auf eigenes Risiko loszuziehen. Der rechte Arm war noch immer fixiert, aber die Bandagen an Kopf und Händen hatte man schon wieder entfernt. Allerdings wirkten die blauen Flecken und schorfigen Wunden abschreckender als zuvor das Verbandsmaterial. Inga war eingeschlafen, ihr Kopf ruhte an seiner linken Schulter, was allmählich schmerzhaft wurde. Trotzdem wollte er Inga nicht wegschieben, die Berührung hatte etwas Tröstliches.

Filip beobachtete, wie sich ihr flacher Bauch unter dem T-Shirt hob und senkte. Immer wieder durchlebte er den vergangenen Abend. Zusammen mit Inga war er erneut in den Münchener Westen nach Nymphenburg gefahren, und richtig glücklich hatte sein Vater nicht gewirkt, ihn so schnell wiederzusehen. Das hatte auch seine Frau nicht überspielen können, immerhin hatte er sich in ihrer Anwesenheit weniger ruppig verhalten als noch am Vormittag. Zudem hatte Filip einiges von ihm erfahren, was ihm bislang unbekannt gewesen war.

Lauras Wehen hatten zwölf Wochen zu früh und so massiv eingesetzt, dass es zu einer Hausgeburt gekommen war. Der hinzugezogene Arzt hatte glücklicherweise einen Neugeborenen-Notarztwagen angefordert, denn noch auf der Fahrt in die Klinik hatte Filip einen Atemstillstand erlitten. Nachdem sich der verlangsamte Herzschlag wieder normalisiert hatte, war es aufgrund der empfindlichen Blutgefäße auch noch zu einer Hirnblutung gekommen. Seine Eltern waren nervliche Wracks gewesen, als Filip Wochen später endlich nach Hause gedurft hatte.

Anderthalb Jahre vorher hatte Laura eine Fehlgeburt gehabt, das schwerstbehinderte Baby hätte aber keine Überlebenschance gehabt. Auch bei Filip war es gerade so gut gegangen, obwohl er sich die Konzentrationsschwäche während der Schulzeit nun vielleicht anders erklären konnte. Was stimmte mit Laura nicht? Oder lag es an seinem Vater? Und würde Filip selbst – sollte er jemals Nachwuchs bekommen – irgendetwas weitergeben?

Noch etwas anderes ließ ihm keine Ruhe. Valentin hatte von seinem familiären Hintergrund berichtet, offenbar war sein eigener Vater kein einfacher Charakter gewesen, wenn nicht gar gewalttätig. Darüber hinaus hatten der Familie Schikanen der DDR-Behörden zugesetzt, da der Vater gefährlich offen gegen das Regime Stellung bezogen hatte. »Im Gegensatz zu deinen anderen Großeltern«, hatte Valentin hinzugefügt. »Aber das erfuhren wir erst später.«

Waren Lauras Eltern also Freunde des real existierenden Sozialismus gewesen? Oder lediglich vorsichtiger in dem, was sie gesagt und getan hatten? Filip fiel auf, dass in seiner Familie wenig, dann aber neutral über die damalige Zeit gesprochen wurde. Es ging um Freunde, Familienfeiern, Urlaube, aber nie um Substanzielles. Allerdings hatte er sich auch nie näher dafür interessiert – das hatte sich jetzt grundlegend verändert.

Rückfragen hatte Valentin abprallen lassen, es stehe ihm nicht zu, darüber zu reden.

Worüber er sich dagegen gern ausgelassen hatte, war sein eigener Lebensweg: schwierige Kindheit, Barrieren seitens der Behörden, und dennoch hatte er sein Medizinstudium abgeschlossen und war heute ein gefragter Forscher. Nach einem entsprechend selbstgefälligen Monolog war Filip endgültig zu der Meinung gelangt, dass Lauras Kontaktabbruch grundsätzlich nachvollziehbar war.

Eine andere Bemerkung Valentins hatte dazu geführt, dass sich Inga und Filip an diesem Karfreitag nicht auf der Rückfahrt nach Köln, sondern auf dem Weg nach Arnstadt befanden. Dort lebte Valentins Bruder Otto, der die schwierigen Startbedingungen weniger gut weggesteckt habe. Es hatte nicht so geklungen, als wäre das Verhältnis der beiden konfliktfrei. Vielleicht hatte dieser Mann weniger Scheu, über die Vergangenheit Klartext zu reden.

Auf seinem Handy las Filip erneut die Nachricht von Ingas Stiefbruder Leon. *Otto Radke ist siebenunddreißig und betreibt eine Bäckerei im Zentrum. Über dem Laden hat er seine Wohnung. Wie es aussieht, ist er nicht verheiratet. Mehr konnte ich nicht herausfinden, hoffe, es reicht. Good luck!*

Dass Leon Mittel und Wege hatte, um an derartige Informationen zu kommen, war Filip nicht neu. Schon bei der Recherche zur Identität seines Vaters wäre er ohne diese Hilfe auf halber Strecke stecken geblieben. Warum Leon solche Kompetenzen hatte, war von Inga mit einem verlegenen Lachen beantwortet worden. »Alles erzählt mir mein Bruderherz auch nicht, und manches möchte ich lieber nicht so genau wissen.«

An dem nachlassenden Druck an seiner Schulter erkannte Filip, dass sie wach wurde. Inga blinzelte gegen die Sonne und strich sich die braunen Haare aus dem Gesicht. Dann zog sie aus dem Netz am Vordersitz ihre Wasserflasche.

»Kam wieder was von Laura?«

»Nein.« Filip legte das Handy zur Seite. »Schadet aber nicht, wenn sie sich Sorgen macht.«

»Laura tendiert wohl kaum dazu, sich *zu wenig* Sorgen um dich zu machen.« Inga trank mehrere Schlucke und schraubte die Flasche wieder zu. »Bei mir hat sie auch angerufen. Ich finde es nicht richtig, dass du …«

»*Nach* dem Gespräch mit meinem Onkel ruf ich sie an. In fünf Minuten sind wir in Erfurt, dort steigen wir in den Regionalexpress. Um kurz vor zehn sind wir dann schon in Arnstadt.«

Inga stand auf. »Ich geh noch mal zur Toilette, die ist hier bestimmt komfortabler als in einem Bummelzug.«

Ob dies zutraf, überprüfte Filip nicht, auf jeden Fall war der Regionalexpress überpünktlich. Exakt zur geplanten Ankunftszeit stiegen sie in Arnstadt aus und durchquerten ein backsteinernes Empfangsgebäude. Im Reisecenter und am Bäckerstand war nichts los, auch der Bahnhofsvorplatz war fast menschenleer. Erst als sie sich der Fußgängerzone näherten, wurde es belebter, und sie stellten fest, dass sich die Stadt herausgeputzt hatte. Besonders stolz waren die Einwohner darauf, dass sich Johann Sebastian Bach hier von 1703 bis 1707 als Organist und Kantor betätigt hatte und dass seine Familie schon seit Generationen in dieser Gegend beheimatet war. Inga überlegte, ob dies für einen Touristenstrom ausreichte, Filip war es egal. Er war damit beschäftigt, seine Nervosität unter Kontrolle zu halten, als sie an einem Brunnen vorbeigingen und ein gelb gestrichenes Eckhaus ansteuerten.

Im Erdgeschoss war die Bäckerei Radke untergebracht, die Fenster darüber gehörten wohl zum Wohnbereich. Ein Schild wies darauf hin, dass hier noch Handarbeit verrichtet wurde – dennoch war der Laden verwaist. Als Inga die Tür öffnete, empfing sie der unverkennbare Duft frischer Backwaren, gleichzeitig erklang ein altmodisches Klingeln.

»Komme gleich!«, rief eine Stimme aus dem Hinterraum.

Kurz darauf erschien hinter dem Tresen ein bärtiger Mann, der angesichts seiner Aufmachung gut auf ein Hippie-Festival gepasst hätte. Über der weiten Stoffhose trug er ein Batikshirt, seine braunen Haare waren zu einem Pferdeschwanz zusammengebunden. An den Gesichtszügen konnte Filip nichts Bekanntes erkennen, nur die Augen ähnelten denen seines Vaters – und seinen eigenen.

»Ihr seid etwas spät.« Otto Radke zeigte auf die überschaubare Auslage. »Ich backe nur so viel, dass ich möglichst wenig wegwerfen muss. Was dann noch übrig bleibt, bekommt die Tafel. Zu viel Überschuss kann ich mir aber bei aller Sympathie für die Bedürftigen nicht leisten.« Er zwinkerte den beiden hinter den runden Brillengläsern zu. Dann stutze er. »Bist du vor ein Auto gelaufen?«, fragte er Filip.

»So was Ähnliches«, nuschelte der Neunzehnjährige.

»Aha. Unterwegs auf Bachs Spuren? Wenn gerade eine Veranstaltung ansteht, hab ich Notenschlüssel aus Hefeteig und so was im Angebot. Damit kann ich im Moment leider nicht dienen.«

Sein Hang zur Geschwätzigkeit war unverkennbar und ließ Filips Hoffnung auf weitere Spuren neu sprießen. Offensichtlich war Otto ganz anders gestrickt als Valentin, ein echter Gegenpol zu seinem älteren Bruder. Filip spürte einen auffordernden Knuff in die Seite und räusperte sich.

»Sie sind Otto Radke?«

»So wie's draußen über der Tür steht.« Der Mann schien zu ahnen, dass keine normale Kundschaft vor ihm stand. Aufmerksam musterte er Filip. »Ihr seid nicht wegen Bach oder meiner Backwaren hier, nicht wahr?«

»Nein. Ich … ich bin der Sohn von Ihrem Bruder. Und meine Mutter … heißt Laura.«

Die Freundlichkeit wich Wachsamkeit. Schweigend sah Otto ihn an, dann nickte er bedächtig. Er kam um die Theke herum und verschloss die Tür. »Jetzt fällt mir die Ähnlichkeit zu Valentin auf. Kommt mit nach hinten!«

»Ich will nicht … also nicht, dass wegen mir keine Kunden mehr …«

»Jetzt taucht eh kaum noch jemand auf, erst wieder gegen Mittag.« Er lotste sie durch einen Raum, in dem es so aussah und roch, wie man es von einer Bäckerei erwartete. Auch wenn Filip von diesem Handwerk nichts verstand, zeigte der Bestand an Maschinen und Geräten doch, dass Ottos Behauptung im Schaufenster nicht geflunkert war. Hier wurde tatsächlich noch frisch von Hand gebacken.

»Und das an sieben Tagen in der Woche«, bestätigte er auf Nachfrage. »Ist 'ne One-Man-Show. Einkaufen, Backen, Verkaufen, Aufräumen, Putzen, Buchführung – so geht das seit achtzehn Jahren. Kein Wunder, dass es keine Frau lange bei mir ausgehalten hat.« Er lachte.

»Klingt nicht nach einem Traumjob«, meinte Inga.

»War's auch nie.« Er stieg eine knarzende Treppe hinauf. »Hat sich so ergeben. Anders als Valentin hab ich mein Studium geschmissen, das war einfach nicht mein Ding. Ich fing hier eine Lehre bei einem Bäcker an. Seine Frau war gestorben, Kinder hatte er keine, und irgendwann fragte er mich, ob ich den Laden übernehmen will. Einem geschenkten Gaul schaut man nicht ins Maul, und es war ja kein faules Angebot. Ich wollte sowieso was Handfestes machen, war schon in der Schule nicht der Hellste. Hab für meine Noten mehr als einmal daheim die Hucke voll bekommen.«

»Ja … Ihr Bruder hat erzählt, dass … es nicht immer ganz leicht war«, berichtete Filip.

»Hör mit dem Gesieze auf, ich bin dein Onkel.« Er war oben angekommen und drehte sich um. »Nicht immer ganz leicht? Eigentlich war's die Hölle. Vor allem seit dem Tod unserer Schwester. Hat zumindest Valentin immer behauptet, ich kann mich weder an sie noch an die Zeit vor ihrem Tod erinnern. Auf jeden Fall bekamen danach sogar die Nachbarn mit, was für ein Mensch unser Vater war.« Er schob eine Glastür auf, dahinter sah es völlig anders aus als erwartet. Aufgeräumt, hell und modern.

»Setzt euch.« Otto ging zur Küchenzeile. »Kaffee oder was Kaltes?«

»Kalt bitte«, antwortete Inga, und Filip nickte.

»Vielleicht auch ein Eispad für dein Gesicht?« Fragend sah er Filip an, der den Kopf schüttelte. Otto nahm drei Gläser von einem Regal und öffnete den Kühlschrank. »Valentin hat euch also meine Adresse gegeben?«

»Nicht ganz«, erwiderte Filip. »Er hat nur Ihren … deinen Namen erwähnt. Aber …

»… besonders offen war er nicht«, vollendete Inga. »Filip hat erst vor Kurzem erfahren, dass sein Vater gar nicht tot ist. Und dass er Valentin Radke heißt.«

»Tot? Das hat dir Laura also erzählt?« Er drehte sich um, sodass beim Einschenken der Orangensaft über den Glasrand lief. »Tja … was soll ich sagen? Mir geht's ja ähnlich.« Er griff nach einem Lappen und wischte die Pfütze weg. »Der letzte Kontakt zu Valentin liegt fünf Jahre zurück. Die Beerdigung unserer Mutter. Mein Vater starb, als ich noch ein Kind war.«

»Ihr seid mit Lauras Familie befreundet gewesen?«, fragte Filip. »Valentin meinte, dass er sie schon als Kleinkind gekannt hat.«

»Stimmt, sie waren unzertrennlich.« Er trug die Gläser zum Couchtisch. Dann ließ er sich auf dem Boden nieder und schmunzelte, als er ihre Blicke bemerkte. »Der Fersensitz ist eine der natürlichsten Sitzhaltungen. Aber keine Sorge, ich mach das nicht wegen spiritueller Anwandlungen. Hab lediglich Probleme mit der Wirbelsäule, wahrscheinlich vom Backen.«

»Laura und Valentin waren also unzertrennlich«, kam Inga auf das eigentliche Anliegen zurück. »Wie kam es dann zu einem so heftigen Knall, dass sie ihn Filip gegenüber für tot erklärt hat?«

Er hob die Hände. »Ihr sucht bei mir nach Antworten, ich kann euch aber wohl nur wenige geben. Mit den beiden hatte ich wenig zu tun. Sie zogen gemeinsam nach Berlin, da war ich dreizehn. Ein paar Jahre später … es gab eine Fehlgeburt. Wusstet ihr das?«

»Ja«, sagte Filip. »Ein schwerstbehindertes Kind.«

»Danach war zwischen den beiden erst mal Eiszeit. Valentin vergrub sich in seine Forschungen an der Uni, er hatte irgendwas mit einem Migränemedikament am Laufen. Hoffte, damit schnell reich und berühmt zu werden. Tatsächlich hat er das Patent irgendwann an einen Konzern verkauft.«

»Er könnte wegen Laura daran geforscht haben«, vermutete Filip. »Sie hat immer wieder Migräneattacken.«

»Damals auch schon, da kannst du also recht haben. Aber zu deiner Frage: Ich weiß nicht weshalb, aber ich hatte immer den Eindruck, dass Laura ihm die Schuld an der Fehlgeburt gab. Er war Raucher, vielleicht deshalb.«

»Es klang so, als habe er den radikalen Kontaktabbruch nicht gewollt. Aber … irgendetwas schien Laura gegen ihn in der Hand zu haben, weshalb er das schluckte. Etwas, das seine Karriere hätte zerstören können.«

»Da bin ich überfragt. Vielleicht Ideenklau? An der Uni hatte er einen besten Freund, der von heute auf morgen aus seinem Leben verschwand. Aber das ist reine Spekulation.«

»Was ich nicht verstehe …«, Inga wischte sich Saft von der Lippe. »Wenn Laura ihm die Schuld an der Fehlgeburt gab, warum blieb sie mit ihm zusammen? Weshalb sogar eine weitere Schwangerschaft?«

Otto zuckte mit den Schultern. »Zwischen Valentin und mir hat nie ein solch vertrauensvolles Verhältnis geherrscht, dass er mir so etwas erzählt hätte. Aber was spielt es am Ende für eine Rolle? Ist, wie es ist. Heute ohne Bedeutung.«

»Für mich hat es schon eine Bedeutung«, erwiderte Filip. »Ich muss wissen, ob meine Mutter einen guten Grund hatte, mich mein Leben lang zu belügen. Mir meinen Vater vorzuenthalten. Egal, was er für einen Charakter hat.«

»Nachvollziehbar.« Otto zog seinen Pferdeschwanz fest. »So wie ich Laura kennengelernt habe, wird sie sogar einen sehr guten Grund gehabt haben. Aber … es war sowieso nie unkompliziert zwischen unseren Familien.«

»Inwiefern?«

»Das meiste weiß ich nur vom Hörensagen.« Otto blickte zum Fenster. »Wahrscheinlich reite ich mich tief in den Schlamassel, weil ich es euch weitertratsche. Lauras Vater und mein Vater waren befreundet. Unsere Familien unternahmen viel zusammen. Dann … nach der Wende stöberte Valentin im Archiv der Stasi. Lauras Vater war *Informeller Mitarbeiter* – unter anderem angesetzt auf meine Eltern.«

Für einen Moment fühlte Filip gar nichts, dann durchflutete ihn Enttäuschung. Sein Großvater, der sich immer so mild und sanft gab! Der ökologiebewusste Biologieprofessor hatte wohl gar nicht wegen gesundheitlicher Probleme, sondern wegen seiner Vergangenheit als Stasi-Spitzel den Dienst an der Uni quittiert! Bevor Filip sich gesammelt hatte, versetzte ihm Otto den nächsten Hieb.

»Im Nachhinein erschloss sich mir so einiges. Denn es gab ein offenes Geheimnis in unserer Familie, über das selbst hinter verschlossenen Türen nie gesprochen wurde. Dein Großvater hatte meinen Vater in der Hand. Daher wurde nie an die große

Glocke gehängt, dass Laura für den Tod meiner Schwester verantwortlich war. Wäre Laura nicht gewesen, wäre sie noch heute am Leben. Mein Vater wäre nicht endgültig zum Gewalttäter geworden und mein Bruder wohl der sanftmütige Mensch geblieben, als den ihn meine Mutter bis zu ihrem Tod verehrt hat. Du wirst also verstehen, dass auch meine Meinung von Laura nicht die allerbeste ist – obwohl es sonst wenig gibt, bei dem ich mit dem Rest meiner Familie auf einer Linie liege.«

Die Sonne schien Steven grell ins Gesicht. Er kniff die Augen zusammen und beobachtete, wie vereinzelte Ruderer ihre Boote über die Außenalster trieben. Eines davon interessierte ihn besonders, noch war es nur als weißer Fleck auf der glitzernden Wasseroberfläche auszumachen. Links davon bewegte sich ein Elektroboot mit derselben Geschwindigkeit, aber Stevens Blick verharrte auf dem Sportler, der im Gegensatz zu seinen Beschützern im Begleitboot schweißüberströmt sein dürfte.

»Beachtliche Kondition«, murmelte er seiner Hamburger Begleitung zu.

»Was?« Abwesend sah Jana vom Display ihres Handys auf.

»Ecksteins Muskeln und seine Lunge sind nicht von schlechten Eltern.« Steven schielte kurz auf seinen Bauch, dann auf ihr Telefon. »Was Neues?«

»Für Burkart wird's eng.« Sie kreiste mit den Schultern, allmählich forderte also auch bei ihr der Schlafmangel seinen Tribut. »Der Siebzehnjährige hat seine Anschuldigungen von gestern wiederholt. Nüchtern.«

»Also hat Burkart ihn auf Seidl angesetzt.«

»Der Jugendliche hat sicher nicht aus Eigenantrieb gehandelt.«

»Du denkst an ihn?« Steven nickte in Richtung des Ruderbootes.

»An ihn oder Gerber. Oder Bär – bevor der selbst ermordet wurde.«

»In was für einen Morast sind wir da nur reingeraten!« Steven verschränkte die Arme. »Unschuldige finden wir unter den Beteiligten wohl kaum. Jeder feuert gegen jeden oder hat anderweitig Dreck am Stecken.«

»Für Burkart gilt das definitiv.« Jana lehnte sich gegen ihn. »Sein Wagen ist vor der Schreinerei in Eckernförde gesehen worden. An dem Tag, als der Möbelbauer verschwand. Die Anzeichen verdichten sich, dass zwischen Gerber und dem schwulen Schreiner etwas aus dem Ruder gelaufen ist.«

»Und Burkart hat's bereinigt«, schlussfolgerte Steven. »Immerhin häufen sich die Indizien, sodass jetzt auch eine offizielle Überwachung vertretbar sein sollte.«

»Absolut. Zwei Kollegen hängen sich an ihn dran, dazu ist die Telefonüberwachung genehmigt. Bislang gab's aber nichts Spannendes.«

»Könnte sich nach unserem Gespräch mit Eckstein ändern.« Steven ging in Richtung Wasser, da sich das Boot dem Anleger eines renommierten Ruderclubs näherte. »Oder auch nicht, denn ob dieser *Deutsch-Kurs* so ominös ist, wie Laura annimmt, wird sich erst noch zeigen.«

Seine Irritation über die Kollegin hatte weiter zugenommen. Nicht nur, dass sie ihm ihr Gespräch mit Irene Knopf verschwiegen hatte, zudem war Laura stundenlang nicht erreichbar gewesen. Er wusste, dass sie wegen ihrer Schlafprobleme hin und wieder zu Tabletten griff, nicht aber in einer derart heißen Ermittlungsphase. Am Vorabend war ihm schließlich nichts anderes mehr eingefallen, als um kurz vor Mitternacht in ihrem Hotel anzurufen. Die Aussage des redseligen Portiers war aufschlussreich und schockierend gewesen. Laura habe kurz zuvor ihr Zimmer betreten – in Begleitung eines älteren Mannes. Blitzschnell hatte Steven umgeschaltet, sich als ihr

Bruder ausgegeben und ein paar Merkmale ihres vermeintlichen Freundes fallen lassen. Anschließend hatte festgestanden, was er niemals erwartet hätte: Laura hatte Jan Seidl abgeschleppt! Ein weiterer Anruf anderthalb Stunden später hatte ergeben, dass der Journalist das Hotel noch immer nicht verlassen hatte.

Gedankenverloren schüttelte Steven den Kopf. Er fragte sich schon lange, wann Laura endlich mal wieder jemanden an sich heranlassen würde. Aber ausgerechnet einen siebenundfünfzigjährigen Journalisten, der auch noch eine undurchschaubare Rolle in dieser Ermittlung einnahm? Das passte überhaupt nicht!

»Was ist?«, fragte Jana.

»Ach … ich bin nur drauf und dran, den Überblick in dieser ganzen Scheiße zu verlieren. Wo ich hinsehe, entdecke ich nur …«

»Ich informiere die Kollegen, dass wir in zwei bis drei Minuten so weit sind«, unterbrach sie ihn.

Steven nickte ergeben. Die Kollegen hielten sich unweit von Anton Gerbers Anwesen auf. Er und Martin Eckstein sollten gleichzeitig mit dem Foto des *Deutsch-Kurses* konfrontiert werden, um unverfälschte Reaktionen einzufangen. Dass die beiden von Burkart bislang nicht gewarnt worden waren, legte die Überwachung von dessen Telefon nahe.

Dennoch hätte Steven schwören können, dass Martin Eckstein vorbereitet war. Vor Schweiß triefend kletterte der Parteivorsitzende auf den Steg. Es war ein ungewohnter Anblick, da man ihn sonst nur im Anzug und mit einer wie mit Photoshop retuschierten Haut zu sehen bekam. Auf das Foto reagierte er mit einem Lachen. »Ach du meine Güte! Die gute alte Studentenzeit! Wo haben Sie das denn ausgegraben?«

»Wieso nannten Sie sich *Deutsch-Kurs*?«, fragte Steven zurück.

»Lag auf der Hand. Wir lasen Klassiker der deutschen Literatur und tauschten uns dazu aus.« Steven glotzte ihn an, Ecksteins Lachen wurde breiter. »Sagen Sie nicht, dass Sie mir das nicht zutrauen!«

»Das Problem ist eher, dass wir jemandem zutrauen, alle Mitglieder dieses … Literaturzirkels eliminieren zu wollen. Auf Sie hat es einen Angriff gegeben, genauso auf Herrn Bär. Nur erfolgreicher. Gestern wurde auch noch Rudolf Dombrowski in seiner Wohnung in Leipzig erschossen. Mit einem Armbrustpfeil mit aufgeschraubter Jagdspitze.«

Ecksteins Augen weiteten sich. »Aber … das ist sicher Zufall! Wir waren damals nicht politisch aktiv. Und Rudi war es nie!«

»Eben«, erwiderte Steven trocken. »Deutet darauf hin, dass es hier gar nicht um Politik geht.«

»Sondern?«

»Diese Frage möchte ich Ihnen stellen.«

»Darauf kann ich nur antworten, dass es abwegig ist.« Eckstein wischte sich über das glänzende Gesicht, dann strich er sich durch die Haare. »Mir fällt kein Grund ein.«

»Aber dafür sicher die Namen der damaligen Mitglieder.«

»Mitglieder? Wir haben uns bloß lose dann und wann getroffen. Meine beiden Parteifreunde und Rudi haben Sie ja schon erwähnt. Wir waren der harte Kern. Ab und an kam auch jemand anderes dazu.«

»Namen?«

»Es ist eine Weile her. Rudi hat hin und wieder jemanden angeschleppt. Ich werde darüber nachdenken, vielleicht fallen mir noch Namen ein.«

»Vielleicht fällt Ihnen ja jetzt schon ein, ob jemand von diesen Leuten ein guter Armbrustschütze war.« Janas Stimme klang süffisant.

Eckstein sah sie an, die Sekunden vergingen. »Daran kann ich mich nicht erinnern, und es wäre mir sicher nicht entfallen.«

»Es gibt aber eine Zeugenaussage, dass sie alle mit einer Armbrust geschossen haben. Auf dem Grundstück, das Rudolf Dombrowskis Familie gehörte. Beim *Haus am See*.«

»Ja … dort waren wir manchmal. Und wir haben nicht nur gelesen, sondern hin und wieder mal … ein wenig über die Stränge geschlagen. Jetzt, wo Sie es erwähnen, fällt es mir wieder ein. Aber da gab es niemanden … der darin besonders gut war.«

»Da erinnern sich die Zeugen anders. Einer soll sogar besonders gut gewesen sein. Und auffallend gut aussehend. Blond, groß, athletisch.«

Er schüttelte den Kopf. »Dann war ich nicht dabei. Sie rennen gerade in eine Sackgasse. Ich muss jetzt zur Dusche, in einer Stunde findet eine Pressekonferenz statt. Sie entschuldigen mich?«

Ohne die Antwort abzuwarten, verließ er den Steg, die beiden Angestellten von *Burkart Security* im Schlepptau.

»Ich glaube, deine Kollegin hat tatsächlich eine vielversprechende Fährte entdeckt«, meinte Jana, als sie zurück zum Parkplatz gingen. »Eckstein hat diesen *Deutsch-Kurs* dermaßen verharmlost, das ist schon mehr als auffällig.«

»Dazu widersprechen mehrere seiner Aussagen denen der Zeugen.« Steven blickte über die Schulter, von dem Politiker war nichts mehr zu sehen. »Wenn aber der *Deutsch-Kurs* der Ursprung aller Bedrohung sein sollte, wieso hält er sich dann so zurück? Er sollte doch ein Interesse am Überleben haben.«

»Was auch immer seine Gründe sind, sie werden nicht unerheblich sein.« Jana kontrollierte ihr Handy. »Das Gespräch mit Gerber läuft wohl noch.«

»Eckstein wirkte vorbereitet«, überlegte Steven. »Gegenüber Burkart haben wir aber fast nichts gesagt, also ging Eckstein wohl davon aus, dass wir wenig wissen. Erst als du die Armbrust erwähnt hast, geriet er ins Schlingern.«

»Und er windet sich, weitere Namen zu nennen. Etwas ist damals vorgefallen, das jetzt ihn und die anderen einholt.«

Steven seufzte. »Andererseits sind die Spuren zu den Linksextremisten auch nicht ohne.«

»Kann ja miteinander zusammenhängen. Oder mehrere Täter mit verschiedenen Motiven?«

»Alles möglich.«

»Zumindest scheint es sich bei dem Armbrustschützen immer um dieselbe Person zu handeln. Liegt bei der erstaunlichen Treffsicherheit sowieso nahe. Vielleicht sollten wir mal die Top Einhundert der Weltrangliste überprüfen. Falls es so was gibt.«

»Haben die Kollegen in Bonn längst erledigt«, entgegnete Steven. »Es gibt tatsächlich einen Ligenbetrieb und Meisterschaften. Von den besten Sportlern ist aber niemand im Raster hängen geblieben. Der Gesuchte ist nicht im Wettkampfsport aktiv.«

Dass hinter den Angriffen auf Eckstein und Bär derselbe Schütze gesteckt haben musste, legten die DNA-Funde in dem gestohlenen Nissan von *magicalstones* und in den weggeworfenen Schuhen an der Ampel in Hamburg-Wandsbek nahe. Sie waren identisch. Leider war die Analyse nicht in Köln vorgenommen worden, sonst hätte Steven längst Zusatzinformationen gehabt, die nach derzeitiger Rechtslage nicht ausgewertet werden durften. Im Kirchturm von Niederdorla waren keine weiterführenden DNA-Spuren sichergestellt worden, dennoch hätte Steven seine letzte Packung Nikotinkaugummis darauf verwettet, dass dort derselbe Täter agiert hatte. Und in Leipzig bei Dombrowski? Dazu blieb Laura weitere Informationen noch immer schuldig. Was ritt seine Kollegin nur im Moment?

Janas Telefon unterbrach seine Grübeleien. Sie hatten das Dienstfahrzeug erreicht, mit einer Hand entriegelte Jana die Türen, mit der anderen nahm sie das Gespräch an. Es war nur von kurzer Dauer. Als Steven auf den Beifahrersitz sank, war es schon wieder beendet. Jana drückte nicht auf den Startknopf, sondern sah ihn müde an.

»Du hast dich über die Vielzahl an Verdächtigen beklagt. Soeben sind weitere aufgetaucht.«

Abwartend stierte Steven sie an.

»Du erinnerst dich, dass Burkart von den Problemen seines ärgsten Konkurrenten wusste?«

»Verdacht auf Frauenhandel?«

»Ist inzwischen mehr als bloß ein Verdacht. Für uns aber nebensächlich. Was allerdings durch diese Ermittlungen ans Licht kam, betrifft auch uns: Simon Jensens Firma hat zwei größere Zahlungen erhalten. Jeweils fünfundsiebzigtausend Euro. Die erste am Donnerstag vergangener Woche. Also noch vor den Vorfällen in Niederdorla. Die zweite am Dienstag dieser Woche.«

»Kann Zufall sein. Nur weil es höhere Summen sind …«

»Wäre ein kurioser Zufall. Das Geld wurde nämlich von Holger Lambrecht überwiesen.«

Zischend ließ Steven Luft durch die Lippen entweichen. »Also von dem Sohn des früheren Vorsitzenden der *Weißen*. Der Bär per Mail Konsequenzen angedroht hat.«

»Spannend, oder nicht?«

»Was sagt er dazu?«

»Wurde noch nicht befragt. Da die Ermittlungshoheit beim BKA liegt, soll ich dich fragen, wie die weitere …«

Steven schnallte sich an. »Fahr los.«

»Wohin?«

»Na, zu Holger Lambrecht natürlich.«

Der tödliche Ablauf stand weitestgehend fest: Nach seiner Kleidung zu urteilen, war Rudolf Dombrowski noch nicht zu Bett gegangen, als sich sein Mörder Zutritt zur Wohnung verschafft hatte – dank des Klebestreifens über dem Türschnapper lautlos und unauffällig. Eine körperliche Auseinandersetzung hatte es nicht gegeben, sodass sich Dombrowski freiwillig vor die Wand des Schlafzimmers gekniet haben musste – soweit angesichts einer gespannten Armbrust von Freiwilligkeit die Rede sein konnte. Um kurz vor eins war der rot gefiederte Jagdpfeil dann die wenigen Meter durch die Luft gezischt, hatte Dombrowskis Herz von hinten durchbohrt und den mageren Körper des Zwei-Meter-Mannes *an der Wand festgenagelt*, wie Seidl es formuliert hatte.

Laura hatte ihm die von den Leipziger Kollegen übermittelten Neuigkeiten am Frühstückstisch ihres Hotels mitgeteilt. Üblicherweise neigte sie zum Hochziehen meterdicker Mauern, wenn es um die Trennung von Beruf und Privatleben ging. Jan Seidl tanzte seit der letzten Nacht aber sowieso auf beiden Seiten, und nach der – nicht nur körperlichen – Intimität wollte sie ihn nicht zappeln lassen.

Die sächsischen Forensiker hatten zudem keine Zeit verstreichen lassen, um Licht auf eine Spur zu werfen, die eher unappetitlicher Natur war. Dombrowskis Badezimmer war kein besonders reinlicher Ort, in und um die Toilette war es dagegen auffällig sauber gewesen. Jemand hatte die Hinterlassenschaften eines Brechreizes gründlich zu beseitigen versucht und dabei eine kleine Stelle übersehen. Die DNA stammte nicht von Dombrowski, stimmte aber mit Funden an den bisherigen Tatorten überein – zwar nicht zu einhundert Prozent, aber immerhin zu fünfundsechzig.

Die Einschätzung der Forensiker war nach Lauras Meinung spektakulär und deckte sich mit der Beobachtung von Dombrowskis Nachbarn. Dass die Ermittler keineswegs einem Einzeltäter nachjagten, davon war sie längst ausgegangen. Nicht aber, dass es sich dabei um Bruder und Schwester – mit großer Sicherheit Vollgeschwister – handelte. Alter, biogeografische Herkunft und ähnliche Merkmale durften gemäß der deutschen Strafprozessordnung nicht ausgewertet werden, hier waren sie auf Zeugenaussagen angewiesen. Insbesondere auf Dombrowskis direkten Nachbarn, der den Mann am Abend noch bei Tageslicht und später in der Nacht zusammen mit seiner Schwester gesehen hatte.

Mithilfe des Grafikdesigners waren zwei Phantombilder angefertigt worden: Beide Personen waren um die dreißig Jahre alt, groß gewachsen und schlank. Die Haare waren unter Schirmmützen verborgen gewesen, an die Augenfarbe konnte sich der Nachbar nicht genau erinnern, er tippte aber auf Blau. Laura ging fest davon aus, dass es sich bei dem männlichen Gesuchten damit um jenes Mitglied des *Deutsch-Kurses* handelte, das beim *Haus am See* und in der Leipziger Szenekneipe nur kurzzeitig gesehen worden war. Dementsprechend mussten die Phantombilder schnellstmöglich sowohl dem Wirt des *Schwarzen Wolfs* als auch den Bewohnern am Haselbacher See vorgelegt werden.

»Wird ein Volltreffer«, prophezeite Seidl, während er sich auf dem Bürgersteig vor dem Hotel nach einem Taxi umsah. »Einen Namen habt ihr dann aber immer noch nicht.«

»Nur eine Frage der Zeit«, erwiderte Laura. »Die Phantombilder passen allerdings nicht zu den Profilen in unserer Datenbank, also haben sich die beiden bislang nichts Schwerwiegendes geleistet. Zumindest nichts, was ans Licht gekommen wäre.«

»Vielleicht sehen sie in Wahrheit völlig anders aus. Es gibt doch Latexmasken, die täuschend echt wirken.«

»Wenn aber die Zeugen von früher den Unbekannten auf dem Phantombild erkennen, waren keine Masken im Spiel.«

Laura bemerkte, dass der Mann am Hotelempfang immer wieder Blicke in ihre Richtung warf. Ob er darüber nachdachte, wen sie da für eine Nacht mit auf ihr Einzelzimmer genommen hatte? Spielte zwar keine Rolle, unangenehm war es ihr aber doch.

Als ein Taxi stoppte, räusperte sich Seidl. »Wir haben seit dem Aufwachen nur über den Fall und nicht … über uns geredet.«

»Was willst du denn hören? Dass es toll war?«

»Auch wenn du mich erst seit wenigen Stunden kennst, sollte dir klar sein, dass ich das *so* nicht meinte. Aber wie geht es weiter?«

»Du willst wissen, ob es ein One-Night-Stand war?«

»Etwas unromantisch formuliert, aber ja, so in die Richtung.«

»Ich hatte noch nie einen One-Night-Stand. Beruhigt dich das, oder macht es dir Angst?«

Er zog sie an sich, was sie wegen des Empfangsmitarbeiters nur widerwillig geschehen ließ. »Ersteres«, flüsterte er ihr ins Ohr. »Meldest du dich?«

»Sobald der Fall abgeschlossen ist. Glaub bloß nicht, dass du mir noch mehr Infos rauslocken kannst, um sie vor allen anderen zu veröffentlichen.«

»Einen klitzekleinen Vorsprung wirst du mir doch gönnen?«

»Mal sehen.« Der Fahrer des Taxis hupte und wedelte mit den Armen. Sanft schob sie ihn von sich. »Was hast du als Nächstes vor?«

Er lachte. »Dein Misstrauen ist mit Händen zu greifen – und berechtigt. Natürlich bleibe ich an dieser Geschichte dran. Und ich habe nicht vergessen, dass ich mich nach diesem Mirka umhören soll.« Er küsste sie auf die Wange. »Bis bald! Sollte ich etwas herausfinden, breche ich die goldene Regel und melde mich vor dir.« Ernst sah er sie an. »Pass auf dich auf. In den letzten Tagen ist viel Blut geflossen.«

»Ich bin nicht erst seit gestern beim BKA.«

»Und bleibst trotzdem ein Mensch.« Er ging zum Taxi und stieg ein, ohne sich noch einmal umzudrehen.

Laura sah dem Wagen nach – und fühlte sich auf einmal völlig verloren. Die zurückliegende Nacht war wie ein unverhoffter Sommerwind gewesen, nun kehrte die graue Normalität zurück. Passenderweise war der Himmel bedeckt, und die kühle Luft verpasste ihr eine Gänsehaut. Rasch ging sie zurück ins Hotel. Was stand als Nächstes an? Hierbleiben oder zurück nach Hamburg? Um der Antwort näherzukommen, musste sie endlich Steven anrufen, er hatte es schon mehrfach bei ihr versucht. Daneben war noch ein weiteres Telefonat überfällig – und dass ihr Sohn dieses Bedürfnis inzwischen ebenfalls verspürte, zeigte sich, als sie das Badezimmer betrat, um eine weitere Dusche zu nehmen. Ihr Handy klingelte, das Display zeigte sein Foto. Nervös sah sie in die dunklen Augen, die denen seines Vaters so glichen. Kurz bevor er auf ihre Mailbox umgeleitet wurde, nahm sie das Gespräch an.

Lautes Bellen wechselte sich mit drohendem Knurren ab, als die beiden Schäferhunde die Besucher bemerkten. Eines der Tiere warf sich gegen den Bretterzaun, der daraufhin schwankte. Jana griff an ihr Waffenholster, doch ein gellender Pfiff kam einer weiteren Drohgebärde und dem Ziehen der Dienstwaffe zuvor. Schlagartig kehrte in der Siedlung wieder Ruhe ein, während die Hunde zurück in Richtung des Einfamilienhauses rannten.

Holger Lambrecht wohnte unweit der berühmten Hochbrücke von Rendsburg, die über den Nord-Ostsee-Kanal führte. Von der Gartentür aus sahen sie nun Lambrecht entgegen, der über den gekiesten Weg zu ihnen schlurfte. Seine Hunde hatten sich auf die Veranda verzogen, ihre Augen und Ohren blieben allerdings weiter wachsam auf die Straße gerichtet.

»Was gibt's?«, maulte er und blieb drei Meter von dem Tor entfernt stehen. Dann betrachtete er Jana genauer, und sein Gesichtsausdruck wurde freundlicher. Er war nachlässig gekleidet, hatte schütteren Haarwuchs und ein Gesicht ohne Wiedererkennungsmerkmale. Eine männliche und etwas heruntergekommen wirkende graue Biedermeier-Maus. Dass er Landesvorsitzender einer Partei war, hätte angesichts des fehlenden Charismas kaum jemand vermutet.

»Haberland, BKA.« Steven deutete auf das Haus. »Bei Ihren Schoßhündchen kann ich verstehen, dass Sie auf die Dienste von *Burkart Security* verzichten. Oder haben wir die Wachleute übersehen?«

»Haben Sie nicht.« Es wirkte, als wolle er sich direkt wieder umdrehen. »Beschützt wird aber eh nur der Bundesvorstand.«

»Ihr Vater war dort immerhin bis vor Kurzem Vorsitzender und ist wohl jedem Deutschen ein Begriff. Erhält er Schutz?«

»Ja, aber privat organisiert. Und sicher nicht von Burkart.«

Steven ließ seinen Blick über das Grundstück gleiten. Das kleine Haus war schon älter und in einem bescheidenen Zustand. Der Garten stellte daher einen starken Kontrast dar: akkurat angelegte Blumenbeete, tiefgrüner Rasen und ein Teich mit Plastikenten. Daneben gab es eine Gartenlaube, die wesentlich einladender aussah als das eigentliche Wohnhaus. Auf dem Tisch standen Bierflaschen, einer der Stühle war leer, auf dem anderen saß ein breitschultriger Mann.

»Der Beschützer meines Vaters«, erklärte Lambrecht ungefragt. »Wir besprechen gerade die Details.«

»Na, bei diesem Kerl sollte nichts schiefgehen.« Jana lächelte freundlich. »Von welcher Firma haben Sie ihn engagiert?«

»Spielt das eine Rolle? Was wollen Sie eigentlich von mir? Schnappen Sie lieber die linken Spinner, die uns aufs Korn genommen haben! Dieser Wahnsinn muss ein Ende haben!«

»Genau deshalb sind wir hier.« Steven stützte sich auf das Gartentor. »Möchten Sie die Frage meiner Kollegin noch beantworten oder müssen wir den Herrn dahinten um seine Personalien bitten?«

Der besagte Herr erhob sich in diesem Moment und näherte sich. An seiner Schläfe prangte ein rotes Feuermal und lenkte von den derben Gesichtszügen ab. Auf der blanken Kopfhaut erkannte Steven mehrere Narben. Zwei wirkten wie die Überbleibsel eines Kampfes, die dritte war mit ziemlicher Sicherheit auf einen chirurgischen Eingriff zurückzuführen.

»Gibt's hier 'n Problem?«, fragte er mit erstaunlich leiser Stimme. Breitbeinig baute er sich neben dem Politiker auf, seine kräftigen Arme drohten die Ärmel des T-Shirts zu sprengen. Noch hingen sie aber nur seitlich herunter, die Hände waren locker geballt.

»Schon gut, Viktor«, wiegelte Lambrecht ab. Neben seinem Gast wirkte er wie ein Zwerg. »Leute vom BKA. Was sie hier wollen, hab ich aber nicht verstanden.«

»Von welcher Sicherheitsfirma kommen Sie?«, sprach Steven den muskelbepackten Mann an.

»Simon Jensen. Wieso? Brauchen Sie Verstärkung?«

»Sie brauchen eher einen neuen Arbeitgeber. Ihr Chef wurde des Frauenhandels überführt. Das hatte in seiner langen Polizeiakte tatsächlich noch gefehlt.«

»Hab davon gehört, glaub's aber nicht. Und damit zu tun hab ich erst recht nichts.« Viktor wirkte unentschlossen, dann ging er zur Gartenlaube zurück.

»Simon Jensen. Interessant.« Steven rieb seinen Bart und winkte Lambrecht näher zu sich. »Ein Mann mit einem mehr als zweifelhaften Ruf. Sie sind ein guter Kunde von ihm?«

»So teuer ist ein Personenschützer dann auch wieder nicht.«

»Umso merkwürdiger, dass Sie ihm in letzter Zeit zweimal fünfundsiebzigtausend Euro überwiesen haben.«

Lambrecht trat wieder einen Schritt zurück. »Woher ... was geht Sie das an?«

»Gegen Herrn Jensen wird ermittelt. Dabei ist das aufgefallen. Und? Wofür war das Geld?«

»Na ...« Lambrecht machte eine Kopfbewegung zu Viktor. »Ganz so billig ist es halt doch nicht.«

»Haben Sie ihn etwa gleich auf Jahre gebucht? Und dann sogar zu einem Zeitpunkt, als noch gar nichts passiert war? Die erste Summe wurde vor dem Chaos in Niederdorla überwiesen.«

Lambrecht zog ein Taschentuch hervor und schnäuzte hinein. »Ja, weil ... wir sind schon vorher im Visier von Linken gewesen. Fragen Sie mal rum! Es gab ständig Drohungen.«

»Gutes Stichwort.« Wieder winkte Steven ihn heran. »Kommt Ihnen diese Drohung bekannt vor?« Aus der Hosentasche seiner ausgeblichenen Jeans hatte er ein zusammengefaltetes Blatt gezogen. Ein Ausdruck von Lambrechts Mail an Bär.

»Das ...«, Lambrecht hob beide Hände, »... geschah im Eifer des Gefechts! Hat nichts zu bedeuten. Oliver weiß, wie es gemeint war.«

»Jetzt weiß er gar nichts mehr, da er tot ist. So wie manch anderer aus der *neuen* Führungsriege auch. Ein Beisitzer, der Schatzmeister und fast auch noch Eckstein.«

Der Politiker starrte ihn an. »Sie hätten sich den Weg sparen können. Mir zu unterstellen, dass ich daran beteiligt bin ...«

»Ich hab noch gar nichts unterstellt.«

»Die Andeutung reicht schon. Machen Sie lieber Ihren eigentlichen Job!«

»Herr Lambrecht, wir ...«, setzte Steven an, doch der Mann drehte sich weg. Seinen Hunden gab er einen Wink, woraufhin sie aufsprangen und losstürmten. Unwillkürlich trat Steven zurück. Das Tor war nicht mal brusthoch, die Tiere könnten es problemlos überwinden. Allerdings beließen sie es bei lautstarken Drohgebärden, und Jana zog Steven am Ärmel.

»Hier kommen wir ohne richterlichen Beschluss nicht weiter. Und den kriegen wir nicht.«

»Was hat der Firmeninhaber zu den Überweisungen gesagt?«

»Auch was von Personenschutz. Unterlagen dazu gab's aber nicht. Weder einen Auftrag noch eine Rechnung.«

»Also steckt nichts Sauberes dahinter. Vielleicht hängt Lambrecht im Frauenhandel mit drin? Als Kunde? Er lebt hier allein, ist nicht gerade ein anziehender Kerl und …«

Jana unterbrach ihn. »Mehr will ich mir gar nicht vorstellen. Klingt aber plausibler, als dass er Jensen beauftragt hat, den neuen Vorstand zu eliminieren. Hundertfünfzigtausend Euro wären dafür ein echter Schnäppchenpreis.«

Steven seufzte. »Leider hat dieses Arschloch wohl recht: Wir sollten unsere Energie an anderer Stelle einsetzen. Trotzdem müssen wir klären, ob Holger Lambrecht oder sein Vater Verbindungen zum *Deutsch-Kurs* haben und wofür die hundertfünfzigtausend Euro tatsächlich gezahlt wurden. Für diesen Viktor sicher nicht.«

»Ich setze ein paar Kollegen darauf an.« Jana entriegelte das Fahrzeug und sah auf die Uhr. »Jetzt dürfen wir nicht trödeln, sonst verpassen wir die Geldübergabe von Damian Böning an den Afrikaner.«

»Die will ich in der Tat nicht versäumen.« Steven blieb stehen, während Jana einstieg.

»Was ist?«, fragte sie mit auffordernder Geste.

»Ich … muss noch ein wichtiges Telefonat führen. Wartest du kurz?«

»Du meinst, ich soll nichts davon mitbekommen? Was Privates?«

Steven wiegte seinen kantigen Schädel hin und her. »Halb privat, halb beruflich. Aber keine Sorge, ich hab dir keine Ehefrau verheimlicht.«

»Das macht mir keine Sorgen. Du weißt, wie ich zu unserer Affäre stehe.«

Sie zog die Tür zu, und Steven sah, wie sie ihrerseits am Mobiltelefon herumhantierte. Affäre? War es wirklich nicht mehr? Er war noch gar nicht dazu gekommen, näher darüber nachzudenken. Und auch jetzt gab es Wichtigeres. Laura hatte ihn anzurufen versucht, doch diesmal hatte er sie auflaufen lassen, da er ungestört mit ihr reden wollte. Da hatte sich einiges aufgestaut, und er entfernte sich vorsichtshalber ein paar Meter vom Einsatzfahrzeug, da er schon beim Antippen ihres Namens spürte, wie der Zorn auf seine langjährige Kollegin neu aufloderte.

Mit einem Würgen entledigte sich Filip einer Brezel, die Otto Radke als Reiseproviant mitgegeben hatte. Die Übelkeit war nicht der Qualität der Backware geschuldet, sondern den neuen Informationen, derer sich Filip immer mehr bewusst wurde. Ein wirklich umfassendes Bild hatte sein Onkel ihm zwar nicht geliefert, dennoch sah es in der Familie Westermann erheblich düsterer aus, als er jemals vermutet hätte.

Der Brechreiz war zwar verflogen, wirklich besser ging es ihm aber nicht. Er wischte sich mit Toilettenpapier über den Mund und beseitigte die Spuren auf dem WC-Sitz. Anschließend ließ er sich aus dem kleinen Wasserhahn in der Zugtoilette kaltes Wasser in den Mund laufen. Das zerschrammte Gesicht im Spiegel war blass, wodurch seine Augen noch dunkler als gewöhnlich wirkten. Sekundenlang sah er sich in die Pupillen.

Würde er beim Anblick seines Spiegelbildes künftig immer an seinen Vater denken?

Es klopfte an der Tür. »Alles okay?«

Ingas Stimme. Der einzige Lichtblick. Und doch … in Filip meldete sich wieder eine Frage, die er sich am Anfang ihrer Beziehung des Öfteren und zuletzt gar nicht mehr gestellt hatte: Wieso fand eine Frau wie Inga Gefallen daran, seine Freundin zu sein? Sie war schön, selbstbewusst und intelligent. Kontaktfreudig, mutig und voller Energie. Wann würde ihr auffallen, dass sie ihre Zeit an einen Langweiler verschwendete?

»Komme gleich«, krächzte er. Mit dem unverletzten Arm stützte er sich auf dem Waschbecken ab und sah erneut in den Spiegel. Jetzt, wo er seinen Vater kennengelernt hatte, erkannte er mehr Ähnlichkeiten zu ihm als zu Laura. Was an sich keine Rolle spielte. Weder Laura noch Valentin waren unattraktiv, das konnte er sogar als Sohn feststellen. Und was den Charakter anging? Da gab es wohl bei beiden erschreckende Abgründe.

Erneut klopfte es, diesmal energischer. Resigniert öffnete er die Tür, Inga stand mit gerunzelter Stirn im Gang. »Du siehst aus, als sollte ich dich wieder ins Krankenhaus bringen. Und …« Sie schnupperte. »Hast du etwa gekotzt?«

Er wich ihrem Blick aus, indem er an ihr vorbeiging. »Vielleicht waren Onkel Ottos Zutaten abgelaufen.«

»Blödsinn! Entweder holen dich die Verletzungen ein, oder du nimmst dir alles zu sehr zu Herzen. Wahrscheinlich beides zusammen.«

Er blieb stehen. »Ich hab Dinge erfahren, die nicht nur Laura, sondern auch meine Großeltern in ein ganz schlechtes Licht rücken. Ich finde nicht, dass das eine Kleinigkeit ist.«

»Ist es auch nicht. Aber …« Sie strich ihm über den Rücken. »Entschuldige … ich … manchmal vergesse ich, dass du erst neunzehn bist.«

»Was soll das denn heißen?« Er entzog sich ihr. »Du stehst mit dreiundzwanzig schon über solchen Dingen? Sag's mir einfach direkt, dass ich … ich … ach, was weiß ich!«

Aufmerksam musterte sie ihn. »Du brauchst eine Pause«, sagte sie dann. »Lass uns am nächsten Bahnhof aussteigen!«

»Und dann?«

»Zum Beispiel hoch ans Meer.«

»Mitte April?«

Sie lachte. »Jetzt klingst du wieder wie der alte Filip.«

»Vergiss es! Der alte Filip hätte sich zurückgezogen. Ich will aber endlich Klarheit! Und deshalb fahren wir zurück nach Köln und dann weiter zu meinen Großeltern.«

»Ich glaube, du solltest erst mal …«

»Falls du nicht mitkommen willst, weil du eine peinliche Szene befürchtest, ist das okay. Dann mach ich's allein.«

Er ließ sie stehen. Der Zorn auf Inga verwandelte sich in Wut auf sich selbst. Musste er sich ausgerechnet an ihr abreagieren, nur weil sie gerade in seiner Nähe war? Sie war doch die Einzige, die zu ihm hielt! Oder etwa nicht? Ihm kamen Momente in den Sinn, in denen sie sich merkwürdig verhalten hatte. Abgebrochene Telefonate, Getuschel mit ihren Stiefgeschwistern, schnelles Wegräumen irgendwelcher Unterlagen, wenn er unangemeldet bei ihr auftauchte. Verbarg am Ende auch Inga etwas, das über das normale Maß an Heimlichkeiten, die jeder hatte, hinausging?

Anstatt sich auf seinen Sitz fallen zu lassen, folgte er dem Gang bis zum Bordbistro. Als er am Tresen ein Bier bestellte, registrierte er erleichtert, dass Inga ihm nicht gefolgt war. Er setzte sich und sah auf die dahingleitende Landschaft. Er kannte die Strecke gut, schließlich hatte er sie oft genug mit Laura zurückgelegt, um seine Großeltern in Ilmenau zu besuchen. Was war in dem beschaulichen Städtchen passiert, als Laura und Valentin noch minderjährig gewesen waren?

Darauf hatte ihm Laura keine Antwort gegeben, mal wieder nicht. Als sie vor einer Stunde miteinander telefoniert hatten, war sie vor allem um seinen Gesundheitszustand besorgt gewesen. Nachdem sie erfahren hatte, dass er sich gerade in Arnstadt aufhielt und soeben die Bäckerei Radke verlassen hatte, war sie einsilbiger geworden. Als er ihr noch die Stasi-Vergangenheit seines Großvaters vorgehalten hatte, und dass sie selbst am Tod von Valentins und Ottos Schwester schuld sei, da hatte sie gar nichts mehr gesagt. Stattdessen hatte er ein Schluchzen gehört, dann war die Verbindung unterbrochen worden. Auch das war eine Antwort, obwohl sie die entscheidende Frage offenließ: Was war damals bloß geschehen?

Kapitel 11

Laura ließ den Redeschwall über sich ergehen, sie war unfähig, Steven ins Wort zu fallen. Davon abgesehen hatte sie längst die Erfahrung gemacht, dass es sinnvoll war, ihm die Möglichkeit zum Dampfablassen zu geben. Erst danach war er wieder zu einer rationalen Diskussion in der Lage. Im Hintergrund hörte sie Hundegebell, es klang aggressiv und unheilvoll. Auch Stevens Stimme war alles andere als sanft. Das war untypisch und ein untrügliches Zeichen dafür, wie angefressen er war.

»Wieso sagst du nicht irgendwas?«, fragte er schließlich.

»Weil du mich seit fünf Minuten anblaffst«, erwiderte sie müde. Sie saß auf einer Bank des Leipziger Hauptbahnhofs, Stevens Anruf hatte sie eine halbe Stunde vor der Abfahrt des ICE nach Hamburg erreicht.

»Ich könnte noch länger durchhalten. Mitten in einer der brisantesten Ermittlungen, die wir je hatten, bist du stundenlang nicht erreichbar! Hältst nicht mal 'ne Warnung für nötig, dass dir der Knopf meine brenzlige Situation gesteckt hat. Stattdessen lässt du dich vor ihren Karren spannen.«

»Du redest Blödsinn. Stimmt, ich hätte es dir sofort sagen sollen, aber ich wollte das persönlich machen. Außerdem … natürlich hab ich dich in Schutz genommen! Und Frau Knopf? Die ist dir weniger böse gesonnen, als du vermutest.«

»Klar tut sie dir gegenüber harmlos. Als Ermittlerin solltest du …«

»Und du solltest mal den Ball flach halten!« Lauras Ton wurde ebenfalls schärfer, ihre dunkle Stimme heller. »Du steigerst dich da rein, weil du genau weißt, dass du dir schon öfter was geleistet hast. Und was die Erreichbarkeit angeht: Auch ich hab's mehrfach bei dir versucht.«

»Das ist was anderes. Weißt du, was hier los ist?«

»Und ich drehe in Sachsen Däumchen, oder was?«

»Hab ich nicht behauptet. Aber überarbeitet kannst du nicht sein, wenn du Zeit genug für 'ne Männergeschichte hast. Nicht, dass ich es dir nicht gönnen würde, aber … Hast du eigentlich den Verstand verloren, mit Seidl in die Kiste zu steigen?«

Laura stockte der Atem. »Was … wie kommst du auf so was?«

»Erspar uns beiden, dass du es abstreitest. Was ist nur in dich gefahren?«

Laura musste sich sammeln. Sie beobachtete, wie eine Rentnerin ihren Mann zusammenstauchte, der sich mit einem Koffer und diversen Taschen abplagte. »Hast du mir etwa nachspioniert?«

»Ich hab mir Sorgen gemacht und deshalb in deinem Hotel angerufen.«

Laura schloss die Augen. So viel zur Diskretion der Empfangsmitarbeiter, Abstreiten war sinnlos. »Ist halt so passiert. Du bist übrigens der Letzte, der mir Vorhaltungen machen darf! Hast du etwa bei Jana gezögert?«

Steven lachte auf. »Nur weil ich ein wenig mit ihr geflirtet …?«

»Erspar uns beiden, dass du es abstreitest«, wiederholte sie seine Worte. »Als ich im Hamburger Präsidium nach dir gefragt habe, war der Kollege genauso verschwiegen wie der

Portier meines Hotels. Denkst du, die Leute sind blind? Ihr seid gemeinsam aus der Kneipe abgehauen und zerzaust am Tatort aufgetaucht.«

»Okay.« Steven räusperte sich, was nichts an der grundsätzlichen Heiserkeit seiner Stimme änderte. »Ist trotzdem was anderes. Jana spielt in unserem Team. Seidl dagegen … ist ein Zeuge! Vielleicht sogar in die Sache verwickelt.«

»Mit den Morden hat er nichts zu tun, dafür leg ich meine Hand ins Feuer.«

»Hoffentlich musst du dann am Ende keine Brandblasen kühlen. Es kann …« Steven brach ab, als eine Lautsprecherdurchsage einen verspäteten Regionalexpresses ankündigte. »Wo bist du überhaupt?«

»Am Leipziger Hauptbahnhof. Unsere Chefin hat mich zurück nach Hamburg beordert.«

»Da hab ich ’ne bessere Idee. Fahr in die andere Richtung!«

Lauras Augenbrauen zogen sich zusammen. »Bist du so tief gekränkt, dass du mich in Hamburg über den Haufen schießt?«

»Quatsch. Aber als Gerber heute von Kollegen mit dem Foto des *Deutsch-Kurses* konfrontiert wurde, hat er Andreas Macks Namen genannt.«

»Der lebt am Bodensee auf der Schweizer Seite, ist dort aber nicht auffindbar.«

»Was daran liegen könnte, dass er sich gerade in Bayreuth aufhalten dürfte. Dort wohnt seine Schwester. Und was irgendwer in Bonn herausgefunden hat: Diese Schwester feiert heute ihre Hochzeit.«

»Wurde sie kontaktiert?«

»Klar. Ihr Bruder ist eingeladen, aber sie hat ihn noch nicht gesehen und kann ihn auch nicht erreichen. Vielleicht ist er tot, vielleicht aber auch auf dem Weg zu ihr. Die Sause geht um sechzehn Uhr los.«

»Mit einem Mietwagen bräuchte ich zwei Stunden bis Bayreuth. Wird also knapp, ist aber zu schaffen. Vorsichtshalber sollten auch fränkische Kollegen hingeschickt werden.«

»Mach dich auf den Weg, ich informiere den Knopf.«

Laura erhob sich, um einen Mietwagenschalter zu finden. »Was kam bei Gerber noch raus?«

»Genau wie Eckstein hat er versucht, den *Deutsch-Kurs* als Literaturzirkel zu verkaufen. Er soll dabei aber angeschlagen gewirkt haben. Sowieso ein merkwürdiger Vogel. Er sieht doch ganz ansehnlich aus, wirkt aber wie ein gemobbter Schuljunge, der sich freut, wenn er auch mal zutreten darf. Meistens devot und dann wieder sadistisch. Je nachdem, ob er gerade oben oder unten liegt.«

»Steven der Psychologe. Was ist mit dem letzten Unbekannten auf dem Foto, das ich in Dombrowskis Wohnung gefunden habe? Gibt es einen Namen zu dem Glatzkopf?«

»Nee. Eckstein und Gerber behaupten, dass er ihnen nicht einfällt. Lächerlich! Zeig das Foto auch Mack, vielleicht verfügt der über ein besseres Erinnerungsvermögen.«

Zu Lauras Erleichterung war das Gespräch wieder in sachliche Bahnen geglitten, mehrere Minuten tauschten sie sich über die Ereignisse in Hamburg und Leipzig aus, bevor sie sich in die Warteschlange vor einer Mietwagenfirma einreihte.

»Was ist eigentlich aus der Sache mit dem Schreiner geworden?«, fragte sie.

»Da hat sich einiges getan! Ist zwar für unsere Ermittlung irrelevant, könnte aber trotzdem helfen.«

»Inwiefern?«

»Gerber hat sich als *Ledermann* auf schwulen Kontaktseiten herumgetrieben. Dazu gibt es Zeugenaussagen, dass er mehrfach in Eckernförde gesehen wurde. Leider beziehen sich keine auf die letzten Tage. Noch wurde er mit dem Verdacht nicht konfrontiert, aber die Indizien sind jetzt so stark, dass wir sein

Telefon überwachen dürfen. Dass er über den Schreiner redet, ist eher fraglich. Dass er sich mit Eckstein zum *Deutsch-Kurs* austauscht aber nicht.«

»So gesehen wäre es nützlich, wenn er nicht allzu schnell verhaftet wird.«

»Gilt genauso für Dennis Burkart. Der scheint ihm bei der Sache mit dem Schreiner irgendwie geholfen zu haben und war bei der Befragung vorhin gerade bei Gerber zu Hause. Übrigens bestreitet er, den Siebzehnjährigen auf deinen Seidl gehetzt zu haben.«

Laura zuckte mit den Schultern. »War zu erwarten.«

»Was dagegen nicht zu erwarten war: Wegen dem Angriff auf Seidl wird Burkarts Telefon überwacht. Nachdem er bei Gerber das Zimmer verließ, hat er in ein Mobiltelefon gesprochen. Allerdings wurde nichts aufgezeichnet, die Überwachung sprang nicht an.«

»Also hat er ein zweites Telefon.«

»Und über diese Nummer werden wohl die wirklich interessanten Gespräche geführt. Vielleicht haben wir Glück, und Gerber ruft ihn darauf an. Dann kennen wir die Nummer und können die Überwachung auf sie ausweiten. U-Haft wird uns bei beiden kaum weiterhelfen, erst mal sollten wir sie anzapfen.«

»Zögere ihre Verhaftung unbedingt hinaus!«

»Da setze ich den Knopf drauf an. Muss ja für irgendwas gut sein, dass sie hier ist.«

»Wie gesagt, Steven. Übertreib's nicht.«

»Schon gut. Laura … ist sonst alles okay bei dir?«

»Wieso?«

»Nach so einer Nacht … also eigentlich solltest du glücklicher klingen. Ist irgendwas passiert?«

»Du meinst, ob Seidl Gentleman geblieben ist?«

»So ungefähr.«

»Mach dir keine Sorgen.«

»Muss ja nichts mit Seidl zu tun haben. Ich kenn dich seit Jahren und deine Stimmlage auch. Wahrscheinlich fast so gut wie Filip.«

Bei der Erwähnung ihres Sohnes musste Laura schlucken. »Offenbar kennst du mich noch nicht lange genug. Alles ist okay. Davon abgesehen, dass sich Filip auf einer Tierschutzdemo hat verprügeln lassen.«

»Er hat *was*?«

Laura konnte regelrecht sehen, wie sich seine kräftigen Augenbrauen hoben. »Ich war genauso überrascht wie du. Inga hat ihn dorthin geschleppt.«

»Die böse Inga, die dir deinen Sohn klaut?« Steven lachte. »Ähm … also eigentlich ist das nicht lustig. Ist er etwa ernsthaft verletzt?«

»Nein, aber es hätte übel ausgehen können.«

»Na dann.«

»Mehr fällt dir dazu nicht ein?«

»Eins noch: Inga ist erfolgreicher als du.«

»Irgendwie bist du heute nicht ganz bei dir.«

»Seit Jahren versuchst du, Filip den Stubenhocker auszutreiben. Jetzt blüht er auf und probiert sich aus. Genau das, was ein Neunzehnjähriger tun sollte. Was ist da schon eine blutige Nase?«

»Es war schon etwas mehr als eine blutige Nase.«

»Ändert nichts. Ich bin jedenfalls erleichtert, dass dich nur mal wieder die Sorge um deinen Sohn umtreibt. Meldest du dich, wenn du in Bayreuth angekommen bist?«

»Versprochen, Chef.«

»Blöde Ziege.« Er legte auf.

Laura atmete auf. Wenigstens war zwischen Steven und ihr wieder alles in Butter. Aber dass Filip gerade aufblühte, war eine gewagte These. Es stimmte, er war eindeutig aus seiner Lethargie erwacht. Nur führte ihn das schnurstracks zu Erkenntnissen, vor denen sie ihn seit seiner Geburt zu schützen versuchte. Wenigstens hatte er diese verdammte Inga an seiner Seite, während Laura mal wieder alles mit sich allein ausmachen musste. Inmitten des Trubels am Leipziger Hauptbahnhof fühlte sie sich sehr allein. Das Verlangen, Jan Seidl wiederzusehen, war geradezu schmerzhaft. Helfen hätte aber auch er nicht können, denn ihre Vergangenheit ausgerechnet einem Journalisten anzuvertrauen, war unmöglich.

Die Sonne strahlte vom Himmel, und der Wind trug bereits einen Hauch Sommer in sich, als der größtmögliche Albtraum Realität wurde. Fassungslos stand Dennis Burkart der Reitlehrerin gegenüber, die ihm soeben mitgeteilt hatte, dass seine Tochter verschwunden war. Lena hatte noch ihr neues Mietpferd in den Stall gebracht, es abgerieben und gestriegelt, dann war sie hinüber zum Spielplatz neben der Einfahrt gelaufen.

»Die Reitstunde war ja lange vorbei, und … ich dachte, Sie oder Ihre Frau hätten Lena abgeholt«, wiederholte die Frau.

Fast hätte Burkart ihr seine Faust frontal ins Gesicht geschlagen. »Es war … viel Verkehr«, entgegnete er, mühsam um Beherrschung ringend.

»Vielleicht ist sie mit anderen Kindern rüber zum Bach gelaufen.« Die Frau wurde immer unruhiger und trat einen Schritt zurück. »Der ist aber flach und ungefährlich.«

»Ich sehe nach!« Burkart verlor keine Zeit, trotz der Frühlingswärme fror er. Es war unwahrscheinlich, dass Lena an dem kleinen Wasserlauf an einem Damm baute oder Schiffe entlangtreiben ließ. Die Reitlehrerin hatte nämlich auch ein Auto erwähnt. Kurz nachdem seine Tochter zum Spielplatz gelaufen war, habe der Wagen an der Einfahrt angehalten, dann gewendet und sei über den staubigen Weg zurück zur Landstraße gefahren. Weder hatte sie dem Modell noch der

Farbe Aufmerksamkeit geschenkt, so wie sie generell ihre Aufsichtspflicht sträflich vernachlässigt hatte. Burkart biss die Zähne zusammen. Dafür würde diese blöde Gans mit ihrem Sozialpädagogengetue bezahlen, in welcher Form auch immer.

Wie sich Simon Jensen revanchiert hatte, lag dagegen auf der Hand. Burkart hatte sich an dessen Harley-Davidson-Sammlung vergriffen und ihn darüber hinaus mit der Aufdeckung des Frauenhandels komplett aus dem Spiel genommen. Zielgenauer hätte Jensens Gegenschlag nicht ausfallen können, denn in mindestens einer Sache unterschied sich Burkart nicht von anderen Vätern: Er würde alles tun, um seine Tochter wieder in Sicherheit zu bringen.

Der Bach war verwaist. Wutentbrannt nahm Burkart einen Stein und schleuderte ihn zu einem Entenpärchen, das sich schnatternd davonmachte. Was sollte er seiner Frau sagen, wenn er allein nach Hause kam? Dort warteten zu allem Überfluss auch noch seine Schwiegereltern, und ihren Gesichtsausdruck konnte er schon jetzt vor sich sehen. Er sank in die Hocke und hieb sich mehrfach auf den Oberschenkel, bis er schmerzte. Dann fasste er sich und ging gedanklich die Optionen durch. Auch der hünenhafte Jensen hatte Schwachstellen, bei denen ihm sogar die Ausbildung zum Boxer und das vom Vater vererbte kriminelle Know-how nicht helfen konnten. Eine war sein geistig zurückgebliebener Bruder, der in einer Pflegeeinrichtung mehr vor sich hinvegetierte, als dass er lebte. Waffengleichheit wiederherzustellen war nun von höchster Priorität.

Er erhob sich und ging zurück zum Hauptgebäude, wo er wieder auf die Reitlehrerin traf. Verstört sah sie ihm entgegen, und Burkart zwang sich zu einem Lächeln.

»Alles in Ordnung«, sagte er. »Ich habe gerade meine Frau erreicht, sie hat Lena abgeholt und vergessen, es mir zu sagen.«

Tatsächlich hatte er sie vor einer Stunde angerufen und gebeten, für ihn einzuspringen. Sie war jedoch gerade in einem

Möbelhaus gewesen und hatte ihn aufgefordert, seiner Tochter selbst zu erklären, weshalb mal wieder alles Mögliche wichtiger war als die Vater-Kind-Beziehung. Nach dem Telefonat hatte er seine Schwiegereltern mit Flüchen belegt, denn es war immer das Gleiche: Sobald sie zu Besuch waren, verschlechterte sich das Klima im Haus und Vorwürfe wurden nicht nur unterschwellig ausgeteilt.

Auf der Rückfahrt bastelte er an seiner Strategie. Zunächst musste er Zeit gewinnen. Zum Beispiel indem er behauptete, Lena zu ihrer besten Freundin gebracht zu haben, da beide ein Schulprojekt zu bearbeiten hätten. Er rief seinen engsten Freund und Mitarbeiter an. Auf den alten Haudegen Rainer, der auch Lenas Patenonkel war, kam es ab sofort an. In mehrfacher Hinsicht.

»Wo bist du gerade?«, fragte Burkart, als sich sein langjähriger Weggefährte meldete.

»Im Lager. Das Wochenende vorbereiten.«

»Mach dich sofort auf den Weg zu mir nach Hause, ich bin in wenigen Minuten dort. Es gibt … dringenden Handlungsbedarf.«

»Alles klar, bis gleich.«

Das schätzte Burkart an Rainer. Keine unnötigen Rückfragen zur falschen Zeit. Momentan war es eine Zeit voller Chancen, aber gespickt mit Gefahren. Für die umfassende Absicherung ihrer Führungskräfte hatten *Die Weißen* eine erste Anzahlung geleistet, es versprach ein umsatzstarkes Frühjahr zu werden – zugleich konnte Burkart aber seine Tochter verlieren. Entweder, weil er sie den Klauen seines Erzfeindes nicht entreißen konnte oder weil er von einem Richter in den Knast geschickt wurde.

Kurz hinter Hagenbecks Tierpark erreichte er seine Wohnstraße. Rainers silberner BMW parkte schon am Bürgersteig, Burkart rollte vor das Garagentor. Seine Frau trat aus der Haustür. Sie schien erheblich bessere Laune als beim vorangegangenen Telefonat zu haben. Seufzend stieg er aus.

»Endlich hab ich das passende Sofa gefunden!«, rief sie ihm zu. »Besser gesagt hat es meine Mutter entdeckt.«

Am liebsten hätte Burkart noch mal geseufzt, der Geschmack seiner Schwiegermutter ließ die Augen tränen. »Spitze«, sagte er stattdessen. »Du, ich muss …«

Er verstummte. Aus dem Garten klangen wohlbekannte Stimmen herüber. Hoch und schrill – das ältere Ebenbild seiner Frau. Brummend und gutmütig – sein Schwiegervater. Krächzend und derb: Rainer. Dazwischen aber … das helle Lachen eines Mädchens. Seines Mädchens!

»Wieso …« Er stützte sich am Autodach ab. »Wieso ist Lena schon hier?«

Sie sah ihn an, als sei er begriffsstutzig. »Mein Vater hat sie abgeholt, weil du … hat er dir nicht Bescheid gesagt?«

Burkart knallte die Autotür zu und stapfte durch das Haus in den Garten. Als Lena auf ihn zugestürmt kam, presste er sie an sich und atmete den Duft ihrer Haare ein. »Schön, dich zu sehen«, nuschelte er.

»Papa! Rainer ist da!«

»Ich weiß.«

»Er soll mit mir ins Baumhaus klettern.«

»Du weißt doch, dass er mit seinem kaputten Bein nicht klettern kann. Außerdem muss ich kurz mit ihm reden.«

Vorher knöpfte er sich aber seinen Schwiegervater vor. Er packte ihn am Arm und zog ihn zum Teich. »Mach so was nicht noch mal!«, zischte er ihn an.

Irritiert löste sich der alte Herr aus der Umklammerung. »Ich hab nur ausgeholfen. Was ist daran schlimm?«

»Und wann wolltest du mir sagen, dass du Lena schon abgeholt hast? Ich und alle Leute auf dem Reiterhof waren verrückt vor Sorge!«

»Aber … ich hab dir eine SMS geschrieben!«

»Was?« Versehentlich zog Burkart zunächst sein Zweithandy hervor, dessen Nummer nicht nur seinem Schwiegervater unbekannt war. Dann entsperrte er das andere und schüttelte den Kopf. »Hier ist nix! Hast du die Nachricht überhaupt abgeschickt?«

»Ich bin doch nicht senil!« Sein Schwiegervater präsentierte auf seinem eigenen Telefon eine Nachricht. »Hier!«

»Verdammt noch mal, du hast mir eine Mail geschrieben! Ich checke doch nicht ständig meinen Posteingang!«

»Oh, da hab ich mich im Symbol vertan. Sieht eben alles gleich aus … Tut mir leid, wenn du …«

Burkart ließ ihn stehen. Einerseits hätte er ihm am liebsten endlich den Hals umgedreht, andererseits überlagerte die Erleichterung alles. Vielleicht war dieser Warnschuss auch ganz nützlich. Ab sofort durfte Lena keinen unbeobachteten Schritt mehr tun. Das bedeutete kein wirkliches Problem, denn Burkart musste sich ohnehin aus der vordersten Linie zurückziehen, wie er kurz darauf Rainer eröffnete.

»Ich bin im Visier«, teilte er mit, als sie sich in das Arbeitszimmer unterm Dach verzogen hatten.

»Bei den Bullen oder bei Jensen?«

»Wahrscheinlich bei beiden. Sorgen macht mir vor allem die Polizei.«

»Wegen der Anschuldigungen von diesem Pickelgesicht? Es gibt keine Beweise. Da steht Aussage gegen Aussage.«

»Gefährlich genug. Ist aber nicht alles. Der *Deutsch-Kurs* wird zu einem echten Problem. Irgendwie hat das BKA Wind davon bekommen.«

»Dann gib den Auftrag zurück. Eckstein soll sich 'nen anderen suchen.«

Schweigend betrachtete Burkart die gerahmten Gemälde an der Wand. Alle waren in Schwarz-Weiß und stellten Szenen der nordischen Mythologie dar. Seine Frau hatte sie erstellt, als sie noch in besserer mentaler Verfassung gewesen war. Die erste von mehreren Depressionswellen hatte dieses Hobby schlagartig ausgelöscht, vielleicht waren die düsteren Werke ein früher Fingerzeig gewesen. Schon immer hatte sie von einem Haus auf dem Land geträumt, einem großen Grundstück mit Apfelbäumen, Pferden auf der Koppel, einem Blick aufs Wasser – und einem weißen Pavillon als Atelier. Es war nie Burkarts Traum gewesen, aber vielleicht hilfreich, um die entstandenen Risse wieder zu kitten. Lena würde eine derartige Umgebung ebenfalls lieben. Die finanziellen Mittel zur Umsetzung waren zum Greifen nah, und Burkart wäre dann auch äußerlich sichtbar in die gehobenen Kreise aufgestiegen.

»Ausgeschlossen!« Er stand auf und legte Rainer eine Hand auf die Schulter. »Martin verlässt sich auf mich, außerdem ist schon alles angeleiert.«

Rainer sah auf die Armbanduhr. »Lässt sich noch abblasen.«

»Nein. Nur *ich* muss mich zurückhalten. Du übernimmst und steuerst jetzt alles allein.«

»Kein Problem. Aber weiß ich wirklich alles? Irgendetwas ist doch noch. Weshalb deine große Vorsicht?«

»Da ist wirklich noch was. Sollte es nötig werden, erklär ich es dir. Bis dahin solltest du froh über deine Ahnungslosigkeit sein.«

»Klingt nicht gut. Denk daran, dass du eine Tochter hast.«

Burkart lachte. »Der besorgte Patenonkel hat gesprochen. Los, runter mit dir! Hampel mit Lena herum, ich muss noch über was nachdenken.«

Als er allein war, glitt sein Blick erneut über die Bilder. Die Polizei hatte ihn im Auge, die Warnung eines Informanten aus dem Hamburger Präsidium war unmissverständlich gewesen. Verfluchter Gerber mit seinen tierischen Trieben! Die Leiche des zerteilten Schreiners musste so schnell wie möglich verschwinden – und das so dauerhaft wie nur irgend möglich! Nach einem halbstündigen Grübeln wurde er ruhiger, und das Gefühl der Stärke kehrte zurück. Er trat ans Fenster. Von hier oben war nicht zu übersehen, dass in dem Passat drei Häuser weiter zwei Personen saßen. »Na, dann langweilt euch mal schön«, murmelte er und lief pfeifend die Treppe hinunter, um im Garten wieder zu seiner Familie zu stoßen.

Hoch über dem Wasser der Elbe saß eine zusammengekauerte Frau, ihr Blick war in Richtung offene See gerichtet und verlor sich sehnsüchtig in der Ferne. Sie konnte keines der einlaufenden Schiffe übersehen – und strahlte doch Hoffnungslosigkeit aus. Kaum jemand beachtete sie, obwohl aufgrund der Osterferien viele Leute an ihr vorbeigingen. Steven betrachtete die Bronzefigur dagegen länger und fragte sich, wie viele Menschen aus Fleisch und Blut wohl schon an dieser Stelle vergeblich aufs Wasser gestarrt hatten. Er las die Inschrift am Sockel des Denkmals. *Der unvergesslichen See, den Schiffen, die nicht mehr sind und den schlichten Männern, deren Tage nicht wiederkehren.* Die *Madonna der Seefahrt* war 1985 errichtet worden – als Symbol für die Verbundenheit mit allen, die auf einem der Weltmeere verschollen waren.

Genau hier sollte die Geldübergabe zwischen Damian Böning und dem afrikanischen Asylbewerber stattfinden. Der nahe gelegene Platz vor der Hamburger Fischauktionshalle war vollständig mit parkenden Autos zugestellt, da er nur sonntags für den traditionellen Fischmarkt genutzt wurde. Steven blickte zum Wasser hinunter. Das sonnige Wetter spielte den Reedereien in die Hände, ihre Ausflugsbarkassen waren gut gefüllt.

Bis zur Übergabe blieben noch zehn Minuten. Zur Tarnung hatte er sich eine Kapitänsmütze aus einem Souvenirshop aufgesetzt, dazu trug er eine Sonnenbrille. Er knipste mit seinem

Handy ein Foto, irgendetwas an der bronzenen Frau berührte ihn. Dann schlenderte er weiter, blieb wieder stehen und fotografierte das sowjetische U-Boot, in dem ein Museum untergebracht war.

»Der Afrikaner läuft jetzt los«, erklang es da in seinem Ohr, woraufhin sich Steven noch ein Stück absetzte.

Bei der Geldübergabe und nachfolgenden Festnahme von Damian Böning sollten möglichst keine Unbeteiligten gefährdet werden, weshalb entsprechende Vorkehrungen getroffen worden waren. Mehrere Zivilpolizisten hielten sich in unmittelbarer Nähe auf, ergänzend befand sich die *Madonna der Seefahrt* im Visier dreier Scharfschützen. Unauffällig sah sich Steven um. Würde Böning überhaupt auftauchen? Oder hatte er nie vorgehabt, dem Asylbewerber seine zweite Rate auszuhändigen?

Kurz darauf entdeckte er den Afrikaner, der sich als Putzkraft dazu hatte verleiten lassen, die Brandsätze in die Parteizentrale der *Weißen* zu schmuggeln. Er sah so angespannt aus, dass auch Stevens Nervosität stieg. Sicher war Böning nicht so naiv, hier einfach angelatscht zu kommen, sondern würde zunächst die Lage auskundschaften.

Oder auch nicht. Steven unterdrückte ein Schmunzeln, als er einen breit gebauten Mann erblickte, der ihm von den Landungsbrücken entgegenkam. Schnell wandte er den Kopf ab. Böning hatte sich ebenfalls getarnt. Basecap, weißes Freizeithemd und Sonnenbrille, wodurch die auffällig schiefe Augenkonstellation verborgen blieb. Dann blieb er plötzlich stehen. Gut zwanzig Meter von der Statue entfernt, wo der Afrikaner zappelig von einem Bein aufs andere trat. Böning sah hinauf zu einem Wohnhaus, und Steven unterdrückte einen Fluch. Was für ein dilettantischer Scharfschütze hatte sich denn dort auf die Lauer gelegt?

Böning ging rückwärts, dann drehte er sich um und beschleunigte seine Schritte. Immer wieder wandte er sich um.

»Zugriff!«, sprach Steven in das Mikrofon, das am Kragen seines Polohemds angebracht war. »Der kräftige Typ mit weißem Hemd, Sonnenbrille, Basecap und grünem Rucksack.«

Sofort ließ einer der Zivilpolizisten seine Tarnung fallen. Er war nur wenige Meter von Böning entfernt und hatte genau wie Steven vorgegeben, das Treiben im Hamburger Hafen zu beobachten. Mit gezogener Waffe fuhr er herum und trat Böning entgegen. Entsetzte Rufe ertönten, als Passanten auf die Szene aufmerksam wurden.

Für seine Statur war Böning erstaunlich behände. Eine ältere Frau ging an ihm vorbei, sie hatte von der veränderten Situation nichts mitbekommen. Mit einem Satz war er bei ihr, packte sie an den Schultern und zerrte sie herum, sodass sie zwischen ihm und dem bewaffneten Polizisten stand – an ihrem Hals die Klinge eines Messers. Die Schreie der Passanten wurden zahlreicher, schlagartig leerte sich der Bereich.

Steven riss sich Kapitänsmütze und Sonnenbrille herunter und warf beides zur Seite. Mit ausgebreiteten Armen näherte er sich dem Linksextremisten.

»Ist das jetzt Ihr Stil? Sie enttäuschen mich!«

»Verpisst euch!«, bekam er entgegengebrüllt. Die Frau in Bönings Armen war bleich und bebte am ganzen Körper.

»Es ist vorbei«, fuhr Steven ihn an. »Wir haben den armen Teufel erwischt, dem Sie die Schmutzarbeit aufgehalst haben. Ich dachte, Sie wären links! Wie verträgt sich das mit dem Ausnutzen eines Asylbewerbers?«

»Fasel keinen Scheiß! *Die Weißen* sind seine größten Feinde. Außerdem schiebt ihr ihn eh ab! Durch mich hat er wenigstens noch etwas Kohle bekommen.«

»Lassen Sie die Frau los! Wenn sie einen Herzstillstand erleidet, sind Sie wegen Mordes dran, kapiert?«

Weitere bewaffnete Beamte näherten sich. Böning sah in die Runde und zögerte. Dann schob er sein Opfer von sich, ließ das Messer fallen und hob die Hände. Eine Polizistin fing die taumelnde Frau auf, während zwei ihrer Kollegen Böning zu Boden drückten und ihm Handschellen anlegten. Als sie ihn unsanft wieder in den Stand zogen, baute sich Steven mit verschränkten Armen vor ihm auf.

»Schachmatt. Sie haben uns einiges zu erklären. Und diesmal bitte ohne den Bullshit vom letzten Mal. Inzwischen sind weitere Morde passiert ...«

»Ich hab niemanden ermordet! Das mit dem Brand ... okay. Aber um die Uhrzeit war niemand mehr im Gebäude!«

»Wie fürsorglich. Können Sie eigentlich gut mit einer Armbrust umgehen?« Steven gab sich selbst die Antwort. »Nein, können Sie nicht. Aber vielleicht kennen Sie jemanden, der darin geübt ist?«

»Schon wieder dieser Mist. Ich hab damit nichts zu tun! Keiner von uns! Ich bin kein Mörder!« Speicheltropfen flogen zwischen den schmalen Lippen hervor, und er wand sich in dem harten Griff der Polizisten.

»Ganz so kaltblütig schätze ich Sie tatsächlich nicht ein. Aber Sie sind ja nicht allein. Die Bedrohungslage ist so ernst, dass *Die Weißen* einen Sicherheitsdienst engagiert haben.«

»Weiß ich.« Böning atmete durch und beruhigte sich etwas. »Burkarts Truppe wird noch ganz andere Dinge für diesen braunen Haufen erledigen. Hab ich euch ja schon beim letzten Mal gesagt. Der Kerl ist ein Vollblut-Nazi. Der alte Vorsitzende war vorsichtiger und setzte auf andere Leute.«

»Was meinen Sie damit?«

»Zum Beispiel Simon Jensen. Der gehört zwar auch zur rechten Szene, ist aber deutlich zurückhaltender.«

»Zurückhaltend? Sie kennen wohl seine Vorstrafen nicht.«

»Nein, das stimmt. Aber auf jeden Fall positioniert er sich nicht so klar als rechter Schwachkopf, wie Burkart es tut. Und das, obwohl Burkart der deutlich intelligentere der beiden sein dürfte.«

»Wie kommen Sie darauf, dass Jensens Firma Sicherheitsdienste für *Die Weißen* übernahm?«

»Weil ich Holger Lambrecht dort gesehen hab, außerdem lief in Niederdorla einer von Jensens Leuten rum. Mischte sich unter die Gegendemonstranten. Ich hab ihn aber sofort erkannt. Wir hatten mal 'ne … Begegnung, nach der ich ziemlich geblutet habe. Vor ungefähr einem Jahr. Hab ihn noch ein paar Mal woanders als Security für rechte Arschlöcher gesehen. Ein Typ mit 'nem Feuermal auf der Schläfe. Aber so jemand darf unbehelligt weiter rumlaufen, während ich …«

»Moment!« Steven hob die Hand. »Jensens Firma war in Niederdorla eigentlich nicht im Einsatz. Beschreiben Sie mir den Mann trotzdem genauer.«

»Ungefähr so groß wie ich, aber kahler Schädel mit Narben drauf. Ein ganz übler Schläger.«

»Und den haben Sie in Niederdorla getroffen?«

»Getroffen nicht. Um den mach ich 'nen Bogen. Prügeleien zwischen uns und den Rechten gibt's ständig. Aber der Kerl hört nicht mal auf, wenn du schon regungslos am Boden liegst.«

»Wie war er gekleidet?«

»Ganz in Schwarz. Dunkle Mütze und schwarzer Schal. Seine fiese Fresse hab ich trotzdem erkannt.«

»Kennen Sie seinen Namen?«

»Nur den Vornamen. Viktor. Warum interessiert dich das?«

»Führt ihn weg«, forderte Steven die Kollegen auf und trabte zu Jana, die sich an der Statue eingefunden hatte.

»Hat er gestanden?«, fragte sie, als Steven vor ihr stehen blieb.

»Nein … ja … also das mit der Parteizentrale. Erinnerst du dich an den Securitymann in Lambrechts Garten?«

»Klar.«

»Er heißt Viktor. Findet seinen vollen Namen und die Adresse heraus. Dann durchsucht alles, wo er sich zuletzt aufgehalten hat. Laut Böning war Viktor am letzten Sonntag in Niederdorla mitten unter den Gegendemonstranten. Kleidung und Statur stimmen mit der des Schützen überein.«

»Des Armbrustschützen?«

»Wie der angezogen war, wissen wir nicht. Aber gut möglich, dass Viktor hinter dem Absperrgitter die Pistole abgefeuert und den Schatzmeister getötet hat.«

Jana zog die Augenbrauen hoch. »Doch eine interne Abrechnung? Mit Holger Lambrecht als Auftraggeber?«

»Wenn, dann wurde der Auftrag wohl erfolgreich erledigt. Zumindest in Niederdorla. Holger Lambrecht ist wieder zurück im Fokus. Wir müssen ihn von A bis Z durchleuchten.«

Rote und rosafarbene Luftballons schwebten in den Himmel, der sich von Tiefblau zu Türkis verfärbt hatte. Der Nachmittag ging in den Abend über, andächtig verfolgten ungefähr hundert Augenpaare, wie der leichte Wind die Farbtupfer auseinandertrieb. Die Hochzeit von Andreas Macks Schwester fand gut fünfzig Kilometer südwestlich von Bayreuth auf Schloss Jägersburg statt. Die Trauung in der Kapelle hatte Laura verpasst, und das galt laut der anwesenden fränkischen Kollegen genauso für den Bruder der Braut. War die Fahrt also vergebens gewesen?

Nach Aussage der Braut sei ihr Bruder jedoch eingeladen und habe zugesagt. Allerdings wäre es nicht untypisch, sollte er sich verspäten und erst zum Dessert erscheinen. Dass sich die Polizei für ihn interessierte, belastete sie sichtlich. Während der Bräutigam mit einem Dauergrinsen unterwegs war, hatte sich die Braut nur mühsam unter Kontrolle. Immer wieder blickte sie suchend umher, ihre Stirn lag in Falten.

Laura fühlte sich nicht wohl in ihrer Haut. Weder war sie mit Boots, Jeans und Wildlederjacke angemessen gekleidet noch behagte es ihr, einer Frischvermählten gleich Fragen zur fragwürdigen Vergangenheit ihres Bruders stellen zu müssen. Auch die Phantombilder, die Rudolf Dombrowskis Nachbar angefertigt hatte, würde sie ihr vorlegen, am Haselbacher See waren die Zeichnungen bereits herumgezeigt worden. Drei Nachbarn des *Hauses am See* waren sich so gut wie sicher, dass darauf der attraktive junge Mann zu sehen war, der vor dreizehn Jahren sporadisch dem *Deutsch-Kurs* angehört hatte. Auch der Wirt des *Schwarzen Wolfs* teilte diese Meinung. Einen Namen gab es aber noch immer nicht, und die Schwester des Tatverdächtigen war allen unbekannt. Ob die Braut etwas mit den Gesichtern anfangen konnte?

Einer der beiden Polizisten trat neben Laura. »Gleich gibt's hinten auf der Terrasse einen Sektempfang, danach geht es im ersten Stock mit dem Dinner weiter.«

Laura betrachtete die Location erstmals eingehender. Sie stand im Innenhof des ehemaligen Jagdschlosses, das mit seinem barocken Ambiente einen würdevollen Rahmen bot. Wenn das Paar von einer märchenhaften Hochzeit geträumt hatte, war es hier am richtigen Ort.

»Leider muss ich die Braut noch vor dem ersten Gang sprechen«, meinte Laura. »Was haben Sie ihr schon gesagt?«

»Nicht viel. Nur, dass wir ihren Bruder dringend befragen müssen.«

»Sie wird sich denken können, dass es keine Lappalie ist. Wo steckt eigentlich Ihr Kollege?«

»Kommt gerade.« Er zeigte zum Hauptgebäude. Mit großen Schritten näherte sich ein Polizist, der vom Aussehen her noch in der Ausbildung hätte stecken können.

»Ich hab die Autos kontrolliert«, teilte er mit. »Auf dem Parkplatz steht ein Audi mit Schweizer Kennzeichen. Hab's schon überprüfen lassen. Er gehört Andreas Mack.«

»Wieso ist er dann nicht hier?« Ein ungutes Gefühl regte sich in Laura. »Vielleicht bereitet er einen Programmpunkt vor. Ich gehe zur Terrasse. Können Sie sich drinnen umsehen? Sprechen Sie auch die Angestellten an!«

Die Terrasse lag auf der Rückseite des Gebäude-Ensembles und grenzte an den Schlosspark. Mehrere Stehtische mit weißen Überziehern warteten auf die Gäste, auf einem war eine Pyramide aus Champagnergläsern errichtet worden. Vier weibliche Bedienstete nahmen den letzten Schliff vor. Auf die Frage nach dem Bruder der Braut schüttelten drei den Kopf. Die vierte zeigte zum Park.

»Keine Ahnung, ob er das gewesen ist. Aber kurz vor der Trauung stand dort jemand und rauchte. Alle anderen waren schon in der Kapelle. Dann kam ein anderer Mann zu ihm, und die beiden gingen in Richtung Parkplatz.«

»Danke.«

Laura betrat einen gepflasterten Weg, der zu einem kreisrunden Brunnen mit einer steinernen Figur führte. Der Park war eher eine große Wiese mit vereinzelten Bäumen, nach wenigen Schritten hatte Laura den Brunnen erreicht. Niemand war zu sehen. Sie folgte dem Weg weiter und stellte fest, dass sich hinter einer Sandsteinmauer der Parkplatz befand. Den Audi mit dem Schweizer Kennzeichen entdeckte sie sofort.

Nachdenklich ging Laura die abgestellten Fahrzeuge ab. Hier stimmte etwas nicht, ihre Intuition täuschte sie selten. In einer Reihe von Büschen fiel ihr eine Öffnung auf. Dahinter war eine Konstruktion aus Brettern zu erkennen. Neugierig näherte sie sich. Eine Schubkarre lehnte an einem großen Komposthaufen. Wahrscheinlich für organische Überreste von

Veranstaltungen und Unkraut aus dem Park. Dann hörte Laura ein gedämpftes Stöhnen.

Weit entfernt von den Landungsbrücken waren keine Touristen mehr zu sehen, stattdessen beäugten zahlreiche Anwohner das Großaufgebot der Polizei. Der bei Simon Jensen als Securitymann angestellte Viktor Stern lebte in Steilshoop, einem Stadtteil im Nordosten Hamburgs mit architektonischem Siebzigerjahre-Flair. Nach Damian Bönings Hinweis hatte Steven in Abstimmung mit Irene Knopf eine radikale Neuausrichtung der ermittlungstechnischen Ressourcen angestoßen. Nicht zuletzt wegen des markanten Erscheinungsbildes des Neunundzwanzigjährigen waren bereits Erkenntnisse zugeliefert worden, die diese Maßnahme rechtfertigten.

Soeben gab Steven seiner Vorgesetzten eine Zusammenfassung. Beide standen vor dem Eingang eines neunstöckigen Wohnblocks mit weiß-grauer Fassade. Seiner Meinung nach wirkte ihr Businesskostüm an diesem Ort besonders unpassend, wobei ihm entging, dass er mit der abgetragenen Jeans und dem weit geschnittenen Leinenhemd ein anderes fragwürdiges Extrem darstellte.

»In Bonn werden die beschlagnahmten Videosequenzen aus Niederdorla ein weiteres Mal gesichtet«, teilte er mit. »Vor den Kollegen liegen noch einige Stunden Arbeit, aber schon jetzt steht fest, dass Bönings Aussage zutrifft. Viktor Stern hielt sich das ganze Wochenende dort auf – obwohl Jensens Sicherheitsfirma dort nichts zu tun hatte.«

»Ist er vielleicht Parteimitglied?«

»Wissen wir noch nicht. Relevanter ist aber ohnehin, dass er bei allen Aufnahmen irgendwo zwischen Gegendemonstranten zu sehen war. Und dort passte er definitiv nicht hin.«

»Vielleicht sollte er als Unruhestifter agieren. Um die Gegner der *Weißen* zu diskreditieren.«

»Ich glaube an einen anderen Auftrag.« Steven bückte sich und hob eine durchsichtige Plastiktüte hoch, die er ihr etwas zu dicht vors Gesicht hielt. »Eine Wendejacke. Die eine Seite dunkelgrün, die andere schwarz. Beide hat er in Niederdorla genutzt. Schal, Mütze und Handschuhe passen ebenfalls zu den Videoaufnahmen.«

»Genauso seine Statur.« Der Wind hatte aufgefrischt, und Irene Knopf verschränkte fröstelnd die Arme, als sich eine Wolke vor die Sonne schob.

»Dabei bleibt's nicht.« Feierlich öffnete Steven eine weitere Tüte.

Sie beugte sich vor. »Ein Parfum?«

»Eher ein billiges Deo mit starker Moschus-Note. Die Umstehenden erinnerten sich an einen auffälligen Duft. Herb und zugleich süßlich.«

Seine Chefin schnupperte und verzog das Gesicht. »Moschus soll ja erotisierend wirken, aber bei mir schlägt da nichts an.«

Steven vermied Überlegungen, worauf sie stattdessen ansprang. »Ansonsten verlief die Wohnungsdurchsuchung unspektakulär. Dafür haben wir eine Info von den Kollegen bekommen, die Simon Jensen wegen des Verdachts auf Frauenhandel durchleuchten. Sie haben sich den Einsatzplan vom vergangenen Wochenende angesehen. Eigentlich war Viktor Stern am Samstagnachmittag für ein Fußballspiel und abends für eine Diskothek eingeteilt. Das wurde aber per Hand durchgestrichen und mit einer Anmerkung versehen: *SE Fr bis So*.«

»Wofür steht das?«

»Laut der für die Erstellung der Dienstpläne zuständigen Assistentin wäre es ein übliches Kürzel für *Sondereinsatz Freitag bis Sonntag*. Mitarbeiter würden immer mal wieder für kurzfristige Aufträge abgezogen.«

»Den konkreten Anlass dieses Einsatzes nannte sie jedoch nicht«, vermutete Irene Knopf.

»Angeblich kennt sie ihn nicht. Ihr Chef habe nur gesagt, dass Viktor am Wochenende etwas für ihn erledigen muss. Was das war, will Jensen für sich behalten – er wurde schon dazu befragt. Klar ist, es war ein wichtiger Auftrag. Im Buchhaltungssystem der Firma wurde nämlich am Montag ein Sonderbonus für Stern hinterlegt. Ende des Monats sollen ihm zusätzlich zum Gehalt fünfzigtausend Euro überwiesen werden.«

»Die beiden Überweisungen von Lambrecht an Jensens Firma, dann die Sonderzahlung an Stern – wieso haben die das nicht cash geregelt?«

»Wahrscheinlich meinten sie, die Spuren bestmöglich getarnt zu haben.«

»Auf jeden Fall sind es für eine harmlose Erklärung ein paar Indizien zu viel.« Sie gab ihm einen Wink, sich ein Stück von den anderen zu entfernen. »Falls die Morde das Resultat einer Auseinandersetzung innerhalb *Der Weißen* sind, wäre mir das in mehrfacher Hinsicht nicht unrecht. Aber selbst wenn wir Stern als Pistolenschützen überführen, bleibt immer noch die Frage, wer die Armbrust so geschickt benutzt.«

»Da sind wir doch schon ein paar Schritte weitergekommen. Ein Phantombild liegt vor, und die Namen des Geschwisterpärchens können wir aus Stern rauspressen. Vielleicht liefern uns auch sein Handy oder der Computer Hinweise.«

»Wirkt trotzdem noch nicht rund. Der Armbrustheld war früher ganz dicke mit Eckstein und Co. Das wird immer offensichtlicher, gerade weil diese Wichser versuchen, uns von dieser Spur abzulenken.«

»*Diese* …« Steven grinste. »Frau Knopf, jetzt schockieren Sie mich!«

»Umso besser. Dann haut Sie das, was ich Ihnen gleich sage, nicht mehr so leicht um.« Sie blieb stehen und sah ihn an. »Damit das ein für alle Mal klar ist: Ich will Sie nicht aus meinem Team rauswerfen. Ihre Grenzüberschreitungen führen Sie zwar für meinen Geschmack zu amateurhaft durch – was mich die letzten Tage übrigens ziemlich in die Bredouille gebracht hat – aber das ist mir immer noch lieber, als einen Intriganten in der Mannschaft zu haben.«

»Wer … Sie meinen damit hoffentlich nicht Laura?«

»Blödsinn! Herr Haberland, ich setze darauf, dass jedes Wort unter uns bleibt.«

Steven kratzte eine seiner Geheimratsecken. »Natürlich, das ist …«

»Ich mag Alexander Pfeiffer genauso wenig wie Sie. Entsprechend gering ist mein Interesse, dass er in mein Referat wechselt. Leider kann ich nichts dagegen tun.«

»Warum nicht?«

»Das ist … kompliziert … und geht Sie auch nichts an.«

»Ähm … okay.« Für Steven fühlte es sich so an, als habe sie ihm erst sanft den Kopf gestreichelt, um ihm dann doch auf die ohnehin schon krumme Nase zu boxen. »Also hat er wohl gute Verbindungen.«

»Er ist jetzt Ihr Kollege und mein Mitarbeiter, daran lässt sich nicht rütteln. Zumindest nicht im Moment.« Ihr Blick war vielsagend, die Stimme wieder sanft.

»Und was bedeutet das für mich?«

»Entgegen Ihrer Befürchtung nichts Schlimmes. Dafür können Sie sich bei den *Weißen* bedanken. Ich konnte nämlich durchsetzen, dass Alexander als zusätzlicher Mann kommt und nicht im Tausch für jemand anderen. Derjenige wären in der Tat Sie gewesen.«

»Warum ausgerechnet ich?«

»Weil ich jemanden auswählen musste.«

»Puh!« Steven fingerte an seinem Bart herum. »Irgendwie träufeln Sie mir gerade abwechselnd Zucker und Säure auf die Zunge. Eben haben Sie noch gesagt …«

»Das stimmt ja auch, ich wollte Sie nicht loswerden. Aber irgendjemanden musste es treffen, und da Sie mir von Anfang an … um es mal klar und deutlich zu sagen, wie ein Arschloch gegenübergetreten sind, war die Entscheidung einfach. Gleichzeitig habe ich es zu verhindern versucht – letztlich mit Erfolg.«

»Dann muss ich mich wohl bedanken.«

Irene Knopf nickte. »Und zwar so: Behalten Sie Alexander im Auge! Sobald Sie Unregelmäßigkeiten, Fehler, Kompetenzüberschreitungen oder anstößiges Verhalten bemerken, melden Sie es mir.«

Steven stierte sie an und suchte vergeblich nach diplomatischen Worten. »Ich soll ihn für Sie bespitzeln?«

»Wir haben dasselbe Interesse: ihn schnellstmöglich wieder loszuwerden. Dürfte Ihre Kollegin genauso sehen. Sie hat mir schon vor Wochen erzählt, was bei der Weihnachtsfeier vorgefallen ist.«

»Und das reicht nicht, um ihn …?«

»Leider nicht. Wie gesagt, es ist …«

»… kompliziert«, ergänzte Steven. Wieder erinnerte er sich daran, was ihm ein Kollege gesteckt hatte, als Irene Knopf vor wenigen Monaten die Referatsleitung angetreten hatte. Ungefähr ein Jahr zuvor hatte sie eine interne Ermittlung überstehen müssen, worum es konkret gegangen war, blieb unklar. Den Ausschlag, sie weiterhin als unbelastet einzustufen, habe aber vor allem die Aussage eines Mannes gegeben: Alexander Pfeiffer. Es musste doch herauszufinden sein, um was es damals gegangen war! Dieser Nachforschung konnte sich Steven momentan aber nicht auch noch widmen.

Er machte eine Kopfbewegung. »Da kommt unser geschätzter Kollege.«

Irene Knopf zupfte ihren Blazer zurecht und drehte sich um. Ihre Miene war neutral, und mal wieder musste Steven anerkennen, dass sich diese Frau exzellent unter Kontrolle hatte.

»Ich hab 'nen Tipp bekommen.« Alexanders muskulöser Oberkörper schien sich noch mal um ein paar Zentimeter verbreitert zu haben, seine braunen Augen glänzten. »Vom Hausmeister. Stern hat nicht nur die Bude gemietet, sondern zusätzlich eine dieser Garagen.«

»Welche genau?« Steven sah sich um. Sterns Zwei-Zimmer-Wohnung befand sich in einer jener Wohnanlagen, bei der die Parkplätze für die Bewohner noch nicht unterirdisch, sondern platzverschwenderisch in einer langen Reihe von Einzelgaragen angelegt worden waren.

»Weiß ich nicht, der Hausmeister kommt gleich mit einem Schlüssel. Er hat Stern noch nie ein Auto rein- oder rausfahren sehen. Trotzdem soll er die Garage immer wieder aufsuchen.«

»Ein aufmerksamer Hausmeister ist ein echter Glücksgriff«, meinte Steven.

»Glück? Dann hab ich dem Glück aber ganz schön nachgeholfen, denn …«

»Gut gemacht, Alexander«, unterbrach ihn seine Vorgesetzte. »Bitte informiere Bonn, dass hier noch eine Garagenüberprüfung aussteht. Und frag nach, wie weit die Kollegen mit der Auswertung von Sterns Handy und seinen Internetaktivitäten sind.«

»Okay.« Alexander verzog sich nach einem bösen Blick in Stevens Richtung.

Kurz darauf kam ein ausgemergeltes Männchen angeeilt und wedelte mit einem Schlüssel. Der Hausmeister roch derart stark nach Zigarettenrauch, sodass Stevens Verlangen nach einem Nikotinkaugummi schlagartig erlosch. Gespannt folgte er ihm zu einem braun gestrichenen Garagentor, das knarzend nach oben aufschwang. Im Inneren standen ein Motorrad ohne Nummernschild und ein handelsübliches Kellerregal. Autoreifen und Werkzeugboxen lagen herum – und eine Sporttasche.

Steven streifte sich Handschuhe über, schob eine Kollegin der Spurensicherung zur Seite und zog den Reißverschluss auf. »Na, sieh mal an«, murmelte er.

»Was ist da drin? 'ne Armbrust?« Aufgeregt drängelte sich Alexander neben ihn.

Steven präsentierte den Inhalt. »Sieht eher so aus, als ob Stern ein einträgliches Nebengeschäft hat.«

»Anabole Steroide.« Alexanders Flüstern klang fast andächtig.

»Wundert mich nicht, dass du dich damit auskennst.«

»Blödmann, bei mir ist jede Muskelfaser ehrlich antrainiert.« Der Kollege deutete auf seinen rechten Bizeps, sein Gesicht verfärbte sich. »Deine andere Vermutung dürfte aber stimmen. In Deutschland gibt es anabole Steroide legal nur auf Rezept. Der illegale Vertrieb liegt in den Händen der organisierten Kriminalität. Stern hat sich also ein zweites Standbein geschaffen, denn diese Menge übersteigt eindeutig den Eigenbedarf.«

»Ob er Testosteron vertickt, ist mir herzlich egal.« Steven ging zum Regalende. Daneben lagen zwei Metallkoffer. Beide waren verschlossen – was Steven nur kurzzeitig aufhielt. Er benötigte als Hilfsmittel lediglich eine Zange und einen Schraubenzieher, dann war das erste Zahlenschloss geöffnet. Er klappte den Deckel zurück und zog eine dünne Schaumstoffabdeckung zur Seite.

»Ein Waffenkoffer! Vier Pistolen, Magazine und Munition.« Er nahm eine Waffe nach der anderen in die Hand. Bei der letzten nickte er, stand auf und trat neben seine Chefin. »Ich bin kein Experte, aber diese Pistole könnte zu der Munition passen, die in Niederdorla abgefeuert wurde und im Kopf des

Schatzmeisters stecken geblieben ist. Endgültige Klarheit kann uns aber nur ein Forensiker geben. Aufgrund der Spuren am Projektil lässt sich die Waffe eindeutig identifizieren.«

Seine Chefin nickte. »Jede Waffe hinterlässt ihren Fingerabdruck. Der Pistolenschuss steht vielleicht kurz vor der Aufklärung. Bleibt die Armbrust. Ist da hinten nicht noch ein Koffer?«

»Zu klein für eine Armbrust.« Steven schob Alexander zur Seite, der sich erfolglos abmühte, Stevens Kunststück des Schlossknackens nachzuahmen. Diesmal benötigte aber auch Steven mehrere Anläufe, bis es gelang. Seine Augen wurden groß.

»Vollgepackt mit Geldscheinen. Hauptsächlich Fünfziger.«

»Entlohnung für die anderen Morde?«

»Wenn, dann lief es in diesen Fällen doch cash. Vielleicht gehört das Geld gar nicht Stern, sondern ist der Anteil für den Armbrustschützen.«

»Auf das Verhör mit dem Kerl freu ich mich schon«, knurrte Alexander.

Auch in Steven breitete sich Euphorie aus. Stern befand sich bereits auf dem Weg ins Präsidium, Hamburger Kollegen hatten ihn vor zwanzig Minuten auf dem Grundstück von Holger Lambrechts Vater verhaftet. Widerstand hatte er keinen geleistet und selbstsicher gewirkt. Dies dürfte sich ändern, sobald er erfuhr, was die Ermittler innerhalb kürzester Zeit zusammengetragen hatten. Aber natürlich blieb ein Restrisiko: Dass alles ganz anders war, als Steven es sich gerade zusammenreimte.

Der Himmel leuchtete im Westen orangerot. Entfernt war das Lachen der Hochzeitsgäste zu hören, die wohl soeben die Pyramide aus Champagnergläsern entdeckt hatten. Lauras Blick blieb auf den Mann geheftet, den irgendjemand wie ein Stück Abfall auf den Komposthaufen von Schloss Jägersburg geworfen hatte. Regungslos lag er auf dem Rücken, die Augen waren geschlossen. Er trug einen dunkelblauen Anzug, darunter ein weißes Hemd, das auf Höhe des Herzens rot verfärbt war.

Zu Studentenzeiten hatten ihn seine Freunde im *Deutsch-Kurs* als *Wilder Andi* bezeichnet, heute wirkte der Vierunddreißigjährige bieder. Er hatte stark abgespeckt, trug die Haare länger und wirkte so gar nicht wie ein Rechtsradikaler. Dazu ging er als Versicherungsvertreter einem eher spießigen Beruf nach und war darin so erfolgreich, dass er sich ein Haus auf der Schweizer Seite des Bodensees hatte kaufen können.

Lauras Boots versanken in einem Mix aus verwelkten Salatblättern und sonstigem Bioabfall, als sie nach vorn trat. Fliegen umschwirrten sie, vorsichtig ging sie neben dem Mann in die Hocke. Sie legte einen Zeigefinger an seinen Hals, ganz schwach spürte sie den Puls. Bei der Berührung stöhnte er, und rasch zog sie ihr Handy hervor, um Verstärkung und einen Notarzt anzufordern. Anschließend informierte sie die beiden Kollegen am Schloss, dass sie Andreas Mack gefunden hatte.

Ob er noch Angaben zur Tat würde machen können, war zweifelhaft. Offensichtlich war ihm mit einem Messer in die linke Brust gestochen worden, sowohl im Sakko als auch im Hemd befand sich ein Loch. Doch der Täter hatte es dabei nicht belassen, sondern eine blutige Botschaft in die Stirn geritzt:

Nazi

Laura griff nach Macks Hand und redete beruhigend auf ihn ein. Mehr gab es nicht zu tun. Ihn zu bewegen, konnte das endgültige Todesurteil bedeuten, da die inneren Verletzungen nicht einzuschätzen waren. Als sie sein Sakko zurechtzupfte, spürte sie in der Brusttasche einen Gegenstand. Es war ein flaches, metallenes Etui und beinhaltete Visitenkarten. Ein frischer Kratzer ließ Laura hoffen, dass das Messer daran abgeglitten war, bevor es in den Körper eingedrungen war. Hatte es das Herz verfehlt? War Mack deshalb noch am Leben?

»Ach du Scheiße!« Die Kollegen aus Bayreuth waren eingetroffen. Der ältere wandte sich ab, während der jüngere zu Laura hinkletterte. Warnend hob er die Hand. »Bloß nicht bewegen!«

»Hab ich nicht vor.« Laura blieb in der Hocke. »Entweder wurde er hier abgestochen oder vom Parkplatz hergeschleppt.«

»Ich tippe auf den Parkplatz.« Der ältere Kollege hatte sich wieder gefangen. »Da vorn sind Schleifspuren und … Blutflecken.«

»Wir müssen sofort die Hochzeitsgäste befragen!« Eifrig stieg der jüngere Polizist vom Kompost herunter.

»Die Tat wird niemand gesehen haben«, bremste ihn Laura ein. »Sonst wäre ein Notruf eingegangen. Die Befragungen müssen warten, bis Verstärkung eingetroffen ist. Nicht, dass uns panische Hochzeitsgäste irgendwelche Spuren zertrampeln.«

»Das heißt, wir machen jetzt … nichts?« Ungläubig sah er sie an.

»Sie können den Schleifspuren nachgehen. Finden Sie die Stelle, wo es geschah. Ich bleibe bei ihm, bis der Notarzt hier ist.«

Applaus wehte vom Schloss herüber und wirkte völlig deplatziert. Laura sah zur Stirn des Schwerverletzten. *Nazi*. Mack war wie Müll entsorgt worden, versehen mit einer Schmähung. Hatten Sie sich verrannt, indem sie den Täter mittlerweile in rechten Kreisen vermuteten? Oder war bei dem noch unbekannten Mitglied des *Deutsch-Kurses* ein Gesinnungswandel eingetreten, und er kämpfte heute als Linksextremist? War Mack aber überhaupt von diesem Mann attackiert worden, der so hervorragend mit der Armbrust umgehen konnte? Schließlich steckte kein Pfeil im Opfer.

Ein Zittern durchlief Macks Körper, und Laura verstärkte den Druck ihrer Hand. In der Ferne hörte sie das Geräusch von Martinshörnern.

»Gleich ist ein Notarzt bei Ihnen, halten Sie durch!« Sie bemühte sich, ruhig und gelassen zu klingen, merkte aber selbst, dass sie scheiterte.

Unvermittelt glitten seine Lider nach oben, senkten sich wieder, dann öffnete er sie erneut. Seine Augen waren glasig, sie fragte sich, ob er ihre Anwesenheit überhaupt wahrnahm.

»Ein Arzt ist unterwegs«, wiederholte sie. »Ich bin Polizistin, es besteht keine Gefahr.«

Sie rechnete nicht mit einer Antwort, umso überraschter war sie, als er die Lippen bewegte und beugte sich näher zu seinem Mund.

»Messer …«, hauchte er. »Er … Rune auf Hand. Ein … Tattoo.«

Lauras Herzschlag raste. »Der Angreifer hatte ein Runen-Tattoo auf der Hand?«

»Ja …«

»Kannten Sie ihn?«

»Nein.«

»Wie sah er aus?«

»Nicht genau … gesehen. Er … wollte wissen … wo … wie er … Stefan findet. Freund … von früher.«

Laura ahnte den Hintergrund. »Gehörte dieser Stefan in Leipzig zum *Deutsch-Kurs*?«

»Woher wissen …?« Sein Blick flackerte, die Augen rollten nach hinten.

Laura rang mit sich, dann tätschelte sie seine Wangen. Zu ihrer Erleichterung kam er wieder zu sich, wirkte aber, als sehe er sie zum ersten Mal. Sie ahnte, dass nicht mehr viel Zeit blieb. »Stefan aus dem *Deutsch-Kurs*: Wie ist sein Nachname?«

Unverständliches Gemurmel kam aus seinem Mund, daher stellte sie eine andere Frage. »Wo wohnt er?«

»Irgendwo … wo wo wo … bei … Bayern … Aschau.«

Er bäumte sich etwas auf, dann verlor er wieder das Bewusstsein. Die Atmung wurde flacher, sein Puls war kaum noch zu spüren. Ein Krankenwagen fuhr auf den Parkplatz, Laura sprang auf und wedelte mit den Armen. Der Fahrer legte eine Vollbremsung hin, dann rannten zwei Sanitäter in ihre Richtung.

»Messerstich in die Brust, er war eben kurz bei Bewusstsein«, informierte sie und trat zur Seite.

Die beiden stutzten nur kurz, als sie die Inschrift auf der Stirn des Opfers bemerkten. Dann gingen sie routiniert ihrer Arbeit nach. Erschöpft betrat Laura den Parkplatz, wo sie wieder auf die Kollegen aus Bayreuth traf.

»Ist wohl bei seinem eigenen Wagen passiert.« Der jüngere schaute auf seine Schuhspitzen. »Dort ist ein roter Fleck. Tut mir leid, dass mir das nicht aufgefallen ist, als ich vorhin die Kennzeichen durchgegangen bin.«

Laura winkte ab, während mehrere Streifenwagen eintrafen. Vom Schlosspark kamen Gäste angelaufen und schauten herüber. »Sorgen Sie dafür, dass die hier nicht rumwuseln«, bat Laura. »Herrn Macks Zustand soll niemand sehen, das gilt auch für seine Schwester. Ihr Hochzeitstag ist sowieso schon ruiniert, da braucht es nicht noch diesen Anblick. Und keiner darf das Anwesen verlassen, damit wir … Entschuldigung …« Sie zog ihr vibrierendes Handy hervor und ging zu einer angrenzenden Wiese. »Steven! Dein Timing ist perfekt, ich hätte dich auch gleich angerufen.«

»Hast du Mack getroffen?«

»Ja. Leider lag er auf einem Komposthaufen in der Nähe der Hochzeitslocation. Stichverletzung im oder am Herzen, dazu das Wort *Nazi* in die Stirn geritzt.« Sie musste durchatmen und ließ sich im Gras nieder.

Kurz herrschte Stille, dann ertönte wieder Stevens kratzige Stimme. »Ähm … machst du Witze?«

»Würde ich über so was Witze machen?«

»Nein.«

Sie setzte ihn über die letzten Minuten ins Bild und beobachtete dabei, wie der Schwerverletzte in den Krankenwagen verladen wurde und die Hochzeitsgäste zurück zum Schloss getrieben wurden.

»Wenigstens kennen wir jetzt den Vornamen des Glatzkopfes vom *Deutsch-Kurs*«, schloss sie den Bericht ab.

»Heftig.« Steven räusperte sich. »Da kann ich nur begrenzt mithalten. Vermutlich sitzt der Pistolenschütze aus Niederdorla in Untersuchungshaft.« Knapp fasste er die Ereignisse in Hamburg zusammen. »Er kann also schon mal nicht mit einem Messer auf Mack losgegangen sein. Sieht ja auch eher nach einem Linken aus. Wir werden Damian Böning in die Mangel nehmen, ob jemand aus seinem Rudel aktiv geworden ist.«

»Tut das. Aber vielleicht soll es bloß so aussehen, als ob Linksextremisten dahinterstecken. Laut Mack hat der Täter eine tätowierte Rune auf der Hand. Welcher Linksextremist lässt sich denn bitte so was stechen?«

»Vielleicht dachte Mack an eine Rune, weil er selbst ein Rechter ist? Kann auch einer Rune geähnelt haben, in Wahrheit aber etwas ganz anderes darstellen.«

»Möglich. Ich widme mich gleich Macks Schwester und den Gästen. Informierst du unsere Chefin?«

»Ja … kann ich machen.«

»Was ist?«

»Was soll denn sein?«

»Ich kenn dich. Die Pause, dein Tonfall … seid ihr aneinandergerasselt?«

»Das nicht, aber … darüber reden wir später. Hat gerade null Relevanz.«

»Okay.« Sie steckte das Telefon weg und beeilte sich, die Rettungssanitäter zu erreichen, bevor diese zur nächstgelegenen Notaufnahme aufbrachen. Als sie gegen die Fahrerscheibe klopfte, wurde diese heruntergelassen.

»Wie stehen seine Chancen?«, fragte sie.

Der vollbärtige Sanitäter verzog keine Miene. »Von außen lässt sich schwer abschätzen, wie tief die Klinge eingedrungen ist und welche Verletzungen sie hervorgerufen hat. Aber aufgrund meiner Erfahrung … also groß ist die Chance nicht.«

Laura reichte ihm ihre Visitenkarte. »Geben Sie die bitte im Krankenhaus ab. Sollte er zu sich kommen, muss ich das unbedingt wissen! Um den Rest kümmern sich meine Kollegen. Es muss untersucht werden, ob sich Spuren des Täters an ihm finden.«

»Ich weiß, hab mit so was nicht zum ersten Mal zu tun.«

»Ach nein?«

Der Sanitäter grinste. »Sieht hier so ländlich und idyllisch aus, oder? Täuschen Sie sich mal nicht, was das Gewaltpotenzial von uns Landeiern betrifft. Schönen Abend noch.« Er startete den Motor.

Langsam ging Laura zur Mauer, die den Parkplatz vom Schlossgelände abtrennte. Als sie am Brunnen ankam, blieb sie stehen. Hier war Mack von einer Angestellten dabei beobachtet worden, wie er mit einem anderen Mann gesprochen hatte. Unter irgendeinem Vorwand musste ihn der Täter zum Parkplatz gelotst haben. Laura steckte sich ein Pfefferminzkaugummi in den Mund und lief weiter zur Terrasse. Alle Gäste waren ins Innere des Schlosses gebeten worden, und Polizisten achteten darauf, dass niemand das Gebäude verließ.

Als Laura beim Betreten das bleiche Gesicht der Braut sah, entschied sie, Macks Schwester sofort zu befragen – die

Chancen auf offene und vielleicht unvorsichtige Worte waren angesichts ihres aufgelösten Zustandes momentan am größten. Das Gespräch fand im Trauzimmer statt, was Laura unpassend fand. Da die Frau von einem Schwindelanfall erfasst wurde, half sie ihr auf einen Stuhl, organisierte ein Glas Wasser und setzte sich neben sie.

»Tut mir leid, dass dieser Tag so einen … Verlauf genommen hat«, begann sie.

Stumm nickte die Braut.

»Stehen Sie sich sehr nahe?«

Sie schluchzte und nickte. »Ich muss … so schnell wie möglich zu ihm.«

Laura reichte ihr ein Taschentuch. »Vorher möchte ich Ihnen einige Fragen stellen. Haben Sie eine Idee, wer ihn angegriffen haben könnte?«

»Er ist Versicherungsvertreter!« Es klang, als würde das alles erklären.

»Das war er aber nicht immer. Gibt es jemanden von früher, mit dem er …?«

»Niemals, das wüsste ich! Wir haben uns schon als Kinder alles erzählt.«

»Aha.« Laura war bewusst, dass Rücksicht gerade fehl am Platze war. »Hat er Ihnen auch alles aus seiner Studentenzeit erzählt?«

Sie schnäuzte sich. »Was meinen Sie?«

»Was wissen Sie über den *Deutsch-Kurs*?«

Ihr Blick war so verständnislos, dass Laura ihr das Unwissen sofort abnahm. »Das war eine rechtsradikale Gruppe in Leipzig«, erklärte sie. »Mit dabei waren unter anderem Führungsleute der *Weißen*. Martin Eckstein zum Beispiel.«

Ihre Lippen zitterten. »Ja … er hatte mal eine Phase … war schon immer leicht beeinflussbar. Aber er war nie ein Nazi!

Ich weiß, dass er Kontakt zu anderen Studenten hatte, die … schlecht für ihn waren.«

»Inwiefern?«

»Na … Sie haben es eben gesagt. Das waren Rechtsradikale.«

»Was ist da konkret vorgefallen?«

Jetzt wirkte sie alarmiert. »Nichts, soweit ich weiß. Aber er redete auf einmal unglaublichen Schwachsinn. Von der deutschen Überlegenheit, der Überfremdung und so weiter.«

»Mich interessiert vor allem das *und so weiter*. Was haben er und seine Freunde so angestellt?«

Schwankend stand sie auf. »Glauben Sie, dass mein Bruder ein Asylantenheim angezündet hat?«

»Immerhin ist er vorbestraft.« Laura blieb sitzen. »Wegen unerlaubtem Waffenbesitz und Körperverletzung.«

»Das …«, sie wedelte mit den Armen, »… er hat sich da anstiften lassen. Die anderen nannten ihn *Wilder Andi*, aber … das war Spott. Verstehen Sie?«

»Nein.«

»Er war alles andere als wild. Sie zogen ihn immer auf, und … da hat er beweisen wollen, dass er ein echter Kerl ist.«

Laura verschränkte die Arme. »Als richtiger Kerl überfiel er einen linken AStA-Vorsitzenden und prügelte ihn krankenhausreif.«

»Sind Sie wegen dieser alten Geschichte hergekommen?«

»Ich will ihn beschützen. Er ist nicht der Erste aus der damaligen Clique, den es erwischt hat.«

Ihre Augen weiteten sich, sie sackte auf den Stuhl zurück. »Aber … das war nur eine kurze Phase! Seitdem hat er keinen rechten Spruch mehr von sich gegeben, im Gegenteil! Er engagiert sich sogar in einer Behinderteneinrichtung, ist bei einem interkulturellen Chor dabei und … Diese Angriffe auf *Die Weißen* … Stecken dieselben Leute auch hinter … hinter …?« Sie verstummte.

»Irgendetwas *muss* damals vorgefallen sein«, überging Laura die Frage. »Fällt Ihnen etwas ein, das er mal gesagt hat? Oder haben Sie unabsichtlich irgendwas mitbekommen?«

Sie vergrub ihr Gesicht in den Händen, und Laura gab ihr Zeit. Dann hob Macks Schwester wieder den Kopf. Ihr Blick war leer, die Stimme monoton. »Mir fällt nur eins ein. Ich habe zu der Zeit noch bei meinen Eltern gelebt. Drüben in Bayreuth. Er studierte in Leipzig und … stand an einem Abend auf einmal vor unserer Tür. Total durch den Wind, es war mitten im Semester. Monate nach dem … Überfall auf den linken Studenten. Er zog in sein altes Kinderzimmer und blieb drei Wochen, bevor er wieder nach Leipzig fuhr.«

»Was war passiert?«

»Das hat er nicht gesagt. Ich weiß nicht mal, ob überhaupt etwas passiert ist. Meine Eltern und ich … wir haben es uns so zusammengereimt, dass er endlich wieder zur Vernunft gekommen war. Er sagte so was wie: *Tut mir leid, dass ich mich wie ein Nazi verhalten habe. Das ist jetzt vorbei.* Wir waren einfach nur erleichtert, haben nicht weiter nachgebohrt.«

»Wurde später darüber gesprochen?«

»Nein. Es war … wie eine stille Übereinkunft. Diese Phase wurde einfach gestrichen.«

»Wann war das, als er so überraschend zu Hause auftauchte?«

Sie sah zu Boden. »Am dreizehnten Mai vor dreizehn Jahren. Ich weiß das so genau, weil meine Uroma am Tag vorher ihren neunzigsten Geburtstag gefeiert hatte. Da war er nicht gekommen. Hatte nicht mal angerufen. Sie war so enttäuscht.«

»Verstehe.« Laura zeigte ihr auf dem Handy die Phantombilder des gesuchten Geschwisterpaares. »Erkennen Sie die beiden? Der Mann soll ebenfalls beim *Deutsch-Kurs* mitgemacht haben.«

Sie schüttelte den Kopf. »Die kommen mir nicht bekannt vor.«

Laura gab ihr eine Visitenkarte. »Wenn Ihnen noch Erinnerungen kommen oder Ihnen sonst irgendetwas einfällt, was mit dem heutigen Angriff zu tun haben könnte, rufen Sie mich an! Nur eins noch: Kennen Sie jemanden, der auf der Hand eine Rune eintätowiert hat?«

»Nein. War das … der Messerstecher?«

»Ihr Bruder hat so was angedeutet.«

»Er hat … mit Ihnen gesprochen?« Sie packte Lauras Arm. »Was hat er noch gesagt?«

»Nicht viel. Der Angreifer soll sich nach einem Stefan erkundigt haben. Auch jemand aus dem *Deutsch-Kurs*.«

»Stefan?« Ihre Finger lösten sich wieder. »Das war damals sein bester Kumpel. Ich habe ihn einmal getroffen, als ich Andreas besucht habe. Ich glaube, dass Stefan ihn in diese Scheiße reingezogen hat.«

Laura präsentierte das Gruppenfoto des *Deutsch-Kurses* und deutete auf den kahlköpfigen Mann. »Ist er das?«

»Ja! Sein Blick war … so stechend. Irgendwie gruselig.«

»Kennen Sie seinen vollen Namen?«

»Nein. Sein Spitzname war Steff-Täff. Er kam aus Bayern und studierte …«, sie legte die Stirn in Falten, »… Landwirtschaft oder so was. Ich erinnere mich nicht genau.«

»Das hilft schon weiter.« Laura stand auf. »Vielen Dank. Ich lasse Sie jetzt in Ruhe. Aber es kann sein, dass ich noch mal mit Ihnen sprechen muss.«

»Natürlich.« Mechanisch streckte die Frau ihre Hand aus. »Bitte … denken Sie nicht schlecht über meinen Bruder.«

»Das tue ich nicht.«

Tränen liefen ihr über das Gesicht. »Er … ist wirklich ein guter Mensch. Auch wenn er mal kurz vom rechten Weg abgekommen ist.« Sie drehte sich weg.

›Ja‹, dachte Laura. ›Wer ist nicht schon mal vom rechten Weg abgekommen.‹

Passenderweise meldete sich in diesem Augenblick erneut Steven telefonisch, und rasch verließ sie das Zimmer.

»Neue Anweisung von oben«, verkündete er. »Wie schnell kannst du in München sein?«

»Was soll ich in München?« Automatisch dachte Laura an ihren Exmann.

»Mit mir im *Hofbräuhaus* einen heben.«

»Steven, mir ist gerade nicht …«

»Schon gut. Hol mich am Flughafen ab. Frau Knopf will, dass wir diesen Stefan finden.«

»*Frau* Knopf? So hast du sie noch nie genannt!«

Steven schwieg einen Moment. »Ist mir rausgerutscht. Egal. Der Knopf lässt uns wieder vereint marschieren, freust du dich?«

»Wahrscheinlich mehr als du. Immerhin musst du deine junge Polizistin zurücklassen.«

Steven lachte. »Treffer. Du hast dagegen mit Seidl einen Kerl im Münchener Hafen. Aber mach dir keine Hoffnungen. Vom Flughafen geht's direkt weiter in den Chiemgau.«

Laura seufzte. »Wann landet dein Flieger?«

Kapitel 12

Ein letztes unruhiges Wälzen, ein Seufzen, dann kehrte in dem Schlafsack Ruhe ein. Darauf bedacht, kein verräterisches Geräusch zu produzieren, rutschte Markus Burkart übervorsichtig von der Matratze – seit dem Zubettgehen war sein Sohn schon drei Mal wach geworden. Vor zwei Wochen hatte der Anderthalbjährige erstmals in seinem eigenen Zimmer statt im Elternbett geschlafen, doch der Abnabelungsprozess zog sich weiter hin. Bei seiner größeren Schwester war das Thema damals deutlich schneller durch gewesen.

Sein Vater ging zur Toilette, ohne anschließend die Spülung zu betätigen. Das Kinderzimmer lag direkt nebenan, jedes noch so leise Geräusch war riskant. Die knarzenden Treppenstufen ließ er aus, als er in die erste Etage hinunterstieg. Er öffnete den Kühlschrank, warf eine angeschimmelte Gurke weg und trank dann eine Saftflasche halb leer, bevor er sich eine Kopfschmerztablette aus der Packung drückte. Das Schlafdefizit hinterließ seine Spuren, zumal es auch tagsüber kaum Pausen gab. Die Auftragsbücher seines Speditionsunternehmens waren gefüllt, zudem liefen vielversprechende Verhandlungen mit einem dänischen Hersteller von Milchprodukten. Anders als sein Bruder Dennis führte Markus Burkart sowohl privat als auch geschäftlich ein überaus solides Leben. Und von rechtem Gedankengut war er meilenweit entfernt.

Seine Frau war hier im Westen von Norderstedt aufgewachsen, ihre Eltern hatten mit einem Lkw angefangen, heute umfasste die Flotte fünfunddreißig Fahrzeuge. Er selbst hatte eigentlich Architekt werden wollen, sich dann aber doch irgendwie in die Rolle des Spediteurs drängen lassen. Alles war so gekommen, wie er es befürchtet hatte: Zwar hatte er mittlerweile die Leitung des Unternehmens übernommen, aber sein Schwiegervater konnte nicht loslassen; besserwisserisch überwachte er im Hintergrund weiterhin die Entwicklung der Geschäfte.

Markus Burkart öffnete die Balkontür und trat hinaus. Es war weit nach Mitternacht, der Mond stand rund am sternenklaren Himmel. Von der nahen A7 wehte der Schall vereinzelter Fahrzeuge herüber, in der Ferne war der helle Schein Hamburgs zu sehen. Auf einmal bemerkte er ein anderes Licht und kniff die Augen zusammen. An einer kaum genutzten Halle hatte eben etwas aufgeleuchtet. Dann sah er zur Einfahrt. Er war sich sicher, das Tor geschlossen zu haben, jetzt stand es halb offen. Ein metallenes Geräusch erklang, seine Hände umklammerten das Balkongeländer. Vielleicht hatte seine Frau recht, und er sollte eine massivere Einzäunung samt Alarmsicherung in Erwägung ziehen.

Er lief in den Flur, zog eine Jacke über den Schlafanzug und eilte die Treppe hinunter. Im Erdgeschoss angekommen, schob er die Haustür auf, lauschte und sah sich um. Nur wenige der firmeneigenen Lastwagen standen auf dem Hof, der Rest war quer durch Europa unterwegs. Im hinteren Bereich des Geländes schepperte etwas, und auch das Licht war wieder da. Flackernd, wie von einer Taschenlampe. Die Tür einer Lagerhalle stand offen, eine dunkle Gestalt huschte hinein, in der Hand hielt sie etwas von der Größe eines … Kanisters? Ein

Gluckern war zu hören, Markus bekam Gänsehaut. Auf dem Gelände lagerten mehrere Behälter mit Diesel, und alles deutete darauf hin, dass damit gerade ein Brand ausgelöst werden sollte. Ein Angestellter, der sich schlecht behandelt fühlte? Aber … die Löhne waren fair, sogar höher als im Branchenschnitt!

Markus rannte zum Haus zurück. Innen nahm er mehrere Stufen auf einmal und stürmte zu einem Abstellraum. Er öffnete einen Wandschrank, schob einen Stapel Bettwäsche zur Seite und zog ein Kästchen hervor. Darin lag eine Pistole – ein groteskes Hochzeitsgeschenk seines Bruders. »Damit du nicht vergisst, wo wir herkommen«, hatte Dennis gemeint und grinsend hinzugefügt: »Oder als letztes Mittel, wenn du dich nicht mehr anders gegen deinen Drachen zu wehren weißt.«

Dennis hatte die Frau seines Bruders von Anfang an als ein verhätscheltes Einzelkind eingeschätzt. Daran gewöhnt, die Kommandos zu geben. Die entsprechenden Gene ihres Vaters besaß sie definitiv, aber Markus kannte auch ihre sanfte Seite. Insofern war Dennis' Scherz mehr als geschmacklos gewesen. Und der Hinweis auf die Vergangenheit? Es stimmte, beide hatten als Halbstarke Spaß daran gehabt, heimlich mit den Waffen ihres Vaters auf Blechdosen oder Kaninchen zu ballern. Anders als sein Bruder hatte sich Markus aber irgendwann für einen mustergültigen Lebensweg entschieden. Eine Pistole im Haus zu haben, war dennoch beruhigend – seine Frau wusste davon natürlich nichts. Mit schweißnassen Fingern griff er nach der Munition und lud die Pistole.

»Was machst du da?«

Er fuhr herum. Sie stand in der Tür und starrte ungläubig auf die Waffe.

»Leise!«, zischt er. »Unten treibt sich jemand rum.«

»Dann ruf die Polizei!«

»Da schüttet jemand Benzin aus!«

»Aber … warum?«

»Um alles abzufackeln?«

Sie nahm das Telefon von der Ladestation. »Wir rufen die Polizei und warten. Hier drinnen!«

»Und wenn ein Feuer ausbricht? Ich muss zumindest die Lage im Blick behalten.«

»Okay …. Aber … woher kommt eigentlich diese Pistole?«

»Erklär ich dir später.«

Mit rasendem Puls lief er die Treppe herunter, während seine Frau einen Notruf absetzte. Draußen war es ruhig, er konnte niemanden sehen. Wie lange es wohl dauerte, bis die Polizei eintraf? Er näherte sich der Führerkabine eines Lastwagens und lugte um den Frontgrill zur Halle hinüber. Das Rolltor war noch immer geschlossen, aber die daneben liegende Tür stand weiter offen. Im selben Moment erschien in der Öffnung eine menschliche Silhouette, diesmal ohne Kanister und Taschenlampe. Stattdessen zog sie etwas aus der Jackentasche, dann klickte es, und eine Flamme leuchtete auf. Der Eindringling war dunkel gekleidet und maskiert.

»Stopp!«, brüllte Markus. »Hör sofort auf!«

Ruckartig drehte sich der Brandstifter um. Er zögerte nur kurz, dann warf er das Feuerzeug zu Boden und rannte in Richtung Einfahrt. Sofort entzündete sich der Dieseltreibstoff, die Flammen rasten ins Innere der Halle und an der Außenwand entlang. Markus keuchte auf, noch immer waren keine Sirenen zu hören. Seine Beine zitterten, dennoch verließ er den Schutz des Lastwagens.

»Bleib stehen oder …!« Markus' Schrei ging im Knall einer Explosion unter. Teile des Hallendachs flogen in die Nachtluft, in der Wand klaffte ein großes Loch. Fassungslos starrte er auf die Zerstörung. Dann drehte er sich wieder zur Einfahrt. Der Maskierte war am Tor angekommen, und Markus konnte nicht anders. Er hob den Arm, zielte und schoss. So oft, bis das Magazin leer war. Früher war er ein guter Schütze gewesen, aber der Unbekannte war offenbar unverletzt geblieben. Oder taumelte er leicht?

Markus hetzte zur Haustür. Die Kinder mussten in Sicherheit gebracht werden! Da erklang endlich das Geräusch von Martinshörnern, und er änderte die Richtung, um zur Straße zu gelangen. Drei Streifenwagen kamen angerast, der erste stoppte unmittelbar vor ihm.

»Was ist passiert?« Eine Polizistin stieg aus und blickte in die Feuersbrunst.

»Jemand … hat … Feuer gelegt. Gerade eben. Und … wahrscheinlich Sprengstoff«, stammelte Markus. »Da lang … er ist da lang geflüchtet.« Er zeigte nach rechts. »Ich glaube … die Böschung hoch.«

Sie sah auf die Pistole. »Haben Sie geschossen?«

»Ja. Hab ihn aber nicht getroffen. Glaube ich.«

Die Polizistin gab ihrem Kollegen einen Wink, und beide liefen mit gezogenen Waffen in die angezeigte Richtung. Auch die anderen Streifenwagen hatten angehalten, ein älterer Polizist trat zu Markus.

»Befindet sich noch jemand auf dem Gelände?«

»Meine Familie. Wir wohnen hier. Dort in dem …«

Erleichtert sah er, wie gerade seine Frau aus der Tür trat. Im Arm hielt sie den Sohn, an der anderen Hand zog sie die Tochter mit sich. Keines der Kinder weinte, mit aufgerissenen Augen beobachteten sie das Feuer. Markus schloss alle in die Arme, als sie bei ihm auf der Straße angekommen waren.

»Die Feuerwehr ist unterwegs«, teilte der Beamte mit. »Haben Sie eine Ahnung, wer das getan hat?«

Markus schüttelte den Kopf. »Er trug … eine Maske oder so was.«

»Eine Sturmhaube.« Die Polizistin, die sich an die Verfolgung des Brandstifters gemacht hatte, kam angetrabt. »Wir haben ihn.

Er hat es nur bis hinter einen Busch geschafft.« Sie sah Markus an. »Können Sie bitte mitkommen? Vielleicht … kennen Sie ihn.«

Mit einem mulmigen Gefühl folgte er ihr. Irgendetwas an ihrem Blick irritierte ihn. »Hat er … gesagt, warum er …?«

»Ich muss Sie vorwarnen.« Sie fasste ihn am Arm. »Er wird gar nichts mehr sagen, Sie haben ihn tödlich verletzt.«

Markus blieb stehen, ihm sackte das Blut ab. »Tödlich …? Er … er ist doch weggelaufen!«

»Kam aber nicht besonders weit.« Sie drückte seine Schulter. »Kommen Sie, es sind nur noch ein paar Meter.«

Benommen taumelte Markus neben ihr her. Er hatte einen Menschen getötet! Einen Brandstifter … aber trotzdem! Würde er ins Gefängnis kommen? Galten die Schüsse als Notwehr, obwohl der Täter geflüchtet war? Er stieg einen Hügel hinauf, dort wartete der Kollege der Polizistin.

»Der Notarzt ist auf dem Weg. Aber …« Er hob die Arme in einer Geste, die alles sagte. »Der Mann bekam zwei Treffer ab, einer davon ging wohl in die Lunge.«

Markus bekam kaum noch Luft. Wen würde er gleich zu sehen bekommen? Einen der Hilfsarbeiter? Einen langjährigen Festangestellten? Oder doch einen Unbekannten? Als er hinter den Busch trat und nach unten blickte, knickten seine Beine ein. Der Brandstifter war ihm so vertraut wie nur wenige Menschen – trotz all der Unterschiede und des stetig abnehmenden Kontaktes. Die Schramme am Kinn, die großen Ohren, der blonde Dreitagebart, die tätowierten Arme – und die Augen, die ihn vorwurfsvoll anzusehen schienen. Mit einem Ächzen brach Markus Burkart neben der Leiche seines Bruders Dennis zusammen.

Durch das gekippte Fenster drangen Sonnenstrahlen ins Zimmer, dazu Klänge wie aus einem Heimatfilm: Kirchenglocken, das Muhen von Kühen, ein tuckernder Traktor. ›Fehlt nur noch

Gejodel‹, dachte Laura. Gähnend drehte sie sich zur Seite – und zuckte zurück. Nur wenige Zentimeter entfernt bot sich ihr ein vertrauter Anblick: dunkelblonde Haare mit ersten grauen Strähnen und beginnender Glatze, ungerade – aber wenigstens gepflegte – Zähne, Vollbart, kräftige Augenbrauen, krumme Nase und kantiger Schädel. Stevens Mund war leicht geöffnet, seine Augen geschlossen.

Rasch rollte Laura sich weg und setzte sich auf den Bettrand. In der *Landpension Huber* hatten sie am Vorabend endlich ein Zimmer ergattert, nachdem sie die Hoffnung auf einen Schlafplatz schon fast aufgegeben hatten. Zwar war nur noch ein Doppelbett frei gewesen, aber weder Laura noch Steven hatten den Nerv gehabt, daraus eine große Sache zu machen. Am Osterwochenende war eben touristische Hochsaison im Chiemgau.

»Mal neben dir aufzuwachen, hätt ich in meinen lieblichsten Träumen nicht zu hoffen gewagt«, erklang eine krächzende Stimme.

Ohne sich umzudrehen, warf Laura ihr Kopfkissen nach hinten. »Trotz der Hamburgerin, die deine Tochter sein könnte?«

»Keine Sorge, du brauchst dich nicht zu verstecken. Und wie oft muss ich es noch sagen: Ich bin noch nicht fünfzig!«

»Die paar Tage sind …«

»Außerdem hast du keinen Grund für Spott. Schließlich könnte Seidl fast dein Vater sein.«

Für eine schlagfertige Antwort war Laura noch nicht wach genug. »Wie auch immer, deine Wunschträume sind nicht meine.«

»Wieso?« Feixend robbte Steven neben sie. »Sag bloß, dass mich Seidl in den Schatten stellt. Sieh dir allein meine Brustbehaarung an!«

»Gott bewahre! Mir reicht schon der Anblick deiner Arme und Hände.« Sie stand auf. »Ich dusche zuerst, wenn's dir nichts ausmacht.«

»Ich bleibe gern noch liegen und lausche diesem Idyll. Und wie gut die Landluft duftet!« Er deutete zum Fenster. »Ist wie Urlaub auf Staatskosten!«

»Deine Urlaubsgefühle könnten sich schneller verflüchtigen, als dir lieb ist.«

Diese Prophezeiung erfüllte sich schon beim Frühstück. Als ausgewiesener Gourmet gefror Steven das Lächeln, als sie den Speiseraum betraten und sahen, was die anderen Gäste auf dem Teller hatten.

»Kein Büfett?«, flüsterte er Laura zu.

»Was erwartest du für sechzig Euro die Nacht und an einem Karsamstag in einer katholischen Gegend?«

»Nicht nur Toast, Marmelade und Käse.« Seufzend sank er auf einen Stuhl am letzten freien Tisch und sah aus dem Fenster. »Gestern noch an der Küste, heute mitten in den Bergen, wenigstens kommen wir rum.«

»Dich zieht halt nichts nach Hause.« Laura schenkte sich Kaffee ein. »Mir reicht's dagegen allmählich.«

»Sehnsucht nach Filip oder wegen deinen Eltern?«

Sie verzog das Gesicht. »Ich will mir gar nicht ausmalen, wie Filip aussieht, nachdem er zusammengeschlagen wurde.«

»Wie geht's ihm?«

»Keine Ahnung … wir haben mal wieder keine besonders gute Phase. Lassen wir das. Stattdessen … oh Dankeschön.« Sie nickte der Frau zu, die soeben ein Tablett mit dem übersichtlichen Frühstück abstellte. »Fakt ist, ich will nicht über die ganzen Ostertage hier hängen bleiben. Damit kennst du meine Erwartungshaltung.«

Steven musterte das Tablett. »Nicht mal ein Ei! Und hier soll ein Tourismus-Hotspot sein? Okay, du willst also heute den Fall lösen. Lieferst du noch eine konkrete Idee zur Umsetzung?«

»Mir reicht es schon, wenn wir diesen Stefan finden. Lebendig. Er könnte uns endlich die Zusammenhänge aufzeigen.«

»Wird schwierig genug.« Steven griff nach einem Toastbrot, das selbst mit gutem Willen kaum als durchgeröstet bezeichnet werden konnte. »Eckstein und Gerber wurden zu ihm befragt. Auf einmal erinnern sie sich. Ja, Stefan könne er geheißen haben. Aber … wie sein Nachname lautet, dazu haben sie angeblich keine Idee.«

»Woher weißt du davon?«

»Während deiner Dusche hat mich Frau Knopf angerufen.«

»Schon wieder.«

»Was?«

»Du hast *Frau* Knopf gesagt.«

»Relevanter ist, dass ich einige Neuigkeiten erfahren habe.«

»Wieso erzählst du mir erst jetzt davon?«

»Ich wollte deinen Appetit schonen. Aber bei diesem mickrigen Frühstück ist Rücksichtnahme eh nicht nötig. Es gibt ein weiteres Todesopfer.«

Laura stellte die Kaffeetasse, die sie gerade zum Mund geführt hatte, wieder ab. »Nein! Wer denn diesmal?«

»Dennis Burkart. Erschossen vom eigenen Bruder. Allerdings wusste der wohl nicht, dass es Dennis war, der ihm eine Lagerhalle abfackeln und in die Luft jagen wollte.«

»Und … warum wollte er das tun?«

»Offensichtlich war darin etwas, das er beseitigen wollte. Die Frau seines Bruders erinnerte sich, dass er am Mittwoch dort gewesen war und sich auffällig verhalten hatte. Da hatte er genau die Halle betreten, die er letzte Nacht zerstören wollte. Gelang ihm nur teilweise, die Feuerwehr war schnell vor Ort.«

»Mittwoch? War da nicht diese Geschichte mit dem vermissten Schreiner?«

Steven nickte und biss erstmals in sein Brot. »Oh! Die Marmelade ist überraschend lecker. Ob die selbst gemacht ist?«

»Steven!«

»In den Überresten der Halle wurde ein verkohlter Körper entdeckt. In drei Teilen: Kopf, Torso, Beine. Eine DNA-Analyse wird zeigen, ob der Schreiner wiederaufgetaucht ist.«

»Verdammter Mist!« Laura lehnte sich zurück. »Dass Dennis Burkart jetzt wegfällt, passt mir nicht. Irgendwie hing der in dieser Sache mit drin, das ahnten wir doch beide!«

Steven kleckste eine weitere Ladung Marmelade auf das Brot. »Schade ist's um den jedenfalls nicht. Und wenn du Hoffnungen hattest, dass der irgendwann auspackt oder einen Fehler begeht …« Er winkte ab. »Der war ausgebufft.«

»Jeder macht Fehler.«

»Dennis Burkart nicht mehr. Dafür haben die Ärzte Hoffnung, dass Andreas Mack durchkommt. Noch liegt er aber im künstlichen Koma. Du hattest übrigens recht: Ohne das Visitenkarten-Etui in seiner Brusttasche wäre er längst ein Fall für die Rechtsmedizin. Gut, dass der *Wilde Andi* heute als solider Versicherungsvertreter unterwegs ist.«

»Gab's nützliche Zeugenaussagen?«

»Nicht wirklich. Die Angestellte, die ihn mit einem Mann am Schlossbrunnen und dann zum Parkplatz laufen sah, konnte keine nähere Beschreibung liefern. Nur die Uhrzeit ist eingrenzbar: ungefähr zehn Minuten, bevor du auf der Terrasse aufgetaucht bist. Wärst du schneller gefahren, hättest du vielleicht …«

»Spuren?«

»Ein paar Stofffasern an Macks Anzug. Sonst nichts.«

»Wann wird er vernehmungsfähig sein?«

»Ist unklar. Übrigens wurden Damian Böning und einige seiner Freunde erneut vernommen: Den Brandanschlag auf die Parteizentrale streitet er nicht ab, weigert sich aber, weitere Helfer zu benennen. Von Andreas Mack haben er und die anderen angeblich nie gehört. Genauso wenig vom *Deutsch-Kurs*.«

»Ich glaube eh nicht an einen Linksextremisten als Täter.« Laura schenkte sich Kaffee nach. »Dass auf Macks Stirn *Nazi* eingeritzt wurde, sollte uns ablenken.«

»Da kannst du richtigliegen. Zumal Viktor Stern überführt ist. Er war es tatsächlich, der in Niederdorla den Pistolenschuss auf den Schatzmeister abgegeben hat. Dort hat also ein Rechter schon einen anderen Rechten abgemurkst.«

»Wie lange hab ich eigentlich geduscht, dass du so ausführlich mit unserer Chefin reden konntest?«

Steven sah sie verschmitzt an. »Hast du ihre Fähigkeit vergessen, in einen Satz so viele Informationen zu packen wie sonst niemand? Davon abgesehen bist du wirklich nicht die Schnellste im Bad. Woran liegt das eigentlich? Um Make-up machst du einen Bogen, und …«

»Was hat Stern überführt? Es gab viele Indizien, aber keine Beweise.«

»Das in dem Schatzmeister gefundene Projektil passt zu einer der Waffen, die Stern in der Garage lagerte. Da sind alle anderen Indizien nur noch netter Beifang. Ich sehe keine Chance, dass er sich vor Gericht rausreden kann. Ein schlauer Anwalt dürfte ihm daher raten, alle Hintergründe offenzulegen. Noch verweigert er die Aussage.«

»Und die anderen? Holger Lambrecht als Auftraggeber? Simon Jensen als Vermittler? Lambrechts Vater?«

»Alle in U-Haft, alle stumm. Aber es wäre ja nicht das erste Mal, dass früher oder später jeder seine eigene Haut bestmöglich zu retten versucht.« Er kippte den Rest aus seiner Kaffeetasse herunter und stand auf. »Starten wir?«

Seelenruhig nahm sich Laura ein Toastbrot und schmierte Butter darauf.

Steven setzte sich wieder. »Du warst es, die schnellstmöglich wieder im eigenen Garten liegen will.«

»Auf ein paar Minuten kommt es nicht an. Ich habe noch nichts gegessen, was dir als Gentleman nicht entgehen sollte. Außerdem möchte ich den Rest der Geschichte zu dir und Frau Knopf erfahren.«

»Nimm die rote Marmelade, die ist wirklich gut.« Auch Steven griff noch mal in den Brotkorb.

»Lenk nicht ab.«

Unschuldig sah er sie an. »Worauf willst du hinaus?«

»Was ist gestern zwischen euch passiert? Du hast mich auf später vertröstet. Auf der Autofahrt hatte ich es vergessen, eben ist es mir wieder eingefallen. Also?«

Steven senkte die Stimme. »Du wirst es nicht glauben, aber alles, was ich dir gleich erzähle, hat sie mir genau so gesagt!«

Das Piepsen in Verbindung mit den Linien auf dem Monitor hätte monoton und einschläfernd gewirkt, wäre nicht das Wissen um ihren Hintergrund gewesen. Der magere Körper des achtundsechzigjährigen Patienten wirkte in dem Krankenhausbett verloren. Filips Blick blieb an dem Zugang im Arm hängen, durch den die Infusionslösung in seinen Großvater rann. Am Vortag war er vom Bahnhof sofort zu Lauras Eltern gelaufen, die seit ihrem Umzug von Ilmenau nach Königswinter nur ein paar Straßen entfernt wohnten. Er hatte noch die Rücklichter eines Krankenwagens gesehen und seine Großmutter beim Packen eines Koffers überrascht. Der Vorsatz, sie mit den Erkenntnissen seiner Reise zu konfrontieren, war restlos in sich zusammengefallen.

Zwar war der Schwächeanfall seines Großvaters nicht lebensbedrohlich, bei einem Schlaganfallpatienten aber auch keine Lappalie. Schon jetzt war er in Pflegegrad 3 eingestuft. Der linke Arm war gelähmt und der Mund leicht schief. An guten Tagen konnte er sich weitestgehend selbst versorgen, an schlechten schaffte er es nicht allein auf die Toilette. Würden die dunklen Phasen nun häufiger werden?

Filips Großmutter war anzusehen, dass ihr ähnliche Gedanken durch den Kopf gingen. Sie saß auf der anderen Seite des Betts, und momentan erinnerte wenig daran, dass die im Alter etwas rundlich gewordene Frau mit den kurzen, braun gefärbten Haaren üblicherweise ein fröhliches Naturell besaß.

»Er schläft.« Sie löste die Finger aus der Hand ihres Mannes. »Wollen wir unten einen Kaffee trinken?«

Filip nickte und folgte ihr aus dem Raum. Er hatte das Krankenhaus ohne Inga aufgesucht, da er spürte, dass es seinen Großeltern so lieber war. Insbesondere Bernd Westermann hasste es, wenn jemand außerhalb der Familie seine Hilfsbedürftigkeit mitbekam – aus diesem Grund versorgte ihn weiterhin ausschließlich seine Frau, obwohl ihm eine professionelle Pflegeunterstützung zustand.

Anstelle eines Kaffees bestellte Filip Kakao, schweigend rührte er das Getränk um. Die Atmosphäre in der Cafeteria empfand er als bedrückend, die Anwesenheit seiner Großmutter als … schwierig.

Ihre Hand strich über seinen Arm. »Filip, mir reicht die Sorge um Bernd. Versprich mir, so etwas nie wieder zu tun!«

»Was meinst du?«

»Na, dich an militanten Aktionen zu beteiligen, bei denen du so übel zugerichtet wirst. Ich habe Inga immer in Schutz genommen, aber …«

»Ich war nicht militant, hab nur demonstriert.«

»Nach einer normalen Demonstration würdest du doch nicht verletzt sein.«

Er verdrehte die Augen. »Oma, übertreib nicht! Was soll das überhaupt heißen, du hast Inga immer in Schutz genommen. Vor wem denn? Vor Mama?«

»So meinte ich das nicht. Ich wollte eher sagen, dass ich ... Sie ist ja sehr selbstbewusst und engagiert. Das finde ich gut, nur ...«

»Nur soll alles im harmlosen Rahmen bleiben«, vollendete Filip. »Bloß nicht anecken oder aufmucken. Hast du das zu DDR-Zeiten verinnerlicht?«

Sie sah zur Seite. »Hast du eine Ahnung, wie es war, unter so einem Regime zu leben?«

»Nee.« Filip schob den Kakaobecher weg. Wenn er weiter wartete, kam der richtige Moment vielleicht nie. Irgendwas hielt einen in dieser Familie doch immer davon ab, unbequeme Themen auf den Tisch zu bringen. »Ich war übrigens nicht nur zum Demonstrieren in München.«

»Du hast deinen Vater getroffen. Laura hat es mir am Telefon erzählt.«

»Du hast mit ihr telefoniert?« Erregt beugte er sich vor. »Ich dachte, wir sollen ihr von Opas Zusammenbruch nichts sagen, weil sie wegen dieser Ermittlung ...«

»Sie hat mich vor Bernds Schwächeanfall angerufen. Deshalb war ich zum Glück schon vorbereitet, als du gestern so zerbeult aufgetaucht bist. Es bleibt dabei, wir belasten sie nicht mit dieser Bagatelle.«

Für Filip war dies eine fragwürdige Definition, aber das wollte er jetzt nicht diskutieren. »Hat sie dir auch erzählt, dass ich anschließend zu meinem Onkel nach Arnstadt gefahren bin?«

Seine Großmutter nickte, ihre Mimik war unergründlich.

»Also weißt du, was ich von ihm erfahren habe?«

»Zumindest das, was du Laura erzählt hast.«

Filip schnaubte. »War ja klar, dass sie euch vorwarnt.« Dann kam ihm plötzlich die Erkenntnis. »Opa! Hatte er deswegen einen Schwächeanfall?«

»Das … nein … er war schon in den letzten Tagen angeschlagen«, wiegelte sie sofort ab. »Wollte den kleinen Garten auf Vordermann bringen, da hat er es wohl übertrieben.«

Filip ahnte, dass dies nicht den Tatsachen entsprach, und kämpfte gegen das schlechte Gewissen. Es ließ ihn zornig werden. »Hättet ihr nicht all die Jahre so ein Versteckspiel getrieben, wäre es nicht auf diese Weise herausgekommen! Und Mama … macht genauso weiter! Hat einfach aufgelegt, als ich sie …«

»Weil sie in dem Moment überfordert war.«

»Und mich überfordern eure Lügen und Ausflüchte! Hat sie dir auch vorgebetet, wie du mich abblitzen lassen sollst?«

Sie stand auf. Mit einer schwerfälligen Art, die er zuvor nie an ihr gesehen hatte. »Im Gegenteil. Sie hat mich gebeten, dir die Wahrheit zu sagen.«

Er stierte zu ihr hoch. »Die volle oder die halbe?«

»Komm, es ist schönes Wetter. Lass uns ein Stück spazieren gehen. Nach dem vielen Sitzen brauche ich Bewegung.«

Draußen hakte sie sich bei ihm ein, was sie sonst nie tat und was ihn misstrauisch werden ließ. Einen Park gab es nicht, also gingen sie einfach den Bürgersteig entlang. Er zügelte seine Ungeduld und wartete, bis sie das Wort ergriff. Sie benötigte fünf Minuten.

»Es stimmt«, sagte sie dann. »Bernd war informeller Mitarbeiter der Stasi.«

»Wie kam es dazu? Wurde er unter Druck gesetzt?«

»Nein.«

Filip hatte auf eine andere Antwort gehofft.

»Er kam über einen Freund zu dieser … Aufgabe«, fuhr sie fort. »Wie viele andere waren wir anfangs der Meinung, etwas Einmaliges aufzubauen. Die NS-Zeit saß uns noch in den

Knochen. Wir wollten uns größtmöglich abgrenzen und glaubten an die Idee des Sozialismus.«

»Und später?«

Sie blieb stehen und sah ihn an. »Warst du einmal drin im System, konntest du nicht mal eben aussteigen. Bernd war Professor, ich arbeitete in einer Textilfirma. Wir hatten eine Tochter, uns ging es gut. Wir hatten uns daran gewöhnt. Keine Entschuldigung, ich weiß.«

Filip rang um Worte. »Stimmt es, dass Opa … die Familie meines Vaters ausspioniert hat?«

»Das war zumindest sein Auftrag. Valentins Vater war ein ungeschickter Regimegegner, der sich ständig in Schwierigkeiten brachte. Da beide an derselben Universität lehrten … tja, Bernd sollte sich mit ihm anfreunden, was auch gelang. Obwohl er ihn nicht leiden konnte. Denn Valentins Vater war … na ja, seine Familie hatte es nicht leicht.«

»Hab ich gehört. Aber das rechtfertigt doch nicht … ihr habt sogar gemeinsame Ausflüge unternommen, euch ständig getroffen und …« Ihm fiel nichts mehr ein.

»Seine Frau war nett, die Kinder sowieso. Valentin und Laura waren unzertrennlich. Das führte dazu, dass Bernd eigentlich zu einem … Beschützer wurde. Er meldete Belangloses und verschwieg Schwerwiegenderes. Letztlich hat er dafür gesorgt, dass Valentins Vater nicht im Gefängnis landete. Das gehört auch zur Wahrheit.«

»Und was noch? Laut Otto hat Opa alles, was er vor der Stasi zurückhielt, irgendwann doch eingesetzt. Als Erpressung, damit nicht bekannt wird, dass … Mama am Tod von Valentins Schwester schuld war. Stimmt das?«

»Es ist wahr, andererseits nicht ganz so einfach. Otto wird die wahren Hintergründe nicht kennen. Er war damals noch ein Kleinkind.«

»Was hat Mama getan?«

Seine Großmutter setzte sich wieder in Bewegung. »Diese Antwort muss sie dir selbst geben. Und sie hat versprochen, es zu tun. Sobald sie wieder Kraft hat.«

Filip lachte bitter auf. »Mein ganzes Leben lang hat sie nicht die Kraft dazu gefunden. Dann kann ich mich ja auf ein langes Warten einstellen.«

»Verurteile sie nicht, bevor du sie nicht gehört hast.« Ihr Ton wurde kühler. »Ich verstehe deine Ungeduld. Aber was glaubst du, woher ihre Probleme kommen? Die Schlafstörungen, die Migräne. Ihre häufigen Albträume und die Schwierigkeiten, sich jemandem anzuvertrauen. Sie wird ihr Leben lang mit der Vergangenheit kämpfen. Wann und was sie dir davon erzählt, ist allein ihre Sache. Sie macht es sich selbst schwer genug, also akzeptier es bitte, wenn sie erst einen Weg finden muss, mit dem sie klarkommt. Versprichst du mir das?«

Filip schwieg, dann nickte er.

»Eines solltest du nie vergessen«, fuhr sie fort. »Laura liebt dich mehr als sonst irgendwen, und sie hat alles für dich gegeben.« Sie wischte sich über die Augen. »Laura ist eine bessere Mutter, als ich es war. Und das wird sie immer bleiben.«

Mechanisch nickte Filip erneut. Seine Angst vor dem, was Laura ihm mitzuteilen hatte, wuchs. Es reichte schon, dass sein Großvater ein Stasi-Spitzel gewesen war. Mit welchen Augen würde er künftig seine Mutter betrachten, sobald er ihre Vergangenheit kannte? Hatte er eine Lawine losgetreten, die ihn unter sich begraben würde? Erstmals bekam er Zweifel, ob es eine so gute Idee gewesen war, in den dunklen Winkeln seiner Familiengeschichte herumgestöbert zu haben.

Auf der Suche nach dem sechsten Mitglied des *Deutsch-Kurses* erhielten Laura und Steven Unterstützung aus der BKA-Zentrale, ohne dass dies bislang zum Ziel geführt hätte. Immerhin dünnte sich die Liste der noch nicht überprüften

Männer aus, die vom Alter her passten, Stefan hießen und in der Region um Aschau wohnten. Um noch schneller vorwärtszukommen, half auch die lokale Polizei beim Abklappern der Adressen.

Mittlerweile war es Nachmittag geworden, und das fast schon sommerliche Wetter wurde von einer Wolkenwand aus dem Westen bedroht. Die Sonne schickte noch ein paar Strahlen, dann verschwand sie hinter der Gewitterfront. Laura öffnete den Kofferraum, holte ihre Wildlederjacke heraus und zog sie über die weiße Bluse, während Steven weiterhin nur auf den Schutz seines Polohemds setzte.

Sie befanden sich im Zentrum von Aschau, einem Fremdenverkehrsort am Fuße der Kampenwand. Trotz der hohen Bettenauslastung war auf den Straßen wenig los, die meisten Ostertouristen waren noch wandern oder besuchten den nahe gelegenen Chiemsee.

»Wir überlassen den Kollegen jetzt die Anrufe und Hausbesuche. Stattdessen hören wir uns um«, schlug Steven vor.

»Ich dachte, du wolltest dir eine deftige Schweinshaxe gönnen?« Laura verriegelte den Mietwagen, den sie auf dem Parkplatz eines Gasthauses abgestellt hatte.

»Allerdings! Das magere Frühstück liegt 'ne Weile zurück. Ein Wirtshaus ist zugleich aber auch eine der besten Informationsquellen. Und hier sieht's weniger nach einer Touristenfalle aus als nach einem Treffpunkt für Einheimische.«

Tatsächlich saßen mehrere ältere Männer im Freien vor ihren Weißbiergläsern und wirkten nicht wie Ortsfremde. In der Ferne donnerte es, und Laura steuerte die Tür an. »Lass uns reingehen, gleich gibt's Regen.«

Drinnen waren sie die einzigen Gäste, aus einem Lautsprecher dudelte Volksmusik. Im Raum standen rustikale Möbel, von der Decke und den Wänden schauten ausgestopfte Tiere auf sie herunter. Das Klischee eines bayrischen Wirtshauses wurde von einer Dirndl tragenden Bedienung vervollständigt. Mit einem herzhaften »Griaß eich!« legte die Frau eine Speisekarte auf den Tisch. »Bin glei do«, fügte sie hinzu und verschwand mit einem Tablett Gläser nach draußen.

Grinsend schlug Steven die Karte auf. »Ja mei, hier is die Welt halt noch in Ordnung.«

»Es klingt furchtbar, wenn du versuchst, Bayrisch zu reden.« Laura überflog die Tafel mit den Tagesgerichten. »Na, immerhin gibt's einen Salatteller. Wahrscheinlich das einzige Gericht ohne Fleisch.«

»Irrtum.« Steven tippte auf die Karte. »Gibt sogar eine eigene Rubrik für Vegetarier. Bayern ist auch nicht mehr das, was es mal war. Hast du dich von Filip und Inga anstecken lassen?«

»Hoffentlich sind wir hier nicht am falschen Fleck unterwegs«, überging Laura seine Frage.

»Du befürchtest, dass Aschau am Inn gemeint war?« Steven klappte die Speisekarte zu. »War halt eine Fifty-Fifty-Entscheidung. Außerdem sind dort genügend Kollegen im Einsatz. Falls nötig, wechseln wir schnell den Schauplatz. Dauert nur eine Stunde.«

Die Bedienung kam zurück und nahm die Bestellung auf. Steven ließ sich die Zusammensetzung verschiedener Spezialitäten erklären, bevor er zu einer Entscheidung fähig war. Als die Frau anschließend zum Tresen gehen wollte, hielt Laura sie auf.

»Wir sind vom Bundeskriminalamt und auf der Suche nach einer Person, die hier in der Gegend wohnen soll. Können Sie uns dabei weiterhelfen?«

»Bundeskriminalamt?« Sie zog die Augenbrauen hoch. »Hob mir glei denkt, wie Wanderer schaut's ihr ned aus.«

Steven schmunzelte. »Unterschätzen Sie die Kondition meiner Kollegin nicht. Leider haben wir nur wenige Anhaltspunkte zu dem Gesuchten.«

»Wos hot a ausg'fressn?«

»Wahrscheinlich nix. Aber er kann ein wichtiger Zeuge sein.«

»I kimm net von hier. Bin nur eigsprunga, weil mei Schwesta an gbrochnen Fuaß hot. Aba wart's kuarz, i froag mein Schwager.«

»Hoffentlich drückt der sich etwas verständlicher aus«, wisperte Steven, während die Frau zur Küche ging.

Seine Hoffnung erfüllte sich, denn der Wirt hatte lediglich einen bayrisch eingefärbten Zungenschlag – und war im passenden Alter, um einen vielversprechenden Informanten abzugeben. Er stellte drei Biergläser auf den Tisch und setzte sich zu ihnen, um sich den Hintergrund erklären zu lassen.

»Stefans gibt's hier im Ort einige«, sagte er dann. »Wenn er um die dreißig ist, fallen mir aber nur vier ein.«

Als er die dazugehörigen Nachnamen nannte, schüttelte Laura den Kopf. »Die haben wir schon durch.«

»Dann ist's kein Einheimischer. Oder er kommt aus einer der Nachbargemeinden. Ist er hier aufgewachsen?«

»Das wissen wir leider nicht. Vielleicht sagt Ihnen sein Spitzname was. Steff-Täff.«

»Nie gehört. Am besten fahren Sie rüber nach Sachrang. Der Pfarrer dort kennt sich wohl am besten aus. Macht nicht nur Seelsorge, sondern mischt auch in mehreren Vereinen mit. Wenn der nichts weiß, dann niemand.«

»Klingt gut.«

»Ich schreibe Ihnen seinen Namen und die Adresse auf. Bleibt es bei Ihrer Bestellung, oder …?«

»Nein.« Laura stand auf. »Wir fahren sofort hin.«

Steven warf ihr einen unfreundlichen Blick zu, rappelte sich aber ebenfalls auf. Mit immer noch leerem Magen, aber neuer Munition in Form eines Zettels verließen sie die Wirtschaft.

»Wenn ich demnächst zusammenklappe, ist das deine Schuld«, grummelte er.

»Du hast genug Reserven. Ich bin gestern schon mal zu spät gekommen, das soll sich nicht wiederholen.«

Nachdem Laura den Motor gestartet hatte, hingen sie schweigend ihren Gedanken nach. Die Strecke erforderte nicht viel Aufmerksamkeit, da es zunächst mehrere Kilometer auf der Staatsstraße 2093 in Richtung Österreich ging. Kurz vor der Grenze erreichten sie Sachrang, ein Bergdorf, das so aussah, als wäre die Zeit nahezu spurlos an ihm vorbeigegangen. Mit der Kulisse des Kaisergebirges im Hintergrund war die Postkartenidylle perfekt.

Das Gewitter war allerdings so nah, dass Laura und Steven diesen Anblick nur kurz auf sich wirken ließen. Ein kalter, böiger Wind blies ihnen entgegen, als sie den Mietwagen auf dem Parkplatz der Pfarrkirche St. Michael verließen.

»Da drüben soll er wohnen!« Fast gingen Lauras Worte in einem Donnergrollen unter.

Das Haus war im oberen Bereich mit dunklem Holz verkleidet, die restliche Fassade wirkte im fahlen Licht graulich. Laura zog die Jacke fester um sich und eilte über die Straße. Noch bevor sie die Klingel drücken konnte, wurde die Tür geöffnet. Eine kleine Frau mit rötlichen Haaren linste zu ihr hoch.

»Ja bitte?«

»Wir sind vom Bundeskriminalamt und müssten dringend mit dem Pfarrer sprechen. Er könnte etwas wissen, das uns weiterhelfen kann.«

»Ich bin schon einige Jahre seine Haushälterin. Vielleicht kann ich Ihnen helfen? Er bereitet nämlich gerade die Osterpredigt vor.«

»Es wird nicht lange dauern.«

»Gut, kommen Sie mit.« Sie stieg eine knarzende Holztreppe nach oben.

»Haushälterin, schon klar …«, flüsterte Steven in Lauras Ohr.

Sie gab ihm einen Klaps gegen die Schulter und folgte der Frau. Nichts ließ vermuten, dass sie sich im Haus eines Geistlichen befanden. Keine Bilder mit biblischen Szenen, keine Kreuze. Stattdessen Schwarz-Weiß-Aufnahmen des dörflichen Lebens und der Bergwelt. Oben angekommen, öffnete die Haushälterin eine Tür und kündigte die Besucher an. Der Pfarrer saß an einem Glastisch vor dem Fenster. Erste Regentropfen klatschten gegen die Scheibe, als er sich erhob und sie begrüßte. Dann rückte er ihnen Stühle zurecht.

»Wie kann ich Ihnen helfen?«

Laura schloss zunächst die Tür, bevor sie sich setzte und den Grund ihres Besuchs erläuterte. Schweigend hörte der Mann zu und zwirbelte seinen grauen Bart. Er hatte eine würdevolle Erscheinung, Steven konnte ihn sich gut auf der Kanzel in der gegenüberliegenden Kirche vorstellen. Der Pfarrer bemerkte seinen Blick durchs Fenster und deutete hinaus.

»Ein Schmuckstück des Barock, nicht wahr? Dreihundertdreiunddreißig Jahre alt! War schon mehrfach Drehort für Filme. Wie auch das ganze Dorf. Aber deshalb sind Sie ja nicht hier, ich will Sie also nicht mit solchen Banalitäten langweilen.«

»Wir werden Ihre Zeit möglichst wenig beanspruchen.« Laura schlug die Beine übereinander, während Steven unauffällig sein Nikotinkaugummi in einem Papiertaschentuch entsorgte. »Dieser Stefan dürfte vor dreizehn Jahren in Leipzig gelebt haben. Vermutlich als Student, zumindest hatte er zu anderen Studenten dort Kontakt. Insbesondere zu welchen mit rechtsradikaler Ausrichtung.«

»Tja, Leute mit solchen Anschauungen habe ich als Pfarrer immer mal wieder erleben müssen. Aber dass einer davon Stefan hieß, daran kann ich mich nicht erinnern. Die Meldedaten haben Sie überprüft?«

»Nicht nur hier, sondern im gesamten Chiemgau. Bislang war kein Treffer dabei.«

Plötzlich erinnerte sich Steven an ein Detail, das noch unerwähnt geblieben war. »Er soll einen Spitznamen haben. Steff-Täff.«

Der Pfarrer wollte gerade nach einem Wasserglas greifen, unterbrach aber die Bewegung. »Steff-Täff? Da klingelt es tatsächlich! Und …«, er trommelte auf die Tischplatte. »… jetzt ist mir klar, weshalb Ihre Suche ins Leere läuft. Steff-Täff war ein Spitzname, den ein Elias Täffner verpasst bekam. Das fing im Fußballverein an. Er eiferte dort so emsig seinem Idol nach, dass er irgendwann Stefan genannt wurde.«

»Wer war sein Idol?«, fragte Steven.

»Stefan Effenberg.« Der Geistliche schmunzelte. »Vielleicht erinnern Sie sich, dass der nicht unbedingt durch gute Manieren geglänzt hat. Darin unterschied sich Elias schon mal nicht von seinem Vorbild. Es verselbstständigte sich, Elias war bald nur noch als Stefan bekannt. Na ja, und wie das dann so läuft: Auf dem Fußballplatz wurde aus Stefan erst *Steff*, dann hängte irgendjemand noch das *Täff* seines Nachnamens dran. Kann mich aber nicht erinnern, dass *Steff-Täff* besonders häufig verwendet wurde.«

»Sie erinnern sich aber, dass Elias Täffner rechtsradikal war?«

»Ob radikal, kann ich nicht sagen. Rechts aber bestimmt. Deshalb war es ihm nicht unrecht, dass sein eigentlicher

Vorname fast schon in Vergessenheit geriet. Er unterstützte das, indem er sich selbst nur noch Stefan nannte.«

»Warum?«

»Der Name Elias stammt von einem der größten Propheten im Judentum: Elija.«

»Verstehe«, brachte sich auch Laura wieder ein. »Seine Eltern waren angesichts dieser Namenswahl also nicht rechts orientiert?«

»Oh doch, zumindest der Vater. Ein … schwieriger Charakter. Selten nüchtern, häufig streitsüchtig. Und nicht besonders gescheit. Vermutlich kannte er den Hintergrund des Namens einfach nicht. Elias' Mutter starb kurz nach der Geburt. Er wuchs also nicht gerade unter leichten Bedingungen auf. Dennoch schaffte er sein Abi und zog wegen eines Studiums weg. Allerdings nicht nach Leipzig, sondern nach Freiburg. Er studierte dort Forstwissenschaft.«

»Vielleicht hat er später die Uni gewechselt.« Steven sah zu Laura. »Gibt es den Studiengang in Leipzig?«

»Keine Ahnung, müssen wir überprüfen.« Sie wandte sich wieder an den Pfarrer. »Wissen Sie, wo Herr Täffner heute lebt?«

»In seinem Elternhaus schon mal nicht, das wurde nach dem Tod des alten Täffners verkauft. Fragen Sie beim Forstamt in Aschau nach, dort ist er nämlich angestellt. Das hab ich vor ein paar Jahren in der Zeitung gelesen. Aber offenbar wohnt er woanders, denn ich bin ihm nie begegnet und habe auch nichts mehr über ihn gehört. Vielleicht ist er aber auch schon wieder weg, und es war nur ein kurzes Gastspiel in der Heimat.«

»Die Adresse finden wir schnell heraus.« Steven nahm das Handy, um in Bonn anzurufen.

»Was fällt Ihnen noch zu ihm ein?«, fragte Laura, während sich Steven um die Meldeadresse sowie um ein Foto des Mannes bemühte und gleichzeitig dem weiteren Gespräch lauschte.

»Ja mei …« Der Pfarrer hob die Hände. »Er hatte so einen … rohen Blick. Passte zu ihm, denn als Jugendlicher war er ein Wilder. Schlägerte sich, soff und knatterte auf einem alten Mofa durch die Gegend. Er war nicht gerade mein Lieblingsschäfchen. Aber eins muss ich ihm lassen: Er war ein Naturbursche. Im Winter jobbte er als Skilehrer, im Sommer als Wanderführer. Ihm war wenig heilig, aber die Berge hat er geliebt.«

Steven steckte das Telefon zurück. »Er ist in Marquartstein gemeldet. Wie lange brauchen wir bis dorthin?«

»Dreißig Minuten. Wobei …« Der Mann sah zum Fenster. Draußen war es duster geworden, nur hin und wieder brachten grelle Blitze die Farbe in die Landschaft zurück. Durch den dichten Regen war die Kirche nur als Silhouette zu erkennen. »Bei dem Wetter kann's auch eine Stunde werden. Hier drängen sich die Wolken an den Bergen, da rumpelt's schon mal heftiger. Mit Glück sieht's ein paar Kilometer weiter vorn besser aus.«

»Na, wenigstens funktioniert der Handyempfang.« Laura zog ihr Telefon aus der Tasche und nahm das eingehende Gespräch an. Vergeblich versuchte Steven, aus ihren einsilbigen Antworten schlau zu werden. Seine Neugierde wurde erst befriedigt, als sie das Gespräch beendete und aufstand.

»Andreas Mack wurde aus dem Koma geholt. Er hat soeben ebenfalls den Namen Elias Täffner genannt. Täffner studierte tatsächlich in Freiburg. In Leipzig war er nur für ein knappes Jahr, in erster Linie wegen eines ausgedehnten Praxissemesters. Danach verloren sich die beiden aus den Augen. Mack weiß nur, dass Täffner in Aschau eine Stelle als Förster angetreten hat. Das aber auch bloß wegen eines Eintrags im Xing-Profil. Miteinander gesprochen hätten sie seit Ewigkeiten nicht mehr. Täffner ist derselbe Jahrgang wie er selbst, also vierunddreißig.«

»Hat er eine Idee, was sein Angreifer von dem Förster will?«

»Nein. Dafür weiß er aber was anderes. Er kennt den Mann vom Phantombild. Endlich haben wir den Namen des Armbrustschützen!«

In einem muffigen Verhörzimmer unterlief Janas kriminalistischem Bauchgefühl eine seltene Fehleinschätzung. Sie war fest davon ausgegangen, dass Viktor Stern angesichts der Schwere der Vorwürfe entweder gar nichts sagen oder sich zu hanebüchenen Ausflüchten versteigen würde. Letzteres tat er zwar durchaus, allerdings nur dahingehend, dass er seine eigene Rolle zu verharmlosen suchte. Offenbar hatte der anwesende Anwalt den eher beschränkt wirkenden Mann überzeugt, dass es nur einen sinnvollen Weg gab: zugeben, was nicht mehr zu leugnen war, und Verantwortung abschieben, soweit möglich.

Neben Jana waren noch Irene Knopf und Alexander Pfeiffer anwesend, der muskulöse BKA-Beamte leitete das Verhör. Einige Frauen hätten ihn trotz der platten Nase als attraktiv und männlich bezeichnet, Jana war anderer Meinung. Die Differenzen zwischen ihm und Steven waren ihr nicht entgangen, umso neugieriger war sie auf ihn. Doch obgleich er vom Äußeren her ein Fitnessstudio in einem Rotlichtbezirk hätte leiten können, präsentierte er sich bislang höchst professionell.

»Ich fasse mal zusammen«, sagte er soeben und lehnte sich zurück. »Holger Lambrecht und Sie haben sich bei einem Fußballspiel des HSV in der vorletzten Saison kennengelernt. Sie stellten den Kontakt zu Ihrem Arbeitgeber her, da Lambrecht gelegentlich die Dienstleistungen eines Sicherheitsunternehmens benötigte. Sein Vater wusste, dass er beim Parteitag der *Weißen* keine Chance auf Wiederwahl hatte – was nicht zuletzt auf seinen einstigen Zögling Oliver Bär zurückzuführen war. An dem Rache zu nehmen, war aber nicht geplant, stattdessen waren der alte und neue Schatzmeister im Visier. So weit richtig?«

Der rasierte und narbenübersäte Schädel bewegte sich bestätigend von oben nach unten. »Warum weiß ich aber nicht. Holger machte das mit meinem Chef klar.«

»Simon Jensen kam dann auf Sie zu. Die Bezahlung klang attraktiv, fünfzigtausend Euro. Eigentlich eine läppische Summe für ein Menschenleben.«

Sterns kräftige Hände verkrampften sich ineinander. »Aber … das hab ich doch erklärt! Ich sollte niemanden erschießen. Und wollte es auch nicht! Die Kugel sollte ins Bein gehen, mehr nicht!«

»Und das sollen wir glauben? Nach allem, was wir bisher über Sie wissen, sind Sie sehr zielsicher. Einer der besten Schützen in Simon Jensens Truppe.«

»Danke.«

»Das sollte kein Kompliment sein«, mischte sich Irene Knopf ein. »Mein Kollege will damit vielmehr infrage stellen, wie Sie so heftig danebenschießen konnten.«

Jetzt ergriff der Anwalt das Wort. »Mein Mandant war nervös. Er befand sich mitten unter Gegendemonstranten und musste aus einer ungünstigen Position abfeuern. Gebückt hinter den Absperrungen durch das Gitter hindurch. Und das auch noch innerhalb kürzester Zeit.«

»Dazu kommt …« Stern wischte sich Schweiß aus den Augenbrauen, das Feuermal an seiner Schläfe leuchtete kräftig. »Auf einmal passierte da was. Leute schrien, Security rannte los. Erst hinterher hab ich gehört, dass jemand mit 'ner Armbrust geschossen hat. Ich hab einfach nur noch abgedrückt und … bin untergetaucht.«

»Wo Sie die Armbrust schon erwähnen …« Jana sah sich zwar eher als stille Beobachterin, wollte diese Anmerkung aber direkt aufgreifen. »Wie passt die ins Bild?«

Verständnislos sah Stern sie an. »Wie meinen Sie das?«

»Na, was wohl? Wer hat denn den Pfeil abgefeuert?«

»Wahrscheinlich einer von den durchgeknallten Demonstranten.«

»Es ist also durchgeknallter, einen Menschen mit einem Pfeil anstelle einer Kugel zu erschießen?«

»Ich wollte ihn nicht …«

»Das haben wir gehört«, übernahm wieder Alexander. »Und wenn Sie bei dieser Version bleiben, muss das Gericht entscheiden, wie glaubhaft das ist. Es hat also keinen Auftrag gegeben, weitere Politiker zu eliminieren? Zum Beispiel Oliver Bär, da er den Sturz der alten Führung maßgeblich gesteuert hat?«

»Nein! Auf jeden Fall weiß ich nix davon.«

»Und das Geld, das wir in einem Koffer in Ihrer Garage entdeckt haben? Wenn das kein Kopfgeld war, was dann?«

»Das … ich … verticke Anabolika. Nicht viel, aber …«

»Sagt Ihnen der *Deutsch-Kurs* etwas?«

Stern glotzte erst zu ihm, dann zu seinem Anwalt. »Hä?«

»Ein Grüppchen rechtsextremer Studenten, das vor dreizehn Jahren in Leipzig zueinandergefunden hat. Oliver Bär war einer davon.«

»Hör ich zum ersten Mal.«

»Dann bleiben wir beim Kernthema.« Irene Knopf löste die ineinander verschränkten Arme und beugte sich nach vorn. »Drei Tage nach den Morden von Niederdorla wurde Oliver Bär im Anschluss an eine Fernsehsendung spätabends hier in Hamburg erschossen.«

Er rutschte hin und her. »Ich war das nicht. Bär zu töten, war nie Thema!«

»Der entsprechende Auftrag bezog sich also rein auf den Schatzmeister?«

Das Nicken kam reflexhaft, und sofort sprang der Anwalt ein. »Dieser Auftrag beinhaltete aber keinen Mord, um das noch mal klarzustellen. Und was die anderen Taten betrifft: Solange Sie keine Beweise haben, sollten Sie blinde Anschuldigungen unterlassen. Was in Niederdorla passiert ist, war kein Mord, sondern fahrlässige Tötung.«

»Die Bewertung sollten wir in der Tat dem Gericht überlassen.« Irene Knopf erhob sich. »Für den Moment war's das. Es sei denn, Ihr Mandant möchte noch etwas hinzufügen. Wir werden nämlich gleich seinen Chef und Holger Lambrecht vernehmen. Mal sehen, welche Version wir dann zu hören bekommen.«

»Es war so, wie ich es Ihnen erzählt habe.« Sterns prollige Attitüde war verschwunden. »Ich schwör's!«

»Also nichts mehr hinzuzufügen.« Ohne Verabschiedung ging sie aus dem Raum.

Alexander zwinkerte Jana zu, dann folgte er seiner Vorgesetzten. Im Flur standen die beiden noch beisammen, als auch Jana das Verhörzimmer verließ.

»Erbärmliche Vorstellung«, sagte sie. »Oder glaubt ihr, dass er danebengeschossen hat?«

»Keine Sekunde«, erwiderte Alexander, und seine Chefin winkte ebenfalls ab.

»Ihm die Mordabsicht nachzuweisen, wird allerdings nicht einfach werden«, fügte sie hinzu.

Im Laufschritt näherte sich von der Seite ein Kollege Janas und blieb mit rotem Kopf vor ihr stehen.

»Es gibt Neuigkeiten zu Eckernförde!«

Sofort hatte er Janas Aufmerksamkeit. »Hat Gerber etwa gestanden?«

»Noch nicht, aber er wurde gerade wegen Mordverdachts verhaftet. Die DNA-Analyse des verbrannten Körpers liegt vor. Es ist tatsächlich der vermisste Schreiner. Sobald das bekannt wird, schlägt es Wellen.«

»Die Indizien sind so erdrückend, dass es eigentlich schon Beweise sind. Das Risiko von diesem bisschen Wellengang können wir also eingehen.«

»Hier bei uns wird es aber auch stürmisch werden.« Er zog sie von Alexander und Irene Knopf weg. »Es gab nämlich noch eine Verhaftung. Eine interne. An Dennis Burkart wurden Ermittlungsdetails weitergegeben, er wurde gewarnt und geschützt. Dadurch ist uns aber auch etwas in die Hände gefallen, was Gerber endgültig zu Fall bringen dürfte. Komm mit, ich zeig's dir!«

Kapitel 13

Das Donnern des Gewitters hallte von den Bergen zurück, während der Regen aufs Autoblech prasselte. Überall auf der Landstraße lagen Blätter und Äste, die Bäume bogen sich in den stürmischen Böen. Trotz des geringen Tempos wäre Laura fast in einen Traktor gefahren, der hinter einer Kurve in Schrittgeschwindigkeit dahinzuckelte. Überholen war nicht möglich, da die Wassermenge ohnehin nur notdürftig von den Scheibenwischern weggeschoben wurde. Kurz darauf setzte auch noch Hagel ein, sodass Laura für die Rücklichter des Treckers als Orientierungshilfe dankbar war. Dann – fast übergangslos – hörte der Niederschlag auf.

»Puuh!« Ihre Gesichtszüge entspannten sich, und sie setzte zum Überholen an. »Hoffentlich waren die Kollegen schneller als wir!« Die Abfahrt in Sachrang lag fünfzig Minuten zurück, vorsichtshalber waren Polizisten mit einer kürzeren Anfahrt losgeschickt worden.

»Bestimmt.« Steven deutete auf ein Ortsschild. »Die Polizeiinspektion befindet sich nämlich hier in Grassau. Jetzt sind's nur noch drei Kilometer bis Marquartstein.«

»Hätte Andreas Mack nicht etwas früher zu sich kommen können?«

»Besser spät als nie«, entgegnete Steven.

Während der Fahrt hatte er sich eine Zusammenfassung der Befragung geben lassen. Demnach war Mack verspätet am Schloss Jägersburg eingetroffen und hatte sich im Park aufgehalten, weil er die Trauzeremonie nicht stören wollte. Am Brunnen war er von einem Mann gebeten worden, ihm beim Ausladen einer Hochzeitsüberraschung behilflich zu sein. Erst im Nachhinein fiel Mack auf, dass dieser Unbekannte für eine Hochzeitsfeier völlig unangemessen gekleidet gewesen war – und dass er dessen Fahrzeug mit dem Hamburger Kennzeichen schon einmal gesehen hatte: Bei seiner Abfahrt am Bodensee hatte es neben seinem Anwesen gestanden.

Auf dem Parkplatz von Schloss Jägersburg war der BMW direkt neben Macks Wagen abgestellt worden. Unvermittelt war er von dem Mann von hinten umfasst worden, hatte ein Messer am Hals gespürt und kaum die Frage wahrgenommen: »Wo finde ich Stefan? Deinen Freund aus Leipzig! Der aus dem *Deutsch-Kurs*!« Panisch vor Angst hatte Mack ihm das Gleiche gesagt wie später auch den Ermittlern. Er wisse nur, dass sein früherer Kumpel im bayrischen Aschau als Förster arbeitete, es gebe keinen Kontakt mehr.

Wie ihm das Messer in die Brust gestoßen und er zum Komposthaufen geschleift worden war, daran erinnerte er sich nicht. Der Mann sei groß gewesen, eher älter als jünger, mit einem faltigen Gesicht. Die verspiegelte Sonnenbrille hatte verhindert, dass Mack die Gesichtszüge beschreiben konnte. Dafür war ihm eine tätowierte Rune auf dem rechten Handrücken aufgefallen. Die Nachzeichnung dieses Tattoos sah sich Steven gerade auf dem Handy an.

»Soll einen Elch von vorne darstellen«, sagte er zu Laura. »Sieht eher wie ein Dreizack aus, finde ich.«

»Lässt Rückschlüsse auf deinen Charakter zu. Mich erinnert es an einen Krähenfuß.«

»Diese Rune heißt Algiz. Sie soll vor Feinden, Gefahren und Bösem schützen. Macks Angreifer trägt sie aber wohl aus anderen Gründen. Algiz galt im NS-Regime als Lebensrune. Sie findet sich auf Gräbern von SS-Angehörigen. Symbolisiert das Geburtsdatum, wenn die drei Enden nach oben zeigen, und in gestürzter Form das Sterbedatum. Sie wird auch von der heutigen Neonazi-Szene verwendet.«

»Damit ist wohl endgültig klar, dass Mack nur zur Täuschung *Nazi* in die Stirn geritzt wurde. Hat er davon eigentlich was mitbekommen?«

»Nein, er erschrak heftig, als es ihm im Spiegel gezeigt wurde. In Leipzig habe er kurz die moralische Orientierung verloren. Heute sei er weit von jeder rechten Ideologie entfernt.«

»Hat er gesagt, mit was sich der *Deutsch-Kurs* so die Zeit vertrieben hat?«

»Da rückt er nicht richtig mit der Sprache raus. Außerdem erlauben die Ärzte nur kurze Befragungen. Aber auch so hat er uns schon sehr weitergeholfen. Sofern er die Wahrheit sagt, ist die Identität des Armbrustschützen gelüftet.«

Laura nickte. »Und die seiner Schwester.«

Beim Anblick der Phantombilder war Mack zusammengezuckt. »Ansgar und Frieda!«, hatte er geflüstert, und es hatte etwas gedauert, bis ihm auch der Nachname entlockt worden war: Kallenbach. Weshalb die Geschwister aber den *Deutsch-Kurs* ins Visier genommen hatten, könne er sich nicht erklären. Seit damals habe er keinerlei Kontakt zu ihnen gehabt und nicht erwartet, dass eine Gefahr von ihnen ausging. Derzeit liefen die Nachforschungen zu den Kallenbachs an, Laura und Steven hatten bisher lediglich erfahren, dass sie in Berlin gemeldet waren. Ansgar war heute zweiunddreißig, seine Schwester neunundzwanzig Jahre alt.

»Offenbar hatten die beiden Mack nicht im Visier.« Laura bog auf eine Brücke ab, um die Tiroler Ache zu überqueren. Das

Ziel lag in Sichtweite des Flusses auf dem anderen Ufer. »Dafür jemand anderes, der außerdem noch Täffners Aufenthaltsort herausfinden wollte.«

»Also sind die Geschwister nicht allein unterwegs, sondern wir jagen mindestens drei Personen. Der Typ mit der Rune scheint aber nichts mit dem *Deutsch-Kurs* zu tun zu haben, zumindest gibt es bisher keinen Hinweis darauf.«

»Nur weil er nicht Teil des *Deutsch-Kurses* war, kann er trotzdem mit ihm in Berührung gekommen sein. Verstehen werden wir es erst, wenn wir das wahre Motiv kennen. Dass es hier um einen Feldzug von Linken gegen Rechte geht, glaube ich immer weniger. Aber was auch immer dahintersteckt, Elias Täffners Sicherheit hat gerade höchste Priorität.«

»So sieht Täffner übrigens aus.« Steven streckte ihr sein Handy entgegen. »Kam gerade per Mail.«

Laura schaute nur flüchtig auf das Passfoto, das einen kahlköpfigen Mittdreißiger mit stechendem Blick zeigte. »Seine Gesinnung lässt sich leicht erahnen. Andererseits sieht auf einem biometrischen Foto kaum jemand besonders sympathisch aus.« Sie stoppte hinter einem Einsatzfahrzeug, an dem zwei Beamte lehnten.

»Langweilen die sich?«, fragte Steven. »Hätten uns stattdessen mal ein Update geben können.«

»Sind Sie die vom BKA?«, rief ihnen einer der Polizisten zu, als sie aus dem Mietwagen ausstiegen. »Der Vogel ist leider ausgeflogen.«

»Das heißt konkret?« Laura sah zu dem Haus, es war ein Neubau mit fünf Parteien.

»Täffner wohnt oben im Dachgeschoss. Da, wo dieser vergessene Weihnachtsbaum auf dem Balkon steht. Er ist aber nicht zu Hause.«

»Haben Sie rumgefragt, wo er sein könnte?«

Er schüttelte den Kopf. »Wir wissen ja nicht mal, um was es überhaupt geht. Sollten nur prüfen, ob er sich hier aufhält.«

Laura öffnete den Mund, aber Steven antwortete schon. »Vielen Dank, wir übernehmen erst mal. Bleiben Sie bitte in der Nähe, falls wir Sie brauchen.«

»Das geht nicht. Wir stehen hier schon lange genug rum. Es gab einen Auffahrunfall auf der Bundesstraße.«

Laura verdrehte die Augen, während Steven nur nickte und sie zum Haus schob. »Halt dich zurück«, flüsterte er. »Eine nationale Mörderjagd fällt in der Tat nicht in ihre Zuständigkeit.«

»Uns zu unterstützen, ist aber …«

»Fragen können wir selbst stellen.« Er drückte auf den Klingelknopf, der sich unter dem von Täffner befand. Im Haus blieb es ruhig. Er versuchte es bei einem anderen Namen, und diesmal summte der Türöffner, ohne dass die Gegensprechanlage genutzt wurde. In der ersten Etage stand eine Tür offen, und als Steven dagegen klopfte, steckte eine grauhaarige Frau ihren Kopf aus einem der Zimmer.

»Huch, wer sind Sie denn?«

»Steven Haberland und Laura Westermann. Wir haben eben geklingelt.«

»Ach so. Ich habe meine Enkelin erwartet.« Sie kam ihnen entgegen und wischte sich die Hände an einem Geschirrtuch trocken. »Worum geht's?«

»Um Ihren Nachbarn. Herrn Täffner.«

»Schon wieder?«

»Was meinen Sie damit?«

»Heute Nachmittag hat jemand nach ihm gefragt. Als ich den Müll rausgebracht habe.«

»Wie sah der denn aus?«

»Warum fragen Sie das?« Misstrauisch beäugte sie erst Steven dann Laura.

Steven hielt es daraufhin für angemessen, für klare Verhältnisse zu sorgen, und zeigte seinen Ausweis.

»Bundeskriminalamt?« Sie wirkte überrascht, aber nicht schockiert. »Ich wohne hoffentlich nicht mit einem Serienmörder unter einem Dach? Bin erst vor einem Jahr von Hannover hergezogen, um meine Enkelkinder häufiger zu sehen.«

»Um auf heute Nachmittag zurückzukommen: Wer hat nach Herrn Täffner gefragt?«

»Er hat sich nicht vorgestellt, und ich habe ihn zum ersten Mal gesehen. Muss aber nichts heißen, denn Herr Täffner scheint wenig Kontakt zu haben. Ich hab noch nie Besuch mitbekommen.«

»Hat der Mann gesagt, was er von ihm will?«

Sie verneinte. »Was geht mich das auch an?«

»Wie sah er aus?«

»Groß, Glatze, breite Schultern. Nicht besonders freundlich, um ehrlich zu sein.«

»Erinnern Sie sich, ob er eine Tätowierung auf dem Handrücken hatte? Eine Rune.«

»Darauf hab ich nicht geachtet. Steckt Herr Täffner in Schwierigkeiten?«

»Wir suchen ihn eher als Zeugen. Haben Sie eine Idee, wo wir ihn antreffen können?«

»Na ja …«, sie wiegte den Kopf hin und her. »Wir reden selten miteinander, er ist ziemlich verschlossen. Am Anfang war er mir sogar unheimlich. Da ist irgendetwas an seinen Augen … dieser Blick … unangenehm! Aber wir hatten keine Probleme miteinander. Ich nehme an, dass er auf seiner Hütte ist. Wie fast jedes Wochenende. Er ist Förster, und es zieht ihn raus. Dort gibt's keinen Strom und kein Wasser, aber das stört ihn nicht. Seltsamer Vogel. Hab ihn nie lachen sehen, und er strahlt manchmal so etwas … Aggressives aus. Wenn er aber vom Wald und den Bergen redet, dann ist er ganz sanft. Ich habe mich schon oft gefragt …«

»Wissen Sie, wo diese Hütte ist?«, unterbrach Laura den Redeschwall.

»Ich bin sogar schon dort gewesen. Es war reiner Zufall, da ein Wanderpfad in der Nähe entlangführt. Mein Schwiegersohn hat mir hier schon viele schöne Touren gezeigt, und einmal sind wir Herrn Täffner begegnet.«

»Können Sie uns beschreiben, wie wir dahin gelangen?«

»Kommen Sie rein, ich habe eine Wanderkarte.«

»Geh du«, sagte Steven, »Ich schau mich vorsichtshalber noch im Dachgeschoss um.«

Laura nickte, und er ging die Treppe hoch. Oben gab es nur eine Wohnung und damit auch nur eine Tür. Sie war verschlossen, und Steven musterte das Schloss. Es war intakt. Ein ausreichender Grund zur Entwarnung? Steven zog seinen Schlüsselbund hervor, an dem sich auch ein Werkzeug befand, um einfache Türschlösser rasch und ohne Schäden zu öffnen.

Im vorliegenden Fall benötigte er gerade mal anderthalb Minuten. Die Zwei-Zimmer-Wohnung war auf den ersten Blick unauffällig. Vom Flur gingen drei offen stehende Türen ab, hinter der ersten lag das Badezimmer. Es war bis auf die üblichen Utensilien leer. Gleiches galt für das Wohnzimmer mit einer Küchenzeile. Ein wenig erinnerte ihn die Einrichtung an die des Pfarrers in Sachrang, da an den Wänden Fotos aus der Umgebung hingen. Steven entdeckte nichts, was auf eine rechte Gesinnung schließen ließ – und er fand auch keinen Mann, dem aus irgendeiner Wunde Blut herauslief. Der Balkon war klein, und darauf befand sich außer dem kleinen Nadelbaum nur ein verwitterter Stuhl.

Gerade als Steven die Balkontür wieder verschloss, hörte er ein Geräusch aus dem einzigen Raum, den er noch nicht betreten hatte. Das Schlafzimmer. Er griff unter die Jacke zum

Pistolenhalfter und entsicherte seine Waffe. Langsam schob er sich nach vorn. Wieder dieses Geräusch – irgendjemand bewegte sich in dem Zimmer! Mit einem Satz sprang er hinein und drehte sich mit gezogener Waffe im Halbkreis. Niemand war zu sehen. Als es wieder raschelte, fiel sein Blick auf einen Käfig. Er sah gerade noch ein Stück Fell im Stroh verschwinden. Ein Hamster? Egal, Täffner war nicht zu Hause, weder tot noch lebendig.

Steven zog die Wohnungstür hinter sich zu und ging nach unten. Laura und Täffners Nachbarin standen schon wieder im Treppenhaus, seine Kollegin bekam gerade eine Wanderkarte ausgehändigt.

»Behalten Sie die ruhig. Parken können Sie am Wanderparkplatz Hochgern. Leider kommen Sie mit dem Auto nicht näher ran.«

»Wie weit ist es von da noch?«, fragte Steven.

Die Frau schmunzelte. »Kommt auf Ihre Fitness an. »Teilweise geht es steil bergauf. Eine Dreiviertelstunde bestimmt.«

Steven seufzte. »Sicher, dass dieser Parkplatz die nächste Abstellmöglichkeit ist?«

»Nein, denn mit den Forstwegen kenne ich mich nicht aus.«

»Wir prüfen das. Vielen Dank!« Laura reichte ihr die Hand, während Steven es bei einem Nicken beließ.

»Zu blöd, dass meine Wanderschuhe im Keller liegen«, frotzelte er auf der Straße. »Wir sollten übrigens die beiden Dorfpolizisten wieder anfordern. Für den Fall, dass Täffner doch vom Einkaufen oder sonst woher zurückkommt, während wir auf Bergtour sind.«

»Die Zentrale hat schon anderweitig Verstärkung organisiert. Ich hab eben telefoniert. Du warst 'ne Weile weg.«

»Hab mich natürlich nicht nur vor Täffners Wohnungstür aufgehalten.« Steven grinste. »Da oben ist alles unauffällig.«

»Gut. Sobald die Kollegen hier sind, machen wir uns auf den Weg. Wir werden übrigens zu viert losziehen, denn wer weiß, was uns an der Hütte erwartet.«

»Den Nahkampf überlasse ich gern anderen. Können wir nicht mit einem Hubschrauber zur Hütte fliegen?«

»Bis ein Hubschrauber hier ist, sind wir längst oben. Also … ich zumindest.«

»Liebe Kollegin! Es ist zwar schon eine Weile her, seit ich …«

In der ersten Etage öffnete sich ein Fenster. Die soeben befragte Nachbarin schaute heraus und winkte sie zu sich. »Mir ist gerade eingefallen … das mit der Hütte hab ich auch dem Mann gesagt, der heute nach Herrn Täffner gefragt hat. Ist das … ein Problem?«

Lauras Mimik erstarrte, und sie erbleichte.

»Ähm … gut zu wissen.« Steven blieb betont gelassen. »Alles okay, schönen Tag noch!«

Die Frau schien beruhigt und schloss das Fenster.

»Wie gut, dass du vorausschauend Verstärkung …«, setzte Steven an.

»Darauf können wir nicht warten, die müssen nachkommen.« Laura war schon auf dem Weg zum Auto.

Steven seufzte, nickte aber und eilte ihr hinterher. »Auch wenn uns das die Kletterpartie nicht ersparen wird, aber einen Hubschrauber für die Überwachung aus der Luft anzufordern, wäre sicher sinnvoll.«

»Was denkst du, was ich gerade mache?« Laura hielt sich bereits ihr Handy ans Ohr.

Statt weiteren Verhören beizuwohnen, hatte sich Jana für das Alternativprogramm entschieden, und das fand in einem vornehmen Viertel von Hamburg statt. Zwar gab es in Winterhude nicht nur stuckverzierte Altbauten oder Villen mit Blick auf die Alster, Anton Gerbers Wohnsitz stand aber dem Anwesen seiner Eltern am Rande von Flensburg in Weitläufigkeit und Eleganz kaum nach. Janas Vermutung, wonach er sich dies nur mit Papas Hilfe hatte leisten können, war zwar naheliegend, aber nicht ganz korrekt. Bevor er sich bei den *Weißen* engagiert hatte, hatte der studierte Wirtschaftswissenschaftler ein Start-up so erfolgreich im Markt platziert, dass es ihm ein internationaler Konzern für eine stolze Summe abgekauft hatte – gerüchteweise auch dank der Kontakte seines Vaters. Mittlerweile hatte sich die Geschäftsidee als doch nicht so überragend herausgestellt, die Firma gab es nicht mehr.

Ihm konnte es egal sein, schließlich hatte er andere Karrierepläne. Ob ihm schon so richtig klar geworden war, dass sich diese gerade in Luft auflösten? Jana stand in seinem Garten und beobachtete, wie die Hausdurchsuchung an Fahrt aufnahm. Anton Gerber befand sich in U-Haft, stattdessen war sein Vater anwesend. Die Entrüstung stand Gerber senior nicht nur ins Gesicht geschrieben, er äußerte sie auch lautstark. Zudem schickte er für den jüngsten Spross der Familie einen renommierten Anwalt ins Feld, doch auch der konnte die Durchsuchung nicht verhindern. Die richterliche Genehmigung war eindeutig.

Indirekt war dies nicht zuletzt einem Hamburger Polizisten zu verdanken. Jana erinnerte sich, dass Steven sie nach einem Meeting gefragt hatte, ob dieser Beamte vielleicht selbst rechte Tendenzen habe. Ihr war nie Entsprechendes aufgefallen, rückblickend ergab aber vieles Sinn. Nicht nur, dass er intern immer wieder auf die rechtlich fragwürdige Vorgehensweise hingewiesen und Sand ins Getriebe gestreut hatte, Burkart war von ihm zudem stets über den aktuellen Ermittlungsstand auf dem Laufenden gehalten worden. Es war das Verdienst einer aufmerksamen Kollegin, dass dies überhaupt herausgekommen war. Sie hatte ein auffälliges Telefonat mitgehört und sich daraufhin an ihren Vorgesetzten gewandt.

Die Auswertung ergab, dass der Kollege schon länger in Kontakt zu Burkart stand – mittels tschechischer Telefonnummern. Damit wurde die Vermutung, dass Burkart anonyme Prepaidkarten im Ausland organisiert hatte, zur Gewissheit. Eine besonders belastende Nachricht hatte der Kollege zwar gelöscht, sie war von einem IT-Spezialisten aber wiederhergestellt worden: *Du und Gerber seid kurz davor, wegen dem toten Schreiner überführt zu werden. Es wird eng, passt auf, was ihr tut.*

Bislang schwieg der Beamte zu allen Vorwürfen, so wie auch Holger Lambrecht und sein Vater bezüglich der Geschehnisse in Niederdorla. Weniger Skrupel zeigte dagegen Simon Jensen. Er war über Viktor Sterns Geständnis informiert worden – dass der Skinhead zugleich angegeben hatte, eigentlich aufs Bein des Schatzmeisters gezielt zu haben, war dabei unerwähnt geblieben.

Laut Jensen habe Holger Lambrecht den Tod des Mannes beauftragt und dafür bezahlt. Hintergrund seien Unregelmäßigkeiten in den Finanzen der *Weißen* und persönliche Vorteilnahmen, die nun aufzufliegen drohten. Jahrelang habe der Schatzmeister mitgemacht, nun aber damit gedroht, sich der neuen Parteiführung anzuvertrauen, bevor diese von selbst dahinterkäme. Eine Ermordung von Oliver Bär sei dagegen nie diskutiert worden, stattdessen kenne Jensen andere, echte Leichen im Keller der Lambrechts. Welche das seien? Daran könne er sich momentan nicht – im Falle von Hafterleichterungen aber schon eher erinnern.

Janas Hauptinteresse galt aber gerade Anton Gerbers Hausstand. Da er sich des Öfteren auch bei seinen Eltern aufhielt, war das Flensburger Anwesen schon im Anschluss an seine Verhaftung durchsucht worden. Bislang schien dort nichts

Belastendes entdeckt worden zu sein. Würden sie hier fündig werden? Durch die helle Beleuchtung wirkte das Gebäude in der einsetzenden Dämmerung noch würdevoller. Es hätte einer Großfamilie Platz geboten, doch Gerber lebte darin allein und war laut der Nachbarn ein unauffälliger Bewohner.

Dass er weniger bürgerlich war, als er es der Gesellschaft weismachen wollte, wurde schon beim Blick in sein Bücherregal deutlich. Jana hatte das Haus durch einen Seiteneingang betreten und stand plötzlich in seinem Büro. Auf dem Tisch war ein gerahmtes Foto von einem Jack Russell zu sehen. Gerber hielt ihn in den Armen und strahlte in die Kamera. Sie erinnerte sich, dass das Tier vor Kurzem gestorben war, und fragte sich, ob zu Gerber angesichts seines Hintergrundes nicht eher ein Deutscher Schäferhund gepasst hätte. Was ihr neben der stramm rechten Lektüre auffiel, als sie durch die weiteren Räume ging: Bis auf den Flur und das Wohnzimmer entdeckte sie überall Zeichnungen heroischer Männergestalten. Nie als Aktzeichnung, aber dennoch auf eine so explizite Art, dass sie seine sexuelle Ausrichtung verrieten. Wussten seine Freunde bei den *Weißen*, wie er gestrickt war? Eckstein und Bär waren langjährige Weggefährten, zumindest bei ihnen war davon auszugehen.

Sie grübelte gerade darüber nach, ob das überhaupt von Belang war, als eine Kollegin sie ansprach. »Alles, was beschlagnahmt werden soll, ist schon verladen. Unten im Keller gibt's aber noch eine verschlossene Tür. Sie wird gleich aufgebrochen.«

Jana eilte nach unten, wo es auf den ersten Blick nicht ungewöhnlich aussah. Heizungsraum, Weinlager und Fitnessbereich mit Sauna und Dusche. Auffällig war nur die schwere Eisentür. Funken stoben auf, und ein metallenes Kreischen setzte ein, als die Verriegelung zerstört wurde. Jana drängelte sich nach vorn, drückte auf den Lichtschalter und hielt inne. Sie hatte einiges erwartet, aber kein Heimkino. Ein Projektor war auf eine weiße

Wand gerichtet, in einer Vitrine befanden sich alkoholische Getränke. Davor standen ein Sessel mit Liegefunktion und ein hölzerner Tisch. Der Projektor war an einen Laptop angeschlossen, der im Stand-by-Modus lief. Jana berührte das Touchpad, und der Monitor erwachte zum Leben.

»Schade, passwortgeschützt!«

»Nicht nur der Laptop.« Ein Kollege zeigte ihr einen Zettel. »Sieht nach einer Liste mit Passwörtern für irgendwelche Webseiten aus.«

Jana betrachtete das Papier. »Datingportale. Auch das, auf dem er den Kontakt zu dem Schreiner hergestellt hat. Der Rest klingt nach Pornoseiten. Viel Spaß beim Überprüfen seiner Vorlieben.«

»Wer sagt, dass ich dafür zuständig bin?« Der Kollege warf ihr einen vernichtenden Blick zu. »Vielleicht machst du das besser. Zusammen mit Steven vom BKA. Könnte Anregungen liefern.«

»Leck mich. Außerdem würden uns Schwulenpornos nicht weiterbringen. Liefern uns diese Passwörter einen Hinweis, mit welchem er seinen Laptop gesichert haben könnte?«

»Nein. Die sind alle verschieden. Ein Kauderwelsch aus Zahlen, Buchstaben und Sonderzeichen. Spricht dafür, dass der Laptop nicht leicht zu knacken ist.«

Ein Rumpeln in einer Ecke des Raumes zog Janas Aufmerksamkeit auf sich. Sie ging zu einem Kollegen, dem gerade ein Bilderrahmen auf den Fuß gefallen war.

»Hab ich's mir doch gedacht«, schnaufte er. »Nirgendwo im Haus gab's einen Tresor. Das hat mich überrascht. Und voilà: Hier ist er!«

»Wie leicht zu öffnen?«

»Kann ich nicht beurteilen. Aber wir haben bestimmt was Passendes dabei.«

Das war zwar der Fall, doch es dauerte zehn Minuten, bis die Tür offen stand. Der Tresor war groß, beinhaltete aber wenig. Zwei Aktenordner, eine Rolex-Uhr und ein Exemplar von Hitlers *Mein Kampf*. Dann noch ein Schächtelchen, in dem mehrere beschriftete USB-Sticks lagen. Jana nahm einen heraus.

»*Tag 4*.« Sie runzelte die Stirn und wühlte durch die Kiste. »Auf jedem Stick steht eine andere Zahl. Von eins bis vierzehn.«

»Lass mal sehen, was drauf ist«, sagte ihr Kollege. »Oben haben wir einen Laptop.«

Sie waren nicht die Einzigen, die sich für den Inhalt interessierten. Als Jana einen Laptop auf den Esstisch im Wohnzimmer stellte und den Stick mit der Aufschrift *Tag 1* einsteckte, waren auch Irene Knopf und Alexander Pfeiffer eingetroffen. Beide sahen erschöpft aus, die Verhöre mit den Lambrechts und Simon Jensen waren offenbar mühsam gewesen.

»Legen Sie los!« Irene Knopf stand mit verschränkten Armen hinter ihr.

»Bin schon dabei«, antwortete Jana. »Es gibt nur eine Datei. Ein Video. Hoffentlich geht's nicht jetzt schon mit Pornografie los.«

»Warum sollte der Stick dann im Safe liegen?«

»Vielleicht ist er da selbst drauf zu sehen?«

Damit lag sie goldrichtig und doch daneben. Als Jana die Datei mit einem Doppelklick öffnete, erschien auf dem Bildschirm zuerst eine Wand, dann wurde die Kamera gedreht und zeigte einen um Jahre jüngeren Anton Gerber. Er trank eine Bierflasche in einem Zug leer, rülpste und lachte. Seine Wangen waren gerötet, er wirkte überdreht und euphorisch. »Das müssen wir später rausschneiden!«

»Deine Fresse müssen wir eh retuschieren«, klang es von seiner Seite. Die Kamera fing einen anderen Mann ein. Groß gewachsen und dürr.

»Könnte Dombrowski sein«, mutmaßte Alexander. »Und da … das ist Eckstein!« Sein Zeigefinger landete auf dem Bildschirm, aber die Kamera war schon zu Gerber zurückgekehrt, der nun eine ernste Miene aufgesetzt hatte.

»Heute beginnt unser *Experiment*. Tag eins. Das Labor ist vorbereitet, die Wissenschaftler sind versammelt. Er zeigte links und rechts neben sich, und die Kamera folgte ihm.

»Bär, Dombrowski, Eckstein, Täffner«, zählte Irene Knopf auf.

»He, Kameramann! Vergiss dich selbst nicht!«, rief Gerber. Daraufhin wackelte das Bild und fing kurz ein speckiges Gesicht ein.

»Andreas Mack«, sagten Jana und Alexander gleichzeitig. Er zwinkerte ihr zu, aber sein fröhlicher Gesichtsausdruck fiel gleich darauf in sich zusammen.

»Und hier sind die Versuchsobjekte … oder besser gesagt Versuchssubjekte.« Gerber lachte. »Als *Deutsch-Kurs* sollten wir sprachlich korrekt bleiben.«

Die Kamera schwenkte herum, und alle Beobachter hielten den Atem an. Auf dem Fußboden kauerten zwei junge Leute. Ein Mann und eine Frau, beide vermutlich Anfang zwanzig. Sie hatten eine dunkle Hautfarbe, waren gefesselt und geknebelt.

»Unser *Experiment* wird zeigen«, fuhr Gerber fort, »wie widerstandsfähig gewisse Rassen sind. Wir beginnen mit … Afrika!« Dombrowski trat ins Bild, in der Hand hielt er ein Elektroschockgerät. »Am ersten Tag starten wir noch harmlos«, führte Gerber aus, seine Stimme triefte vor Machttrunkenheit. »Wir testen zunächst, in welchen Körperregionen die größte Sensibilität liegt. Dieses Wissen wird uns später von Nutzen sein. Natürlich gehen wir streng wissenschaftlich vor. Wir notieren für jede Körperstelle Stromstärke und Reaktion. Wer ist Protokollant?«

Grinsend hob Eckstein die Hand. »Fangt an, solange ich noch einigermaßen nüchtern bin!«

Jana war versucht, die Augen zu schließen. Sie ahnte, was gleich folgen würde. Dann gellten Schmerzensschreie durch das noble Wohnzimmer in Winterhude – begleitet von dem Gelächter und Gegröle der zunehmend betrunkener werdenden jungen Männer.

Stevens Schnaufen drang hinter Laura durch die Dämmerung. Alles sprach dafür, dass er schweißüberströmt war. Sie drehte sich nicht um, seine schlechte Kondition ärgerte sie. Laura erwartete gar nicht, dass er den gleichen Drang nach regelmäßiger Bewegung verspürte wie sie selbst. Aber besser in Form halten sollte er sich dennoch! Die Notwendigkeit dafür zeigte sich an diesem Abend, auch wenn es nicht zu den alltäglichen Aufgaben eines BKA-Beamten gehörte, sich an einer Bergwanderung zu versuchen.

Bis hinauf zu einem Gipfel würden sie aber gar nicht klettern müssen. Täffners Hütte lag auf halbem Weg zur Staudacher Alm, einem beliebten Rastpunkt für Wanderungen zum Hochgern-Gipfel. Den Parkplatz hatten sie vor einer halben Stunde hinter sich gelassen, nur vereinzelt waren ihnen Wanderer entgegengekommen. Unterhalb der Baumgrenze wich das Licht schnell, zumal der Himmel bedeckt war. Immer wieder betrachtete Laura die Karte, um den Abzweig zur Waldhütte nicht zu verpassen. Fast wäre sie trotzdem daran vorbeigelaufen. Ein Fuchs hatte sie abgelenkt, der vor ihr den Weg entlanglief, immer wieder stehen blieb und sich nach ihr umsah. Besonders scheu schien er nicht zu sein. Ob hier Tollwutgebiet war?

Sie wartete auf Steven, der schon wieder einige Meter hinter ihr zurückgeblieben war. Durchatmend blieb er schließlich neben ihr stehen und wischte sich den Schweiß aus seinen dichten Augenbrauen. »Was meinst du, wie viel Vorsprung haben wir vor den Kollegen?«

»Als ich vor fünf Minuten mit ihnen telefoniert habe, fuhren sie gerade in den Wald. Irgendwie kommt man von der anderen Seite über Forstwege bis hierher. Aber dann werden sie auch laufen müssen, da geht's nämlich rein.« Sie deutete auf einen schmalen Durchgang zwischen zwei Büschen.

»Na, prima … Bisher hatten wir wenigstens Schotter unter den Füßen.«

»Das wird uns nicht umbringen, es sind nur noch circa zehn Minuten. Versuch also, ab jetzt leiser zu atmen und das Tempo deiner O-Beine zu erhöhen.«

»Du hast gut reden. Nicht alle teilen deinen Fitnesswahn.«

Kommentarlos betrat Laura den Pfad. Sie durfte nicht noch einmal zu spät kommen – und konnte nicht verhindern, dass ihr die Erinnerung ständig Andreas Macks Gesicht zeigte. Der Weg war an manchen Stellen zugewachsen, viele Menschen schienen hier nicht entlangzugehen. In der Nähe gurgelte Wasser, und kurz darauf musste sie durch einen Bach waten. Als sie das andere Ufer erreichte, waren ihre Schuhe völlig durchweicht.

Zurück auf festem Untergrund beleuchtete sie mit dem Handy die Karte. Die Hütte war laut Täffners Nachbarin nicht viel mehr als eine Bretterbude mit einer winzigen Veranda. Sie hatte die ungefähre Position angekreuzt, weit konnte es nicht mehr sein. Laura lauschte in die Dunkelheit. Außer den Geräuschen des Waldes war nichts zu hören, Steven riss sich also endlich zusammen. Auch sie bemühte sich um ein lautloses Vorwärtskommen, während sie nach links blickte. Bald musste die Hütte auftauchen, hoffentlich war sie nicht schon daran vorbeigelaufen! Sie übersah einen hervorstehenden Ast, schmerzhaft bohrte er sich in ihren Oberschenkel. Endlich bemerkte sie auf einer Lichtung die Silhouette eines Gebäudes.

Einen Zugangsweg fand sie nicht, sodass sie sich zwischen den Bäumen heranpirschte.

Die Hütte schien verlassen und verfügte maximal über zwei Räume, andernfalls wäre sie für Zwerge gebaut worden. Kein Licht brannte. Neben einer Seitenwand gab es einen Anbau. Ein Plumpsklo? Sie blieb an dem letzten Baum stehen, der sie noch von der kleinen Wiese und dem Gebäude darauf trennte. Nichts war zu hören, niemand zu sehen. Sie scannte die Umgebung. Kurz hinter der Hütte erhob sich ein hoher Fels, ansonsten war die kleine Lichtung von Wald umgeben. Dann fiel ihr ein Gegenstand neben der Tür auf. Ein Rucksack.

Ihre Sorge wuchs. Wo zur Hölle blieb Steven? Sie entsicherte ihre Waffe, sah sich noch einmal um und rannte dann die wenigen Meter über das Gras. Dicht presste sie sich an die dunkle Holzwand. Nichts geschah. Sie schob sich zum vorderen Fenster, konnte aber nur Umrisse ausmachen. Ein Tisch mit Holzbank und Stuhl, ein Schrank und eine spartanische Mini-Küchenzeile. Die Tür zum hinteren Zimmer stand offen, ohne dass Laura etwas darin erkennen konnte.

Sie bewegte sich zum anderen Fenster. Die Scheibe war verschmiert, sodass sie erst mit dem Ärmel darüberreiben musste. Das Platzangebot war noch überschaubarer als vorn, sie entdeckte ein Bett, einen Schrank – und am Boden einen reglosen Körper. Lauras galoppierender Puls legte noch einmal an Tempo zu. Ein letztes Mal lauschte sie in den Abend, dann stürzte sie zur Tür, durchquerte den vorderen Raum und beugte sich über den Mann. Ob es sich um Täffner handelte, konnte sie in dem Schummerlicht nicht erkennen. Er lag auf dem Rücken, seine Handgelenke waren auf Höhe des Bauchnabels aneinandergefesselt. Auch die Füße waren zusammengebunden. Erstaunlich locker, wie Laura feststellte.

Als sie den Puls fühlte, atmete sie auf. Was aber war sein Problem? Er wirkte völlig unversehrt. Sie tätschelte seine

Wange, ohne dass er reagierte. Gift? Sie leuchtete ihm mit dem Mobiltelefon ins Gesicht, zog die Augenlider hoch … und blinzelte. Irgendetwas … war merkwürdig. Aber jetzt brauchte sie zunächst ein Messer, um damit die Fesseln zu durchtrennen! Im Küchenbereich würde es sicher eins geben und … Der Gedanke verflüchtigte sich. Hektisch atmete Laura ein und aus, das Atmen fiel ihr schwer. Jetzt bloß keine Panikattacke!

Sie wollte aufstehen, aber ihr war so schwindlig, dass sie sich am Bett festhalten musste. Verwirrt schüttelte sie den Kopf. Ihre Beine fühlten sich wachsweich an. Gegen ihren Willen rutschte sie wieder zu Boden und spürte, dass sie gleich das Bewusstsein verlieren würde. Verzweifelt kämpfte sie dagegen an. Dann wurde ihr schwarz vor Augen.

Sensationen sprachen sich schnell herum, die Straße vor Anton Gerbers Villa füllte sich. Absperrbänder hielten die Neugierigen auf Abstand, ihre Geräuschkulisse drang dennoch bis zu Jana. Sie war in den Garten gegangen, um Steven ungestört auf den neuesten Stand zu bringen. Er war irgendwo in einem bayrischen Hochwald unterwegs, entsprechend schlecht war die Verbindung gewesen. Doch das Wesentliche dürfte er mitbekommen haben: Der *Deutsch-Kurs* hatte ein abstoßendes *Experiment* aufgesetzt, das mit jedem Tag weiter eskaliert war. Zwei Menschen waren dabei qualvoll zu Tode gekommen, und zwei weitere dürften ein Trauma für ihr ganzes Leben davongetragen haben.

Nicht nur Gerbers politische Karriere, sondern genauso die von Martin Eckstein würde sich damit erledigt haben. Gleiches hätte für Oliver Bär gegolten, wenn der nicht schon aus dem Verkehr gezogen worden wäre. Von wem? Für Jana lag es auf der Hand, dass sämtliche Armbrustmorde einem Geschwisterpaar zuzuschreiben waren, das in den Videos ab *Tag 3* erstmals zu sehen war. Wie die Zeugen korrekt mitgeteilt hatten, war

Ansgar Kallenbach äußerst attraktiv. Seine Schwester ebenso, trotz ihrer eher maskulinen Gesichtszüge. Ansgar hatte unbeteiligt gewirkt, als die beiden Afrikaner nackt in einen Bottich aus Eiswürfeln gesetzt worden waren. Seine Schwester Frieda hatte ihren Abscheu dagegen nicht für sich behalten.

»Tickt ihr noch ganz richtig? Was ist, wenn die beiden draufgehen?«

»So schnell geht selbst 'n Neger nich drauf«, hatte Dombrowski gelallt und den Arm um sie gelegt. Mit den Fingern der anderen Hand war er durch ihr langes blondes Haar gefahren.

Sie hatte ihn von sich gestoßen und ihren Bruder am Arm gepackt. »Die sind völlig verrückt! Und du wolltest mich mit diesem Arschloch verkuppeln?«

»Wir arbeiten für die Wissenschaft«, hatte Eckstein sie angegrinst.

»Ich bin selbst keine linke Traumtänzerin, aber das hier … geht zu weit! Seid ihr so besoffen, dass ihr das nicht kapiert?«

»In einem Punkt hat sie recht.« Bär hatte seine Brille zurechtgerückt. »Wirklich wissenschaftlich gehen wir nicht vor.«

»Wie meinst 'n das jetzt?«, war er von Dombrowski gefragt worden.

»Es fehlt die Gegenprobe. Wir brauchen reine Germanen, um die Überlegenheit der arischen Rasse zu beweisen. Und hier stehen zwei Musterexemplare!« Er hatte auf die blonden, blauäugigen Geschwister gedeutet. »Machen sie als Zuschauer nicht mit, dann eben als Testpersonen.«

Ansgars Lachen hatte nervös geklungen. »Olli, das … ist nicht lustig.«

»Sollte auch kein Spaß sein.« Eckstein war aufgestanden. »Offenbar wisst ihr nicht so ganz, auf welcher Seite ihr steht.«

Er hatte den anderen einen Wink gegeben. Die Kamera war auf den Boden gestellt worden und hatte nur einen Teil der folgenden Auseinandersetzung festgehalten. Dabei hatten Eckstein und Dombrowski zwar lädierte Gesichter davongetragen, aber Ansgars Körperkräfte hatten nicht ausgereicht, um den Angriff abzuwehren. Die anderen hatten ihm und seiner Schwester die Kleidung heruntergerissen, dann waren sie gefesselt in das Bad aus Eiswürfeln geworfen worden. Richtig schlimm waren aber erst die folgenden Tage geworden.

Jana verscheuchte die Bilder aus ihrem Kopf. Für sie war es mehr als verständlich, dass sich Ansgar noch Jahre später dazu berufen fühlte, den einstigen Peinigern einen Pfeil in den Körper zu jagen. Aber warum erst jetzt, und warum Tino Ullmann, der in Niederdorla als Erster gestorben war? Nichts deutete darauf hin, dass er im *Deutsch-Kurs* aktiv gewesen war, er hatte zu der Zeit in Saarbrücken gewohnt. Ein Versehen? Antworten darauf konnten wohl nur der Schütze selbst oder die damaligen Täter geben. Oder vielleicht … Anton Gerbers Vater?

Jana sah ihn an einem Baum stehen, neben sich den Anwalt. Beide schwiegen, der Jurist rauchte. Die Ermittlerin näherte sich und erkannte, dass Gerbers Vater völlig verändert wirkte. Das Gesicht war fahl, die Schultern hingen herab, sein Blick verlor sich in der Dunkelheit. Inzwischen wusste er, was im Keller gefunden worden war. Doch es dürfte nicht nur die endgültige Bestätigung der Homosexualität seines Sohnes gewesen sein, die ihn aus der Bahn warf. Ihm waren auch Sequenzen von den USB-Sticks vorgespielt worden – bis er aus dem Raum gestürzt war. Janas Mitleid hielt sich in Grenzen. Zu deutlich stand ihr noch sein übliches Verhalten vor Augen.

»Wussten Sie davon?«, fragte sie.

Zunächst schien er sie nicht zu hören, dann drehte er langsam den Kopf. Warnend hob der Anwalt die Hand, aber entweder bemerkte Gerber senior dies nicht oder es war ihm egal.

»Was genau? Dass er andere Männer vögelt? Hatte ich befürchtet. Dass er politische Ansichten vertritt, die nicht jedem in den Kram passen? Er ist kein Nazi, war es nie.«

»Sind Sie sich da völlig sicher? Sie haben eben selbst gesehen, wie er …«

»Ja«, zischte er. »Ich bin nicht blind, aber schockiert! Was wären Sie denn, wenn Ihr eigener Sohn sich als Mörder entpuppt?«

Der Anwalt griff nach seinem Arm. »Wir sollten zunächst …«

»Hände weg!«, brüllte Gerbers Vater. »Wegen meinem missratenen Sohn setz ich doch nicht den Ruf der gesamten Familie aufs Spiel! Er war schon immer verkorkst. Überbemuttert von Anfang an, ich hätte da besser aufpassen müssen. Später hat ihm meine Schwiegermutter auch noch diesen Köter geschenkt, bei dem er sich ausweinen konnte. Ist alles nicht mehr zu ändern, aber ich werde aufhören, meine schützende Hand über ihn zu halten. Gehen Sie nach Hause, Anton soll sich selbst einen Anwalt suchen.«

»Halten Sie das wirklich für …«

»Haben Sie mich nicht verstanden? Verschwinden Sie!«

Einen Moment rang der Anwalt noch um eine Erwiderung, dann entfernte er sich mit verkniffener Miene.

»Und nun zu Ihnen«, fuhr Gerber senior fort. »Ich lege Ihnen keine Steine in den Weg, selbst wenn Anton weggesperrt wird, bis er verschimmelt. Nur eins verspreche ich Ihnen: Sobald Sie den Rest der Familie reinziehen, jage ich Ihnen eine Meute von Anwälten auf den Hals.«

»Glaub ich Ihnen, macht mir aber keine Angst. Wovor haben *Sie* Angst? Was könnte bei der restlichen Familie herauskommen?«

»Gar nichts, darum geht es nicht. Ich fürchte lediglich den Verlust unserer Reputation. Beschädigt wird sie in jedem Fall, das ist mir klar. Sie darf aber nicht in einen Scherbenhaufen verwandelt werden. Für den Rest von uns geht das Leben nämlich auch ohne Anton weiter.«

»Dann komme ich auf meine Frage zurück. Wussten Sie, was er in Leipzig getan hat?«

»Nein. Ein paar von seinen Freunden kenne ich natürlich. Eckstein war mir suspekt. Ein perfekter Manipulator. Der konnte Anton natürlich leicht überzeugen. Mein Sohn war schon immer ein Mitläufer.«

»Also nehmen Sie ihn doch in Schutz.«

Er sah sie an, als sei sie verwirrt. »So ein Verhalten verabscheue ich! Ich habe meinen Kindern immer vorgelebt, selbst voranzugehen, statt anderen hinterherzurennen. Hat bei seinen Geschwistern gefruchtet, aber Anton kommt nach seiner Mutter. Wenn Sie also Rechtfertigungen hören wollen, dann gehen Sie zu ihr!«

Jana versuchte nur kurz, die Logik in seiner Aussage zu finden. »Die jungen Leute, die in den Videos gequält werden … kennen Sie die?«

»Nein. Dafür jemand anderen. Diesen Schreiner aus Eckernförde.«

Der abrupte Themenwechsel überrumpelte Jana. »Was?«

»Er hat für uns Möbel angefertigt. Vermittelt von Anton. Das war im letzten Winter. Ich hatte damals schon befürchtet, dass zwischen den beiden was läuft. Wie gesagt, blind bin ich nicht.«

»Und wieso könnte Ihr Sohn ihn ermordet haben?«

»Keine Ahnung. Ich weiß nur eins: Ich habe nicht nur ein Muttersöhnchen, sondern sogar einen Mörder gezeugt. Und das ist …« Seine Stimme war leiser geworden, er wandte sich ab. Jana wartete ab, bis er sich wieder gesammelt hatte. »Etwas sollten Sie noch wissen«, fuhr er dann fort. »Diese Leute in dem Video … also die Täter: Abgesehen von Eckstein und meinem

Sohn ist jeder von denen in Gefahr. Die beiden saßen am Mittwoch bei uns im Garten, ich war im Keller und hörte das Gespräch durchs geöffnete Fenster. Eckstein erzählte von einem Journalisten, der in Leipzig herumschnüffeln würde. »Wenn das rauskommt, sind wir erledigt«, sagte er. Sie redeten leise, ich bekam nicht alles mit. Aber genug, um zu verstehen, dass Dennis Burkart alle Beteiligten aufspüren sollte. Und wer nicht kooperiert, sollte anders zum Schweigen gebracht werden. Mit dem heutigen Wissen … wird mir erst richtig klar, was sie damit gemeint haben.«

Kapitel 14

Fluchend stolperte Steven über eine Wurzel, er taumelte nach vorn und konnte nur knapp einen Sturz verhindern. Das Telefonat mit Jana ging ihm nicht aus dem Kopf, gleichzeitig sorgte er sich um Laura. Hätte er sie nicht längst einholen müssen? So weit entfernt vom Hauptweg konnte die Hütte doch nicht liegen! Er blieb stehen und sah sich um. Bäume, nichts als Bäume. Ihr Rauschen war das Einzige, was zu hören war. Nach dem Gewitter roch es im Wald erdig und feucht, ständig tropfte ihm Wasser ins Genick. Er wollte Laura anrufen, hatte aber keinen Empfang. Als er auf einen quer liegenden Stamm traf, war er sich endgültig sicher, zu weit gelaufen zu sein. Nervös ging er den Pfad zurück.

Hätte sich nicht eine Eule mit einem heiseren Schrei von einem Ast abgestoßen und Steven, dadurch aufgeschreckt, den Kopf gedreht, wäre er erneut an der Hütte vorbeigelaufen. Er befand sich schon schräg unterhalb von ihr und stieg ohne zu zögern querfeldein hoch. An der Lichtung angekommen, ging er in die Hocke. Laura war nicht zu sehen, auch sonst niemand. Unter sich meinte er gedämpfte Stimmen und Lichtpunkte wahrzunehmen, das musste die Verstärkung sein. Der angeforderte Hubschrauber ließ dagegen weiter auf sich warten. War der ganze Aufwand überhaupt berechtigt? War Täffner entgegen seiner Gewohnheit vielleicht ganz woanders?

Zumindest Laura musste hier irgendwo sein, und so wie Steven sie einschätzte, lag sie nicht abwartend hinter einem Busch. Er konnte den Eingang des Häuschens nicht sehen, da er auf die Rückwand blickte. Und das war eine weitere glückliche Fügung, denn ansonsten hätte er den Mann nicht bemerkt, der soeben den Schatten des Waldes verließ und zur Hütte huschte. Dort drückte er gegen ein Fenster, das nach innen aufschwang. Er warf etwas hinein und bewegte sich anschließend nach hinten. Dabei schien er eine Schnur abzurollen.

Mit der Waffe in der Hand robbte Steven vorwärts über die feuchte Wiese. Plötzlich blieb der Mann stehen. Das Geräusch eines Feuerzeugs war zu hören, dann leuchtete eine Flamme auf. Steven rappelte sich auf und richtete die Waffe nach vorn.

»Polizei!«, brüllte er. »Feuerzeug weg, und Hände nach oben!«

Der Mann erstarrte, dann erklang ein zischendes Geräusch. Steven begriff sofort, was gerade passierte. Mit erschreckendem Tempo bewegte sich die Flamme über die Zündschnur. Was befand sich an ihrem Ende? Dynamit? Ein Messer trug Steven nicht bei sich, die Schnur durchzuschneiden, war also keine Option. Da rannte der Mann unvermittelt los und versuchte, Haken schlagend den Wald zu erreichen. Steven schoss. Einmal, ein zweites Mal, dann ordnete er die Prioritäten neu. Er sprintete zum Fenster, dort war die Zündschnur besser zu sehen als im Gras. Während er nach ihr griff, kam die Flamme weiter näher.

»Scheiße, scheiße, scheiße!«, murmelte er und zog hektisch an der Schnur. Dann tauchte endlich das Ende auf. Perplex erkannte er, dass daran nur ein Stein befestigt war. Der Sinn erschloss sich ihm nicht, aber er dachte auch nicht weiter darüber nach, da er im Inneren zwei reglose Körper bemerkte.

Er warf die Schnur ins Gras, hörte, wie die Flamme zischend erlosch, und stürzte zur Tür. Direkt hinter der Schwelle blieb er stehen, verharrte kurz und schnüffelte.

Blitzschnell drehte er sich wieder um und floh hinaus, wo er mehrmals tief ein- und ausatmete. Gas – der Geruch war unverkennbar! Besser gesagt hatte er den zugesetzten Geruchsstoff erschnüffelt, denn Butan war eigentlich geruchlos. Als leidenschaftlicher Camper waren Steven die beiden Gasflaschen nicht entgangen, mit denen Täffner einen Herd betrieb. Butan war an sich nicht giftig, wirkte aber narkotisierend – und war hochentzündlich.

Noch einmal atmete er tief ein, dann rannte er wieder in die Hütte. Er packte Laura unter den Armen und zog sie schnell ins Freie. Erst nachdem er ihren Puls getastet und sich versichert hatte, dass sie unverletzt war, lief er zurück, um den anderen Körper ins Freie zu zerren. Laura dürfte das Gas zwar nicht lange eingeatmet haben, aber da Butan schwerer als Luft war, sammelte es sich in Bodennähe. Wie lange wohl der gefesselte Täffner ihm schon ausgesetzt gewesen war?

Fast wäre Steven entfallen, dass er kurz zuvor zwei Schüsse auf denjenigen abgefeuert hatte, der die Hütte beinahe gesprengt hätte. Vom Waldrand ertönten Rufe, dann traten vier Polizisten hervor, die einen Mann in ihrer Mitte führten. Er schrie nicht und wehrte sich nicht, dennoch musste er mehr geschleift als geführt werden.

»Treffer ins Schienbein«, erklärte ein Polizist und kniete sich neben Laura und Täffner. »Steven Haberland, nehme ich an?«

»So ist es.« Steven deutete auf Laura. »Meine Kollegin. Innen ist Gas ausgetreten. Dieser Typ hat versucht, die Hütte per Zündschnur hochzujagen.«

»Versuchter Doppelmord, nicht schlecht.« Der Polizist kontrollierte ebenfalls Lauras Puls und Atmung, dann meinte er: »Die Bergwacht hat einen Rettungshubschrauber in der Nähe stationiert.«

»Ist nicht sowieso ein Hubschrauber auf dem Weg?«

»Ja, aber wir passen nicht alle in einen einzigen.«

»Hier kann doch eh keiner landen.« Steven hörte nur halb zu, er wachte weiter über Laura. Hatten eben ihre Augenlider gezuckt?

»Schon mal was von einer Seilwinde gehört?«

Besonders sympathisch war der Kollege Steven nicht. »Der Verhaftete … trägt er eine Rune auf dem Handrücken? Ein Tattoo?«

»Ja. Sie kennen ihn also?«

»Nicht persönlich, aber …« Steven brach ab, da sich Laura regte und die Augen aufschlug.

»Was …?«, flüsterte sie.

»Ruhig, ruhig.« Er brachte sein Gesicht dicht an ihres heran. »Ist alles gut. Du hast Gas eingeatmet und bist ohnmächtig geworden.«

»Gas? Wo … warum?«

»Da drinnen. Ich konnte gerade noch verhindern, dass du in die Luft gejagt wurdest.«

»Das ist …« Sie setzte sich auf. »Mann, ist mir schlecht.« Sie würgte und übergab sich. »Gibt's hier Wasser?«

»Ich seh mal nach.« Der Kollege erhob sich und ging zur Hütte.

»Vermeiden Sie es, zu atmen«, rief ihm Steven hinterher.

»Bin ja nicht blöd.«

»Sag mal …« Laura rieb sich die Schläfen. »Wo warst du die ganze Zeit?«

»Bin doch noch rechtzeitig angekommen. Jana hat mich angerufen, es gab … Neuigkeiten.«

»Was für welche?«

»Erzähl ich dir später. Komm erst mal wieder zu dir.«

»Es geht schon. Die frische Luft … tut gut.«

»Sag mal …« Er hielt sie fest, als sie aufstehen wollte. »Wieso bist du da überhaupt rein?«

Sie nickte in Täffners Richtung. »Weil er dort auf dem Boden lag. Lebt er noch?«

»Ja, Puls und Atmung sind aber schwach. Hast du nicht gerochen, dass da drinnen Gas austritt?«

Sie schwieg.

»Laura?«

»Es ist so, dass … Ich hab keinen Geruchssinn. Hatte mal ein Schädel-Hirn-Trauma, und das ist mir davon geblieben. Nennt sich Anosmie.«

»Ano … Anosmie?«, stammelte Steven. »Das … wieso weiß ich davon nichts? Wieso hast du das nie erzählt?«

»Weil … ach, das ist kompliziert. Da hab ich grad keinen Kopf für.«

»Keinen Kopf für?« Steven wurde wütend. »Verdammt noch mal, so was muss ich wissen! Was wenn … na, wenn so was passiert wie eben?«

»Tut mir leid. Behalt es für dich, okay?«

»Damit ergibt alles Sinn!« Er schlug sich mit der Hand auf den Oberschenkel.

»Was denn?«

»Na alles! Dein Waschzwang. Das häufige Zähneputzen und die Kaugummis. Das Zuviel an Parfum. Du kannst selbst nicht riechen, ob du stinkst. Deshalb übertreibst du es mit Gegenmaßnahmen.«

»Oh …« Sie senkte den Blick. »Hättest mir ja mal ’nen Hinweis geben können.«

»Dafür hätte ich erst mal wissen müssen …!«

Der Kollege kam mit einer Wasserflasche zurück. »Ist leider schon geöffnet und nur noch halb voll. Müssen Sie selbst wissen, ob Sie trotzdem …«

»Geben Sie schon her!«

Steven beobachtete, wie Laura nach der Flasche griff und sie mit kleinen Schlucken leerte. Währenddessen wurde Täffner von seinen Fesseln befreit, kam aber noch immer nicht zu sich. Plötzlich hielt Laura inne und nahm die Flasche vom Mund.

»Da drüben!« Sie zeigte zu dem Felsen, der sich an einer Seite über der Hütte erhob.

Fast senkrecht ging es gut zwanzig Meter nach oben. An der Kante zeichnete sich vor dem Nachthimmel der Umriss eines Menschen ab, der zu ihnen heruntersah. Dann schien er bemerkt zu haben, dass er entdeckt worden war. Er drehte sich um und verschwand.

»Wahrscheinlich Ansgar oder Frieda Kallenbach!« Laura schlug Stevens Hand zur Seite, als er erneut verhindern wollte, dass sie aufstand. »Wir müssen hinterher!«

»Bist du bekloppt? Um ein Haar wärst du draufgegangen! Du musst zu einem Arzt, sonst gar nichts.«

»Schwachsinn! Mir geht's wieder gut.«

»Mag ja sein. Aber du kennst das Gelände nicht, es ist dunkel, und wir haben keine Ahnung, in welcher Richtung wir suchen müssen.«

»Der Hubschrauber hat eine Wärmebildkamera«, mischte sich der Kollege ein. »Er sollte jeden Augenblick hier sein.« Tatsächlich näherte sich das Wummern von Rotorblättern. »Wenn Sie sich hochziehen lassen, können Sie von der Luft aus die Verfolgung aufnehmen.«

»Guter Vorschlag!«, sagte Laura, kurz bevor Steven eine anderslautende Antwort geben konnte.

Der Vollmond spiegelte sich in der Ostsee, vom Wasser wehte ein kühler Wind zum Land. Wellen schlugen gegen den Rumpf des Segelbootes, das Martin Eckstein soeben auf den Strand hatte auflaufen lassen. Eigentlich gehörte es gut zwei Kilometer weiter südlich in den Hafen nahe der Grömitzer Steilküste, wo Eckstein am Nachmittag die Leinen gelöst hatte. Doch er wusste, dass ihn dort Polizisten erwarteten, genauso wie vor seinem Haus und an anderen Orten, wo man ihn vermuten konnte. Genauso sicher war, dass er seine Segeljacht nie mehr betreten würde, also spielte es keine Rolle, wo er sie ihrem Schicksal überließ.

Dennis Burkart war seit bald vierundzwanzig Stunden tot, was aber nicht bedeutete, dass Eckstein von jeglichen Informationen abgeschnitten war. Anton Gerbers Verhaftung bei seinen Eltern und die anschließende Durchsuchung des Anwesens über der Flensburger Förde war von Burkarts Angestellten hautnah miterlebt worden. Ohne großen Zeitverzug war Eckstein von dessen rechter Hand Rainer mitgeteilt worden, dass irgendetwas im Gange war. Sofort hatte er mit dem Schlimmsten gerechnet. Schließlich waren die Ermittler dem *Deutsch-Kurs* längst auf die Spur gekommen, das bewies nicht zuletzt das Foto, das sie ihm und Anton am Vortag vorgelegt hatten. Wussten sie inzwischen auch von dem *Experiment*? Hatten sie etwa Ansgar und Frieda ausfindig gemacht?

Zwar war Eckstein niemand, der um Risiken einen größtmöglichen Bogen schlug, aber auf Russisches Roulette hatte er wenig Lust. Ohne auch nur weitere Minuten zu vergeuden, hatte er die Personenschützer vor seinem Haus zurückgelassen und war allein nach Grömitz gefahren, wo er seinen Wagen mit reichlich Abstand zum Hafen abgestellt hatte.

Erst draußen auf dem Wasser hatte er wieder durchatmen können. Nach und nach hatten ihn dort Informationen erreicht, die bewiesen, wie richtig sein schnelles Handeln gewesen war. Dass auch in Anton Gerbers Villa in Hamburg eine Durchsuchung stattfand, hatte alle Alarmglocken schrillen lassen. Es stand so gut wie fest, dass die Ermittler dort auf die USB-Sticks stoßen würden. Anton hatte zwar behauptet, sie entsorgt zu haben, aber Eckstein kannte ihn und seine Triebe lange genug, um die Lüge zu wittern. Anton war noch nie leicht zu kontrollieren gewesen. Er war ein labiler Charakter, versuchte aber, stark und dominant aufzutreten. Vielleicht nur ein ausgeprägter negativer Vaterkomplex, aber vermutlich war Anton sogar geisteskrank.

Zugleich war er aber auch kaltblütig genug, dass er als Einziger von allen Beteiligten die Vergangenheit für seine eigene Zukunft eingesetzt hatte. Als Bär und Eckstein sich angeschickt hatten, die Kontrolle bei den *Weißen* an sich zu reißen, hatte er sofort ein Stück vom Kuchen abhaben wollen – andernfalls würden Ausschnitte von gewissen Videos die Öffentlichkeit erreichen. Anton hatte sich damals in einer Entziehungskur befunden, war bei seinem Vater endgültig unten durch gewesen und hatte angesichts seines Gemütszustandes wenig genug zu verlieren gehabt, weshalb sie seine Drohung ernst genommen hatten.

Eckstein hingegen stand nun vor dem Nichts, das war spätestens seit dem Moment klar, als er von seinen Personenschützern erfahren hatte, dass auch bei ihm die Polizei mit einem Haftbefehl vor der Tür stand. Also hatten sie in Antons Villa tatsächlich etwas gefunden. Eckstein konnte schon die Fernsehbilder vor sich sehen, wie er in Handschellen abgeführt wurde. Den Medienrummel, sobald es zur Gerichtsverhandlung käme. Die endlosen Tage im Gefängnis, die Verachtung in den Blicken der Menschen, die ihm fortan begegneten.

Dem ersten Impuls folgend, hatte er einfach weitersegeln wollen, aber ihm war schnell bewusst geworden, dass dies naiv wäre. Einen wie ihn ließ man nicht laufen. Europol, Interpol – alle möglichen Organisationen würden auf ihn angesetzt werden. Welche Genugtuung all die Vorzeigedemokraten wohl verspüren würden, sobald er sich vor einem Richter rechtfertigen musste? Den letzten Rest von Handlungsspielraum wollte

Eckstein nutzen, um ihnen diesen Triumph zu vermasseln und zugleich die größtmögliche Schande abzuwenden.

Er strich über die Planken seiner geliebten Jacht, atmete noch einmal die salzige Seeluft ein, dann sprang er über die Reling in die Brandung. Das Wasser war kalt, aber er zuckte nicht mal zusammen. Kurz darauf hatte er Sand unter den Füßen und stapfte zur Düne hinauf. Im Sommer wäre er hier auch mitten in der Nacht anderen Leuten begegnet, jetzt war der Weg zurück nach Grömitz völlig verlassen. Er verfiel in einen Laufschritt, denn mit welchem Hochdruck nach ihm gefahndet wurde, war nicht schwer zu erraten. Nahe dem riesigen Campingplatz bestieg er seinen Wagen.

Als er die Tür hinter sich zuzog, legte er den Kopf gegen die Rückenlehne und schloss die Augen. Er gönnte sich fünf Minuten für den Rückblick auf sein Leben. Er sah Bilder, die er genoss, und solche, die er verabscheute. Was er jedoch nicht tat, war, sich für das *Experiment* zu Studentenzeiten zu schämen. Die einzige Selbstkritik zielte darauf ab, dass es leichtsinnig gewesen war, alles auf Video festzuhalten und dann auch noch zu vervielfältigen.

Er startete den Motor und fuhr auf Nebenstraßen über kleine Dörfer ins Landesinnere. Nach zwanzig Minuten entdeckte er die perfekte Kulisse für das Finale. Es war nicht viel mehr als ein abgeschiedener Feldweg, der hier über die Hügel der sogenannten Holsteinischen Schweiz irgendwohin führte. Das Entscheidende war: Er führte durch eine Allee aus mächtigen Eichenbäumen. Fest umklammerten seine Hände das Lenkrad, als er das Gaspedal durchdrückte. Zuerst drehten die Räder durch, dann beschleunigte er den Wagen auf über hundert Stundenkilometer. Kurz vor dem letzten Baum riss er das Lenkrad herum. Der Aufprall war so heftig, dass in Sekundenschnelle das Auto zerschellte und Äste des Baumes zu

Boden fielen. Aber davon bekam Martin Eckstein schon nichts mehr mit.

Anton Gerber war anzusehen, dass ihm die Tragweite der Vorwürfe bewusst war. Sein bisheriges Leben verwandelte sich gerade in einen Scherbenhaufen. Inwieweit es unter der glatt polierten Fassade überhaupt jemals intakt gewesen war, hatte Jana kurz zuvor mit Alexander Pfeiffer diskutiert. Dabei hatte er sich feinfühliger geäußert, als sie erwartet hätte.

»Unter einem Vater aufzuwachsen, der einem täglich zu verstehen gibt, dass man seinen Erwartungen nicht entspricht, kann nicht gesund sein. Und die Erinnerung daran, mehrere Menschenleben auf dem Gewissen zu haben, wird ihn ebenfalls heimsuchen. Denn für einen Psychopathen halte ich ihn nicht.«

Alexander einzuschätzen, gelang Jana indes auch nach diesem Gespräch nicht. Manchmal wirkte der Achtunddreißigjährige wie ein Proll, dann wieder professionell oder nachdenklich. Was war in seiner Vergangenheit vorgefallen, das ihn zu diesem widersprüchlichen Charakter geformt hatte? Im Moment präsentierte er sich jedenfalls wieder als hartleibiger BKA-Ermittler.

»Und Sie wollen ein Vorzeige-Deutscher sein?«, herrschte er Gerber in dem Vernehmungszimmer an. »Ein schwuler Nationalsozialist mit Gewaltfantasien, der sich als Student nicht nur an der eingebildeten – sogenannten – *Unterrasse* abreagierte, sondern sogar zwei – wie Sie es vielleicht bezeichnen würden – *Arier* als Gegenprobe den gleichen Torturen aussetzte? Haben Sie sich dabei emotional an Ihrem Vater abgearbeitet, oder wie sollen wir das verstehen?«

Gerbers Wangenmuskeln zuckten, sonst aber wirkte sein Gesicht wie versteinert. Ein paar dunkle Haarsträhnen hingen über der Stirn, seine Kleidung war zerknittert. Er saß Jana, Alexander und Irene Knopf allein gegenüber, nachdem sein Vater den Familienanwalt abgezogen hatte. Auf einen Ersatz verzichtete er, und dafür konnte es nur zwei Gründe geben: Entweder wollte er die Aussage verweigern oder alles zugeben.

Nach kurzem Schweigen reagierte er doch noch auf Alexanders Angriff, wenn auch eher mit einem Flüstern: »Meine Familie lassen Sie raus, sonst sage ich kein Wort mehr.«

»Einverstanden.« Irene Knopf beugte sich vor. »Fangen wir mit dem Mord in Eckernförde an. Legen Sie ein Geständnis ab?«

»Es geschah … im Affekt.« Gerber sah auf die Tischmitte, seine Hände rieben unablässig aneinander, als würde er sie einseifen. Noch immer war er kaum zu hören, der Dreiunddreißigjährige wirkte wie ein Schuljunge, der sich vor dem Direktor verantworten musste. Er trug nun wieder das Lederarmband, aufgrund dessen erstmals eine Verbindung zwischen ihm und dem toten Schreiner hergestellt werden konnte. »Er hat mich erpresst. Wäre rausgekommen, dass ich … dass Frauen mich nicht interessieren … Ich wäre politisch am Ende gewesen. Dazu mein Vater, meine gesamte Familie … Sie wären alle …«

»Ich dachte, Sie wollen Ihre Familie außen vor lassen?«, meldete sich Alexander zurück. »Um Ihren Affekt zu begründen, darf sie dann aber doch herhalten?«

Jana tat, als habe es seinen Einwurf nicht gegeben. »Die Leiche haben Sie von Dennis Burkart entsorgen lassen?«

»Ja, aber … ich ging davon aus, dass er eine … endgültigere Lösung findet.«

»Er war wohl selbst überrumpelt und lagerte sie im Kühlhaus seines Bruders zwischen. Dann fiel ihm nichts Besseres ein, als die Lagerhalle mit Sprengsätzen und Diesel zu zerstören. Bei der verkohlten Leiche war der Kopf abgetrennt und der Rumpf zerteilt. Was ist in der Schreinerei passiert?«

»Er …« Gerber schluckte und schloss die Augen. »Er stand an der Kreissäge. Ein altes Ding, völlig ohne Schutzmechanismen.

Es kam … einfach so über mich. Ich drückte ihn nach vorn und …« Zitternd griff er nach dem Wasserglas, trank aber nicht. »Danach erwachte ich wie aus einem Rausch. Dennis versuchte, meine Spuren zu verwischen. Aber das Blut … wir haben nicht alles wegbekommen.«

»Das muss ein langer Rauschzustand gewesen sein, wenn Sie Zeit hatten, ihn in drei Teile zu zerlegen.«

»Der Kopf war … nur halb abgetrennt. Aber er passte nicht in die Kiste, mit der Dennis ihn wegschaffen wollte. Also … er war ja eh schon tot, da … haben wir …« Er verbarg das Gesicht in den Händen.

Jana musste kurz durchatmen. »Was hat Burkart als Gegenleistung verlangt?«, fragte sie dann.

»Darüber haben wir nicht gesprochen. Aber … natürlich war mir klar, dass er mich in der Hand hat. Noch mehr als vorher.«

»Eine passende Überleitung.« Irene Knopf war anzumerken, dass der ermordete Schreiner für sie nur zweitrangig war. »Sie und Martin Eckstein hatten ihn zuvor beauftragt, Jan Seidl auszuschalten, da dieser dem *Deutsch-Kurs* auf die Spur zu kommen drohte. Zusätzlich sollte Dennis Burkart – oder eher einer seiner Handlanger – alle anderen Mitglieder und Mitwisser eliminieren.«

Gerber löste die verkrampften Finger von dem Glas und hob beschwörend die Hände. Erstmals sprach er laut und deutlich. »Am Anfang bestand der Auftrag nur darin, sie zu finden. Dann zu prüfen, ob sie überhaupt eine Gefahr darstellen. Bei Rudi zum Beispiel …«

»Rudolf Dombrowski?«

»Genau. Bei ihm war das gar nicht nötig. Oliver wusste, wo er in Leipzig wohnte und kümmerte sich selbst um ihn. Rudi ist … einfältig. Er gab Oliver die USB-Sticks … solche, die Sie auch bei mir gefunden haben. Oliver speiste ihn billig ab, Rudi war also unter Kontrolle.«

»Allerdings wurde Herr Dombrowski kurz darauf mit einem Pfeil erschossen. So wie vorher schon Tino Ullmann in Niederdorla. Obwohl der gar nicht zum *Deutsch-Kurs* gehörte, oder?«

»Nein, das ist richtig.«

»Dann ging der Schuss wohl daneben und hatte eigentlich Herrn Eckstein als Ziel. Den hat es dann ein weiteres Mal fast erwischt, aber diesmal musste sein Fahrer dran glauben. Oliver Bär hatte weniger Glück. Ab wann wussten Sie, wer hinter diesen Morden steckt?«

»Wir ahnten schon in Niederdorla, dass der Pfeil nicht für Tino bestimmt war. Dann glaubte Martin, Ansgar und Frieda in Hamburg gesehen zu haben. Mitten unter Gegendemonstranten, als er in einem Hotel Gespräche mit Pressevertretern führte. Eine Armbrust … es lag einfach auf der Hand! Wieso sollte jemand anderes eine Armbrust benutzen?«

»Wieso deutete dies so klar auf Ansgar Kallenbach hin?«

»Weil er schon früher brillant damit umgehen konnte! War halt sein Steckenpferd. Er hat mal versucht, es uns beizubringen. Aber es ist verdammt schwer.«

»Die Wahl der Waffe war also eine Botschaft an Sie alle«, resümierte Alexander. »Bekam Burkart den Auftrag, auch ihn und seine Schwester auszuschalten?«

»Ja. Keiner von uns wusste, was aus ihm und Frieda geworden war, seit … na ja, seit es eben passiert ist.«

»Wieso gingen die beiden damals nicht zur Polizei?«, fragte Jana. »Schließlich hätten Sie ihn und seine Schwester fast umgebracht! Was wir auf den Videos gesehen haben, war … abartig!«

»Sie hatten ja keine Beweise. Und wir … drohten damit, sie zu töten. Außerdem bekamen sie von Martin eine Entschädigung. Zweihunderttausend für jeden.«

»Woher hatte er so viel Geld?«

»Seine Eltern waren Millionäre. Schon zu seinem achtzehnten Geburtstag statteten sie ihn so üppig aus, dass er ausgesorgt hatte.«

»Wie erklären Sie sich, dass Ansgar ausgerechnet jetzt, dreizehn Jahre später, Rache sucht?« Jetzt übernahm wieder Alexander.

»Das müssen Sie ihn fragen.«

»Dazu müssten wir ihn und seine Schwester erst mal finden. Hatte Burkart hierzu etwas herausgefunden?«

»Nur die Adresse, die beiden wohnen zusammen in Berlin. Dennis ließ das Haus überwachen, aber sie tauchten dort nicht auf.«

»Anders als Andreas Mack. Er wurde bis zur Hochzeit seiner Schwester verfolgt und dort mit einem Messer attackiert. Er überlebte mit großem Glück.«

»Wie das alles genau weiterging, weiß ich nicht. Dazu müssen Sie Martin fragen, er hielt den Kontakt zu Dennis. Das heißt … zuletzt zu Dennis' Stellvertreter. Dennis wusste, dass er unter Beobachtung stand und delegierte die Aufgabe.«

»Wie heißt der Mann?«

»Rainer Berger.«

»Sie wissen also auch nicht, was mit Stefan beziehungsweise Elias Täffner passieren soll?«

»Nein, aber … bei ihm hatten wir weniger Sorge als bei Andreas. Andreas hatte sich nämlich völlig verändert. Ich hatte nach dem Studium noch ein paar Mal Kontakt zu ihm, aber … es passte nicht mehr.«

»Weil er kein Nazi mehr war?«

»Keiner von uns ist …«

»Hören Sie auf damit!« Erstmals reagierte auch Irene Knopf heftiger. »Diesen Bullshit können wir uns sparen! Sie versuchten aus guten Gründen, die Spuren des *Deutsch-Kurses* auszumerzen. Ansgar und Frieda Kallenbach sind damals – wenn auch nur knapp – mit dem Leben davongekommen. Die beiden Afrikaner haben die Quälereien über zwei volle Wochen nicht überlebt. Was geschah mit ihren Leichen?«

Er schwieg und begann wieder, die Hände zu kneten.

»Was ist los? Bisher sah es so aus, als wollten Sie reinen Tisch machen.«

»Ich weiß aber nicht, was mit denen passiert ist. Rudi und Martin haben das geregelt. Wir waren doch … das haben wir nicht gewollt! Niemand sollte umkommen, es ist … uns aus dem Ruder gelaufen. Wir waren ständig besoffen, eins hat zum anderen geführt, da kam irgendwie eine Dynamik rein, die wir nicht …«

»Heben Sie sich das für den Richter auf!«, fuhr Irene Knopf ihn an. »Wo ist das alles überhaupt passiert?«

»In einem Haus, das Rudi geerbt hatte. Weiß schon gar nicht mehr, wie der Ort hieß. Wir nannten es nur das *Haus am See*. Es gab darunter einen Bunker, das war ideal.«

»Woher kamen die beiden Afrikaner? Und wie gerieten sie in Ihre Fänge?«

»Wir …« Gerber befeuchtete seine Lippen. »Es ist hart, darüber zu reden, wissen Sie?«

»Ihre Opfer haben deutlich Härteres erlebt. Also?«

»Die beiden wohnten neben Martins WG. Sie waren auch Studenten. Geschwister.«

»Geschwister? So wie die Kallenbachs?«

»Genau … deshalb …«, jetzt flüsterte er wieder, »… deshalb passte die Konstellation ja so gut.«

»Meine Güte …« Irene Knopf rang sichtlich um Fassung. »Sie haben also nicht nur Ansgar gezwungen, seine eigene Schwester mit diversen Hilfsmitteln zu vergewaltigen, sondern genauso den Afrikaner?«

Er schwieg.

»Über Ansgar haben Sie sich sogar persönlich hergemacht.« Alexander wirkte als Einziger im Raum einigermaßen gefasst. »Davon gibt es ein Video, was sagten die anderen dazu?«

»Die … waren … nicht dabei … Und das Video kennen sie natürlich auch nicht.«

»Ansgar nahmen Sie sich also vor. Logisch, er war ja groß, blond, muskulös, hatte blaue Augen – das Musterexemplar eines *Ariers*. Was war mit dem Afrikaner? Gibt es noch irgendwo ein Video, wo zu sehen ist, wie Sie …?«

»Nein, natürlich nicht!«

»*Natürlich* nicht? Ach klar, er war ja ein Untermensch.«

Von Gerber kam keine Erwiderung.

»Bei der Afrikanerin spielte das aber keine Rolle.« Irene Knopfs Stimme klang belegt. »Über sie *rutschten alle mal rüber*, wie wir es im Video hören und leider auch sehen konnten. Frieda dagegen … da war es nur Rudolf Dombrowski. Warum?«

»Weil … er war schon länger scharf auf sie. Und befreundet mit Ansgar. Eigentlich war da eine Verkupplungsaktion geplant.«

»Wie hießen die Afrikaner?«

»Das … weiß ich nicht.«

»Sie wissen nicht mal, wen Sie da gefoltert haben?«

Er schüttelte den Kopf. Einen Moment herrschte Schweigen. Jana fing sich als Erste.

»Wer hatte eigentlich die Idee zu diesem … *Experiment*, wie Sie es bezeichneten?«

»Martin. Er konnte … schon immer sehr überzeugend sein.«

»Er war also der Initiator, alle anderen nur Mitläufer?«

»Na ja … wie gesagt … es verselbstständigte sich.«

Wieder breitete sich Stille in dem engen Raum aus. Janas Gedanken glitten zu Steven, der sich gerade irgendwo in den bayrischen Bergen um Elias Täffners Überleben bemühte. Nach den letzten Stunden wäre es ihr nicht unrecht, würde ihm dies nicht gelingen. Gleiches galt für seine Jagd nach den Kallenbach-Geschwistern, die Schreckliches erlebt hatten und nun ihrerseits als Mörder gesucht wurden. Gerecht kam ihr das alles nicht vor.

Der Hubschrauber glitt über die dunklen Wipfel der Bäume hinweg, unten im Tal waren die Siedlungen als Ansammlungen von Lichtpunkten zu erkennen. Das Wummern der Rotorblätter klang einschläfernd monoton, dennoch waren Laura und Steven hellwach. Seit sie sich an Täffners Hütte von einer Seilwinde an Bord hatten holen lassen, war eine halbe Stunde vergangen. In diesen dreißig Minuten war der Pilot immer größere Schleifen geflogen, ohne dass eine flüchtende Person aufgefallen wäre.

Die Suchscheinwerfer waren ausgeschaltet, stattdessen kam eine Wärmebildkamera zum Einsatz, die bislang aber nur ein paar Rehe erfasst hatte. Inzwischen sah Laura schweigend in die Dunkelheit hinaus, anstatt weiter auf den Bildschirm zu starren. Es ging ihr nicht besonders gut, aber sie versuchte, dies vor Steven zu verbergen. Hilfreich war dabei die abgeschaltete Innenbeleuchtung, denn sie spürte kalten Schweiß und war im Gesicht sicher aschfahl. Aber sich jetzt in ein Krankenhaus fliegen lassen? Undenkbar! Unauffällig massierte sie ihre Schläfen, doch die Kopfschmerzen blieben. Genauso die Übelkeit, allerdings war Stevens Bericht von seinem Telefonat mit Jana auch nicht geeignet gewesen, sie zu vertreiben.

Die Schilderung der Videoaufnahmen hatte Lauras Fantasie angekurbelt, und sie scheute vor dem Moment zurück, in dem sie einen Abgleich mit den realen Bildern würde vornehmen müssen. Ansgar und Frieda waren also von Opfern zu Tätern geworden, wirkten in ihrer kaltblütigen Entschlossenheit aber ebenfalls abschreckend. Andererseits … wenn sie die Torturen der beiden selbst erlebt hätte … Laura wusste nicht, zu welchen Taten sie dann fähig gewesen wäre.

Stevens Stimme riss sie aus den Gedanken. »Der Hubschrauber ist schon von Weitem zu hören. Wenn er schlau ist, verbirgt er sich in irgendeiner Höhle. Dann sinken unsere Chancen mit jeder Stunde.«

»Er? Noch wissen wir doch gar nicht, wer da auf dem Felsen stand.«

Täffners gescheiterter Mörder hatte zwar vor allem wegen seiner Schussverletzung gejammert, aber sein Erstaunen, dass Mittäter vermutet wurden, hatte ehrlich gewirkt. Weniger aufrichtig hatte seine Behauptung geklungen, die Namen von Ansgar und Frieda Kallenbach zum ersten Mal zu hören. Vielmehr legten Anton Gerbers Aussagen nahe, dass er auch auf das Geschwisterpaar angesetzt worden war – nachdem er tags zuvor schon Andreas Mack hatte erstechen wollen. Das Runen-Tattoo auf seinem Handrücken sprach für sich. Aber natürlich war es auch möglich, dass Burkart mehrere Killer in die Spur gesetzt hatte und jemand anderes hinter den Kallenbachs her war.

»Hoffentlich hat es sich nicht nur um einen späten Wanderer gehandelt«, meinte Steven. »Aber an dem Felsen führt kein Weg vorbei, da geht niemand ohne Grund hin. Egal wer es ist: Ich verstehe nicht, dass wir ihn nicht aufstöbern!«

Laura deutete hinaus. »Das hier ist kein hochalpines Gelände. Der Wald sieht zwar von oben dicht aus, ist aber meist gut zu durchqueren. Und der Vorsprung könnte reichen, um …«

Ihre Spekulationen wurden von einer anderen Stimme im Kopfhörer abgewürgt. »Da ist was! Ich tippe auf eine männliche Person.«

Simultan drehten Laura und Steven ihre Köpfe zum Monitor. Er zeigte das Gelände in Schwarz- und Grautönen, und einen weißen Fleck. Je langer Laura hinsah, umso deutlicher konnte sie eine menschliche Gestalt erkennen, die in Richtung Süden durch den Wald hastete. Am Rücken folgte ihr beständig ein dunkler Fleck, ein Rucksack? Von hier oben sah der Boden flach und unspektakulär aus, aber auch wenn es sich um keine hochalpine Landschaft handelte, gab es doch Abhänge, Wurzeln, Bäche und andere Hindernisse.

»Spätestens jetzt weiß er, dass wir ihn entdeckt haben«, sagte Stevens Sitznachbar, der sich als Jens vorgestellt hatte.

Der Hubschrauber stand nun direkt über dem Unbekannten. Laura blickte aus dem Fenster, konnte aber nur die Schatten der Bäume erkennen. »Wo kann er hinwollen?«

»Sofern er die Richtung beibehält, ist es noch weit bis zur nächsten Straße.« Jens zeigte auf seinem Tablet einen Kartenausschnitt. »Aber natürlich gibt es immer wieder Forstwege oder Zufahrten zu Almen. Nur … selbst wenn er irgendwo einen Wagen stehen hat, wird ihm das nichts nützen. Unten im Tal sind mehrere Einsatzfahrzeuge postiert. Da wir ihn jetzt auf dem Schirm haben, können wir sie zielgerichtet lotsen.«

»Was ist das hier?« Lauras Finger fuhr über eine Linie auf der Karte. »Weg oder Straße?«

»Die Zufahrt zur *Agersgschwendt-Alm*. Ein Privatweg.«

Laura wandte sich wieder dem Bildschirm zu, auf dem die Aufnahme der Wärmebildkamera zu sehen war. »Und diese Umrisse dort drüben? Zwei dunkle und ein heller.«

»Das … da steht noch eine Person! Suchscheinwerfer an!«

Sofort flammte helles Licht auf und durchschnitt die Nacht. Die Schatten bekamen wieder die Konturen von Bäumen, gebannt sah Laura nach unten.

»Weiter nach vorn. Richtung Weg«, hörte sie im Kopfhörer, und der Scheinwerfer wurde neu ausgerichtet.

Laura drehte sich zum Bildschirm zurück. »Der Mann rennt auf diese Umrisse zu. Das Gelände scheint jetzt einfacher durchquerbar zu sein. Er ist schnell, richtig schnell!«

»Und bald wird er noch schneller sein!« Steven saß fast auf ihrem Schoß, um ebenfalls nach unten blicken zu können. Der Suchscheinwerfer hatte mittlerweile die von Laura angezeigte Stelle erfasst. »Zwei Motorräder und eine weitere Person!«

»Dürfte gleich spannend werden.« Jens klang tatsächlich so, als würde er sich über eine Herausforderung freuen.

»Dieser Helikopter ist hoffentlich vollgetankt?«, fragte Steven.

»Keine Sorge. Ein Problem bekommen wir nur, wenn die beiden sich trennen. Dann müssen Sie entscheiden, wen wir weiterverfolgen.«

»Wir bleiben an dem Mann dran, den wir schon die ganze Zeit verfolgen«, bestimmte Laura.

Soeben betrat dieser den Kegel des Suchscheinwerfers, und der dunkle Schatten auf seinem Rücken entpuppte sich als große Sporttasche. Ohne zu zögern sprang er auf ein Motorrad, genau wie die andere Person. Kies spritzte auf, als sie Vollgas gaben und dem Weg bergauf folgten.

»Also hoch zur Alm!« Jens wirkte immer zuversichtlicher. »Dahinter gibt's nicht mehr viel. Vor allem keine gut befahrbaren Wege.«

»Das sind Geländemotorräder«, warf Steven ein. »Die brauchen keine Schotterpiste.«

»Trotzdem sind wir hier immer noch im Gebirge.«

Laura zuckte zusammen, als eine Lautsprecherdurchsage die Flüchtenden zum Anhalten aufforderte. Entweder ging sie im Dröhnen der Rotorblätter und der Motorradmotoren unter, oder die beiden ignorierten sie.

»Meine Fresse, die geben aber wirklich Vollgas«, murmelte Steven in sein Mikrofon.

»Haben wegen unseres Suchschweinwerfers auch beste Sichtverhältnisse«, kommentierte Jens.

Das stimmte, dennoch war Laura der Meinung, gerade ein Himmelfahrtskommando zu beobachten. Doch es schien sich um geübte Geländefahrer zu handeln. Kurz vor der *Agersgschwendt-Alm* rasten sie aus dem Wald, der Weg führte hier über offenes Terrain. Rasch lag das Gebäude wieder hinter ihnen, und sie fuhren zurück in den Wald, in dem sie wenig später links abbogen.

»Immer weiter rein in die Wildnis«, sagte Jens. »Frage mich, ob sie sich hier auskennen oder planlos eine Flucht versuchen.«

Eher schien Letzteres zuzutreffen, denn der Weg wurde schmaler und endete in einer Senke. Erde spritzte auf, als die Motorräder gewendet wurden, und Laura meinte, hektische Handbewegungen des Mannes zu erkennen, der auf dem Rücken die Tasche trug. Zunächst fuhren beide ein Stück zurück, dann scherten sie scharf in einen Abzweig ein. Wieder öffnete sich der Wald, und die Motorräder brausten am Rande eines Abgrundes entlang.

Dann geschah es. Laura konnte nicht erkennen, ob ein Stein oder etwas anderes dazu führte, dass die hintere Person ins Schlingern geriet. Das Motorrad stellte sich quer, dann rutschte es auf eine Kante zu. Es kam Laura wie in Zeitlupe vor – der Absturz ging dann wieder ganz schnell. In der Luft lösten sich Fahrer und Motorrad voneinander, beide überschlugen sich, bevor sie mehrere Meter tiefer auf Geröll aufschlugen und dort weiter bergab rutschten. Ein einsamer Baum bremste die Person abrupt, regungslos blieb sie liegen.

»Ach du Scheiße!« Steven wirkte eher fasziniert als geschockt.

Der Fahrer des vorderen Motorrades schien den Unfall zunächst gar nicht mitbekommen zu haben. Erst zehn Sekunden später drehte er den Kopf nach hinten und legte eine Vollbremsung hin. Regungslos stand er da, und Laura ahnte, dass er gerade eine der schwersten Entscheidungen seines Lebens treffen musste. Dann wendete er und fuhr zurück. Diesmal langsam und vorsichtig. Stehend spähte er dabei den Abhang hinab.

»Tiefer gehen!«, brüllte Jens ins Mikrofon.

Der Pilot folgte seiner Anweisung, gleichzeitig wurden die Türen des Hubschraubers geöffnet, und bewaffnete Polizisten nahmen den Mann ins Visier. Wieder ertönte eine Lautsprecherdurchsage, ohne dass sie Wirkung zeigte. Das Motorrad wurde gestoppt, achtlos hingeworfen, dann rannte der Fahrer zum Abgrund.

»Landen und Zugriff!«

Der Befehl drang wie durch Watte zu Laura, sie konnte den Blick erst abwenden, als die Kufen des Hubschraubers den Boden berührten und die Einsatzkräfte heraussprangen.

»Los!« Steven griff nach ihrem Arm. »Ich will wissen, wer das ist!«

Laura zog sich die Kopfhörer herunter und folgte ihm ins Freie. Die Luft war frisch, wie in Trance lief sie hinter Steven her. Vier Polizisten hatten den Mann umstellt, die Waffen im Anschlag. Er kniete dicht an der Abbruchkante, und als Laura nähertrat, konnte sie die Umrisse eines Motorrads und einer reglosen Person ausmachen. Es ging tiefer hinunter, als sie erwartet hatte. Sie ahnte, welche Diagnose bei der Bergung gestellt werden würde, und richtete ihren Blick auf den Mann. Er trug keinen Helm, war groß gewachsen, hatte blonde Haare und wirkte wie ein Model aus einem Hochglanzmagazin. Wie versteinert starrte er in den Abgrund.

Steven näherte sich ihm von hinten und zog den Reißverschluss der Tasche auf. Eine Jagdarmbrust in Camouflage-Design kam zum Vorschein, und Laura spürte, dass ihre Knie weich wurden. Die Lippen des Mannes bewegten sich, und obwohl er leise sprach, würde sie seine Worte wohl nie vergessen.

»Frieda. Frieda, Frieda. Es war alles umsonst.«

Kapitel 15

Mit Schaufeln und Spaten wurde die lockere Erde abgetragen und ein Stück entfernt aufgehäuft. Die erst kürzlich eingesetzten Erdbeerpflanzen fielen der Ermittlungsarbeit am Morgen des Ostersonntags genauso zum Opfer wie ein Johannisbeerstrauch. Dann wurde die Erdschicht fester und die Vorgehensweise vorsichtiger. Das *Haus am See* war vor drei Jahren durch einen Neubau ersetzt worden, aber laut Andreas Mack sollten hier noch immer Spuren des *Deutsch-Kurses* zu finden sein. Zwar war der unterirdische Bunker vollständig abgerissen worden, doch im hinteren Bereich des weitläufigen Gartens hatte sich die Neugestaltung auf das Fällen knorriger Obstbäume und das Anlegen von Beeten beschränkt.

Viel hatte Andreas Mack nicht über die Vergangenheit mitgeteilt, auch nicht, als ihm Sequenzen der bei Gerber gefundenen Videos vorgespielt worden waren. Während des *Experiments* war er meist im Hintergrund geblieben, in zwei Szenen aber auch Hauptakteur gewesen. Einmal, als er – von den anderen angefeuert – die afrikanische Studentin vergewaltigt hatte, das andere Mal hatte er ihrem Bruder Zitronensaft in die Augen geträufelt. Laura und Steven waren dem nächtlichen Verhör zugeschaltet worden und hatten dadurch erstmals persönlich einen visuellen Einblick in die Gräueltaten des *Deutsch-Kurses* erhalten.

»Wir waren Scheusale«, hatte Mack mehrmals gemurmelt, was Laura irritiert hatte.

»Foltermeister wäre ein passenderer Begriff«, hatte sie ihm vorgehalten, woraufhin er genickt, aber nicht geantwortet hatte. Laura hatte auf seinen Stirnverband geblickt und von ihrem inneren Auge das eingeritzte *Nazi* wieder und wieder vorgespielt bekommen. Dann hatte Mack sich doch noch geäußert. Er sei bereit, sich seiner Verantwortung zu stellen, wolle sich aber zuvor mit einem Anwalt beraten.

Dass seine früheren Freunde einen Killer auf ihn angesetzt hatten, schockierte ihn einerseits, sei aber andererseits nicht verwunderlich. Da er inzwischen eine entgegengesetzte weltanschauliche Überzeugung habe, hätten sie ihn wohl als größte Gefahr eingestuft. Tatsächlich habe die mediale Dauerpräsenz von Eckstein, Gerber und Bär die alten Bilder in Dauerschleife bei ihm zum Leben erweckt. Zugleich sei er für eine verspätete Anzeige bei der Polizei zu feige gewesen – auch wegen fehlender Beweise, denn seine USB-Sticks habe er schon kurz nach dem *Experiment* entsorgt.

Eckstein, Bär und Täffner hatten diesbezüglich ebenfalls Vorsicht walten lassen, zumindest war bei entsprechenden Durchsuchungen nichts gefunden worden, genauso wenig bei Dombrowski in Leipzig. Um zwölf Uhr sollte es eine Pressekonferenz des Bundeskriminalamtes geben. Gerbers Inhaftierung meldeten allerdings schon diverse Onlineplattformen. Noch wurde spekuliert, ob es Verbindungen zur Neonazi-Szene gab oder ob ähnliche Ermittlungen dahintersteckten. Ein politisches Erdbeben stand kurz bevor, dazu brauchte Steven keine hellseherischen Fähigkeiten. Trotz des Feiertags fanden heute Landtagswahlen in Nordrhein-Westfalen und Kommunalwahlen in Sachsen statt, und bislang sprachen die Umfragen für ein starkes Ergebnis der *Weißen*. Bis zur Mittagszeit würde ein Teil der Wähler die Stimme schon abgegeben haben, das Timing der Pressekonferenz war somit fragwürdig.

Im Moment war es erst sieben Uhr. Die Wahllokale waren noch geschlossen, dafür hatte sich ein Arbeitstrupp zum Haselbacher See begeben. Die Vorgehensweise erinnerte an archäologische Ausgrabungen, was durchaus passte: Gesucht wurden die sterblichen Überreste zweier afrikanischer Studenten, die hier vor dreizehn Jahren nach einem tagelangen Martyrium verscharrt worden waren. Mack war nach eigener Aussage nicht dabei gewesen, und auch zu ihren Todesumständen könne er nichts sagen. Er habe sich so volllaufen lassen, dass er die letzte Nacht des *Experiments* verpasst hätte. Erst am nächsten Morgen habe er erfahren, dass es vorbei sei, »die beiden Neger würden neben einem Birnbaum vermodern«.

»Hoffentlich wächst dort überhaupt noch was«, sei Ecksteins Kommentar gewesen. »Nicht, dass wir deutsche Erde unfruchtbar gemacht haben.«

Den Birnbaum gab es nicht mehr, aber die jetzigen Besitzer erinnerten sich ungefähr, wo er gestanden hatte. Steven konnte ihre Umrisse hinter den Fenstern sehen. Ob sie hier noch mit einem guten Gefühl wohnen konnten? Noch kannten sie keine Details, aber das würde sich in Kürze ändern. Steven selbst hatte bislang nur diejenigen Auszüge der Videos gesehen, die auch Andreas Mack vorgeführt worden waren. Da in ihnen aber die härtesten Sequenzen zu sehen waren, reichte es aus, um ihn in der Morgensonne frösteln zu lassen. Er wusste, dass er diese Bilder nie mehr loswerden würde. Lauras Wortwahl war zutreffend: Der *Deutsch-Kurs* war ein Haufen ungehemmter Folterknechte gewesen, die alle Register gezogen hatten.

Die körperlichen Qualen hätten sich selbst ihre mittelalterlichen Vorgänger nicht bestialischer ausdenken können, vermutlich stammte aus jener Zeit die Inspiration. Vielleicht lag es aber auch einfach in der Natur des Menschen, sich größtmögliche Grausamkeiten für seine eigene Art auszudenken – dazu war kein Blick in die Vergangenheit nötig, entsprechende Beweise gab es rund um die Welt noch immer genügend. Von Tag zu Tag waren die Torturen unter dem *Haus am See* abscheulicher geworden, das Übertreten diverser Grenzen in Verbindung mit der Gruppendynamik hatte sämtliche Hemmungen pulverisiert. Der Anblick der geschundenen Körper hatte Steven irgendwann fast auf den – ausgebliebenen – Gnadenschuss hoffen lassen. Doch die Peiniger hatten ihre Opfer nicht nur körperlich geschunden. Auch psychisch waren die Gefangenen derart brutal gebrochen worden, dass sie am Ende nur noch lallende, bemitleidenswerte Geschöpfe gewesen waren.

Mit erneutem Schaudern betrachtete Steven die Arbeiten. Selbst wenn Mack eher als Mitläufer einzustufen war, stellte dies keinen Milderungsgrund dar. Schließlich war er bis zum letzten Tag dabeigeblieben und hatte bis heute geschwiegen. Davon konnte ihn sein umfangreiches soziales Engagement nicht reinwaschen. Steven ertappte sich bei dem Gedanken, wie ungerecht die Welt sein konnte. Ein unscheinbares Visitenkarten-Etui hatte dem Mann das Leben gerettet, indem es die Klinge des Messers abgelenkt hatte. So ein Glück hätte manch anderer eher verdient.

Macks erfolgloser Mörder zog dennoch keine Sympathien auf sich. Er war nicht nur wegen der Rune auf dem Handrücken überführt, auch die auf Macks Anzug zurückgebliebenen Stofffasern konnten ihm zugeordnet werden. Dazu gab es an seinen Stiefeln Spuren, die zu einem Komposthaufen passten. Die Analyse dieses biologischen Materials lief zwar noch, war aber ohnehin nur das i-Tüpfelchen in der Beweiskette. Angeklagt würde der einschlägig vorbestrafte Rechtsextremist, der sich seit Jahren in Dennis Burkarts Umfeld tummelte, allerdings nur wegen versuchten Mordes. Bei Elias Täffner war er ebenfalls gescheitert, der Förster war wieder bei Bewusstsein – und verweigerte die Aussage.

Eckstein dagegen? Der hatte offenbar mit seiner Segeljacht das Weite gesucht. Ein zum Scheitern verurteilter Versuch, als Einziger davonzukommen. Minütlich hoffte Steven auf den erlösenden Anruf, dass diese smart auftretende Person mit den unfassbaren Abgründen im Baltikum, in Skandinavien oder auf hoher See aufgegriffen worden war. Und mit jeder Minute, die ereignislos verstrich, wurde er dann doch unruhiger.

Es knisterte, als er ein weiteres Nikotinkaugummi aus dem Blister drückte. Er hatte nicht geschlafen, sondern war von Bayern nach Sachsen gefahren, um bei den Ausgrabungen dabei zu sein. Laura hatte ihn nur bis München begleitet. Zum einen benötigte sie einen Arztcheck, und zum anderen sollte sie an der Vernehmung von Ansgar Kallenbach teilnehmen. Seit seiner Verhaftung hatte er nur apathisch ins Leere geblickt, und Steven war skeptisch, ob heute schon Verwertbares aus ihm herauszuholen war.

Und was die Geheimnisse betraf, die von der in immer weiteren Schichten abgetragenen Erde seit dreizehn Jahren verborgen wurde? Steven schwankte zwischen den Hoffnungen, unverrichteter Dinge wieder abziehen zu müssen oder auf den letzten Beweis für die Ermordung der afrikanischen Studenten zu stoßen. Ihr Tod war nicht auf Video festgehalten worden, dafür ein Kommentar von Oliver Bär: »Jetzt bringen wir das zu Ende und verbuddeln sie. Mehr halten die eh nicht aus.«

Ein Ruf ertönte und riss Steven aus den Gedanken. Sämtliche Arbeiten wurden unterbrochen, an einer Stelle des Gartens bildete sich eine Menschentraube. Steven schloss die Augen, atmete durch und wechselte das Nikotinkaugummi. Dann begab er sich ebenfalls zu dem Loch, in dem eine junge Frau behutsam mit einer Kelle herumkratzte. Er drängelte sich zwischen den Arbeitern durch und sah nach unten. Die Erde war etwa anderthalb Meter ausgehoben worden, und dass es sich bei den weißen Fundstücken nicht um Wurzeln oder Steine handelte, war offensichtlich. Die Knochen gehörten zu einem Becken, so viel verstand Steven von der Anatomie des Menschen. Während die Überreste weiter freigelegt wurden, wollte er die Augen abwenden, konnte es aber nicht. Erst zehn Minuten später löste er sich und ging langsam in Richtung des Neubaus. Wieder waren Personen an den Fenstern zu sehen, allerdings zu weit entfernt, um Genaueres erkennen zu können. Schon bald würden sie erfahren, dass ihre Erdbeerpflanzen ein hübscher Deckmantel für ein unvorstellbares Verbrechen gewesen waren.

Der Himmel präsentierte sich so, wie man es bei einem Besuch in der bayrischen Landeshauptstadt erwartete: weiß-blau. Die Gewitterfront war noch in der Nacht abgezogen – der Ostereiersuche im Freien stand nichts im Wege. Erst für den Ostermontag war ein herber Wetterumschwung mit Schneefall vorhergesagt worden, aber da wollte Laura längst zurück am Rhein sein. Ohnehin war sie von touristischen Gefühlen weit entfernt, was nicht nur an der zurückliegenden Nacht und dem bevorstehenden Verhör lag. Ständig dachte sie daran, dass Filip vor Kurzem in München gewesen war und dass in der Nähe des Nymphenburger Schlosses ihr Exmann Valentin wohnte.

Aber es gab auch einen Lichtblick in dieser Metropole, die von manchen als nördlichste Stadt Italiens bezeichnet wurde: Jan Seidl arbeitete hier bei einer der größten überregionalen deutschen Tageszeitungen und wohnte irgendwo nahe der Isar. Viel mehr als ein kurzes Treffen am Odeonsplatz und vielleicht ein schnelles gemeinsames Mittagessen würde es jedoch nicht geben. Mit Macht zog es Laura zu ihrem Haus in Königswinter, gleichzeitig schreckte sie vor dem Aufeinandertreffen mit Filip zurück. Ihn ein weiteres Mal zu vertrösten, war aber ausgeschlossen. Welche Teile der Wahrheit sie ihm erzählen würde, darüber wollte sie am Nachmittag im Flugzeug nachdenken.

Bis dahin blieben noch ein paar Stunden, in denen sie sich auf anderes konzentrieren musste. Es war kurz nach acht, und sie war hochnervös. Noch immer zögerte sie, das Gebäude in der Hansastraße zu betreten, in dem das Kriminalfachdezernat 1 des Polizeipräsidiums München untergebracht war. Dass sie Jan Seidl vor einer halben Stunde angerufen hatte, war nicht der Sehnsucht nach einem Treffen geschuldet gewesen, sondern ihrer Irritation darüber, dass die Pressekonferenz des Bundeskriminalamtes – und die damit einhergehende Entglorifizierung der *Weißen* – erst für zwölf Uhr angesetzt worden war. Wie viele Menschen auch immer ihre Stimmen in Nordrhein-Westfalen oder Sachsen bis dahin schon abgegeben haben würden, Laura war der Meinung, dass die Zahl unvertretbar hoch sein würde.

Dennoch hatte sie hart mit sich gerungen, bevor sie Seidl den in Leipzig geäußerten Wunsch nach einem Vorsprung gegenüber seinen Kollegen erfüllt hatte. Zwar hatte sie dem Journalisten nur die relevanteren Fakten mitgeteilt, aber auch das war eine ernsthafte Verletzung des Dienstgeheimnisses. Den Dingen einfach ihren Lauf zu lassen, hätte sie sich jedoch nicht verzeihen können.

Was sie spürte, als sie den Webbrowser erneut aktualisierte, wirkte wie ein Stromschlag. *Weißen-Politiker Eckstein und Gerber des Mordes und massiver Körperverletzung überführt!* Von der eigentlichen Eilmeldung las sie nur die ersten Zeilen, dann rannte sie zu einem Busch und übergab sich. Jetzt war es nur noch eine Frage der Zeit, bis die Enthüllung von anderen Plattformen aufgegriffen wurde. Zitternd und nach vorn gebeugt stand sie da, mit einer matten Bewegung wischte sie sich die Tränen weg. Aus ihrer Tasche nahm sie eine Flasche

Wasser, und nachdem sie den Mund ausgespült hatte, schob sie zwei Pfefferminzbonbons hinterher. Dabei kam ihr Steven in den Sinn, der nun eines ihrer Geheimnisse kannte. Zur Ursache des Verlustes ihres Geruchsvermögens musste sie sich noch eine Geschichte ausdenken, denn sie dachte nicht im Traum daran, ihm die Wahrheit zu erzählen. Es reichte, dass Filip die Erinnerung an schmerzhafte Ereignisse an die Oberfläche zerrte.

Auch eine halbe Stunde später war die Vergangenheit das beherrschende Thema, und obwohl Ansgar Kallenbachs Blick und Stimme weiter apathisch wirkten, war er zu einer Aussage bereit. »Das schulde ich Frieda«, meinte er und starrte dabei die ausgestreckten Finger seiner Hand an. Laura hatte selten einen schöneren Mann gesehen. Groß, athletisch und markante Gesichtszüge unter dem Dreitagebart. Seine Augen waren tiefblau, die blonden Haare zerzaust – wäre sein Leben anders verlaufen, hätte er eine Karriere als Model starten können. Stattdessen war er Tierpfleger geworden, genau wie seine drei Jahre jüngere Schwester. Sie hatten zusammengewohnt, zusammengearbeitet, zusammen Urlaube gemacht und sich gemeinsam gerächt.

»Warum erst jetzt?«, fragte Irene Knopf, die mit dem ersten Flieger aus Hamburg gekommen war. Zu Lauras Erleichterung ohne Alexander im Schlepptau.

»Weil …« Als er die Zähne zusammenbiss, traten seine Wangenknochen hervor. »Wir waren … mehr tot als lebendig. Martin besorgte uns einen Arzt und ein abgelegenes Ferienhaus. Dort kamen wir wieder zu uns. Sie sagten … wenn wir Anzeige erstatten, wäre es das Letzte, was wir tun. Selbst wenn sie verhaftet würden … sie hätten Leute bezahlt, die uns dann umbringen. Frieda wollte trotzdem … aber ich … nicht. Ich hatte Angst um sie. Und um mich.«

»Stimmt es, dass Sie außerdem Schweigegeld bekommen haben?«

»Insgesamt vierhunderttausend. Davon kauften wir eine Wohnung in Berlin. War die beste Entscheidung, denn zu der Zeit ging das mit den Preisen noch. Hat uns abgesichert. Heute müssten wir wahrscheinlich das Dreifache hinlegen. Sogar Motorräder waren noch drin, das war immer ein Traum von uns.«

Laura registrierte, dass er sich in vergleichsweise banalen Details verlor. Sofort führte sie ihn zurück zum Wesentlichen. »Sie wurden mit dem Tod bedroht und bekamen Geld. Damals reichte das, um Sie und Ihre Schwester zum Schweigen zu bringen. Warum änderte sich das?«

»Weil … ich konnte es nicht mehr mit ansehen!« Zum ersten Mal wurden seine Augen lebendig. »Frieda litt die ganze Zeit. Ich machte mir Vorwürfe, dass ich ihr damals die Anzeige bei der Polizei ausgeredet hatte. Dann … tauchten auf einmal Martin, Oliver und Anton immer öfter in den Nachrichten auf. Präsentierten sich als Aufräumer mit weißer Weste. Frieda … ging es immer schlechter. Sie war mal eine echte Schönheit, sah jetzt aber wie ein Gespenst aus. Im Winter … fand ich sie gerade noch rechtzeitig. Mit aufgeschnittenen Pulsadern in der Wanne. Zu der Zeit wurde es immer wahrscheinlicher, dass Martin neuer Parteivorsitzender wird. Mir war klar, dass es aufhören muss. Frieda wäre endgültig zerstört worden, wenn sie ihn und die anderen ständig in den Medien hätte sehen müssen.«

»Sie reden gerade von Friedas Leiden«, merkte Irene Knopf an. »Wie ging es Ihnen selbst in all den Jahren?«

Das Lebendige in seinen Augen erlosch. »Verglichen mit dem, was wir durchgemacht haben? War okay. Ich hab schlecht geschlafen und konnte … wir beide konnten es mit anderen Menschen nicht aushalten. Aber wir haben … hatten ja uns.«

»Die Rache planten sie auch gemeinsam?«

»Es war wie eine Therapie. Endlich sah Frieda wieder wie ein Mensch aus! Sie begann wieder zu reden. Rauszugehen.

Musik zu hören. In den Wochen vorher hatte sie gar nichts getan. Wirklich nichts, verstehen Sie? Zum Essen musste ich sie zwingen, nur zur Toilette schaffte sie es selbst. Ansonsten lag sie in ihrem Bett. Bis ich ihr vorschlug …«

»Wieso gingen Sie nicht einfach zur Polizei?«

»Wer hätte uns geglaubt?« Es lag kein Vorwurf in seiner Stimme, sie blieb tonlos. »Wir hatten keine Beweise. Nichts. Außerdem waren wir … oder eher ich … also ich bin ja selbst nicht unschuldig.«

»Wie meinen Sie das?«

Er senkte den Kopf. »Ich will mich nicht reinwaschen, aber meine Eltern waren … na ja, Nazis eben. Frieda und ich wuchsen in Kreisen auf, die alle genauso dachten. Es gab Familientreffen, Ferienfreizeiten und so weiter. Irgendwann holte uns das Jugendamt da raus. Wir kamen zu einer Pflegefamilie, rissen aus und trampten zu unseren Eltern zurück. Das wiederholte sich ein paar Mal. Wir waren längst verloren. Heute weiß ich das, damals betrachtete ich jeden, der uns zu helfen versuchte, als Feind.«

»Was machen Ihre Eltern heute?«, fragte Laura.

»Keine Ahnung. Als das … passiert war … ich hab ihnen einen Brief geschrieben, dass wir den Kontakt abbrechen und ins Ausland gehen. Ich weiß nicht mal, ob sie noch am Leben sind. Allerdings waren beide gesund und …«

»Kommen wir auf Ihre Schuld zurück, was meinten Sie damit?« Erneut hinderte Laura ihn am Abdriften. Wer wusste schon, wie lange er noch so bereitwillig Auskunft geben wollte oder konnte!

»Frieda und ich zogen nach Leipzig. Zuerst in getrennte Wohnungen, war ja alles spottbillig. Ich studierte Biologie. Das war neben Sport das einzige Fach, in dem ich in der Schule richtig gut gewesen war. Frieda machte eine Ausbildung zur

Tierpflegerin. Sie konnte schon immer gut mit Tieren, bei mir kam das … später.«

»Und Ihre Schuld?«

»Nebenbei jobbte ich in einer Bar.« Er schien die Nachfrage gar nicht wahrgenommen zu haben. »Dort kam ich in Kontakt mit einer rechten Burschenschaft. Hat mich sofort angesprochen. Ich trat bei und …«

»War das die Burschenschaft, bei der auch Martin Eckstein Mitglied war?«, hakte Irene Knopf nach.

»Nein, ihn kannte ich da noch gar nicht. Aber ich lernte immer mehr Leute von verschiedenen Gruppierungen kennen. Irgendwann auch Rudi.«

»Rudolf Dombrowski?«

»Wir freundeten uns an. Dachte ich zumindest. Er stellte mich dem *Deutsch-Kurs* vor, und mir … gefiel es. Wir verstanden uns gut … ich war ja so drauf wie die. Besoffen pöbelten wir Ausländer an, warfen Scheiben bei irgendwelchen Linken ein, sangen nationalistische Lieder und … fühlten uns stark.«

Irene Knopf nickte. »Wie ist Frieda da reingeraten?«

»Rudi begegnete ihr mal bei mir zu Hause und war sofort verknallt. Und … na ja … er war mein Freund, ich hatte nichts dagegen. Wir schmiedeten Pläne, wie er sie erobern könnte, aber … so richtig hat das nicht funktioniert. Er war schon damals nicht gerade attraktiv. Dann lud er uns zum *Haus am See* ein. Es war toll dort. Wir hatten ein ganzes Haus für uns, ballerten im Wald rum und …«

»… und Sie zeigten den anderen, wie man mit einer Armbrust schießt?«, unterbrach Laura.

»Ja. Ich wollte beweisen, dass ich was Besonderes draufhabe. Und darin war ich richtig gut.«

»Sie waren Sportschütze?«

»Nee. Mein Vater hat's mir beigebracht, und dann konnte ich die Finger nicht davon lassen. Bis ich so gut war, dass ich wahrscheinlich Weltmeister hätte werden können.« Er klang nicht stolz dabei. »Passte aber nicht zu unserer Ideologie, sich in irgendeinem normalen Verein zu engagieren. Stattdessen trat ich auf Mittelalterfesten auf. Einfach weil's mir Spaß machte.«

»Wählten Sie deshalb diese Waffe für Ihren Racheplan?«

»Martin und die anderen sollten wissen, wer Jagd auf sie macht. Sie sollten Angst um ihr Leben haben, so wie wir damals.«

»Sie haben aber als Erstes Tino Ullmann erschossen, und der gehörte nicht zum *Deutsch-Kurs*.«

Er schloss die Augen. »Das war … nicht geplant. Ich hab auf Martin angelegt, aber … die Entfernung, dazu der Schneeregen …« Er brach ab.

»In Niederdorla …«, sagte Irene Knopf, »da haben Sie den Pfeil vergiftet. Warum nur dort?«

»Weil mir klar war, dass die Distanz für einen tödlichen Treffer selbst für mich sehr groß ist. Frieda … als es ihr noch besser ging, war sie mal für ein halbes Jahr in Südamerika gewesen. Sie brachte mich auf die Idee mit dem Gift.«

»Und wie kamen Sie da ran?«

Erstmals hob er die Mundwinkel in der Andeutung eines Lächelns. »Per Post, ob Sie's glauben oder nicht. Eine Freundin von Frieda schickte es uns. Ihre Mutter ist so eine Art moderne Hexe.«

»Bleiben wir noch mal bei Ihrer Schuld.« Allmählich fand Laura es erschöpfend, ihn immer wieder zum roten Faden zurückzuführen. »Als Sie beim *Haus am See* ankamen: Waren die beiden afrikanischen Studenten schon dort?«

»Bei den ersten Malen nicht, da waren wir für uns. Aber dann … unten im Keller. Aber … da war es … *harmlos*? Also im Vergleich zu später schon. Die mussten uns bedienen, unsere Füße waschen, so 'n Kram halt. Sie sollten unsere Sklaven sein. Die Idee mit dem *Experiment* kam … überraschend.«

»Und ausgerechnet da war auch Frieda anwesend. Weshalb?«

»Sie wollte schon länger sehen, mit wem ich so viel Zeit verbringe. Und sie … war ja nicht anders drauf als ich. Oder der Rest. Sie kam einen Tag vor dem *Experiment* an, und … lachte mit uns, wenn die beiden voller Angst zu uns aufsahen. Dann mussten wir wieder nach Leipzig, und als wir … wieder zurückkamen, da … war das *Experiment* schon in vollem Gange. Und als wir sahen, was … sie war die Einzige, die das verhindern wollte.«

»Sie nicht?«

Er schwieg.

»Kommen wir zu den Tagen, die dann folgten«, übernahm Irene Knopf. »Wir haben die Videos gesehen, Sie müssen also nicht … wenn es Ihnen zu schwer fällt, über all das zu reden, dann verstehen wir das.«

Die Sekunden vergingen, dann hob er den Kopf. In seinen Augen standen Tränen. »Am Anfang dachte ich noch an einen Spaß. Versuchte sogar, Frieda zu beruhigen. Denn eigentlich … die fanden uns ja klasse. Wir sahen so …« Er suchte nach Worten.

»… arisch aus«, half Laura weiter.

»Ja, wahrscheinlich. Ich dachte nicht, dass sie sich ernsthaft an uns vergreifen würden. Aber sie haben sich da immer weiter reingesteigert, dass sie einen Gegentest brauchen, um die Unterlegenheit der Afrikaner zu beweisen. Wer hätte da besser gepasst als wir?«

»Vorzeigedeutsche«, sagte Irene Knopf.

»Erst als … erst als … gibt es auch ein Video … wie … wie Anton mich …?«

»Gibt es«, ersparte Laura ihm weitere Ausführungen.

»Das war am dritten Tag. Für die Afrikaner war es schon der sechste Tag. Er kam allein … Frieda musste zusehen. Da war mir klar, dass es böse ausgehen würde. Wir haben alles versucht. Uns gewehrt, gebettelt, an die Vernunft appelliert. Sie lachten uns immer nur aus und sagten, wir würden dadurch nur noch härter werden. Also zogen sie auch uns die Fingernägel, peitschten uns aus, tauchten uns unter Wasser oder hängten uns auf, machten Waterboarding, pissten auf uns, verweigerten Getränke … vergewaltigten … Frieda und …« Er wandte den Kopf ab und blinzelte heftig. »Sie machten alles mit uns, was sie kurz vorher mit den Afrikanern gemacht hatten. Wir wussten also immer, was auf uns zukommt. Es war … die Hölle.«

Alle schwiegen, und Laura hasste sich in diesem Moment dafür, das Verhör nicht abzubrechen. Ansgar Kallenbach zitterte am ganzen Körper, sein Gesicht glänzte vor Schweiß. Sie öffnete eine Flasche Wasser und schenkte ihm ein Glas ein. Da ihre Chefin keine Anstalten machte, das Wort zu ergreifen, stellte Laura die nächste Frage.

»Wie gingen Sie untereinander um? Also Sie und Frieda und … die beiden anderen.«

»Ganz ehrlich …«, er trank nur einen kleinen Schluck, trotzdem rannen Tropfen über sein Kinn. »Wir hofften, dass sie endlich draufgehen. Denn … dann hätte es aufgehört. Die anderen tobten sich bei denen schon noch mehr aus als bei uns. Aber … sie waren zäh.«

»Wie sind die beiden dann gestorben?«

Langsam sank sein Kopf nach vorne, und er legte die Stirn auf die Tischplatte. Seine Antwort war kaum zu hören. »Sie … wollten einfach nicht sterben. Obwohl sie … völlig hinüber waren. Dann … irgendwann nachts … Martin und Rudi … kamen, weil Frieda und ich ein Grab ausheben sollten. Sie knebelten uns und schleppten uns nach draußen. Es dauerte … eine Ewigkeit. Wir konnten kaum noch stehen. Dann … wurden die beiden zu uns gebracht. Über den Boden geschleift. Nackt. Ins Loch geworfen, sodass … sodass sie so … übereinander lagen, und …«

»Ich weiß. Ihre Überreste wurden heute Morgen gefunden«, sagte Laura leise.

»Frieda und ich … wir mussten … Erde auf sie schaufeln. Immer weiter … Schippe auf Schippe und … *Wir* waren es, die sie beerdigt haben!«

»Machen Sie sich keine Vorwürfe«, war das Einzige, was Laura einfiel. »Nicht *Sie* waren es, die die beiden umgebracht haben.«

»Doch«, flüsterte er. »Die beiden haben nämlich noch geatmet. Wir mussten sie lebendig begraben.«

Einer der Löwen hatte das Maul leicht geöffnet, der andere hielt es geschlossen und wirkte dadurch würdevoller. Die Sehnen und Muskeln der Tiere waren deutlich zu sehen, sie strahlten Stärke und Anmut aus. Obwohl sie zu schreiten schienen, kamen sie nicht von der Stelle, sondern blickten seit über hundert Jahren von der Feldherrnhalle über den Münchener Odeonsplatz, an den Prachtbauten der Ludwigstraße vorbei bis zum Siegestor.

Laura stand unter einer der beiden Marmorfiguren und sah an der gelben Fassade der Theatinerkirche hinauf. Über den Türmen des Barockgebäudes leuchtete ein blauer Himmel, nur vereinzelt trieben Wolken. Gesprächsfetzen vorbeiflanierender Passanten plätscherten in ihr Ohr, alles war so friedlich, wie es sich für einen Ostersonntag gehörte. Die beruhigende Stimmung übertrug sich und ließ den Sturm in ihrem Inneren abflauen. Sie setzte sich auf eine der Stufen und überlegte, dass die lebendigen Verwandten der beiden Raubkatzen über ihr trotz aller Gefährlichkeit keine Bestien waren. Anders als Eckstein und seine Konsorten. Ob ein Löwe – hätte er den Verstand eines Menschen – zu Ähnlichem imstande wäre? Hatte der Homo sapiens erst mit zunehmender Intelligenz Gefallen an der Quälerei seinesgleichen gefunden oder lag es ihm in den

Genen? Wie viele Opfer hatten schon spüren müssen, welche abartigen Grausamkeiten sich ein Mensch ausdenken konnte?

Eine tiefe und raue Stimme riss sie aus den Gedanken. »Na, junge Frau, wieso sitzen Sie hier so verloren?«

Als sie den Kopf hob, blickte sie zuerst auf weißgraue Haare, dann in Seidls Gesicht mit dem Pflaster an der Schläfe. In seinem Lächeln lag Wärme, in den Augen Besorgnis. Er schien nicht so recht zu wissen, wie er sich verhalten sollte – das ging Laura nicht anders. Etwas linkisch setzte er sich neben sie auf die Stufen.

»Ein geschichtsträchtiger Ort. 1923 marschierte Hitler mit seinen Anhängern hierher, aber der Putschversuch scheiterte nach einer blutigen Auseinandersetzung mit der Polizei. Seit der Machtergreifung gab es in der Nazi-Zeit jährlich einen *Marsch auf die Feldherrnhalle* mit Gedenkfeier. Oben hing eine Tafel mit den Namen der sogenannten Blutzeugen – rund um die Uhr bewacht von einer SS-Ehrenwache. Jeder, der hier vorbeiging, musste die sechzehn Gefallenen des Putschversuchs mit dem Hitlergruß ehren. Manche wählten deshalb eine andere Route. Die schmale Straße direkt hinter der Feldherrnhalle hieß im Volksmund *Drückebergergasse*, weil man sich mit ihr den gehobenen Arm ersparen konnte.«

»Der *Deutsch-Kurs* hätte sich damals pudelwohl gefühlt«, meinte Laura. »Je länger die NS-Zeit zurückliegt, umso mehr scheint die Erinnerung daran zu verblassen. Manch einer verharmlost, verleugnet sogar, was damals geschehen ist. Auch Stimmen der Bewunderung werden wieder laut. Der Nationalismus wird nie aussterben.«

»Zumal die Deutschen dieses Problem nicht exklusiv haben.« Seidl zog eine Zigarettenpackung hervor, drehte sie aber nur in den Händen. »Unruhige Zeiten, in welche Himmelsrichtung man auch blickt. Empathie und Menschlichkeit sind auf dem

Rückzug. Umso wichtiger, dass sich möglichst viele dieser Entwicklung entgegenstemmen.«

»Klingt wie eine Osterpredigt.« Laura lehnte sich an ihn. »Musstest du heute früh eigentlich schon Osterhase spielen?«

Er lachte, steckte die zerknautschte Zigarettenpackung wieder in die Tasche seiner Jeans und legte den Arm um sie. »Mein Jüngster ist sechzehn, die beiden anderen sind schon über zwanzig. Enkel sind keine in Sicht, zumindest weiß ich davon nichts. Was ist mit deinen österlichen Mutterpflichten?«

»Filip würde mir den Vogel zeigen, wenn ich für ihn Eier verstecken würde.«

»Wie geht es ihm nach der Prügelattacke meiner Landsleute?«

Sie versteifte sich. »Wohl ganz okay, aber ich hab ihn noch nicht gesehen. Deshalb kann ich auch nicht länger bleiben. Mein Flug geht um kurz vor vier.«

»Dann haben wir noch Zeit. Hast du Hunger?«

»Klar!« Obwohl sie nicht sicher war, ob sie etwas herunterbekommen würde, löste sie sich aus seinem Arm und stand auf.

»Wir können rüber in den Hofgarten gehen.« Er erhob sich ebenfalls. »Es ist warm genug, und ich habe einen Tisch reserviert. Schließlich muss ich mich noch bei dir bedanken. Da ist ein Mittagessen zwar etwas wenig, aber …«

»Bedanken?«

»Für deinen Tipp heute früh. So berühmt war ich noch nie … auch wenn niemand weiß, dass *ich* das verfasst habe. Weltweit wurde die Meldung übernommen. Vielleicht trägt das sogar dazu bei, dass Ecksteins Flucht schnell beendet ist.«

Laura nickte, dennoch nahm das flaue Gefühl im Magen wieder zu. Wenigstens hatte Seidl nicht seinen wahren Namen unter den Artikel gesetzt und ihn auch nicht bei seiner Zeitung veröffentlicht, sondern auf einer Plattform freier Journalisten. Andernfalls wäre seine Quelle allzu naheliegend gewesen.

»Wirst du keine Probleme mit deinem Arbeitgeber bekommen?«, fragte sie.

»Nicht mal dort weiß jemand, dass ich dahinterstecke. Könnte höchstens ein paar kritische Fragen geben, weshalb mir jemand zuvorgekommen ist, aber …« Er winkte ab. »Wichtig ist nur, dass die Info rechtzeitig rausging. Wer kam eigentlich beim BKA auf die Schnapsidee, erst mittags an die Öffentlichkeit zu gehen?«

»Keine Ahnung. Aber so was muss eben gut vorbereitet sein.«

Seidl sah auf die Uhr. »Die Pressekonferenz fängt in wenigen Minuten an. Willst du den Livestream sehen?«

»Auf keinen Fall! Wo ist der Hofgarten?«

Sie überquerten den Odeonsplatz, und Laura fühlte sich allmählich wohler. Um diese Stimmungslage nicht zu gefährden, sollten die zurückliegenden Tage inklusive Ansgar Kallenbachs Vernehmung in den nächsten ein bis zwei Stunden ausgespart werden. Sie brauchte Abstand, und das dringend!

Sogar Irene Knopf hatte im Anschluss an das Verhör eine entsprechende Bemerkung fallen lassen, bevor sie ein Taxi in Richtung Flughafen bestiegen hatte. Bei der Pressekonferenz würde sie mit auf dem Podium sitzen, während Laura zu ihrer Erleichterung keine derartigen Verpflichtungen hatte. Dennoch war die Ermittlung auch für sie noch nicht abgeschlossen. In den nächsten Tagen und Wochen standen weitere Vernehmungen an, Beweise mussten eingeordnet und sorgfältig für die Staatsanwaltschaft aufbereitet werden.

Besonders belastend dürfte die Aufarbeitung des Rachefeldzugs der Geschwister werden. Laura verspürte tiefes Mitleid mit Ansgar Kallenbach, auch wenn sie ihn in der Zeit vor dem *Experiment* wohl eher verachtet hätte. Dass er am Ende sogar seine Schwester verloren hatte, die er mit den Morden eigentlich hatte retten wollen, war an Tragik kaum zu überbieten. Welche Rolle sie eingenommen hatte, war noch zu prüfen, denn Laura argwöhnte, dass Ansgar ihren Anteil kleinredete. Noch im Tod versuchte er, sie zu schützen, obwohl ihm dies vor Gericht schaden würde.

Was bisher feststand: Die Kallenbachs hatten eine sorgfältige Planung vorgenommen. Adressen herausgefunden, den Lebensrhythmus ihrer Zielpersonen überwacht, geeignete Tatorte identifiziert und so wenig wie möglich dem Zufall überlassen. Laura konnte sich gut vorstellen, mit welcher Akribie sie sich ihrer Rache verschrieben hatten. Dennoch war durch Burkarts Securityfirma Sand ins Getriebe geraten, sodass sie Eckstein und Gerber zwischenzeitlich wieder aus dem Fokus genommen und stattdessen Täffner anvisiert hatten.

Auf Lauras Frage, ob auch Andreas Mack eine Zielperson gewesen sei, hatte Ansgar sie verständnislos angesehen. »Warum nicht? Weil er sich heute linksliberal gibt? Das ändert doch nichts. Wir wollten ihn nur als Letzten bestrafen, weil er damals noch am harmlosesten war.«

Das erste Todesopfer hatte eigentlich Martin Eckstein sein sollen, aber der vom Kirchturm abgeschossene Pfeil hatte sein Ziel verfehlt – selbst für den Meisterschützen Ansgar Kallenbach war die Entfernung zu groß gewesen. Doch er hatte nicht darauf verzichten wollen, im Moment von Ecksteins größtem Triumph zuzuschlagen. Zugleich sei die mediale Aufmerksamkeit so reizvoll gewesen, dass er die schwierigen Rahmenbedingungen in Kauf genommen hatte.

Dass auch das Ende ihres Rachefeldzuges große Aufmerksamkeit erregen würde, hatten die Geschwister dagegen nicht erwartet. Sie waren nicht davon ausgegangen, dass die Filmaufnahmen noch existierten, und erst recht nicht, dass diese den Ermittlungsbehörden in die Hände fielen. Ansgar hatte regelrecht erlöst gewirkt, als er davon erfahren hatte.

Immerhin würden er und seine tote Schwester nun nicht nur als Mörder, sondern auch als Opfer in Erinnerung bleiben.

»Wird etwas dauern, alles zu verdauen, oder?« Jan Seidl musterte Laura von der Seite. »Du siehst erschöpft aus.«

Laura war gar nicht aufgefallen, dass sie mitten auf dem Odeonsplatz stehen geblieben war und ins Leere starrte.

»Wie ist es denn heute Vormittag …«, setzte er an, doch sie unterbrach ihn sofort.

»Darüber können wir irgendwann sprechen. Lass uns so tun, als ob es ein stinknormaler Ostersonntag wäre. Es ist unser zweites Date, wir wollen die Sonne genießen und uns weiter kennenlernen. Kriegen wir das hin?«

Er schmunzelte. »Sollte funktionieren. Vorher muss ich aber noch ein Geständnis ablegen.«

»Ach ja?« Ihr schwante Übles. Kam jetzt irgendeine Geschichte, dass er nach der Trennung seiner ersten Frau wieder geheiratet hatte und eigentlich …?

»Es geht um diesen Mirka. Hat sich das erledigt, oder sucht ihr noch nach ihm?«

»Klar tun wir das. Nicht zuletzt wegen dem Brandanschlag auf das Parteigebäude. Davon abgesehen interessiert uns immer, was in linksextremen Kreisen los ist. Ist ja mein eigentliches Aufgabengebiet. Dort scheint Mirka kein kleines Licht zu sein.«

Mit gerunzelter Stirn nickte er. »Diesen Eindruck teile ich.«

»Was hast du herausgefunden?«

»Nicht viel. Ehrlich gesagt … am Anfang hatte ich gar nicht vor, mich wirklich umzuhören. War nur ein Lockmittel, damit du mir hilfst.« Treuherzig sah er sie an. »Schockiert dich das?«

»Etwas. Passt aber zu dir. Zumindest zu meinem ersten Eindruck. Also war der doch nicht ganz falsch.«

»Entschuldige. Aber wie du siehst, bin ich ganz offen. Ich hätte dir das leicht verheimlichen können.«

»Sehr generös. Also, was hast du erfahren?«

»Es gibt … Gerüchte. Andeutungen, dass jemand extreme Aktionen finanziert. Bei der Logistik unterstützt und bei den Vorbereitungen. Jemand, der Spezialisten für verschiedene Bereiche an der Hand hat.«

»Und dieser jemand soll Mirka sein? Wieso glaubst du das?«

»Weil dieser jemand hinter vorgehaltener Hand Karim genannt wird. Kann Zufall sein, aber schau dir mal den Namen Mirka an – wenn du die Buchstaben ein weiteres Mal umstellst, wird daraus Karim.«

»Kannst du mehr dazu herausfinden?«

Er wiegte seinen Kopf. »Einerseits reizt es mich. Nur … noch mal möchte ich nicht von hinten überfallen werden. Und ich habe gespürt, dass ich mich schon beim Umhören auf gefährliches Terrain begebe. Aber … den einen oder anderen Tipp könnte ich dir geben. Sozusagen als Revanche für deinen Hinweis heute früh.«

»Hören wir auf, uns wie Geschäftspartner zu unterhalten.« Sie nahm seine Hand. »Wie war das mit dem Essen?«

»Es wird dir schmecken.«

Hand in Hand gingen sie durch den Torbogen, der den Zugang zum Hofgarten darstellte. Es war ein ungewohntes Gefühl, sich mit jemandem Händchen haltend durch die Öffentlichkeit zu bewegen, und Laura genoss es in vollen Zügen. Genauso wie das anschließende Essen und das locker dahinfließende Gespräch. Die Schatten der Ermittlung verblassten – bis ein Telefonanruf die Leichtigkeit wieder vertrieb.

Die Stille in Verbindung mit der gewohnten Umgebung tat gut und war zugleich irritierend. Es fühlte sich an wie die Rückkehr in ein altes Leben – so, als habe es die Tage dazwischen mit ihrer Dramatik und Brutalität gar nicht gegeben. Im Haus sah alles so aus wie am Dienstag, als Laura ihren Koffer für die Reise nach Hamburg gepackt hatte. Selbst die Wollmäuse schienen noch an derselben Stelle zu liegen, also hatte Filip nicht nur am Aufräumen Desinteresse gezeigt, sondern auch einen Bogen um den Staubsauger gemacht. Aber mit seiner Reise nach Bayern hatte er eben Wichtigeres zu tun gehabt.

Auch jetzt war er nicht zu Hause. Ans Telefon ging er ebenfalls nicht, Laura hatte ihm ihre Rückkehr daraufhin in einer SMS mitgeteilt. Ihr Vorhaben, sich während des Fluges eine Art Skript zurechtzulegen, war gescheitert. Kurz nach dem Start war sie eingeschlafen und nach der Landung von der Stewardess geweckt worden. Ob und was sie geträumt hatte, wusste sie nicht, aber ihr Unterhemd hatte schweißnass am Rücken geklebt.

Sie zog sich aus, betrat das Badezimmer und stellte sich eine Viertelstunde lang unter die Dusche. Danach folgte das obligatorische Zähneputzen, und sie widerstand der Versuchung, sich nur einen Bademantel überzuhängen, um sich auf dem Sofa unter eine Decke zu kuscheln und gemächlich eine Flasche Rotwein zu leeren. Schließlich konnte Filip jederzeit auftauchen, und das anstehende Gespräch verlangte einen nüchternen Zustand.

Anstelle des Weins goss sie sich alkoholfreies Weißbier ein, schmierte sich ein Käsebrot und trat dann auf die Terrasse. Die Abendsonne schien ihr ins Gesicht, es war windstill. Eine Amsel landete auf einem Ast des Kirschbaums und trällerte. Laura legte die Füße auf einen Hocker, lehnte sich zurück und seufzte wohlig. Hoffentlich übernachtete Filip bei Inga! Oder … war er überhaupt in Köln? Wo könnte er sich noch rumtreiben? Vielleicht bei ihren Eltern? Ihr fiel auf, dass sie eine Weile nichts mehr von ihrer Mutter gehört hatte – das war untypisch. Gerade als sie das Telefon holen wollte, quietschte das Gartentor. Diesmal klang ihr Seufzen resigniert, als sie zurück auf den Stuhl sank.

Doch um die Hausecke bog nicht Filip, sondern Steven. Im Gegensatz zu ihr schien er weder zu Hause gewesen zu sein noch irgendwo anders Zeit für einen Klamottenwechsel gefunden zu haben. Er trug dieselbe Kleidung wie beim Aufstieg zu Täffners Hütte. Dafür war er an einer Pizzeria vorbeigekommen, denn er stellte zwei Pappschachteln auf dem Tisch ab – und eine Flasche Wein.

»Rotwein? Du?«, fragte sie anstelle einer Begrüßung.

»Wollte dir 'ne Freude … okay, ich gesteh's. Die gab's gratis dazu. Wird also deine verwöhnte Zunge kaum erfreuen. Aber wie ich sehe, ist dir eh mehr nach Bier. Hast du noch eins?«

»Ist alkoholfrei.«

»Irgendwo wird doch noch ein normales rumstehen?«

»Im Gemüsefach des Kühlschranks. Bring mir eins mit.«

Er deutete auf die Pizzakartons. »Teller oder Hand?«

»Hand.«

»Jammerschade, dass dich Seidl vom Markt genommen hat. Sag Bescheid, sobald du wieder Single bist.«

»Du hattest lange genug Zeit.«

»Also gibst du zu, kein Single mehr zu sein. Mehr wollte ich nicht wissen.« Grinsend verschwand er im Haus.

Als er zurückkam, fuhr er fort, als habe es keine Unterbrechung gegeben. »Du hast ihn also in München getroffen. Hatte schon befürchtet, dass du umbuchst und gar nicht daheim bist.«

»Ich hab was mit Filip zu besprechen.«

Er öffnete einen Karton und nahm ein vorgeschnittenes Pizzadreieck heraus. »Wo ist er?«

»Keine Ahnung.«

»Weiß er eigentlich, dass deine Nase nutzlos ist?«

»Nein. Aber weiß Jana, dass du immer noch regelmäßig mit deiner Exfrau in der Kiste landest? Oder hat sich diese merkwürdige Abhängigkeit zwischen euch jetzt erledigt?«

»Guter Punkt!« Tomatensoße tropfte auf den Holztisch, als er mit dem Pizzastück auf Laura zeigte. »Mir ist heute früh auch etwas *Merkwürdiges* aufgefallen: eine Pressemeldung auf einem sonst wenig beachteten Portal. Danach brach ein Sturm aus, der nicht zuletzt unserem BKA-Präsidenten wenig gefallen haben wird. Aber das Allermerkwürdigste ist, dass auf dieser Plattform vor ein paar Wochen ein Jan Seidl einen Artikel veröffentlicht hat.«

Laura führte die Flasche zum Mund und trank mehrere Schlucke. »Bist du Analphabet? Der Artikel war doch nicht von Jan.«

»Hör schon auf!« Kopfschüttelnd sah er sie an. »Du scheinst im Liebesrausch den Verstand verloren zu haben. Wenn das rauskommt, bist du erledigt!«

»Wär das nicht gut für dich? Würde deine Grenzübertritte relativieren.«

Misstrauisch sah er sie an. »Hat der Knopf in München was dazu gesagt?«

»Jetzt ist sie also wieder *der* Knopf?«

»Ob sie was gesagt hat!«

»Nein. Aber ich sag dir was anderes: Es war unverantwortlich, die Pressekonferenz so spät anzusetzen!«

Er deutete zur Armbanduhr. »Die Wahllokale haben gerade geschlossen. Schauen wir uns mal die Prognosen an.«

»Steck das Handy weg! Ich will diesen friedlichen Abend genießen.«

»Du befürchtest also, dass selbst diese … Enthüllungen *Die Weißen* nicht unter fünf Prozent …?«

»Keine Ahnung. Aber wäre die Öffentlichkeit wirklich erst zur Mittagszeit …«

»Es musste halt alles aufbereitet werden. Lag ja erst kurz zurück, dass die Videos auftauchten und wir Ansgar Kallenbach …. Schon gut!« Er hob beide Hände, als sie ihn abermals unterbrechen wollte.

»Ich sehe es wie du. Du hast das Richtige getan. Das Ausmaß all dieser Verbrechen überfordert mich. Es fühlt sich an, als seien wir vor mehreren Wochen in Niederdorla gewesen und nicht erst vor sieben Tagen.«

»Es waren eben mehr Akteure im Spiel, als wir zunächst annehmen konnten. Dabei waren die Linken, die wir zuerst im Visier hatten, nur für den späteren Brandanschlag verantwortlich.«

»Ist Ansgar Kallenbach letztlich nicht auch ein Linker?«

Erstmals biss Laura von der Pizza ab, für ihren Geschmack war sie zu ölig. »Kann ich schwer beurteilen. Ich glaube, dass er völlig unpolitisch ist. Seine Taten waren es in jedem Fall.«

»Genau wie die von Burkarts Truppe. Schon krass, dass sich manche *Deutsch-Kursler* gleich gegen zwei Feinde behaupten mussten. Und das eigene Lager war dabei genauso schonungslos wie die Kallenbachs. Dass es Überlebende gab, war reinstes Glück.«

»Du vergisst Simon Jensen mit seinem Frontsoldaten Viktor. Noch ein Akteur, ins Spiel gebracht vom ehemaligen Parteivorsitzenden. Mit einem ganz anderen Motiv: Ausschaltung eines Mittäters und Zeugen. Wahrscheinlich hat Lambrecht sich persönlich bereichert, Steuern hinterzogen oder Ähnliches.«

Steven stellte die Bierflasche ab. »Da die Parteizentrale samt der Server abgebrannt ist, wird es schwierig, die genauen Hintergründe herauszufinden. Gut, dass wir dafür nicht zuständig sind. Gestehen werden die Lambrechts wohl nicht, also muss Jensens Aussage durch Beweise untermauert werden. Mal sehen, was der über die Lambrechts noch so weiß. Angeblich hat er sich mit der Staatsanwaltschaft geeinigt und will auch noch über andere Dinge auspacken. Das hat aber nichts mit unserem Fall zu tun.«

»Genau wie Gerbers Mord an dem Schreiner. Der uns aber in die Hände gespielt hat, sonst wäre es wohl nicht zur Hausdurchsuchung gekommen.«

Steven nickte kräftig. »'ne arme Sau.«

»Wer?«

»Eigentlich beide. Der Schreiner ist tot, und mit Gerbers Leben möchte ich auch nicht tauschen. Übrigens gab es heute noch eine Verhaftung: Rainer Berger. Der übernahm schon vor Burkarts Tod die Koordination der Aufräumaktion. Ging dabei sogar noch strikter vor. Laut dem Mann, den ich an Täffners Hütte angeschossen hatte, gab's 'ne klare Ansage: Nicht faseln, sondern töten. Und zwar so, dass keine Spuren in die richtige Richtung zeigen.«

»Deshalb das eingeritzte *Nazi* auf Macks Stirn? Schwacher Versuch!«

»Die ahnten halt nicht, wie clever wir sind.« Steven griff nach einem weiteren Pizzastück. »Bei Täffner sollte es wie ein Gasunfall aussehen. Hätte vielleicht sogar funktioniert. Kommt mit solchen Behältern bei unsachgemäßer Bedienung schon mal vor.«

»Gut zu wissen. Wenn wir demnächst vor deinem Wohnwagen grillen, bleibe ich konsequent draußen.« Sie zögerte. »Geht es dir wie mir? Eigentlich müssten wir hochzufrieden sein, dieses komplexe Geflecht aufgedröselt zu haben. Aber … es liegt nicht nur an dieser … Barbarei, dass ich …«

»Dich wurmt es, dass sich Eckstein feige aus dem Staub gemacht hat?«

»Dich nicht?«

»Nö.« Steven wischte sich über den Mund. »Ob tot oder im Knast – Hauptsache, er ist ausgeschaltet.«

Laura schwieg. In Stevens Worten lag zwar Wahrheit, und doch hatte die telefonisch übermittelte Information, dass der Parteivorsitzende am späten Vormittag in seinem Autowrack von einem Bauern gefunden worden war, ihr den Abschied von Seidl völlig verhagelt. Die Flucht aus der Verantwortung fühlte sich wie ein letzter Sieg dieses Mannes an. Ein Sieg, der keine Revanche mehr zuließ. Wie Ansgar Kallenbach wohl darüber dachte?

»Ich hätte ja eher erwartet, dass er Gift schluckt«, fuhr Steven fort. »Wie sein Vorbild mit der Rotzbremse. Ob sich Eckstein wie ein Märtyrer gefühlt hat?«

Darüber wollte Laura nicht nachdenken. »Wie geht es mit dir und Jana weiter?«, fragte sie.

Steven lachte. »Du hast recht, jedes weitere Wort zu Eckstein wäre verschwendete Lebenszeit. Jana und ich? »Wird sich zeigen. Irgendwie … wirkte der Abschied endgültig.«

»Warum?«

»Hamburg liegt nicht um die Ecke.«

»München genauso wenig.«

Steven spitzte den Mund. »Oha! Bei euch sieht's also ernster aus?«

»Am nächsten Wochenende kommt Jan hierher. Nimmt sich aber ein Hotelzimmer.«

Steven tippte sich gegen die Stirn. »Ihr wart doch eh schon …«

»Weil Filip hier wohnt. Noch muss er nichts davon wissen. Es reicht schon …« Sie brach ab, aber Steven ließ sie nicht so einfach entwischen.

»Was denn noch?«

»Es … geht um seinen Vater. Der … ach egal.«

»Ist doch schon lange tot?«

»Es ist kompliziert. Er will halt einiges zu ihm wissen, und ich kann das nicht länger abblocken. Sag mal, wie spät ist es? Sollte es jetzt nicht mehr nur Wahlprognosen, sondern schon erste Hochrechnungen geben?«

Steven sah sie noch kurz an, dann nickte er, wischte sich die Finger an der Jeans ab und zog das Handy hervor. Laura beobachtete, wie er den Browser öffnete, und ihre Anspannung wuchs. War der weiße oder vielmehr braune Albtraum heute zu Ende gegangen? Oder waren selbst die Enthüllungen um das Führungspersonal für zu viele Menschen nicht abschreckend genug?

»Drei Prozent in NRW, in Sachsen im Schnitt fünf.« Steven streckte den Daumen nach oben. »Die Stimmen für *Die Weißen* sind im Vergleich zu den Umfragewerten dramatisch in den Keller gegangen. Da hat sich unser Einsatz in dieser Woche doppelt gelohnt!«

»Das ist … wirklich erleichternd.«

»Aber so was von! Dieser Aufstieg hat mich langsam beunruhigt. Und mit Eckstein als Lichtfigur hätte das noch eine ganz andere Dynamik entfalten können. Für mich ist das heute ein Tag der Erlösung. So schnell berappelt sich die Partei nicht. Wahrscheinlich nie.«

›Dann kommen halt andere‹, wollte Laura schon sagen, behielt es aber für sich. Das wusste Steven genauso gut. Ihr Handy brummte – eine Nachricht von Filip. *Bin bei Inga. Komme morgen Abend vorbei.* Laura schloss für einen Moment die Augen. Was wäre sie froh, wenn sie die Aussprache mit Filip endlich hinter sich hätte! Aber ihr persönlicher Tag der Erlösung stand ihr noch bevor.

Kapitel 16

Es war wie die ersehnte Spritze nach einem tagelangen Entzug: Zwei Stunden war Laura am Morgen des Ostermontags durch die Wälder des Siebengebirges gejoggt, unterbrochen nur von einer fünfzehnminütigen Gymnastik. Die erste Stunde hatte dazu gedient, den Kopf wieder frei zu bekommen, in der zweiten hatte sie nachgeholt, was sie am Vortag auf dem Rückflug von München versäumt hatte: sich die Worte für Filip zurechtzulegen. Sie entschied, ein altes Fotoalbum zu benutzen, in das sie zuletzt an ihrem dreißigsten Geburtstag einen Blick geworfen hatte und das noch bei ihren Eltern lag. Daher joggte sie an ihrem eigenen Haus vorbei und stoppte erst ein paar Straßen weiter.

Ihre Mutter öffnete die Wohnungstür und schloss sie in die Arme. »Du bist wieder da, wie schön!« Dann schob die Fünfundsechzigjährige ihre Tochter von sich und musterte sie. »Du siehst aus, als hättest du seit Tagen nicht geschlafen. Hat dir die Ermittlung sehr zugesetzt?«

»Nein, alles gut.«

»Meine Güte, was für Abgründe! Ich hätte *Die Weißen* sowieso nie gewählt, aber solche Abscheulichkeiten? Das sind ja wahre Monster!«

Laura verspürte wenig Lust, sich schon wieder mit diesem Thema auseinanderzusetzen. Sie wischte sich den Schweiß von der Stirn und ging zur Küchentür. »Ich hab Durst. Sag mal, habt ihr die Fotoalben schon ausgepackt?«

»Natürlich, wir wohnen ja nun schon bald drei Monate hier.«

»Ich brauch ein ganz bestimmtes.« Am Wasserhahn füllte sie sich ein Glas und trank es leer. »Heute Abend muss ich Filip erklären, was damals passiert ist. Sonst kann er das alles nicht einordnen, und unsere Beziehung wird auf Jahre angespannt sein.«

Ihre Mutter nickte. »Erzählst du ihm alles oder …?«

»Alles zum … Unfall. Nichts von später. Du hast eben von Monstern gesprochen. Ich will trotz allem nicht, dass er in seinem Vater auch ein Ungeheuer sieht.«

»Hör mal zu.« Sie schüttelte den Kopf, trat zu ihrer Tochter und umfasste ihre Handgelenke. »Wenn du ihn bezüglich mancher … Ereignisse weiter belügst, wiederholt sich alles irgendwann. Er kommt durch irgendeinen Zufall oder einen Versprecher dahinter, und dann …«

»Ich werde ihn nicht belügen, nur ein paar Dinge weglassen. Weshalb Valentin und ich uns getrennt haben, geht ihn im Grunde nichts an. Es hängt viel davon ab, dass das nie rauskommt! Nicht nur für Valentin, für mich genauso.«

»Glaubst du etwa, dass Filip das überall herumtratschen würde? Du solltest mehr Vertrauen zu deinem Sohn haben.«

»Das hat mit Vertrauen nichts zu tun. Eine unbedachte Äußerung fällt schnell.«

»Wie du willst.« Ihre Mutter ließ sie los. »Er weiß jetzt übrigens, dass dein Vater ein IM war. Ich habe nichts beschönigt und nichts weggelassen.«

»Wie hat er reagiert?«

»Im Grunde wusste er es ja schon von Otto, brauchte nur noch die Bestätigung. Laura! Er muss das Gefühl bekommen, dass wir nichts mehr vor ihm verheimlichen.«

Laura trank noch ein Glas Wasser. »Richtig. Aber auf alles, was nach meinem Wegzug nach Berlin passiert ist, kann er nicht mal durch Zufall stoßen. Solange wir die Klappe halten – ich, Valentin und ihr.«

»Auf uns kannst du dich verlassen.«

»Und Valentin wird schon aus Eigeninteresse schweigen. Kannst du mir das Album ausleihen? Es ist das mit …«

»Ich weiß, welches du meinst.« Ihre Mutter blieb stehen. »Da ist noch etwas. Dein Vater … hatte einen Schwächeanfall. War bis gestern im Krankenhaus.«

Laura fiel fast das Glas aus der Hand. »Wieso habt ihr mich nicht angerufen?«

»Weil du genug Sorgen hattest. Es war nicht wirklich tragisch.«

»Aber … er war im *Krankenhaus*!«

»Nur für eine Nacht.«

»Das heißt …« Laura rechnete nach und senkte dann den Blick. »Mein Anruf! Als ich euch erzählte, dass Filip durch Otto erfahren hat, dass Papa ein inoffizieller Mitarbeiter der Stasi war … das hat ihm heftig zugesetzt, stimmt's?«

»Ja, es war ein Schock für ihn. Er fragte sich, was sein Enkel von ihm halten wird. Filip habe ich aber erzählt, dass es ihm schon in den Tagen davor nicht gut ging. Und bei dieser Version bleiben wir! Er soll sich keine Vorwürfe machen.«

»Wo ist Papa?«

»Auf der Terrasse. Er schläft, lass ihn. Ich hole jetzt das Album.«

Als ihre Mutter die Küche verlassen hatte, hielt es Laura nicht mehr am Spülbecken. Sie durchquerte das Wohnzimmer und öffnete die Tür zu dem kleinen Garten. Im Liegestuhl saß ihr Vater, eine Wolldecke bis zur Brust gezogen, die Arme auf dem Bauch überkreuzt. Seine Augen waren geschlossen, das Gesicht hatte er zur Sonne gedreht. Ruhig hob und senkte sich sein Brustkorb. Er wirkte ausgemergelt, schwach und verletzlich.

Sanft strich ihm Laura über den linken Arm, der seit dem Schlaganfall gelähmt war. Wie stark hatte ihn seine Schuld all die Jahre belastet? Nie hatte er darüber gesprochen, nie hatte jemand anderes das Thema angerissen. Es war totgeschwiegen worden. Sie wusste, dass sie sein Handeln stets entschuldigt hatte, um das Bild des weltbesten Vaters und Opas nicht zu beschädigen. Es war eben immer leichter, über das Fehlverhalten Dritter scharf zu urteilen als über das nahestehender Menschen. Dieser Gedanke machte ihr Hoffnung. Vielleicht würde es Filip ähnlich ergehen, sobald er wusste, welche Schuld Laura mit sich herumschleppte. Ihre Zuversicht war zurück, als sie mit dem Fotoalbum in der Hand nach Hause joggte.

Um einundzwanzig Uhr blätterte Laura noch immer allein durch das Fotoalbum. Sie saß auf dem Sofa ihres Wohnzimmers, und Wehmut durchmischte sich mit Trauer. Durch das Album lief ein sichtbarer Schnitt. Bis zum Spätsommer 1986 winkte ihr siebenjähriges Ich unbeschwert zur Kamera, es gab kaum ein Bild, auf dem sie nicht lachte. Dann fehlten für ein paar Wochen jegliche Fotos, erst kurz vor Weihnachten setzte die Chronik wieder ein – und zeigte ein anderes Mädchen als auf den Seiten davor. Erst jetzt wurde Laura bewusst, wie stark sich das Trauma auch äußerlich niedergeschlagen hatte.

Anfangs handelte es sich noch um Schwarz-Weiß-Aufnahmen, bis ihr Vater auf Farbe umgestiegen war. Am Fotografieren hatte er großen Spaß gehabt, entsprechend überladen war das Album. Woher hatte er die – qualitativ offensichtlich nicht DDR-Standards entsprechenden – Farbfilme bekommen, während die meisten Genossen ihre Welt noch in

Schwarz-Weiß verewigt hatten? Westverwandtschaft oder eine Gefälligkeit der Stasi?

Zur Ablenkung wollte sie gerade einen Film starten, als die Haustür geöffnet wurde. Abwartend blieb sie sitzen. Filip ging zuerst in sein Zimmer, dann zur Toilette, dann wieder zurück. Ob er ebenfalls nervös war? Natürlich! Wie könnte es auch anders sein, nachdem er die jahrelange Vertuschung aufgedeckt hatte? Erstmals konnte Laura seinen Gefühlsaufruhr nachempfinden. Sie erinnerte sich, wie er als Kindergartenkind nach seinem Vater gefragt hatte, genauso während der Grundschulzeit – bis irgendwann keine Fragen mehr gekommen waren. Sie dachte an die wilden Raufereien, die Kissenschlachten, das Sportpensum und an die Abenteuerurlaube. Sie hatte alles dafür getan, dass es ihm auch ohne Vater gut ging. Er war immer voller Begeisterung dabei gewesen, hatte mit ihr getobt und geschmust. Filip war ein anhängliches Kind gewesen. Aber einmal hatte auf seinem Wunschzettel an den Weihnachtsmann trotzdem etwas mit krakeligen Buchstaben ganz oben gestanden, was ihr Tränen in die Augen getrieben hatte:

Meinen Vater.

Auch heute musste sie sich bei der Erinnerung daran über die Augen wischen. Sie stand auf, ging zu seinem Zimmer und klopfte an. Sie hörte einen Brummton und trat ein. Filip lag auf dem Bett und stierte zur Decke. Vor Monaten hatten überall noch Poster irgendwelcher Bands herumgehangen, Tag und Nacht war der PC eingeschaltet gewesen, und auf dem Boden hatte das reinste Chaos geherrscht. Bis vor Kurzem war es das Zimmer eines Teenagers gewesen, jetzt wirkte es erwachsen.

Sie setzte sich auf die Matratze, ohne ihn zu berühren. »Schön, dich zu sehen.« Sie bemerkte die Schrammen in seinem Gesicht, sprach die eskalierte Demonstration in Bayern aber nicht an. Schweigend verharrten sie, bis er die Stille brach.

»Ihr habt gute Arbeit geleistet. Inga ist völlig von den Socken. Für sie bist du jetzt die Super-Ma.«

»Ja … Wir haben die Richtigen erwischt und wohl gleichzeitig dem Land einen Dienst erwiesen.«

Er sah auf ihre Hände. »Was ist das?«

»Ein Fotoalbum von 1986.«

Er richtete sich auf. »Da ist es also passiert? 1986?«

Sie klopfte neben sich. »Setz dich her.« Sie schlug die Beine übereinander und öffnete das Album. Die Matratze wackelte, dann saß er neben ihr.

»Hier«, sie zeigte auf ein blondes Mädchen. »Das war ich. An meinem siebten Geburtstag.«

»Du hattest blonde Haare?«

Sie musste lachen. »Deine waren früher auch blond. Aber nur kurze Zeit. Dann wurden sie schnell so dunkel wie bei deinem Vater. Hier, das ist er.« Sie deutete auf einen schlaksigen Jungen in kurzer Hose und T-Shirt, der sich gerade ein Stück Kuchen in den Mund stopfte.

»Seit wann kanntest du ihn?«, fragte er.

»Seit der Krippe. Wir machten schon zusammen ins Töpfchen. Aber nur, wenn uns die Erzieherinnen nebeneinandersetzten.«

»Im Ernst?«

»Wurde uns so erzählt. Aber eins stimmt auf jeden Fall: Ab dem Kindergarten waren wir unzertrennlich. Unseren Eltern blieb gar nichts anderes übrig, als sich ebenfalls anzufreunden. Ausflüge, Urlaube – wir wollten immer, dass der andere dabei ist.«

»Und Opa kam es gelegen, weil er so Valentins Familie ausspionieren konnte.«

»Dein Opa war zwar auf Valentins Vater angesetzt, aber letztlich war dies das Beste, was dem passieren konnte. Es wäre so oder so ein IM auf ihn losgelassen worden. Mein Vater hat ihn beschützt, soweit ihm das möglich war. Er berichtete eher Belangloses und verschwieg das Schwerwiegende. Auch Nicht-Politisches. Was ihm schwerfiel, denn Valentin und seine Geschwister … und genauso die Mutter, alle litten unter der harten Hand.«

»Was meinst du damit?«

»Das, wonach es klingt. Nicht nur Schläge, sondern auch Gebrüll und Psychoterror. Vor allem, wenn er getrunken hatte. Ich hab's mehrmals erlebt, es war erschreckend.«

»Otto hat gesagt, dass sein Vater erst nach dem Tod seiner Tochter so wurde.«

»Das stimmt aber nicht. Otto war damals noch sehr klein, er kann gar nicht wissen, wie es vorher war. Aber …«, sie überschlug ein paar Seiten, »danach wurde es noch schlimmer, das ist wahr.«

»Und … daran warst du schuld?«

Lauras Mund wurde trocken. »Hier sind Fotos, die am Tag zuvor gemacht wurden. Wir waren mit Valentins Familie im Urlaub. Irgendwo im Elbsandsteingebirge, an den Namen des Ortes erinnere ich mich nicht. Es war Herbst. Wir bewohnten zwei Ferienhäuser am Waldrand, eigentlich waren es eher Hütten. Es gab nicht mal fließendes Wasser. Wir Kinder fanden es aber toll, alles roch nach Abenteuer.«

Sie verlor sich in der Betrachtung eines Fotos von sich und ihren Eltern. Es war die letzte Aufnahme, bevor …

»Und dann?«

»Valentin bekam Fieber, wahrscheinlich eine Sommergrippe. Es war der dritte Urlaubstag, und eigentlich war ein Ausflug zur Festung Königstein geplant. Sein Vater reagierte genervt, weil Valentins Krankheit den ganzen Urlaub zu vermasseln drohte. Also schlug seine Mutter vor, mit ihm in der Hütte zu bleiben. Da war es natürlich klar, dass ich auch auf den Ausflug verzichtete. Und … weil ich nicht mitfuhr, wollte auch Valentins

Schwester nicht in den Trabi steigen. Lisa hieß sie. Ich war …«, ihre Stimme wurde leiser, »ihr großes Vorbild.«

»Wie alt war sie?«

»Fünf. Als alle weg waren, schlug ich ihrer Mutter vor, draußen mit Lisa zu spielen. Sie hatte nichts dagegen, Lisa war ein braves Kind. Und sehr süß! Ein niedliches Gesicht mit Sommersprossen, ihre langen blonden Haare trug sie meist als Zopf.« Laura atmete durch. »Am liebsten spielte sie Mutter, Vater, Kind. Valentin hasste es, aber da wir nur zu zweit waren, tat ich ihr den Gefallen. Mal war ich die Mama – oder Mutti, wie man in der DDR meist sagte – mal sie. Wir gingen in den Wald und bauten eine Höhle. Das war unser Zuhause. Dann sammelte ich das Mittagessen. Brombeeren, Gräser, Wasser aus einem Bach … und kleine rote Beeren. Wir … spielten nur, dass wir sie essen. Dann sagte ich – ganz die Mutti –, dass Lisa einen Mittagsschlaf machen solle, während ich noch was erledigen müsse. Ich lief planlos rum, pflückte Blumen und wusste auf einmal nicht mehr, wo ich war. Es wurde windig. Wolken zogen auf.«

Laura sprach immer angespannter, sie sah alles genau vor sich – so wie in den vielen Albträumen, die sie wohl lebenslang begleiten würden.

»Ich rannte herum, voller Panik. Dann fing es an zu regnen. Er wurde immer heftiger, und ich … ich hatte doch versprochen, auf Lisa aufzupassen! Dann endlich fand ich die Stelle wieder. Sie saß vor der Höhle an einem Baumstamm. Ihr Haar war nass und … ich sah, wie sie von den roten Beeren aß. Ich schrie, aber … sie hörte mich nicht. Ich rannte, fiel hin, rannte wieder und … kam trotzdem zu spät. Ich wollte ihr den Finger in den Hals stecken, aber sie wehrte sich und lief weg.«

Laura musste blinzeln, sie hörte Filips Stimme wie durch eine Watteschicht. »Was waren das für Beeren?«

»Streng genommen gar keine Beeren. Im Herbst reifen die Samen der Eibe heran, und die sind von einem Samenmantel umgeben, der das Ganze wie eine Beere aussehen lässt. Ausgerechnet dieser verlockend rote Samenmantel ist harmlos, er soll sogar süßlich schmecken. Alles andere an dieser Pflanze ist aber hochgiftig. Taxin. Und am meisten davon kommt in den Samen vor.«

»Scheiße …« Filip stöhnte. »Jetzt verstehe ich. Aber … du warst ein Kind …«

»Alt genug, um zu wissen, dass man von der Eibe die Finger lassen soll. Denk daran, dass dein Opa Biologieprofessor war. Nur … Lisa war nichts anzumerken. Ich war erleichtert und dachte, sie hätte nur eine einzige gegessen. Dann … nach ungefähr zwei Stunden wurde ihr schlecht. Sie bekam Kopfschmerzen, kalter Schweiß brach ihr aus, und ihre Pupillen waren geweitet. Ihre Mutter dachte natürlich, dass sie sich bei Valentin angesteckt hat. Und ich … sagte nichts.«

Jetzt erst sah sie ihren Sohn an. »Ich war feige. Und deshalb war ihr nicht mehr zu helfen. Als die anderen zurückkamen, setzten Krampfanfälle ein. Ihre Lippen färbten sich kirschrot. Mein Vater erkannte als Erster, dass da etwas ganz und gar nicht stimmte. Er fragte mich, ob wir Pilze gegessen hätten. Ich sagte Nein. Oder was anderes? Wieder stritt ich es ab. Aber mein Vater wusste, wann ich lüge. Er fasste mich an den Schultern und schüttelte mich. *Du musst uns sagen, was passiert ist!* Das werde ich nie vergessen. Und dann … sagte ich es. Ich zitterte am ganzen Körper, heulte und … rannte weg. Obwohl mir niemand folgte, rannte ich, bis ich nicht mehr konnte. Wie durch einen Tunnel … ich merkte nicht mal, wie ich mit meinem linken Bein an einem Stacheldrahtzaun hängen blieb und mir eine tiefe Wunde zuzog.«

Filip hob die Hand, als wolle er ihren Oberschenkel berühren, der – wie fast immer – von einer langen Hose verborgen wurde. »Deine Narbe … daher also?«

Sie nickte.

»Was geschah dann?«

»Wir waren weit vom nächsten Arzt entfernt, und … Lisa starb noch im Auto.«

Wieder breitete sich Stille aus. Laura rutschte nach hinten aufs Bett und zog die Beine an. »Valentins Vater war zuerst ganz ruhig«, sagte sie. »Paralysiert. Und dann … dann sagte mein Vater etwas zu ihm, wofür ich mich immer schämen werde. Er tat es, weil er mich schützen wollte. *Es war ein Unfall. Haben wir uns verstanden? Keiner hat gesehen, was passiert ist. Solltest du den Ärzten was anderes sagen, werde ich den Behörden einiges erzählen. Und du weißt, was dann geschieht.*«

»Akzeptierte Valentins Vater das?«

»Wer wollte schon nach Berlin-Hohenschönhausen in den berüchtigten Stasi-Knast? Es hätte Lisa nicht wieder lebendig gemacht. Also … blieb es dabei.«

»Auch Valentin wusste nicht, dass …?«

»Am Anfang nicht. Er verschlief alles. Irgendwann, Wochen später, war sein Vater aber so betrunken, dass er es ihm erzählte. Als Valentin dann auf mich zukam … Er liebte seine Schwester abgöttisch. Beschützte sie und …« Sie musste abbrechen. »Er … sah mich nur an, drehte sich weg und ließ mich stehen. Wochenlang redeten wir nicht miteinander. Bis es langsam wieder … halbwegs normal wurde.«

»Schlimm.« Filip schob sich neben sie. »Aber du warst nur ein Kind! Du hast es nicht mit Absicht getan.«

»Aber etwas anderes habe ich mit voller Absicht getan. Zwei Jahre später. Valentins Vater behandelte mich so, als wäre ich Luft für ihn. Das konnte ich aushalten. Schlimmer war, dass er jede Hemmung innerhalb seiner Familie verlor. Valentin traf es am schlimmsten, vielleicht weil er trotz allem wieder mein bester Freund wurde. Ständig bekam er Prügel und wurde immer stiller. Ich flehte meinen Vater an, etwas dagegen zu tun. Hätte er aber Valentins Vater angezeigt, wäre wohl herausgekommen, was wirklich im Elbsandsteingebirge passiert ist. Ich hielt es nicht mehr aus, und irgendwann … ergab es sich.«

»Was?«

»Wir waren im Harz wandern. Nahe beim Hexentanzplatz gibt es die Rosstrappe. Das ist ein langer Granitfelsen über dem Bodetal. Valentins Vater stand dicht am Rand, um ein Foto zu machen. Kurz vorher hatte er Valentin Prügel mit dem Gürtel angekündigt. Er stand da, und … all mein Hass kam hoch. Ich rannte hin … wäre fast gefallen, aber ich … erreichte ihn und schubste ihn nach vorn. Er hat nicht mal geschrien. In der Luft drehte er sich und sah mich an. Diesen Blick … vergess ich nie.«

»Du hast ihn absichtlich …?« Filip starrte sie fassungslos an.

Laura sah weg und nickte. Es gab noch etwas, weshalb der Hass auf Valentins Vater so groß gewesen war, dass sie sich als Neunjährige zu dieser Tat hatte hinreißen lassen. Glücklicherweise war Filip so perplex, dass er ihr Motiv nicht näher ergründete.

»Und was geschah dann?«, fragte er stattdessen.

»Er war auf der Stelle tot. Mein Vater hatte es als Einziger beobachtet und beschützte mich abermals. Er packte mich und rannte mit mir weg. *Wir wissen nicht, was passiert ist!* Das trichterte er mir ein. Und so wunderten sich erst alle, dann kam Unruhe auf, und schließlich wurde eine Suche in Gang gesetzt. Als Valentins Vater gefunden wurde, legte es die Polizei unter *Absturz* ab.«

»Wer weiß davon?«

Sie sah ihn an, er war bleich geworden. »Mein Vater, meine Mutter und ich. Und jetzt auch du.«

»Und Valentin?«

»Ich versuchte, ihm aus dem Weg zu gehen. Aber er ließ sich nicht abschütteln. Da beichtete ich es ihm. Drei Jahre später. In der Hoffnung, dass er mich dann in Ruhe lässt. Stattdessen umarmte er mich und flüsterte: *Ich hätte es selbst tun müssen, aber ich hab's nicht geschafft.*«

»Danke«, sagte Filip nach einer Weile. »Es ist wichtig für mich, dass du mir das erzählt hast. Ich werde kein Wort darüber verlieren.«

»Bitte nicht mal gegenuber Inga!«

»Natürlich nicht. Was ich aber noch immer nicht verstehe: Valentin und du, ihr … habt so viel Heftiges erlebt … und seid trotzdem so eng miteinander geblieben. Wieso dann auf einmal dieser harte Bruch?«

Diese Frage hatte Laura befürchtet. Deshalb hatte sie sich eine Antwort zurechtgelegt, die weder eine Lüge noch die volle Wahrheit beinhaltete. »Es hat uns immer begleitet. Anfangs schweißte es uns zusammen, später traten Risse auf. Valentin veränderte sich, ich veränderte mich – wir passten nicht mehr zueinander. Vielleicht hätten wir nie ein Paar werden dürfen. Er verbiss sich in die Idee, ein anerkannter Mediziner zu werden. Vielleicht wegen Lisas Tod. Schon als Student forschte er Tag und Nacht. Büffelte und … sah nicht mehr nach links und rechts. Die Fehlgeburt verstärkte das noch. Selbst als du auf die Welt kamst … er war fast nie für uns da. Und da entschied ich, dass ich dieses Kapitel abschließen muss. Ein für alle Mal. Ich wollte ihn aus meinem Leben tilgen und hoffte, dadurch auch den Erinnerungen zu entfliehen. Das hat … aber nicht geklappt.«

»Arme Mama.« Er legte den Arm um sie. »Valentin klang so, als hättest du etwas gegen ihn in der Hand gehabt, weshalb er den vollständigen Kontaktabbruch schlucken musste.«

»Das ist richtig. Um schneller vorwärtszukommen, ignorierte er wissenschaftliche Standards. Dadurch erzielte er schnell aufsehenerregende Ergebnisse, ein steiler Karriereaufstieg war vorhersehbar. Ich hätte ihm all das kaputt machen können.« Nichts davon war gelogen – ergab aber nicht das ganze Bild.

»Also entschied er sich für seine Karriere und gegen seinen Sohn«, stellte Filip leise fest.

Laura wechselte rasch das Thema. »Wie geht es eigentlich Otto? Er war immer völlig anders als der Rest seiner Familie.«

»Ich vermute, das ist er immer noch.« Filip erzählte von seinem Besuch in Arnstadt – dann von den Gesprächen mit seinem Vater und schließlich auch von der Demonstration südlich von München.

»Weißt du«, sagte Laura, »eine Zeit lang war ich wütend auf dich wegen deiner … nennen wir es *Schnüffelei*. Dann bin ich voller Sorge gewesen, als ich von deinen Verletzungen erfahren habe. Aber inzwischen bin ich … sehr stolz auf dich.«

Sie drückte ihn an sich und war dankbar, dass er dies zuließ. Die Nähe tat gut, zugleich wurde das warme Gefühl von schlechtem Gewissen unterwandert, weil sie ihm erneut entscheidende Puzzleteile vorenthielt. Doch dabei ging es nun mal nicht um die Dinge, die sie als Kind getan hatte. Stattdessen war sie schon voll straffähig gewesen und konnte sich nur begrenzt damit herausreden, dass Valentin sie hineingezogen hatte.

Bevor sie zu lange darüber nachdenken konnte, machte sie sich los und stand auf. »Ich habe eine Idee, was uns wieder bessere Laune verschafft.«

»Und was ist das?«

»Ich enthülle noch ein Geheimnis. Wolltest du nicht wissen, in welcher Band ich gesungen habe und was wir für Musik gemacht haben?«

»Du hast immer behauptet, dass es keine Kassetten gibt – oder was ihr damals hattet.«

»Kassetten gibt's wirklich nicht. Aber ein paar Videos von Auftritten. Neugierig?«

Er grinste und sprang auf. »Hoffentlich ist dieser Teil deiner Vergangenheit weniger abschreckend.«

»Wer hat dich nur so verzogen?«

Er blieb vor ihr stehen. »Du. Und dafür danke ich dir.« Er schloss sie in die Arme, und diesmal konnte Laura das warme Gefühl genießen. Ohne irgendeinen Wermutstropfen.

Hat Ihnen dieses Buch gefallen? Möchten Sie informiert werden, wenn Hendrik Falkenberg sein nächstes Buch veröffentlicht? Dann folgen Sie dem Autor auf Amazon.de!

1. Suchen Sie auf Amazon.de oder in der Amazon App nach dem eben gelesenen Buch.
2. Klicken Sie auf den Namen des Autors, um auf die Autorenseite zu gelangen.
3. Klicken Sie auf den »Folgen«-Button.

Noch schneller gelangen Sie zur Autorenseite, indem Sie diesen QR-Code mit Ihrem Smartphone oder Tablet scannen:

Wenn Sie dieses Buch auf einem Kindle e-Reader oder in der Kindle App lesen, wird Ihnen automatisch angeboten, dem Autor zu folgen, sobald Sie die letzte Seite des Buches erreicht haben.

Druck:
Customized Business Services GmbH
im Auftrag der
KNV Zeitfracht GmbH
Ein Unternehmen der Zeitfracht - Gruppe
Ferdinand-Jühlke-Str. 7
99095 Erfurt